A E
& I

Un océano para llegar a ti

Autores Españoles e Iberoamericanos

Sandra Barneda

Un océano para llegar a ti

Finalista Premio Planeta
2020

© Sandra Barneda, 2020
© Editorial Planeta, S. A., 2020
Av. Diagonal, 662-664, 08034 Barcelona
www.editorial.planeta.es
www.planetadelibros.com

Diseño de la colección: © Compañía

Primera edición: noviembre de 2020
Segunda impresión: noviembre de 2020
Depósito legal: B. 18.629-2020
ISBN: 978-84-08-23552-1
Composición: Realización Planeta
Impresión y encuadernación: Unigraf, S. L.
Printed in Spain - Impreso en España

El papel utilizado para la impresión de este libro está calificado como **papel ecológico**
y procede de bosques gestionados de manera **sostenible**

A mis ausentes,
a mis maestros,
a mis compañeros de luces y sombras.

Mortui vivos docent.
«Los muertos enseñan a los vivos.»

1

Pocos presagian la muerte y muchos viven de espaldas a ella, como si nunca fuera a llamar a su puerta y a sacudirles el alma. Aquella mañana cualquiera que acabaría volviéndose eterna en la memoria de Gabriele, el sonido del móvil desató una extraña cadena de pequeños accidentes que terminaron por despertarla. Sumida todavía en el plácido sueño que se resistía a abandonar, tiró de un manotazo la copa de vino que había dejado en la mesita la noche anterior, haciéndola estallar en mil pedazos al impactar contra el suelo. El teléfono también saltó por los aires, pero, lejos de apagarse, siguió sonando con molesta insistencia.

—*Ay, gno, ay...*

Solo era capaz de emitir sonidos guturales indescifrables mientras se revolvía entre las sábanas y encogía su cuerpo desnudo para seguir entregada al sueño. El móvil dejó de sonar. Se hizo el silencio.

Tan solo unos minutos más tarde, Gabriele oyó un fuerte golpe en el mismo momento en que recibía un seco zarandeo igual al que le daba su madre cuando de pequeña no quería levantarse para ir a la escuela.

—¡Gabriele! Levántate ¡Venga, dormilona! No me hagas esperar más. ¡Vas a llegar tarde!

Escuchar la voz de su madre, producto de la imaginación o del delirio, obligó a Gabriele a quitarse el antifaz para comprobar que seguía sola en la habitación. Soltó el susto con un par de suspiros. Con la mirada puesta en la estantería, supo por el caos que reinaba que continuaba viva. De haber muerto, pensó con una leve sonrisa, no habría elegido esa habitación cubierta de cajas que apenas dejaban ver el color de las paredes. Hacía un mes que su amigo Luis la había acogido en su casa, después de que Gabriele perdiera el novio y el trabajo. Un sentimiento de fracaso tomó la forma de un latigazo en su estómago. Se tumbó de nuevo en la cama, acercando la almohada a su rostro en un desesperado intento de detener los pensamientos que la llevaban directa a la autocompasión. De nuevo en la casilla de salida, en el círculo infinito de derrotas, perdida, sin saber cómo salir de él. ¿En qué momento había comenzado todo? Con la boca aplastada contra la almohada y los ojos todavía cerrados, seguía incapaz de encontrar el principio de la madeja. Respiró, intentando evitar otra inoportuna mañana de resaca y victimismo.

—Prometo no volver a enamorarme de ningún artista egocéntrico que cree que su talento está por encima del resto del mundo —había dicho Gabriele la primera noche que se quedó en casa de Luis.

—¿Y ahora qué vas a hacer? —le preguntó Luis.

—No volver a verle y arreglar mi vida. Ya sabes..., encontrar un trabajo cualquiera que me permita vivir y no tener que pedirte la caridad de una habitación.

Luis era el único amigo que conservaba de la Massana, la escuela de artes y oficios donde estudió por amor al arte y para cumplir un sueño más de su madre que suyo: ser internacionalmente conocida. Comenzó con el rugir y la inconsciencia de los veinte años, dispuesta a comerse a quien se interpusiera en el camino entre ella y el éxito... y terminó comiéndose a Joseph, un apasionado francés, profesor suplente de dibujo artístico de tercer año con el que recorrió Europa convencida de que el verdadero arte estaba en las calles. Desapareció un par de años y, cuando supo que no era más que una musa para Joseph, volvió a Barcelona creyendo que había aprendido la lección: debía centrarse en desarrollar su propio talento y no caer rendida al primer *sapo* que le declarara su amor. Los años fueron una excusa permanente para no enfrentarse a su pasión, que también era su gran miedo: pintar, como hacía de pequeña en los cuadernos que su padre le regalaba. Se convirtió en la eterna aprendiz que nunca estaba preparada. En la amante perfecta que jamás pedía más compromiso que disfrutar de dejarse querer. Estaba a punto de cumplir cuarenta y seguía buscando la pasión que había perdido por el camino de las huidas y de las carreteras de culpas ajenas.

No había logrado tener éxito, ni tampoco salvarse de las garras del amor. Siempre terminaba enamorándose locamente y volcándose en su nuevo amante, a quien abandonaba cuando asomaba el compromiso. Gabriele era de la tribu, como solía decirle Luis, de los que dicen, piensan y hacen cosas distintas. Los DEP, Disminuidos Emocionales Para siempre.

—¿Te has parado a pensar que estamos muertos? —le solía decir Luis—. Si renuncias al amor, renuncias a la vida, querida.

Gabriele llevaba tatuadas esas siglas, «DEP», porque, igual que Luis, no manejaba bien las emociones, y mucho menos cuando se enamoraba. Los dos huían tanto de sus traumas de infancia como del amor, repitiendo el mismo protocolo de actuación: salir a por tabaco para no volver en cuanto sentían el temblor en las piernas y el dolor en el pecho.

—Puedes quedarte el tiempo que quieras. Sabes que no me molesta.

Luis, el bueno de Luis, era el único que había permanecido en su vida durante casi veinte años. Todo el mundo les decía que eran almas gemelas, pero en realidad eran almas heridas. Hay muchas en el mundo y, con solo mirarse, la mayoría se reconocen.

—¿Te das cuenta del tiempo que llevamos juntos? Eres mi relación más larga —dijo Gabriele.

—¿Te das cuenta de que somos un desastre?

—DEP —soltaron al unísono: su propio *skol*, su particular brindis, por otro nuevo comienzo u otro nuevo fracaso, según se mirara. Luis no podía evitar sentir ternura por Gabriele. Él también se enamoraba de imposibles, aunque su verdadero amante había sido siempre su ambición de hacer dinero. Era el único del grupo de amigos que había alcanzado el éxito, el más listo a ojos de los demás. Dejó los pinceles y se dedicó al comercio de obras, convirtiéndose en uno de los marchantes más importantes de España.

—Gabriele, a mí me salva que soy un puto afortunado en el trabajo. Pero tú... ¿cómo lo consigues? ¿Cómo logras estar bien?

—No te engañes, Luis, el dinero no te salva de sentirte tan muerto como yo..., solo estás un poco más entretenido.

Gabriele seguía en la cama y el móvil volvió a activar la *Cabalgata de las valkirias* de Wagner, que su ex le había puesto en homenaje a su película favorita, *Apocalypse Now*. Sonaba con insistencia, interrumpiendo el recuerdo de la noche en la que Luis la había vuelto a acoger en su casa.

—Juro que de hoy no pasa que cambie la canción. Hoy la cambio.

En un pensamiento asociativo de los básicos, tipo *pájaro/árbol*, su cerebro había activado la asociación *Wagner/Paco*. Cada vez que sonaba la música, se daba cuenta de cuánto le costaba desprenderse del amor. Había activado con Paco el mismo protocolo de supervivencia que con el resto: salir corriendo. El hecho de que la melodía permaneciera en su teléfono era un claro ejemplo de las contradicciones de Gabriele.

—Decir, pensar y hacer cosas distintas, la supervivencia o la esclavitud de los DEP. —Otra de las máximas de Luis.

Valkiria sonaba insistentemente, interfiriendo en los deseos de Gabriele de seguir dormitando. Dándose por vencida, salió con torpeza atropellada a por el móvil, precipitando un nuevo accidente: pisar los cristales de la copa rota y hacerse un corte en la planta del pie derecho.

—¡Joder! ¡Joder! —Caminó a la pata coja, intentando localizar el móvil mientras Wagner sonaba en volumen ascendente—. ¿Dónde estás? ¡Vamos! ¿Dónde te has metido? —Estiró el brazo por el raso de la cómoda hasta alcanzarlo y contestar antes de que dejara de sonar, pero sin reparar en quién la llamaba.

—¿Sí? ¿Papá?... ¿Cuándo?... ¿Cómo?...

En una milésima de segundo un corazón es capaz de golpear en primer plano y absorber cualquier otro sonido que no sean sus latidos. A Gabriele se le escondió hasta la voz y tuvo que carraspear para volver a dar con ella.

—Voy enseguida. ¿Está consciente? Dile que llego enseguida, ¿vale? Tú háblale, aunque no te conteste. Háblale, por favor...

Sin saberlo, Gabriele había comenzado uno de esos días que se fijan en la memoria, uno de aquellos en los que, después de golpearnos hasta ensordecer el cerebro, la vida se nos cae en un grito mudo y aspirado. Nos convertimos en zombis emocionales. Ese día, ya eterno, nos ha cambiado para siempre.

La mañana de aquel 8 de octubre, durante un tiempo difícil de medir, Gabriele estuvo sosteniendo el teléfono contra su oreja, con la boca entreabierta y la mirada perdida. Su mente le ofrecía la nada. El estallido de lo inesperado, el zumbido de la desgracia, la había trepanado hasta dejarla sin ningún pensamiento.

Suspendida en el tiempo oscuro, se tumbó como si hubiera entrado repentinamente en coma. Como un rayo centelleando, la imagen de su madre apareció de la nada para instalarse en su mente. Ni una palabra, ni un suspiro. Solo la imagen de su madre, mirándola con la ternura olvidada de cuando era pequeña y se sentía indefensa.

Sus ojos fueron los primeros en salir de la parálisis inducida por el *shock*. Pestañearon con suavidad, despertando el resto del cuerpo. Luego, Gabriele se levantó dejando un rastro de sangre y fue directa al baño. Abrió el grifo, dejó correr el agua, sumergió su rostro y no volvió en sí hasta unas horas más tarde, cuando Luis llamó y *Valkiria* volvió a sonar con el mismo ímpetu, despertando a todo el vagón de tren.

—Mi madre ha sufrido un ictus esta noche y los médicos dicen que puede que no despierte.

—¿Qué? Lo siento mucho. ¿Cómo estás? ¿Quieres que vaya? —preguntó Luis.

—No, seguro que se recupera. Ella es fuerte, como yo. Siento el desorden que he dejado en tu casa, Luis, te prometo que a la vuelta te lo compenso. No sé ni cómo he hecho la maleta.

—Tranquila, lo comprendo. Siento no haberte cogido la llamada, pero estaba con un nuevo fichaje y...

—No te preocupes... ¿Hola? ¿Luis? ¿Me oyes?

El tren había salido de la estación de Sants de Barcelona con destino a la estación de Atocha, en Madrid. Miró el reloj, apenas pasaban diez minutos de la una de la tarde.

—¿Sabe a qué hora llega a Madrid? —le preguntó a la mujer que estaba sentada a su lado.

—A las cuatro y diez.

Volvió a la pantalla del móvil y vio que seguía sin cobertura. Se quejó por lo bajo, también del infortunio de viajar en el tren que tardaba más en llegar a Madrid. Su tía Sole la iría a recoger para llevarla al hospital de Talavera, el más cercano al pueblo, Candeleda. Dos horas más de coche y de espera para poder abrazar a su madre. *Valkiria* sonó otra vez, pero en esta ocasión atrapó a tiempo las trompetas y las apagó con gusto. Era Luis de nuevo. No contestó. No quería hablar más de lo ocurrido, como si así pudiera detenerlo. Se perdió en pensamientos vagos mientras observaba el paisaje a través de la ventana. Recordó, como saliendo del *shock*, que al abandonar el baño había encontrado una de sus maletas en el suelo, la roja de lona y de cuatro ruedas que le regaló su madre las navidades pasadas, la más grande que tenía. Reconoció en ella el ruido seco que la había despertado antes de sentir la sacudida y la voz de su madre. Se abrazó para detener el escalofrío que recorrió su cuerpo y que estaba destinado a salir en forma de lágrimas. ¿Le estaría enviando mensajes su madre? Jamás había creído en aquellas cosas y no quería empezar a hacerlo en ese momento de frágil desesperación. Aunque Gabriele se había ido de casa muy joven, su madre y ella nunca dejaron de sentir que estaban conectadas, sonriendo a las pequeñas casualidades como llamarse a la vez o ver la misma película el mismo día.

—Hija, eso son señales de que nos pensamos y de que nunca nos olvidamos la una de la otra. Aunque estemos lejos.

Las señales de su madre, los credos y la necesidad de reafirmarse en lo bueno de la vida eran quizá lo único que las diferenciaba. Gabriele siempre en lucha y su madre siempre tan dispuesta a todo, tanto que incluso resultaba difícil de creer.

—Mamá, eres demasiado buena. Tendrías que vivir más tu vida.

—Yo ya lo hice, hija, ya lo hice y decidí... ¡A ver cuándo te decides tú, que el reloj de la vida no se detiene para nadie!

Metida en aquel vagón de tren, Gabriele era incapaz de imaginar la posibilidad de que el reloj de su madre hubiera decidido dejar de funcionar. Estaba segura de que solo sería cuestión de volver a darle cuerda, de corregir o cambiar alguna pieza, para que todo volviera a ser igual. Cuando temes que el tiempo se agote, te das cuenta del que has perdido, sobre todo con aquellos a los que amas y que ingenuamente crees que serán eternos.

—¿Quieres algo de abrigo?

Gabriele miró a la mujer con quien compartía fila de tren. Se fijó por primera vez en lo bien que olía. A verbena, a verano, a campo húmedo rociado por una lluvia temprana. Desde pequeña tenía muy desarrollado el sentido del olfato y era lo primero que se le despertaba cuando conocía a alguien. Como si se hubiera metido en una dimensión desconocida, recorrió en una nebulosa el rostro de la mujer. Sus arrugas contaban años y vida. Se cruzó un segundo con su intensa mirada de ojos grises y esquivó ese reconocimiento invasivo. Tenía el pelo blanco, recogido en un moño igual de coqueto que el de su abuela Martina. Nariz prominente, boca menuda y todavía carnosa. La mujer sacó una mantilla de una bolsa que sostenía sobre sus rodillas.

—Cúbrete por lo menos con esto. No vayas a resfriarte. En el tren siempre hay que llevar algo de abrigo porque ponen el aire tan fuerte...

Su voz era suave, dulce, pausada, y resultaba tan cercana como si la hubiera escuchado en cualquier película de aquellas antiguas que solían ver la abuela, su madre y ella mientras devoraban cacahuetes, mientras oían de fondo las quejas de la tía Sole de no ser jamás la dueña del mando.

—Tiene una voz muy bonita, ¿sabe?

—Me lo suele decir la gente. —La mujer sonrió escondiendo el rostro con timidez—. ¡Tendría que haber sido dobladora! Ganarme la vida poniendo la voz a todas las estrellas de Hollywood, como la Garbo. Me encantaba la Garbo. Era mi actriz favorita.

—La de mi madre también.

Volvió a perder su mirada en el paisaje, queriendo interrumpir aquella escena que parecía producto de su estado de ensoñación. O de una nueva señal.

Intentó olvidar la llamada y la razón por la que estaba metida en ese tren, pero cualquier cosa, incluso la mujer que compartía fila con ella, la llevaba otra vez a ello. La noche anterior había cruzado el límite al mezclar Orfidal con alcohol, y comenzaba a preguntarse si todo lo que estaba sucediendo era producto de una pesadilla. Por unos segundos tuvo la extraña idea de que todo aquello era un estúpido sueño. Es un camino recurrente en estados de incertidumbre como se encontraba Gabriele. Lo único que debía hacer era despertar, pensó. Sin tan siquiera volver a girarse, mirando a su compañera de viaje desde el reflejo de la ventana, palpó a tientas hasta dar con el brazo de la mujer. Lo recorrió, cerciorándose de que no era producto de su imaginación. Tentó su brazo hasta llegar a sus manos entrelazadas, que la mujer cerró con suavidad para atrapar la suya dentro.

—¿Cómo se llama tu madre?

—Ángela, pero todos la llamaban Greta, por Greta Garbo.

Gabriele se dio cuenta de que estaba llorando al verse en el reflejo de la ventana. Se secó las lágrimas para salir de aquella nebulosa.

—¿Estoy soñando? ¿Sabe?, todo esto es muy extraño. Usted me resulta familiar, me recuerda a mi abuela Martina. ¿No querrá dejarme algún mensaje? Perdone si le parezco una loca, pero puede que solo se trate de eso... que... que... como las cosas que pasan en las películas. Te despiertas y tu abuela te ha dicho que seas más buena con la familia y vayas a verlos más. Usted y yo estamos metidas en un sueño, ¿verdad? —Gabriele se volvió para estar cara a cara con la mujer, mientras seguía cortándose la procesión de lágrimas con las manos—. Todo esto no puede ser más que un sueño. Un mal sueño del que me voy a despertar en cuanto se me pase el efecto del Orfidal. Prometo ser una buena niña y no volver a mezclarlo con alcohol...

Su compañera de fila le tomó las manos y se las acarició con ternura, como solía hacer su madre, intercalando caricias y pequeños golpecitos sobre ellas cuando le atrapaba la rabieta porque no había logrado dar con las palabras que expresaran lo que sentía. Era imposible detener aquel viaje de recuerdos. Gabriele y sus rabietas, la habían acompañado toda la vida. De pequeña se le hinchaban los mofletes y se teñían de un rojo morado, parecían un globo a punto de explotar. Su madre era la única que lograba que sacara los sapos que llevaba dentro. También cuando todo cambió. Aquella ausencia de meses, sin las manos de su madre para detener sus rabietas. Ella sola con su padre, que no respetó la ausencia y se fue con otra.

La mujer del tren siguió acariciando sus manos mientras las lágrimas se comían la carretilla de palabras y Gabriele se perdía de nuevo en la bruma del pasado.

—Gabriele, tu padre es un hombre muy bueno. Me quiere como nadie me ha querido y yo soy muy feliz a su lado. No hagas caso de lo que diga la gente, ni siquiera de lo que han visto tus ojos. ¿Lo harás por mí? ¿Confías en mí? —le había dicho su madre.

Fue la única vez que hablaron sobre el beso de su padre a otra mujer. Fue la única vez que no entendió a su madre, ni su silencio y por qué la obligó a que enterrara aquel recuerdo.

—Escúchame bien, Gabriele. La vida no es siempre como creemos que es. Tu padre es un buen hombre.

No volvieron a hablar de ello, pero para Gabriele fue su despertar a la desconfianza. Con solo once años perdió a su padre, lo convirtió en un extraño que compartía la vida con su madre. Lo mató en su pensamiento por pura supervivencia y para evitar que aquella escena de él con otra mujer en una bocacalle la marcara de por vida. No lo logró. Ese trauma la había acompañado todos esos años y también viajaba con ella en aquel vagón de tren.

Con sumo cuidado para no parecer desagradecida ante una caricia ajena, Gabriele deslizó su mano de las de la mujer del tren para interrumpir el viaje de recuerdos. Volvió al presente. Estaba aterrada, no podía imaginar que su madre pudiera morir. «Los médicos han dicho que solo un milagro la despertará. Hija, ven lo más rápido que puedas. Tu madre se muere.» Su padre, al más puro estilo de los realistas, no había almidonado la noticia y le había dejado claro en la corta llamada que su madre no iba a salir de ésa. Gabriele intentaba abandonar esos pensamientos y agarrarse otra vez a la nada para seguir cuerda. No deseaba adelantarse a los acontecimientos y mucho menos soltar la esperanza. Volvió a mirar suplicante a su acompañante de fila. La mejor compañía para el desconsuelo es la ternura, aunque venga de un desconocido como aquella mujer.

—Greta, ¡qué bonito nombre! Tiene que ser una mujer muy especial.

—Sí, lo es. —Eso la hizo sonreír entre lágrimas—. Estaba destinada a ser alguien importante, ¿sabe? Pero prefirió a mi padre.

—Seguro que eligió para bien.

El cuerpo de Gabriele se tensó como el de un puercoespín cuando enseña todas sus púas. Su voz adquirió un matiz más grave y frío. Su mirada se pintó de un rencor antiguo sellado en las pupilas.

—A veces el amor hace que estrelles tus sueños y eches a perder tu vida.

Gabriele seguía luchando para abandonar el viaje al pasado. Los trenes y las llamadas llenas de incertidumbre tienen ese efecto. Ese recuerdo silenciado seguía atormentándola, aunque se negara a aceptarlo. Pronto descubriría que los gestos más insignificantes mal entendidos en la infancia son capaces de arruinar una vida entera.

—¿No te cansas de apuñalarte a ti misma? Yo soy un puto colador y cada vez me siento peor. —Eso le había dicho Luis.

Se lo había recordado hacía un mes, en la conversación de bienvenida, después de que Gabriele abandonara a Paco y se presentara con las maletas en su casa. Aquella no fue una conversación como las de siempre. Se le había quedado dentro.

—Luis, por favor. Cuando bebes te pones muy melodramático.

Nuevamente blindada, Gabriele evitaba hablar del miedo a amar, del amor. No dejaba que Luis ni nadie entrara en la herida. Pero la llamada de su padre aquella mañana había abierto la cámara acorazada. El temor de perder a su madre, el terror de quedarse solo con su padre. No le importó compartirlo con una desconocida de tren a la que no volvería a ver jamás.

La mujer la miró compasiva, comprendiendo el dolor enquistado que convierte cualquier dulce de la vida en amargo. Repasó internamente la última frase que había dicho Gabriele: «A veces el amor hace que estrelles tus sueños y eches a perder tu vida». Titubeó antes de hablar, pero se decidió a hacerlo, intentando ser lo más tierna posible.

—Solo hay algo más fuerte que la voluntad: el amor. Aunque a veces nos hable en un lenguaje que no sabemos interpretar.

Gabriele no quiso atender a aquella última frase de su compañera de tren e intentó concentrarse en el paisaje de nuevo.

—Le agradezco sus palabras, pero no me encuentro demasiado bien, necesito cerrar un poco los ojos. Espero que no le importe. Mi madre está ingresada en el hospital y necesito descansar un poco.

Le dolió zanjar la conversación, salir airosa de esa complicidad tan inusual entre desconocidos.

—Por supuesto, espero no haberte molestado... Siento lo de tu madre, seguro que se pondrá bien.

Sonrió levemente con la mirada y dejó de hablar. No quería ser descortés con alguien que la había tratado de forma tan amable. Contuvo ese malestar que brotaba siempre en ella cuando alguien se refería al amor como la solución a todos los problemas, como el bálsamo que todo lo cura. Miró el móvil y se entretuvo el resto del viaje saltando de una pantalla a otra sin prestar demasiada atención a lo que leía. El efecto hipnótico de las aplicaciones y las redes sociales funcionó y se perdió en el limbo de aquella pseudorrealidad hasta que saltó un wasap de su tía.

Estoy en la estación. ¿Cuánto te falta?

Una hora. Llego a las 16.10. ¿Cómo está?

Todo igual. Te espero en la estatua del hombre con maletas.

El viajero.

Sí, eso.

La tía Sole, para Gabriele, era la única de la familia que no se había quedado atrapada en el tiempo. A sus cincuenta y tantos años lucía, como solían decirle en el pueblo, un aspecto de cuarenta y una mentalidad de treintañera. Enganchada a las series y las historias de madrugada de la radio, era la mujer más vital y alegre que Gabriele había conocido. La tía Sole tiraba de la familia y podía con cualquier desgracia. Después de pillar a su marido con otra en la cama, decidió dejar Madrid y volver a Candeleda, el pueblo de sus padres. Allí se refugió unos meses para lamerse las heridas, compadecerse y resucitar convertida en lo que era: la Sole de todos. Desde hacía más de treinta años regentaba el bar Pimentón, al que todo el pueblo acudía para disfrutar y limar penas. Ella y la cocina de Ada hechizaban al pueblo. Era un gusto verlas trabajar. Gabriele gozaba viendo cómo se querían, aunque su tía se empeñara en esconder lo evidente: que Ada y Sole eran pareja desde hacía dos décadas. El pueblo lo sabía, ellas callaban y el pueblo también. A pesar de que omitir realidades nos hace, desde el exterior, parecer ridículos, siempre hay motivos ocultos y profundos para hacerlo. La tía Sole y las tradiciones de la familia. Su madre, la estricta abuela Martina. Con el tiempo, Gabriele comprendió las reservas de la Sole con su madre.

—No fue la misma como madre que como abuela. Algún día te darás cuenta.

Hubo un tiempo en que Gabriele pensó en hablar con ella sobre Ada, pero lo descartó al comprobar en varios intentos que su tía hacía lo mismo que ella: cortar conversaciones. Zanjar aquello que le dolía cambiando bruscamente el tono.

Hacía casi un año que no veía a la Sole, el mismo tiempo que a sus padres. Desde que Gabriele abandonó Madrid, dejó de ser hija para convertirse en nómada de la vida, en exploradora de sensaciones, en atrapadora de cualquier cosa que no fuera su pasado. Tan veloz como el viento, al cumplir los veinte decidió dejar a su familia y apostar por ella. Estuvo tiempo sin apenas verlos, solo hablaba con ellos por teléfono y los visitaba en las fechas señaladas.

—¡Deja a la niña! Quiere volar, ya volverá. A su edad yo me comía el mundo.

Los primeros años Greta discutía con Félix por los desplantes de su única hija. Él no entendía la necesidad que Gabriele tenía de apartarse de ellos para ser libre. En cambio Greta comprendía a su hija, aunque su ausencia le doliera tanto como a su marido. Pero sabía que a un torbellino no lo detenía nadie ni nada más que él mismo. Le había pasado a ella y también le estaba ocurriendo a Gabriele.

—Sabes tan bien como yo que Gabriele no es feliz, solo huye, y puede que nosotros seamos los responsables.

Alguna vez, Félix y Greta pisaban su propia sombra de pareja, de matrimonio, pero enseguida decidían salir de allí. La línea roja que un día escogieron dibujar por el bien de todos.

—Se dará cuenta, Félix, pero necesita huir...

Félix no terminaba de comprender a su hija. Tampoco a su mujer, aunque fuera el amor de su vida. Él era un hombre que siempre vio lo extraordinario en lo ordinario, en lo sencillo. En el sonido de las hojas acariciando el viento, en el olor a hierba mojada, en la primera caricia de la mañana, en el olor a café recién hecho, en las comidas improvisadas con amigos, en los besos robados en la penumbra de una sala de cine. Félix se había llenado de esa vida mientras su mujer quedaba hipnotizada por la que sucedía en las grandes pantallas y en las promesas de éxito que su madre le había vaticinado desde pequeña.

Por esa distinta forma de ver la vida, Greta siempre comprendió a su hija mucho más que Félix, aunque le doliera la frialdad con la que trataba a su padre. Con los años, Félix consintió la distancia y asumió lo poco que conocía de su hija. Sus alocados veinte, viajando por el mundo y viviendo de cualquier cosa. Los treinta, retomando los estudios en Barcelona y enamorándose una y otra vez.

Se dio por vencido y delegó en su mujer toda relación con Gabriele. Ellas hablaban por teléfono, compartían películas, aventuras, y de fondo él se conformaba con el sonido de sus risas y algún resumen de Greta como «sigue bien» o «puede que tenga que buscarse otra casa». Los años pueden trazar una carretera de curvas y reproches silenciados que separan a dos personas. Eso les ocurría a Gabriele y a Félix y, hasta aquel día fijado en su memoria, aquel 8 de octubre, ninguno de los dos tuvo que hacer nada por atravesarla.

Valkiria volvió a sonar. Al leer «Papá» en el teléfono, a Gabriele le tembló tanto la mano que se le resbaló el móvil y cayó al suelo, después de rebotar sobre sus rodillas sin poder atraparlo. No dejó de sonar hasta que apretó el símbolo de teléfono verde de la pantalla parpadeante.

—¿Papá? ¿Hola? No te oigo. ¿Me oyes? ¿Papá?

Gabriele se levantó de la fila sintiendo que sus piernas apenas la sostenían. Miraba la pantalla del móvil con los ojos llorosos, con el pánico sacudiendo sus entrañas. Extendió el aparato apuntando al cielo como si de esa forma fuera a lograr que la cobertura volviera enseguida. Caminó hasta la zona de entre vagones y se desplomó en el suelo. La tensión y ponerse en lo peor le impedían mantenerse en pie. Marcó el número de su padre sin lograr conectar la llamada.

—¡Vamos! Por Dios... ¡Vamos!

Justo estaban pasando la zona de túneles de los Monegros, era la parte del trayecto con peor cobertura. En ese tiempo de larga espera la atravesó un escalofrío de algo mucho más intenso que el miedo: un pavor desconocido. Antes de que pudiera apoderarse de su mente el pánico estrangulador de sensaciones, *Valkiria* volvió a sonar, aunque en esta ocasión ni siquiera dio tiempo de llegar a las trompetas.

—¿Papá? ¿Me oyes?... Sí, sí, yo sí, yo sí. ¿Ha pasado algo?

—Todo igual, hija. Sigue mal, pero no nos dicen nada más. ¿Y tú? ¿Cuándo llegas?

Una mala noticia se convierte en buena ante la amenaza del temido superlativo. Lo peor que Gabriele podía esperar no se lo había confirmado su padre, y por ello respiraba de nuevo aliviada.

—Me queda algo más de una hora. La tía ya está en la estación. Calculo que puedo llegar sobre las seis o un poco antes.

Su conversación no la interrumpía solo la mala cobertura. Sus voces no se oían extrañas solo por las circunstancias, sino también porque hacía años que no conversaban por teléfono. Los dos se sentían incómodos en ese traje, al hablarse... a pesar de los silencios. Félix hizo un tímido intento de mostrar complicidad.

—Dile que no corra. Ya sabes lo que le gusta a tu tía la carretera..., que no corra, que con la prisa se ganan sustos y no tiempo.

Gabriele se quedó con el teléfono en la oreja. No sabía qué responderle. No supo recoger sus palabras de cuidado como lo hubiera hecho con su madre.

—¿Sigues ahí? —preguntó su padre ante la falta de respuesta.

—Sí —fue lo único que le salió a Gabriele. De nuevo un silencio estrecho, asfixiante, entre padre e hija. Los dos intentaban disimular su dificultad para tratarse, olvidar su propio olvido.

—Si pasa algo, ¿me llamarás enseguida?

Gabriele dio por concluida la conversación.

—Claro. Yo te llamo.

Colgaron sin más despedida que esa. Sin mandarse besos ni decirse alguna palabra cariñosa. Gabriele solo pensaba en su madre, ni siquiera se había planteado cómo podría estar su padre, el hombre que perdía al amor de su vida, al sentido de su existencia. También en eso padre e hija tenían dos versiones muy distintas. Puede que por ese motivo Gabriele no reparara en el sufrimiento de su padre, en la tristeza de su voz apagada y temblorosa. Félix estaba sufriendo. Gabriele también, pero ella se negaba a compartir el dolor de saber que la vida de su madre se escurría sin posibilidad de detenerla. Cuando la muerte revolotea alrededor de los que amamos no hay camino de retorno y, como un cubito de hielo fuera del congelador, se deshace ante nuestros ojos, poco a poco, en silencio, hasta desaparecer sin que hayamos podido evitarlo.

—Deseo que tu madre se recupere y todo quede en un mal susto.

—Muchas gracias. Ha sido usted muy amable.

Así se despidieron las dos compañeras de viaje. Hay cómplices anónimos que en momentos de fragilidad están ahí para sostenernos. Gabriele cargó con la maleta de lona roja, esa grande que había decidido llenar hasta reventar, dispuesta a quedarse unos días para cuidar de su madre cuando despertara y ver los daños ocasionados por el ictus. Su mente, mientras ella bajaba del vagón y atravesaba con prisa el andén, solo estaba concentrada en visualizar a Greta abriendo los ojos y sonriendo mientras se la comía a besos. Se la imaginaba más hermosa que cualquier otro día, como un ángel de la Tierra que ha pasado un tiempo en el cielo para recoger un mensaje. No creía en esas cosas, pero su madre sí. Ella era la espiritual de la familia y siempre le contaba historias de sus queridos seres alados.

—¿Y si en realidad lo que tu abuela me decía, que estaba predestinada a algo grande, significaba que soy un ángel caído del cielo, y mi misión ha sido cuidaros a todos?

—Mamá, tú eres mucho más que un ángel de esos.

Ella era la que se adelantaba a sus caídas, la que la consolaba cuando no sabía descifrar el mundo. La que le curaba las heridas de la rodilla después de un mal resbalón o el alma después de otro desamor. Para Gabriele su madre era su mayor apoyo y, ahora que temía perderla, se odiaba por haberle mostrado tan poco cuánto la necesitaba. Convertirte en una fugitiva de tus raíces, como Gabriele, tiene sus consecuencias. Como el vacío que comenzaba a aflorar.

Después de perderse varias veces por los pasillos de la estación de Atocha, atrapada por los nervios, la angustia y las ganas de llegar, vio cómo de lejos la saludaba con la mano su tía Sole. No dejó de hacerlo hasta que se abalanzó sobre ella para abrazarla con fuerza desmedida y dejarla casi sin aliento. «Ya estás aquí, cariño, ya estás aquí», repitió varias veces, incapaz de despegarse de Gabriele.

—Todo saldrá bien, ¿me oyes? —Le acarició la cara mientras le hablaba atropelladamente, con el nervio en la lengua—. ¿Cómo estás? No quiero que llores, ¿eh? Todo va a salir bien. Greta es una mujer fuerte y no ha llegado su hora. Tranquila, ¿me oyes? Tranquila.

Ante el acecho de la muerte, todos negamos su presencia, aunque sintamos en nuestra piel erizada que ha aparecido y que no está dispuesta a irse sin llevarse a alguien.

—Sí, lo sé, tía. No te preocupes, estoy bien.

Gabriele miraba a su tía de soslayo mientras caminaban hacia la salida en busca del coche. Le había crecido el pelo. Lo llevaba más oscuro que la última vez y recogido en una cola casi deshecha.

—¿Te has cambiado las gafas? ¿Verdes?

—¿Te gustan? Sí, verdes. Necesitaba darle un poco de alegría a esta cara, hija, que con los años se cae... ¿Te parece demasiado atrevido? Al principio impacta un poco, pero luego te acostumbras. Si tu padre se ha acostumbrado a verme así...

Las dos rieron y siguieron la marcha. La tía Sole era la única de la familia que, en cualquier ocasión, sabía sacar a pasear el humor.

—¿Y qué me dices del tipo que se me ha quedado? Ahora vuelvo a llevar tejanos. ¿Qué te parece? *Spinning* tres veces por semana. ¡Estoy enchufada! ¿Y tú cómo vas? Que hay que empezar a cuidarse, lo digo por ti también, que ya no eres una veinteañera.

—Estoy en ello, tía, estoy en ello...

—¿Qué llevas en esta maleta? ¿Piedras? ¡Hija!

Cargaron la maleta en el coche de la Sole. Gabriele se sorprendió por el nuevo auto de su tía.

—¿Qué te parece? Es mi regalo de cumpleaños. Un supercoche. Siempre he querido tener una ranchera, como los americanos, ¡y aquí está mi pequeño tesoro!

Gabriele recordó la última frase que su padre le había dicho por teléfono y no pudo más que sonreír al comprender su advertencia.

—¿Quieres que conduzca yo, tía?

—¡Ni hablar! Todavía no soy tan mayor... Tú descansa y disfruta del viaje.

—Papá me ha dicho que no corras.

—Bueno... Ya sabes que tu padre y yo coincidimos en pocas cosas —dijo, discreta pero seca, mientras arrancaba el coche. Con una sola maniobra ya estaba en circulación y se había ganado el primer bocinazo del viaje. Gabriele auguró que no sería el último, pero prefirió mantenerse callada mientras su tía seguía distrayendo la rabia con los otros conductores.

—Madrid se ha convertido en una ciudad sin ley. En cuanto la piso quiero marcharme. Donde haya una buena montaña que se quite lo demás.

Con los gruñidos de su tía de fondo, Gabriele contemplaba la ciudad que la había visto nacer hacía treinta y nueve años. Madrid, más allá de lo que creyera su tía, estaba preciosa para Gabriele. Aunque la glorieta de la plaza del emperador Carlos V siempre fuera un hervidero, Gabriele echaba de menos la frenética actividad de su ciudad. El tráfico a cualquier hora, los regueros de gente de madrugada, las terrazas llenas y su luz, aunque el día no había querido que la disfrutara porque se había levantado borrascoso y amenazando tormenta. Llevaba unos años sin entrar en Madrid, la ciudad que había decidido abandonar por Barcelona. A través del cristal la contemplaba con añoranza y recordaba a la chica de dieciocho años que quería comerse el mundo. Madrid seguía con la misma energía, pero ella no podía decir lo mismo. Se habían esfumado el ímpetu, la soberbia de reivindicarse a una misma, la rebeldía de creer que no necesitaba a nadie. Gabriele estaba desenfocada, aunque quisiera disimularlo ante su tía y el mundo.

—Puede que nos pille la lluvia. Pero este coche se agarra bien, ¿sabes? No hay problema con nada. Aunque nevara estaríamos en menos de dos horas en Candeleda. Me alegro de verte.

La Sole puso la mano sobre la rodilla de Gabriele y se la apretó con fuerza, queriéndole transmitir ánimos sin sacar el tema. Ampararnos en la cotidianeidad, concentrarnos en lo que ocurre en nuestra percepción visual, nos desconecta de la peligrosa especulación. A Gabriele le hubiera gustado poder disfrutar un poco más de la vista de Madrid, pero enseguida tomaron la A-5 y se metieron de lleno en la carretera, en el viaje de espera hasta llegar a destino.

—¿Crees que saldrá de esta? —preguntó Gabriele.

Se le escapó. Le salió sin procesarlo, de dentro, empujada por la incertidumbre y el miedo a la pérdida. Sabía que su tía había estado con su padre en el hospital y, por su simulada tranquilidad, Gabriele intuyó que no se lo habían contado todo.

—Vamos a esperar, cariño, mejor esperemos a ver qué dicen...

—Tía... Necesito saber la verdad. —Gabriele volvió a insistir para obtener una respuesta—. ¿Crees que saldrá de esta?

La Sole agarró con fuerza el volante y fijó su mirada en la carretera mientras achinaba un poco los ojos y arrugaba la cara, dudando de si debía contárselo. A todos les había tomado por sorpresa lo ocurrido y cada uno reaccionaba y lo llevaba como podía.

—Esta mañana el médico nos ha dicho que no cree que pase de hoy. —Decidió no mentir y que Gabriele recibiera el mismo mensaje que les había dado el médico—. Está muy grave, cariño, muy grave. Pero puede que se equivoquen, ¿sabes? El cerebro es lo más misterioso y desconocido que tenemos y tu madre..., tu madre...

Fue incapaz de terminar la frase, aunque su cabeza intentara encontrar cualquier palabrería reconfortante para llenar el vacío del vértigo a la incertidumbre.

—¿Te parece que ponga algo de música? —preguntó Gabriele sin apartar la mirada de la carretera y sin hacer un solo comentario sobre lo que su tía le acababa de anunciar.

—Lo que quieras, cariño. Lo que quieras...

Se entretuvo fisgoneando en el navegador del coche hasta dar con la pantalla que permitía enlazar su móvil y buscar una lista de reproducción en Spotify. Mientras lo lograba, su tía permaneció en silencio. La situación también había podido con ella y, aunque había intentado sobreponerse, también se había quedado sin palabras. No hay nada que pueda hacer desaparecer la tensa espera, la angustia de saber que en cualquier momento puede pasar lo peor. La Sole lo sabía tan bien como Gabriele. No había tenido una gran relación con Greta. El único modo de seguir junto a su hermano fue aceptando jugar a las verdades enterradas que Félix había impuesto, como un colador de silencios.

Greta era una mujer magnética para la mayoría, pero a la Sole siempre le había parecido que jamás estaba satisfecha con lo que tenía. Pero en la familia y por la familia ella siempre guardaba la ropa y su boca seguiría estando sellada ocurriera lo que ocurriese. Por su sobrina y por su hermano.

Al sonar los primeros compases de la música, la Sole no pudo evitar mirar de soslayo a Gabriele.

—Serás capaz...

—Es la mejor película de la historia de la humanidad.

Gabriele había elegido la banda sonora de *Desayuno con diamantes*, la película favorita de su madre, que se había convertido en una tradición navideña. Todos los 24 de diciembre por la tarde tocaba ser Holly Golightly, enamorarse de Paul Varjak y comer cacahuetes, como cuando estaba la abuela y todas menos la Sole disfrutaban de los clásicos que echaban por la tele. Las películas preferidas de la abuela Martina eran las de indios. Las de Greta, las de las Hepburn y la Garbo. Y las de Gabriele, las de Tom Hanks, su actor favorito de todos los tiempos. No era guapo, pero la hacía reír y tenía pinta de buen tipo, exactamente lo contrario que los hombres de los que se enamoraba.

La Sole se rindió a los ritmos de Mancini moviendo los hombros al compás de las clásicas trompetas. Aborrecía esa película, pero reconocía que su banda sonora era buena. A fin de cuentas, le pareció una elección perfecta para contemplar el paisaje y hacer más llevadero el viaje. Se dejó llevar por el mundo de color y fantasía de *Desayuno con diamantes*. Esa película también a ella le recordaba a Greta porque siempre había pensado que su cuñada podría haber sido cualquier personaje del Hollywood de los cincuenta. Una ama de casa soñadora, con aspecto de diosa por su eterna belleza y elegancia, que pocos sabían qué pensaba y con la que todos querían pasar tiempo, aunque tuvieran que rellenar los silencios de sus miradas perdidas hacia el mundo imaginario en el que Greta siempre vivió.

La Sole siempre había pensado que Greta era una mujer que sabía atrapar a cualquiera y lo hizo con Félix. Sin quererlo seducía y te hacía sentir el ser más afortunado del mundo por poder compartir un café con ella. Era tan inalcanzable como desconocida. Greta fue para Félix como las *Meninas* de Velázquez, su joya de la corona. Félix estuvo la vida entera dedicado a salvaguardar una de las pinacotecas más famosas del mundo. Entró a trabajar en el Museo del Prado con tan solo quince años, a mediados de los sesenta, como ascensorista. Era el puesto de trabajo que dada su temprana edad podía desempeñar en ese respetado lugar. Durante muchos años fue ascensorista, luego técnico de autorización de pintores para realizar copias de obras del museo y vigilante de sala. Finalmente logró una plaza, a fuerza de estudio y esfuerzo, como restaurador. Félix tuvo una relación de amor silenciosa con las pinturas que ocuparon su vida. También con Greta, pero sobre todo con Gabriele. Del joven vestido con gorra y un uniforme azul en invierno y beige en verano que tiraba de la palanca de los cinco elevadores quedaba, en todo caso, el silencio y la dificultad en hacer aflorar emociones. Recatado para expresarse, fiel paseante de las salas del museo cuando estaba cerrado, había construido su vida en paralelo a su oficio.

Al jubilarse, Félix quiso volver a la tierra, al pueblo que lo vio nacer: Candeleda. Greta vivía solo para sus dos perros, *Greco* y *Menina*, dos chuchos de cuatro y cinco años que había recogido de la calle y que no se separaban un minuto de ella. A Greta le pareció buena idea abandonar la ciudad por el pueblo y dedicarse a su pequeño huerto y sus perros, una vida contemplativa. Y de eso hacía cuatro años.

—¿Cómo estás tú? —fue lo único que la Sole le había preguntado a su hermano aquella mañana en el hospital. Una pregunta que carecía de importancia si no se veía desde la distancia de dos hermanos que se querían pero que tenían dificultades para comunicarse. Eran distintos: Félix metido para dentro y la Sole una fuente desmedida de emociones, desafiante con las tradiciones de su familia, pero respetuosa y tan familiar como Félix.

—Yo no importo, Sole. ¿Cómo está ella? Es lo único... No me di cuenta, ¿sabes? Me quedé leyendo y no me di cuenta, no me di cuenta...

Ante la incapacidad de soportar lo sucedido, buscamos en la culpa un mal consuelo, como si el destino estuviera en nuestras manos y pudiéramos evitar la ola que va directa hacia nosotros. Félix no salía de allí, de los pensamientos circulares infinitos que le recordaban una y otra vez la escena que quedaría grabada para siempre en su interior.

—Me voy a acostar, cariño. Me duele un poco la cabeza. Buenas noches.

Un último beso, apenas un roce de labios sin que Félix despegara la mirada del libro que andaba releyendo, *Cartas a Theo*, un recopilatorio de la correspondencia que Vincent Van Gogh mantuvo con su hermano. A Greta y a él les gustaba conversar sobre arte. Los dos adoraban el medio, aunque desde puntos de vista opuestos. A Greta le encantaba conocer las fascinantes vidas de los artistas y Félix se fijaba en su camino hasta la excelencia. Van Gogh no era uno de los artistas preferidos de Greta, y por ello Félix no le dio demasiada importancia a su silencio ni a su despedida temprana.

—Buenas noches, cariño.

Fue lo último que Félix le dijo a su mujer. Una frase que, en esos más de cuarenta años juntos, tantas veces había pronunciado. Todo parecía parte de la habitual liturgia de pareja hasta que, apenas hora y media más tarde, Félix entró en el dormitorio y se la encontró en el suelo inconsciente. La secuencia de auxilio pervive desdibujada en su memoria alterada. Su llamada desesperada al 112, conversaciones que le aconsejaron cómo ocuparse de su mujer mientras acudía un servicio de UVI móvil a su casa. Greta no volvió en sí, pero Félix no dejó de hablarle en todo momento. Ni por asomo podía concebir la idea de que no volviera a despertar.

—Tranquila, cariño, te vas a poner bien. Los médicos ya han llegado. Te vas a poner bien.

—Se va a poner bien, tranquilo —había repetido la Sole, despertando a Félix de su ensoñación en la sala de espera del hospital.

Fue el único momento en que Félix se sacudió los pensamientos para mirar fijamente y de forma implorante a su hermana, como si ella fuera depositaria de la verdad que necesitaba oír. La Sole ni siquiera sabía por qué había afirmado semejante frase de falso ánimo, no estaba sustentada por ninguna evidencia médica. Pero vio que para Félix fue un bálsamo. Avivó la marchita esperanza de que su mujer saldría ilesa de todo aquello. Apenas hacía una hora que los médicos les habían dado un mal pronóstico y ninguno de los dos se había atrevido a pronunciar palabra.

Horas más tarde, agarrada al asfalto de la carretera de camino al hospital con su sobrina, la Sole recordaba la conversación con su hermano. Sostenía el dolor agudo de la mirada implorante de Félix de aquella mañana, queriendo creer lo imposible para evitar derrumbarse. Se imaginó haciendo todo aquello que no había hecho: abrazarlo con fuerza y acariciar su espalda con suavidad mientras él soltaba el llanto desconsolado. Lejos de eso, se había sentado junto a él y había permanecido en silencio.

—¿Crees que debo avisar a Gabriele? —le había preguntado Félix con la mirada perdida.

Hay silencios que convierten la sangre en plomo y hacen el aire irrespirable. La Sole respondió afirmativamente con la cabeza y Félix, aturdido y apesadumbrado, se levantó y abandonó la sala de espera para llamar a su hija, con la que hacía meses que no hablaba. En el primer intento no obtuvo respuesta. Aprovechó para respirar el aire de la calle y ver la luz del día. En unas horas su vida se había estancado, se veía en medio de un barrizal incapaz de moverse. Todos sus pensamientos se caían o amontonaban esperando a que se levantara la presa que el miedo había construido en su mente. Desde el accidente de su mujer, Félix procesaba a través de esa nada a la que todos acudimos cuando nos vemos incapaces de asumir lo ocurrido.

Observó a un hombre encendiéndose un cigarrillo apenas a unos metros de él. Salía también del hospital y, por su mirada abierta en la desesperada búsqueda de respuestas, supo que eran compañeros de viaje. En una bocanada de humo, el desconocido cruzó la mirada con Félix, que por primera vez se sintió extrañamente reconfortado. Por unos instantes, se olvidó de él y se quedó contemplando cómo el desconocido fumaba. Sintió el ansia de cada calada, el nervio de cada exhalación, observó el tic nervioso en su pierna derecha ofreciendo el baile de la incertidumbre. De un golpe seco apagó la colilla, que quedó aplastada en el suelo con el mismo ímpetu con que se aniquila a una cucaracha.

—Buenos días.

Fue lo único que le dijo antes de volver a entrar en el hospital y perderse en su propio drama. A Félix no le dio tiempo a responder, estaba mucho más aletargado que el desconocido. No había dormido en toda la noche y comenzaba a sentir los estragos de la falta de descanso. Decidió hacer un segundo intento y llamó a Gabriele. Cada tono de llamada lo llevaba a un escalofrío interior. Cuando estaba a punto de colgar, oyó su voz precipitada: «¿Sí? ¿Papá?». Respiró sintiendo cómo el aire golpeaba su pecho y lo soltó como pudo.

Apenas veinte segundos después de colgar se rompió como un niño, doblegando su cuerpo en un llanto silente. Hecho un acordeón de dolor, se dejó caer en la soledad del desconsuelo. Sus lágrimas emergieron, brotaron de dentro sin pedir permiso mientras él intentaba darle voz al grito mudo que llenaba su boca impidiendo que el aire entrara o saliera. Al fin un sonido áspero y profundo en forma de desgarro hizo saltar el tapón, descorchando lo retenido durante horas. Escuchar a su hija —«Dile que llego enseguida, ¿vale? Tú háblale, aunque no te conteste»—, repetirle lo oído por boca del médico le fracturó el alma. Félix llevaba horas impermeable a cualquier emoción. Habérselo comunicado a su hija había hecho real lo ocurrido y ahora debía prepararse para lo peor.

—No estoy lista para que mamá muera, ¿sabes?

La Sole volvió a agarrar con fuerza el volante. Esta vez decidió tragar saliva, y también tragarse la frase —«Se va a poner bien»— que le había dicho a su hermano hacía unas horas. Mancini había terminado y Gabriele había dejado en manos de Spotify la selección de música. Miró de reojo el reloj del salpicadero con la frustrada intención, como en otras ocasiones, de que el tiempo corriera más deprisa. Todavía quedaba una hora de viaje y de incertidumbre y se le habían terminado las palabras para evitar que el vértigo de perder a una madre llevara a Gabriele a pensamientos indebidos.

—¿Cómo va el bar? ¿Todo bien?

Fue una pregunta tonta que dejó ver a la Sole el acto desesperado de su sobrina por hablar de cualquier cosa y rellenar el viaje.

—Agotador, pero feliz por hacer lo que me gusta. Disfruto al ver a la gente charlando y viniéndome a visitar. Nunca pensé que sería tan popular, ¿sabes? Tengo el Pimentón a rebosar todos los días y eso también es mérito de Ada, no sé qué haría sin sus platos. Son el alma del lugar, hay que reconocerlo.

—Sois el alma las dos, tía.

Gabriele sonrió cómplice a su tía, aunque sintió cierta incomodidad, como siempre que intentaba hablar sobre Ada.

—Bueno, claro, las dos hacemos por que el Pimentón siga funcionando, pero la comida, Gabriele... Lo más importante es la comida... Y tú por lo que veo te has olvidado por un tiempo de ella, porque te has quedado en los huesos.

Se miró la cara en el retrovisor y comprobó los estragos del cansancio y del viaje. Se acicaló el pelo con las manos y se mojó los labios en un intento frustrado por recomponerse. Era cierto que en aquel mes de abandono y mudanza a Gabriele se le habían quedado por el camino unos kilos y no lograba recobrar el apetito.

—¿Volvemos a no tener hambre?

La Sole y ella se hablaban con mensajes cifrados cuando no deseaban cruzar los límites. Era su forma de pedirse permiso para abrir las puertas de la intimidad.

—Dejé a Paco hace un mes y ahora vivo en casa de Luis. Bueno, en una habitación llena de cajas. Pero esto solo es temporal y no va a volver a ocurrir, tía. ¡Se acabaron los artistas en mi vida! Ahora me voy a ocupar de mí y solo de mí.

No era la primera vez que la Sole escuchaba de su sobrina la promesa de cerrarle las puertas al amor invasivo. No era la primera vez que sufría un abandono y veía su vida en cuatro cajas. Gabriele ya no era una niña, pero su tía se sentía perdida para aconsejarla o mostrarle cualquier camino mejor que los que hasta el momento había elegido. Aunque la Sole la quería como a una hija, respetaba demasiado el papel de madre como para intentar suplantarla y desde siempre se había privado de aconsejarla.

—¿Cómo estás? —preguntó.

—De nuevo en la casilla de salida, tía. También perdí el trabajo. No sé cómo lo hago, pero cuando pierdo el amor lo pierdo todo. Puede que Luis me consiga un puesto en el *coworking* de unos amigos suyos. En unos días tengo una entrevista con ellos y puede que me den el trabajo.

La Sole la escuchaba con deseos de tranquilizarla y confesarle que la vida es un continuo reaparecer en la casilla de salida. Un viaje que nos hace tolerantes a la frustración al ver cómo nuestras creencias más férreas se nos quedan en el camino y comprobar que nada de lo planeado será como queríamos. Ella lo había comprobado en sus propias carnes con Ada y su amor escondido y, aunque jamás lo había compartido, sabía muy bien que, el día que comienzan a tambalearse tus cimientos, el río de la vida empieza a correr con fuerza.

—Necesito ir al baño. ¿Puedes parar en la siguiente gasolinera? —dijo Gabriele.

Hay decisiones que tomamos que nos pasan desapercibidas y otras que nos hacen cuestionarnos y perdernos por la infinidad de posibilidades abiertas que existen más allá de la decisión adoptada. A Félix le pesaba haberse quedado leyendo esa noche tanto tiempo y no haber acompañado a su mujer, no haberse acostado junto a ella como tantas otras noches. Dudaba de si podría haber evitado la gravedad de lo sucedido.

Gabriele fue al baño y se dejó el móvil en el coche unos momentos antes de que su padre llamara. Las trompetas de *Valquiria* alertaron a la Sole, que esperaba en el coche. En el asiento del copiloto la palabra «Papá» parpadeaba en el móvil. Sin pensárselo, contestó.

—¿Gabriele?

—Soy la Sole. Tu hija está en el baño. Hemos parado.

Volvió el silencio de plomo que viaja en el espacio con la certeza de compañera.

—Félix, ¿ha ocurrido algo?

Al otro lado un abatido hombre de sesenta y siete años se atrevía a cruzar la dolorosa realidad. Hacía apenas unos minutos, los médicos le habían informado de que su mujer había fallecido. Hacía tan solo media hora, el tiempo que se había quedado abrazado a ella. Sin poder despegarse de la mujer que había sido para él como el aire que respiraba. Se desplomó en la soledad del dolor más profundo, meciendo el cuerpo de su mujer, desesperado, queriendo reanimarla, mientras las enfermeras intentaban consolarlo inútilmente.

—No puede ser. No puede ser. —Sus ojos no dejaban de derramar lágrimas de abandono—. Por favor, Greta, vuelve. Despierta, mi amor. Vuelve...

Necesitó un tiempo incierto hasta lograr serenarse. Se sentó frente a ella y la miró mientras las enfermeras preparaban el cadáver.

—¿Tiene usted seguro para el funeral? Tómese unos minutos, pero debemos proceder a tramitarlo todo.

Cuando la muerte se lleva una vida, los vivos deseamos alejarla cuanto antes de nuestro lado, no vaya a ser que se confunda y se nos lleve también a nosotros. Nos llenamos de burocracia, mercadeando incluso con la tristeza ajena, sin permitirnos el derecho a abandonarnos con nuestros muertos. Félix fue retirado contra su voluntad del lado de su mujer y llevado a la sala por el personal del hospital, amparado por el protocolo. Su trabajo, nuestras penas. Su función, nuestra frustración.

—¿Quiere que le ayude con algo? ¿Necesita avisar a alguien? ¿Llamar a algún familiar?

En aquel instante creyó que se había terminado todo, pero una enfermera se acercó para recordarle que no era él el que se había muerto y que todavía permanecía entre los vivos. Sostuvo unos minutos el teléfono hasta que encontró el valor de llamar a su hija.

—¿Félix? Por favor, háblame. —La Sole seguía desde el otro lado de la línea pidiéndole que arrancara a hablar.

—Ha muerto —respondió, directo como siempre, sin necesidad de coser más palabras de la cuenta. La Sole, que había salido del coche, se apoyó en el capó mientras veía llegar a su sobrina con una botella de agua de litro y medio entre las manos. En cuanto cruzaron una mirada, Gabriele soltó la botella sin reparo y corrió desesperada con los ojos de nuevo abiertos a lo peor.

—No corráis. Ya no hay prisa. Voy a encargarme de los papeles. ¿Te ocupas tú de Gabriele?

La Sole no había llegado a responder cuando Félix colgó. Lo hizo sin que ella pudiera avisarle de que su hija venía de camino. Félix colgó rápido, huyendo de Gabriele, de escuchar su voz de nuevo. La Sole, inmóvil, vio en la nebulosa de la desgracia cómo Gabriele se daba cuenta de que lo peor acababa de suceder. Negaba con la cabeza, con la mirada, incluso con aquella pregunta que no llegó a hacer.

—Lo siento mucho, cariño. Lo siento mucho.

Se abrazaron con fuerza buscando el refugio, el camino a la cueva para no sentir. No hizo falta decir nada más. Tía y sobrina volvieron a su código cifrado y lloraron juntas hasta que pudieron mirarse a los ojos y verbalizar lo ocurrido.

—Tía, dime que no es verdad, dime que mamá no ha muerto. Dímelo, por favor, necesito que me lo digas.

Hay momentos en que, por amor, deseamos ser constructores de realidades, superhéroes que tienen la capacidad de cambiar el rumbo de las cosas y resucitar a los muertos. Pero incluso el sentimiento más poderoso de todos nos inhabilita para adormilar el dolor y deshacernos de las desgracias. Gabriele comprobó aquella tarde, extraviada en una gasolinera, que no hay consuelo posible ante la pérdida de una madre. No hay estado de abatimiento peor que el precipicio invisible al que viajas cuando te notifican su fallecimiento.

Sin apenas hablar, se volvieron a meter en la ranchera. Serenas de tristeza.

—¿Vas bien para conducir, tía?

—Sí, no te preocupes, cariño, estoy bien. —«¿Y tú?» era una pregunta que la Sole prefirió guardarse para dejar a su sobrina con su dolor. Otra vela se había apagado en una ráfaga de viento invisible que los había pillado a todos desprevenidos.

»¿Te importa que llame a Ada? Será mejor que avise a los amigos y cierre el Pimentón.

—Claro. No te preocupes.

Exactamente lo mismo que había dicho su padre. La prisa se termina cuando desaparece la espera. La Sole se metió en el pequeño comercio de la gasolinera para llamar a Ada y evitar que su sobrina la viera llorar de nuevo. La inesperada muerte de Greta le había despertado el miedo enterrado a la muerte, e hizo que brotara en ella una suerte de deseo de vivir con más fuerza y verdad el tiempo que le quedara.

—¿Cómo estás? —le preguntó Ada.

—No lo sé. Preocupada por Félix y por Gabriele. Greta a pesar de todo era el vínculo entre ellos.

—¿Qué quieres que haga?

—Será mejor que avises a todos y cierres el bar. Espérame en casa. No sé a qué hora llegaré.

Ninguno fue capaz de asimilar la pérdida de Greta aquella tarde. Gabriele necesitó algo más de tiempo del que duró la llamada de la Sole a Ada para meterse de nuevo en la ranchera y reemprender el viaje.

—¿No te importa? Creo que voy a vomitar si me meto en el coche de nuevo. Todo me da vueltas. Tengo el estómago en la garganta.

Acompañó a su sobrina a unas mesas que había en un pequeño descampado y fue a buscar agua. Permanecieron en silencio hasta que Gabriele fue capaz de volver a enfocar.

—He llegado tarde, tía. Mi madre me lo ha advertido esta mañana. Y yo he llegado tarde.

—¿Qué estás diciendo?

—Cuando me resistía a despertarme he oído su voz, antes de que papá me llamara. ¿Y sabes? Me decía que me despertara, que iba a llegar tarde. Como cuando de pequeña no quería ir al colegio y me metía dentro de las sábanas.

La Sole escuchó sin dar crédito toda la escena que Gabriele había vivido aquella mañana. Cuando los muertos hablan más allá de nuestra razón solo nos queda respetarlos, jamás contradecirlos. Así lo hizo. Escuchó a su sobrina y atendió con todo el mimo que pudo sus lamentos. La Sole había perdido la fe hacía tiempo, pero respetaba tanto la vida como la muerte. Lloraron y rieron juntas recordando a Greta. No sería la primera vez ni la última que lo harían. Ni ellas ni Félix podían imaginar que una muerte inesperada los llevaría a emprender juntos un viaje más allá de los recuerdos y la ausencia. Lejos de terminar, todo estaba por llegar, y curiosamente solo Greta lo sabía.

2

—¿Gabriele? ¿Estás despierta? —Félix golpeó con suavidad la puerta del desván para comprobar si Gabriele había amanecido. Llevaba un par de horas esperando para no perturbar su descanso. Necesitaba hablar con ella. Él no había dormido, Gabriele apenas. Al otro lado de la puerta, sobre la cama, Gabriele era incapaz de despegar la mirada del techo recorriendo las grietas como si fueran caminos dibujados en un mapa.

Cada uno observó en solitario el amanecer, la primera mañana sin ella. Sin el pegamento que los mantenía unidos, sin Greta. Félix pocas veces se salía del tiesto. Todo lo contrario que su hija, que escarbaba la tierra para esparcirla por fuera. Control y rebeldía, como el agua y el aceite, imposibles de combinar. Sin embargo, aquella mañana ambos compartían la misma nube de incapacidad para enfrentarse a la nueva situación. Gabriele resoplaba, Félix frenaba sus nudillos antes de volver a golpear la puerta. Se sentó al borde de la escalera, agotado, vencido, aturdido. Greta llevaba tan solo unas horas muerta, pero ya había dado señales desde el más allá. Le había ocurrido a Félix, de madrugada y casi por casualidad. Detrás de la puerta, esperando señales de su hija, pensó que mientras todavía tuviera el pensamiento caliente, debía informar a su hija y a su hermana del descubrimiento.

La noche anterior Félix fue el primero en simular acostarse. Mintió a Gabriele y a Sole. No quería dormir. Solo estrujar su cara en la almohada y llorar en silencio. Romperse mientras se le dibujaban escenas de él y Greta que resumían una vida que había quedado incompleta. Se acurrucó en el costado de la cama de Greta para atrapar lo que quedaba del aroma de su piel. Colocó en vertical su almohada y se abrazó a ella, como si quisiera apresar sus últimos besos. Permaneció entrelazado al refugio de los recuerdos hasta que dejó de oír voces en el salón. Lejos de poder dormirse, se incorporó y sacó media cabeza por la puerta para comprobar que su hija y su hermana se habían retirado a sus dormitorios. El reloj de pared que Greta le regaló en su treinta y cinco aniversario de bodas marcaba las cuatro de la madrugada.

Descalzo y a tientas caminó hasta llegar al sillón donde su mujer solía sentarse. Deslizó los dedos sobre el cuero desgastado, medio cuarteado, del añoso orejero. Se dejó caer con suavidad mientras sentía los golpes de la tristeza sobre la piel. Se frotó la cara para limpiarse las lágrimas y permaneció inmóvil, sin saber muy bien qué hacer. De forma inconsciente, esperaba una *señal*, cualquier cosa que le indicara la presencia de Greta. No era más creyente que nadie de aquel pueblo, pero se agarró a la esperanza de lo que algunos en su misma situación habían experimentado.

—El día que murió Asun, la vi sentada frente a mí, en la silla del dormitorio donde solía dejar su ropa.

Su amigo Cosme le había confesado cómo aquella aparición le reconfortó la pena de los primeros días. Cosme, a diferencia de Félix, era un fervoroso del esoterismo y, aunque Félix nunca había atendido a las chaladuras de su amigo sobre los ángeles y los espíritus de los muertos, aquella noche se encontró aguardando una señal del más allá. Permaneció sentado en el sillón por si transmutaba una conexión entre él y su mujer.

—Tú háblale y espera que te responda. —Recordaba las instrucciones de Cosme—. Ten paciencia y llegará.

Félix cerró los ojos y, en un acto desesperado o lleno de fe, se puso a hablar con su mujer.

—No sé qué voy a hacer sin ti, Greta. No me regañes porque ya sabes que siempre has sido tú la valiente, no yo, aunque los demás pudieran pensar lo contrario. —Un suspiro entrecortado por la tristeza interrumpió durante unos segundos su charla—. Ojalá pudieras ayudarme para saber cómo seguir aquí. ¿Cuántas veces te dije que yo tenía que irme antes?

Los ojos de Félix seguían cerrados y prietos, esperando que ocurriera algo. *Greco* y *Menina*, que no se habían apartado un segundo de él, reposaban la cabeza sobre los pies de Félix, que estaban tan anclados en el suelo como los dedos de sus manos estaban agarrados al reposabrazos del sillón.

—Ojalá me hubiera ido yo porque tú sabrías cómo consolar a Gabriele. Y estoy seguro de que ella lo hubiera preferido así. Puede que incluso me haga culpable de tu muerte... Yo siempre he sido su monstruo, aunque tú hayas intentado mediar entre nosotros. ¿Sabes? Nada más vernos ya la hemos tenido, Greta. No hemos aguantado ni cinco minutos...

Se habían encontrado en el hospital, esperando a poder acompañar el coche fúnebre al tanatorio de Candeleda. No fue hasta entonces cuando padre e hija se abrazaron con cautela, como si les diera miedo sentir el contacto de sus pieles. Los dos se habían refugiado en la tristeza primitiva de la pérdida y en la íntima despedida frente al féretro de Greta.

—¿Qué pasó? ¿Cómo ha ocurrido?

Fue la única ocasión en que Gabriele se dirigió directamente a su padre, y Félix sintió que aquellas preguntas llevaban escondida una acusación o un reproche.

—La encontré en el suelo. Yo estaba leyendo en el salón con la televisión puesta.

—¿No oíste un ruido? Porque cuando alguien cae tiene que hacer ruido. ¿No lo oíste, papá?

A Gabriele se le escapó por el dolor y el desconcierto esa insinuación tan hostil como desacertada. Quiso retractarse, pero la daga ya había dado en la antigua herida.

—¿No me das tregua ni siquiera el día que ha muerto tu madre? ¿Acaso también crees que soy culpable de eso?

Gabriele se quedó congelada, sin saber qué decir. Los dos permanecieron en silencio, bloqueados, vencidos por aquella muerte que eran incapaces de digerir. Estaban solos en la sala de rezos, junto al féretro de Greta. Se miraron deshechos, rotos por dentro e incapaces de consolarse en el dolor compartido.

—Lo siento, cariño, lo siento mucho. —Félix rozó la mejilla huidiza de Gabriele y abandonó la sala del tanatorio. Intuía que, con la muerte de Greta, Gabriele se alejaría todavía más de él. Le dejó su espacio para evitar un nuevo desencuentro. Lo hizo por respeto a su mujer y a los primeros vecinos que acudieron a dar el pésame nada más llegaron al tanatorio del pueblo.

Acordaron cerrar a las diez de la noche y marcharse a casa. Algunos abrazos desdibujados, murmullos de corrillo que quedaron desenfocados en la memoria de Félix.

—¿Has comido algo hoy, hermano? —Félix negó con la cabeza mientras se subían a la ranchera de la Sole los tres—. Ada nos ha dejado la cena preparada en tu casa. Esta noche duermo con vosotros porque mañana será un día largo y prefiero estar arriba.

—Sole, no te preocupes. Gabriele y yo estaremos bien. No hace falta que duermas en casa, de verdad...

—Fui yo quien se lo pidió —interrumpió Gabriele, ya metida en el coche—. Si no te importa, preferiría que la tía se quedara.

Félix respiró hondo y sin mediar palabra subió a la ranchera. No tenía fuerzas y además pensó que quizá era la mejor idea para no estar a solas con su hija.

La Sole sabía que padre e hija tenían una relación distante y no deseaba acumular más desencuentros entre ellos, sino tratar de acercarlos. Había visto cómo se habían obviado en la tristeza y, aunque le doliera, prefería que así fuera hasta enterrar a la difunta. Ella y su hermano se habían criado en el pueblo y habían aprendido a guardar la ropa sucia en casa para que los corrillos de noche no fueran llenos de su historia. Subieron en silencio hasta la casa, un pequeño sequero de adobe y piedra reformado de dos plantas, perdido en la falda sur de Gredos, a unos cinco kilómetros del pueblo. Félix se lo había comprado a un amigo cabrero hacía más de veinte años con la intención de pasar la vejez allí junto a su mujer. La Sole vivía con Ada en el pueblo, por comodidad e intimidad.

—Hoy la noche está bien cerrada. La luna no asoma y el viento anuncia tormenta.

La noche solo quedaba iluminada por la luz de los faros de la ranchera, manteniendo el paraje en la oscuridad. El mutismo no se rompió entre ellos. Ni Félix ni Gabriele respondieron al comentario. Prefirieron quedarse en la oscuridad de sus propios pensamientos, recorrer con el viento a favor el camino hasta llegar a la casa. *Greco* y *Menina* acudieron a saludar a lametazos, buscando caricias y también a Greta. Fue el negro tizón el que salió corriendo al jardín antes de que se cerrara la puerta, sin hacer caso a la llamada de retorno.

—¡Maldito perro terco! *¡Greco!* Vuelve a la casa inmediatamente. ¡Vamos! *¡Greco!*

El perro no respondía a las órdenes de Félix y corría desesperado por la finca, buscando el rastro de su dueña. Aunque son los perros quienes eligen al dueño, y no al contrario. *Greco* olisqueó cada rincón para dar con ella y le aulló a la luna, pidiéndole explicaciones. La Sole y Gabriele entraron en la casa como autómatas, tratando de eludir la ausencia de Greta, tan presente que hacía el aire denso e irrespirable. Todo olía a ella. A naranja y suave canela. Un maridaje de eterna juventud que Gabriele reconocía como propio, como hogar. Mientras se peleaba por cómo subir el gran equipaje con su tía, se llenaba de esa mezcla de clavo, jengibre y coriandro que desde que era muy pequeña anunciaba la llegada de su madre.

—Pero ¿qué llevas en esta maleta? ¡Madre mía, Gabriele!

Cargaron con esfuerzo la maleta hasta el antiguo zarzo, un desván convertido en la habitación de Gabriele cuando iba a ver a sus padres. Al comenzar la carrera de Arte, sus padres le instalaron un taller en la parte alta de la casa para que fuera su estudio. «¿No te parece increíble tener un lugar para la creatividad, un espacio para crear?», le había dicho su madre, emocionada, al abrir la puerta junto a ella. Fue un regalo de Navidad que Gabriele jamás usó y que sobrevivió intacto al paso de los años. Congelado en el tiempo, siempre listo para ser utilizado: pinceles, acuarelas, los lienzos y hasta la tormenta de metal cubierta de polvo. Cansada de sentir la presión silenciosa de su padre, unas vacaciones Gabriele le pidió que instalara en el desván una cama para dormir allí.

—Hija, si quieres que vaciemos este taller que nunca se ha usado, dímelo. Puedo hacer de este lugar un bonito dormitorio para ti.

—No, mamá, me gusta como está. Solo quiero una cama y dormir entre pinceles.

A veces la verdad se nos queda escondida en la compasión y preferimos mostrar nuestros pensamientos velados. Gabriele no se atrevió a confesarle cómo había llegado a odiar ese rincón de creatividad y prefirió quitarse la presión del desuso durmiendo en él. Así, cada vez que fuera a visitarlos, no tendría que aguantar la cara de desaprobación de su padre por no haber tenido la consideración de manchar un lienzo. Seguramente no lo había hecho, en parte, para no enfrentarse al ojo crítico contemplativo del Gran restaurador del Prado. Poco a poco el lugar quedó reducido al cuarto de los recuerdos, de los muebles viejos y de las cajas cerradas. Y Gabriele encontraba en ese caos la lejanía suficiente para compartir techo con su padre sin perderle el respeto.

—¿Estás segura de que prefieres dormir aquí? Esto necesita una limpieza. Está lleno de...

—Sí, tía, no te preocupes. Aquí me siento bien.

Félix, que ya había atrapado a *Greco*, subió con un juego de sábanas y se detuvo en el marco de la puerta, observando en silencio la escena. Su hermana y su hija abrazadas en la cama, acariciándose la espalda. Por un momento imaginó que eran su esposa Greta y su hija encerradas en el desván como las mejores confidentes, desvelándose secretos como tantas veces habían hecho. Las observó cauteloso para no ser descubierto. A pesar de su coraza, él habría deseado abrazar a su hija. El tiempo había sellado la esperanza de poder sentirse tan cerca de ella como cuando Gabriele era una niña y lo llamaba a todas horas para que le contara cuentos de colores antes de acostarse. El tiempo, en su relatividad, nos lleva en un segundo de viaje por el ayer que más nos duele ante la escena de un presente perdido. Para romper el hechizo y alertar de su presencia, Félix pisó con fuerza el suelo para que la madera crujiera.

—Pon estas sábanas nuevas. Aquí hay mucho polvo y la niña respirará mejor. Me voy a mi habitación, necesito descansar.

Gabriele se volvió para mirar a su padre, intentando buscar alguna palabra reconfortante, amable, una cercanía que no había sido capaz de hallar en aquellas primeras horas de encuentro.

—¿Quieres que te prepare una infusión? —Carraspeó un poco y mantuvo apenas un segundo el cruce de miradas, pero insistió ante el silencio de su padre—. Te sentará bien.

Todas las noches Greta le preparaba a su marido unas hierbas digestivas, y Gabriele lo sabía. Siempre en su taza preferida: la que, curiosamente, su hija le había hecho cuando apenas tenía once años. En su temprana pasión por el modelaje se apuntó a un curso de cerámica y una tarde llegó emocionada con un regalo para ellos: dos tazas, una para él y otra para Greta. En la suya estaba dibujado medio corazón y debajo, escrito en pintura negra, la palabra «papá».

En el marco de la puerta del desván, con la cabeza gacha, Félix miró de reojo a su hermana, que le decía con la expresión que no iniciara un nuevo enfrentamiento.

—Una infusión nos vendrá bien a todos. ¿No, Félix? —La Sole no pudo evitar adelantarse a su hermano.

—Sí, claro. Nos sentará bien a todos. —Félix soltó la frase mientras salía del marco de visión y bajaba a planta.

En la cocina, Gabriele se detuvo a pensar por primera vez en el hecho de que en todos aquellos años su padre no se hubiera desprendido de la taza del medio corazón y su nombre. Un detalle, como muchos otros, que hasta aquella noche había pasado inadvertido para Gabriele. Tomó con suavidad la otra taza, la del otro medio corazón. Acarició el nombre pintado, «mamá», y se la llevó al pecho. Félix esperaba en salón junto a *Greco* y *Menina* a que su hija le llevara las hierbas.

—Está muy triste, hija. Tu padre es un buen hombre y... —le dijo la Sole.

—Tía, no me pidas más. Le hice a mamá una promesa hace tiempo y pienso cumplirla, pero todo lleva su tiempo.

—¿Una promesa?

—Sí, una promesa.

Esperaban con la mirada que el agua comenzara a hervir en el cazo. A la señal, Gabriele abrió el armario de las tazas y guardó las de los corazones. Tomó la primera que vio, una amarilla, anodina y sin dibujo ni letras, seguramente salida de alguna promoción de supermercado, a las que siempre se apuntaba su madre.

—¿Tu madre te hizo prometer algo? —insistió la Sole.

—Fue hace un año, más o menos. Me confesó que tenía la certeza de que ella se moriría antes que papá y me dijo que tenía que prometerle que no dejaría de verle. Al menos una vez al año, al menos por Navidad.

Colocó la mezcla de hierbas en el pequeño colador de metal que encajaba a la perfección en la taza. Vertió con cuidado el agua hasta casi rebosar y puso la taza sobre un plato con un par de galletas. Tal y como había visto hacer a su madre por las noches.

—No creas que no me importa lo que le pase, tía, ni cómo esté. Pero yo no puedo ocuparme de él, aunque sea mi padre. Sabes muy bien que no nos entendemos... Y sabes que no me sale precisamente amor cuando hablo con él.

La Sole se sentó a la mesa de la cocina. Durante esos años había tratado de convencer a Gabriele de que la realidad no siempre es como una cree y de que fuera mucho más indulgente con su padre. Pero siempre había fracasado en el intento de limar asperezas.

—Ve despacio y todo irá moviéndose entre vosotros. Solo tienes que quererlo y confiar.

No sería la Sole quien hablara una vez muerta Greta, y mucho menos quien le confesara a Gabriele aquello que Félix y Greta habían decidido enterrar. Un agujero en sus vidas del que pasar página. Había sido su decisión y ella no podía, aunque quisiera, romper el pacto. Aquella noche estuvo tentada de hacerlo para que Gabriele dejara de ser tan dura con su padre, pero no tuvo valor.

—Gabriele, empieza a pensar como una adulta y no como una niña que vio un día a su padre besándose con otra mujer.

Gabriele se detuvo en seco y apoyó la taza en una pequeña estantería para volverse y mirar a su tía. Siempre habían discutido por la escena de su padre con aquella otra mujer. Era verdad que cuando Gabriele lo vio solo tenía once años, y que su tía se guardaba cosas que no quería contarle.

—Como adulta te digo que mi padre y yo tenemos poco que decirnos. ¿Acaso no ves cómo él también me trata?

—Llevas razón. Pero creo que es el momento para que habléis e intentéis acercaros... Se lo prometiste a tu madre.

—No me pidas lo que no sé si voy a poder cumplir. —Gabriele seguía rota y cualquier cosa le hacía temblar la voz—. A mi madre le prometí que vería a mi padre una vez al año. Nada más.

Gabriele salió de la cocina y se encontró con la mirada de su padre, que observaba con los ojos medio caídos cómo se acercaba con la taza en las manos.

—Tómatelo, que te sentará bien. Y las galletas también. —Gabriele, con el pulso todavía acelerado por las palabras de su tía, hizo un esfuerzo por ser considerada con su padre.

—¡Tu madre ya no me las ponía! —Se lo dijo sin mirarla a los ojos, intentando buscar un lugar común en Greta para él y su hija—. Ya sabes lo pesada que era con el tema del azúcar...

Siempre reaccionaban como un péndulo. Cuando uno de los dos se acercaba, el otro se alejaba. Tras la búsqueda de complicidad de aquel comentario, la mirada de desconcierto de Gabriele. Se alejó en silencio, ofreciéndole una suave y tensa sonrisa. No quería romperse con él. No podía hablar de su madre sin echarse a llorar... Siguió caminando hasta cerrar la puerta de la cocina y dejarlo abandonado con su intento de complicidad.

Abandonar era lo que estaba a punto de hacer Félix después de unos minutos con los ojos cerrados, sentado en el sillón orejero transmutatorio, esperando alguna señal de Greta. Le dolían los dedos de apretar los antebrazos como cuando subía a un avión y llegaba la hora del despegue. *Greco* le sacó del estado de concentración buscando su mano izquierda con el hocico, golpeándola para ofrecerle una caricia y consuelo.

—Félix, algún día te darás cuenta de que el *más aquí*, como dices tú, está muy entrelazado con el más allá.

Félix abrió un ojo para contemplar el lugar y acordarse de las indicaciones de Cosme para que fuera paciente. Seguía solo en el salón, con sus dos perros y un reloj que parecía detenido en el tiempo. *Greco* continuaba reclamando cariño. *Menina*, en cambio, más independiente, apenas había cambiado de actitud con la ausencia. «Eres una perrita sin dueño», solía decirle Greta.

Greta no estaba respondiendo. Félix, frustrado, abrió el otro ojo y vio al negro tizón mirándole fijamente con la lengua fuera. Se había quedado como una efigie egipcia. En un intento de romper con la surrealista situación sintió el consuelo de la llamada del pecado.

—No sirvo para esto...

Comenzó a sacar libros de la librería del salón hasta localizar su caja de emergencia, que contenía un paquete de cigarrillos por si algún día le apetecía volver a ello. Vivir en la montaña te hace construir múltiples lugares secretos para aplacar deseos en una emergencia.

—Creo que es un buen momento para fumarme uno, ¿no te parece? —dijo, dirigiéndose al perro.

Greco no miró ni la caja ni el cigarrillo. Seguía con los ojos fijos en Félix.

—¿Qué quieres? Deja de mirarme así. Si buscas respuestas, yo no las tengo.

Las cajas de emergencia no siempre son perfectas, y en aquella Félix se había olvidado de un elemento imprescindible: el fuego para encender el tabaco. Muy a su pesar se levantó del sillón, que atropelladamente ocupó *Greco*, y emprendió la búsqueda de la llama con el cigarrillo ya en la boca. Recordó que hacía unos días había terminado la caja de cerillas para encender la chimenea y no era capaz de encontrar un solo mechero olvidado por las estanterías del salón. Se dirigió a la cocina y comenzó a abrir cajones para encontrar lumbre. Desde que los fuegos llevaban su propio encendido, dar con cerillas no era una tarea fácil. Siguió abriendo armarios y cajones sin soltar el cigarrillo. Registraba cualquier rincón, empeñado en volver a fumar después de cinco años. La cocina y el huerto eran los lugares de Greta y nadie más que ella revolvía esos armarios como lo estaba haciendo Félix sin recibir una voz de su mujer. Pero fue ese ímpetu, esas ganas de volver a fumar, lo que hizo que al fin llegaran las señales del más allá.

Tres sobres dentro de un cajón. Tres sobres con la letra de Greta. En uno estaba escrito su nombre, «Félix», en otro el de su hija, «Gabriele», y en el tercero, una advertencia, «Por si me muero». Del estremecimiento, Félix se dejó caer en una de las sillas de la cocina y, como si le ardieran entre las manos, tiró los sobres encima de la mesa, sintiendo una presión intensa en el pecho.

—Si algo me pasa algún día, lo he dejado todo escrito en el tercer cajón de la cajonera frente a los fuegos de la cocina, ¿me has oído?

Como si estuviera oyendo la voz de su mujer, Félix recordó la frase que cada cierto tiempo en los últimos meses le repetía y que él había olvidado por completo.

—Tú siempre tan obsesionada con la muerte...

—Y tú tan de espaldas a ella. Por si me muero antes que tú, quiero que sepas que lo he dejado todo escrito.

«En el tercer cajón de la cajonera frente a los fuegos de la cocina», la interrumpía siempre Félix con una sonrisa para completar la frase. ¿Cómo podía haberse olvidado de aquello? La mente es una prestidigitadora que hace aparecer y desaparecer cualquier pensamiento cuando menos te lo esperas. Félix recordó que hacía apenas dos semanas Greta había vuelto a sacar el tema. Estaban trabajando en el huerto cuando sufrió un pequeño mareo, como los que solía tener cada vez con más frecuencia, pero Greta, lejos de alertarse por ellos, los justificaba por el calor, el cansancio o la vejez marchita. Félix y ella se sentaron sobre un pequeño banco de madera frente al invernadero y empezaron a conversar. Lo que entonces le había parecido irrelevante, aquella madrugada, sentado en la cocina frente a los tres sobres, cobró todo el sentido.

—Quiero que me prometas algo y quiero que me asegures que harás lo posible por cumplirlo.

—Ya sabes que sí.

—Félix, es muy importante para mí y quiero que me des tu palabra.

Se miraron con el sol iluminando sus caras. Félix seguía viendo a su mujer como la más bonita del mundo y, a pesar de los errores y del paso de toda una vida, la amaba como el primer día. Jamás se arrepintió de casarse con ella, ni de vivir con la certeza de que ella no lo quería tanto como él. En la balanza del amor, siempre hay un costado que pesa más que el otro. Le costó aceptar el precio, pero Greta siguió siendo para él la mujer más maravillosa de la Tierra.

—Quiero que si muero leas lo que dejo escrito. Hay un sobre para ti, otro para Gabriele y otro que explica cómo quiero ser enterrada.

—Pero, mujer...

Greta le interrumpió:

—Escúchame, por favor. Este es el pueblo de tu familia. Yo soy de Madrid y no me siento de ningún lugar.

—El alma libre...

—Sí. Pero necesito que me prometas que, si me pasa algo, te acordarás de las cartas y me ayudarás a cumplir lo que te pido.

—Que sí, mujer. —Félix intentaba salir de la conversación que Greta se empeñaba en mantener cada cierto tiempo—. ¿No sería más fácil que me lo contaras en vida?

—Quiero que me lo prometas. ¿Puedes?

Cada vez que Greta le miraba a los ojos se abría ante él el paisaje más hermoso para reposar en la eternidad. Félix era incapaz de llevarle la contraria. Aquella tarde, sentados frente al invernadero, exhausto por la insistencia de su mujer, le prometió que fuera lo que fuese, lo haría por ella. Cogidos de la mano y con el sol de la tarde atravesando sus cuerpos, se besaron en corto, sellando el acuerdo.

—Te lo prometo. ¿Más tranquila? Aunque yo sé que el primero en morir de los dos seré yo..., pero te lo prometo.

Aquella madrugada, Félix recuperó la memoria y después de poner los ojos en blanco por el doloroso recuerdo, volvió a mirar fijamente los tres sobres. De lejos. Los observaba en estado de *shock*, intentando salir de la premonitoria pesadilla de su esposa. Él en silencio frente a ellos.

—¿Cómo me he podido olvidar? —Se frotaba la cara con las manos y se revolvía el pelo mientras hablaba en voz alta consigo mismo—. El maldito tercer cajón de la cajonera frente a la cocina... Si no llega a ser por...

Se fijó en que en el cajón de los sobres también había una enorme caja de cerillas. Si llevaba unas horas esperando una señal, se acababa de producir en ese preciso instante.

—Seguro que estás aquí delante riéndote de mí. —Seguía hablando en voz alta, sin poder evitar una media sonrisa.

Greta sabía que Félix había dejado de fumar porque ella se lo pidió. Otra promesa. Pero sabía que si ella faltaba sería lo primero que volvería a hacer y, por ello, a Félix no le pareció una casualidad descubrir una caja de cerillas en el mismo cajón de los sobres. Como con el pan para los pajarillos, Greta se aseguró de que su marido encontrara los escritos.

—¿Y ahora qué? ¿Qué tengo que hacer? No dejaste instrucciones sobre cómo tengo que leerlos.

Estuvo un tiempo pensando el mejor modo de hacerlo. Cogió primero la carta que llevaba su nombre y la sostuvo, tentado de abrirla. Observó la tinta negra y recorrió cada una de las letras imaginando a su mujer mientras escribía «Félix» en el sobre. Fue incapaz de abrirlo. Se sintió como quien desea liberar a su canario abriendo la jaula aunque sabe que nunca más tendrá noticias de él: incapaz de dar el último adiós. Se guardó su sobre para abrirlo más tarde, cuando encontrara el coraje necesario para hacerlo.

En la mesa quedaban los otros dos: el de Gabriele y «Por si me muero». Encendió su primer cigarrillo para reposar el hallazgo mientras observaba por la ventana cómo el cielo se abría al nuevo día.

Menina y *Greco* aparecieron en la cocina y se sentaron a los pies de Félix. ¿Otra señal? Con el cigarrillo en la boca y con el humo de la última calada esperando a salir, decidió abrir el sobre donde ponía «Por si me muero». Sacó con delicado nervio el papel doblado en cuatro partes rezumando a naranja y canela, el perfume de Greta. Sus pupilas se movieron de izquierda a derecha mientras la ceniza del cigarrillo caía al suelo sin reparo. Leyó la carta varias veces mientras sus lágrimas emprendían su propia travesía. Transcurrido el tiempo necesario, con sumo cuidado volvió a meter la carta en el sobre. Limpió cualquier rastro de cigarrillos, abrió la ventana para airear y apagó la luz. Se tumbó de nuevo en la cama, aunque solo fuera unos minutos para agarrar la almohada de Greta y llorarla en mudo, recordando todas y cada una de las palabras leídas. Necesitaba compartirlas con Gabriele y su hermana Sole y comenzar a cumplir la promesa que le había hecho a Greta.

—Gabriele, ¿estás despierta? Necesito que bajes a desayunar. Tu tía ya se ha levantado.

Félix decidió al fin insistir de nuevo tras la puerta del desván. Gabriele dejó por un momento de contar las grietas del techo al oír a su padre. La invadió el recuerdo de su madre avisándola para desayunar. Solía entrar en su habitación con una energía pueril y se lanzaba sobre la cama para despertarla con pequeñas sacudidas mientras ella se resistía bajo las sábanas entre risas.

—¡Vamos, Gabriele! Levanta. ¿Has visto el día tan bonito que hace? ¡Vamos, dormilona!

Sus ojos llorosos, que seguían clavados en el techo, recordaron decenas de despertares de su madre en aquella habitación, despertares que ahora se fundían a negro al oír la voz de su padre.

—¿Gabriele? —Félix seguía llamando a la puerta e insistiendo para que diera señales. Su paciencia se estaba agotando ante la indiferencia de su hija.

—Ya voy, papá, ya voy. Ya estoy despierta. En quince minutos estoy abajo.

Desde que su tía le había comunicado la muerte de su madre en aquella gasolinera de carretera, Gabriele había dejado también de tener prisa y llevaba mal que la obligaran a volver a la acción de la vida. Sentía su interior endurecido, arrugado como un cartón que se seca bajo el sol. No había en ella más emoción que el enfado, que el pronto estallido de ira contra cualquiera que quisiera sacarla de ese silencio fracturado en su interior.

Abrió la maleta roja de lona y lanzó la ropa sobre la cama, tratando de encontrar lo imposible: qué ponerse. Su tía Sole entró sin llamar y la halló sentada en el suelo con la montaña de ropa sobre la cama y con la mirada vencida.

—Llené la maleta de ropa, pero nada me sirve para enterrarla. No quiero ir de negro. Mamá era toda alegría y no quiero despedirla con el negro.

La Sole, con el pelo todavía mojado, se sentó junto a Gabriele, recostada en una de las patas de la cama.

—¡Ni se te ocurra hacerlo! Y tampoco cuando yo me muera. A mi entierro quiero que vayas toda vestida de verde, ¿me oyes?

—¿De verde? —Logró que Gabriele saliera de su ensimismamiento—. ¿Por tus gafas?

—Pues puede. —Sonrió—. Ahora estoy en la etapa verde. Igual que Picasso tuvo la suya, todos podemos tener etapas de colores, ¿no?

—Tía, Picasso tuvo la azul y la rosa..., jamás pasó por una etapa verde.

De la familia, Sole era la única que no tenía ni idea de arte. Tampoco había hecho el esfuerzo de aprender.

—Bueno, pero eso demuestra que a otra persona le puede dar por el verde.

Gabriele se dio por vencida y abandonó la extraña conversación para decidir qué ponerse.

—¿Esta camisa? —La Sole cogió una de seda blanca y se la colocó sobre el pecho, pero Gabriele la descartó con un breve arrumaco.

—¡Ya lo tengo! —dijo Gabriele, lanzando otra vez la ropa sobre la cama y acercándose a uno de los armarios del desván.

—¿Qué buscas? Aquí no vas a encontrar nada, te lo aseguro. Solo polvo y trastos.

Tras unos minutos sacando cajas cerradas y botes vacíos de cristal, Gabriele localizó lo que quería: un mono de lino blanco que estaba por estrenar y que su madre le había regalado hacía unos cinco años para que fuera su traje de trabajo en ese taller. Un intento frustrado más para que volviera a los pinceles o a los barros.

—¿Con esto? —preguntó la Sole, un tanto alarmada por la reacción que tendría su hermano al ver a su hija vestida de aquel modo—. Sabes que esto no es Barcelona, ¿verdad?

—¿Te parece mal? Es el mono que me regaló mi madre. Lo tengo decidido, es lo que me voy a poner.

Gabriele no había decidido nada, pero sintió una necesidad de acercarse a aquello que tenía olvidado en ella y que su madre tanto había querido potenciar: su necesidad de expresarse mediante el arte.

—¿Algún día volverás a pintar? —le había preguntado Greta en más de una ocasión.

—Mamá, no insistas, por favor. Ya retomaré la pintura, solo he de encontrar la inspiración.

Todo eran excusas de Gabriele e intentos por parte de su madre. De su padre solo silencios.

Con la elección de ese mono de lino, Gabriele le habló

a su subconsciente: quería unir la inspiración y la ausencia, el arte y el dolor. Salió del desván directa al baño dejando a su tía con la boca llena de palabras. Necesitaba una ducha. Un momento de agua sobre la piel, a chorros, como una cascada, como un llanto gigante que camuflara el suyo. Se tomó su tiempo para salir. Se acicaló con la calma que da haber perdido la prisa. Su padre, hombre impaciente en esencia, mostró su desagrado.

—¿Ni siquiera hoy me va a respetar? Ya ha pasado media hora desde que le dije que bajara a desayunar.

—Félix, déjala. Necesita su tiempo. Para ninguno es un día fácil... —la defendió la Sole.

—No trates de ablandarme con ella. No me respeta ni siquiera el día que enterramos a Greta.

—Sí que te respeta.

—Aquí las normas las pongo yo. Ella en su casa que viva como quiera, pero aquí hay unos tiempos, y lo mínimo que puede hacer es cumplirlos. Si no, que se baje al pueblo contigo.

Félix tampoco estaba seguro de nada, pero sacaba la frustración y la tristeza con nervio. Necesitaba compartir con su hija y su hermana el hallazgo de los sobres. Se descargaba con su hermana tras haber tratado de reproducir con exactitud los desayunos que preparaba Greta. Tostadas recién hechas, ensalada de fruta cortada, zumo de naranja exprimido y café caliente en la jarra de cristal, junto a la de porcelana con la leche caliente. Tazas, platos y cubiertos sobre la mesa. Todo listo.

Se sentó. Lo mismo hizo la Sole. Félix le había hecho un homenaje a Greta. Ella amaba los desayunos en familia. Era el mejor momento, pensó Félix, para compartir con su familia sus últimas voluntades.

Resulta extraño escribir sabiendo que esto será leído cuando esté muerta. Si alguien lo encuentra y no se llama Félix, Sole o Gabriele, que pare de leer y lo queme todo inmediatamente. He dejado una caja de cerillas para hacerlo.

Aunque sé que seré la primera en morir. Hace tiempo que juego al escondite con la muerte. Llevo meses enferma, pero he decidido no contárselo a nadie y dejar que la muerte me venga a buscar cuando quiera, que de la vida ya me ocupo yo.

Esta carta está dirigida a tres personas. A mi marido Félix, a mi hija Gabriele y a mi cuñada Soledad. Si no eres ninguno de ellos tres, ruego que pares de leer e intentes dar con ellos.

Era Félix el que leía la carta, bajo la mirada de estupefacción de Gabriele y de la Sole. Levantó la vista del papel para revisar la situación. Gabriele tenía los ojos llorosos y no era capaz de interpretar la naturaleza de todo aquello. Ninguno de los tres lo era, aunque Félix llevaba unas horas de ventaja.

—¿Cuándo escribió esto? —preguntó Gabriele—. ¿Sabía mamá que estaba enferma?

—No me lo dijo nunca. Nunca quiso ir al médico.

Gabriele interrumpió la lectura de Félix. Necesitaba digerir el repentino descubrimiento de que la muerte de su madre se debía a una enfermedad y no a un golpe severo e inesperado del destino. Miró a su tía buscando una respuesta, una razón por la que su madre hubiera decidido llevarlo en secreto y no contárselo ni siquiera a ella.

—¿Sigo? —preguntó Félix por cortesía, y retomó la lectura.

Me dirijo, siguiendo mis impulsos, primero a ti, Félix, porque creo que serás el primero en leer esto. ¿Cómo estás tú? ¿Y Gabriele? Seguro que ni siquiera os lo habéis preguntado, los dos igual de orgullosos, como siempre..., pero ahora toca cuidaros.

Hace un tiempo que me decidí a escribir sobre cómo quería que fuera mi despedida, pero me ha faltado preparación y mucha reflexión para ponerme a ello. Félix, ¿recuerdas cuando me dio por leer a los budistas? Fue la primera vez que te hablé de la muerte y tú apenas me escuchabas porque a ti eso de morir te parece algo de otro planeta. Siempre te ha gustado pensar que somos eternos y, en el fondo, siempre has tenido razón.

No sé cuánto tiempo habrá pasado desde que escribo esta carta hasta que la abras. Acabo de cumplir sesenta años. Gabriele ha venido a Candeleda por sorpresa con su nuevo novio, otro artista que le pisa el terreno a su talento. En eso se parece más a mí que a ti. Puede que yo haya tenido algo que ver en esto de darle luces a aquello en lo que no debería fijarse. Paco me gusta, aunque no sé si el chico está más enamorado de él mismo que de ella. Gabriele, cuando leas también esto, no me tengas en cuenta estos comentarios. La razón por la que jamás te confesé todo esto es porque siempre preferí que caminaras y vivieras lo que tu corazón te decía. No me sentía nadie para juzgar. A veces no sabemos cómo desenterrar los secretos que un día decidimos dejar ahí.

Gabriele no pudo evitar apartar la vista de la carta y mirar a su padre, que le devolvió de soslayo la mirada. En las dos últimas frases había un mensaje, pero Gabriele no lograba captar ni por asomo su esencia. La vida es más compleja que una carretera de un sentido, más bien es una rotonda enorme donde puedes dirigirte a múltiples vías. La Sole cogió la mano de su sobrina para imprimirle fuerza y dirección en esos momentos de confusión ante las palabras tan ambiguas de su madre, pero tan certeras para Félix como para la Sole. No era el momento de revolver ni de molestar al viento que soplaba aquella mañana. Era el momento de seguir leyendo.

Como decía, ayer fue mi sesenta cumpleaños y lo celebramos en casa, junto con la familia. Me he levantado antes de que amaneciera y me he puesto a escribir. Mi vida ha consistido en ser madre y esposa, y en las dos funciones me he equivocado más de la cuenta. Esa ha sido mi labor, aunque los sueños en los que siempre navego no me hayan dejado ocuparme de ella como hubiera debido. Siento que me preparo para vivir la última etapa de la vida y por eso me ha dado por pensar en cómo me gustaría morir. No sé si pasaré una larga agonía o si moriré de golpe..., pero prefiero la segunda opción. Por ti, Félix, y porque nunca he aguantado bien el sufrimiento.

No sé quién estará leyendo esta carta, pero si solo lo haces tú, Félix, quiero que la lean Gabriele y también tu hermana. Sois las tres personas más importantes de mi vida, junto con mi *Greco* y mi *Menina*... Cuida de ellos si todavía siguen en este mundo, sobre todo de *Greco*, que ya sabes, lo creas o no, lo especial que es. Te aconsejo que sigas su mirada porque puede que en alguna de esas direcciones esté yo dándote señales desde el más allá.

Félix sonrió por dentro. Para ese hombre de tradiciones y tierra, todo parecía ser fruto de una casualidad. «¿Será otra señal?», pensó. ¿Había alguna explicación racional para que unas horas atrás se hubiera empeñado en seguir la mirada del perro, justo lo que había escrito su mujer? Le dio un pequeño sorbo al café y aprovechó para mirar a Gabriele y a Sole. Quizá nada de lo que sucediera en sus vidas a partir de ahora fuera gratuito. Quizá Greta llevara todos esos meses preparando lo que ahora acababan de descubrir. La Sole y Gabriele no se habían movido un centímetro de su lugar y esperaban implorantes seguir con la lectura de aquel aliento inesperado de Greta.

Hay tres cosas que me gustaría pedir, y ruego que antes de hablar entre vosotros, penséis bien mis peticiones. Yo he reflexionado mucho sobre ello y quiero deciros que es muy importante para mí.

La primera es por ti y tus tradiciones, Félix. Deseo celebrar el funeral que tú creas conveniente en el pueblo. Estoy segura de que mi alma estará feliz de ver a todos los amigos y conocidos. Si puede ser, que no haya muchas lágrimas. Ya sabes que, como tu madre, prefiero la alegría, aunque sea impostada. Seguro que tu hermana Sole y Ada organizan una buena comida en el Pimentón.

La segunda es más compleja y necesito ampliar mis explicaciones un poco más. Sabes que desde hace unos años creo en el budismo. Morir no es el final, sino un alto en el camino para nuestras almas. También sabes, porque siempre te he hablado de ello, que en el momento de la muerte hay que prepararse para acompañar a tu alma en el viaje para que pueda volver a reencarnarse. No quiero que digas nada, Félix, solo que sigas

68

leyendo, porque es muy importante que se cumpla esta petición y confío en que los tres lo haréis. Quiero que durante los días en los que mi alma vaga por el bardo la acompañéis, que me acompañéis en este viaje. Necesito que, sobre todo Gabriele y tú, durante cuarenta y nueve días estéis lo más cerca posible. Y cuando digo «cerca» quiero decir conviviendo o en continua comunicación diaria, telefónicamente o través del vídeo, ayudando a mi alma. Puedes coger todos los libros budistas que tengo e interesarte al fin por mis creencias. El libro más esencial para esta ocasión es *El libro tibetano de los muertos*, el que tengo en el cajón de mi mesilla. Está subrayado y te guiará en las oraciones que si queréis podéis hacer. Gabriele, que es igual a ti en muchas más cosas que las que cree, también necesitará leer y vencer su resistencia a todo esto. No es tan importante que recéis, pero sí que entendáis el proceso que ahora mismo me dispongo a emprender.

El ruido de una de las sillas interrumpió la lectura. Era la de Gabriele, que se había levantado, incapaz de contener lo que estaba sintiendo. Félix y la Sole aguardaron a que Gabriele se diera la vuelta de nuevo. Se había quedado de pie, con los brazos cruzados y frente a la pared.

—¿Puedes volver a leer la última parte? No me ha quedado nada claro su segundo deseo.

Félix repitió la parte de la tradición budista: el acompañamiento de las almas durante cuarenta y nueve días y la petición de su madre de que ellos se mantuvieran unidos.

¿Cómo podía pedirle su madre algo así? ¿Cómo podía haberle ocultado todo aquello?

Gabriele expulsaba un fuego de pensamientos cara a la pared y con el rostro desencajado. Incapaz de digerir nada. Permanecieron los tres en silencio hasta que Gabriele se dio la vuelta, se sentó de nuevo en la silla y le dio un sorbo al café. Félix prosiguió la lectura.

Le he pedido a mi maestro —Félix, tú sabes quién es— que rece como se debe. Vosotros solo tenéis que estar juntos durante esos días. No pueden ser ni más ni menos que cuarenta y nueve, porque es el tiempo que el alma tarda en reencarnarse de nuevo. Me encantaría que estuvierais juntos físicamente todo ese tiempo, pero sé que Gabriele tendrá que volver a Barcelona, y si no, intentará buscar una excusa para evitarte. Pocas cosas os he pedido, pero esta es la más importante, aunque no le encontréis sentido. No puedo ni quiero ponerme a explicaros por qué, solo os diré que tiene el mismo valor que un funeral cristiano, que son mis creencias, estas que, Félix, tanto me has discutido, pero que me han ayudado estos años a sobrellevarlo todo.

Os ruego que os toméis un tiempo para digerirlo. Confío en vosotros.

Este ritual nos ayudará a acompañarnos en el camino hacia la ausencia. Os aseguro que yo también os voy a echar mucho de menos. Solo pensar en no poder volver a besaros me da un revés de estómago. Debéis esforzaros por desearme una buena próxima vida. Estaré cerca de vosotros, porque siempre me reencarnaré cerca de vuestras almas. De eso estoy convencida.

—¿Puedes parar un momento, por favor? —Gabriele se levantó de nuevo de la silla y comenzó a dar vueltas sobre sí misma—. Tengo la cabeza que me va a explotar.

Gabriele luchaba contra sus pensamientos de recelo por la petición que acababa de hacerle su madre. Se mareaba solo de pensar en la posibilidad de pasar cuarenta y nueve días con su padre. Se veía incapaz de hacerlo, y no solo por la convivencia con Félix, sino también porque eso significaría detener su vida, aunque en esos momentos fuera un desastre. En la madeja de emociones sobresalía el enfado con su madre. No comprendía por qué les pedía aquello cuando sabía que desde hacía años su relación se basaba en un par de frases por Navidades y un saludo esquivo por teléfono.

—¿Cuarenta y nueve días? ¿Alguien quiere decir algo?

—Gabriele, siéntate, por favor. Vamos a terminar con la carta —soltó Félix en un tono desacertadamente imperativo.

—¿A ti te había dicho algo? —preguntó Gabriele, dirigiéndose a su padre.

Félix negó con la cabeza. Intentaba recuperar la paciencia. Estaba tan sorprendido como ella, pero quería mantener la cordura y evitar que la escena se convirtiera en una huida de voluntades.

—¿Puedo ver la carta? —Gabriele necesitaba comprobar que era la letra de su madre—. No puedo creer que todo esto sea cierto. Sabe perfectamente que lo que nos pide no podemos cumplirlo. Ella no era así. Nunca haría algo así.

La reacción de Gabriele fue para Félix como un puñal afilado perforando su estómago. No pensaba que fuera capaz de expresar que le resultaba imposible mantener el contacto con él durante un mes y diecinueve días para cumplir con la última voluntad de una madre. Él no había dudado en intentarlo, aunque fuera difícil o incluso imposible. Pero no lo había descartado de primeras. Se sintió decepcionado con su hija.

Gabriele tomó la carta y la revisó con agitación, tratando de encontrar una huella de estafa en aquella misiva. Necesitaba anular todo aquel despropósito.

—Y si no lo hacemos, ¿qué? —Gabriele comenzaba a dejarse llevar por aquel estado de enajenación que bloqueaba cualquier capacidad de empatía. Demasiado para digerir en una sola carta: la enfermedad silenciada de su madre, la imposibilidad de despedirse, que lo hubiera organizado de espaldas a ella y que le pidiera un mayor contacto con su padre cuando lo que ella deseaba en aquellos momentos era largarse de allí y no volver.

—Si tú no quieres hacerlo, eres libre. Pero deja de pensar que solo tú sufres con todo esto —respondió Félix sin almidón, bajando la mirada. Luego tomó un sorbo de agua y miró el reloj. Eran las nueve de la mañana y el día se prometía largo y engrosado de emociones.

—¿Podemos calmarnos y terminar la carta? —interrumpió por fin la Sole, recolocándose las gafas—. Hay que ir al tanatorio y creo que habría que reflexionar sobre todo esto que nos pide Greta y luego hablar. ¿No te parece, Gabriele?

Gabriele le dio a su tía la carta y pidió perdón con un susurro. Estaba deseando regresar al desván, meterse dentro de las sábanas y desaparecer. La Sole decidió seguir leyendo ella misma para alejar la tensión cuanto antes.

Solo me queda una tercera y última petición: ¿qué hacer con mis cenizas? Félix, te prohíbo que las tengas en casa y construyas un altar para ellas. Como siempre me has dicho, soy un alma libre, y quiero sentir esa libertad. Le he estado dando vueltas y no me acabo de decidir sobre dónde dar ese último suspiro. Quiero que seáis vosotros quienes encontréis el mejor lugar para esparcir mis cenizas. Tiene que ser un sitio donde haya sido plenamente feliz con vosotros y me haya sentido libre. Estoy segura de que Gabriele acertará con el lugar. ¿Podrás hacerlo por mí, cariño mío? Sé que elegirás un espacio precioso. Siempre has sido la mejor de todos en resolver acertijos. Será en el lugar que elija Gabriele donde los tres unidos esparciréis mis cenizas.

No sabéis lo que me está costando escribir todo esto, no puedo ni ponerme a imaginar el día que leeréis estas cartas. No quiero transmitiros pena ni tristeza, sino fuerza. Mi alma estará lista para volver a la vida. Por eso es tan importante para mí que me acompañéis en los siguientes cuarenta y nueve días.

Quiero que me prometáis que vais a hacer todo lo posible por cumplir mis últimos deseos. Es primordial para mí y tengo el presentimiento de que también lo será para vosotros. Supongo que todo esto os ha sorprendido, pero creedme que llevo mucho tiempo meditándolo.

Ojalá podáis. Si al final no es posible, comprenderé que siempre fui una ilusa y que no se puede cambiar una vida con una muerte.

Os quiero mucho.

Mucho, mucho, mucho.

Greta

En cuanto la Sole terminó de leer, Gabriele se excusó con su mejor tono y salió de la cocina sin decir nada. Félix y su hermana terminaron de desayunar en silencio, cada uno releyendo fragmentos de la carta de Greta, pero sin compartir impresiones.

—Dejó otras dos —soltó Félix.

—¿Otras dos cartas?

—Una para Gabriele y otra para mí.

Félix le hizo prometer a su hermana que no le contaría nada a Gabriele. Quería ser él quien eligiera el momento para darle a su hija su carta. Primero necesitaba digerir lo que acababa de ocurrir.

—Dale tiempo. Ya sabes cómo es. —La Sole intentó consolar a su hermano. No aprobaba el comportamiento de su sobrina, pero sabía que en ese momento no había modo de cambiar las cosas.

—Que no nos entendamos es una cosa, pero sigo siendo su padre... ¡Merezco un respeto!

Félix también hablaba desde el dolor, y la Sole lo aceptó. Ella seguía pensando en cómo Greta había decidido meterla en todo aquello. Pensó en los últimos meses, en sus últimos encuentros, en los intentos frustrados por acercar posturas. Visitas más frecuentes al Pimentón, charlas a pie de calle aparentemente casuales, llamadas inesperadas para cualquier tontería, incluso alguna invitación para que ella y Ada cenaran con ellos en la casa. Aunque en la etapa más reciente se había producido un acercamiento, no esperaba que Greta la incluyera en el testamento de últimas voluntades.

El claxon de un coche sacó a Félix y a la Sole de sus reflexiones.

—Es Cosme. Se ha empeñado en hacerme hoy de chófer. Necesito unos minutos. ¿Vas tú a abrir?

Félix no volvió a hacer referencia a las cartas. Se metió en su habitación con semblante triste y duro. La Sole salió con *Greco* y *Menina* a recibir al hombre más encantador de la Tierra. Así lo creían todos en aquella casa. El cazador de estrellas, el confidente secreto del pueblo, por supuesto también de la Sole. De cuerpo robusto y barriga pronunciada, excesivo en energía y en todo aquello en lo que su inconmensurable pasión se fijara, Cosme era un manantial de vida, de optimismo y de carcajadas. La pequeña perra, mezcla de shih tzu y pequinés, se abalanzó sobre sus piernas dando saltos, algo que hacía solo con Greta. Desde que fue adoptada de pequeña, *Menina* sentía adoración por aquel ser del bosque de pequeña estatura y tacto más parecido a la madera que a la piel humana.

—Llegamos tarde. Seguro que ya corre la voz de que hemos abandonado a Greta. ¿Hay algo que me haya perdido? —Cosme era único en percibir cualquier cosa que ocurriera y no quisiera ser contada. Y aquella mañana el acertijo era sencillo, porque Félix era el hombre más puntual que había conocido. En sus más de cincuenta años de amistad pocas veces se había retrasado. Ver a la Sole salir era toda una evidencia de que algo sucedía en aquella casa.

—Hoy no es un día cualquiera, Cosme, ya lo sabes.

—¿Cómo ha llegado la niña?

—Mal. Tardará en hacerse a la idea. Ha sido todo muy rápido. Demasiado para ambos.

Cosme podía entender lo que significaba perder a alguien sin previo aviso. Hacía más de treinta años, su mujer sufrió un accidente de coche mortal. Pinchó una rueda y salió precipitada por uno de los barrancos de las subidas al Almanzor. Murió en el acto, dejando un marido y un niño de ocho años.

—Saldrán de esta. Saldrán, Sole, no lo dudes. Y aquí estaremos para que así sea.

La miró con la intención de saber si ella estaba dispuesta a acompañarlo en aquel viaje de apoyo.

—He hablado con Ada esta mañana y me ha dicho que habías pasado aquí la noche. ¿Qué tal ha ido?

—Extraño. Se fue pronto a dormir. No ha querido hablar. Tampoco yo hubiera sabido qué decirle.

Cosme se rascó la cabeza, como solía hacer cuando se

encontraba ante situaciones que le dolían. Quería mucho a los dos hermanos, pero también conocía la sangre testaruda de los Gallego Bermejo. Se conocían desde niños y tenían la confianza para soltarse verdades sin pedir permiso. Cosme supo que no era el momento de presionar, pero intuía que nada de lo que ocurriría en aquella familia sería casual.

—No te atosigo, pero ya sabes que las estrellas nunca mienten.

La Sole resopló al ver que Cosme iba a emprender un nuevo soliloquio sobre lo que habían dicho los astros.

—Una muerte, al igual que un nacimiento, se escribe en el cielo y lleva su mensaje.

Cosme creía en ello y solía mirar los astros en fechas señaladas como esa. La Sole lo sabía, pero aquella mañana no estaba dispuesta a escuchar más mensajes del más allá, vinieran de una carta escrita por una difunta o de un astrólogo aficionado que veía señales en cualquier situación.

—Cosme, haz el favor de dejar esas cosas para otro día. Hoy es Félix quien llora y no creo que le hagan gracia tus consultas al cielo.

Cosme, como Greta, creía en el más allá. Era el único que la había escuchado y sabía lo importante que podía ser la unión de los vivos en los días posteriores a la muerte.

—No quiero escucharte, Cosme. ¡Hoy no! Créeme, ya hemos tenido suficiente esta mañana.

—¿Qué ha pasado, Sole?

Finalmente la Sole decidió resumirle el asunto de las cartas de Greta y las dificultades entre Félix y Gabriele. Le confesó no estar segura de poder ayudarlos ni siquiera para lograr que padre e hija estuvieran en contacto una semana.

—Hay que hacerlo por Greta. Y si no, por tu hermano. —Cosme estaba como pez en el agua. Excitado por la misión que Greta les había encomendado desde el más allá—. ¿Hay café hecho?

—Te ruego que dejes por un día tus comentarios mágicos de las estrellas y el universo y hables como alguien con sentido común. Félix te necesita aquí —dijo señalando el suelo—. ¡Aquí! ¿Serás capaz de hacerlo?

Desde que se había metido en su habitación, Félix no se había movido de la cama. Lo mismo había hecho su hija. Los dos, en dos plantas distintas de la casa, con la misma postura y el cuerpo congelado y tan tenso que doblar cualquier extremidad suponía un dolor indescriptible. Félix y Gabriele eran más parecidos de lo que nunca se habían parado a comprobar, y el resto, como Greta, lo sabía pero prefería callar. Cuanto más lejos creyeran que estaban, mejor se encontraban. Vivir engañado es una decisión personal y nadie más que uno mismo puede cambiar la torna.

Valquiria sonó impertinente y Gabriele, lejos de desatenderla, optó por descolgar.

—Luis, siento no haberte respondido antes...

Tenía más de diez llamadas perdidas de él y estaba segura de que Luis se encontraba al borde de un ataque de ansiedad.

—¡Maldita sea, Gabriele! Ya estaba a punto de llamar a los hospitales de la zona. Al menos podrías haberme enviado un wasap. ¡Menudo susto llevo! Estoy en el aeropuerto, me tengo que ir a Milán.

—¿Milán?

—Sí, a la exposición de Mikto, el artista japonés del

que te hablé. Con este me retiro, pequeña, y me voy a Hawái a vivir y a olvidarme de los hombres europeos que me desquician.

—¿Ha pasado algo con Evan?

—Nada que no sepas. Que no me quiere y me castiga como los otros... Pero ¿podemos dejar de hablar de chorradas? ¿Cómo estás tú? ¿Y cómo sigue tu madre?

—Murió antes de que me diera tiempo a llegar. Ha sido todo muy rápido. Perdona que no te haya llamado ni te haya dicho nada.

Gabriele habló con su amigo de toda la impotencia que arrastraba. Le confesó que no se había hecho a la idea de la muerte de su madre y que no soportaba mirar a su padre.

—No puedo dejar de pensar que todo esto se habría evitado si no hubiera estado solo para sus lecturas, como siempre hace, olvidándose del mundo.

Luis atendió a su amiga mientras subía al avión en contra de su voluntad. Gabriele le hizo prometer que no cambiaría sus planes por ella.

—Suficiente has hecho con dejarme estar en tu casa todas las veces que la he cagado. No quiero que cambies nada. Necesito quedarme unos días sola aquí..., pensar y llorar.

—Te llamo por la noche, ¿vale? Trata de reposarlo todo. Y escríbeme las veces que quieras. No estás sola. Te quiero. Son solo unos días, luego te vuelves a Barcelona y ¡nueva vida! Esta sí que sí. Tengo que dejarte, el azafato me mira con ojos confusos, aunque creo que lejos de querer montarme quiere matarme.

Cuando Luis colgó, Gabriele volvió a quedarse un tiempo indefinido con el teléfono en la oreja y la mirada perdida. Hubiera deseado que su amigo estuviera junto a ella en esos momentos, pero también sabía que debía pasar por ello sola. Al menos unos días hasta digerirlo y que se le pasara el enfado que tenía con su madre. No podía creer que hubiera escrito aquella carta con todas esas peticiones que sabía que eran imposibles de cumplir.

Oyó abrirse la puerta de casa y corrió al ventanal del desván que daba al jardín. Vio al rechoncho amigo de su padre y su tía. Su padre acababa de salir. No se había fijado en que sus andares habían perdido brío. El tiempo no solo erosiona las rocas, también nuestros cuerpos imperfectos. Félix siempre había sido un hombre elegante, de silueta fina de caballero antiguo. Al lado de su amigo parecían Don Quijote y Sancho Panza camino a enfrentarse con los molinos. Los dos se subieron a la furgoneta y abandonaron la finca. Gabriele salió de su guarida para buscar a su tía. Se sentía un poco mal por la frialdad que había mostrado en la cocina, pero toda aquella situación era demasiado bizarra para mantener los nervios en su sitio.

—¿Qué pinta tengo? ¿Crees en serio que tendría que ponerme otra cosa?

No era un buen momento para dar que hablar, y mucho menos por su padre. Finalmente Gabriele cedió y decidió dejar para otro instante el mono de lino blanco. Greta era una mujer querida en el pueblo y acertaban al pensar que sería un funeral concurrido. No solo por ella, sino también por Félix.

—Así estás mejor. ¿Me ayudarás ahora a elegir qué ponerme? Prometo no ir de verde.

Quedaban unas horas todavía para el funeral de Greta. El cielo estaba despejado y las primeras nieves se habían posado en el Almanzor. A la vista de la vera, todo el verde intenso de un otoño listo para el gobierno de los castaños sobre los bosques. Tía y sobrina tomaron sus abrigos y sa-

79

lieron de la casa dejando al negro *Greco* de guardián. Era la primera mañana sin Greta y comprobaron con tristeza que a su alrededor el ciclo de la vida seguía girando, sin detenerse, sin esperar a nadie, sin percibir la ausencia de Greta.

Los candeledanos se disponían a despedir a una foránea a la que habían adoptado. El pueblo grande, pero que siempre había querido permanecer como pueblo, había dejado correr por sus calles la noticia de la muerte de Greta, y no fueron pocos los que decidieron acercarse a la iglesia para asegurarse de la hora del funeral, dispuesta en el cartel colgado al lado del portón:

DOÑA ÁNGELA RODRÍGUEZ CAMPOS
SU MARIDO, SU HIJA Y EL RESTO DE SU FAMILIA RUEGAN UNA ORACIÓN POR SU ALMA.
EL CADÁVER SERÁ RECIBIDO EN LA IGLESIA DE NUESTRA SEÑORA DE LA ASUNCIÓN DE CANDELEDA (ÁVILA), MAÑANA MIÉRCOLES DÍA 9 DE OCTUBRE A LAS 18 H DE LA TARDE, DONDE SE CELEBRARÁ SOLEMNE MISA DE CORPORE INSEPULTO.

3
—

Nadie sabe a ciencia cierta si nuestros muertos nos hablan, pero todos en algún momento nos hemos puesto a hablarles a ellos. Uriel, hombre de pocos credos, tenía por costumbre visitar el camposanto del pueblo antes de acudir a un funeral. Eso no sucedía con frecuencia, y no porque el pueblo gozara de una esperanza de vida mayor a la del resto de la península, sino porque él para los muertos prefería la intimidad al tumulto.

Aquella tarde recorrió en soledad el sendero de olivares del paseo hasta llegar al cementerio. Atravesó sin prisa los quinientos metros de sol y sombra, con el recuerdo de la última vez que acudió a ver a su madre en la mente. Llevaba poco más de tres años sin visitar la tumba de su familia: los Garro del Monte. Los años no son nada para los muertos, relojes sin manillas, solo eso. Pero para el resto, la vida se escurre en cada reloj de arena a velocidades dispares, según la energía, el ímpetu, la atención o, más sencillo, lo que nos sucede y lo que no. Al atravesar la gran verja de hierro de entrada al camposanto, divisó los centenares de criptas de mármol reluciente bordeadas de campillo y una pequeña central eléctrica que abastecía al pueblo. Las tumbas recordaban a los muertos con nombres, apellidos y la edad en la que murieron. El paseo por ellas era sordo, porque el silencio de las tumbas era como un agujero infinito que absorbía cualquier ruido que disturbara la calma. Asun, la madre de Uriel, se fue a los treinta y cinco años, como se leía en su tumba, al lado de la inscripción: «Su marido y su hijo la llevarán siempre en el corazón». Cosme, el padre de Uriel, prefirió no poner una fotografía de ella, como hacían algunos en el pueblo para recordar el aspecto de su familiar cuando abandonó el mundo de los vivos. Uriel tenía ocho años cuando su madre murió. Poco sabía sobre los muertos, los vivos y el olvido.

Aquella tarde, siendo ya un hombre de cuarenta y siete años, volvía a su memoria lo que había quedado de aquel niño, como cada vez que acudía al cementerio. Desde que cumplió los dieciocho, en una promesa que ni su padre, tan dado a las extrañas interpretaciones, comprendía, antes de un funeral Uriel visitaba la tumba de su madre. Lo hacía siempre vestido del mismo modo: traje negro y corbata oscura a juego. Reproducía el mismo ritual, como si hubiera aprendido la importancia de hacer ceremoniosas las despedidas para poder seguir con su vida.

Por eso había ido aquella tarde a ver a su madre antes del funeral de Greta, la mujer de Félix. Dejó sobre la tumba un ramo de flores silvestres, como le gustaban a su madre, o así se lo había contado su padre. Asun, *la verata*, como la conocían en el pueblo, era una mujer que adoraba la tierra, el aire de su pequeña Suiza, como le gustaba llamar a Candeleda. Su familia se remontaba a tiempos casi tan antiguos como los del pueblo celta de los vetones, y habían sido cabreros hasta la generación de sus padres. Asun, que se había criado como una salvaje por la sierra sur de Gredos, haciendo queso y llevándolo con su madre al pueblo los lunes de trato, era de esa estirpe. Fue feliz siendo una Heidi española, brincando con los cabritillos y ayudando a ordeñar la leche bien temprano. Uriel miró aquellas flores. No era su mejor ramo, pero las había recogido él mismo del campo, seleccionando cada ramita para ella. La mayor parte eran plantas, hojas sin demasiado color. Lo mismo daba cómo fuera de florido, porque siempre que se lo llevaba imaginaba la amplia sonrisa de su madre, que lo recibía con un abrazo de aquellos que Uriel todavía era capaz de oler. En aquellas tierras todo tiene un perfume, hasta los abrazos, y aunque durante muchos años los quiso olvidar terminó comprendiendo que nadie puede huir de su destino, y el de él era, como el de sus padres, seguir en el pueblo y labrar tradición.

—Hola, mamá. Aquí me tienes con tus flores, un día más de muertos y funerales. Se ha ido Greta, la mujer de Félix Gallego, el amigo de infancia de papá que volvió al pueblo cuando se jubiló. Puede que no te acuerdes de él porque se fue de joven a Madrid y ha vuelto ya de mayor, pero papá ha recuperado a un amigo y está feliz. Son gente próxima a la familia y papá me ha pedido que lo acompañe. Además, me apetecía pasarme por aquí para ver cómo estaba esto de limpio y si seguía todo igual. Ya veo que sí. A veces envidio la fe de papá y su convicción de que cada tanto hablas con él. Ojalá algún día me respondieras y se me pasara la terrible sensación de estarle hablando a una tumba y nada más.

Uriel no acostumbraba a hablar de la muerte, y mucho menos a los muertos, como sí hacía su padre. Mientras se recomponía, pasó por su lado, sin reparar en ella, Gabriele, que se detuvo curiosa al oírle hablar a una tumba. También venía de visitar a su abuela Martina, que llevaba quince años muerta. Los cementerios son el perfecto refugio cuando no deseas ser hallado y Gabriele no quería ver a nadie ni responder a las llamadas de su tía. Seguía consternada por la carta que había dejado su madre y por aquella petición de cuarentena junto a su padre. Se sentía en una encrucijada: deseaba satisfacer los deseos de su madre, pero se veía incapaz de cumplirlos.

—¿Sabes algo de Gabriele? —le preguntó Félix a su hermana por teléfono desde el tanatorio en ese mismo momento.

—No. La estoy llamando, pero no me responde.

—¿Es que no va a parar ni siquiera este día? —Félix se desesperaba por su hija. Todos en el tanatorio preguntaban por ella y en sus rostros se dibujaba la congoja de entender la ausencia.

—Aparecerá. Estoy segura.

Lo que menos podía imaginar la Sole era que su sobrina hubiera entrado como una polizonte en el cementerio del pueblo para visitar a la abuela Martina. De fuerte carácter y la primera de la familia en tener estudios, fue maestra del colegio público El Almanzor. Tan culta como estricta, era conocida por todos los candeledanos como *La maestra*, no solo por su oficio, sino también por sus charlas de corrillo en el frescor de las noches.

—Sigo echándote mucho de menos. No se me pasa, mamá, te fuiste demasiado temprano y nos perdimos muchas cosas juntos. Ya sabes que papá no pisa nunca un cementerio porque dice que os tratamos muy mal a los muertos eligiendo solemnidad y tristeza cuando lo que queréis es celebración. Papá y sus cosas...

Uriel estaba de espaldas a Gabriele, que permanecía escondida y atenta. Era la primera vez que observaba a los vivos contar confidencias a sus muertos. Intentó cambiarse de tumba para verle la cara al desconocido. Para no ser descubierta caminó con sigilo, agachando el cuerpo y bus-

84

cando el mejor ángulo hasta lograr su objetivo. ¿Se conocían de algo? A Gabriele, Uriel le resultaba familiar. Reconocía aquella mirada, pero no sabía de dónde. Se movió entre las tumbas que bordeaban a Uriel, evitando ser vista, para alcanzar a ver el nombre y los apellidos del muerto a quien hablaba. Con un giro inesperado, la espía *amateur* fue cazada por Uriel, que había oído el ruido roto de sus torpes pisadas. Cruzaron fugazmente sus miradas. Gabriele decidió que era el momento de salir de allí y echó a andar, huyendo de la incómoda situación con un simple «buenas tardes». Se sintió mal por estorbar a un extraño con su muerto y aceleró el paso hasta que hubo cruzado la verja y abandonado el camposanto.

En el paseo de vuelta, se acordó de su madre y le entró la llorera. Lo que más le dolía era no haberse podido despedir de ella y que no le hubiera dicho que estaba enferma. Gabriele estaba llena de reproches. Cogió su móvil y llamó a Luis, haciendo caso omiso a las decenas de llamadas perdidas de su tía. Necesitaba escuchar una voz amiga que la devolviera a la Tierra, no podía hablar con nadie más de lo que realmente sentía. Lo injusto que era haber perdido a su madre y no a su padre. Era un pensamiento perverso que no podía evitar tener.

—¡Vamos, Luis! Coge el teléfono, necesito hablar contigo.

Luis no atendió a la llamada. La vida, aunque lo deseemos con todas nuestras fuerzas, jamás se detiene. No permite un aliento de descanso, un alto en el camino, ni tampoco se apaga cuando lo pretendemos. La vida es un vuelo libre y nos empeñamos en manejar su rumbo. ¿Cuánto se tarda en digerir una muerte? Gabriele se sentía agotada, con la mente nublada, enturbiada y muy confusa.

Volvió a la pantalla de su móvil y vio las llamadas perdidas de su tía desde que había salido corriendo de la casa porque le molestaba que se aceptaran de buen grado las peticiones de su madre.

—¿A quién se le ocurre pensar que vamos a poder estar cuarenta y nueve días velando un alma? ¿Y tú lo ves tan normal?

Gabriele había mirado profundamente a su tía mientras esta se acicalaba frente al espejo del baño. Ella sentada sobre la taza del váter, como cuando era pequeña y contemplaba a su madre maquillarse. Candeleda tenía ese poder sobre ella: devolverle recuerdos de infancia en medio del caos y el desconcierto. Gabriele sabía que su comportamiento era caprichoso y egoísta, pero no encontraba otro modo de alejar el alud de tristeza adulta que debe asumir la muerte.

—Mira, creo que alguien te lo tiene que decir. Tu padre será como sea, pero es un buen hombre y no se lo estás poniendo fácil. Además, ¿quién te pide que te quedes todos los días? Tu madre en la carta desde luego que no. No te obligaba, solo decía que sería muy importante para ella. Así que el tiempo que estés, porque no creo que pienses irte mañana, cumple con lo que desea tu madre y de paso cuida un poco de tu padre. Llevas muchos años fuera, Gabriele, y créeme, no se puede huir toda la vida.

—¿Huir? —preguntó con el enfado a punto de estallar.

—Sí, huir. Y no me digas que no llevas tiempo corriendo sin mirar atrás, sin querer cogerte a nada ni a nadie.

—Yo soy como mi madre, un alma libre, pero sin un peso llamado Feliciano.

—Algún día espero que te des cuenta de lo injusta que

estás siendo. ¿Puedes abandonar las diferencias con tu padre por unos días?

—No me apetece tener esta conversación ahora mismo. No creo que el día que entierro a mi madre sea el momento de decirme lo que no me has dicho nunca.

Gabriele se levantó del váter y quiso salir del baño, pero su tía le frenó el paso antes de que lo hiciera.

—Escúchame con atención, Gabriele. ¡Siéntate! Porque me da exactamente igual si te parece bien o mal. Yo quiero mucho a mi hermano y esto, lo quieras ver o no, va más allá de ti. Va sobre él. ¿Te has parado a pensar que acaba de perder a la mujer que ha amado por encima de todo?

—¿Por encima de todo? —Gabriele seguía enfadada y no podía evitar saltar—. Tía, sabes tan bien como yo que papá...

—Mira, Gabriele, estamos todos muy sensibles y puede que lleves parte del día diciendo cosas de las que te vas a arrepentir. Te aconsejo que seas el apoyo, al menos por unos días, que necesita tu padre. Luego sigue con tu vida si es lo que quieres. Pero ahora haz piña. En este pueblo hacemos piña siempre, y más cuando alguien muere.

La Sole entrelazó las manos con fuerza, juntando también los labios, simulando una montaña. Repitió la acción varias veces con la intención de remarcar su discurso. Y luego, sin dar lugar a réplica, abrió la puerta y salió del baño contando los pasos para no ablandarse. Había sido preciso mostrarle a su sobrina que el egoísmo es una venda en los ojos que impide ver lo que hay más allá de uno. Gabriele la llevaba puesta desde joven, seguramente en propia defensa, por necesidad de ser, reconocerse y volverse independiente. Ella también lo había hecho con su madre por su necesidad de dejar de ser la hija de la maestra del pueblo. La Sole comprendía a Gabriele. Por eso la entendió cuando necesitó huir para independizarse tan temprano, pero la juventud tarda en marcharse lo mismo para todos y tras ella se evaporan las excusas. Gabriele, con sus amantes artistas, sus viajes a ninguna parte y sus continuos nuevos comienzos, estaba subida a una noria que la tenía desnortada. Iba a cumplir cuarenta años y la joven había desaparecido para dar paso a la mujer.

Sentada en uno de los bancos de la arboleda de olivos en medio del camino del cementerio, Gabriele se arrepentía de lo sucedido en casa de su tía. El éxito noventero de Cher *Believe* comenzó a sonar. Durante unos segundos, la música quedó suspendida en el olvido hasta que Gabriele cayó en la cuenta de que era la nueva melodía del móvil. Abrió con precipitación el bolso y lo revolvió hasta dar con el teléfono. La estaba llamando su tía. Durante el tiempo que se tomó para pensar si atenderla o no, dejó de sonar. Así es la vida: si tardas demasiado en elegir, puede que lo pierdas todo. Cher volvió a sonar. Su tía era una mujer insistente y Gabriele sabía que no pararía de llamar hasta que lograra hablar con ella.

—¿Sí? —respondió en un arrebato de tímida soberbia.

—¿Dónde estás? En una hora comienza el funeral...

—Ya lo sé. Estoy sentada en un banco.

Mientras Gabriele le confesaba a la Sole que se había refugiado en el cementerio, Uriel pasaba frente a ella a paso ligero. Debía dejar a su hija Cloe con Manuela, la pareja de Cosme, antes de ir al funeral. Gabriele lo observó de espaldas mientras se alejaba por la arboleda.

—Siento haberte hablado como lo he hecho. Lo siento de veras... No era el día. Todos hacemos lo que podemos y yo también estoy digiriendo la carta de tu madre, pero no me gusta pensar que no podamos cumplir con sus deseos. En Candeleda se respeta mucho a los muertos.

—Estoy entre los olivares sentada. He ido a ver a la abuela Martina.

La tía Sole enmudeció. Todavía no había superado la muerte de su madre, aunque hubieran pasado quince años. El tiempo, siempre tan caprichoso. Quedaron conversaciones pendientes entre ellas y una brecha abierta de distancia no resuelta. Jamás hubo una mala palabra, ni siquiera un reproche, puede que ese fuera el problema, además de otro llamado Ada. Para la Sole, su madre fue una abuela ejemplar, pero una madre estricta que todo lo que se salía de sus normas lo ignoraba y trataba de borrarlo con silencio e indiferencia. Así lo hizo con ella y también con Félix, aunque su hermano siempre tuvo el consuelo de recibir un extra de cariño por ser el ojito derecho de Martina. La Sole le salió rebelde y como no quería convertirse en una réplica de ella se juntó con el primer novio sin apenas haber experimentado sus propios deseos. Lo hizo equivocadamente para reafirmarse y para apartarse de los designios de una madre autoritaria que quería ver a su hija convertida en maestra y casada con algún pretendiente cabrero, de buena familia y poseedor de una fortuna en tierras.

—Le he contado lo de la carta de mamá. Ya sabes que la abuela siempre me comprendía.

La tía Sole no tenía el mismo recuerdo de su madre. Murió de mayor, con la cara ajada por el campo y la amargura de no haberse vuelto a enamorar. Fue una mujer demasiado avanzada para un tiempo en que el hombre temía el carácter en la mujer. Se quedó viuda y a cargo de dos hijos. Se refugió en los libros, en sus alumnos y en la esperanza de ser amada como había leído en centenares de novelas. La Sole había visto llorar a su madre muchas noches, escondida en lo alto de la escalera que daba al salón. Pero nunca se lo confesó, como tampoco le dijo que ella sí que había encontrado el amor en los brazos de una mujer.

—¿Qué tal está la tumba? ¿Había flores?

—Limpia y con el ramo intacto. Debe de haberlas cambiado hace poco el guarda.

—¿Y cómo estás tú? —preguntó la Sole sin saber muy bien cómo seguir.

—En este banco, sin poder moverme. ¿Te importa que vaya directamente a la iglesia? Necesito estar un poco más a solas. ¿Te ocupas tú de papá, por favor?

La Sole no pudo decirle nada más que comprendía el tiempo que se estaba tomando. Ella tampoco estuvo demasiado presente en el entierro de su madre y fue Félix quien se encargó de todo. Llevaba toda la tarde pensando en Greta. En el último año, muchas noches se quedaba hasta tarde en el Pimentón charlando con ella. Aquella tarde, en la confusión de los acontecimientos, le vino a la cabeza una de sus últimas conversaciones. Siempre había estado tentada a hablar de lo sucedido, pero nunca encontró el momento y siempre pensó que primero debía comentarlo con su hermano. Greta tenía una mirada fascinante y una presencia que infundía respeto. Puede que las dos hubieran decidido hacía un tiempo incierto enterrar las diferencias de un pasado equivocado, puede que ninguna de las dos hubiera dado el paso para hablarlo. Aquellas últimas voluntades le hacían sospechar que ese último año de frecuentes visitas al Pimentón no eran casuales.

—¿Y para qué necesitas saberlo? —La buena de Ada intentaba quitarle a la Sole esos pensamientos de la cabeza mientras removía los pucheros. Llevaba todo el día en la cocina del Pimentón, preparando los platos para la cena del funeral.

—¿No me vas a acompañar a la iglesia? —Aquella pregunta sonó como un reproche, pero Ada decidió no hacerle caso. Procuraba no caer en disputas accidentadas. Así lo hacía cuando veía el bloqueo emocional de la Sole.

—Sabes que solo tienes que pedírmelo, mi amor, pero es tu familia, Sole, y yo no voy a dar ningún paso que no des tú primero. Ya son muchos años...

Ada se secó del rostro el sudor por el vapor de los pucheros y siguió removiendo sin alterarse por aquella conversación que cada cierto tiempo mantenían.

—Le he pedido a Carmencita que me supla una horita —dijo sin mirarla— para poder darle un beso a Félix y a tu sobrina.

La Sole se emocionó como siempre hacía cuando Ada resolvía algo sin que ella le hubiera pedido más de lo acordado. Su vigorosa personalidad y su atención con todos los del pueblo escondían a una mujer retraída, con demasiadas conversaciones pendientes. Lo peor para los muertos y los que se quedan es lo pendiente. Ada la conocía demasiado bien y no quiso hurgar en esa herida que supuraba.

—¿Quieres ver todo lo que he preparado? Seguro que Greta se habría puesto contenta.

Ada tenía un don con los fogones. No estudió en ninguna escuela, pero desde muy jovencita estuvo en la cocina de varios restaurantes fregando platos para ayudar a su familia, inmigrantes argentinos que llegaron a España sin dinero ni recursos pero con deseos de echar raíces. Sus dos hermanos formaron familia en Canarias y su madre vivía en Lanzarote con el pequeño, un buen empresario, dueño de dos restaurantes con fama de servir la mejor carne de la isla. Ada dio tumbos por Madrid hasta que unas vacaciones llegó a Candeleda con una amiga y decidió no volverse. La Sole acababa de abrir el Pimentón y, en un acto de inconsciencia, Ada se ofreció a llevar la cocina, con la sorpresa de que la Sole aceptó sin tampoco pensárselo. Las dos hablaron mucho de aquella casualidad que ya pocos creen en el pueblo, pero que nadie se atreve a cuestionar y mucho menos a llamar «amor». Hacía ya más de treinta años que Ada y la Sole se enamoraron a primera vista y habían aprendido a convivir, como tantos otros, con el silencio.

—La Francisca me ha acercado unos quesos que tenía guardados para ocasiones especiales. El Llano me trajo tomates de su huerta ecológica, ya sabes cómo se los rifan los de la ciudad. El matador, la mejor carne, lo mismo que el gordo de los frutales. Y así todos..., y ninguno quiso cobrarme. Todos desean colaborar al homenaje de Greta. También Natalia, la hija de los cordobeses, me trajo arándanos de los ricos con los que he hecho unos deliciosos pasteles. Cómo le gustaban a Greta...

A la Sole se le saltaban las lágrimas viendo el festín que había preparado Ada. No dejaba de sorprenderla su capacidad de trabajo. Siempre le decía que su nombre le iba al pelo porque para ella su aparición había sido propia de un hada madrina que en vez de varita tenía fogones. Ada se limpiaba las manos en los trapos que le colgaban del delantal, con el nervio de comprobar la felicidad de la Sole. Sus achispados ojos redondos siempre sonreían al verla contenta. Ella había encontrado en la Sole al motor de su vida, y caminar sobre esa certeza era lo mejor que le había pasado. No le importaban la lejanía con su familia ni la montaña de rumores. En cambio, a la Sole, muy dada a la culpa, le pesaba desde hacía un tiempo no devolverle el amor en un acto de valentía. Algunas noches se había despertado creyendo que lo gritaba en medio de la plaza del pueblo.

—¿Así vas a ir a la iglesia?

Como un torbellino sin norte entró Candela, la joven camarera del Pimentón. Iba con una falda azul ajustada, un jersey a rayas y unas botas blancas que trataban de estilizar su figura. Menuda de facciones y de cuerpo, tenía por costumbre vestirse todo el año como un árbol de Navidad al que no le faltaba un detalle.

—¿Quién ha dicho que los muertos no quieren colores? Además, no me digas que no es bonita la falda. La compré por internet.

Candela era la alegría del Pimentón. Acababa de cumplir veinte años y se había tomado un año sabático para alargar la agonía de tener que estudiar una carrera. Ella no quería estudiar porque adoraba ser camarera, pero sus padres no querían ni oír hablar de la posibilidad de que su hija se quedara en el pueblo. Le costó convencerlos para tomarse un año —«como hacen en América»— casi tanto como lograr que aceptaran sus ropas distintas, sus uñas postizas y sus ideas de modernizar Candeleda.

—Algún día se darán cuenta de que me llamo Candela por algo, ¿no? —solía decir.

La Sole la adoraba. La conocía desde niña y antes que muchos ya vio que era de las que viven por encima de las normas y que no existe vacuna ni cura para gente así, aunque la mayoría, por ignorancia, intente cambiarla. En el pueblo la tradición era ir a estudiar la carrera a las ciudades y prosperar más allá del campo y las cabras. Candeleda era un pueblo que vivía del turismo, a pesar de las tierras, de sus buenos tomates y del queso de cabra al pimentón. Candela no quería la ciudad ni buscarse un chico de buena familia. Le gustaba su novio Rubén y gozaba sirviendo a la gente buena comida y bebida.

—Sole, yo me quiero quedar en el pueblo porque sé que el futuro no está en las ciudades, sino aquí, al lado de la tierra y de estas montañas que me alegran la vista cada mañana.

Así fue como a los quince años Candela la convenció para ayudarla los fines de semana en el bar, y pronto se convirtió en imprescindible. Solo la pasión deja rastro, y ella era un torbellino de querer, de empeño y de alegría por Candeleda.

—¿No crees que tus padres van a tener otro disgusto al verte así vestida? Vamos de funeral, no de romería, Candela...

Ada se metió en la cocina sonriendo y sabiendo que comenzaba una puja para ver cuál de las dos ganaba en esa ocasión. La Sole y ella parecían madre e hija cuando se ponían a discutir sobre cualquier cosa del bar o tema de la vida. Les duraba solo unos minutos, pero se retaban para ver quién vencía el pulso invisible. Quién ganaba la batalla.

—Hoy ganas tú. Si quieres corro a cambiarme. Es tu familia y no quiero molestar a nadie. Llevo un vestido negro en el coche y unos zapatos de abuela. ¿Quieres? —dijo sonriendo con la mayor de las dulzuras.

Candela tenía esa energía de los veinte años que todo lo arreglaba incluso antes de que se produjera el problema. Siempre estaba con la chispa encendida, era un poco mal hablada y se le agriaba la leche con demasiada frecuencia, pero tenía una sonrisa tan honesta que cuando la sacaba a pasear era la anestesia de todos los males.

Salió del baño alisándose el vestido y retocándose el recogido que se había hecho con un bolígrafo.

—¿Y tu sobrina? ¿Dónde está? Vamos a llegar tarde..., y en el pueblo ya sabes que estas cosas no las perdonamos.

Ella siempre hablaba en nombre de los candeledanos. Con su gracia, se reía de los defectos y era la primera en realzar lo bueno de vivir allí y sus costumbres. «¿Acaso no se puede ser moderna y de pueblo? En la ciudad están muy equivocados, se creen que por venir los fines de semana lo saben todo», siempre decía en defensa del pueblo y contrariada por los excesos de aspavientos de los que venían de fuera.

—Ella irá por su cuenta. Necesitaba airearse un poco antes de entrar en la iglesia. Tú sabes...

Candela afirmó solo con la cabeza porque no sabía mucho cómo interpretar aquello. Gabriele no era santo de su devoción. Además, sabía que en la familia de Sole había demasiados silencios que se convertían en agujeros negros y prefería mantenerse al margen. A pesar de la confianza con Sole, jamás se había atrevido a tratar a Ada abiertamente como su pareja. Algunas veces había insinuado que tenía un par de amigas lesbianas del pueblo para abrir conversación, pero la Sole miraba siempre para otro lado y se daba a otra cosa. A Gabriele apenas la había visto, pero no ignoraba que renegaba de Candeleda, algo difícil de entender para ella. Eso la Sole lo sabía con solo mirar a Candela cuando hablaba de su sobrina.

—Tengo ganas de saludarla —dijo con una entonación forzadamente amable que la Sole captó al segundo, pero decidió no acentuar.

Candela y ella caminaron hacia la iglesia en silencio, preparándose para la liturgia y la despedida. Algunos del pueblo la saludaban sin acercarse, dándole el pésame desde la lejanía. El camino hasta llegar a la iglesia no era largo y prefirieron hacerlo a pie que en el coche con Candela y su música, que más que para vestir santos era para desnudarlos. La joven la tomó desprevenida al cogerle la mano. Se miraron a los ojos y sin pronunciar palabra la Sole agradeció el gesto. Cumplir años le hacía sentir cierto vértigo, y aún más cada vez que enterraba a alguien. Podría haber sido ella, Greta solo le llevaba cinco años y, como a ella, todavía le quedaban sueños por cumplir. Otra vez volvía a pensar en Ada, el amor de su vida, y en sus ganas de celebrarlo abiertamente como si no hubiera un mañana. A la Sole le palpitaba el corazón con fuerza, y no por el esfuerzo de subir la cuesta a paso ligero, sino por la intensidad de sus pensamientos.

A las puertas de la iglesia, vio llegar a Gabriele con andares frágiles, sintiendo la tristeza en su mirada desde la lejanía. Candela se echó a un lado para contemplar el abrazo entre tía y sobrina. No es fácil despedirse de nadie, y mucho menos de una madre.

El féretro de Greta reposaba en la nave principal, justo debajo del retablo del Cristo crucificado. Félix no se había separado un momento de él y apenas atendía a los vecinos que hacían cola para ofrecerle el pésame y también el dinero para ayudar en el entierro. Los candeledanos son muy solidarios, y muestra de ello es la tradición de dar dinero en mano en el velatorio o la iglesia, recordando que antiguamente eran muchos los que no podían pagar el entierro de sus muertos.

—Los muertos son de todos, aunque en la ciudad se piense que solo pertenecen a unos pocos. —A Candela le encantaba pronunciar esta frase y llenarse de orgullo con las virtudes de su pueblo.

La iglesia de Nuestra Señora de la Asunción se había llenado de extraños para Gabriele, y amigos, conocidos y curiosos para Félix y la Sole.

Gabriele pensó en lo trágico que era no poder elegir bien quién venía a despedirte. Ella no era de pueblo y su sentir así lo reflejaba. Su padre agradecía cada muestra de los candeledanos. Ella, en cambio, mientras recibía abrazos, besos y palabras de desconocidos, intentaba mantenerse entera contemplando aquella iglesia. No era demasiado grande, ni destellaban los oros lujosos o las obras de un pasado glorioso. Piedra gris, un ábside central de estilo gótico y una forma semicircular con seis nervios que llegaban a lo más alto en forma de abanico la situaban sobre el siglo xv. Gabriele procuraba abstraerse del mareo que recorría su cuerpo intentando reconocer si era del xv o el xvi, fijándose en cualquier detalle para distraerse de su fragilidad sobrevenida en palidez. Se había puesto al lado de su padre, entre él y su tía, pero tenía el cuerpo cada vez más tenso y más impermeable a cualquier sensación.

—¿Estás bien?

La Sole se había percatado mucho antes que ella de que sus piernas habían decidido abandonarse al desmayo. Ella y Félix la agarraron cada uno de un brazo y la sentaron al vuelo para evitar que se desplomara en la banqueta. Pidieron a los asistentes que abrieran el corrillo para que el aire circulara. La mente de Gabriele seguía desenfocada en los detalles de aquella iglesia, reteniendo su cordura, resistiéndose a volver en sí.

El médico más viejo del pueblo, el doctor Martín, acudió de inmediato al oír el grito aspirado del tumulto. Gabriele seguía con los ojos entornados y el cuerpo flojo.

—Ha sufrido un leve desmayo por la impresión. Tiene bien el pulso... ¿Me oyes?

Gabriele se vio interrumpida por una voz lejana que la llamaba. Ella sentía que flotaba y no quería ser molestada por nadie, pero la voz de tenor cada vez estaba más presente. En un tardío movimiento abrió los ojos, aunque creía que ya los tenía abiertos, y por las caras que encontró se dio cuenta de que algo había ocurrido.

—Soy el doctor Martín. Acabas de sufrir un leve desvanecimiento. ¿Cómo te sientes?

Le hubiera gustado responderle que molesta porque la habían despertado de aquel lugar donde todo flotaba a su gusto y la habían devuelto a la realidad más amarga, pero al ver el rostro pálido de su padre solo le agradeció con suavidad las explicaciones.

—Lo siento, no sabía qué me pasaba. No ha sido nada, ya estoy bien, doctor, muchas gracias.

El funeral todavía no había comenzado. Apenas el párroco había cerrado las puertas y los asistentes habían tomado lugar en las bancas. El cura era conocido por todos menos por Gabriele, pero no le importaba demasiado. El *Ave María* comenzó a sonar y llenó la iglesia de una voz celestial desconocida que provenía por la calidad del sonido de una grabación antigua. Se fijó de nuevo en el féretro de su madre y suspiró sabiendo que ella jamás hubiera elegido esa canción tan triste para empezar su funeral. Apostaba por que en el repertorio no estarían ni *Moon River* ni *La Vie en Rose*, que tantas veces había tarareado con ella en sus tardes de cine viendo por enésima vez a Audrey Hepburn bailando con Humphrey Bogart en *Sabrina*.

—¿Va a ser así toda la banda sonora?

La Sole no se esperaba aquel comentario inoportuno de su sobrina, pero fue el mejor modo de comprobar que

Gabriele se había recuperado del desmayo. A ella tampoco le gustaba esa canción para Greta, pero había dejado que Félix se encargara de todo, como correspondía, y sospechaba que había elegido el repertorio tradicional para evitar dar que hablar. Félix se parecía en eso a cualquiera que llevara toda la vida en el pueblo. La cobardía no se quita con cultura, sino con arrojo.

—Nos hemos reunido aquí, en la iglesia de Nuestra Señora de la Asunción, los familiares, amigos, conocidos y vecinos de doña Ángela Rodríguez Campos para ofrecerle una despedida cristiana.

Gabriele, al escuchar al cura llamar a su madre por el nombre que nunca usaba, sintió un escalofrío y buscó a tientas la mano de su padre. Se agarró a ella con fuerza, como cuando era pequeña. Félix le respondió con el cuerpo erizado por lo poco acostumbrado que estaba al contacto con su hija. Los dedos de la mano se le habían tensado tanto que era incapaz de estrechar la de su hija. Gabriele notó lo hierático que estaba su padre y su incapacidad para devolverle el gesto. Lo miró con los ojos de agua, conteniendo la tristeza que sentía porque ni siquiera supieran consolarse. A los pocos segundos, y al comprobar que su padre no reaccionaba, soltó la mano y mantuvo la distancia. Félix sintió haber sido incapaz de devolver la caricia. Estaba bloqueado por completo y, aunque había notado la mirada implorante de su hija, no había podido reaccionar por miedo a aflojarse demasiado en la pena públicamente. No solo se pierde a los muertos, sino también a los vivos, y Félix se repetía para sí mismo: «Voy a intentarlo, Greta. Te prometo que voy a intentar recuperar a Gabriele... Voy a intentarlo, mi vida». No dejaba de pensar ni un segundo en las otras dos cartas que había dejado su mujer y que seguían cerradas. Aparte de su hermana, solo había compartido con Cosme la carta de las voluntades, obviándole a su amigo las otras dos por el momento, porque no tenía fuerzas para oír más teorías celestiales ni para que Cosme le animara a abrir la carta con su nombre.

—Sole, cada vez estoy más convencido de que Greta tiene un plan.

Cosme no había podido evitar comentárselo en la misma iglesia, aprovechando un momento de soledad con ella.

—Yo también lo creo, pero viendo a Félix y a Gabriele, no aguantarán ni dos días.

—No sé, Sole. Greta tuvo tiempo para pensar un plan —reflexionó Cosme, frotándose varias veces la barbilla como solía hacer para pensar si debía callar o hablar.

La Sole miró a su amigo con la complicidad de los años, pero sin saber demasiado bien a qué plan se refería.

—También te ha incluido a ti —soltó Cosme, mirándola fijamente.

—¿Qué quieres decir?

—Pues que tú estás dentro de su plan.

—¿Un plan? ¿Qué plan? —dijo Sole, exaltándose un poco con su amigo—. No digas bobadas.

—Sole, sabes tan bien como yo que Greta no tenía la conciencia limpia y puede que con esto intente enmendar lo ocurrido y de paso limpiar su karma.

—Tú y tus karmas, Cosme. ¡Déjate de teorías! Al menos por hoy.

Cuando Cosme lanzaba una teoría, Sole y Félix sabían que no pararía hasta descubrir si aquello no era más que una bravuconada o si había algo de cierto en sus conjeturas.

—No lo veo, Cosme, y aunque así fuera no se consigue nada pidiendo que recen por ti cuarenta y nueve días. Gabriele y Félix llevan años sin apenas dirigirse la palabra, y te aseguro que estar juntos solo puede llevar a una cosa: que se vuelvan a separar.

Una vecina salió al atril para recitar la primera lectura.

—¿Quién es? —preguntó con un susurro Gabriele a su tía.

—Una amiga reciente de mamá con la que salía a pasear con *Greco* y *Menina* por el campo. Se llama Amparo y es la segunda mujer del farmacéutico. No es nacida en el pueblo.

Gabriele oyó sin escucharlas las oraciones de aquella mujer. La última vez que estuvo en una iglesia fue en la boda de Fede, un exnovio, y llegó tan colocada que a ella y a su amante de entonces los echaron de la iglesia para que dejaran de molestar. Todavía recuerda con nitidez cómo, en su visión psicotrópica, comenzaron a salir enormes murciélagos sobrevolando el techo como si fueran cuervos. Según le contó Luis, ella empezó a gritar sin parar y su amante a reír. Fede no se lo ha perdonado nunca y puede que siga pensando que fue una venganza por dejar a Gabriele por la mujer con la que se casó ese día.

—Sabes que no es verdad. A Fede lo dejé yo... Siempre me ha parecido demasiado soso para mí.

Gabriele hablaba con la boca pequeña de Fede, mintiendo y mintiéndose. Luis nunca replicaba ni insistía cuando salía el tema, aunque tenía una opinión muy distinta. Para él, aquel hombretón de voz pausada, pies grandes y labios pequeños había sido lo más parecido a un novio real que había tenido su amiga. Y más allá de quién dejó a quién, Luis pensaba que Gabriele no pudo soportar el amor que atraviesa todos los poros de la piel hasta temblar en suspiros entrecortados. No se lo tenía en cuenta porque él también era un ser esquivo que no se había quitado el chaleco antiamor. Solo se sentía afligido por Gabriele porque reconocía que, como él, también ella había decidido volverse yonqui del maltrato emocional antes que exponerse al riesgo de sufrir por un amor real.

—Fede no te lo va a perdonar jamás y lo sabes. Yo tampoco te lo perdonaría.

—¿Tan terrible fue?

Perder la memoria sobre nuestros propios actos puede llegar a ser mortificante, sobre todo si, como Gabriele, nos dejamos llevar para sufrir lo menos posible. En su caso, perdió el sentido para no ver a Fede casándose con otra. También se le fue la mano y no controló la dosis de droga, pero no quería reconocerlo, y mucho menos ante Luis. Tampoco admitiría nunca, ni siquiera a ella misma, que había soñado levemente con la posibilidad de ser ella la novia, aunque enseguida se lo quitara de la cabeza. Fue difícil olvidar a Fede, pero fue fácil romperle el corazón para que se quedara con otra. Acostarse con el mejor amigo de tu novio nunca falla para que no vuelvan a querer saber nada más de ti.

—¿Queda mucho?

—Un tiempo... —respondió su tía, y le pidió paciencia con la liturgia que tanto le escocía.

Toda aquella ceremonia que tan poco tenía que ver con su madre le pareció una pantomima, y excepto por los murciélagos invisibles, le hubiera encantado estar en el mismo estado que en la boda de Fede para comenzar a gritar, ahuyentar a todos y quedarse sola con su madre.

Con Greta. Decidió no girarse y simular atención al salmo mientras pensaba que no podría aguantar ni una semana bajo el mismo techo que su padre.

—Tía, ¿nos vas a acompañar al crematorio? Preferiría que estuvieras.

La Sole le tomó la mano y se la apretó fuerte. Ella estaría a su lado no solo para acompañarla en el dolor, sino para evitar uno mayor. El viaje a Talavera hasta el crematorio no iba a ser fácil para nadie. Volvió la cabeza para ver el aforo y comprobar si Ada había acudido a la iglesia. Cruzaron miradas cómplices desde la lejanía. Dos filas más atrás, Ada le sonreía con ternura y le enviaba todo su amor desde la distancia. Se había sentado en la misma banca que Candela y sus padres. Cosme se había quedado más al fondo para estar junto a su hijo Uriel, acompañado de Alicia, la maestra de su hija Cloe. En el pueblo se rumoreaba que ella estaba por Uriel, pero la realidad era que nunca habían pasado la línea del coqueteo. Gabriele se giró para observar lo mismo que su tía y para alejar los pensamientos. Percibió la mirada ladeada e inquisidora de su padre por no estar atendiendo al párroco. Vio a Ada, a Candela, a Cosme y, a su lado, descubrió con asombro a Uriel. Al momento lo reconoció como al hombre de traje negro al que había espiado en el cementerio mientras hablaba con sus muertos. Se produjo entre ellos un nuevo cruce de miradas, pero el estirón de mano de su tía la devolvió al frente para atender al rezo y al respeto que pedía su padre. Gabriele comenzó a experimentar una extraña sensación olvidada mientras intentaba conectar la mente con la intuición indescifrable que sentía al ver la familiaridad en la mirada de Uriel.

—¿Quién es el hombre de traje que está al lado de Cosme? —preguntó para detener los pensamientos y satisfacer la curiosidad.

—Su hijo Uriel. ¿No te habías enterado? Desde hace cinco años vive en el pueblo con su hija.

Gabriele enmudeció y dejó de oír. En una milésima de segundo se trasladó a uno de sus peores recuerdos de adolescencia. La niña de catorce años con coletas que un verano se declaró a uno de los chicos del pueblo. El chico era ocho años mayor que ella y había empezado a ir a la universidad en Madrid. Gabriele quería ser mayor antes de tiempo y se enamoró perdidamente de Uriel. Aunque lo llevó en silencio hasta el último día, en la fiesta de fin de verano, tras tomarse a escondidas alguna cerveza, se le declaró. Fue el primer rechazo de su vida y hasta ese momento lo había borrado de su mente. Quiso besarlo. Se acercó tanto y tan convencida que jamás habría imaginado oír aquel «¡Ey! ¿Qué haces? Me parece que alguien ha bebido un poco de más». Que no correspondan tus sentimientos te pone en jaque para que el resto por ignorancia te haga mate: humillación, risas, burlas y juegos de palabras que no habrían significado nada para ella si no hubiera sido por los sentimientos reales que tenía por Uriel.

Se giró de nuevo para volver a mirarle fugazmente. Había cambiado demasiado. Por instinto ella también se tocó el pelo. Todos cambiamos con el paso del tiempo.

Gabriele había superado la humillación saliendo a la fuga aquella noche de verano. Ahora sentía ganas de hacer lo mismo, y a la vez su cuerpo había despertado a la memoria sensorial de aquel momento: ganas de vomitar y un calor que fue ascendiendo hasta hacerle alcanzar el rubor. Lo malo de no tener casi contacto con la familia es ignorar noticias como la del retorno al pueblo de Uriel, el famoso hombre de negocios perdido por el mundo.

—Él también ha sufrido mucho, igual que su padre. Pero Uriel no es como Cosme. No cree en el más allá y lo ha llevado peor.

Gabriel miró a su tía, intentando que le contara más.

—Hace cinco años perdió a su mujer de un cáncer. Fulminante.

La mirada directa de Félix a la Sole y Gabriele las devolvió a la misa y a la ausencia de Greta. Cuando se entierra a los muertos se viven momentos de desconexión que para un extraño podrían parecer la mayor frivolidad, pero para los vivos es una vía para despistar al dolor. Gabriele y la Sole se habían permitido ese respiro, Félix no.

El funeral no se alargó más de lo debido y los del pueblo fueron respetuosos y despejaron la sala rápido para que la familia se despidiera de Greta en la más pulcra intimidad. Nadie dijo unas palabras de más, nadie subió para hablar de ella. Greta fue una mujer discreta y no le hubiera gustado que la trataran como lo que nunca se había considerado: un ángel. Por eso había renegado de su nombre.

—¿Por qué hacemos de los muertos ángeles y nos empeñamos en señalar el demonio en los vivos?

Era una frase muy de Gabriele. La decía cuando veía venir la avalancha de críticas sobre alguien. Ella era de ciudad y a veces le molestaba la proximidad del pueblo, las paredes finas y porosas a través de las que todo se escucha y se sabe. La intimidad se simulaba en Candeleda, porque todos conocían bien los pasos de sus vecinos.

Aunque ese fuera un pueblo distinto al resto, los tránsitos transcurrían como en los demás. La diferencia eran aquellas montañas, y sobre todo el Almanzor, el pico que coronaba la sierra sur de Gredos. Un pueblo sanador, un centro energético. Hacía más de treinta años, se había instalado allí un centro de meditación *vipassana* y, hacía algo menos, un centro zen. Los candeledanos miraron al principio con recelo la llegada de los visitantes, pero luego apreciaron que su localidad fuera considerada un lugar de curación y de contemplación saludable.

—Mira, Sole, si esta tierra tiene fama de fértil, el aire que respiramos también. Es pura energía. Candeleda es especial.

Cosme le repetía siempre lo mismo a la Sole, que no terminaba de encontrar la relación de los centros de meditación con la montaña. Todo lo contrario que Greta, que, aparte de refugiarse en su huerto, también lo hacía en los paseos con Amparo y sus conversaciones sobre budismo. Era una mujer de no más de cincuenta años, alta, delgada y que siempre vestía de blanco. Practicaba la meditación zen y fue en parte por ella que Greta comenzó a creer en el budismo y las reencarnaciones.

—Siento mucho lo de tu madre. Era una gran mujer y te quería mucho —le había dicho Amparo a Gabriele.

La música para despedir a los presentes y a Greta fue una de las preferidas de ella: *You'll Never Walk Alone* de Doris Day, una canción que a Gabriele siempre le ponía triste. Pensó que con la última su padre había acertado.

—Muchas gracias, Amparo, es una pena muy grande para todos. Se fue demasiado pronto y tan de repente...

La Sole respondió por Gabriele porque su sobrina apenas conocía a Amparo y porque así podría tratar de averiguar si aquella mujer sabía algo que Greta hubiera querido ocultar a la familia. La miró con intensidad, sin prisa, intentando ver en cada uno de sus leves movimientos si asomaba algún tipo de secreto. Antes de que pudiera tener más impresiones, Félix le hizo una señal desde lejos. Ya era hora de irse.

—Yo también la estoy acompañando en su bardo. Todos debemos hacerlo.

Eso le dijo entre susurros Amparo a la Sole mientras dejaba en su mano un billete de veinte euros para colaborar en el funeral, como buena candeledana. A la Sole le sorprendió la palabra «bardo». No la había oído más que algunas veces, y desde el día anterior no dejaba de darle vueltas.

—¿Qué es exactamente el bardo?

—Es el estado intermedio entre la muerte y la siguiente vida. Allí reposan las almas antes de volver a reencarnarse durante cuarenta y nueve días, en los que tienen todo tipo de experiencias.

La Sole miró a Amparo frunciendo el ceño. Intentando comprender y simulando que así lo había hecho. No sabía cómo creer ni cómo interpretar todo lo que no formara parte de la vida de la Tierra y los mortales. Observó a Amparo mientras se despedía con un leve agradecimiento susurrado. Apenas había tenido trato con ella, no solía dejarse ver por el pueblo. Solo cuando había mercado y vendía sus artesanías. Alguna vez Greta la había invitado a que fuera a ver el taller de Amparo, en un antiguo molino cerca de Chilla, pero la Sole nunca encontraba tiempo para la curiosidad. Gabriele le tiró del brazo pidiéndole que la rescatara de todos los del pueblo que se acercaban a darle el pésame.

—¿Puedes sacarme de aquí? Necesito meterme en el coche y echarme a llorar.

Félix había querido ir en el coche fúnebre y había pedido que solo la familia fuera al crematorio, nadie más. Él también necesitaba un poco de tiempo para prepararse. Greta y él siempre habían discutido sobre ello porque él era de los que preferían estar enterrados bajo tierra junto a su madre y los del pueblo que convertirse en ceniza.

—¿Y adónde te voy a ir a visitar yo? ¿A quién le rezaré? El pueblo no es como la ciudad, nosotros tenemos tierra donde descansar.

—Félix, no quiero ni que entierres mis cenizas, quiero ser libre y liberar a los míos también de cuidar una tumba.

Gabriele y Sole iban atrás, en la ranchera, sin poder despegar su mirada del coche fúnebre. Las dos permanecieron un buen rato en silencio, sobrellevando la tristeza y la angustia de aquellos momentos. La Sole tenía la vista puesta en el coche fúnebre. Alguna vez se había cruzado con alguno en la carretera y se le había cortado la respiración. Ver la muerte de cerca siempre impresiona a los vivos, que sienten temor de que venga a buscarlos.

—¿Es tu primera vez? —preguntó la Sole.

—Sí, y creo que me voy a volver a desmayar. No sé si voy a poder aguantarlo.

—No tienes por qué estar en todo el proceso si no quieres.

—¿Tú crees en que no se acaba todo después de la muerte?

La Sole miraba a la carretera de llano y olivares intentando ser lo más honesta con la pregunta de su sobrina. Como a todos, le gustaría creer que la vida no se termina con la muerte, que existen muchos lugares y formas para explorar, que hay más vida de la que conocemos. Con Cosme lo había hablado en más de una ocasión, incluso con

Ada y Candela. Cuanto más hablaba sobre la muerte, más convencida estaba de que el misterio de la vida concluía en la muerte. Pero eso no era lo que aquella tarde quería escuchar su sobrina. Gabriele necesitaba una brizna de esperanza a la que agarrarse. Le habían arrebatado medio corazón.

—No, no creo que la vida sea el final. Creo que hay que escuchar a nuestros muertos.

—¿Escucharlos?

—Bueno..., yo a veces siento a mi madre, y aunque sabes que no tenía una buena relación con ella, eso me reconforta.

—¿Por qué no vas a verla al cementerio? —preguntó Gabriele.

—Porque ver su tumba me recuerda lo idiota que fui.

Gabriele dejó de preguntar. Intuía que su tía era como un caracol a punto de meterse en la concha. A ella no le pesaba de aquel modo la muerte de su madre porque tenía la certeza de que habían sido cómplices toda la vida.

—Yo me quedo con ganas de compartir muchas más cosas..., podría haberla visitado más.

Gabriele tenía casi cuarenta años y, aunque le costara admitirlo, su tía tenía razón: no había dejado de huir de ella misma. ¿A qué le tenía tanto miedo? No sabía ni siquiera responderse. Se miró en el espejo del retrovisor. No había en su cara impostura ni disimulo. Podía contemplar su propia desnudez, su fragilidad permeable y su desconcierto vital.

—Tía, ¿puedo hacerte una pregunta?

La Sole afirmó sin palabras, con la mirada fija en la carretera oscura. En el coche fúnebre. En el ruido de sus propios pensamientos que la habían llevado a sus muertos: a su madre y a los amigos que se fueron también demasiado pronto.

—¿Qué haces cuando sientes que no vives como quieres pero el miedo te paraliza?

La Sole sabía que solo Gabriele podría responderse esa pregunta, pero que le llevaría más tiempo que el viaje en coche de Candeleda a Talavera. A lo largo de la vida nos convertimos en prestidigitadores de nuestros propios temores hasta que un día la magia ilusoria que casa tan bien con la juventud se evapora y nos deja desnudos con nuestra realidad. Como en el cuento de la cigarra y la hormiga, te levantas un día y mirándote al espejo descubres que el mito construido se te ha caído. Solo quedan dos caminos: vivir simulando o vivir con el peso del yo.

—Me agarro a lo pequeño. Pongo mi atención en todo lo que me gusta y me quedo ahí.

Así terminó la conversación. El trayecto hasta el crematorio se hizo más íntimo que la noche cuando nos atraviesa con su manto oscuro. Félix fue el único que quiso acompañar a Greta hasta el final. Gabriele se rompió a las puertas de intentarlo y su padre convino que era mejor evitarle el trago. Lloró todo el tiempo, cubriéndose el rostro con las manos, contemplando una pared blanca, sintiendo el dolor profundo de las huellas de la muerte, de la ausencia de una madre, del miedo a lo desconocido. Sintió el vértigo de no poder asumir lo ocurrido, la batalla de la mente por desobedecer al corazón. La Sole no se movió de su lado. También ella sentía que la atravesaba la fragilidad de la vida.

—He decidido quedarme diez días en el pueblo. No puedo más tiempo. Luis me ha conseguido una entrevista de trabajo y no voy a perder la oportunidad.

—Tu padre seguro que se pone feliz.

Gabriele no respondió. Siguió su caída libre en el desconsuelo. Su vida había cambiado por completo, pero las grandes decisiones todavía estaban por llegar.

4

Félix no había podido dormir. Había pasado la noche en duermevela comprobando con la mano la ausencia y cayendo una y otra vez en el vacío que Greta había dejado en la cama, en la vida. Cansado de despertarse cada poco, aletargado y convencido de no querer volver a cerrar los ojos, contempló la llegada de un nuevo día sin su mujer. Como un autómata, intentó imitar con escrupulosa exactitud todos sus movimientos al levantarse, tratando de alcanzar su rastro. El café recién hecho se lo sirvió por primera vez en la taza de Greta. Colocó la tostada en el plato de porcelana antiguo de ella. Buscó el cuchillo que Greta solía coger para untar la mantequilla. Media cucharada de mermelada de arándanos. Lo hacía todo despacio, procurando encontrarla en cada sutil movimiento. Se sentó en la silla de Greta y se quedó con los brazos sobre la mesa, esperando en silencio despertar del mal sueño de haber perdido a su mujer.

Con el cuerpo pesado, salió al jardín para ocuparse del huerto, imaginándola a su lado. No quería echar a perder los últimos tomates antes de la siembra de espinacas y guisantes. Arrancó con brío las malas hierbas, revolvió la tierra, hundió sus dedos en ella y revisó con sumo cuidado el drenaje del huerto. Pronto llegarían las lluvias y debía prevenir inundaciones. Después de la ducha y el acicalamiento, eligió la ropa según la voz imaginaria de su mujer. El tiempo pasa muy despacio durante el desconcierto. Félix pensó en su hija y en la soledad del abandono. Acariciaba al negro tizón mientras sentía en sus propias carnes la fugacidad de la vida, la fragilidad de los recuerdos, reducidos a pequeñas luces de pensamiento en la extraña y caprichosa línea de la memoria.

No sabía cómo mirar, tratar, cuidar ni hablar con Gabriele. A pesar de todo, Félix deseaba cumplir la promesa que le había hecho a Greta e intentar acercarse a su hija durante esos días, aunque fuera guiado por la sombra de su mujer. Decidió darse un poco más de tiempo, bajar al pueblo y evitar encontrarse con su hija.

Al contrario que a su padre, a Gabriele la atrapó el sueño. Miró el teléfono al despertar. Había olvidado cargarlo y se había quedado sin batería después de una noche activa de condolencias. Bajó en pijama del desván, encontrando por el camino los lametazos de *Menina* y *Greco*, que la esperaban como niños con ganas de jugar. En la cocina, su padre le había dejado la cafetera italiana lista para poner al fuego: exactamente igual que su madre, pero sin tostadas ni bollos recién hechos. Solo el café listo.

Manejó los fuegos y esperó con los ojos medio cerrados a oír el burbujeo del café saliendo a flote. Era uno de sus aromas preferidos. A hogar, a caricias, a conversación, a calor protector. Su madre era la única que seguía usando la cafetera italiana. Ella, como media humanidad, se había pasado a las cápsulas, dejando para la anécdota esa volatilidad de partículas suspendidas en el aire que le dibujaban una sonrisa incluso en tiempo de duelo. En ese viaje olfativo a recuerdos agradables, se fijó en que encima de la mesa su padre le había dejado una breve nota, y sobre ella unas llaves de coche.

Buenos días, hija. Espero que hayas descansado. Por si te ape-
tece salir a dar una vuelta. La Sole nos ha invitado a comer en el
Pimentón. ¿¿Nos vemos allí??

Se sirvió una bañera de café en la taza más grande que encontró y perseguida por *Greco* se sentó a oscuras en el sillón de su madre. El viejo orejero se había convertido para todos en el lugar oficial de transmutación. Desde allí, inspeccionó la casa de un modo distinto a como había hecho hasta entonces. Las muertes nos modifican los sentidos. La casa parecía otra, más apagada, como si las paredes se hubieran encogido de tristeza. Corrió las cortinas de las ventanas para que entrara la luz y abrió la puerta del porche para sentir la brisa cortando densidades. Salió al jardín. Mientras contemplaba la explanada de encinas, robles, pinos y castaños, se sorprendió luchando por sacarse a su padre del pensamiento. Desde que era pequeña no había vuelto a reparar en el deseo de tenerlo cerca. Pero aquella mañana inconscientemente lo había buscado por la casa, anhelando verle. Perder parte de tus orígenes hace que te sientas vulnerable ante los que te quedan y que quieras aferrarte a la tierra, a tu suelo. Su padre, lo quisiera ver o no Gabriele, era su tabla de salvación. Junto a su tía Sole, era todo lo que le restaba de su esencia, de su niña.

Gabriele se fijó de nuevo en el paisaje desde el jardín de la casa. Por el sol en alto podía ser mediodía: su vida seguía sin agarrarse a la prisa. Continuó tomándose a sorbos el café mientras la asaltaban los recuerdos. Había estado hasta la madrugada contestando mensajes de amigos que se habían enterado de la muerte de su madre. Una muerte nos conecta de un modo animal con el resto. Todos aullamos nuestras pérdidas. Algunos le habían escrito tras años de silencio, algún mensaje por Navidad y poco más. Pero las muertes, sean nuestras o no, nos reviven de un modo u otro.

Para distraerse del trago de la angustia de no quedarse dormida, Gabriele se acogió a la compañía de esos mensajes de pésame e incluso mantuvo algunas breves conversaciones de cariño y nostalgia.

Echó de menos un mensaje: el de Fede. «Estoy segura de que no te has enterado. No te considero tan capullo integral como para no escribirme si sabes que mi madre ha muerto.» El mensaje estuvo varios minutos en la pantalla de su móvil. Gabriele sintió ganas de enviárselo, impulsada por la rabia de haber perdido el contacto con el hombre que más había amado. Sabía que ella había provocado la ruptura, pero el dolor tiene reacciones confusas e inesperadas. Ella quería disculparse con Fede desde hacía años, pero la necesidad de esconder sus sentimientos hacia él se lo había impedido. Borró cada palabra escrita para Fede hasta que la pantalla volvió a quedar en blanco, y para su sorpresa descubrió que estaba en línea. Escribió un solo «Hola!» y estuvo tentada de enviarlo. Al segundo, Fede se desconectó. Gabriele borró el saludo.

Lo más grato de la noche fue hablar con una de sus mejores amigas de la Massana, una japonesa obsesionada con la restauración de grabados a la que había perdido la pista unos años atrás. Yoko le contó que hacía un par de años la habían contratado en el Museo del Prado.

Una pena no haber coincidido con tu padre. Cuando les conté que te conocía, todos me hablaron maravillas de él. ¿Sigues viviendo en Barcelona? ¿Te vas a quedar por Madrid? Ven a visitarme antes de irte.

Gabriele sintió ganas de contestar a Yoko por las buenas palabras hacia su padre, pero también borró el mensaje de la pantalla. Se resistía a aceptar el lado bueno de su padre porque la devolvía a una etapa olvidada: cuando él empujaba su columpio de rueda y la llevaba al colegio de la mano. Cuando la observaba pintando y llenando la mesa del comedor de decenas de papeles y pinturas con alas de todos los colores y tamaños. Cada vez que alguien hablaba bien de su padre, sentía la punta de un cuchillo invisible un poco más profunda sobre su pecho.

Ojalá que sí, pero no te prometo nada.

Esa fue su respuesta a Yoko. El Prado había sido parte de su recreo de infancia, su sala inmensa de juegos, cuando su padre la llevaba de paseo y le contaba las historias de los personajes de los cientos de cuadros. Hacía más de veinte años que no pisaba el museo. El mismo tiempo que había decidido anular una parte de su vida: el vínculo, la historia de ella y su padre.

Esfumó esos pensamientos recordando a Yoko. Las dos habían sido promesas del arte cuando eran jóvenes y el talento no se medía por el éxito, sino por las probabilidades de acceder a él. Casi veinte años más tarde, la ecuación se había resuelto a favor de Yoko. Sintió de nuevo el vértigo de verse convertida en una cigarra que ha hecho poco por la siembra. Se miró las manos y echó de menos ver pintura verde, azul o roja en el borde de las uñas. Era lo que más le fastidiaba a su madre cuando de niña emborronaba decenas de papeles con todo tipo de pinturas. Se extrañó al recordar algo en lo que su padre y ella disfrutaban y que a su madre le molestaba. Ellos dos llenos de pintura corriendo por el salón de casa, con los brazos extendidos, con la cara de pánico de su madre creyendo que todo aquello terminaría con las paredes manchadas. No pudo evitar sonreír. La memoria había rescatado una escena de felicidad perdida que aquella mañana la devolvió a la vida en forma de llanto.

Miró al horizonte, dejándose invadir por la naturaleza. La belleza del paisaje se traducía en una enorme paleta de colores llena de verdes, marrones, azules, y al fondo, imperioso en su roca, resguardando al pueblo de todo, el gran Almanzor, tan misterioso y omnipresente en aquella tierra de ganado y agricultura. De señores y pastores. De creyentes y oponentes. Gabriele sabía bien poco de Candeleda. Era el pueblo de su padre, pero sobre todo de su abuela Martina. De cada dos frases que pronunciaba la abuela, una era sobre el pueblo.

—Hasta Cela escribió sobre nosotros. Este pedacito de mundo es muy especial, y algún día dejarás que la montaña —dijo señalando el Almanzor— te cuente. Solo tienes que esperar a que el viento choque con ella y te susurre.

Le costó arrancar el Opel Astra de su madre, no por falta de uso, sino por viejo. Desde él siguió admirando el fértil paisaje y el descenso infinito con vistas a la vera y al llano con el embalse del Rosarito. Desde una de las ventanas, *Greco* sacaba la lengua de gusto por acompañarla. Seguía dudando entre aceptar la invitación de su padre para comer todos juntos en el Pimentón o pasarse el día de huida, desaparecida del mundo. Prefirió no hablar con su tía: tenía un gran don para la persuasión y Gabriele no quería que nadie la convenciera de nada. Seguía con el recuerdo de infancia pegado en el cuerpo, inconscientemente buscando la felicidad perdida. Se dirigió al santuario de Chilla para dar un paseo por los alrededores. Solo había entrado una vez en la ermita para ver a la Virgen. Fue con su abuela Martina y su madre. La abuela rezó un padrenuestro y la mandó callar en un par de ocasiones.

—Los de las ciudades le perdéis el respeto a todo, incluso a las vírgenes.

Ella, como todos los niños, prefería recorrer el entorno, frotarse las manos en el agua de las fuentes de montaña y escalar por el monte salvaje. Gabriele no había heredado de su abuela Martina la devoción por la Virgen de Chilla, pero sí por la montaña, y, cuando ella todavía vivía, hacían excursiones que se alargaban hasta el atardecer. Pasaban el día en el monte y celebraban un pícnic al que cualquier caminante estaba invitado. Dependiendo de la estación del año, cogían castañas o boletus. Gabriele recordó que una vez organizaron una comitiva, una romería para encontrar la mejor seta. A ella le tenían prohibido arrancar sin preguntar y su madre o su abuela eran las que procedían al corte. Le divertía coincidir con niños de todas las edades. Algunas veces hacía buenas migas con alguno, otras simplemente los miraba. Siempre había sido muy retraída, tímida. La abuela era toda una experta en flores y plantas de campo, una enciclopedia abierta que, lo quisieras o no, te ilustraba.

Persiguiendo la sombra alargada de los buenos recuerdos, Gabriele sonrió frente a una flor silvestre de color violeta con forma de borla. Le pareció oír la voz de su *abu*, como la solía llamar de niña.

«*Galactites elegans*. Centaurea lechosa», dijo imitando la seguridad que tenía su abuela cuando identificaba la flor. «Si partes el tallo, saldrá un líquido blanco, lechoso y pringoso.»

Así lo hizo, y con una gran sonrisa comprobó que su

memoria la había llevado hasta el olvidado conocimiento de la flora silvestre. En un momento del paseo se detuvo en seco al sentir el calor de alguien acariciándole la mano derecha. Cerró los ojos sobrevenida por el recuerdo de las veces que ella y su madre habían paseado cogidas de la mano. La imagen de Greta sonriendo la hizo estallar en una especie de felicidad triste. Sintió la brisa de amor en la cadena de escenas que aparecieron en su cabeza a toda velocidad. Con los ojos cerrados, intentó alargar el instante y extraer todo lo que el olvido había decidido arrancarle. Se acordó de la vez que *Greco* se rebozó en una charca y al salir se sacudió sobre ellas, llenándoles de barro los vestidos. Una escena que aquella mañana Gabriele hubiera deseado volver a vivir. Como todas las que su cabeza estaba rescatando.

Los ladridos de *Greco* pidiéndole que prosiguiera el paseo la sacaron de los recuerdos. Respiró hondo. Volvió al paisaje sin dejar de sentir la mano de su madre. Miró aquellas tierras ricas y fértiles, con la diversidad de plantas que su abuela disfrutaba mostrándole.

—Gabriele, acércate. Mira esta qué bonita y qué intenso su amarillo. Es una *Helianthus tuberosus*, un tupinambo. ¿Ves sus bordes? Se parece a la margarita y si tocas sus hojas comprobarás que son ásperas.

Martina y Greta terminaban haciendo un gran ramo de flores silvestres o recogiendo castañas para asar. Ella y su madre tenían una relación de extraña complicidad. Algunas veces se amaban y otras, sin embargo, parecían frías y distantes la una con la otra.

—Mamá, ¿le ocurre algo a la abuela contigo?

Varias veces se lo había preguntado a su madre cuando reconocía en su abuela la mirada inquisitiva. Las dos hablaban pero no eran escuchadas. Acordaron dejar atrás las diferencias por el bien de Félix y mantener a Gabriele al margen, pero ella cada vez que lo sentía preguntaba, y siempre obtenía la misma respuesta.

—No, hija. Solo que a veces chocamos un poco. Tu abuela tiene un carácter fuerte, pero es una mujer maravillosa.

En el paseo, cada mucho se encontraba con un pequeño grupo de caminantes que, tras un saludo, seguían sendero. Ella sonreía muy suavemente, de forma casi imperceptible. Más para dentro que para fuera. Con los años se había vuelto miedosa y no le gustaba ir sola por lugares amplios y de difícil auxilio. Jamás había vivido un altercado ni un asomo de intento de agresión, pero la sombra de tantos trágicos sucesos la mantenía en guardia. La edad no solo te envejece, sino que además te engrosa la cobardía.

A Gabriele le habría gustado tener hermanos. Para ella, Luis era el hermano que nunca tuvo, pero que la calle le dio.

—De imaginarme a un hermano, no me habría imaginado a nadie como tú.

Miró el móvil y pensó en llamar a Luis. Tenía poca cobertura, pero suficiente para intentarlo. No se quitaba la soledad ni la pena que se le había colado en el centro del pecho y que le dolía como si alguien le estuviera clavando despacio un puñal. Luis tenía el teléfono apagado. Revisó la lista de wasaps, tratando de elegir a quién llamar para sobrellevar el momento de repentina angustia. Vio el mensaje de Paco, su ex, todavía sin siquiera responder con un escueto «gracias». Pensó que los ex deberían cortarse de enviar mensajes hasta que el sentimiento compartido se hubiera congelado definitivamente o se hubiera muerto. Aunque con Fede era distinto. Así de contradictorio es el amor.

—¡Hola! Eres Gabriele, ¿verdad?

De la nada, pero con la energía de una cabra perdida por el monte, había aparecido Candela, equipada como si fuera a hacer el camino de Santiago. Por miedo a ser descubierta y quedar como una maleducada, saludó a Gabriele. Por nervios, Candela entabló una conversación de las que ella llamaba «de tren a punto de descarrilar», porque Candela era incapaz de callarse.

—Soy Candela. ¿Te acuerdas de mí? Trabajo en el bar de la Sole. ¿Quieres un poco de agua? —dijo sacando de su mochila una botella de acero inoxidable—. ¿Sueles venir al monte? Yo todas las mañanas. Es mi deporte y no me mantengo mal. Aunque mi chico siempre me dice que para lo pequeña que soy tendría que hacer más cosas. Que ahora no, porque soy joven, pero a tu edad me saldrá la morcillita en la barriga, y eso según él no se va solo caminando. Y yo siempre le digo: «¿Y tú qué sabrás?». Como si él fuera un entendido de todo.

Gabriele no había abierto la boca ni siquiera para devolverle el saludo, y mucho menos para confesarle que no deseaba compañía. Pero Candela ya se había colocado sobre una piedra junto a ella y *Greco* sin dejar de hablar, saltando de un tema a otro sin ton ni son.

—Siento mucho lo de tu madre. Estuve en la iglesia, pero preferí no acercarme. A mí estas cosas me dan vergüenza porque aunque no lo parezca soy muy encogida. Tu tía siempre se ríe de eso porque algún cliente me saca de vez en cuando los colores. Pero me dura poco, ¿eh?, porque son unos descarados y a mí eso me enciende el carácter, ¿sabes? Tu tía siempre me dice que soy de leche cortada y, claro, yo siempre me río. ¿Quieres unas galletas? Son de avena y chocolate, muy ricas y muy sanas.

Gabriele cogió un par porque iba con el estómago vacío desde que la noche anterior apenas tomó nada en el Pimentón, donde cenaron después de recoger las cenizas de su madre.

—Anoche estabas en el bar, ¿verdad? —le preguntó Gabriele.

—¿Te diste cuenta? Vino todo el pueblo y aquello fue una locura de trabajo. Terminé con dolores en los brazos y todo. ¿Quieres que sigamos caminando? ¿Vas hacia el pueblo?

Gabriele guardó el móvil y se resignó a la compañía que había encontrado. Podía ser un buen antídoto a los primeros pinchazos de angustia. Sabía que aquella joven locomotora trabajaba para su tía, porque algunas Navidades la había visto, pero apenas había hablado con ella.

—¿Conocías a mi madre? —le preguntó mientras retomaban el descenso a Chilla.

—Sí, era una mujer impresionante. Un poco callada, pero impresionante. Ella no entendía que, siendo joven, yo quisiera quedarme en el pueblo, ¿sabes? ¿Por qué cuesta tanto de entender?

—A mí me da igual —respondió Gabriele sin demasiado interés, pero ampliando su explicación al ver la cara de estupefacción que se le había quedado a Candela ante su «da igual»—. Quiero decir que no creo que en las ciudades se viva mejor que en los pueblos. Cada uno que haga lo que quiera, ¿no?

—Así tendría que ser, que les diera igual, pero mis padres pretenden que vaya a estudiar una carrera a Salamanca o a Madrid, y mi novio Rubén también porque estudia Económicas en Madrid.

—¿Y tú? —preguntó Gabriele mientras esquivaba las piedras que *Greco* le iba dejando en el camino.

—¡¿Yo?! —La miró mientras se detenía en el camino

para dar énfasis a lo que iba a decir—. Yo me quiero quedar aquí y que el resto se pelee por el llamado progreso, que a mí la vida me la da esto... ¡Esto!

Candela extendió los brazos y respiró con fuerza mientras *Greco* se le subía a las piernas. Comenzó a dar vueltas sobre su propio eje imitando los brazos de un molino y echando la cabeza atrás con una amplia sonrisa. Gabriele sonrió por primera vez, contagiada por la energía de aquella joven que no hacía otra cosa que lo primero que se le pasara por la cabeza. Se miraron riendo, cómplices de esa improvisada payasada.

—¿A que no lo haces? —la retó Candela divertida.

—No, yo estaría en el suelo vomitando. ¿No te mareas?

Candela dejó de dar vueltas y exageró el vahído hasta dejarse caer, recogiendo los lametazos de *Greco*.

—¡Claro que me mareo, pero me da gusto! ¿Y a ti qué es lo que te daría gusto?

Gabriele se mostró algo tímida al principio, retraída ante el aluvión de energía de la joven. Por unos minutos se había olvidado del peso de la tristeza y se había abandonado a la espontaneidad de Candela. Pero no tenía la imaginación lo suficientemente despierta para saber lo que en aquellos momentos le podía dar gusto. El deseo es lo primero que desaparece con la pérdida. Así que, sin pensárselo, Candela tomó la delantera.

—¿Sabes lo que da gusto? Yo lo hago primero y luego vas tú. ¿Me lo prometes?

Gabriele sonrió divertida, aunque con cierta prudencia. No sabía la locura que estaba a punto de cometer su acompañante. Pero Candela insistió.

—¿Me lo prometes?

Gabriele lo hizo con un leve movimiento de cabeza. Fue entonces cuando Candela se llenó los pulmones todo lo que pudo y comenzó a gritar. Así estuvo con varias sacudidas hasta que sintió la garganta herida. A las dos les entraron unas terribles ganas de reír que se apoderaron del grito. Así siguieron hasta que Gabriele rompió a llorar. Candela se quedó callada, acariciando a *Greco* y esperando a que la ola pasara.

—Lo siento —le dijo Candela—. En esta tierra, igual que hay una fuente que cura los ojos, las lágrimas hacen crecer nuevas flores.

Gabriele se había quedado como nueva con la dosis de gritos y locura de Candela. Vio que Luis la había llamado tres veces, pero decidió seguir con el móvil en silencio. También vio una llamada de su tía y se acordó de la nota de su padre y de la invitación al Pimentón. Decidió aceptar la propuesta, por su madre y por acercar posturas con su padre. Comer todos juntos podía ser el primer paso para cumplir el deseo de su madre, aunque solo fuera por unos días.

—¿Te apetece quedar otro día para pasear por el monte? Yo encantada.

Candela se fue a todo gas en su montesa, una moto reciclada de su abuelo, el Pintas, el más roquero del pueblo, que había tenido una banda de rock famosa en toda Castilla y León. O así se lo contaba él lleno de orgullo, mientras la llevaba de pequeña de paseo por el monte con la moto.

La vida en los pueblos transcurre con un ritmo distinto a la ciudad, más próximo a la naturaleza. Lo que no se estudia en las escuelas, pero sí en las calles, es el manejo de la tierra, brincar como ciervos salvajes y descubrir el sexo al aire libre una noche de acampada avistando estrellas fugaces convertidas en lágrimas de san Lorenzo. Félix y la Sole se habían criado así, conociendo los primeros amores de campamento y disfrutando de las primeras libertades que da la montaña. Gabriele, en cambio, se había criado en Madrid, a pie de asfalto, con los juegos de mesa y los animales y la montaña en la televisión. Durante la primera infancia, solo iban al pueblo para las fiestas de la Virgen de Chilla en septiembre y alguna semana en verano. No fue hasta que la Sole se instaló en el pueblo que Félix recuperó poco a poco las ganas de ir a esa pequeña Andalucía, más extremeña que avilesa, diga lo que diga la geografía.

—No saber muy bien de dónde eres tiene sus ventajas porque puedes ser de donde quieras —dijo Cosme.

Había llegado el primero al bar y estaba sentado a la barra, repartiendo teorías a los que quisieran escuchar. Los últimos clientes antes del cierre de la tarde estaban apurando su café. Una de las reglas era cerrar a las cuatro en punto para que el personal y sus acompañantes pudieran comer. El Pimentón era un bar sencillo, pero siempre estaba a rebosar por la comida de Ada y la gracia de la Sole. Apenas sesenta metros, con dos grandes cristaleras y sin demasiados lujos en la decoración. Una gran barra blanca frente a la calle con las botellas iluminadas tras ella, seis mesas de cuatro comensales y una gran mesa de roble antigua ovalada que era la joya de la corona del bar. La misma mesa en la que Félix y la Sole habían comido cuando eran pequeños en casa de su madre. Sin que nadie lo hubiera pretendido, se había convertido en el símbolo de la familia, y todos los que acudían al cierre comían juntos allí.

Gabriele entró tímidamente y se unió poco a poco a la conversación de Cosme y los últimos clientes. Todos se olvidaron del ceremonioso silencio de sepelio y la trataron como a una más. Eso sí, aunque fuera de la familia la miraban con curiosidad, como la recién llegada que era.

—¿Y papá?

—No ha llegado todavía. Ha avisado para que vayamos comiendo. Puede que no venga, ya sabes lo reservado que es tu padre.

La Sole se lo confesó en un aparte, mientras de fondo se oían las leyendas mágicas que Cosme contaba, por presumir, sobre el pueblo.

—¿Quieres decir que no va a venir? Pero si ha sido él quien me ha invitado esta mañana. Me lo ha dejado escrito en una nota.

La Sole entendió por el tono molesto de su sobrina la posibilidad de que eso abriera una rencilla nueva entre hija y padre, apareciera o no apareciese él a comer. Gabriele se sentía mal por no haber sido ella la que hubiera decidido desaparecer.

—¿Por qué no vemos qué ha ocurrido antes de echarle a los zorros?

Cosme, que intuía los truenos, llamó a Gabriele para que se uniera a la mesa grande del Pimentón y dejara a su tía terminar la faena antes del cierre. Cosme solía ser, con Manuela o sin ella, fiel a la cita de comidas en el Pimentón como mínimo tres veces por semana.

—¿Sabías que a tu edad yo cambié de profesión?

Cosme venía de familia de cabreros, como su primera esposa, y al quedarse viudo decidió dejar la montaña e irse a vivir al pueblo. Vendió algunas tierras y se hizo pastelero, lo que le valió el apodo del Goloso. Hacía ya unos años que se había retirado, pero le gustaba hacer dulces en ocasiones especiales para el bar de la Sole.

—Gabriele, ¿tú eres golosa? —le preguntó Cosme.

Gabriele le dio una respuesta ambigua con la cabeza.

—El dulce es importante saber cocinarlo y también comerlo. ¿Acaso no has oído decir que a nadie le amarga un dulce?

—Hoy Cosme ha traído tirabuzones y flores. ¡Sería un desprecio y un delito no probarlos!

La Sole se lo susurró a su sobrina mientras con la mirada alertaba a su amigo para que dejara de atosigar a Gabriele con sus cosas. En el pueblo la comida era tan importante como el campo y por ello salía en muchas conversaciones.

Gabriele no estaba demasiado presente. De nuevo, como le había ocurrido por la mañana, la ausencia inesperada de su padre multiplicaba su sensación de soledad. Se resistía a aceptarlo, pero necesitaba ver a su padre, aunque no supiera cómo tratarlo o aunque en cuanto lo viera simulara indiferencia. Puede que Félix y Gabriele llevaran años haciendo lo mismo: simular despreocupación para esconder sus verdaderos sentimientos.

—¿Has hablado con él? —le preguntó a su tía sin poder evitarlo.

—Sí...

Félix había ido a pasar el día con el maestro budista que, según Greta, rezaría por ella esos cuarenta y nueve días. Quería asegurarse de que las últimas voluntades de su mujer, más allá de su hija y de él, se cumplirían. Antes de confesarle nada que no debía a su sobrina, la Sole le hizo un amago de bronca a Candela.

—Candela, ¿has cerrado la puerta? —preguntó la Sole.

—Sí. ¡Estamos cerrados! ¡Se acabaron los pesados de última hora!

—Deja de andar con la bronca. ¡A la mesa!

Candela fue la penúltima en sentarse. Listos y hambrientos, estaban Cosme, su mujer Manuela, Gabriele,

Carmencita —la auxiliar de cocina a quien por su timidez llamaban «mudita»—, la Sole y Ada, que fue la última en llegar cargada con el puchero de carillas, las judías típicas del valle del Tiétar. Aunque aquella comida era de lo más cotidiana, para Félix y para la Sole resultaba un acontecimiento. Hacer piña después de una muerte era sanar desde el estómago y el amor.

—¡Hoy comida de lujo! —exclamó Cosme frotándose las manos—. ¡Carillas y cabrito!

Un cabrito que había sobrado de la noche anterior y había dejado la Montesa, la prima hermana de Cosme, prima lejana de su mujer.

—Los cabreros tenemos casi la misma sangre azul que los reyes, ¿lo sabías? Porque durante mucho tiempo nos casábamos solo entre unas pocas familias.

—Pues así has salido tú de tullido, con esas piernas tan cortas —soltó Candela mientras ponía en la mesa los entrantes, de ensalada de tomate y pimientos asados.

—¿Qué pasa con Félix? ¿Sigue con el monje? —Cosme se dio cuenta enseguida, por la cara de la Sole y Gabriele, de que iba a lamentar lo que había dicho un buen tiempo. Por debajo de la mesa, recibió un golpe del pie de Manuela que le fue directo a la pierna. Pero el agujero sobre el que seguir picando ya estaba hecho.

—¿Ha ido a ver un monje? ¿A qué monje? ¿Tú lo sabías? —preguntó Gabriele.

La Sole suspiró, preparándose para la tormenta. No sabía cómo explicar la decisión repentina de su hermano de ir a conocer al monje solo, pero en los primeros días tras una pérdida, cualquiera hace insensateces. Félix cometía torpezas emocionales: pensar demasiado y sentir poco al otro. La Sole estaba al tanto y se lo perdonaba por su buen corazón, pero Gabriele no era tan indulgente, y mucho menos cuando la había dejado de lado para ir a ver al monje.

—Sí. Yo no le conozco. Ha querido ir a verle y charlar con él.

—¿Y por qué? ¿No tendrá algo que ver con mamá? ¿Hay algo más que deba saber? Perdonadme un momento. Tía, ¿puedes venir a la cocina, por favor?

Gabriele se levantó de la mesa. No conocía a toda aquella gente lo suficiente como para montar una escena y prefirió que la oyeran desde la cocina.

—¿Se puede saber por qué no me ha dicho nada? Mamá lo dejó bien claro, que era cosa de los dos, y tú estás para mediar entre nosotros y que se cumpla todo como quería mamá. Si se trata de ir por libre, esta misma tarde me vuelvo a Barcelona. ¡Me voy! ¿Me has oído? Si yo estoy haciendo un esfuerzo por quedarme, lo mínimo que tendría que hacer mi padre es estar por mí y no ignorarme como hace.

—No creo que esté haciendo eso, y no pienso hablarte en estas condiciones. Será mejor que te calmes.

—¿Que me calme? He venido a la comida porque me he encontrado una nota de él que me lo pedía. ¿Dónde está él? ¡Con un monje que ni conocemos! Yo creo que he puesto de mi parte quedándome. ¿Y él?

Mientras, en la sala, Manuela servía los platos de carillas con la ayuda de Candela y Carmencita. Solo ella se atrevió a romper la incómoda escucha de los comensales.

—¿No sería bueno que hablaras con Gabriele, Cosme? —soltó Manuela—. Solo tú sabes por qué Félix ha ido a ver al monje.

—Manuela, ya sabes que no me gusta meterme...

—Pues para no gustarte te has metido hasta el fondo y, si no entras, me da a mí que la tormenta no terminará y las carillas se enfriarán.

Manuela era la bondad personificada y pocas veces sacaba el genio, pero cuando lo hacía, Cosme se volvía como un niño de la edad de su nieta Cloe. Ellos se hablaban con la confianza de cuando se vive el amor en plenitud y sin miedos. A los pocos meses de morir Asun, la mujer de Cosme, en el pueblo dieron por sentado que Manuela y Cosme eran amantes. Los años fortalecieron su amor cómplice y ahora eran una de las parejas más queridas del pueblo.

—Cosme, debes arreglarlo... Tú has empezado con esto.

Manuela era una mujer bien distinta a Cosme. Muy elegante, con su estilo campestre de pantalones, camisas de hombre, sombreros de paja o pañuelos en la cabeza y gafas oscuras que recordaban a la actriz Katharine Hepburn en su etapa madura, cuando volvió a su Connecticut natal. Manuela, hija única, había heredado los campos de su familia, y a pesar de que nadie excepto Cosme creyó que pudiera, sacó adelante las plantaciones de hortalizas y verduras subiéndose a tractores y haciendo de capataz sin perder la dulzura en la voz. Manuela era una mujer muy fuerte por dentro, pero con un temperamento de seda, que había adoptado a Cloe, la nieta de Cosme, como suya.

—¿Y qué quieres que le cuente, Manuela? Félix tiene que hacerlo. Además ya sabes que a mí los budistas no me hacen demasiada gracia...

Cosme protestaba sin ninguna autoridad mientras se acercaba a la cocina para meterse en el fuego de la conversación entre tía y sobrina. Gabriele calló abruptamente al verle asomar la cabeza. En las ciudades se guardan las formas y se azuza poco a los desconocidos. En los pueblos ocurre justo al revés.

—¿Se puede? —dijo sacando una de sus sonrisas más picaronas, sin dar opción a una negativa.

—Cosme, no es momento para bromas, ¿no crees? —La Sole estaba con el sudor frío de no saber cómo convencer a su sobrina para que no se fuera.

—Me gustaría hablar contigo a solas, si puede ser —le dijo Cosme a Gabriele, sorprendiendo a tía y sobrina, oportunidad que la Sole no desaprovechó para que fuera su amigo quien resolviera el fardo que su bocaza había provocado.

Gabriele se cruzó de brazos y miró al hombre del que siempre había oído hablar, el amigo del alma de su padre, pero con quien pocas veces había cruzado palabra. A veces, vivir en tiempos distintos hace que no coincidas con la gente que más te conviene o que estás destinada a conocer. Cosme y Gabriele lo estaban, pero ambos lo ignoraban todavía.

—Tu padre se ha marchado esta mañana temprano porque busca respuestas.

—¿Respuestas?

—Sí, y yo sé que no las va a obtener de un monje budista. —Cosme aprovechó para buscar la complicidad de Gabriele—. Pero necesita saber si será capaz de cumplir los designios de tu madre.

—¿A quién le arregla nada un monje? Papá es como yo, no creemos en nada de esto...

Cosme no dejaba de dar vueltas mientras hablaba con Gabriele. No sabía si debía ser él quien le contara lo que realmente había ido a hacer su padre allí. Félix se lo había confesado por la mañana y, para que Gabriele reaccionara, decidió ser igual de bruto que hacía unos minutos en la comida.

—Quiere liberarte de la carga de estar con él. Sabe que no te gusta pasar tiempo con él y no quiere hacerte pasar por ese suplicio. Para él ya es bastante duro que hayas perdido a tu madre. Quiere que vuelvas a tu vida y a la libertad que siempre has elegido, lejos de él. Por eso ha ido a hablar con el monje. Para asegurarse de que el alma de tu madre estará acompañada y cuidada en todo momento en los días que dura el bardo, hasta la reencarnación, y que vosotros, separados, podéis hacer el trabajo que os pidió Greta.

—¿Y qué me dices de lo de elegir dónde esparcir las cenizas? —preguntó Gabriele, desconcertada por lo que acababa de oír.

—Es un encargo que tu madre te hizo a ti, y tu padre estará de acuerdo con lo que elijas. Allí donde tú decidas se hará y se irá. Pero no quiere que pases el resto del tiempo con él por obligación.

—No pensaba hacerlo.

Gabriele no dijo nada más. No podía. Era incapaz de traducir la amalgama de emociones que sentía, incapaz de procesar lo que acababa de escuchar por boca de Cosme. Que su padre aceptara sin batallar que ella no quería estar con él no era agradable. Oír de un desconocido la frialdad que existía entre ellos en aquellas circunstancias de fragilidad emocional hizo que algo se le resquebrajara por dentro. Le dolió que alguien hablara de su padre como una carga o como una pesada obligación para ella, aunque así fuera como lo sentía. Al ver el camino despejado para volver a Barcelona, Gabriele percibió el miedo a enfrentarse a la soledad de haber perdido a una madre y a la vez dar por perdida la relación con su padre. La situación había cambiado y, aunque confusa todavía, sintió que algo se le había movido con respecto a la familia.

Cosme, muy acostumbrado a leer rostros, que son casi tan misteriosos como las estrellas, había acertado al mitigar fantasmas.

—¿Y si no me voy, como él pretende? —preguntó simulando orgullo y escondiendo el miedo.

—Pues eso será decisión tuya. Eres libre de hacer lo que quieras. Tu padre solo te facilita el camino.

A Cosme le gustó haber provocado en Gabriele la reacción contraria a querer irse. Tampoco estaba muy seguro de que las intenciones de Félix fueran tan altruistas. No sabía si lo hacía porque quería liberar a su hija o porque él también prefería pasar el duelo en solitario y no tener que enfrentarse a resolver las cosas con Gabriele. Cosme no la conocía tanto, pero, por lo que comenzaba a observar, los dos se parecían mucho más de lo que creían. Sobre todo en la terquedad emocional.

Gabriele y Cosme volvieron a la mesa, donde los demás estaban ocupados en hablar de cultivos, amoríos y recién llegados al pueblo. Ada le sirvió las carrillas a Gabriele con cara bondadosa, esperando que las probara y le cambiara el humor. Nadie que catara su cocina salía con el disgusto a cuestas. Le encantaba observar la evolución que provocaban sus platos en las personas.

—Seguro que te sientan de maravilla. Aún están calentitas.

La Sole y Ada, como si se leyeran la mente, cruzaron miradas y no pudieron evitar sonreír en un amago de intimidad en público. No hay condimento mejor que el amor para alejarse de los malos pensamientos. Del resto de la mesa, solo a Cosme, como enamorado de lo intangible, le gustaba comprobar que las casualidades no existen, que hay cocinas que curan heridas del alma y que la de Ada era una de ellas.

La comida terminó con risas repetidas de aquellos que se conocen los lamentos del tirón y los convierten en comedia o tragedia según el día. Todos los de la mesa actuaron para Gabriele, evitando que la desdicha empañara el momento.

—Rubén me ha dicho que no viene este fin de semana —compartió Candela con cierto resquemor—. Se queda en el colegio mayor a estudiar. ¡Mejor! Así me echa de menos y cuando me vea se lanza más a mis brazos.

—A ti es imposible no echarte de menos, Candela —le soltó la Sole, provocando la risa del resto.

—¿Y tú, Cosme? ¿Cuándo me vas a contar lo que dicen las estrellas de nosotros? Se las lees a todos menos a mí —le contestó ella.

—Todo llega, Candela, y no hay que recibir la lectura con ansiedad.

Gabriele se interesó más por a qué lecturas de estrellas se referían que por las veleidades de una veinteañera con un novio que seguramente ya se habría acostado con otras. Al menos era lo que ella siempre pensaba de los que excusaban sus ausencias con el estudio.

—Cosme antes era el goloso del pueblo y ahora es el chamán.

—¿Tú sabes que no hay pueblo sin chamán, como en las tribus? —Cosme sonrió guiñándole un ojo a Manuela porque le gustaba presumir sobre ello—. Ahora la golosa es Ada y yo me dedico a observar las estrellas de cada uno.

A Gabriele le hizo gracia aquello. Alguna vez había ido a una tarotista, pero jamás se había hecho la carta astral y, sobre todo, nunca hubiera pensado que aquel hombre de proporciones de roble se dedicara a esos quehaceres.

—Soy un estudioso muy caprichoso. Como buen leo, leo a quien me da la gana y cuando me da la gana.

Cosme y su astrología acapararon los postres y el café. Por un tiempo, Greta, Félix y el novio de Candela quedaron a un lado. Ada y Manuela no paraban de reír al ver las caras de la Sole, que siempre se ponía tensa con aquellas conversaciones que le parecían más ilusorias que reales.

—¿No te ha leído la carta a ti, tía? ¿No sois tan amigos?

—Ser amigos no significa nada. Yo respeto sus cosas y él tiene que respetar que no quiero que invada —dijo con sorna— ni moleste a mis astros. Ellos ya están bien como están, brillando en mi ignorancia. Y tú, Candela, tendrías que aprender de mi ejemplo y dejarte de tonterías.

Gabriele se rio con gusto y sin darse cuenta probó las flores y los tirabuzones del Goloso. A nadie le pasó el detalle desapercibido, pero nadie dijo nada. La comida les había sentado bien a todos, cubriendo de vida el segundo día de ausencia de Greta.

Félix llegó con el atardecer y decidió no detenerse en el pueblo. Se le había hecho tarde. Prefirió subir a la casa para hablar con Gabriele. Se había pasado el viaje de vuelta ensayando el modo de abordar la conversación. A pesar de que no tenían las mismas creencias, el monje tibetano le había resultado útil para resolver sus dudas. Él tampoco dejaba de dar vueltas a las últimas voluntades de su mujer. Se había llevado consigo las otras dos cartas. La suya la llevaba en el salpicadero del coche, siempre presente, como si le sirviera para sobrellevar su ausencia.

El atardecer era la hora preferida de su mujer para disfrutar de las vistas de la ladera de Gredos. En un apeadero para caballos donde solían detener el coche algunas tardes, Félix aprovechó para llamar a su hija. Lo había intentado varias veces por la tarde, pero sin respuesta. Lo mismo había hecho con su hermana, pero parecía que se las hubiera tragado la tierra.

—¿Habéis comido todos en el Pimentón? ¿Cómo la has visto?

Félix solo había localizado a Cosme, que no se atrevió a confesarle que Gabriele conocía sus planes de evitar que se quedara en Candeleda.

—¿El monje? Bien, muy amable. Bueno, es el primer monje que conozco..., pero parece de fiar. Él se hará cargo de velar por su alma... ¿Se ha ido con Manuela al campo? No, no quiero cenar en casa, gracias, prefiero esperarla con los perros.

Cosme sabía que Félix estaba reteniendo la fuerza para que su hija pudiera encontrarlo sereno y marcharse del pueblo tranquila.

Gabriele seguía con la aguja de la inquietud clavada en su cabeza ante la ausencia de su padre. Para evitar pensar más de lo debido, decidió aceptar la invitación de Manuela de conocer sus campos. A veces andar con desconocidos espanta demonios, ausenta los malos pensamientos o, por lo menos, por decoro, los mantiene a buen recaudo.

Cosme aprovechó la llamada de Félix para descubrir si las verdaderas intenciones de su amigo con la visita al monje eran la necesidad de liberar a su hija de las voluntades de Greta o había otras ocultas.

—¿Estás seguro de que es lo mejor para todos que se vaya Gabriele? A mí me parece que convendría que al menos pasarais unos días juntos.

—Si se quiere ir, no hay nada que se lo impida. Y mucho menos yo.

—Amigo, ¿es por ella que lo estás haciendo o por ti?

Félix no respondió a la pregunta de Cosme. Se conocían demasiado para ponerlo en palabras. Cosme sabía que el miedo camina siempre por el sendero más seguro pero que allí no se encuentran los verdaderos deseos. Con su silencio, Félix se había descubierto. Nunca había sido un hombre valiente, y la relación tormentosa, fría y lejana con su hija siempre le había superado, mucho más en aquellos días.

Colgó el teléfono sin demasiadas explicaciones y contempló en silencio el atardecer desde aquel descampado que era tan suyo como de tantas otras historias de amor. Allí fue la primera vez, siendo todavía novios, que él y Greta vieron el despliegue de anaranjados tiñendo el cielo del valle del Tiétar. Aquella mujer risueña y de ojos grandes que estaba resuelta a conquistar el éxito se había convertido en el motor de su vida. Más de cuarenta años después, intentó reproducir desde la memoria gastada la misma escena, colocándose exactamente en el mismo punto desde donde la había contemplado por primera vez. Ella casi en el borde del pequeño acantilado, extendiendo las manos y mirando al cielo como queriendo atrapar toda la magia del lugar.

—¿Seguro que quieres conocer a mi madre? Podemos escaparnos de la familia.

Si Greta hubiera decidido no conocer a la abuela Martina, la matriarca de la familia no se lo hubiera perdonado nunca. Ella sabía cómo era su hijo: un fugitivo a la hora de presentar a las chicas con las que andaba. Era cierto que Martina no veía a ninguna con buenos ojos.

—Me he sacrificado por mis hijos, sacándolos adelante sola, y no voy a consentir pendejadas que echen por tierra su futuro —decía Martina.

Otra progenitora que ignoraba que la vida de los hijos les pertenece desde el mismo momento que le lloran al mundo. Martina lo aprendió con disgustos, como otros que han trazado toda la vida de sus hijos antes incluso de que nazcan. Greta le gustó a Martina, tanto que Félix no cabía en sí de júbilo. Él era uno de esos jóvenes severamente influenciados por la opinión de la familia. A diferencia de su hermana Sole, era más fiel a la tradición y más cumplidor con la moral ajena.

En cambio, Greta no era una mujer común, y Martina lo vio desde el primer momento. Era distinta. Una avanzada, como ella lo fue en su época. No soñaba con ser madre sino con viajar, conocer mundo y hacer grandes gestas. A Greta le apasionaba diseñar ropa. Cosía muy bien y durante muchos años estuvo convencida de que lograría ser importante. Lo hablaron en esa primera cena y la matriarca dejó clara su postura ante el silencio de su hijo.

—La fama da poca familia. Mucho dinero, pero poca familia. Y yo quiero nietos.

Martina conversó toda la cena con Greta antes de darle a su hijo el beneplácito. No era que Félix y Greta fueran a casarse, ni siquiera estaban prometidos. Apenas acababan de conocerse. Aquella era su tercera o cuarta cita y Félix se la presentó como una amiga de Madrid que trabajaba en un taller de costura y quería tener su propia marca de ropa. Pero a una madre se la engaña poco, y mucho menos con el amor. A Félix le brillaban los ojos como nunca lo habían hecho. Greta, muy alejada de la moda *hippie* de los setenta, vestía con las tendencias de París y, muy a la contra de las feministas de la revolución sexual, adoraba los cortes de Yves Saint Laurent. Vestía con faldas largas y jersey de cuello cisne, silueteando cintura y pechos. Martina vio en la modernidad y la ambición de aquella mujer que derrochaba porte de millonaria un amago de desastre, pero en la mirada de su hijo el peligro de ponérsela en contra si no quería perderlo.

—¿Ya sabes dónde te estás metiendo? —le dijo Martina

a su hijo mientras recogían los platos de la cena—. Ella no podrá amarte como deseas. Tú quieres un mundo y ella otro.

—Mamá, es solo una amiga, la acabo de conocer.

—Yo no acabo de conocerte, hijo, y con esta te quedas. Lo que no sé es si ella te dejará plantado con el corazón roto. Es un ave libre. ¿Acaso quieres eso?

Félix recordó las palabras de su madre mientras observaba aquel cielo naranja abierto al Tiétar. Abrió el maletero y sacó la urna de porcelana que contenía las cenizas de Greta. No había decidido el lugar en la casa donde ponerla, así que mientras tanto prefirió llevarlas consigo. Otro acto de enajenación de los que se enfrentan a una pérdida y todavía no han pisado suelo. La puso con sumo cuidado cerca del acantilado, justo donde Greta solía contemplar la puesta de sol.

—Tu madre es una mujer muy protectora. No sé si yo lograría ser como ella, ¿sabes? Tú eres demasiado bueno para mí.

La bondad de él y la libertad de ella. Una combinación que durante muchos años los separó, aunque permanecieran juntos. Greta, tal y como había predicho la abuela Martina, persiguió su sueño de triunfar al precio que fuera. Cuando Gabriele nació, ella enfureció durante unos meses. No estaba dispuesta a asumir el rol de madre que lo abandona todo por una hija, como la sociedad esperaba de ella.

—No significa que no quiera a mi hija, pero eras tú el que deseaba esto, no yo.

Félix lo comprendía y por eso aceptó, aunque de mal grado, que Greta no dejara de trabajar en el taller de doña Lola, una reconocida sastra del barrio de Salamanca de Madrid que adoraba a Greta y la veía como su sucesora.

Félix aceptó también tomar responsabilidades con la niña, algo que por aquellos tiempos debían hacer las mujeres. Puede que ese fuera el primer error, pero lo cometió sin lamentarlo. La alegría de su día era contemplar la cara resplandeciente de su hija al verle en la calle cuando se abrían las puertas del colegio. No había nada más importante para Félix, nada más necesario que su pequeña Gabriele corriendo hacia él y lanzándose de un salto a abrazarlo. Apenas tenía seis años y ninguno de los dos se imaginaba que aquella historia terminaría en frialdad y reproches.

Con las luces del jardín encendidas, Félix abrió la verja de la casa. Gabriele no había llegado todavía, el coche de Greta no estaba. Descargó algunos quesos y confitura que le había dado Cosme por la mañana y, al ver que no llegaba su hija, tomó un poco de todo con pan tostado sentado en el viejo sillón orejero de Greta. Seguía necesitando estar lo más cerca posible de su mujer. Se había pasado el día dibujando la línea de los recuerdos, imitando lo que solía hacer Greta. Todos buscamos recuperar a nuestros muertos o, por lo menos, sentir su presencia. Aquel orejero transmutaba energías, y Félix, que siempre lo había detestado, no podía dejar de sentarse en él. Lo mismo le pasaba a *Greco* y a Gabriele.

Agarrado a las cenizas de su mujer, comenzó a escudriñar el salón para encontrar el lugar preciso donde colocar la urna. No quería que fuera demasiado visible, pero tampoco que permaneciera escondida. Se le ocurrió ponerla entre la colección de libros de moda en el tercer estante de la gran librería. Con la precipitación de saber que había hallado el perfecto reposo, comenzó a quitar libros para dejar a su mujer entre Balenciaga y Chanel. Gabrielle *Coco* Chanel, la diseñadora preferida de Greta y en cuyo honor le había puesto el nombre a su hija. El teléfono le interrumpió la gesta y la intimidad.

—¿Está contigo? ¿Cena allí? No me ha devuelto las llamadas. —Al fin había localizado a la Sole.

Gabriele había aparecido en el Pimentón. No quería ir a casa, tampoco hablar con su padre. El humor también se le había transmutado a lo largo de la tarde y andaba con la duda de si regresar a Barcelona al mediodía del día siguiente. Había hablado con Luis y él le había reforzado la postura de no seguir en aquel lugar: «Tú no eres responsable de la mala relación que tienes con tu padre. La familia podemos elegirla. Yo soy tu familia, así que vente aquí, que estarás cuidada».

—Me acostaré pronto —le dijo Félix a su hermana antes de colgar—. No he dormido esta noche y estoy muy cansado. Dile que me gustaría desayunar con ella.

Le hubiera gustado verla. A pesar de su incapacidad para acercarse a ella, su hija lo seguía siendo todo para él. Se había imaginado muchas veces compartiendo de nuevo con ella su mundo de ajedrez y pintura. A menudo recordaba cómo enseñó a Gabriele a jugar al ajedrez y cómo le gustaba colocar las fichas. Habían dejado de jugar hacía mucho y, aunque él seguía haciéndolo, Gabriele jamás volvió a pedirle una partida. No es lo que compartimos, sino lo que sucede cuando decidimos juntarnos y dejar pasar el tiempo con alguien. Ellos, desde hacía mucho, no compartían tiempo.

—Díselo por escrito.

Así de corto y directo fue el mensaje que oyó con la voz de su mujer. Félix contuvo la respiración. Había oído la voz de Greta, no había dudas. No hubo una palabra más.

Solo un breve pero claro «Díselo por escrito». Pensó que quizá estaba delirando por la falta de sueño. Llevaba dos días en blanco, luchando con su mente por mantener en guardia a la tristeza. Viviendo como un autómata que no es capaz de recoger ninguna emoción para sí. Lo llaman *shock post mortem*. Fue al baño a lavarse la cara para quitarse la ensoñación. Detrás de las enormes gafas de pasta negras, sus ojos enrojecidos le atravesaban desde el reflejo del espejo, queriendo despertarle de la impresión. Se pasó la mano por la barbilla, sintiendo por el tacto de una lija cómo la barba comenzaba a asomar.

—Puede que me deje la barba. —Le dio vida a un pensamiento absurdo que a cualquiera se nos cuela en momentos de tensión mental como el que estaba viviendo Félix.

Nunca lo había podido hacer porque a Greta no le gustaba la barba. Se miró un buen rato en el espejo, manteniendo una conversación con su yo, como si la locura comenzara a llamar a su puerta.

—¿Ya sabes cómo vas a vivir? No puedes pasarte el día como un ermitaño, leyendo libros de arte y jugando al ajedrez. —Sin darse cuenta se estaba hablando en voz alta, imitando el modo en el que su mujer le hablaría para que despertara de aquel desánimo cuanto antes. Siguió amonestándose hasta que cerró los ojos e imaginó que era su mujer quien hablaba.

—Haz el favor de no esconderte. ¿Y si aprendes a jugar al golf? ¿O ayudas a hacer confituras? Félix, necesito que no te rindas y que tampoco lo hagas con Gabriele. Debes arreglar las cosas con tu hija. No te preocupes por mí.

Abrió los ojos para cortar aquella situación loca y volvió a lavarse la cara con abundante agua. Mientras se la echaba con ambas manos, le sobrevino el llanto. Apoyó sus manos en la pila y se dejó ir en el desconcierto de verse con el motor parado, sin veleta ni norte y una vida que con la ausencia de Greta ya no tenía sentido. Todo había ocurrido demasiado deprisa, incluso la vida, y ahora se sentía un viejo incapaz de encontrar la llama de su existencia. Sintió los lametazos en sus piernas y pensó que era *Greco*, el fiel perro protector. Pero era *Menina*, que se había colado en el baño al oír los sollozos. Se sentó en la taza de váter y siguió llorando con *Menina* sobre sus pies. La pequeña y peluda perra aquella noche se convirtió en la alfombra de Félix. Puede que también se lo hubiera ordenado Greta, pensó.

Después de un buen rato, volvió al salón. Se la hubiera imaginado o no, sin pensar demasiado, aceptó los consejos de la voz de su mujer. Se sentó en el viejo orejero y comenzó a escribir a Gabriele.

Querida hija:

Puede que tampoco acierte al escribirte una carta, pero me parece más sencillo para los dos. A veces no sé cómo dirigirme a ti sin que terminemos enfadados o cada uno por su lado. No te culpo, solo expreso cómo estoy.

Te escribo porque, aunque te parezca una locura, mientras te esperaba en casa me ha parecido oír la voz de tu madre pidiéndome que lo hiciera. Y he decidido seguir sus consejos.

Me cuesta tanto escribirte... Hace tanto tiempo que no hablamos que ni siquiera por carta sé cómo dirigirme a ti. Me gustaría saber cómo estás, cómo has pasado el día, y que compartieras conmigo tu tristeza. Sería un consuelo poder hablar de tu madre. Recordarla juntos, contarnos anécdotas y pensar en ella hasta que la vida dejara de estar congelada. ¿A ti te ocurre? A mí sí.

Hoy he ido a ver al monje tibetano y me ha explicado todo lo que debemos hacer para acompañar el alma de mamá, tal y como nos dejó escrito. ¿Sabes? No tenemos que hacerlo juntos. Creo que es mejor que no pierdas tu tiempo aquí. Estar a mi lado, desde hace años, no es tu pasatiempo favorito, y puede que tampoco el mío. Siento que nos hemos perdido y me da miedo perdernos todavía más en el intento de acercarnos, como desea tu madre. Me cuesta entenderte, incluso aceptar y respetar tus decisiones. Tu vida en general. Te contaría tantas cosas..., pero no sé cómo hablarte y sí sé cómo me miras. Supongo que yo te miro igual. Tu madre y yo siempre...

Sin pensárselo dos veces, arrugó el papel y lo lanzó para que *Greco* pudiera jugar con él por la casa. Todo aquello le pareció una locura sin sentido. Se levantó del orejero, se fue a la cocina, se sirvió una copa de vino y volvió a mirar fijamente las dos cartas que Greta había dejado para su hija y para él. Cogió el sobre en el que ponía «Gabriele» y subió hasta el desván con él. Abrió la puerta y al ver el desorden de la habitación se alegró de no haber seguido escribiendo la carta. No comprendía el modo de vida de su hija ni la falta de respeto que demostraba con aquel caos. Decidió dejarle la carta sobre la almohada. Sin ninguna nota de él, sin ningún preaviso.

Dejó que el vino fuera haciendo su efecto, al tiempo que acariciaba a *Greco* y sentía a *Menina* a sus pies. Cerró los ojos para visualizar a Greta de nuevo, sonriéndole y dándole uno de esos besos que le hacían olvidarse de cualquier cosa.

Cuando Gabriele llegó a la casa todo estaba a oscuras. *Greco* fue el único que se levantó para recibirla. Llevaba en la boca una bola de papel que dejó en suelo para que Gabriele se la tirara.

—No, *Greco*, ahora no. Es muy tarde.

Cogió aquella bola de papel dispuesta echarla a la papelera sin fijarse en que estaba manuscrita. La tiró sin darle más importancia. Para ella era solamente una bola llena de babas.

Volvió a experimentar la misma sensación que había tenido por la mañana: echaba extrañamente de menos a su padre. Recorrió la casa hasta llegar a la habitación de sus padres. La puerta, que solo estaba entornada, con una leve presión se abrió sin gruñir lo suficiente como para despertarlo. Gabriele lo contempló con la calma de saber que él no se daba cuenta, igual que hacía cuando era pequeña en el piso de Madrid. Primero abría la puerta, veía a sus padres dormir, se quedaba un tiempo observando y luego, sin pensárselo, se tumbaba entre los dos, buscando refugio y cariño.

Era de las cosas que más le gustaba hacer de niña. Eso y escuchar los cuentos sin final que su padre le contaba sobre las fascinantes historias que hay tras los cuadros del Museo del Prado. El rodillo del tiempo les había pasado a todos por encima y Félix ya no era el hombre fuerte, el casi gigante que Gabriele veía cuando era una niña, sino casi un anciano al que había que proteger y cuidar. A veces el rencor y la dificultad de perdonar a los nuestros por sus errores nos convierten en seres despiadados. Gabriele se había vuelto así con su padre, y ni siquiera se había dado cuenta hasta aquella noche en que lo miró con una ternura olvidada.

Greco, en una carrera improvisada, abrió la puerta con

las patas y de un salto se puso sobre la cama, consiguiendo que Félix medio se despertara o, al menos, protestara con murmullos. Gabriele se apartó enseguida dando por terminado el viaje al pasado y el fisgoneo.

El segundo día sin su madre había concluido. Bajó al salón y se fijó en la urna colocada en la biblioteca, rodeada por los libros de diseño.

—¿Te gusta allí? Yo creo que papá ha acertado. No podrías estar en mejor compañía.

Le sobrevino la angustia de no acertar con el lugar para esparcir las cenizas. Debía pensar en un sitio donde fueron felices los tres, y apenas conservaba recuerdos así.

—¿Por qué me has dejado esta responsabilidad? No sé si voy a ser capaz de encontrar el lugar...

Le pesaba la cabeza de sueño y sospechaba que en cuanto tocara la cama caería rendida. Nada más lejos de la realidad. Lo primero que vio al abrir la puerta del desván fue la carta de su madre sobre la almohada. Tardó en reaccionar. Reconoció en su nombre escrito a mano la letra de su madre, y se estremeció al pensar que era otra carta de su madre, esta vez solo para ella. Contempló el sobre con los ojos brillantes y muy abiertos. Era como si alguien, desde el lugar en el que ocurrían los milagros, la hubiera escuchado y le hubiera dejado el regalo que ansiaba: una carta de despedida. Unas palabras de consuelo y dicha. Se desvistió, se acicaló con nervio en el baño y bajó a la cocina a por una copa de vino. De haber encontrado tabaco también se hubiera fumado un cigarrillo. De un salto se echó sobre la cama, en camiseta y bragas. Había cogido dos copas, una para ella y otra para su madre. Gabriele también actuaba de modo insólito, igual que Félix, buscando el rastro de Greta, intentando caminar sobre la sombra alargada de la ausencia, cazando momentos vividos con ella. Como tomarse unas copas de vino en aquel desván.

—Por ti, mamá, allí donde estés. Gracias por escribirme. Estaba segura de que lo harías.

Ella no se había podido despedir, pero Greta sí, y aquello sería un desvelo y una revelación que cambiaría el orden de las cosas. Al menos para Gabriele.

5

El día comenzaba a asomar al fin, desvelando el amplio horizonte de prados que llegaba hasta el embalse de Rosarito. *Greco* y *Menina* corrían por el jardín, azuzando a Gabriele con cualquier piedra o tronco pequeño que encontraban para que jugara con ellos. El cielo despuntaba claro, sin apenas nubes que amenazaran tormenta y con el viento justo para sentirlo en la piel sin estremecerse. Gabriele temblaba, pero no por el frío, sino por la carta de su madre, que había leído decenas de veces durante la noche. Todavía era incapaz de volver en sí. Buscaba la calma ante el abismo que habían provocado las palabras de Greta. Divisaba la belleza del amanecer, la excelsitud del paisaje, apretando con fuerza sus pies contra el suelo para comprobar que la tierra no se movía. La cabeza le daba vueltas y la velocidad de los acontecimientos la había sumido en un estado de mutismo, de inmovilidad traumática. Aquella carta, lejos de ser lo que había imaginado —una expresión de amor y buenos recuerdos para una hija—, había hecho estallar en mil pedazos la imagen que Gabriele tenía de su madre. «Puede que no llegues a perdonarme nunca, pero no encontré el coraje para decírtelo en vida.» Sus últimas voluntades: los cuarenta y nueve días, encontrar el lugar para esparcir las cenizas, incluso soportar a su padre, todo había quedado en segundo plano para Gabriele después de leer aquella carta.

Jamás quise contárselo a tu padre porque suficiente dolor le causé ya. Es un buen hombre y sufrió demasiado. Creí que conocer la verdad lo haría todo imperdonable. Ahora dependerá de ti que lo sepa o no. Debes saber, hija, que hagas lo que hagas me parecerá lo correcto.

Como bajo una lluvia invisible de palabras, Gabriele seguía ensimismada recordando lo que había escrito su madre. ¿Había vivido una mentira? Tras la madre ideal, comprensiva, valiente y soñadora se escondía la historia de una huida, un abandono y demasiadas falsedades. ¿Por qué había esperado a morir para revelarle quién era en realidad? ¿Dónde quedaba lo justo y lo injusto para ella? ¿Por qué necesitamos hacer cómplices a los demás de nuestros errores? Cuando las verdades que han estado toda una vida enterradas salen a la luz, las consecuencias llegan como un tsunami y son incalculables y devastadoras. Gabriele no podía dejar de pensar en lo atroz de toda aquella historia: ella había hecho culpable a su padre y víctima a su madre, cuando todo había sucedido al revés. Su madre le había contado en la carta que los había abandonado para irse con otro y que, contrariamente a lo que pensaba, su padre se había quedado con ella.

—¿Y ahora cómo quieres que siga, mamá...? —Gabriele hablaba en susurros, intentando mitigar el desconcierto que le había provocado la carta. Toda su vida se había puesto patas arriba y la de su padre también, aunque él todavía no lo supiera. Gabriele debía decidir entre compartir o echar tierra sobre lo desvelado por su madre. No era una decisión nada fácil y lo era todavía menos tomarla desde el corazón destronado.

Félix abrió la puerta del porche y *Greco* corrió ladrando a su encuentro. Saludó de lejos a Gabriele, que se había girado hacia él con media sonrisa.

—Buenos días, hija. Ayer te esperé hasta tarde. ¿Todo bien?

Gabriele prefirió responder con silencio y muecas poco agradecidas. Seguía demasiado indecisa y ante su padre se le atragantaban las palabras todavía más que antes.

—Supongo que sabrás que fui a ver al monje budista de tu madre. Y me dijo que todo va a ir bien.

—¿Tú, hablando con un monje? —Gabriele intentó sacar el humor para ablandarse. En unas horas muchas cosas habían cambiado, sobre todo el concepto que tenía de su padre.

—Siento no haberte avisado para que me acompañaras, pero quería preguntarle a solas por la petición que nos hizo tu madre de pasar juntos esos cuarenta y nueve días.

A Gabriele comenzó a acelerársele el pulso. Recordó las intenciones de su padre, y en aquellos momentos era lo que menos esperaba escuchar. Cerró los ojos temiéndose lo peor.

—Puedes irte cuando quieras. No tienes por qué quedarte más. Él rezará por tu madre todo este tiempo.

Gabriele no podía mirarle. Le temblaban las manos. Procuraba retener las lágrimas para no llorar delante de él. Estaba confundida. Perdida. En las palabras de su padre sintió frialdad y al mismo tiempo el peso de la culpa. Antes de leer la carta eso no le hubiera importado tanto, pero ahora era distinto. Todo había cambiado. Su padre la estaba invitando a marcharse y ella no deseaba irse, pero no se atrevía a confesárselo.

—He hecho café. ¿Te apetece una taza? —Fue una pregunta de Félix para romper el silencio.

Notaba el desconcierto de Gabriele y su incapacidad para mirarle a los ojos desde que se había acercado. Estaba distinta. Menos en guardia y más vulnerable. Sospechó que la carta que le había dejado Greta había tenido algo que ver, pero prefirió no preguntar.

—Me iría muy bien, gracias.

Gabriele sentía el arrepentimiento arañando sus entrañas. Durante treinta años había hecho crecer un rencor equivocado hacia su padre que había maltrecho su relación. Gabriele había creído lo que sus ojos de niña habían visto una tarde: un beso apasionado con una mujer que no era su madre. Esto y la ausencia de Greta durante meses. Aquella escena se convirtió en el motivo de su desconfianza hacia los hombres, hacia el amor, hacia ella misma. Se abrazó a sí misma, sintiendo cómo la brisa de la mañana erizaba su piel. Es tanta la fragilidad de quien ha perdido a sus referentes de un plumazo... Su madre había quedado desdibujada en una herida nueva, por un desconocido abandono que Gabriele debía resolver. ¿Su padre? Era incapaz de pensar en él sin sentir un nudo en el estómago, una madeja de sensaciones, de preguntas acumuladas tras una noche de revelaciones y una vida de mentiras y equivocaciones.

Junto a *Greco* y *Menina*, respiró profundo. Recordó las palabras de su padre cuando de pequeña ella había preguntado por la ausencia de su madre:

—Se ha ido a cuidar a una amiga que está muy enferma y no tiene a nadie. Tu madre es una gran mujer y muy generosa. Pronto volverá con nosotros.

Durante todos los meses que su madre había desaparecido, su padre no había dejado de hablar bien de ella. De protegerla ante los reproches de Gabriele, de enaltecer el mérito que tenía haber ido a cuidar a una amiga. Ella lo creyó y por eso jamás le perdonó aquel beso en una esquina con una mujer desconocida. De nada había servido que su madre siempre le insistiera en que su padre era un buen hombre. De nada habían servido sus excusas: «¡Perdóname, hija! No ha sido nada. Solo un beso, pero nada más». Para Gabriele había sido la mayor traición. Vivimos sin saber que nuestros traumas gobiernan nuestra vida.

La realidad, descubierta en la carta que le había dejado su madre, es que no hubo viaje ni amiga enferma, sino una infidelidad, un embarazo y un abandono. ¿Debía compartirlo con su padre?

—Gracias —le dijo a su padre con la vista perdida mientras le ofrecía la taza de café—. ¿Te quedas un poco aquí conmigo?

Gabriele se lo dijo con un hilo de voz y todavía sin poder mirarle. Félix se sentó al lado de su hija con la taza en la mano sin encontrar las palabras adecuadas para imprimirle ánimo a su compungido estado.

—Leí la carta que me dejó mamá. ¿La leíste tú? —preguntó Gabriele, atreviéndose al fin a hablar de ello.

—No. Pero estuve a punto de hacerlo, no te miento.

Gabriele se sentía demasiado mal como para tener una conversación serena con su padre.

—No voy a preguntarte lo que te cuenta en la carta, y creo que tampoco debería saberlo. Es lo mejor.

Gabriele se sorprendió por la rotundidad de su padre. No alcanzaba a entenderle, porque su negativa significaba no poder hablar abiertamente con la única persona que podía tener respuestas sobre las confesiones de su madre.

—¿Todavía hablas de respetarla? ¿Después de lo que te hizo? —Gabriele seguía con la voz escondida—. De verdad, papá, me cuesta comprenderlo... Tú puede que no necesites respuestas, pero yo sí, porque a mí todo esto me viene de nuevas.

Gabriele no quería tratar a su padre injustamente. Necesitaba respetarlo, pero las confesiones de su madre se lo impedían.

—¿Pretendes que haga como si nada cuando mamá me ha confesado que nos abandonó? ¿De verdad que no quieres hablarlo?

Félix jamás hubiera imaginado que Greta le contaría el secreto que hacía treinta años ambos acordaron enterrar para siempre. Habían sufrido demasiado y decidieron no abrir nunca más aquellas heridas, y mucho menos herir a quien más querían: a Gabriele. El silencio puede llegar a ser el arma más poderosa y destructiva. Como el aire contaminado, te mata con lentitud, antes de que te des cuenta de que el veneno ya lo ha emponzoñado todo. Aunque Félix y Greta habían enterrado aquel episodio, el aire se había corrompido y con un tul invisible de dolor había afectado a toda la familia, incluida Gabriele.

—No imaginé que tu madre te lo fuera a contar —replicó Félix despacio, con la voz suspirada.

—¿Es que no pensabais contármelo nunca? —Gabriele buscaba el modo de encajar todo aquello sin provocar más daño—. ¿Y ahora qué? ¿Qué debo pensar de mamá? ¿Qué clase de persona era para hacer lo que hizo?

Félix no podía moverse. Había imaginado que aquel momento podía llegar, pero nunca que fuera después de que Greta muriera. ¿Por qué se lo había contado? ¿Por qué empañar su imagen? Félix sabía que Greta se desvivía por su hija, por estar junto a ella, por comprenderla y por acompañarla en sus deseos.

—La misma que conociste, hija, solo que cometió un

error. Nada más. Un error del que se arrepintió. —Félix no deseaba hablar más de la cuenta. No quería remover. Solo salvar la imagen de su mujer frente al enojo y la decepción de su hija.

—El resto es cosa de tu madre y mía.

Félix se levantó con intención de cortar la conversación. Necesitaba tiempo para pensar. No estaba preparado para hablar de aquello que había sucedido hacía tanto tiempo y que había prometido no volver a mencionar.

—Tu madre está muerta. Te ruego que la respetemos. No voy a permitir que nadie mancille su persona. Ni siquiera ella. Eso ya pasó y no hay más que decir.

—¿Por qué nunca quieres hablar, papá? ¿No te das cuenta de lo que ha pasado por callar? ¿Es que no te das cuenta? He crecido odiándote a ti y a todos los hombres porque creía que todos acabarían siendo como tú. Liándose con otra mientras mamá sacrificaba su vida por cuidar a una amiga enferma. ¿Y ahora resulta que no había amiga enferma y que era mamá quien te había abandonado por otro? ¿Y no quieres hablar sobre ello? ¿En serio? Pues te voy a decir una cosa: no pienso irme de aquí sin que hablemos de todo lo que quiero y necesito saber. No pienso irme sin saber qué es lo que pasó realmente, y me da igual el honor de mamá.

—Hija, créeme, no considero que sea lo mejor. Tu madre...

—Mi madre no sé quién era y mi padre tampoco. ¿Cómo pretendes que mire a otro lado? Escúchame, papá, no pienso hacerlo. Y me quieras o no contigo, ve haciéndote a la idea de que me quedo en el pueblo.

Gabriele y Félix dieron por terminada la conversación. Al menos por el momento.

—¡Veeenga! ¡No me jodas! ¡Ahora no! Venga, arranca, ¡por favor!

El viejo Opel Astra se había desplomado en medio de la carretera de montaña que llevaba al pueblo. Había ido apagándose poco a poco hasta dejar de funcionar. Gabriele se había pasado un buen rato tratando de ponerlo en marcha hasta ahogarlo por la insistencia.

—Si continúas dándole al encendido, solo lograrás ahogarlo más.

Ada, que iba en dirección opuesta con su coche, se detuvo a la altura de Gabriele para advertirle que dejara de darle la vuelta compulsivamente a la llave de arranque. Iba a visitar a la Francisca, *la cabrera*, que vivía por las laderas altas de Chilla. Ada y la Francisca llevaban un año trabajando para demostrar que la Francisca, que apenas llevaba siete como cabrera, era tan capaz y respetable como los cabreros de familia. Elaboraban unos nuevos quesos que prometían convertirse en la miel de la zona. Querían ganar el concurso anual de la feria del queso de cabra y del pimentón de Candeleda.

—¿Puedes darle a la palanca para abrir el capó? Me temo que tiene problemas de batería.

Ada miró las tripas del viejo vehículo como si fuera una experta cirujana de motores. Aparte de la cocina, su destreza para desmontar y montar cualquier electrodoméstico o aparato era conocida en el pueblo. Ada no tenía estudios, pero parecía que un ángel le diera instrucciones para arreglar todo lo que se le ponía enfrente. Gabriele la miraba absorta, mientras la cocinera procedía a pinchar la batería con las pinzas y a conectarlas con su coche para ver si lograban que el Opel Astra arrancara.

—Quiero que cuando te diga, lo intentes, pero con suavidad, sin que se ahogue. A los coches, como a las personas, hay que aprender a escucharlos. ¡Vamos! ¡Ahora! ¡Dale con suavidad!

Al tercer intento, Gabriele logró que el coche arrancara sollozando y con signos de volver a detenerse al mínimo soplo. Ada le recomendó que fuera directa al Pimentón y que sin apagar el motor lo llevara al taller para que le cambiaran la batería y le hicieran una buena revisión.

—Voy a avisar a la Sole para que ella o Candela te acompañen. Lo importante es que no apagues el motor. ¿Me sigues?

Gabriele le hizo caso a Ada y bajó al pueblo tan concentrada que, por unos minutos, se olvidó de la carta de su madre. No era hábil conduciendo por aquellas tierras curvas y, aunque reconocía lo afortunada que había sido al cruzarse con Ada, no quería tentar al destino, que llevaba unos días revoltoso con ella.

Candela se prestó voluntaria para finalizar la misión: llevar el coche al taller y dejar a tía y sobrina en la intimidad, lo que, por la llamada que la Sole había recibido de su hermano, era más que necesario.

—¿Aprovecho para recoger los tomates y las verduras de la Manuela? Ya sabes que siempre se retrasa, y me viene de paso —había dicho Candela.

Era una chica avispada y experta en hacer bombas de humo cuando era preciso. Ella también aprovecharía para llamar a Rubén. Había decidido ir a verle a Madrid en cuanto pudiera escaparse. Se moría de ganas de estar con él. Candela era de coger el toro por los cuernos, y no porque fuera taurina. De hecho, esa era la única desavenencia que tenía con su pueblo y con su padre.

—Si yo deseo, no espero. Me voy a por él, que para eso es mi novio. ¿No te parece? —Eso decía cuando se decidía a tomar la línea recta. Aunque no le gustaba ir a la ciudad, ella por amor seguía haciendo locuras, y mucho más por su novio Rubén.

Solo con mirar a su tía, Gabriele supo que había hablado con su padre. Tía y sobrina se parecían en que ninguna de las dos llevaba bien el disimulo. Gabriele se sentó a la barra mientras la Sole le preparaba un café y le servía unas tostadas con mantequilla y mermelada casera. Todo en un silencio que se les caía encima a las dos.

—Ada me ha salvado la vida. Si no llega a ser por ella, todavía estoy por llegar.

—¿Qué ha pasado con tu padre, Gabriele?

La Sole estaba demasiado preocupada como para dejar escapar a su sobrina sin que le contara lo que Greta le había confesado por carta. Aquella revelación afectaba a toda la familia, incluida ella, que también había tenido que enterrar todo lo sucedido entre Félix y Greta. Cuando ocurrió, la Sole ya estaba en el pueblo y, excepto ella y Cosme, nadie más del pueblo conocía los motivos reales de la ausencia de Greta.

—¿Tú también lo sabías, tía? ¿Yo era la única que ignoraba que mamá nos abandonó porque se fue con otro hombre?

Gabriele necesitaba recoger los trozos para ver qué quedaba de la madre que había creído que Greta fue.

—Quiero que primero me cuentes qué te ha escrito tu madre, y luego prometo responderte a lo que desees. Sabes que nunca te he mentido.

—En esta familia me parece que lo que menos hemos hecho es decir la verdad.

Gabriele sacó de su bolsillo trasero del pantalón unos folios doblados en cuatro partes y se los entregó.

—¿Por qué no la lees tú misma y luego me cuentas? Yo soy incapaz de hacerlo en orden sin venirme abajo —dijo mirando a su tía, que ya había comenzado a leer la carta—. Además, necesito que me ayudes a decidir qué hago con lo que parece que papá ignora.

—¿Ignora? —preguntó la Sole, apartando la vista de la carta.

—Será mejor que la leas y que luego hablemos. Voy a llamar a Luis, a ver si me consuela. Avísame cuando te la hayas leído suficientes veces como para poder hablar. Yo me he pasado toda la noche releyéndola y sigo sin entenderlo.

Gabriele salió del bar y se sentó a una de las mesas de la terraza que todavía estaban por montar. Bailaba con el desconcierto de haber perdido a su madre y días después haber descubierto que los había abandonado para irse con otro hombre. Aunque lo grave no era eso, sino lo que llevaba toda la mañana atragantándosele: en aquel periodo de ausencia, su madre, embarazada sin que lo supiera su padre, dio a luz y en ese mismo instante entregó en adopción al bebé. Gabriele no podía dejar de pensar en ello y en que su padre no tuviera ni idea de la existencia de aquel niño.

Querida hija:

Puede que escribir esta carta sea lo más difícil que haya hecho nunca y que seguramente me reproches que cuando la leas yo ya no esté a tu lado. Le prometí a tu padre y a otra persona que nunca hablaríamos de ello, y lo he cumplido. He estado tentada en muchas ocasiones, pero jamás lo hice. El arrepentimiento es un gusano que se te mete en medio de la duda. Puede que me equivocara al no contártelo, que nos equivocáramos al silenciarlo.

Las mentiras no traen nunca nada bueno y los errores no pueden borrarse aunque lo desees. Tu madre cometió hace mucho tiempo el mayor de su vida y créeme si te digo que lo he pagado demasiado caro. Quise tenerlo todo y casi me quedo sin nada. Por eso tuve que elegir, me vi forzada a elegir, y cualquier elección significaba perder.

Antes de comenzar, deseo que sepas que tu padre y yo no hemos hecho otra cosa que quererte. Si me he decidido a contártelo todo es porque no me puedo ir tranquila sin que sepas lo que tu padre no me dejó aclararte en vida: que él es maravilloso, y no el ser despreciable, me duele hasta decirlo, que has creído que es, aunque yo siempre te dijera lo contrario.

Perdona por el desorden de mis palabras, pero después de tanto silencio no es fácil destapar lo oculto en un orden preciso. ¿Por dónde empezar a contar? Puede que por mis deseos de triunfar a toda costa y de demostrarle a mi padre, tu abuelo, que se equivocaba y que no por ser mujer estaría condenada a encerrarme en la cocina.

La Sole se metió en la cocina para evitar que algún curioso la viera leyendo y para tener la tranquilidad de poder reaccionar como le pidiera el cuerpo. Se sentó sobre una pequeña mesa de madera y pensó por un momento en la última charla que había tenido con Greta. «Quiero decirte que entiendo tus reparos conmigo y que te agradezco este trato que no sé si merezco del todo», le había dicho hacía un par de meses, una noche, al cierre del Pimentón. «Tardé en valorar y querer a tu hermano, pero la vida me dio una segunda oportunidad. Aunque se cobró su precio, créeme.» La Sole recordó que evitó hablar de lo que Greta quería decirle y que había cerrado la conversación cambiando de tema. Ahora, en la distancia, con Greta muerta y con aquella carta entre sus manos, le volvía el convencimiento de Cosme de que nada de lo que estaba ocurriendo era casual, sino que ella lo había organizado todo.

—Te digo que Greta sabe lo que se hace con las cartas. A mí no me falla el olfato, Sole..., hazme caso y no seas terca.

Cosme se lo había dicho en el funeral y ella también le confesó a Ada sus sospechas. En el fondo temía que comenzara un incendio que hacía años habían logrado apagar, o por lo menos eso habían creído.

Acababas de cumplir once años y te apuntamos a un taller de cerámica en Madrid. A ti te apasionaba todo lo que tenía que ver con el mundo de tu padre: el de la pintura y las artes, y querías ser una artista consagrada para que un día tu obra se expusiera en el Museo del Prado. Yo los martes y los jueves te acompañaba a la escuela de arte, donde permanecías dos horas y media. Siempre aprovechaba para pasear por el barrio o tomarme un refresco en algún sitio cercano.

Pero una tarde rompí la rutina y acepté la propuesta de Julio, un joven diseñador al que había conocido en el taller de doña Lola, la modista con la que trabajaba, y que me enseñó todo lo que sé de costura. Hacía poco que había abierto su tienda-taller en el barrio de Salamanca y, aunque no llegaba a los veinticinco años, lo consideraban el relevo de Balenciaga. Venía de una buena familia del norte y todas las mujeres de buena familia de Madrid comenzaron a encargarle vestidos. A doña Lola no le caía bien porque decía que era un feriante y un niño malcriado, no un buen modisto.

Decía: «Ese llegará lejos, pero no por su trabajo,

sino por sus estafas. Las tiene a todas engatusadas y ellas son tan necias que siguen creyendo que se llevan lo mejor... Los tiempos están cambiando, Greta, y a peor..., a mucho peor».

Doña Lola siempre me advirtió de Julio y sus intenciones, pero yo no la quise escuchar. Estaba demasiado obsesionada con alcanzar los focos y demostrarle a mi padre y al mundo mi valía. Julio y yo no tardamos en hacernos cómplices a escondidas de doña Lola y también de tu padre. Él me prometió que compartiríamos el negocio porque creía en mí, en mis diseños y en mis ideas. Yo vi en él el camino para cumplir mi sueño y me dejé embaucar en todos los sentidos. Dejé de escuchar cualquier buen consejo y me convertí en una tonta sorda y ciega que creía que la vida al fin le sonreía.

Una tarde, nada más dejarte en tu curso, tomé un taxi camino a su casa y no a su taller. Me había invitado con la excusa de enseñarme unos libros que le habían llegado de París, pero yo sabía que si pisaba aquella casa comenzaríamos algo distinto. Jamás pensé en las consecuencias. Yo y todas las mujeres éramos muy ignorantes en tantas cosas... Lo cierto es que me embelesé y empezaron las mentiras, las faltas y la deshonra para una mujer casada que yacía en la cama de otro hombre. Ahora te parecerá algo feo pero no grave, pero en aquellos tiempos, aunque ya no se penaba el adulterio, seguía siendo horrible socialmente. Para la mujer era una mancha imborrable.

Decidimos trabajar —prefiero decírtelo así, a pesar de los años transcurridos me sigue avergonzando— en su casa todos los martes y los jueves, cuando te llevaba al curso de cerámica. Seguimos con esa rutina los seis meses que duraron tus clases. Luego, las tardes que trabajaba en el taller de doña Lola, me ausentaba con la excusa de que iba a confeccionar la nueva colección de él. El final de tu curso fue la fecha límite que le puse a Julio para decidirme a abandonar a tu padre y vivir mi sueño, además de tener el hijo que esperaba.

Por ignorancia, me quedé embarazada de él y se lo conté de inmediato. Creía que me quería y me valoraba, pero necesitaba estar segura para hablar con tu padre y separarnos antes de que se me notara demasiado la barriga. No puedo decir que me enamorara de Julio, era diez años mayor que él, pero sí me cegaron mis propios deseos de demostrarle al mundo al precio que fuera mi valía.

Sé que no lo vas a entender, porque es complicado no cuestionar o juzgar los errores de otros, y mucho más si vienen de una madre. No puedo pedirte que no me juzgues, pero sí que sigas leyendo hasta terminar todo lo que tengo que contarte.

No es que no quisiera a tu padre ni que tú no me importaras nada. Jamás pensé en abandonarte a ti, pero aquellos tiempos eran difíciles para las mujeres y debía actuar con precaución. Debía asegurarme de que Julio estaba conmigo para no perderlo todo y, sobre todo, para no perderte a ti. Pero las cosas no salieron como yo esperaba. Fui una ingenua. Debería haber visto que, desde que le confesé lo del embarazo, me había convertido en un problema para Julio y para su familia.

Una tarde llegué a su casa y me encontré con la sorpresa. Me abrió la puerta la madre de Julio, doña Gregoria, la esposa de uno de los jueces más afamados de la capital. Yo lo sabía porque doña Lola me lo había contado todo sobre la familia de Julio, corrupta pero muy protegida por los políticos, que a escondidas seguían cuidando a los del régimen.

Julio no estaba, no volví a verle nunca más. Al poco tiempo cerró su taller y desapareció. Aquella tarde, doña Gregoria me dijo que todo había sido un error y que debíamos encontrar una solución para que nadie saliera mal parado. Pedí hablar con Julio, pero su madre me comunicó con la mayor frialdad que jamás lo volvería a ver, y cuando vio que yo no estaba dispuesta a asumir la situación en la que me encontraba, comenzaron las amenazas. Doña Gregoria y su marido, desde que su hijo les informó del embarazo, trazaron un plan para evitar cualquier escándalo. Ellos eran muy religiosos, como tu padre, y algo así sería una deshonra. Por ello se habían encargado de saberlo todo de mí y de tu padre.

Aquella tarde, doña Gregoria, con su mirada autoritaria y su voz cavernosa, me explicó sin alterarse que todo iba a terminar y que era mejor que me dejara aconsejar. Los poderosos siempre hablan de consejos cuando en realidad es extorsión. Yo estaba desesperada y llena de miedos. Solo pensaba en ti. Abortar era demasiado arriesgado: la gestación estaba muy avanzada y esos tiempos no eran los de ahora. Había oído hablar de mujeres que acudían a cualquier sitio y salían de allí con los pies por delante. La única vez que doña Gregoria alzó la voz fue cuando se negó en rotundo a la interrupción del embarazo. «Si se te ocurre asesinar a mi nieto, pienso hundirte la vida, a ti y a los tuyos», me dijo con la mirada de cristal clavada sobre mí.

Por difícil que te resulte entenderlo, solo pensaba en ti, en no perderte. Me amenazaron con contárselo todo a tu padre, y yo no creía que me fuera a perdonar nunca: yo no lo hubiera hecho. Por eso decidí ajustarme al plan de doña Gregoria: ellos se quedarían con la criatura, y yo la daría en adopción nada más nacer. Al principio me negué, pero vi que no tenía escapatoria. Me había metido en un lío y no sabía cómo salir de él. En aquellos tiempos no eran pocas las mujeres a quienes obligaban a dar en adopción a sus neonatos. Menores, mujeres casadas como yo..., no fuimos pocas.

Pasé unos días sin dormir, muerta de miedo y tentada de contárselo todo a tu padre, pero temía por tu abuela. No sabes lo recta que era y la influencia que tenía sobre tu padre. Así que decidí aceptar la oferta de doña Gregoria.

Doña Gregoria se inventó lo de la amiga enferma para mantenerme oculta los meses que quedaban de embarazo, y así se lo conté a tu padre. Noté en sus ojos que había cazado la mentira y, al poco de haberme marchado, me llamó por teléfono y me preguntó si podía ir a visitar también él a mi amiga y de paso verme a mí. Tu padre jamás me dijo con claridad que intuía que lo estaba abandonando por otro hombre. No hizo falta. Vi cómo se le cayó el mundo cuando me preguntó si iba a volver. Y en aquella llamada quiso comprobar que sus sospechas no eran infundadas.

«Mejor que no. Necesito tiempo, Félix. Te quiero, pero necesito tiempo. Dame unos meses a que mi amiga mejore. No tiene a nadie...», le dije. Intenté seguir con la mentira de doña Gregoria, y Félix continuó insistiendo hasta que una tarde me lo preguntó sin tapujos por teléfono: «¿Y la gente? ¿Qué les cuento? ¿Que te has ido con otro y has abandonado a tu marido y a tu hija?».

No supe qué responderle. Nunca sabré cómo se enteró de que llevaba un tiempo teniendo una aventura. Doña Lola y él se tenían mucho cariño, y la vieja modista era vieja pero no tonta. Puede que Félix se presentara en el taller después de mi huida y se lo preguntara. Ella jamás me confesó que Félix lo supiera ni que se lo hubiera dicho, pero un día me dijo que sabía que todo volvería a su lugar, aunque ignoraba el precio que debía pagar por ello.

Le pregunté a Félix si durante mi ausencia podría hablar contigo. Aceptó con mucho dolor y desconcierto y yo se lo agradecí entre lágrimas. Fueron cinco meses: el parto se me adelantó y el bebé nació prematuro. Todavía se me clava un puñal al recordarlo. No quise verlo. Firmé de inmediato los papeles de adopción. No quise verlo ni tenerlo entre mis brazos, aunque tampoco me hubieran dejado.

Fue doña Lola quien me ayudó a sobrellevar el dolor, al menos al principio, antes de que tu padre me pidiera que dejara el pasado atrás, incluido el taller de doña Lola. Por su rechazo a doña Lola supe que ella nunca me traicionó y no le contó mi aventura con Julio. Félix no se lo perdonó y la responsabilizó de querer romper una familia. Necesitaba culpar a quien fuera por mi error, por mi abandono.

Mis noches no han sido tranquilas desde entonces. No he logrado saber si hice bien abandonando a mi hijo. Jamás se lo he contado a tu padre. Jamás le conté la historia ni de Julio ni de mi hijo. Él me perdonó, pero impuso una sola condición y yo la cumplí: no volver a hablar de ello. No volver la vista atrás. Así lo hicimos.

He pensado muchas veces en ti y en si era justo que no supieras que tienes un hermano. Las decisiones que tomamos afectan a quienes tenemos cerca, y esta que he tomado al revelártelo todo puede ser el mayor error o el mayor acierto de todos. Si lo he hecho después de tanto tiempo y sabiendo que me queda poco en este mundo es porque creo que las mentiras nos han hecho daño, aunque hayamos querido evitarlo.

Quizá, si lo hubiera hablado con tu padre, me habría ayudado a recuperar a mi hijo.

He tratado de ser la mejor madre posible, de darte la alegría que a mí me faltaba, de hacerte libre para que nadie te pusiera en una tesitura como la que yo tuve que vivir. Puede que también en eso me haya equivocado. No soy ejemplo de nada, aunque tu padre se haya pasado la vida mostrándote todas mis virtudes. Puede que por miedo a que dejaras de quererme si algún día te enterabas de esto.

Los errores nos transforman, y yo me apagué cuando tuve que renunciar a mi hijo, pero viví por ti y traté de darte lo mejor que tenía, con el miedo de que un día ese mundo de cristal se rompiera en pedazos. Ahora lo estoy rompiendo yo misma. Puede que haya sido egoísta esperar a estar muerta para no enfrentarme a tu desprecio. Aciertas si piensas así. No hubiera soportado perderos a ti y a tu padre.

Jamás quise contárselo a tu padre porque suficiente dolor le causé ya. Es un buen hombre y sufrió demasiado. Creí que saber la verdad lo haría todo imperdonable. Ahora dependerá de ti que lo sepa o no. Debes saber, hija, que hagas lo que hagas me parecerá lo correcto.

Puede que no llegues a perdonarme nunca, pero no encontré el coraje para decírtelo en vida. Espero que puedas entenderlo con el tiempo. Yo lo logré a medias. Siempre me faltará haber podido abrazar a mi otro hijo y contarle mi historia.

Sé que eres fuerte y que esto, lejos de perjudicarte,

te ayudará a encontrar respuestas que hace mucho tiempo que buscas y que, como nosotros, has silenciado.

Te quiero mucho, Gabriele.

TU MADRE,
GRETA

—Tu hermano ha decidido perdonarla, pero tú y yo solo disimularemos por el bien de la niña —le había dicho Martina refiriéndose a Gabriele—, nada más.

Jamás hubiera imaginado la Sole que cuando su madre, Martina, alguna vez le había insinuado que había niños que andaban sueltos por el mundo, abandonados por sus madres, supiera tan bien de lo que hablaba. La Sole se había negado a aceptar que Greta fuera una de ellas, jamás quiso escuchar a Martina. Las mujeres tienen ese sexto sentido de saber leer las desgracias mayores entre ellas. Martina y Greta jamás lo hablaron, pero Martina solo necesitó echar las cuentas en los meses de ausencia de Greta y percatarse de su cambio físico. A Félix le pudo esconder las sospechas, pero Martina se dio cuenta de la tragedia sucedida.

La Sole, en cambio, jamás creyó las insinuaciones de su madre. Puede que evitara averiguarlo para comprender el perdón de su hermano después de tantos meses de llanto. Félix había acudido a ella y a Cosme cuando Greta lo abandonó. La Sole no estuvo a la altura. Hacía poco había encontrado a su marido con otra y era incapaz de comprender que su hermano pudiera albergar la esperanza de que Greta volviera e incluso estar dispuesto a perdonarla.

—No trates de entender el amor. Cuida de tu hermano sin juzgarlo.

Cosme siempre la reprendía, pero a la Sole le costó aceptar a su cuñada después de aquello. Durante muchos años estuvo enfadada con Félix por tener que simular ante el pueblo y ante Greta. Hablar de la pérdida de la amiga cuando en realidad todo había sido un abandono y un adulterio perdonado. Félix y ella no volvieron a ser los mismos, aunque Cosme logró que no se rompiera del todo el lazo. Mientras Félix y Greta estuvieron en Madrid, la relación, aunque fría, se podía llevar. Pero cuando se instalaron en el pueblo, la Sole se vino abajo y se veía incapaz de no estar cerca de su hermano.

Cosme y la Sole eran como hermanos y se lo contaban todo, incluso aquello que el otro no quería oír. Los dos sabían que no podían romper la promesa que le habían hecho a Félix de no revelar jamás que Greta los había abandonado a él y a su hija. Habían pasado los años, Gabriele ya no era una niña y en algunas ocasiones, cuando su sobrina elogiaba a Greta y despreciaba a su padre, a la Sole le habían entrado ganas de contarle la verdad.

—No sé si voy a ser capaz de vivir sin contarle a Gabriele todo esto.

Al instalarse Félix y Greta en el pueblo, Cosme estaba preocupado porque veía a la Sole dando señales de no poder sostener por mucho tiempo la relación con Greta sin que se le escapara un día la verdad. Sobre todo por su sobrina. Para evitar que eso ocurriera, una noche tuvo que hablarle de lo que nunca habían hablado.

—Eres muy capaz y lo sabes, Sole. Tú también nos has obligado a todos a que vivamos tu mentira y aquí nadie se ha quejado. Así que no seas injusta con Félix y respétale.

La Sole se quedó petrificada ante su amigo. Jamás se había dirigido a ella en esos términos ni insinuado nada sobre su vida.

—No sé de qué me hablas y me parece muy ruin por tu parte todo esto.

—¿Ruin? Supongo que llamas «ruin» a la cobardía de los Gallego Bermejo.

Había utilizado los apellidos de la Sole y Félix para dejar claro que los dos hermanos habían decidido por igual ocultar verdades, y que al igual que se la respetaba, ella debía hacer lo mismo.

—¿Te crees que Félix no tiene que disimular ante Ada?

—¡Basta, Cosme! No quiero que sigas por ahí.

—Pues acepta que también hay otros que no quieran sacar a la luz sus verdades y que tu hermano es uno de ellos. No creo que te cueste tanto. Así que te pido que salgas de tu propio rencor: hace demasiados años que tu marido te dejó por otra y, sinceramente, visto lo visto, es lo mejor que te pudo pasar.

Cosme y Sole no volvieron a tocar el tema. La Sole aceptó las decisiones de su hermano e hizo el esfuerzo de querer a su cuñada, aunque le costara ver a la mujer de la que Félix se había enamorado.

«Tardé en valorar y querer a tu hermano, pero la vida me dio una segunda oportunidad. Aunque se cobró su precio, créeme.» La Sole había perdido la noción del tiempo. Estaba completamente congelada, era incapaz de reaccionar. Aquella carta le había explotado, como a Gabriele, en la cara, y no podía mover un solo músculo de su rostro. La Sole volvió a repetir aquella frase de Greta que ahora cobraba más sentido que nunca. El precio que pagó fue renunciar a un hijo, y no podía imaginar lo doloroso que tuvo que ser. Salió de la cocina para hablar con su sobrina. No sabía bien qué contarle, pero debía estar a la altura. Había deseado desvelarle todo aquello hacía unos años y ahora que sabía la historia completa, dudaba de si había sido una buena idea la confesión de Greta.

Salió a la terraza y vio a dos vecinas tomándose un par de rosquillas con el café.

—¿Dónde está mi sobrina? —le preguntó a Carmencita, que estaba sirviéndoles los dulces.

—Se ha marchado. Me ha dicho que necesitaba caminar. Volverá más tarde.

La Sole cogió el móvil y llamó a Gabriele. El teléfono agotó los tonos y saltó el contestador. Comprendió que debía esperar a que Gabriele volviera o diera señales. Llamó a Cosme, pero él tampoco respondió. Recordó que era su día de avistamiento con su nieta en el pantano de Rosarito y no atendía a llamadas, ni siquiera las de ella.

Cosme era un enamorado de las grullas, que empezaban a llegar iniciado el otoño.

—Para el Pilar llegan y para San José no quedan.

Siempre se lo repetía a la Sole cuando comenzaba su temporada preferida de avistamiento. Era la víspera de la Virgen del Pilar y él y su nieta Cloe hacían la primera excursión de la temporada. Aunque para ver a las grullas la hora adecuada era el atardecer, Cosme y Cloe decidieron aquel día dar un paseo por la mañana y volver a la puesta de sol con Uriel y Manuela. Cosme adoraba a Cloe, una preadolescente patilarga con una cabellera espesa recogida en una coleta, dientes pronunciados y gafas de intelectual. Nieta y abuelo eran los mejores compañeros de aventuras, no solo porque se entendían a la perfección sino también porque podían hablar de sus secretos.

—Abuelo, hoy he hablado con mamá.

—¿Ah, sí? ¿Y por qué no me lo has dicho antes?

—Porque ya sabes que a papá no le gusta que diga que hablo con ella.

A Uriel no le gustaba demasiado que su padre le dijera a su hija que los fantasmas existen o que se puede conversar con los muertos y ellos te responden. Él iba al cementerio a charlar con su madre cada vez que había un funeral, pero sin la pretensión de que ella le respondiera. No creía en esas cosas. Solo lo hacía para recordarla, para sentirla un poco más cerca.

—No me gusta que Cloe diga que los muertos le hablan. Papá, no es bueno para una niña creer esas cosas.

Al poco de morir su madre, Cloe le confesó a su abuelo que soñaba que le decía cosas y que alguna noche la visitaba en su habitación. Al principio, Cosme no la alentaba, pero luego se dio cuenta de que la niña no mentía. A él le había ocurrido lo mismo con su mujer, aunque todos creyeran que se lo inventaba.

—Tranquilo. Se le pasará. Son cosas de niños. —Cosme mintió a su hijo porque sabía que Uriel no era como él o Cloe. Él necesitaba tocar la realidad y renegaba de lo intangible o lo invisible a los ojos.

Cloe y Cosme acordaron que aquel sería uno de sus secretos. Cosme no quería que la niña sufriera, pero tampoco hacerle creer que eran imaginaciones suyas. En los cinco años que habían pasado desde la muerte de María, su madre, Cloe le había confesado unas diez veces que su madre la visitaba. Aquella noche había vuelto a ocurrir y por eso su nieta le había pedido ir al embalse antes de la hora.

Los dos bajaban despacio, usando los palos de caminar que Uriel y Manuela les regalaron por Navidad. No les faltaba detalle: botas de *trekking*, sombrero de paja y una bolsa de tela cada uno. Cosme con la cantimplora y Cloe con su cuaderno y las pinturas para dibujar mientras el abuelo contemplaba los pájaros.

—¿Y qué ha pasado?

—Poca cosa. Se ha quedado como la abuela. Sentada en la silla toda la noche. Pero al despedirse, me ha dicho algo.

—¿Qué te ha dicho? —preguntó Cosme haciendo un alto en el camino.

—Que este invierno llegan flores.

Cosme se quedó pensando en aquella frase que para pocos o ninguno tenía sentido, y mucho menos para una niña de once años. Él sabía que los muertos no hablan para ser entendidos, sino para que el sentido llegue cuando estemos preparados.

—¿Y algo más?

—No, pero seguro que papá se pondrá contento.

Cloe siguió caminando con media sonrisa. Su abuelo se quedó rezagado, reflexionando sobre el último comentario. Cloe no se había dado cuenta, pero inconscientemente acababa de relacionar el florecer del invierno con la felicidad de Uriel, y aquello podía tener bastante sentido.

—¡Cloe, mira, un águila imperial! ¡Corre! Pásame los prismáticos.

Gabriele tomó la calle del Lomo y se dispuso a perderse por la arboleda de robles, sotobosque y prado hasta llegar al embalse de Rosarito. En ese paseo sin rumbo fue cazada por Cosme a través de la lente de sus prismáticos. El viejo, que andaba jugando con su nieta a localizar compañeros de camino en vez de aves, hizo el hallazgo.

—¡Gabriele! ¡Gabriele! —gritó para que lo oyera a doscientos metros de distancia.

Cloe se sumó al grito y así lograron que Gabriele reaccionara y alzara la mano. Remoloneó al principio, porque le apetecía poco que interrumpieran su camino en solitario, pero después de reírse un par de veces, decidió unirse a la pareja y seguir sin rumbo pero acompañada.

—¿Tú también vives aquí? No te había visto nunca.

—No, solo estoy de paso, pero mi padre sí y es amigo de tu abuelo.

—Lo sé. ¿Sabes que me ha enseñado a jugar al ajedrez?

Gabriele sonrió y al mismo tiempo sintió un pequeño zarandeo en su estómago. A la edad de Cloe ella también jugaba con su padre al ajedrez. Se imaginó enseñándola con la misma rectitud y devoción que había tenido con ella.

—Estas Navidades me regaló uno, pero no sé con quién jugar. A mi abuelo y a mi padre no les gusta. Y necesito practicar para ganar a Félix, ¿sabes?

—Yo sé jugar. Mi padre también me enseñó.

A Cloe se le dibujó de inmediato una amplia sonrisa. Quizá había encontrado a su compañera de ajedrez para ganar a Félix. A ella no le gustaba perder y, aunque no era una tramposa, buscaba cualquier opción para lograr la victoria.

—¿Has ganado a tu padre alguna vez? —preguntó avispada.

—Mmm..., sé cómo conseguirlo —confesó Gabriele sin estar demasiado segura de ello, pero queriendo alargar la complicidad con aquella niña que a ratos le recordaba a ella—. Aunque es muy bueno —sugirió sin querer darle falsas esperanzas.

—Sí, pero está confiado y no sabe que me vas a ayudar. —Cloe le guiñó un ojo y anduvo por el prado siguiendo a su abuelo, que iba mirando al cielo con los prismáticos. Todavía quedaba camino hasta llegar al lugar preciso para comenzar el avistamiento.

Gabriele, que había reconocido a Cloe como la hija de Uriel, se había sentido tentada de preguntarle por su padre, por su vida, por su retorno al pueblo. Pero la vergüenza le pudo, o el pudor de recordar que, siendo una adolescente un poco mayor que Cloe, fue rechazada por él.

—Abuelo, ya sabes que no debes caminar con los prismáticos. Hay muchas piedras en el sendero y te puedes caer.

A Gabriele le hizo gracia la relación de Cosme con su nieta. La trataba como a una adulta y ella como a un niño, pero estaban muy unidos. Presa de la curiosidad, decidió preguntar:

—¿Y tú vives en el pueblo o estás de visita?

—No, vivo aquí con mi abuelo y mi padre desde que mi madre murió. Por cierto, me ha dicho mi abuelo que se te ha muerto tu madre. Lo siento mucho.

—Sí, muchas gracias.

Aquellas muestras de cariño y condolencia de una niña devolvieron la mente de Gabriele a la carta por la que se acababa de enterar de que tenía un hermano pequeño. Según sus cálculos rápidos, debía de tener veintiocho años.

Siempre había querido tener hermanos, pero sus padres no pudieron o su madre no quiso tener otro hijo más. Estaba furiosa con ella porque ahora cualquier recuerdo que le venía a la mente no sabía si estaba sostenido por una mentira o por la verdad.

Gabriele siguió bajando, acompañada de Cloe, que interrumpía sus pensamientos con comentarios sobre su abuelo y su vida. Ella apenas la atendía y balbuceaba afirmando o exclamando para disimular. Al cabo de un rato, Cloe dejó de hablarle y se apartó de ella. Todos sentimos cuando nuestra vida deja de importarle a alguien, y Cloe se percató de que Gabriele se había perdido en sus pensamientos justo cuando se estaba abriendo a ella. Se retiró dolida. Pero el despecho a los niños les dura lo mismo que un enfado o un amor: un segundo.

Gabriele no lo notó porque seguía sumida en lo suyo, meditando sobre si debía contarle a su padre la verdad de lo ocurrido. Se acordó de que había dejado a su tía con la carta, pero prefirió seguir con el paseo. Miró el móvil: tres llamadas de su tía y varios mensajes de Luis insistiendo en que dejara Candeleda y volviera a Barcelona. Seguía dividida: por un lado quería quedarse, por el otro salir corriendo en ese preciso instante.

Llegaron al embalse, al llano. Allí Cosme se metió en el observatorio de aves conocido como las Tejoneras. Era una caseta de madera con varias troneras a diferentes alturas y unos bancos dentro para poder sentarse a esperar a que llegaran las aves.

—Esto es vida, Gabriele. Observar la naturaleza y aprender de ella. ¿Has visto alguna vez una grulla?

Gabriele sabía poco de animales, menos de aves. Siempre se había rodeado de asfalto e incluso el arte que más apreciaba era el urbano que destilaba alquitrán. La salvaba su poderoso olfato, que se acentuaba cada vez que estaba en el campo. Su capacidad torácica se ampliaba y se sentía a flor de piel. Solía cerrar los ojos y percibir cómo la naturaleza y sus sonidos la acariciaban y se comunicaban con ella.

—Todos los otoños e inviernos, estos pájaros recorren tres mil kilómetros para llegar hasta aquí. Vienen de pasar el verano en el norte de Europa. Se alimentan de bellotas y acuden a embalses como este para dormir. ¿Sabes cuál es la mejor hora para verlos? Cuéntaselo, Cloe.

Cloe había sacado su cuaderno de pintura y se había sentado en un banco dentro del observatorio. Fingió no haber oído a su abuelo, pero Cosme reconocía el estado de indiferencia al que se entregaba su nieta cuando algo no le había gustado.

—¿Cloe? ¿Me has oído? Cuéntale a Gabriele cuál es la mejor hora para ver las grullas.

—Cuando se está marchando el sol —respondió seria y en corto.

—A esas horas, cuando el agua se junta con la tierra —explicó Cosme moviendo los brazos con pasión—, el murmullo de las bandadas de grullas llegando a su refugio rompe el silencio. Se puede observar desde aquí su majestuoso vuelo y su planear sobre la fina capa de agua. Estos animales son muy especiales. ¿Sabes por qué?

Cosme le contó a Gabriele que las grullas son aves sagradas en Japón. En su arte de papiroflexia, esa ave es la más común como portadora de suerte y paz para quien lo reciba.

—Se dice que si un japonés llega a hacer mil grullas de papel, su deseo se cumplirá. ¿Qué te parece?

—Un poco excesivo, ¿no?

—Bueno. —Cosme se sorprendió por la franqueza de Gabriele—. Aquí hay quien camina no sé cuántos kilómetros y días para llegar a Santiago. Es cuestión de fe, todo es cuestión de fe. ¿Tú en qué crees, Gabriele?

Aquella pregunta le llegaba en un mal momento, sobre todo después de la decepción que se había llevado con su madre.

—Desde luego, en el ser humano no. Somos egoístas por naturaleza y no nos importa hacer daño con tal de salvarnos nosotros.

A Cosme aquella respuesta le interesó lo suficiente como para que dejara los prismáticos y se apartara del mirador para atender a Gabriele. Conocía muy bien a su padre, se habían criado prácticamente juntos aunque perdieron el contacto cuando Félix se fue a la ciudad, y Gabriele le recordaba cada vez más a él. Tozuda, ingenua y al mismo tiempo tan noble que cualquier brisa del viento le parecía un delito.

—Los rasguños del alma no siempre tienen dueño. A veces se despiertan para que aprendamos lo que hemos venido a hacer en esta vida.

—¿Tú también eres budista, como mi madre?

—No, yo no soy de ninguna religión, pero sé en qué creo, cosa que me da que tú no.

—Ahora mismo yo no creo en nada.

Gabriele salió del observatorio y echó a andar movida por el furor repentino que se le había subido a las mejillas. Cogió el móvil, que no había dejado de vibrar. Tenía nuevas llamadas de su tía y de su padre. Le daba vértigo mantener una conversación porque seguía enrabietada. En menos de cuatro días, su vida se había empezado a deshacer y ya no podía reconocer lo que era real y lo que no. No podía dejar de pensar en que tenía un hermano del que ni siquiera sabía el nombre y una madre muerta a la que antes adoraba pero en la que ahora no podía pensar sin rechazarla.

El camino de vuelta de los tres fue menos animado. Cloe continuaba muda y había dejado de sonreír. Su abuelo sabía reconocer que algo la había molestado, pero prefería que terminara por soltarlo ella misma. Gabriele también se había dado cuenta del cambio de actitud de Cloe, pero no le dio mayor importancia. Pensó que eran cambios propios de una niña. Cosme observó a Gabriele todo el trayecto: iba encogida de hombros, y con demasiada frecuencia se recogía los brazos sobre sí misma y delataba que había mucha preocupación y angustia en su interior.

—¿Te gustan los caballos?

Cloe miró con enfado a su abuelo porque sabía que estaba a punto de invitar a Gabriele, y no estaba demasiado conforme. Gabriele dejó de caminar para responder sin palabras ni curiosidad a Cosme.

—Mi hijo tiene un curioso santuario de caballos. El sueño de su vida. Los adopta cuando ya nadie los quiere y los sana. Mi nieta le ayuda cuando sale de la escuela. Además, está hecha toda una maestra en la materia, ¿verdad?

Cloe se dedicó a mirar al suelo y a darles patadas a todas las piedras que encontraba. No le apetecía responder, ni siquiera participar de la conversación, y mucho menos de la invitación que su abuelo estaba a punto de hacerle a Gabriele. Gabriele se tensó un poco ante la posibilidad de coincidir con Uriel después de tantos años. Tras aquel beso frustrado, apenas se habían vuelto a ver de lejos algún verano. Luego Uriel desapareció por el mundo y ella se instaló en Barcelona. La vida los había cambiado a los dos, pero cada vez que oía algo que tenía que ver con él sus sentidos se ponían en alerta.

—¿Por qué no vienes un día a conocerlo? Estoy seguro de que te encantará. ¿Verdad, Cloe?

Cloe afirmó sin entusiasmo, llamando de nuevo la atención también de Gabriele. Aunque se había pasado todo el camino de vuelta con una cara tan larga como la suya, comenzaba a pensar que algo había ocurrido con ella.

—¿Estás bien? —le preguntó antes de despedirse—. Recuerda que tenemos una misión.

Cloe levantó la cabeza para mirar a Gabriele. Se tomó su tiempo para responder, pero si algo la caracterizaba era su sinceridad.

—No me gusta hablarle al viento, ¿sabes? Me he pasado media hora contándote cosas y has fingido que atendías. Te has creído que no me he dado cuenta, pero te has equivocado. Te he preguntado si tú también volabas y me has dicho que sí y te has quedado tan ancha.

Gabriele se quedó de piedra al recibir la reprimenda de aquella niña que había sido encantadora con ella durante un trozo del camino. Cosme observó la escena con orgullo. Su nieta, como él, decía las cosas tal y como las sentía y, aunque él no se había enterado de aquel desplante de Gabriele, sonrió al comprobar cómo Cloe resolvía la situación.

—Lo siento mucho. Tienes razón. No tendría que haber fingido que te atendía, sino contarte la verdad. Esta mañana estoy muy distraída y me cuesta escuchar. Se me van los pensamientos y estoy algo confusa. Lo siento mucho. No quiero que pienses que soy así.

Cloe se fue aflojando con las explicaciones de Gabriele y comenzó a cambiar el rictus de la cara. Era muy sensible y no le gustaba que los adultos se refugiaran en la mentira o en las excusas que creían que nadie descubriría.

—Pues dibuja. Yo, cuando estoy emborronada, pinto. ¿Sabes pintar? Si quieres te enseño. Tú al ajedrez y yo a pintar. ¿Qué te parece?

Cloe volvió a dejarla sin palabras, como si de un modo extraño aquella niña la conectara con ella cuando tenía su edad. Gabriele solía pintar todos los días un cuadro hasta que dejó de hacerlo sin saber por qué. En tan solo unos segundos, viajó a su habitación en Madrid, que tenía las paredes cubiertas de folios pintados por ella. Era un gran *collage* y cuando sus amigos iban a estudiar a su casa se lo presentaba como su primera exposición. Cloe había sacado el cuaderno donde pintaba y le enseñó con emoción otra de sus pasiones.

—Este es mi diario pintado. Soy una *urban sketcher*. Y

cuando sea un poco más mayor, mi padre me ha prometido que me dejará ir a un viaje con otros *sketchers* para dibujar. Estoy aprendiendo, pero intento contar en dibujos lo que vivo.

Cloe señaló la última hoja del diario y mostró un esbozo de una mujer en medio del prado contemplando el embalse. Había hecho su último dibujo mientras su abuelo avistaba las grullas y Gabriele se perdía en sus pensamientos en el pantano.

—No lo he terminado, pero esta eres tú. Te he puesto de espaldas porque todavía no me salen muy bien las caras. No todos los días en el pueblo se conoce a alguien nuevo. Eso es algo como para reflejarlo en el diario de una *urban sketcher*, ¿no te parece?

Era la primera vez desde que había llegado a Candeleda que sintió cómo la ingenuidad de alguien le despertaba la suya propia. Mientras contemplaba el cuaderno de viaje con dibujos de Cloe, sintió curiosidad por saber.

—¿Y este es tu primer cuaderno de *sketcher*?

—No, es el segundo. Llevo poco dibujando las cosas que me pasan, pero quiero convertirme en una *sketcher* profesional de las que se juntan con otros en ciudades de todo el mundo.

Gabriele conocía el movimiento de los *urban sketchers*, pero nunca había conocido a uno, y mucho menos a una niña.

—Muchas gracias. Es un dibujo precioso.

No esperar es recibir con seguridad. Sin saberlo, Cloe acababa de despejar los nubarrones de Gabriele, que había visto claramente qué camino debía seguir. Gabriele volvió al Pimentón decidida a permanecer en aquel pueblo todo lo que pudiera y a postergar la entrevista de trabajo con la que Luis la chantajeaba para que regresara a

Barcelona. La carta de su madre lo había cambiado todo. Su mente la ocupaba una sola cosa: encontrar a su hermano. Para ello necesitaba la ayuda de su tía y decidir si su padre debía ser o no cómplice de ello.

6

Apenas faltaban unos cuantos kilómetros para llegar a Madrid. Los coches se habían multiplicado en cuestión de minutos y la tensión en la carretera se palpaba en cada adelanto. El asfalto se había comido al campo para dar paso a la hormigonera de cemento y polvo, de edificios, de grúas, de ruidosas obras y tráfico lento. La Sole, Gabriele y Candela, tres mujeres de distintas generaciones, se abrían paso hacia la gran ciudad.

—Odio la ciudad. La gente tiene cara triste. Vivir aquí es un castigo, no una modernidad.

Candela iba de copiloto en el coche. Conducía la Sole, y atrás, con el cuerpo encogido y los pies en alto, sobre el asiento, estaba Gabriele, que se había pasado la mayor parte del viaje revisando wasaps en el móvil. Luis y ella habían discutido la noche anterior y eso la había dejado con el ánimo bajo. La impulsividad no es buena consejera ni conciliadora, porque suele terminar en desastre.

—Y ahora Luis no me habla...

En dos días debía presentarse en Barcelona a la entrevista de trabajo que le había conseguido Luis y seguía dividida entre la necesidad de irse y la de resolver las ecuaciones nuevas que le habían surgido. En ese momento toda su atención estaba centrada en lograr saber más sobre el bebé que su madre había abandonado. Había decidido, con la ayuda de su tía, tratar de localizarlo, y Barcelona quedaba cada vez más lejos de sus planes.

La única pista que tenían era doña Lola, la modista que había querido a su madre como a una hija y que sufrió el rodillo del olvido. Los pensamientos de Gabriele funcionaban como los péndulos: conectados a los extremos, sin reparar en los grises. Pasaba de creer que había sido una buena idea ese viaje relámpago a Madrid a espaldas de su padre y de todos, a venirse abajo, incapaz de confesarle a su tía que le parecía que quizá se estaban equivocando. Su estado emocional era tan variable como la nubosidad que atravesaban en una carretera cada vez más colapsada de coches.

—¡Los tíos son unos egoístas! —Candela respondió de inmediato, interrumpiendo los pensamientos de Gabriele—. Rubén no ha dejado de ir a la universidad aunque sabía que iba a verle. Solo tenemos unas horas para estar juntos. ¿Dónde está la empatía?

Candela y Gabriele, a pesar de la diferencia de edad, habían conectado en la rebeldía de quien siempre cuestiona lo establecido, las normas o las creencias. Ambas sentían los cruces caprichosos donde los deseos propios arrollan como una apisonadora las necesidades de los demás. Candela quería pasar el mayor tiempo posible con Rubén: era su deseo y cualquier cosa que se lo impidiera constituía una injusticia. Lo mismo le ocurría a Gabriele, metida en la centrifugadora de resolver el lío familiar: cuestionaba el enfado de Luis si ella decidía al fin faltar a la entrevista de trabajo. Cualquier cosa que sucediera en sus vidas, por pequeña que fuera, era una justificación suficiente para que se parara el mundo. Si los demás no se paraban, carecían de empatía. La Sole conocía el temperamento huidizo de su sobrina y la inmadurez disfrazada de arrojo de Candela.

Los años te regalan la distancia para comprender que gastamos muchas palabras y solo vivimos unas pocas. Pero a veces, en lugar de eso, nos resistimos a poner en palabras la evidencia. Ella misma, con todo lo que sucedía, sentía el revuelo en su interior. Lo que durante años le había parecido bien, ahora comenzaba a atragantársele. Sus silencios, su conformidad, su cobardía. Las verdades silenciadas por su cuñada y su hermano habían modificado su vida. Como la de su sobrina, a la que veía confusa y perdida entre lo que había creído y lo que realmente fue. Al negar su relación con Ada, la Sole también estaba alterando la realidad y provocando confusión y dolor a los que más quería, sobre todo a Ada. Aunque hubiera aceptado vivir de aquel modo, a veces discutían porque ella carecía de un lugar en la familia.

—Pero yo te quiero, y eso es lo que más tiene que importarte, Ada.

—Es lo que más me importa y por eso estoy a tu lado. Pero me siento ausente de una parte fundamental. Ser vínculo. Ser de verdad familia.

Hacía tiempo que Ada había tirado la toalla, pero a veces el silencio es el mayor reactivo de todos. Así había ocurrido. Algunas noches, la Sole se despertaba de madrugada, encendía la luz de lectura y en la media penumbra observaba a Ada mientras dormía. Contemplaba a la mujer que llenaba su corazón y la comprendía más allá de ella misma. Más allá de esa capa dura y áspera que la recubría, tan propia de los Gallego Bermejo. Parca en palabras como su hermano, de pocos cariños y demasiadas respuestas secas. Ada solo le pedía evolucionar como lo había hecho la sociedad para que gente como ella dejara de ser invisible.

La Sole comenzaba a no verle el sentido a tener su vida escondida en una caverna, pero desde hacía unos meses le aterraba dar el primer martillazo para romper la muralla intangible que había creado entre ellas dos y el mundo.

De las tres fue la que se mantuvo más callada durante el viaje. Prefirió escuchar y seguir mirando dentro. Solo expresaba su angustia con pequeños movimientos: agarrar con fuerza el volante, morderse el labio inferior, fruncir el ceño sin que viniera a cuento, volver a agarrarse al volante con fuerza. Las tres viajaban en esencia por dentro y por fuera. Arañando vidas, añorando vidas. Sin saber que a cada paso dibujaban su presente, muchas veces ausente de lo fundamental y lleno de palabras que construían el escudo opaco que escondía los verdaderos miedos.

Rubén se había enterado la noche anterior de que Candela iba a verle y, por cabezonería o tontería, se negó a saltarse las clases solo porque ella se lo pidiera.

—Tengo una prueba importante. Podrías haberme avisado con más tiempo, ¿no?

Cuando la desconfianza sobrevuela, toda reacción se convierte en una evidencia que confirma las ideas paranoicas sobre las que se construyen los recelos.

—¿Es lo único que tienes que decir a que sea yo la que decida ir a verte después de tres semanas sin vernos?

Candela no entendía a Rubén, pero tampoco se preocupaba por entenderlo. Estaba convencida de que todo tenía solución y, de no tenerla, simplemente había que mirar a otro lado y buscar otra cosa. Gabriele se dio cuenta nada más verla. Sus excentricidades y su ropa moderna casaban a la perfección con quien todavía no ha sufrido su primera herida de amor.

—A los tíos hay que espabilarlos, ¿sabes? Y mi Rubén necesita verme y un revolcón bien dado.

Observando su cuello despejado, su negro cabello recogido en una coleta alta y cómo se movían los enormes pendientes blancos de aro que llevaba, Gabriele compartía el miedo de Candela de no ser querida. Pensó en Fede, en lo estúpido que es querer parecer fuerte si eres de cristal. Cuando el lado oscuro de Cupido se apodera de ti con una flecha de amor envenenada, no es fácil arrancártela y seguir viviendo como si nada hubiera ocurrido. Habían pasado diez años y Gabriele seguía sintiendo la flecha clavada de Fede, aunque se protegiera con la ira de los cobardes. Pensó en su madre. En aquellas tardes de sofá, de confidencias y caricias, de miradas de ánimo, de palabras dulces. Era un revoltijo de emociones, un tobogán de saltos de agua entre la rabia y la tristeza, entre el miedo a su ausencia y las ganas de huir del dolor que se le había colocado en el pecho y que, aunque peleara, no había forma de quitárselo. Gabriele cerró los ojos queriendo volver a ser aquella niña curiosa que, en el coche, interrumpía conversaciones con preguntas atropelladas, que pedía la música alta para crear sus propias coreografías y que acariciaba el cabello de su padre mientras contemplaba cómo le sonreía con los ojos desde el retrovisor. Su primer amor, tan obvio y tan real como él: su padre. Protegida por quien llevaba el timón, por quien creía que era su fiel guardián. Aquella sonrisa inocente y risueña se había transformado en un amago de amargura destilada por los años de huida, en un rictus carcomido por la tensión. Su bonito pelo largo ahora estaba desaliñado por haber dejado de querer y de quererse. Se cruzó con su propia mirada en el reflejo del cristal de la ventana y sintió los gatos de la tristeza arañando su estómago. Había tenido esa sensación otras veces, pero enseguida lograba distraer la atención. Sin embargo, aquella mañana siguió observándose, comprobando cómo las decisiones ciegas apagaban la ilusión en su rostro.

Candela seguía hablando de Rubén en un monólogo sobre el manejo de las emociones y lo fácil que es entender a los hombres. Ignorando que el amor es una flor que todos deseamos poseer pero a la que pocos saben darle el riego y el cuidado que necesita. En su manual invisible, Gabriele había marcado a fuego la creencia equivocada de que quien más te quiere terminará mintiéndote. Confirmar que su padre había sido el engañado había producido un cortocircuito en su mente, dinamitando las creencias sobre las que había forjado su personalidad.

¿Y ahora qué vas a pensar de las mujeres?
Toda la vida odiando a los hombres..., ¿y ahora qué?

Luis sacaba su cinismo más dañino cuando no se hacía lo que él creía y se hablaba demasiado de los lazos familiares. Había perdido a su madre siendo un niño, y su padre, un prominente abogado de la zona alta de Barcelona, lo había alejado de su vida por el simple hecho de que Luis era homosexual.

Pues no sé... ¿Qué quieres decir?

Bueno, solo hace falta repasar tu vida sentimental para darse cuenta: huyes del amor, y te jodes y jodes la vida. Así de sencillo.

No soy como tú, Luis. Aunque lo creas, no
jodo por diversión.

¿Por compasión?

¿Por qué estás así conmigo? ¿Qué he hecho
ahora? Es que no lo entiendo. He perdido a mi
madre, he descubierto que nos abandonó
cuando era pequeña y que dio a un bebé en
adopción. ¿No podrías ser un poco más
considerado conmigo?

Podría, Gabriele, podría. Pero tú siempre
pides mucho y a veces tienes que ponerte
en la piel de los demás. Llevas casi dos
semanas sin preguntarme nada sobre mi
vida. ¿Te has parado a pensar qué podría
haberme pasado en Milán con el japonés?
¿Cómo me siento porque mi último
amante me haya enviado a la mierda?
¿Cómo me puede revolver que me hables
de tus temas familiares porque yo no sé
nada de mi padre desde hace veinte años?
Me he dejado la piel para conseguirte un
trabajo y ahora me dices que puede que
no sea el momento. Vives en mi casa como
casi todas las veces que decides que se ha
terminado tu vida con alguien... ¿Qué más
quieres de mí? Entiendo que todo lo que
te está ocurriendo es muy importante,
pero la vida también se le mueve al resto, y
es igual o más importante.

No somos justos porque la justicia es una invención convencional, un mero deseo inalcanzable. La discusión de la noche anterior con Luis había sido similar en forma a las anteriores, pero no en el fondo. Gabriele estaba distinta y reaccionó distinto: calló y atendió los reproches de su amigo, tratando por primera vez de entenderlo. Llevaba todo el viaje releyendo los wasaps y observando el peligro de dejarse llevar por las emociones. Seguía oyéndose de fondo a Candela vaticinar la historia con su novio.

—Yo creo que Rubén antes del verano me va a pedir que me case con él. —Lo dijo después de un silencio abrupto de las tres en el coche. A veces la verdad se cuela en medio de la confusión. A todas les sorprendió la confesión de Candela—. Pero primero tenemos que ponernos de acuerdo con el tema de vivir en la ciudad. No se puede querer estar en la ciudad y tener una novia que quiere estar en el pueblo.

La Sole y Gabriele prefirieron la escucha a la sinceridad. El amor es un sentimiento muy íntimo y frágil que necesita de sumo cuidado y respeto.

—¿Puedo acompañaros mientras le espero?

—No —respondió la Sole en corto y sin dar más explicaciones. Gabriele no reaccionó a la contra de su tía porque no entraba en sus planes que Candela las acompañara a ver a doña Lola. Tía y sobrina habían decidido no contarle a nadie el motivo real de su viaje a Madrid. Tampoco a Candela. La Sole había mentido a Ada y a Cosme, y Gabriele había puesto una falsa entrevista de trabajo como pretexto para no decirle la verdad a su padre.

—¿Vas a volver a vivir en Madrid? ¿Has pensado en dejar Barcelona? —le había preguntado Félix por la mañana antes de que Gabrielle se fuera a Madrid.

—No lo sé. Necesito encontrar un trabajo pronto.

—¿Te vas a quedar un tiempo por aquí, entonces?

—No lo sé. Con la carta de mamá todo ha cambiado. Necesito ordenar mi cabeza.

Gabriele sabía por la mirada esquiva de su padre que seguía empeñado en desconocer los detalles. Seguía sin preguntar.

Aunque Gabriele lo ignorara, Félix se había quedado rumiando la decisión de su mujer de revelarle a su hija el pasado enquistado que tanto daño les había hecho.

—¿Te ha explicado qué decía la carta? —le preguntó Cosme a Félix.

—Le dije que no quería saberlo. Aquello pasó hace muchos años. No quise saberlo entonces y no quiero saberlo ahora. No sé por qué se lo ha tenido que contar.

Cosme era consciente de cuánto había sufrido su amigo por aquel episodio mal resuelto. Los dos habían salido a pasear para airear los pensamientos y buscar respuestas. Cosme fue de los pocos que estuvo junto a Félix durante el abandono y, a la vuelta de Greta, el único que le recomendó que llegara hasta el final. Pero no siempre estamos preparados para asumir las consecuencias de lo real, y Félix estaba dispuesto a todo menos a perder a Greta.

—¿Y vas a poder vivir toda tu vida sin querer saber nada?

Cosme sabía que a veces no somos dueños de nuestras decisiones porque las creencias deciden por nosotros.

—¿No crees que desde que Greta supo que se estaba muriendo orquestó un plan?

—¿Por qué dices eso? Cosme, hoy no necesito de tu magia —le comentó contrariado Félix.

Acostumbrarte a silenciar las piedras de la vida te convierte en un ciego. En cuanto hubo soltado la pregunta, Cosme sintió un pinchazo de arrepentimiento que se esfumó al ver la reacción en el rostro de su amigo. La vida le había enseñado a estar alerta cuando mostramos, decimos y hacemos cosas distintas. En aquel soplo de vida comprobó que sus sospechas sobre Greta no eran infundadas, solo insuficientes.

Los dos amigos detuvieron su camino con el silencio previo a una revelación.

Iban acompañados de *Greco* y *Menina*. Llevaban dos horas de charla cuando llegaron al santuario de caballos de Uriel para tomar el aperitivo y esperar el nacimiento de un potrillo. En los pueblos siempre hay un motivo para juntarse, conversar bajo un árbol y compartir confidencias. Aquellos dos hombres que se acercaban a los setenta habían recorrido juntos muchos kilómetros de tierra y sentimientos. Félix estuvo al lado de su amigo cuando su mujer perdió la vida y a él se le cayó el mundo. Encontró el sustento en un niño de apenas ocho años y las respuestas le llegaron del cielo, ilegibles para la mayoría. Ahora era Félix quien debía encontrar la cuerda para agarrarse a la vida, y Cosme sabía que esa cuerda pasaba por su hija Gabriele, aunque se resistiera a reconocerlo.

—Greta me ha dejado una carta también a mí —le confesó Félix.

Cosme esperó un tiempo en silencio para dejar que continuara solo, pero Félix se perdió en el follaje del bosque, en contar los pasos para no tener que explicar por qué seguía sin abrir esa carta.

—No puedo. No soy capaz de despedirme de ella todavía. He intentado hacerte caso y ver si me habla, pero no lo consigo, Cosme. Ojalá creyera más en lo que tú crees.

—Te entiendo —dijo, apoyando una mano sobre su

hombro para tranquilizarlo—. Un sobre con el último suspiro de quien amas es un tesoro demasiado preciado como para sorberlo en el primer trago. Ojalá lo hubiera tenido de mi Asun. Encontrarás el momento para leer la carta. No te precipites.

Cosme conocía perfectamente la desolación de sentir que has perdido la vida sin haber muerto. A pesar de todos los problemas de un pasado revuelto, Félix y Greta, desde que se habían instalado en Candeleda, se sentían tan unidos como en sus primeros meses de noviazgo. Invencibles incluso ante la muerte, o al menos así lo quiso creer Félix.

—Sabía que Greta estaba enferma y que se estaba muriendo —prosiguió Félix sin levantar la vista del suelo. Cosme miró al cielo, aliviado porque su amigo había comenzado a aflojar revelaciones—. Jamás me lo dijo, y yo no se lo pregunté. No estaba preparado para preguntárselo. Ya sabes que la valentía no es lo mío. Siempre me he escondido de todo lo que no me gusta.

Las mentiras, cuando se aceptan, dejan de serlo y se convierten en proyecciones necesarias para sobrevivir. Los dos amigos se sentaron en una gran piedra que, con la erosión de los años, se había convertido en un perfecto banco de confidencias.

—Llevaba muchos meses hablando sobre la muerte e insistiéndome para que resolviera mis problemas con Gabriele. Sabes que nunca se me ha dado bien levantar la cabeza y hablar desde aquí. —Señaló su corazón—. Yo soy un hombre educado en la tradición, y sabes muy bien que en mi familia tenemos la costumbre de no comentar lo que duele.

Cosme bebió agua de la cantimplora y se llenó los pulmones de oxígeno, sintiendo que aquella mañana Félix comenzaba a encauzar su vida.

—Supe que se moría porque le cambió la mirada y dejó de hacer planes para enfocarse en los míos. Pero jamás pensé... No podía pensar que... ¿Tan rápido?

Una vida es demasiado corta para el amor verdadero y por eso las almas vagan por las distintas existencias buscando desesperadamente a su otro yo. Una leyenda japonesa habla de un hilo rojo invisible que conecta a las personas que están predestinadas a encontrarse. Por muchas vueltas que dé la vida, terminarán coincidiendo y, aunque se alejen, ese hilo se expandirá a través del infinito espacial y nunca se romperá porque a veces una ausencia no es vacío, sino plenitud. Cosme siempre le recordaba a todo el mundo aquella leyenda, y aquella mañana también se la contó a Félix. Había desarrollado la capacidad para ver cuándo el hilo rojo se iluminaba después de que se produjera el esperado encuentro entre los dos polos. Félix y Greta estaban condenados a encontrarse y, aunque sus vidas hubieran sido una madeja de desencuentros y silencios, seguirían infinitamente conectados. Incluso después de la muerte.

—Me lo confirmó el doctor después de morir Greta. Hacía un año le habían diagnosticado un tumor inoperable en el cerebro. Solo era cuestión de tiempo que comenzaran los síntomas. Me preguntó si no me había percatado de los cambios en ella. Greta se desmayaba con frecuencia, a veces se quedaba con la mirada perdida e incluso las últimas semanas tenía dificultades para recordar. Reparé en ello, Cosme, pero no le dije nada porque no sabía cómo afrontarlo. Solo con pensarlo me moría de miedo.

Félix no podía perdonarse no haber luchado junto a ella. Cuando tratamos de aceptar una pérdida, buscamos erróneamente, en el horizonte infinito de posibilidades, el camino que hubiera evitado el desastre. Greta y Félix llevaban mucho tiempo conviviendo con la costumbre de anular el dolor a base de ignorarlo. Quiso llevarla al médico en alguna ocasión, pero ella siempre se recomponía y le contemplaba con ojos suplicantes para que no la obligara. El silencio cubría las evidencias.

—Estábamos tan felices... —Félix no podía dejar de llorar mientras soltaba todo lo que había acumulado desde que su mujer falleció—. No puedo dejar de pensar que quizá estaría viva si yo hubiera insistido en que fuéramos al médico. Pero tú sabes que Greta no era fácil de convencer y ella no quería.

—¿Qué más te dijo el médico?

—Que fue lo mejor para ella. Morir sin sufrir. No había tratamiento y el proceso degenerativo podría haber sido lento y muy doloroso. Pero a mí se me ha muerto mi vida, y lo peor es que no entiendo por qué Greta se ha empeñado en revolver el pasado. No lo entiendo, Cosme, y no sé si quiero seguirla en esto. No sé si puedo.

Los dos amigos continuaron recorriendo el sendero de encinas y plantas salvajes hasta llegar al santuario de caballos de Uriel.

—¿Cómo está Uriel? —preguntó Félix.

—Excesivamente ocupado en curar caballos... No sé si volver al pueblo ha sido lo mejor para él.

Uriel también había tenido que reconstruirse, y el santuario había sido su cuerda de salvación cuando perdió a su esposa. Otro herido de ausencia, pero demasiado joven, según Cosme, para alejarse del poder curativo del amor.

—¿Por qué lo dices? —preguntó Félix.

—Porque ya ha sufrido demasiado repitiendo karma conmigo. Los dos enviudamos. Pero debe pasar página y rehacer su vida. Alicia, la profesora de Cloe, está por él y harían una pareja estupenda.

Cuando su amigo se ponía a hablar de aquel modo, a Félix le costaba seguirlo, pero comprendía el disgusto. Los dos, padre e hijo, se habían quedado viudos y a cargo de una criatura.

—Quiero para él lo mismo que tuve yo. Una segunda oportunidad.

Uriel llegó trotando a caballo para recibir a los dos amigos, que llevaban el paso rezagado esa mañana.

—¡Buenos días! Estaba ya pensando que no vendríais... ¡Casi es la hora de comer!

Uriel bajó del caballo y saludó a Félix con un fuerte abrazo. Poco más se podía hacer en esas situaciones.

—¿Quieres montar a *Pegaso*, papá? —Lo dijo guiñándole un ojo a Félix porque intuía que su padre llevaba toda la mañana con palabras intensas.

—Hijo, Félix y yo andábamos justo en medio de una conversación. No me gustaría que se perdiera.

Uriel sonrió al ver que no se había equivocado. Volvió a subir al caballo para seguir ejercitando a *Pegaso*, que andaba recuperándose de una lesión en una de las patas delanteras.

—Os dejo con esa charla, pero no te demores demasiado. ¿Has visto cómo camina *Pegaso* ya?

—Sí, hijo —dijo Cosme medio desatendiéndole—. Es un campeón, igual que tú.

Mientras veía cómo Uriel se alejaba, Cosme trató de retomar la conversación para explicarle a su amigo qué eran los ciclos heredados y por qué era necesario romperlos.

—A eso se le llama tener el mismo karma... ¿Entiendes? Como tu hija.

—¿Mi hija? ¿A qué viene eso ahora, Cosme? No empieces con tus cosas que ya sabes que yo no entiendo.

—Sinceramente, creo que Greta, allí donde esté, lo ha preparado todo para ayudarte.

Félix volvió a detenerse y a mirar al suelo. *Greco* y *Menina* comenzaron a ladrar, protestando por el alto en el camino. Deseaban llegar al santuario, provisto de agua y comida para ellos también.

—Gabriele me ha dicho que se ha ido a Madrid porque tiene una entrevista de trabajo.

Ninguno de los dos necesitó verbalizar la evidencia. Sabían que no había ni entrevista ni trabajo, pero desconocían el motivo por el que la Sole y ella habían salido precipitadas a Madrid. Cosme solo tenía una certeza: la Sole nunca dejaba el Pimentón sin un buen motivo.

—Félix, a su vuelta tienes que hablar con ella. No puedes seguir así. ¿Me oyes?

—Cosme, yo creo que mejor...

—Debes aceptar que la lejanía de tu hija es una de las mayores tristezas que llevas a cuestas, y hay que acabar con eso.

Padre e hija tenían exactamente el mismo sentimiento de frustración el uno con el otro, pero su hilo rojo había vuelto a vibrar, aunque todavía no fueran conscientes de ello y quedaran muchos nudos por deshacer. La bobina había comenzado a moverse y no había quien la detuviera. No solo Cosme se había dado cuenta, sino también la Sole, que metida en el coche y en sus pensamientos empezaba a ver la luz en los motivos por los que su cuñada la había metido en aquello. La respuesta se la había dado Ada por la mañana sin tan siquiera conocer los detalles de lo que ocurría.

—Ella quiere uniros. Contar contigo es un modo de pedirte perdón por lo que te hizo a ti también.

Le había llevado unos días descubrir que doña Lola no solo seguía viva, sino que además vivía en Madrid, cuidada por dos internas. Era una anciana de casi noventa años, de cuerpo rendido, pero, por suerte para ellas, de mente brillante que permanecía a pleno funcionamiento. La Sole consiguió su teléfono y logró que doña Lola aceptara la visita, aunque insistía en que no sabía nada. Los ancianos son especialistas en excusarse en la falta del recuerdo para no tener que hablar de lo que no desean. Doña Lola se había enterado de la muerte de Greta y deseaba darle el pésame a Gabriele, a la que había conocido de pequeña.

—No os preocupéis, déjame a la altura de la calle San Bernardo —soltó Candela con recelo al comprobar que la Sole y Gabriele no aceptaban su compañía en sus encargos por la ciudad—. Me voy de compras por Malasaña. Necesito airearme y pasear antes de encontrarme con Rubén.

Gabriele y la Sole respiraron aliviadas, aunque vieron en la cara de Candela que no comprendía por qué no podía acompañarlas a una entrevista de trabajo o al pago de unos impuestos por la herencia de Greta. Candela decidió atender a sus caprichos de chica de pueblo en la ciudad. Era lo único que le llenaba los pensamientos y, por suerte para la Sole y Gabriele, dejó de insistir en lo de ir con ellas.

—¿Nos encontramos a las cinco en la misma esquina donde te dejamos?

Se despidieron intuyendo que el día podía ser de los que no te lo ponen fácil. Candela se perdió entre el gentío, a paso ligero, evitando mirar atrás.

—Consulta en mi móvil la dirección y ponla en el navegador —dijo la Sole apresurada.

Gabriele, que se había sentado en el asiento de copiloto al irse Candela, buscaba con ansia la dirección de la casa de doña Lola. A las dos se les había tensado el cuerpo tras abandonar el disimulo. Ahora debían enfrentarse al verdadero motivo de su viaje a Madrid: dar con el hermano de Gabriele.

—¿Quieres que conduzca yo, tía? A ti la ciudad te muerde.

—No empieces como tu padre y céntrate en lo que estamos.

Se dirigían a Blanca de Navarra, una pequeña calle señorial en el barrio de Almagro, repleta de grandes portales de edificios elegantes. Era una de las supervivientes de un Madrid que, aunque desaparecido, sigue vivo en lugares como ese y en personas como doña Lola. Después de haber aparcado a regañadientes la ranchera en un parking subterráneo, las dos mujeres se dirigieron a paso ligero hasta el número diez de la calle. La Sole se detuvo en la descomunal entrada, antiguo paso de los carruajes, y levantó la vista para hacer un recorrido por el esplendoroso edificio de blanco marfil.

—Buenos días, vamos a la tercera planta. A ver a doña Lola Uribe.

Un hombre uniformado con pantalón azul marino y camisa blanca salió de una pequeña garita. Colocándose las finas gafas metálicas sobre la nariz, las escudriñó con la extrañeza de no haberlas visto nunca. A los porteros no suelen causarles buena impresión los desconocidos, y más si acuden a visitar a una anciana.

—¿Las está esperando la señora Uribe?

—Sí, y el caso es que llegamos diez minutos tarde.

La Sole respondió molesta por el tono y la desconfianza del portero al verlas, cerrándoles el paso con su cuerpo para evitar que entraran antes de cerciorarse de si eran bienvenidas.

—Un momento, por favor.

Gabriele se lo tomó como parte del protocolo de una finca regia y se dedicó a no perder detalle del amplio vestíbulo de sillones de cuero verde, descomunales espejos y madera de roble rebozando un metro de las paredes. Hay lugares varados en el tiempo donde la modernidad se esfuma para perpetuar lo que fue y ya no será. La Sole no despegaba su mirada del portero que, interfono en mano, aguardaba la confirmación de doña Lola. Hacía demasiados años que había abandonado la ciudad y en los pueblos aquella espera, lejos de ser respetuosa, era una ofensa mal entendida.

—Ya pueden pasar —dijo el portero, levantándose de nuevo para acompañarlas a uno de los dos ascensores metálicos—. La señora Uribe las está esperando.

Se abrieron las puertas y la Sole entró sin dedicar mirada ni palabra al portero, que no se había percatado de lo ofendida que se había sentido la Sole por la espera. Gabriele estaba nerviosa. Nunca hasta hacía unos días había vuelto a recordar a doña Lola y, aunque no pretendía animar la esperanza, sabía que aquella anciana podía ser la llave para dar con su hermano secreto.

—¿Estás segura de querer seguir con todo esto? Podemos huir. Todavía estamos a tiempo —comentó la Sole en el ascensor, antes de que sonara el timbre para avisar de la llegada a planta. Gabriele aprovechó el reflejo metálico de las paredes para recolocarse el pelo antes de que se abrieran las puertas.

—Yo ya estoy cansada de huir, tía.

Lo dijo al tiempo que cruzaba la puerta de la casa de doña Lola. Les abrió un hombre de maneras refinadas y serviciales que les dio la bienvenida. Inspeccionándolo todo a cada paso, la Sole y Gabriele transitaron en silencio por un largo pasillo de techos altos, papel floral en las paredes y un suelo de tarima flotante tan ruidoso como gastado por los años. El aroma a lirios, azucenas y jazmín que desprendían los radiadores de hierro camuflaba el rancio perfume de un espacio demasiado grande para una sola mujer. Gabriele, como siempre que llegaba a un lugar nuevo, activaba su sentido del olfato, convencida de que por él obtenía más información que por cualquier otro. La casa olía a limpio y a cuidado. Tras unas enormes puertas correderas que el hombre abrió con decisión, vieron una inmensa sala con cuatro balcones que daban a la calle y una gran chimenea de mármol encendida. Delante de ella, varios sillones y, en uno de ellos y de espaldas a ellas, una mujer de pelo rojizo recogido con un preciso ondulado.

—Doña Lola, las invitadas ya han llegado.

—Acércamelas, Marcelo, acércalas al fuego. Permitan que no me levante, pero las piernas a mi edad no están para formalismos.

La Sole y Gabriele se sentaron en un sofá de dos plazas de terciopelo verde dispuesto frente al sillón imperial de doña Lola. De mirada profunda, resguardada tras unas enormes gafas de pasta de concha, las saludó prestando atención a sus maneras y atuendos.

—La moda ha perdido las formas. Jamás hubiera pensado que unas deportivas se permitirían para vestir durante la visita.

La Sole cruzó los pies, sintiendo cierta timidez ante la apreciación de la anciana, que, por decoro, decidió no atender a sus desgastados vaqueros y sus, seguramente para ella, estridentes gafas de color verde. A Gabriele se le escapó la sonrisa por la pequeña reprimenda hacia su tía, pero permaneció en silencio, esperando los tiempos de la visita.

—Marcelo —dijo la anciana haciendo sonar una campanilla—, avisa para que nos traigan el té con las pastas y mi manzanilla con el agua tibia. Recuérdale a Magdalena que el agua no llegue al punto de ebullición, que siempre se le olvida.

Aquella mujer casi nonagenaria tenía un don de mando extraordinario para su edad. Apoyada sobre un bastón, lucía la manicura perfectamente hecha. Iba vestida con un traje chaqueta marrón y unos pendientes de perla, evidenciando los vestigios de una fuerte personalidad y una vida gobernada por ella misma. Envuelta por una aureola de sándalo, vainilla y miel intensa, se apreciaba en ella la huella del recién rociado perfume de bienvenida. Gabriele la miró con admiración, pues, a pesar de los años, no había perdido un ápice de coquetería.

—Tú debes de ser la hija de Greta —dijo mientras examinaba a Gabriele de pies a cabeza y se disponía a hablar para no ser interrumpida—. La última vez que te vi eras una niña. Seguro que ni te acordarás...

—Bueno, no demasiado... Mi madre falleció hace dos semanas. Ha sido todo muy rápido.

—Lo sé —la interrumpió mientras recogía temblorosa su taza de manzanilla de las manos de la doncella—. Mi querido Marcelo me anunció la noticia hace unos días. Perdimos el contacto hace muchos años, pero Greta para mí fue como la hija que nunca tuve... Yo la ayudé, pero ella decidió borrarme como si yo hubiera sido otro error en su vida.

La severidad de sus palabras se hizo silencio mientras doña Lola sorbía de nuevo su manzanilla y abandonaba su cansada mirada en el fuego de la chimenea. La Sole, adelantándose a la impaciencia de su sobrina, tocó la rodilla de Gabriele para señalarle que dejara correr el silencio.

Llegar a los recuerdos lleva su tiempo, y mucho más si el dolor está presente.

—¿A qué te dedicas? —preguntó doña Lola—. Me perdonarás que no recuerde tu nombre...

—Gabriele.

—La última vez que te vi no debías de tener más de seis años. Tienes cierto parecido a tu madre, aunque no la has superado en belleza. Greta tenía algo que la hacía ser especial a ojos de todos.

—Soy artista —respondió Gabriele con cierto pudor e incertidumbre. Hacía mucho tiempo que nadie le planteaba esa pregunta, y reparó en que no estaba preparada para responder.

—¿Artista? —Doña Lola la miró con dureza—. ¿Qué clase de artista eres? —Volvió a reposar su mirada rígida sobre ella. Gabriele comenzaba a sentir la incomodidad de contarle a una extraña su propia huida. «Seguro que una artista del fracaso», fue el primer pensamiento que su mente escupió para sí. La Sole interrumpió abruptamente.

—Doña Lola —dijo, adelantándose a cualquier respuesta inapropiada de su sobrina—, hemos venido para charlar con usted sobre una carta que Greta dejó a su hija al morir. Se lo comenté a Marcelo por telé...

—Sé muy bien a qué se debe esta visita —interrumpió con voz grave y seca—, pero no creo que sea bueno revolver el pasado. Además, yo ya soy una anciana y las lagunas de mi mente son cada vez mayores. Ahora ya no recuerdo lo que quiero, sino lo que se ha quedado aquí dentro. —Se señaló la cabeza.

Volvió el silencio. Esta vez Gabriele permaneció atenta, con la esperanza de que la anciana retomara el discurso. Era la única que podía tener información sobre lo que ocurrió, y no quería desperdiciar la oportunidad por una respuesta impaciente o inadecuada.

—Greta se dejó embaucar por un amor engañoso y casi lo perdió todo. Se lo advertí, pero no me hizo caso porque tu madre tenía demasiados pájaros en la cabeza. No le bastaba con estar aquí conmigo y trabajar en el taller. Ella soñaba con ser una mujer independiente y... ¡triunfar! ¡Triunfar!

Doña Lola abrió los brazos mientras recordaba el tiempo que pasó junto a Greta, los años de confidencias y aprendizaje.

—Fue mi mejor alumna y mi peor desplante. Para mí era la hija que nunca tuve. —Repetía de nuevo aquello que llevaba clavado en su interior desde que Greta volvió a casa con Félix y, obligada por su marido, decidió darle un portazo al pasado—. La llamé durante años y le supliqué que nos viéramos. Siempre he creído que ella me hizo culpable de que los padres de Julio se enterasen de todo. Creía que yo estaba celosa de ella por haber abandonado el taller. Es cierto que vinieron los padres, pero a buscar a Greta, y yo les cerré la puerta. Igual que a tu padre. También se la cerré. Una madre no puede traicionar a una hija, y para mí Greta era como la hija que nunca tuve.

Doña Lola seguía con la mirada perdida en el fuego, agarrando con fuerza el bastón y golpeándolo contra el suelo las veces que hiciera falta para soltar la rabia encapsulada por los años.

—Jamás vino a verme. Solo unas Navidades que la llamé para felicitarle el año tuvimos una conversación en la que terminó suplicándome que dejara de telefonearla. Me dijo que no podía perdonarse lo que había tenido que hacer y que yo le recordaba el gran error de su vida. Me hizo prometer que jamás le contaría a nadie nada. «¿Me lo promete, Lola? ¿Me lo promete?», me dijo entre sollozos, escondida en el dormitorio de su casa, temerosa por si tú o su marido la oíais. «¡Prométame que jamás le contará a nadie lo que pasó!» Se lo prometí antes de colgar el teléfono. Le deseé que fuera todo lo feliz que pudiera y nunca más volvimos a hablar.

Regresó el silencio. Esta vez parecía retumbar sobre las paredes de aquel inmenso salón, del que colgaban cuadros de campo y lo que parecía un retrato de doña Lola cosiendo. El sonido de las puertas correderas rasgó la intimidad. Marcelo, servicial y fisgón, entró para recoger los restos de la merienda y cerciorarse de que todo andaba en orden.

—¿Está usted bien, doña Lola? ¿Cansada?

La Sole y Gabriele aguantaron la respiración y los pensamientos cruzados contra el servicial Marcelo. Se miraron con inquietud, comprendiendo que no podían dar por terminada la visita. Doña Lola apenas acababa de empezar a hablar sobre el asunto y no podían abandonar sin saber si la anciana había perdido la pista del hijo de Greta.

—Comienzo a sentir algo de cansancio, Marcelo. Puede que sea el momento de ir despidiéndonos, no creo que yo pueda ayudarlas...

Gabriele sintió la amenaza de salir de aquella casa con las manos vacías y buscó desesperada alguna excusa para seguir charlando con aquella anciana que marcaba los tiempos de todo.

—Es un retrato precioso, el suyo cosiendo. ¿Quién lo hizo?

Marcelo, que ya estaba a medio salón, se detuvo en seco ante la mano abierta de doña Lola. Miró a Gabriele por debajo de sus gafas, intentando descubrir si se trataba de una estrategia para seguir conversando. La Sole balanceaba uno de sus pies con el nervio agarrado y contemplaba fijamente el cuadro.

—Me lo hizo mi querido Félix Revello de Toro, uno de los mejores retratistas de este siglo. ¿Le conoces?

—Sería un insulto no conocer a uno de los mejores. ¿Continúa vivo?

Doña Lola no había dejado de mirar a Gabriele, que tenía puesta la vista en el cuadro, en los trazos, el carácter y el magnífico juego de luces.

—Un insulto es preguntarle eso a una anciana como yo. Pero te diré que sí, sigue vivo con noventa y tres años. Tiene cinco más que yo y está en plenas facultades.

El servicial Marcelo se había quedado rezagado unos metros atrás esperando saber si la visita había terminado o si se prolongaría un tiempo incierto más.

—Estoy bien, Marcelo, estoy bien. Déjame un poco más con la visita. Tocaré la campanilla como siempre.

El mayordomo se retiró con una mirada escondida a las dos mujeres, que se recolocaban en el sofá aliviadas por la consentida prórroga que estaban dispuestas a aprovechar.

—¿Cómo está Feliciano? —preguntó doña Lola, observando ahora de soslayo a la Sole y volviendo al tema de nuevo.

—Recuperándose del golpe, doña Lola. Sabe usted lo que quería a Greta.

—Sí, lo sé, y siempre traté de recordárselo a ella —prosiguió doña Lola—, pero a veces hay que traicionar a quien te ama para caer en la cuenta de que has estado a punto de perder al amor de tu vida. Al principio me extrañó que Feliciano la hubiera perdonado, pero luego me di cuenta de que lo hizo sin saber la verdad. Aunque ocultarla no hace que se sobrelleve mejor, sino que alarga el sufrimiento. Tu padre es un buen hombre. —Miró de nuevo a Gabriele—. ¿Sabe él que estás aquí?

La Sole y Gabriele se miraron con los ojos bien abiertos y la boca apretada. Antes de que pudieran poner en valor la importancia de aquella pregunta, a Gabriele le pudo el ímpetu.

—No, mi padre cree que estoy en una entrevista de trabajo. No ha querido saber qué me contaba mi madre en la carta. Prefiere vivir en sus silencios, como siempre ha hecho.

Aquel comentario sin filtro de Gabriele sobre su padre provocó la reacción de doña Lola. Golpeó un par de veces el bastón contra el suelo y esperó unos segundos perdida en sus pensamientos. Volvió a golpear el bastón contra el suelo antes de arrancar a hablar.

—No seré yo quien revele los secretos que tu madre no reveló en sus últimas voluntades. Si además tu padre tampoco sabe nada... —Interrumpió su discurso para mirarlas de frente, juntando todas las arrugas de su rostro en una—. ¿A qué habéis venido exactamente?

—Queremos..., ¿qué sabe del hijo de Greta?

Inmediatamente después de hacer la pregunta, la Sole se levantó del sofá poseída por los nervios. Le habían entrado unas ganas imperiosas de volver a encenderse un cigarrillo. Siempre le ocurría lo mismo cuando se le terminaba la paciencia y no podía soltar adrenalina montada en la bicicleta ni tampoco gritar. Llevaban cerca de una hora hablando a trompicones, con el ritmo marcado por doña Lola, siguiéndola en sus silencios, en las formalidades de una casa bien de la capital. Recorriendo el amplio salón con pisadas rápidas y ruidosas, la Sole trataba de contenerse ante el exceso de pleitesía encorsetada.

—¿Te ocurre algo? —le preguntó doña Lola a la Sole. Los años solo permiten a los que hablan cada noche con la muerte abalanzarse a otras vidas sin pedir permiso. El permiso es una convención del tiempo de la que ellos carecen.

—Estoy algo nerviosa —confesó la Sole mientras continuaba dando vueltas por el salón—. Debe entender que esta conversación no es fácil para ninguna y sabe muy bien, desde que hablé con Marcelo, la razón por la que hemos dejado el pueblo para verla. Mi sobrina se acaba de enterar de que puede que tenga un hermano por el mundo, y usted podría ayudarnos a encontrarlo.

—¿Qué queréis conseguir con todo esto? ¿Acaso creéis que va a querer saber de vosotras? ¿Por qué no os olvidáis de este asunto?

—Necesito que mi hermano nos acompañe a tirar las cenizas de mi madre.

Al oír a Gabriele, la Sole detuvo su paso al instante y la miró con asombro. No habían hablado de qué hacer si daban con el hermanastro. Lo que dijo su sobrina la dejó con la incertidumbre de si todo aquello no estaría siendo más que un error. Ni Gabriele ni Félix habían despejado la nube de tristeza desde la marcha de Greta. Los dos seguían corriendo, intentando escapar de la avalancha de emociones, incapaces todavía de enfrentarlas sin romperse por dentro. Continuaban apretando los silencios, aunque cada día que pasaba estaban mucho más incómodos por haber sido perforados por las cartas de Greta. Tanto Cosme como la Sole sabían que aquella situación podía estallar en cualquier momento.

—Así debe ser, Sole. Hay que provocar que hablen, que se insulten, si es preciso. Yo me encargo de Félix. Tú sigue cerca de Gabriele.

No está escrito cómo debe ser el acompañamiento en un duelo. No existe manual ni resolución, pero consiste en tatuar una muesca en el alma que tarde o temprano dará señales. Al escuchar las intenciones de su sobrina en el caso de que encontrara a su hermanastro, la Sole cayó en la cuenta de que aquella misión podía formar parte de velar bien el alma de Greta. ¿Y si encontrar a su hijo perdido formaba parte del cuidado de su alma?

—Antes de reencarnarnos, necesitamos limpiar el karma. —Cosme siempre repetía esta frase. En ese preciso instante, frente a Gabriele y doña Lola, la Sole tuvo la certeza de estar en el camino correcto.

Volvió al sofá y esperó la reacción de la anciana a la petición de su sobrina. Ya no le importaba si aquella tarde lograban una pista para seguir buscando, porque había decidido que con la ayuda o no de doña Lola encontrarían al hijo perdido de Greta.

Las tres permanecieron unos minutos oyendo solo el crepitar de las llamas. Doña Lola no despegaba su mirada del fuego, pero tampoco pronunciaba una palabra. Con suma delicadeza, dando por finalizada la visita, hizo sonar la campanilla. Marcelo tardó menos de un segundo en volver a abrir las grandes puertas correderas, como si hubiera estado escuchando todo aquel tiempo detrás de la puerta. La Sole y Gabriele se levantaron con el ánimo frustrado, sabiendo que su tiempo había terminado.

—Marcelo, acompaña a las señoras a la puerta. Necesito descansar.

Sospecharon que doña Lola había decidido guardarse lo que sabía para ella. La Sole miró de soslayo a su sobrina y se dio cuenta de su frustración.

—Encantada de conocerla, doña Lola —dijo Gabriele antes de irse—. Cuídese mucho.

Cuando estaban a punto de abandonar el salón, la anciana golpeó varias veces con fuerza el bastón contra el suelo hasta detenerse en el quinto golpe. Marcelo detuvo la marcha. Había aprendido a interpretar lo que deseaba doña Lola según el número de golpes que daba al suelo con el bastón. Los tres permanecieron al borde de los portalones mirando la parte de atrás del sillón orejero donde estaba la anciana. Gabriele quiso salir, pero Marcelo la previno tocándole suavemente el brazo.

—Volved en diez días a la misma hora. Intentaré tener lo que buscáis. Que sea para que Greta descanse en paz.

Acto seguido, dio tres golpes seguidos con el bastón contra el suelo. Marcelo supo que era el momento de marcharse. No habría más mensajes ni deseaba réplicas. Gabriele sintió un golpe en el pecho. Habían logrado lo que andaban buscando. Conteniendo su grito de júbilo, cogió con fuerza la mano a su tía. Habían recobrado la esperanza, aunque el temor a lo desconocido pronto cubriría su alegría. Cuanto más cerca estás de la meta, los miedos aprietan con mayor fuerza.

—Las llamaré yo mismo para citarlas de nuevo.

—¿Puede arrepentirse? —preguntó la Sole con la intención de despejar falsas esperanzas.

—La señora tiene la palabra tan férrea como el carácter.

Fue la única vez que Marcelo les mostró una amplia y clara sonrisa, librándolas de cualquier duda sobre las pretensiones reales de la anciana. Sole y Gabriele salieron del edificio regio con la adrenalina pidiendo paso y el rostro iluminado.

—¿Tú crees que nos va a ayudar? —preguntó Gabriele emocionada.

—No solo eso, sino que estoy convencida de que en diez días conocerás a tu hermanastro.

Caminaron por las calles nobles de Madrid guiadas por la emoción hasta que se dejaron encandilar por un pequeño restaurante de decoración sencilla, manteles de tela en las mesas y comida casera.

—Esto —dijo la Sole señalando el paño de tela— ya es un bien que escasea en las ciudades. Cuando lo veas, no dudes en entrar. Comerás igual o mejor que en el Pimentón.

Tía y sobrina alargaron la alegría de la gesta conseguida con buena comida y buena conversación. Por primera vez desde que Greta murió disfrutaron como lo hacían antes. Riéndose de cualquier cosa sin que cayera, como las malas tormentas, la tristeza repentina. La Sole acertó con lo del menú casero, incluso les ofrecieron el vino con gaseosa que se pidió como homenaje a los años ochenta, que había pasado en Madrid.

—¿Tú viviste la movida, tía? —Nunca le había preguntado por aquella época que tanto Luis como ella hubieran deseado vivir.

—No, tu tía jamás le ha echado atrevimiento a la vida, y no creas que no me arrepiento.

—Nunca es tarde. —A Gabriele se le escapó el comentario, que su tía recibió sin apartar la vista del plato. Las dos sabían a qué se refería, pero ese era otro silencio más en la familia que, por el momento, decidieron mantener.

Apenas apuraban los postres, recibieron una llamada de Candela. Estaba llorando y no entendían qué decía. Cada cuatro palabras oían «Rubén» y, después, como un acto reflejo, volvía a bramar en un discurso incomprensible.

—Toma un taxi y ven con nosotras. Cálmate, hija, que no hay amor que merezca tantas penas. Venga, ¡coge un taxi y ahora nos lo cuentas con más calma!

Candela había roto con Rubén, o más bien al contrario. Su novio, el de la ciudad, que llevaba semanas ausente, se había cansado del excesivo control de la joven. No había una tercera persona, ni siquiera un fugaz beso de discoteca. Rubén se había sentido asfixiado por los reclamos de Candela. Tuvieron la clase de conversación que comienza bien y termina mal. Los gritos de la batalla dialéctica se oyeron en todo el colegio mayor hasta que Rubén, avergonzado, le pidió que se fuera y que no volviera a llamarlo nunca más. Nadie conoce a sus demonios hasta que deciden asomar al exterior y poseer por unos minutos tu vida.

Candela entró por la puerta del pequeño restaurante como si le hubiera pasado un tren por encima. El pelo revuelto, el rímel corrido y las lágrimas dibujando afluentes en su rostro. Gabriele corrió a abrazarla. Conocía muy bien la derrota del amor en la mirada, y mucho más el dolor que estalla en las vísceras ante un abandono. Candela lloró, y por vergüenza no dio demasiados detalles de lo ocurrido. Algo que la Sole y Gabriele podían imaginar: gritos, reproches, rabia, impotencia, algún mueble o vaso roto, golpes en la mesa, llanto... Nada de lo que presumir, nada que ninguna de las dos no sintiera como suyo.

Volvieron en silencio al pueblo. Las horas nos modifican, pero solo las que sentimos que nos sacuden con un fuerte golpe. Caemos en la cuenta de que ya no somos los mismos. La Sole dejó que Gabriele condujera su ranchera para que la atención en la carretera coartara sus pensamientos. A la Sole la esperanza de dar con el hermano de Gabriele la había dejado pensando obsesivamente en Greta. Se arrepentía de haber esquivado la conversación con su cuñada. De haber dejado que las rencillas del pasado se interpusieran entre ellas. Ada siempre la había reprendido por la dureza con la que trataba a Greta.

—Ella solo intenta pedirte perdón, pero tú no quieres verlo. ¿De qué te sirve estar así con ella?

Nunca le dio una respuesta a Ada por su comportamiento arisco con Greta. Ni siquiera entonces era capaz de deshacer el nudo. Cuando Greta abandonó a Félix, él no entendió que su hermana no le apoyara en la decisión que tomara. La Sole le juzgó y, lo peor de todo, juzgó a la persona que amaba y abrió una enorme brecha entre los dos que no habían logrado sanar. De nuevo el silencio, el perverso manto que promete cubrir el dolor y, como había dicho aquella tarde doña Lola, solo consigue alargar el sufrimiento.

A la Sole le faltaba valentía y le sobraban prejuicios. Gracias a la estricta educación de su madre, ella y su hermano eran unos lisiados emocionales. Greta siguió dibujada en su mente durante todo el viaje, como queriendo darle fuerzas, como deseándole que se atreviera a atravesar la barrera del silencio. La Sole comprendió que tenía que ayudar a su sobrina y convencer a su hermano para que osara romper los silencios sin importarle el miedo que ya recorría su cuerpo.

«Puede que una muerta —pensó— acabe salvando todas nuestras vidas.»

7

El silencio alarga los días y si no lo combates, tiene el poder de enmudecerte durante un tiempo. Después del viaje a Madrid, a Gabriele le cogió por sorpresa el bajón. Se pasó un par de días encerrada en la casa, sin bajar al pueblo, con el teléfono desconectado; no lograba digerir la muerte de su madre. La echaba en falta. Como si tocara finalmente el suelo, cayó en la cuenta de que no habría más conversaciones, ni abrazos, ni el nombre de «mamá» iluminado en la pantalla parpadeante del móvil. Toda la vida compartida aspirada, evaporada y reducida a lo que quedara de ella en su memoria.

Tumbada en la cama, miró por la ventana y observó la noche cerrada. Cómo el susurro del viento vigía acariciaba el cristal. No sabía calcular cuánto llevaba despierta, ni cuánto había logrado dormir. Llevaba horas extrayendo recuerdos del pozo invisible: sus sonrisas al viento, sonoras, mudas, compartidas... Sus miradas cómplices, coquetas cuando se arreglaba y la contemplaba a través del espejo, reflexiva en otras ocasiones..., miradas desde lejos en las que podía sentir cómo su madre la cuidaba en silencio. Gabriele se acarició el pelo, imitando los dedos de Greta, que en medio de cualquier conversación se deslizaban sobre su cabellera, soltándola, frotándola, masajeándola.

Movió su cuerpo de un lado a otro de la cama, encogiéndolo y tensándolo varias veces para expulsar la incapacidad de sostener la muerte de su madre sin echarse a llorar. Pensó en doña Lola, en su hermano, en su padre, en Greta. Observó el techo buscando de nuevo la grieta que la devolviera a ella. No se soportaba. No soportaba a su madre. No soportaba la realidad.

Cansada de su propio estado decidió levantarse, salir de la madriguera y atender a sus tripas, que rugían desesperadas. Estirar las piernas, sentir los pies fríos sobre la vieja madera, escapar del estallido de pensamientos. Bajó la escalera confusa con la vida, con su madre, borracha de lamentos, con el pelo revuelto y los ojos secos.

—¿Papá? No pensaba que estarías despierto... —Gabriele asomó la cabeza sorprendida al ver a su padre sentado en el sillón orejero de su madre. *Greco*, que reposaba a los pies de Félix, se levantó de inmediato y la recibió a lametazos, reclamando cariño y tiempos mejores. Los perros huelen la tristeza y a aquella casa se le había caído la alegría.

—¿Estás bien? —preguntó Gabriele, sintiendo la incomodidad de no saber cómo tratarlo.

—Sí, solo que no puedo dormir. Las noches son lo que peor llevo.

Gabriele lo miró por primera vez atendiendo a su dolor, examinando en su figura alargada el enorme surco de la pérdida. La huella de la tristeza en el rostro vencido de su padre, en la fragilidad de su mirada, en la flaqueza de su voz, en sus deseos apagados. Se sentó en el sofá en silencio, con las rodillas juntas y los hombros encogidos, acariciando al negro tizón. Gabriele y Félix, padre e hija al fin uno al lado del otro, separados por una pequeña mesilla de cristal, por una lámpara encendida y unos posavasos apilados con dibujos de caras humanas y de perros. Compartieron por primera vez la soledad de la pérdida, el desconcierto de la muerte y el desgastante intento frustrado de vivir de espaldas a ella. Las tripas de Gabriele rompieron la quietud, maullando como gatos desesperados.

—Tus tripas se quejan igual que las mías. He traído queso y tasajo que me ha dado Cosme. Es todo lo que puedo preparar. Tu madre era la cocinillas de la casa...

A Félix se le cortó la frase abruptamente. Gabriele levantó los ojos para mirarle impotente, comprobando que lloraba en silencio con un nudo de aire que atravesaba su garganta y le impedía hablar. Gabriele se puso a los pies de su padre y le acarició la rodilla en un intento de consuelo. El negro tizón la siguió y se tumbó a su lado. Félix se había roto. Gabriele le quitó con mimo las grandes gafas de pasta negra para que pudiera llorar sin peso y le tomó una mano, como solía hacer su madre. Suave y delicado roce, piel con piel. Gabriele también lloró en silencio, apoyando la cabeza en las rodillas de su padre. Ninguno de los dos sabía qué decir. Sentían el pudor de la desnudez que ofrece la tragedia y la imposibilidad de detenerla. Félix acarició con la otra mano el cabello de su hija, deslizando los dedos con suavidad, como solía hacer Greta.

—Tu madre estaba muy enferma, pero nunca me lo confesó. Al morir, el médico que la atendió me dijo que tenía un tumor en la cabeza y que era inoperable.

Gabriele se quedó confusa, reteniendo el primer pensamiento encaprichado por el deseo egoísta de haber querido despedirse, por el deseo inapropiado de que todo hubiera sucedido de otro modo. Nadie tiene derecho a reprocharle a nadie cómo lleva su propio camino a la muerte. Ni siquiera una hija, un padre o un marido. Gabriele se percató de la madurez que da una muerte. Del océano que se abre entre la vida que fue y la vida que es. De lo necesario que es atravesarlo para descubrir qué hay después de la nada.

—Ella seguramente creyó que sería lo mejor para todos —soltó con la cabeza todavía recostada en las rodillas de su padre—. Evitar el sufrimiento.

Las tripas de Gabriele rasgaron los recuerdos con un rugido más largo que los anteriores, provocando media sonrisa en ellos. Félix se colocó de nuevo las gafas y decidió atender las descuidadas necesidades primarias de él y su hija.

—¿Comemos algo? Creo que ya va siendo hora.

Gabriele afirmó en silencio, despegando la cabeza de las rodillas de Félix, con la mirada tierna y los ojos enrojecidos, mientras se acariciaba la barriga. Cortaron queso y tasajo —carne adobada de cabra, el embutido típico de Candeleda—, se sirvieron vino y tostaron pan. Comieron juntos en la mesa de la cocina en plena madrugada, masticando la tristeza como podían.

—¿Sabes a qué fui a Madrid? —preguntó Gabriele.

—A una entrevista de trabajo —le respondió esquivo su padre, intentando evitar cualquier conversación.

—Sabes que no fui a ninguna entrevista. —Gabriele era consciente de que su padre no quería oír nada, pero prefirió atender a sus propias necesidades de compartir—. Fui a ver a doña Lola, la modista con la que trabajó mamá.

—Gabriele, no quiero hablar de ello. Si tú has necesitado ir, me parece bien, pero necesito que respetes que yo no quiero saber nada.

—Pero ¿por qué te niegas a hablar de ello? ¿Por qué no quieres hablar conmigo? —Gabriele seguía insistiendo en su necesidad de buscar respuestas. En su necesidad de saber cómo se había sentido su padre—. ¿No entiendes que después de la carta de mamá todo ha cambiado?

—Lo sé perfectamente, hija, pero eso es el pasado, y un pasado que tu madre y yo enterramos hace mucho tiempo. Dejemos de remover la tierra vieja.

—¿De qué tienes miedo, papá? —Gabriele era incapaz de detenerse.

—¡Se acabó, Gabriele! ¡Se acabó! —Félix cerraba los ojos y los abría, nervioso, sintiendo el rubor despierto de sus mejillas por el deseo insatisfecho de terminar aquella conversación—. No quiero hablar de ello. Yo nunca me he metido en cómo vives, aunque sea como una *hippie*, trabajando de cualquier cosa a tus casi cuarenta años... Nunca me he metido, aunque me cueste entenderlo, así que ahora te pido lo mismo. ¡Déjame vivir la muerte de tu madre como yo quiera! ¡No como tú quieras!

Gabriele dejó con brusquedad el vaso de vino sobre la mesa, derramando parte del líquido.

—¡Tú eres el egoísta! No sé por qué le he hecho caso a la tía y he intentado hablar contigo. No se puede. No se puede porque siempre impones las normas y terminas atacándome. No soy tan perfecta como tú, papá, y mucho menos después de que se me muera mi madre y mi padre sea incapaz de compartirlo conmigo. Si no quieres hablar de eso, no hablaremos de nada. ¡Se acabó!

Gabriele salió de la cocina llorando. No se entendía ni a sí misma ni a su padre. Necesitaba un abrazo, un «todo irá bien, hija», pero ni supo pedirlo ni su padre se lo dio. Los dos estaban perdidos. No sabían tratarse, no sabían leerse, no sabían cómo romper ese vínculo mal construido por un pasado equivocado. Cerró con fuerza la puerta del desván para que su padre escuchara su desacuerdo y su herida.

—¿Gabriele? Gabriele, soy yo, la Sole. Déjame entrar, anda... Me ha dicho tu padre que llevas dos días sin salir de la habitación.

Cuando uno se encierra con su dolor, cualquier señal del exterior parece más bien de otra vida. Llega, como le llegaba a Gabriele la voz de su tía, vaga, sin fuerza y muy lejana. Seguía con la boca sellada y la mente confusa. Solo deseaba quedarse hecha una bola para siempre, enmarañada entre las sábanas y la vida. La Sole sabía interpretar las garras del dolor muy bien y también sabía lo que debía hacer para sacar a Gabriele del agujero negro que te engulle y te transforma en un ser ausente. Hay muchos seres ausentes, poseídos por la nada, absorbidos por el tormento, atrapados en la telaraña invisible que amianta las emociones para soportar la existencia. Cuando el dolor atraviesa un alma rota, es preciso rescatarla abriendo una ventana directa a la vida.

—Necesito hablar contigo, Gabriele. He decidido algo, pero necesito tu ayuda.

La Sole se sentó en el suelo apoyada en la puerta. Se limpiaba las gafas con un pañuelo, dispuesta a confesarse con su sobrina como no lo había hecho con nadie, ni siquiera con ella misma.

Aquella mañana, temprano, Félix se había presentado en su casa sin avisar. En el cielo el nuevo día comenzaba a asomar con timidez, sin hacer demasiado ruido. Descalza, con el pelo suelto y revuelto, los ojos pegajosos y sin gafas, la Sole entreabrió la puerta con la cadenilla puesta, escondiendo su pijama desjuntado de pantalón a rayas y camiseta azul con la frase «*Je t'aime*».

—¿Félix? ¿Eres tú? —preguntó, entrecerrando los ojos para enfocar la figura alicaída de su hermano que aparecía frente a ella. Abrió sin esperar la respuesta, mientras se recogía ágilmente el pelo y se frotaba el rostro con las manos para despejarse.

—¿Ha pasado algo? ¿Qué hora es? ¿Estás bien? ¿Quieres un café? —La Sole lanzó preguntas mientras intentaba recordar dónde había dejado sus gafas. Con la visión vaga, era incapaz de mantener una conversación cuerda. Después de recorrer el salón dando vueltas sobre sí misma, se metió en el baño y las descubrió lustrosas en el lugar donde solía dejarlas cada noche. Con la llegada inesperada de su hermano, le había costado enfocar hasta su mente.

—¡Por Dios, Félix! Pero ¿qué ha pasado? Estás hecho un trapo. ¿Habéis discutido Gabriele y tú otra vez?

Félix lucía un esqueleto consumido. Había perdido unos cuantos kilos desde la muerte de Greta. Se había dejado crecer la barba por flojedad y llevaba el pelo tan revuelto como la Sole al despertar. Miraba desorientado, arrasado por la tristeza. Tomó la taza de café caliente que le dio su hermana y se sentó en el sofá con la vista fijada en el suelo. La Sole hizo lo mismo y suspiró varias veces, deseando resolver lo que fuera que pretendía pedir su hermano. Se sentó en un sillón frente a él y sorbió café.

—Quiero que me ayudes, Sole. Eres mi hermana y, ahora mismo, quien mejor me conoce. —Félix pausó su discurso y bebió un poco de café. Su voz era algo trémula y unos tonos más grave de lo habitual, una voz de estar despertándose o de no haberse acostado—. Llevo días dándole vueltas a todo. Sabes que no soy bueno en hablar de sentimientos, pero me muero, Sole...

Nada más oír aquello, como un acto reflejo, la Sole se levantó del sofá dejando caer sin darse ni cuenta la taza de café contra el suelo. Una mano invisible le había clavado un puñal en el pecho en el preciso momento que había escuchado aquellas palabras de su hermano: «me muero». Antes de que pudiera dar con alguna palabra cuerda que disipara el terror paralizante que había sentido, Félix la interrumpió, asombrado por aquella reacción.

—Sole, estoy bien, no estoy enfermo ni me pasa nada. Tranquila, no ha sido buena idea usar esta expresión, perdóname.

Se fue directo a la cocina para servir a su hermana una nueva taza de café y recoger el desastre causado. En el fondo, Félix había sentido cierto gusto al comprobar, por el pánico en el rostro de su hermana, que seguía siendo su «persona importante». Así solían llamarse el uno al otro cuando eran pequeños. Un modo distinto de decirse que se querían, pero que causaba el mismo efecto placentero.

—¿Estás bien? —preguntó Félix, ofreciéndole el café y un vaso de agua—. Lamento haberte asustado. No pensé que fueras a ponerte así, lo siento.

La Sole se sentó de nuevo, recomponiéndose del sobresalto. Por su mente se había cruzado la posibilidad de perder a su hermano y, en el recorrido de vuelta, tuvo la certeza de que, antes de que llegara ese momento, debía aclarar muchas cosas con él. Sobre todo abrir su corazón y hablarle de Ada y ella. Debía vaciar la mochila de *pendientes* antes de que el tiempo se les agotara también a ellos.

—No te preocupes, me he asustado un poco, nada más. Yo también estoy sensible y me he puesto en lo peor.

—Lo que quería decirte —Félix decidió arrancar sin dar más importancia a lo sucedido— es que necesito que me ayudes a recuperar mi relación con Gabriele. Cosme lleva razón: después de la muerte de Greta solo hay una cosa que me importe en este mundo, aparte de ti, hermana, y es mi hija. Me mata pensar que voy a perderla en cuanto se vaya del pueblo. Sabes muy bien que quien mantenía el contacto con Gabriele era Greta, y yo..., pues soy más tradicional, Sole, y me cuesta entender la vida de mi hija. Tiene casi cuarenta años, ningún novio a la vista ni trabajo real, y un talento desperdiciado. ¿Te ha dicho que vuelve a vivir en casa de su amigo Luis? No sé... Esta noche, no recuerdo ni qué hora era, hemos vuelto a discutir y se ha encerrado en el desván. Lleva varios días que no sale más que para buscar comida. Yo no quiero hablar de lo que pasó hace años y ella insiste. ¿No puede respetar que no quiera? ¿Acaso es tan importante revolver la tierra de los errores que cometimos?

La Sole bajó la vista de inmediato. Le había prometido a su sobrina que no sería ella quien le contara lo del embarazo y el hermano de Gabriele. Se encontraba en medio de Félix y su sobrina y, por la información que tenían y el sufrimiento que habían sentido, los comprendía a los dos por igual.

La Sole subió la mirada de nuevo para observar emocionada cómo su hermano, encogido sobre su propia tristeza, le había confesado su mayor temor: no ser capaz de encontrar el camino para acercarse a Gabriele. Pero las certezas terminan por dar con la salida, y él sabía que para reconquistar a su hija necesitaba la ayuda de la Sole. Aquella noche tampoco había dormido, y se había despertado pensando que si Greta le había contado su secreto a Gabriele en la carta era para ayudarle a recuperar a su hija. Parecía una locura hablar de las intenciones de una muerta sobre una familia que llevaba años desajustada, pero a veces lo más incierto ilumina el camino.

—Sole, tú la conoces bien. Sabes cómo hacer para que sus ojos vuelvan a mirarme con ternura. No pido mucho: unas cuantas llamadas al mes, alguna visita por Navidad, unas noches de sorpresa por vacaciones. No quiero sustituir a Greta. Ella y Gabriele eran confidentes... Aunque ahora no sé qué pensará de su madre...

—¿Por qué no has querido saber lo que le decía en la carta?

Félix se levantó como si le escocieran las piernas. Se frotó las manos en los bolsillos traseros del pantalón mientras daba un par de vueltas por el salón. No estaba preparado para remover el pasado, y mucho menos para hablarlo con quien le había juzgado por perdonar a su mujer. Desde que Greta volvió con él, Félix les pidió a Cosme y a la Sole que tampoco volvieran a hablar nunca del tema. «Hay que enterrarlo. Como si nunca hubiera pasado. Lo importante es que Greta ha vuelto y me quiere.» Todos habían cumplido la promesa, menos Greta.

—¿No crees que tu hija necesita hablar sobre ello? ¿Qué pensarías tú si hubieras descubierto que la traidora fue tu madre, y no tu padre?

Félix apuntó con mirada violenta a su hermana. La Sole no había podido evitar ser cruda con él y utilizar la palabra «traidora» porque necesitaba que reaccionara para poder ayudarle. Siguió frotándose las manos en los bolsillos y moviendo los pies para empujarse a seguir con aquella conversación incómoda.

—Me hizo el hombre más feliz, aunque te cueste creerlo.

Félix se quedó pensativo contemplando un cuadro de la vera de Candeleda. Una acuarela antigua sin valor pictórico pero sí sentimental: era el preferido de su madre. Esa pintura representaba su infancia y la de su hermana alrededor de la mesa de la cocina: desayunando, cortando patatas, pelando pimientos, jugando a cromos, bebiendo leche recién ordeñada. La Sole se puso a su lado y le cogió la mano, primero con delicadeza y luego con firmeza. Ella también viajó a la infancia contemplando el cuadro de su madre. «¿Veis el Almanzor al fondo, nevado e imponente? —solía decir siempre Martina con su voz amplia, gruesa—. De eso estamos hechos en esta familia. De roca dura, de granito, la piedra que simboliza lo que somos: fortaleza, supervivencia.» La Sole y Félix podían oír la voz firme de Martina, que, siempre que estaban vencidos o alicaídos, les recordaba de qué estaban hechos. Permanecieron un buen rato cogidos de la mano frente al cuadro, sintiéndose niños ante la presencia invisible de su madre. Ocurre con los muertos: aparecen desde el más allá para alentarnos cuando menos lo esperamos. Martina había sido una madre dura, estricta, firme, para unos niños huérfanos de padre. Ella fue la matriarca y su sombra seguía presente.

—Echo de menos a mamá, aunque ahora mismo estaría enrabiada por verme así de vencido. Siempre que contemplo este cuadro con atención me parece estar oyéndola.

—Los muertos no abandonan jamás a los vivos, hermano. Somos los vivos los que les damos la espalda.

La Sole estaba convencida de que su madre seguía con ellos, aunque a Félix le costara más creerlo. Aquella mañana, cogida a su hermano, cayó en la cuenta del legado familiar que había heredado. Sin echarle demasiada conciencia, la Sole se había convertido en el soporte de la familia, como lo fue Martina. Pensó en Greta, en Félix, en Gabriele, en Ada. Eran los suyos, a los que más quería y a quienes más se debía, y por ello tenía que comportarse como lo que era: la matriarca de la familia.

—Vamos a conseguirlo, Félix. Yo también estoy convencida de que Greta abrió el camino para todo esto.

—¿De verdad? —Félix la miró sin soltarle la mano, esperando que su hermana compartiera con detalle aquella afirmación.

—Cada día que pasa estoy más convencida. Al principio no entendí esos cuarenta y nueve días, ni el budismo, ni nada de lo que la carta de sus últimas voluntades nos contaba. Aunque no quiera, tengo que darle la razón a Cosme: debemos intentar mantenernos unidos, al menos para aliviar su marcha y ver qué ocurre durante el camino.

La Sole liberó la mano de su hermano y, dubitativa, comenzó a dar vueltas sobre la mesa del comedor buscando el coraje para soltar aquello que llevaba guardado bajo la piel demasiado tiempo. Félix la miraba expectante, con los ojos tiernos de haber depositado la confianza en ella.

—Félix, quiero pedirte perdón por todos estos años. Por no haberte apoyado en tu decisión de aceptar a Greta de nuevo.

—Sole..., sabes que todo ha quedado...

La Sole interrumpió a Félix con un gesto de las manos, suplicando que la dejara terminar.

—Escúchame, porque necesito decirte lo que llevo tantos años callando por orgullo. —Se sentaron juntos en el sofá y se miraron bien, como cuando eran jóvenes confidentes—. No hice bien y te dejé solo. Luego no supe cómo arreglarlo. Estaba llena de rencor hacia mi propia vida, hacia mi historia. No creía en el perdón y, sobre todo, no creía en el amor. Quiero que sepas que hace muchos años que sé que Greta te ha querido como nadie y que lo que ocurrió nadie debe juzgarlo. Félix, eres el ser más bueno y puro que he conocido.

A la Sole se le inundaron los ojos de lágrimas, igual que a Félix. No somos conscientes del mágico poder de las palabras hasta que, como un conjuro, alguien las pronuncia y nos sanan. Los dos hermanos sintieron aquella mañana la vibración del perdón. Félix había esperado mucho tiempo a que su hermana comprendiera su decisión, la valentía de atreverse a seguir en el amor por encima de los errores cometidos. Había pagado un precio, el de enterrar verdades y vivir con silencios que erosionaron realidades, pero jamás se había arrepentido de vivir junto al amor de su vida.

—Voy a ayudarte con Gabriele. Ella no te conoce porque te ha culpado de todo, incluso de sus miedos. Pero tienes que empezar por acercarte a ella, aunque te muerda.

Félix aceptó dejarse guiar por su hermana y hacer todo cuanto sugiriera. Llevaba toda una vida sin manejar las emociones, pero sabía que el único modo de salir de su aislamiento era quitándose la armadura.

—¿Dónde está Gabriele? ¿Sigue en la casa?

—Supongo —afirmó Félix bajando de nuevo la cabeza y mirando el reloj—. No ha habido forma de sacarla del desván.

La Sole y Félix planearon encontrarse por la noche en una cena improvisada en el Pimentón. Ella se encargaría de secuestrar a Gabriele y llevarla, pero Félix debía cambiar su actitud con respecto a su hija.

—No sé por dónde empezar, Sole...

—Por el cariño, Félix. Dale cariño. Empieza por abrazarla, darle besos, acariciarla...

—¿Y si me rechaza?

—Que no te afecte. Los animales heridos tardan un poco en aceptar el cariño.

Tras la conversación con Félix y una buena ducha, la Sole salió disparada hacia la casa para sacar a Gabriele de su habitación, aunque sin un plan concreto para lograrlo. Recostada en el dorso de la puerta del desván, agarrada a sus rodillas, encontró en aquello que no se había permitido confesar ante nadie la solución para conseguir que Gabriele saliera de su confinamiento.

—Gabriele... ¿Estás ahí? —volvió a insistir la Sole—. Necesito que me ayudes.

Era la primera vez que su tía le pedía ayuda: la fuerte, la jovial, la que siempre encontraba soluciones para todos. Gabriele, que seguía estirada en la cama, se frotó los ojos y soltó la almohada. Por unos segundos desconfió. Quizá aquella petición no era más que una estrategia de su tía para sacarla de la habitación.

—¿Qué te ocurre? —preguntó sin moverse.

La Sole sonreía con los ojos por haber logrado captar la atención de su sobrina.

—¿Puedo entrar?

Fue una pregunta de la que ya sabía la respuesta, pero necesitaba un respiro antes de comenzar su confesión. Sabía con certeza que su sobrina no abriría la puerta a cambio de nada. Sintió sus pasos golpeando la madera delatora del suelo. Gabriele también se había sentado en el dorso de la puerta para oír mejor a su tía. Abducida por la curiosidad, había aparcado sus pensamientos circulares.

—Prefiero que estemos así por el momento, tía. ¿Qué ocurre?

La Sole sentía la voz de Gabriele tan cerca que entraba en su oído como un suave zumbido. Separadas solo por el grosor de la puerta, imitando la extraña liturgia de un confesionario, dejaron que el silencio diera paso a la revelación. La Sole, en un acto inconsciente, se entrelazó las manos y las apoyó sobre las rodillas antes de arrancarse a confesar. Sintió el vértigo sobre su piel erizada por estar a punto de hablar de aquello que era su vida, pero que había relegado al silencio durante tantos años.

—Eres la persona, junto con tu padre, más importante de mi vida. Y estos días estamos todos pasándolo muy mal. Yo también. Aunque tu madre y yo tuviéramos nuestras diferencias, su muerte también me ha sacudido. Mucho más de lo que crees, y por eso necesito que me ayudes.

La Sole necesitaba darse de nuevo un respiro, introducir el tema para alargar la confidencia que no precisaba de demasiadas palabras. Gabriele seguía apoyada en la puerta, animando lo que intuía que su tía al fin le iba a confesar. Ella también estaba con las piernas recogidas y las manos entrelazadas.

—Llevo más de veinte años negándome a mí misma por miedo al qué dirán y sobre todo al rechazo de la familia. Pero con la muerte de tu madre me he dado cuenta de que la vida se apaga un poquito cada día y no quiero irme de este mundo sin haber sido justa conmigo. ¿Estás ahí?

La Sole se lo preguntó conociendo la respuesta para tomar aliento y pronunciar lo que durante tantos años no se había atrevido a decir. Cerró los ojos y dibujó su primer beso con Ada, dentro de un coche, en la penumbra. Sus labios se unieron y bailaron hasta el amanecer, incapaces de separarse, deseosos, puros, tímidos, que se arrancaron a la pasión por encima de los miedos. Recordó cómo en un intento de cordura se detuvo para mirarla a los ojos y leer su deseo. Ada bajó la vista, le tomó las manos y comenzó a besarle el cuello sin atender a los temores de la Sole. Desde esa ternura, desde ese amor, la Sole fue rindiéndose a la evidencia, a la incapacidad de ser sin ella. Sin Ada, la mujer de aplomo de terciopelo, su confidente, su compañera de vida. Habían tenido que pasar muchos años y dos muertes importantes, la de su madre y la de Greta, para que se decidiera a romper definitivamente la muralla entre ellas y el mundo.

—Estoy enamorada de Ada. Llevo veinte años viviendo la historia de amor más bonita del mundo y, al mismo tiempo, avergonzándome por ello. Amo a una mujer, a la mujer más buena que me ha hecho la mujer más feliz de esta Tierra. Vivo con ella desde que nos conocimos, dormimos juntas en una misma cama y hasta separarme de ella me duele, porque no he querido nunca así. Aunque me costó aceptarlo, mi novio me hizo un favor engañándome con otra, porque con él no hubiera podido conocer la dicha ni la felicidad, y tampoco me habría atrevido a abandonarlo por tradición y vergüenza. Sé que tú eres moderna, pero en los pueblos y a mi edad nada es sencillo. Ada me ha comprendido y ha aceptado esta vida de silencio y a escondidas. Aunque los silencios, como bien sabes, trazan muescas en el alma. Una de las cosas de las que más me arrepiento es de no haberme atrevido a confesárselo a tu abuela cuando yo sabía que ella lo sabía. Como lo sabéis todos, pero nadie ha roto mi silencio. No os lo reprocho, sino que os lo agradezco, porque debía ser yo, y hasta ahora no me he dado cuenta de cuánto deseaba hacerlo. Por eso necesito que me ayudes: quiero pedirle a Ada que se case conmigo.

Gabriele apoyó la cabeza en el dorso de la puerta, emocionada al escuchar la confesión de su tía. Sintió envidia por aquel alegato de amor, porque su tía se hubiera dejado llevar, aunque fuera desde la trastienda de la sociedad, a recibir la llama abrasadora del amor. La Sole al fin había desinflado el globo, abierto el surtidor de vida compartida con Ada que había permanecido sellado todos esos años.

—Necesito que me ayudes, Gabriele... —Se secó las lágrimas y se dio coraje para ir un poco más allá—. Quiero casarme con Ada. Necesito festejar ante todos y ante mí lo más bonito que me ha pasado en la vida. Enamorarme de una mujer. Enamorarme de Ada.

En el mismo momento que pronunciaba aquello, la puerta del desván se abrió y Gabriele se lanzó a abrazar a su tía. Las dos permanecieron un buen rato estrujando la emoción. Sentadas en el suelo, sin moverse de aquel metro cuadrado, deteniendo el mundo por aquel retazo de vida, de magia que relega el dolor por unos instantes para sentir la imperiosa fuerza de la vida que nunca se detiene. Solo el amor puede coser el agujero de las ausencias, y la revelación de la Sole había sido el pegamento que necesitaba Gabriele para observar la ilusión en el horizonte.

—¿Lo sabe papá? —le preguntó con ojos de haber comenzado a maquinar el plan. La Sole lo negó con la cabeza.

—El único que lo sabe desde hace muchos años es Cosme. Ya sabes que no se le puede esconder nada.

A Gabriele se le iluminaron los ojos al oír que Cosme también lo sabía. Estaba segura de que él las ayudaría a hacerlo todo todavía más especial.

—Necesitamos hablar con él.

—¿Con quién?

—Con Cosme. Entre los tres vamos a preparar la celebración más bonita del mundo.

Gabriele se levantó con energía renovada, dispuesta a colaborar activamente en aquella petición. Feliz porque su tía la hubiera elegido como cómplice.

—Llama a Cosme y dile que vamos a verle. Me voy a la ducha. Hay mucho que hacer, tía, que ya has perdido un buen tiempo. Vas a tener la boda más bonita del mundo. Te lo prometo.

Gabriele le dio otro abrazo antes de desaparecer dejando una estela de alegría, una emoción olvidada en aquella casa. La Sole permaneció un rato inactiva, disfrutando de los vestigios de su confesión. Le temblaban las manos en una mezcla de turbación y felicidad. Había logrado sacar a su sobrina del aislamiento rompiendo a la vez su propia reclusión. Ya no había marcha atrás y, aunque estaba decidida a seguir adelante y casarse, no podía dejar de sentir escalofríos y un vértigo agridulce por haber tardado tanto, por los ausentes, por el futuro, por Ada... La montaña rusa emocional de la Sole se había puesto en funcionamiento.

Gabriele estaba agitada por dentro y distraída por fuera. Había tardado más de lo normal en decidir qué ropa ponerse. Al final, la opción segura: los vaqueros, un jersey de cuello vuelto y las deportivas. Se miró varias veces al espejo antes de salir de casa. Iba a encontrarse finalmente cara a cara con Uriel y, aunque habían pasado muchos años del beso rechazado, no podía evitar que le sobreviniera la vergüenza antigua. También había recibido un último mensaje de Luis informándola de que había logrado postergar la entrevista de trabajo. «Los he convencido y me han dicho que sí, pero que no van a esperar un día más. Será mejor que vayas preparándote.» Gabriele sabía que en cinco días debía abandonar el pueblo. No se lo había dicho a nadie, ni siquiera a su tía. Había decidido acudir a la entrevista, retomar su vida y vivir el duelo desde la distancia.

«No te preocupes. El lunes estoy en Barcelona para la entrevista. No sé cómo te lo voy a agradecer, Luis.»

Mientras se miraba al espejo para retocarse, intentó detener la inquietud de no saber cómo decirle a su padre que había decidido marcharse. Tampoco sabía cómo decírselo a su tía, a la que veía pletórica con los planes de la boda. Fue la primera vez desde la muerte de su madre que abrió el neceser del maquillaje. Se dio un poco de polvos de color, se repasó con lápiz negro la línea de los ojos y se aplicó máscara de pestañas abundante. Se estaba poniendo el brillo de labios cuando oyó el claxon de la ranchera de la Sole, impaciente por esperarla de más. Antes de bajar los escalones de dos en dos se miró por última vez al espejo, jugando a juntar los labios jugosos de brillo. Nada más. Lo suficiente para sacar a pasear a su coquetería sin prestar demasiada atención a qué se debía.

Tía y sobrina recorrieron varios kilómetros de pista forestal rodeada de verde salvaje. Escucharon *My Way*, de Frank Sinatra, que las contagiaba de una melancolía rescatada. Era la canción preferida de Martina, la matriarca de los Gallego Bermejo. Siempre que soplaba velas, los suyos le ponían a Sinatra. La música tiene el poder de elevarte al lugar de la emoción evocada. La Sole y Gabriele recorrieron con aquella canción las decenas de celebraciones familiares compartidas que habían quedado reducidas a cuatro imágenes. La fragilidad de la vida quedaba lejos al cantar al compás de una melodía que las agarraba con fuerza y coraje a su presente.

—¡Ponla otra vez! Hay que cantarla con más fuerza, Gabriele.

Sinatra cantó varias veces, en bucle, mientras ellas la coreaban cada vez con más ímpetu. No querían salir de la emoción misteriosa que las transportaba a revivir escenas cotidianas con sus muertos, hasta parecer que podían incluso acariciarlos de nuevo. A la cuarta repetición, Gabriele apagó la música en seco. Estaba llorando, pero con una sonrisa. Necesitó enmudecer a Sinatra y evitar que se le desbordara la tristeza.

—¡Menos mal! No hubiera aguantado oírte cantar una cuarta vez —soltó la Sole, intentando desviar el aterrizaje a la realidad.

—Pues no se me da nada mal. Aunque la abuela era la que mejor cantaba de todos.

Un chispazo, un segundo, un chasquido de dedos o enmudecer a Sinatra. De ese modo se retorna al presente y a las ausencias. Volvió el silencio, solo interrumpido por el ruido del motor de la ranchera esquivando socavones y las ruedas escupiendo polvo. Llegaban tarde a la cita. Aunque en los pueblos el tiempo corre distinto, la puntualidad tiene el mismo peso que en la ciudad.

Era miércoles, el día de la semana en el que Manuela y Cosme ayudaban a Uriel con los caballos en el santuario. Gabriele había oído hablar de lo especial que era ese lugar, pero no se percató de su encanto hasta que lo pisó. Una enorme extensión de campas, alrededor de unas sencillas cuadras y una casa al fondo. Una decena de caballos campando en libertad, jugando con su propio cuerpo por el terreno, con la compañía de Manuela, Cosme y Uriel, que aprovechaban para cepillar a algunos y limpiar de heces el lugar.

Cuatro perros fueron los primeros en recibir a la visita. Salieron al galope nada más oír el ruido de la ranchera y rodearon el coche dando saltos de alegría como potrillos.

—No hacen nada, no te preocupes —la alertó la Sole.

Tras ellos llegó el resto con la sonrisa de bienvenida y con Cosme a la cabeza sujetando un abanico para espantar a las moscas.

—¿Estás lista para ensuciarte tus lustrosas deportivas? —le dijo Cosme a Gabriele, fijándose en lo blancas que lucían—. Aquí hay mucho que hacer.

La Sole sonreía al comentario de su amigo al tiempo que se quitaba como podía la efusividad de los perros al bajar de la ranchera. En aquel lugar de rescate de caballos viejos y maltratados había trabajo para todos los que llegaban. Por las mañanas Uriel aprovechaba para adecentarlo todo, y por las tardes era la hora del cuidado de los animales y el paseo. Una rutina que se rompía los miércoles, día en que el santuario se cerraba para familia y amigos. No había clases, ni voluntarios. Solo las personas más cercanas.

—¡Qué sorpresa! Al fin te has decidido a conocer el santuario.

Uriel fue el último en llegar para saludarlas. Gabriele bajó instintivamente la cabeza y sintió el rubor recorriéndola desde el bajo vientre hasta las mejillas. Como si volviera a ser aquella niña de catorce años que se enamoró del chico brillante del pueblo.

—Sí, gracias por invitarme —dijo con timidez.

Uriel y ella se quedaron unos segundos sin saber qué decirse. La Sole y Cosme se habían puesto a hablar de sus cosas sin atenderlos y ellos sintieron el apocamiento incómodo de los recién conocidos y los recién encontrados.

—Este lugar es ahora mi vida, y ellos —dijo señalando a los caballos— lo son todo.

Caminaron uno al lado del otro sin apenas hablarse. A Gabriele le seguía subiendo un calor de sonrojo antiguo que le había anulado el ingenio para poder mantener una conversación fluida. No pasaba de pequeños «¡ajá!», «¡ohh!» o «¡qué bonito!», incapaz de preguntar nada más, obsesionada con si Uriel se acordaría de aquel verano o lo habría olvidado por completo.

Uriel, en cambio, tenía la mente en otra cosa. Andaba algo preocupado por *Sirio*, el último recién llegado. Un caballo temeroso y huidizo que desde que lo habían acogido se mostraba violento con la manada. Le habían curado las heridas del lomo, las patas maltrechas por las herraduras, y Uriel había pasado con él muchas horas, observando su mirada huidiza. Le seguía dando vueltas a cómo curar la principal herida de *Sirio*: necesitaba que volviera a confiar.

—¡Bienvenida al santuario!

Manuela, que estaba limpiando las cuadras y recogiendo el heno, dejó la tarea, se lavó las manos y acudió con alegría a saludarlos. Gabriele no dejaba de mirar alrededor mientras acariciaba a *Golfo*, un peludo blanco y negro que no paraba de pedirle cariño y juegos. Aquel lugar sin pretensiones ni lujo la sedujo al instante. Tenía la confortable sensación de haber estado antes allí.

—No lo creo, porque solo hace cinco años que está abierto y no me hubiera olvidado de ti. —Uriel sonrió, bromeando—. Soy bueno recordando caras.

Inmediatamente, Gabriele agachó la cabeza ante la posibilidad de haber sido reconocida. Una reacción impulsiva absurda, pensó. Habían pasado más de veinte años y ellos apenas se habían visto cuatro veces. Cuando eran jóvenes, tenían grupos de amigos distintos, y solo coincidieron ese verano, antes de que él se marchase a estudiar los últimos años de carrera fuera de España. A pesar de ser consciente de todo aquello, Gabriele seguía con la cabeza baja y la timidez en las mejillas.

—¿Estás bien? —preguntó Uriel al ver la actitud de Gabriele.

—Sí, sí, solo que me ha impactado el lugar. ¡Es precioso!

A Uriel se le iluminó enseguida el rostro y se frotó la barbilla en un gesto de satisfacción. Gabriele se dejó contagiar por su amplia sonrisa, aunque evitando mirarle. No era ni mucho menos el joven que recordaba, hubiera sido difícil reconocerlo. Su pelo rubio había mutado a gris, y las dos paletas separadas que tanto lo identificaban en su juventud se habían juntado. Se había convertido en un hombre más atractivo que bello, con aspecto cuidado pero desenfadado, y de manos grandes y ajadas por el trabajo de campo.

—Este es mi caballo preferido. *Pegaso*, el mejor nombre para un caballo.

Cosme los interrumpió para contar la historia del primer caballo que llegó al santuario, mientras el resto sonreía al ver cómo la emoción bordeaba sus rudas facciones hasta llenarlas por completo de una gran y dulce ingenuidad, casi como la de los niños.

—Prepárate, porque te va a contar toda la historia de *Pegaso* —le susurró Uriel a Gabriele, adelantándole el ritual de bienvenida que Cosme daba a cualquiera que llegara por primera vez al santuario. Ante el susurro y la cercanía imprevista de Uriel, las mejillas de Gabriele volvieron a encenderse a la misma velocidad a la que fijaba de nuevo su mirada en el suelo. Cosme le presentó al caballo blanco sin alas que simbolizaba el alma de aquel lugar.

—*Pegaso*, como bien sabes, fue el primer caballo que llegó al Olimpo de los Dioses. Perteneció a Zeus, el dios del cielo y de la Tierra. Y este caballo, al igual que él, es un ser extraordinario que llegó a la vida de mi hijo para cuidar de su corazón. ¿Sabías que según la leyenda *Pegaso* solo puede ser montado por un hombre de buen corazón?

—Papá, por favor... No le hagas caso... —Ahora era Uriel quien sonreía con el rubor pegado a la piel—. A todo le tiene que sacar un matiz de leyenda mágica.

Cosme, lejos de sentirse apocado, siguió contando las

propiedades extraordinarias de aquel santuario. Si *Pegaso* fue el primero al que rescataron, el resto llegó por llamadas de auxilio de conocidos y voluntarios que deseaban una vida mejor para aquellos animales abandonados por viejos, traumatizados por los maltratos que habían recibido. Gabriele sabía poco de caballos, pero se sintió abrumada por su hermosura.

—Esos dos que juegan son *Orión* e *Hydra*, los dos jovenzuelos que han nacido en este lugar sagrado.

Manuela y la Sole se reían al comprobar que Cosme había desplegado su encanto para envolver a Gabriele y no dejarla indiferente. Los cinco pasearon por las instalaciones del santuario acompañados de los perros y de espaldas al tiempo.

—Este me gusta. Su mirada... ¡Qué bonito es! —Gabriele comenzaba a salir de la timidez.

—Ella es *Andrómeda* y es la yegua más poderosa del lugar. —Cosme seguía siendo el embajador del santuario.

—Todos los nombres son muy especiales.

—Son nombres de constelaciones, porque todo lo que está en el cielo también está en la tierra. A Andrómeda la llaman la gobernante de todos los hombres.

La yegua se acercó a Gabriele como si la hubiera elegido a ella de entre todos. Uriel la tranquilizó, acompañándola para que pudiera acariciarla. Gabriele se encontró de nuevo y sin querer con el rostro de Uriel pegado al suyo. El corazón se le salía por la boca, golpeándola con tanta fuerza que tuvo que dar un paso atrás para alejarse de él y forzar el disimulo.

—No he acariciado nunca un caballo. —Gabriele sonrió.

—Al principio te da cierto apuro. Es normal que estés nerviosa. Pero, tranquila, no te va a hacer nada.

Gabriele acarició el lomo de *Andrómeda*. Le temblaban

las piernas porque sentía los nervios del animal y a Uriel vigilándola.

—¿Sabías que los caballos te eligen? —Cosme seguía dándole un significado profundo a todo, lo que hacía sonreír al resto—. *Andrómeda* lo ha hecho contigo. Mujer de carácter debes de ser para que esta yegua se haya fijado en ti... ¿Te atreverías con ella?

—Papá...

Manuela le tomó la mano a Cosme, solo así lograba bajar la intensidad de su abrumadora emoción. Se lo llevó con cariño y sin herir la felicidad que sentía con la llegada de la Sole y Gabriele.

—¿Sabías que los caballos también juegan? —Ahora era Uriel quien le contaba, tomando el relevo de su padre—. Lo que ocurre es que siempre les damos trabajo y no nos tomamos el tiempo de jugar con ellos solo por placer.

Siguieron el recorrido gozando de cierta intimidad permitida por el resto. A Gabriele le gustó esa sensación casi olvidada de sentirse atendida y especial. Poco a poco fue perdiendo la vergüenza. Estaba casi segura de que Uriel había borrado por completo su encuentro de jóvenes. Se atrevió a mirarle un poco más. Reconoció aquellos ojos grises que la miraban explorándola de nuevo. Seguían igual de abiertos al mundo, aunque con cierta melancolía. Las pronunciadas arrugas alrededor de sus ojos reforzaban la luminosidad del rostro de Uriel cuando sonreía. Volvió a sonreír y Gabriele sintió de nuevo un pinchazo de rubor, como cada vez que se rozaban por la torpeza del propio caminar.

—Es una de las cosas que más les gustan. Un premio para ellos —le dijo Uriel, ofreciéndole una manzana para que se la diera a los caballos.

Al recoger la fruta, la mano de Gabriele rozó la de él,

grande, rugosa y firme. Su cuerpo se tensó por el colibrí de suspiro llamado deseo. El cuerpo habla, funciona de forma autónoma, y algunas veces nos incomoda en sus respuestas. Gabriele esquivó un nuevo contacto para evitar otros latigazos inesperados. Sonrió, sorprendida por las reacciones físicas que tenía al estar junto a Uriel, mientras disfrutaba de ver a *Andrómeda* comerse la manzana.

—Conocí a tu hija el otro día cuando fui a pasear por el embalse —le soltó, intentando tomar tierra y alejar el deseo—. Tienes una artista en la familia.

A Uriel se le iluminó la cara al escuchar hablar de Cloe. La consideraba un regalo y un ser dotado de una sensibilidad extraordinaria, igual que Cosme.

—Ha sido una suerte para mí tener a mi hija y a mi padre. Ellos son seres especiales...

Gabriele viajó en un suspiro de melancolía a la realidad de no poder gozar de su madre como Uriel lo seguía haciendo de su padre y de su hija. Para ella, Greta era su persona especial. Retornó a la mirada profunda que oculta la tristeza de una gran ausencia. Acarició a *Andrómeda*, intentando recuperar la compostura para esconder la pena que había amanecido.

—Date tiempo, la tristeza también tiene derecho a existir —dijo Uriel mientras aprovechaba para cepillar a la yegua que había elegido a Gabriele—. ¿Sabes que cepillar a un caballo es lo más terapéutico que he encontrado contra la tristeza? Al morir mi mujer me pasaba horas, días, cepillando a los caballos. Hablaba con ellos, lloraba a su lado y me sentía extrañamente consolado. ¿Te apetece probarlo con *Andrómeda*?

Gabriele se dejó llevar, sorprendida por sentirse a gusto con el consuelo de un extraño. Se le había colocado de nuevo en el pecho ese dolor agudo que asfixia, y no encontró mejor modo de intentar sacárselo de encima que aceptar la propuesta de Uriel. Guiada por él, tomó el cepillo y comenzó a acariciar el lomo de la yegua. Se concentró en el movimiento ascendente y descendente, olvidándose de su propia dificultad para respirar. Repetía la acción con prudencia ante la aprobación de Uriel y la satisfacción de *Andrómeda*.

—Quédate con ella a solas. Tranquila, no te hará nada. Tiene razón mi padre: los caballos eligen.

Gabriele sintió cierto vértigo cuando Uriel la invitó a seguir en soledad, pero fue incapaz de abrir la boca, presa de la emoción y de la responsabilidad. Sin perder su concentración en el cepillado a *Andrómeda*, vio cómo Uriel se alejaba con una sonrisa. Al principio, cualquier sutil movimiento de la yegua le daba miedo, por si le hacía daño, pero pronto comenzó a brotar la confianza de la intimidad compartida en forma de calma sutil.

La Sole contempló a su sobrina desde el porche, junto a Cosme y Manuela. La vio pequeña, no solo por la distancia y la perspectiva, sino también por la fragilidad de la escena. El rostro de Gabriele comenzaba a dibujar una sonrisa ingenua, de felicidad espontánea e inesperada. Esa era en realidad la magia de aquel lugar y lo que Uriel había sabido transmitir a aquellos que llegaban, como él, heridos de alma.

—Mi hijo tiene un don y lo más bonito es que no sabe que lo tiene.

Eso dijo Cosme mientras contemplaba a Gabriele cepillando a la yegua y olvidándose por un tiempo del mundo hostil. La belleza reaparece en lo más pequeño e inadvertido.

—Yo puedo leer los astros, pero mi hijo lee almas, y lo mejor de todo es que dice que no cree en nada.

Manuela le besó la mejilla sin perder la sonrisa. Adoraba la pureza de Cosme, le parecía el atributo que hacía más irresistible a un ser humano.

—Os dejo que compartáis confidencias. Nos vemos en la casa, que tengo que terminar el puchero.

Manuela era también una mujer sabia que leía miradas y silencios, y que como todos aquellos que despiertan a lo esencial de la vida sabía escuchar mucho más allá de las palabras. Con la elegancia que la caracterizaba, se colocó el sombrero de paja y disculpó su repentina ausencia con una invitación.

—Espero que os quedéis a comer. Hoy hay unas estupendas lentejas, pimientos y tomates de la huerta. Además, pronto llega Cloe del colegio y ya sabes lo que le gustan las comidas de los miércoles.

La Sole admiraba a aquella mujer y su calma. Llevaba años envidiando la relación que tenía con Cosme, su amor abierto al mundo, que proclamaban a los cuatro vientos.

—Me quiero casar —dijo en cuanto Manuela se hubo distanciado lo suficiente de ellos como para no oírla.

Lo dijo directamente, sin dar más explicaciones, tan solo expresando un deseo. El silencio ofreció la densidad adecuada para tamaña revelación. Cosme llevaba mucho tiempo esperando que su amiga hablara de forma abierta de aquello que ocupaba su vida, pero nunca había pensado que antes de la confesión vendría el deseo o la culminación. Sobrevenido por la emoción, la besó en la mejilla y la abrazó con ternura. «Es un buen momento para hacerlo», le susurró al oído mientras compartían la alegría. No había mucho más que decir, sobraban las explicaciones. Los dos amigos se miraron de cerca, con los ojos iluminados y sabios por haber matado al fin al demonio que se apropia de la libertad carnavalera de vivir como se siente. Cosme tomó las manos de la Sole y se las apretó con fuerza mientras arrugaba todo su rostro para destensarlo en una gran sonrisa.

—Se lo he dicho a Gabriele. Lo sabe todo. Quiero pedirle a Ada que se case conmigo y me gustaría que tú también me ayudaras.

En aquel banco de madera, bajo el porche del santuario, Cosme se levantó y extendió sus brazos. Contempló el prado que tenía ante sus ojos, la calma de las pisadas y el relinchar de los caballos distraídos en su libertad. Al final del paisaje, el Almanzor, el guardián de los secretos de aquella tierra.

—Soy muy feliz. —Se giró a mirar a Sole para desvelar la emoción incontenida de sus ojos—. ¿Sabes que Ada tiene mucha suerte?

—No, la suerte la tengo yo de saber que todos estos años has estado a mi lado. Velando incluso por aquello que no me atrevía a decir.

Cosme volvió a agarrarle la mano a la Sole, que temblaba del atrevimiento de desencorsetarse. Él era un hombre de pueblo, de tradiciones confusas y credos en rebeldía. Sonreía con la mirada. Los pueblos no son fáciles para las personas distintas, y mucho menos para quien nace bajo el mal cobijo de la tradición que juzga. Ellos dos, igual que Félix, eran de una generación alterada, puenteada entre la tradición y una arrolladora modernidad que avanza como un tren sin frenos. Cosme prefería hablar de las estrellas y de cómo el cielo de cada uno dibuja un destino que de los sentimientos y cómo encauzarlos en las censuras de la mente. Él sabía que amaba a Manuela, la mujer que había ocupado su corazón tras fallecer Asun. Todos los sabían, incluso él mismo, pero la cobardía y el dolor de una despedida definitiva a su difunta habían hecho que al principio también le costara vivir aquel amor con la libertad. Por eso, aquella mañana se emocionó ante la Sole, en lugar de colgarse una medalla por el mérito de comprender y apoyar una relación entre dos mujeres.

—Manuela es el ángel que me enviaron los de arriba. ¿Sabes que en mi cielo está escrito que ella es mi alma gemela, y no Asun? El loco de tu amigo lo ha sabido desde el principio. Manuela es el amor de mi vida, aunque no hemos necesitado casarnos. Pero tú, Sole, sí que debes hacerlo. ¡Y yo te voy a ayudar!

Cosme seguía mirando al Almanzor, observando su majestuosidad sobresaltada por los claros de luz de una mañana atravesada por nubes que amenazaban tormenta. El día perfecto para hacer confesiones al aire libre. La Sole fue en busca de su amigo para agarrarle ahora ella la mano. Entrelazó su dedo meñique con el de Cosme, como tantas veces lo había hecho él con ella. Los dos alzaron sus manos unidas por los meñiques frente al Almanzor, recordando la fuerza del lazo rojo invisible que unía a aquellos que debían permanecer juntos. Estuvieron un buen rato en silencio hasta que Cosme comenzó con las prisas.

—Habrá que ponerle fecha. —La Sole soltó media risa al escucharlo.

—Hay que preparar bien la pedida. Ada no se merece cualquier cosa, ¿no crees? —le respondió la Sole, tratando de frenar a su amigo, deseoso de ir de boda cuanto antes.

—Ni se te ocurra echarte atrás, que nos conocemos...

Con un grito lejano y aireando su sombrero, Manuela avisó de que la comida estaba lista. Por detrás de ella, como un cervatillo brincando, salió al trote Cloe, en dirección al santuario y con la sonrisa y la mochila del colegio todavía puestas. El miércoles era el mejor día de la semana para ella porque había comida familiar y porque, ocurriera lo que ocurriese en clase, las tardes de los miércoles eran para el santuario y los caballos de su padre. Adoraba el lugar, la compañía de su abuelo y los animales, tan libres como ella se sentía allí. Se había convertido en una amazona prometedora, pero montar a caballo no era su pasión, sino la de su padre. Ella disfrutaba observando, limpiando las cuadras, cuidando de los animales y dibujando. Le gustaba estar con su abuelo y hacer de cada caballo un héroe que llega para salvar vidas.

—¡Hola! ¿Dónde está *Ciclón*? ¿Se le ha pasado el dolor de estómago? —le preguntó a Cosme.

—Creo que tu padre está ahora mismo con él. Sigue sin ganas de trotar.

Cloe corrió a las cuadras y se detuvo ante la presencia de Gabriele, que había cogido el rastrillo y arrastraba el heno desperdigado. La observó sin ser descubierta, todavía con algo de recelo por cómo se despidieron la vez que se encontraron durante el avistamiento de grullas. Sonrió al ver la poca destreza de Gabriele, que luchaba por llevarse las heces sin reflejar disgusto en el rostro.

—A mí tampoco me gusta —le dijo, acercándose—. La caca de caballo huele muy mal, ¿verdad?

Cloe había cogido la pala y se había puesto sus botas de limpiar en un segundo para enseñarle a Gabriele el mejor modo de apartar el heno y las heces de cada cuadra. Ella lo hacía desde que era pequeña, y para usar el rastrillo, como con cualquier herramienta, era necesario aplicar una buena técnica.

—¿Lo ves? Es mejor de arriba abajo siempre. Así se arrastra todo más fácilmente y no tienes que estar tanto tiempo.

—Veo que ya tienes a la mejor profesora —dijo Uriel, apareciendo de la nada y recibiendo de inmediato un abrazo-sacudida de su hija—. ¿Quieres ver a *Ciclón* antes de comer? —le preguntó a Cloe mientras mantenía el abrazo—. ¿Nos acompañas? Es el potrillo que acaba de nacer hace apenas una semana. Está malito porque una bacteria en el estómago lo ha dejado muy debilitado, pero poco a poco se pondrá fuerte.

Gabriele apenas hablaba. La emoción inesperada la había dejado alelada, pero también se sentía cómoda con la sonrisa que lucía su rostro desde que había llegado. Había acariciado y cepillado caballos, preparado los bebederos y limpiado cuadras. Desde que su madre había muerto, era el primer día que había podido alejar la tristeza y volver a conectar con ella misma. Decidió respirar y dejarse llevar.

—¿A que es el caballo más bonito? Mi padre me lo ha regalado y mi abuelo me ha dicho que va a ser muy especial, casi tanto como *Pegaso*.

El sonido de un tintineo tenue de campana hizo reaccionar a Uriel y a Cloe. Manuela había dado el último aviso. Cloe acarició con suavidad a *Ciclón* y de un salto corrió a buscar a su abuelo, que ya había emprendido el camino hacia la casa junto a Sole.

—Félix ha venido esta mañana a casa y me ha pedido que le ayude a recuperar a Gabriele —le estaba diciendo Sole a Cosme.

Cloe empezó a caminar con ellos cogida de la mano de su abuelo, absorta en su propia felicidad. Sin atender a lo que decían los mayores, jugaba con sus propias pisadas celebrando la mejoría de *Ciclón*. Solo en una brizna de curiosidad, giró la cabeza para comprobar si su padre y Gabriele habían atendido también a la llamada de Manuela. Los dos paseaban unos metros atrás, alejados del resto, entregados al momento. A veces la vida se ocupa de borrar las huellas del pasado, incluso del pasado reciente, para mostrarnos el sendero menos espinoso perdiendo la vergüenza, sintiendo lo inesperado. Aunque en la ternura del instante, todo sea sutileza.

Greta había muerto hacía más de dos semanas y el puzle de la vida de sus familiares se había reconocido incompleto, falto de piezas. Cosme miró a Manuela con una felicidad desbordante. Cosme se la comía a besos todas las noches. Adoraba la fortaleza y la libertad de Manuela. Ella era su junco, su raíz, su pedazo de tierra fértil donde no dejaban de brotarle emociones nuevas y fuertes. A él le habría gustado casarse, pero con el tiempo le cogió el gusto adolescente a aquello de ser el amante eterno de Manuela. A ella no le hacía falta ningún gesto público, en la familia hacía tiempo que era una más. Sabía cómo amaba a ese hombre de cuerpo rocoso y mirada curiosa. Sabía cómo le amaba desde el primer día que se vieron, aun estando Asun viva y los dos casados. La vida te ofrece segundas oportunidades, aunque hayas dejado de creer o renuncies a lo que debes vivir. Cosme y Manuela lo sabían, igual que la Sole.

La comida y la jornada transcurrieron placenteras, con la buena conversación acompañando la vianda exquisita de Manuela. Al atardecer, la Sole y Gabriele se despidieron del día estupendo que habían pasado todos, tan inspirador que en el viaje de vuelta a casa sucedió lo inesperado.

—Creo que ya sé dónde podemos esparcir las cenizas de mamá.

Gabriele apagó a Barbra Streisand como a la ida había hecho con Sinatra. Fue un comentario seco, lanzado al exterior después de la interconexión de una cadena de pensamientos fugaces que precipitaron el final del acertijo.

—¡Para el coche, tía!

La Sole la miró con incredulidad ante la petición.

—¿Ahora? ¿Aquí en medio? Ni hablar.

—Mamá dijo en la carta que debía ser un lugar donde habíamos sido felices, y ya sé cuál es. Lo hemos tenido delante de nuestras narices siempre. ¿No caes, tía?

La Sole andaba desconcertada y nerviosa por la insistente petición de su sobrina de que se detuviera.

—Venga, dímelo y déjate de juegos, que la carretera no es lugar para ello.

—¡Para el coche, tía! ¡Será un momento nada más! ¡Para el coche!

La Sole detuvo la marcha sin entender nada. Comprobó por el retrovisor que no llegaba ningún vehículo, sin poder evitar que Gabriele saliera precipitadamente. Por suerte, no era una carretera demasiado transitada. La Sole fue tras ella, recriminándole aquella locura.

—¿Qué estás haciendo? Gabriele, métete en el coche, aquí no podemos pararnos. —Miraba en todas direcciones, pidiéndole que volviera al coche—. ¿No te das cuenta de que estamos en medio de una curva y cualquiera puede arrollarnos?

Pero Gabriele no atendía. Había extendido los brazos y contemplaba el paisaje sin dejarse llevar por el miedo de su tía. Se resistía a meterse en el vehículo sin que la Sole resolviera el acertijo antes.

—¿Ya lo sabes, tía? —decía divertida.

—Gabriele, por favor. ¡Van a atropellarnos! ¡Al coche!

—¡El Almanzor, tía! ¡El Almanzor!

Gabriele se giró con la cara sonriente, iluminada. Estaba feliz por haberlo logrado. Su madre se lo había encargado a ella, solo a ella, y ahora que había dado con el lugar sabía por qué. La subida al Almanzor cuando Gabriele tenía once años fue la última vez que los tres fueron felices juntos. Poco antes de que su madre desapareciera, supuestamente para cuidar de su amiga enferma, poco antes de descubrir a su padre besando a otra mujer en una esquina, poco antes de, sin saberlo, ser abandonada por su madre embarazada. Poco antes de que el castillo de naipes familiar se cayera.

—¡Sí, tía! ¿No te das cuenta? —insistió Gabriele, colocándose en medio de la carretera—. ¡La respuesta estaba ante nuestras narices! Ese es el lugar —dijo señalando el Almanzor, que estaba frente a ellas—, pero debemos hacerlo tal cual lo hicimos. Pasando la noche en el refugio.

—Gabriele, haz el favor de salir de la carretera. ¡Vamos! Lo hablamos en el coche. ¡Venga! Deja de hacer tonterías.

—Lo haremos todos juntos. ¡Todos!

Cuando se disponía a cruzar la carretera, un vehículo fue directo a ella, pero por suerte el conductor pisó el freno y evitó el atropello. El desconocido empalideció imaginando lo que habría podido ocurrir y miró a Gabriele sin entender la extraña situación, incapaz siquiera de lanzarle un improperio.

—Pero ¿te has vuelto loca? ¿Sabes que han estado a punto de atropellarte?

La Sole se pasó los cuatro kilómetros que restaban para llegar al pueblo blasfemando. Soltando la adrenalina en forma de gritos y reproches a su sobrina, que seguía celebrando haber dado al fin con el lugar donde su madre descansaría en paz. En el cielo de la sierra sur de Gredos. En libertad, como las águilas que sobrevuelan el lugar, como los pájaros vigías. La pérdida de la inocencia familiar. Después del Almanzor, a todos, por distintas razones, se les rompió el corazón.

—¿No te das cuenta, tía? Mamá sabía que yo recordaría el lugar. ¡Por eso me encargó a mí que lo buscara!

La pequeña *urban sketcher* la había ayudado a recordar. En el santuario, Cloe se había puesto a dibujar el paisaje de la vera, los caballos y, al fondo, la gran montaña. Solía hacerlo todos los miércoles. A Gabriele le llamó la atención la proporción del dibujo.

—¿No crees que has dibujado la montaña mucho más grande de lo que la vemos?

—No. Para mi abuelo y para mí, las cosas que son importantes son las que debemos dibujar más grandes. ¿Ves? Tú estás mucho más pequeña que mi padre y mi abuelo. Y que Manuela. Y este —señaló el dibujo—, ¿a que no sabes quién es? —Gabriele negó con la cabeza—. Es *Ciclón*, mi caballo, y, aunque ahora sea el más pequeño, para mí es el más importante. Por eso lo he dibujado el más grande. ¿Te gusta?

Fue en la ranchera, con la canción de Barbra Streisand *The way we were*, cuando los pensamientos de Gabriele se interconectaron. Recordó el dibujo de Cloe y, como si su mente se abriera en una poderosa fuente de momentos pasados, viajó a su infancia. A sus risas, a sus caricias, a sus cabriolas, a sus dibujos, a sus paseos a hombros de su padre, hasta llegar a la excursión, hasta recordar la emoción de ver el mundo pequeño y el silencio grande en el pico del Almanzor.

La Sole no atendía a ninguna explicación de Gabriele. Seguía con la tensión por las nubes después de casi ver arrollada a su sobrina. Hablaba de modo acelerado, quejándose por la hora, por haber dejado a Ada sola con Carmencita en el bar. También se acordó de Candela y tuvo reproches para ella.

—Niña malcriada, que se cree que por un mal de amores puede dejar de ir a trabajar. O deja los lloros para cuando llegue a su casa o tendré que despedirla. Y tú ¿de qué te ríes, eh?

La Sole se agarraba al volante mientras seguían subiéndole los colores del fulgor de las emociones. Demasiadas confesiones en poco tiempo le habían alterado los nervios y la verborrea. Primero su hermano, luego ella y ahora su sobrina con el lugar donde esparcir las cenizas de Greta.

—No entiendo por qué te ríes, Gabriele. Sabes que me enfado muy poco, pero reconóceme que te has pasado. ¡Por poco te atropellan! ¿En qué andabas pensando?

—¡En que te vas a casar! —Gabriele se lo recordó con una amplia sonrisa, logrando cortar con una sola frase a su tía, que sin poder evitar comenzó a sonreír tímidamente y dejó que la bronca se evaporara como una tormenta de verano—. Tía, ¡que te vas a casar! ¡Te casas, tía!

La Sole sonreía, pero a la vez le mandaba con un bisbiseo a Gabriele que hablara más bajito, por el miedo todavía en el cuerpo acumulado durante los años de silencio. Sentía una emoción desbordada: una mezcla de timidez, rubor y alegría infinita. Puede que a eso le llamaran «felicidad completa», pensó. Ser valiente y consciente, y estar decidida a vivir al fin según se siente.

—Todavía no sé cómo, pero sí, Gabriele. Estoy decidida a casarme, y espero que tu padre quiera ser el padrino. ¿Me ayudarás a convencerle?

La Sole había dado con el momento adecuado para seguir con el plan cruzado: ayudar a su hermano a acercarse a su hija. Sonrió mirando a la carretera y pensando en Greta. Agradeciéndole todo aquello. Pensó lo mismo que comenzaban a pensar todos: que solo Greta sabía cómo iba a terminar todo aquello.

8

Llovía a mares. El cielo arrugado llevaba toda la mañana soltando agua. Los relámpagos centelleantes iluminaban las nubes negras que cubrían el paisaje. Gabriele se despertó asustada por un trueno que anunciaba más tormenta. *Greco* aullaba y rascaba insistente con las patas la puerta del desván para entrar. Félix se había ido temprano para ayudar a Cosme a preparar el día de los Calbotes, la tradición celta para el día de los muertos. Gabriele le abrió la puerta al negro tizón, que se abalanzó sobre ella, tirándola al suelo y bañándola a lametazos. *Menina* se había quedado en el salón durmiendo plácidamente, sin atender a otras vidas ni al resplandor de los relámpagos. Cuando Cher comenzó a sonar a lo lejos, Gabriele se quitó a *Greco* de encima, se tiró sobre la cama y alargando el brazo desconectó el móvil del cable y respondió apurada.

—Pero ¿estás loco? ¿Y cuándo llegas?

Hablaba con Luis. Le contó que a primera hora de la mañana había tomado la decisión de coger a mediodía un Ave con destino a Madrid.

—Tengo ganas de verte y asegurarme de que estás bien —le dijo con la voz entrecortada por la falta de cobertura.

—Sí, sí, me encanta, pero... Ah, ¿no te quedas en casa?

¿En el Vetones? Lo que tú quieras... ¿Sobre las siete, calculas? Perfecto. ¡Qué ganas de verte!

La visita de Luis la había puesto contenta, pero temía que trajera consigo asegurarse de que cogía el tren de vuelta con él para no perderse la entrevista de trabajo que le había conseguido. Así era su amigo de obstinado con todo. Pensó en volver a trabajar y en la entrevista, que comenzaba a pesarle más que una mochila llena de piedras. Sabía que ese era un tema espinoso porque Luis había logrado postergarla e insistía en que era un buen trabajo, pero tomar decisiones sobre su futuro era algo que seguía incapacitada para hacer. Todo lo que antes le importaba, incluso lo que anhelaba, había desaparecido. Cada día que pasaba estaba más lejos de la Gabriele que había llegado al pueblo obligada por la tragedia. A pesar de las intenciones escondidas de Luis, Gabriele se moría de ganas de abrazarlo y así volver a conectar con su vida de antes de que la muerte de su madre lo parara todo.

Bajó a la cocina. Su padre, como cada mañana, le había dejado la cafetera italiana cargada. Sonrió al verlo. Cuando convives con la fragilidad, las pequeñas cosas son las que te empiezan a sacar del pozo. La tristeza es un pozo profundo y oscuro, un agujero negro donde no ves nada y lo lloras todo. Gabriele se movía en esa alteración emocional a flor de piel que desajustaba su reloj vital. Caminaba descalza, con la camiseta del revés y unos pantalones de chándal que había metido en la maleta con la absurda idea de que quizá le daría por salir a correr.

—¡Ponte unas zapatillas, que te vas a enfriar!

La voz de su madre otra vez. Aparecía como un zumbido centelleante que le hablaba desde dentro, a modo de conciencia protectora. La memoria emocional, cuando se activa, nos presenta a nuestros muertos como acompañantes de la cotidianeidad más sencilla. Gabriele sobrevivía, era consciente en cada despertar de que todavía no había vuelto a la vida. Lo mismo que su padre, caminaba buscando el equilibrio para evitar romperse a cada paso. Encontrar un orden, un nuevo modo de respirar sin sentir angustia. Se apoyó en la encimera de la cocina viajando a otra época: su madre preparándole el desayuno con la bata azul que tanto le gustaba y las zapatillas a juego. El pelo recogido con un moño y las enormes gafas ovaladas y doradas que todos menos ella detestaban. Las manos siempre con la manicura impecable y una piel jugosa, recién hidratada.

—¡Mira cómo vas, hija! Con la camiseta del revés. No tienes remedio. —Gabriele sonrió por la de veces que se lo había dicho. Se lo habría dicho también aquella misma mañana al ver cómo iba vestida. Sonrió observándose y escuchándola de nuevo, como si no hubiera pasado el tiempo. Como si la muerte no les hubiera atravesado para llevarse a su madre.

Había un ramo de flores silvestres sobre la mesa de la cocina. Lo había dejado su padre antes de irse. Sonrió también por eso. Llevaban unos días sin apenas verse, pero sintió que él pensaba en ella también, aunque fuera desde la distancia. Siguió moviéndose y mirándolo todo desde la nebulosa de ese existir aletargado de quien todavía no ha encontrado a qué agarrarse después de una buena caída. Unas madalenas, pan y queso de cabra con la aceitera lista sobre la mesa. Volvió a sonreír levemente mientras cogía un poco de queso.

Félix había seguido al pie de la letra las instrucciones de su hermana: dejar migas de pan para que llegasen hasta donde deseaba, como con los pajarillos. Gabriele, según los planes de la Sole, tenía que ablandarse, despertar el deseo dormido de ver a su padre, y para ello debía echarlo de menos.

—Pero entonces ¿no puede verme? —le preguntó Félix a su hermana—. ¿No podemos coincidir?

—Así es. Por lo menos por unos días, Gabriele tiene que sentir que te le escapas. Saber que estás ahí, pero siendo invisible. Deja una partida de ajedrez a la mitad. Un libro abierto que estés leyendo. Y el café y el desayuno hecho todos los días. Si te llama por teléfono tienes que ser amable, pero intentar no coincidir para comer ni para cenar.

La Sole se encargó de que su sobrina comiera y cenara con ella en el bar esos días que Félix debía hacerse el ausente. Así se tomaban el tiempo para preparar juntas la pedida de mano de la Sole a Ada.

—¿Y cuándo vas a pedirle a Ada que se case contigo? —Mientras Gabriele desayunaba, recordó que su tía al fin había puesto fecha a la pedida.

—Pues Cosme dice que para los Calbotes..., pero a mí me parece un poco precipitado. Además todavía no tengo anillo...

Volvió a sonreír. La cafetera silbó avisando de que el café estaba listo. Gabriele se había quedado observando el salón, como los pajarillos con las migas, deteniéndose en cada cosa que Félix había dejado por hacer, en las huellas de su paso por la casa. Con la taza caliente y una madalena en la boca, se sentó en el viejo orejero de su madre y descubrió la partida de ajedrez que su padre había dejado sobre el tablero. La estrategia de la Sole había funcionado y el pajarillo comenzaba a comerse las migas de pan. Se entretuvo unos minutos en la posición de las blancas para ver cuál sería el próximo mejor movimiento. Se acordó de las partidas que jugaba con él y de cómo se divertían juntos. Pensó en Cloe y en el pacto que había hecho con ella de enseñarle las mejores jugadas para lograr ganar a su padre. Le vino a la cabeza Uriel y su olor a ciprés y a madera. Volvió a sonreír ante esa cadena de pensamientos mientras analizaba la partida abierta.

Al fin se le había evaporado la vergüenza de estar junto a Uriel. Habían coincidido un par de veces más desde su encuentro en el santuario y, en una de esas, a punto estuvo de confesar su desaire adolescente. Gabriele sonreía con la boca llena de madalena mientras buscaba con los ojos, como cada mañana, la urna de su madre para darle los buenos días. Se había convertido en un ritual extraño. No podía comenzar el día sin mirar la urna y desearle a su madre, ya muerta y convertida en cenizas, que pasara un buen día. Volvió al tablero de ajedrez.

—El ajedrez es como la vida, cada movimiento tiene sus consecuencias.

Lo dijo en voz alta mientras movía uno de los caballos, alterando el tablero de ajedrez que había dejado su padre. Lo hizo con la intención de iniciar una partida escondida con él. Sonrió de nuevo. No sabía si su padre lo entendería, pero confió en que se diera cuenta. El pajarillo se había comido otra miga.

Subió al desván y se sentó en la cama con el segundo café entre las manos. Cerró los ojos y escuchó la lluvia, las gotas de agua rompiendo contra el tejado. A cada trueno, los aullidos de *Greco*. Suspiró para encontrar un refugio de alivio y porque su vida siguiera suspendida entre el pasado y el presente. Se sentía traslúcida porque todo la traspasaba y nada se quedaba en ella. Volvió a suspirar. Observó la estancia hasta fijarse en el mono de lino que le había regalado su madre, colgado de uno de los caballetes, tal y como lo había dejado el día que llegó. Se desnudó con prisa y en nada se había puesto el mono. Bajó al baño a mirarse, sintiendo la intimidad de quien desea despertar sin ser visto. Le entraron ganas de ponerse a pintar. De abrir la caja de colores y dejarse llevar. Un deseo en medio del desierto, como un oasis. Regresó al desván sintiendo a su madre sentada en la cama con la bata azul y las zapatillas a juego, con las manos juntas sobre las piernas y el rostro sonriente.

Abrió las cajoneras olvidadas llenas de pinturas. Había decenas de tubos de acuarelas sin abrir. Les quitó el polvo a los botes de cristal, a la paleta de mezclas y a varios pinceles con la misma camiseta que le había servido esos días de pijama. Revisó varios armarios y revolvió cajas viejas hasta que dio con los lienzos viejos sin estrenar. Movió el caballete hasta colocarlo cerca de la ventana, salpicada por las gotas de la lluvia que seguía cayendo fuera.

Greta permanecía junto a Gabriele, en la cama, observando cómo su hija se decidía al fin a inaugurar aquel estudio creado para ella pero sin usar.

—Al fin lo he hecho, mamá —dijo, dirigiéndose a su madre sin darse la vuelta.

Sin pensárselo, mojó uno de los pinceles en agua y estrenó el primer color. El verde. Era el que más iba con aquella tierra. Mientras comenzaba a llenar el lienzo de aguas verdes, se acordó de cuando era niña y se pasaba horas coloreando y convirtiendo las paredes de su habitación de Madrid en una sala de exposiciones. Con cada sutil movimiento de muñeca y pincel sobre el lienzo, sentía cómo la costura abierta empezaba a cerrarse. *Greco* se quedó junto a ella. La llegada de *Menina,* que solo se movía por Greta, volvió a hacer sonreír a Gabriele. Con la mirada ladeada observó cómo la vieja perra cruzaba la puerta y se estiraba a los pies de la cama. Respiró profundamente, como si pudiera oler el perfume de su madre. En la locura de la ausencia, las creencias viajan fuera de la razón. Gabriele sintió un vuelco al mirar a *Menina* recostada bajo la cama, justo donde había imaginado sentada a su madre. Sonrió y volvió al lienzo. El tiempo se detuvo en aquel desván. La tristeza, como la alegría, tejen realidades imposibles de contabilizar en la medida del tiempo ordinario. No existen días ni segundos ni minutos para tasar un beso, un abrazo o un encuentro emocionalmente expansivo. Ellos, como la muerte de Greta para Gabriele, quedan suspendidos en nuestra línea de la fragilidad, pegados a nuestra piel, capacitados para viajar en el tiempo y, caprichosos, dispuestos a aparecer cuando menos los esperamos.

Gabriele disfrutó con cada trazo que transformó el blanco del lienzo en un principio. Comenzó a silbar una melodía sin importancia, activando así el sonido de cuando gozamos más allá de todo. Pintó de memoria el paisaje de pinos, castaños y encinas, y al fondo empezó a siluetear el Almanzor. Sonrió recordando la escala alterada de proporciones de Cloe, en la que el tamaño de los objetos dependía de la importancia que les daba su corazón. Ella misma no sabría decir cómo estaba su propia escala, porque los aprecios se habían movido. No dejaba de pensar en la posibilidad de conocer a esa parte desconocida de su madre: su hermano. En llegar a su secreto y puede que aliviar su dolor.

—¿Ha llamado doña Lola o el asistente? —le preguntaba cada día a su tía.

—No, el plazo es justo después de Calbotes. Hay que seguir confiando.

Gabriele había descubierto que la fe no era una cuestión de confianza. La confianza se sustenta en hechos y la fe transmuta fuera de la razón. Ella tenía fe. Fe en su madre, a pesar de todo. Puede que por el amor que sentía por ella o porque se protegía ante la posibilidad de no poder asumir que sus recuerdos quedarían invalidados por la certeza de un abandono, un embarazo y de nuevo un abandono. Tenía fe en su madre. Su mente no disponía de capacidad para traspasar nada más. Empezaba a ver la carta de su madre como la confesión de una equivocación. En ocasiones, Gabriele volvía a ser condescendiente con Greta y resistente a abrirse a su padre. Seguían siendo víctima y verdugo a pesar de la realidad descubierta. De nuevo las emociones suspendidas en la línea de la fragilidad eran las que estaban marcando los hechos. Para seguir a flote necesitaba mantener alguna creencia antigua, por injusta que fuera. Al menos por el momento. Su madre estaba muerta, no podía hablar con ella ni modificar en ningún modo lo que había sentido con cada llamada, comida o beso de buenas noches. Su padre seguía siendo la bolsa abierta donde depositar todas las frustraciones. El culpable de que la vida le fuera mal. Eso había sido hasta entonces y, aunque ya sabía que no era justo, no sabía cómo hacer para cambiar lo que sentía.

—¿Hablas con papá? Nos hemos visto poco, pero lo veo muy triste —le había comentado la noche anterior a su tía.

—Lo está. Tu padre amaba profundamente a tu madre. ¿Sabes que lleva casi todos los días visitando el cementerio? —le confesó la Sole.

—¿El cementerio? Pero si mamá está en casa...

—Lo sé. Pero tu padre es un hombre de tradiciones y rarezas y, desde que tu madre murió, le ha dado por visitar a tu abuela y hablar con ella.

Gabriele había preguntado por su padre a su tía más de lo que había hecho en toda su vida. Que fuera al cementerio, como había hecho ella, le enterneció. Sintió ganas de cogerle de la mano y acompañarlo. De momento no sabía cómo hablarle ni qué decirle, pero comenzaba a brotarle la necesidad de un abrazo.

—¿A ti te habla? —preguntó Gabriele con timidez.

—Gabriele, tu padre es muy para dentro... —La Sole sabía que el pajarillo se había comido las primeras migas y el plan trazado para acercar a padre e hija estaba funcionando—. No es un hombre que exprese demasiado lo que siente, pero estos días me ha dicho cosas, sí.

—¿Qué te ha dicho? —Gabriele preguntó exactamente lo que deseaba la Sole.

—Que te quiere mucho.

Gabriele recordaba las palabras de su tía mientras seguía esbozando el lienzo. Reconocía en cada pensamiento y en cada trazo que se había preocupado muy poco o nada por conocer a su padre. Se había quedado en una figura desdibujada, desenfocada. Ausente, aunque extrañamente presente siempre en las palabras de su madre. Recordó que no había una sola conversación que hubiera tenido con su madre en la que Greta no nombrara a su padre: «Papá te manda un beso», «papá te da la enhorabuena también», «a papá ya sabes que no le gusta». Papá, papá, papá... Cuando estamos sordos, solo un estallido puede modificar la realidad con brusquedad: igual que te revienta los tímpanos, puede destaponarlos para oír el sonido bloqueado por un trauma o un dolor emocional. La palabra «papá» y toda la secuencia que seguía, Gabriele las había deshabilitado de su conciencia. Siempre le había escocido todo lo que tuviera que ver con su padre y, en esa travesía de emociones profundas tras la muerte de su madre, la confusión emocional pasaba por no saber colocar nada.

Se pasó el resto de la mañana recordando y escuchando a su madre. Ensuciándose los dedos y sonriendo. «Límpiate esos dedos, ¡que son mancha segura!» De nuevo la voz de Greta ante la temerosa certeza de saber en qué pared se encontraría las huellas de colores. Se limpió las manos con la camiseta-pijama, convertida ya en trapo. Siguió emborronando el lienzo, jugando sin mayor pretensión que la de aliviar el tiempo.

La tormenta amainaba y las nubes comenzaban a deshacer el negro del cielo. Las gotas continuaban cayendo, escurriéndose por las hojas de los árboles. Un escrupuloso día de otoño, bañado en nostalgia. Desde la ventana del desván vio llegar la ranchera de su tía. Las luces del coche centellearon al tiempo que el claxon la llamaba a abrir la puerta. *Greco* se erizó y empezó a ladrar como buen perro protector ante la visita. *Menina* tan solo levantó la cabeza; no se había movido de los pies de la cama. Gabriele lanzó una mirada fugaz para comprobar que la imagen traslúcida de su madre sentada en la cama había desaparecido. Bajó la escalera corriendo, despeinada y con el trapo manchado de pintura colgando de uno de los bolsillos del mono. Desde la puerta de la casa pulsó el mando a distancia para abrirle la puerta a su tía, que enseguida salió de la ranchera dando grandes zancadas para evitar mojarse. La Sole odiaba los paraguas.

—¡Bendita lluvia! ¡Una no se puede mover sin ponerse hasta arriba de barro!

Mientras taconeaba encima del felpudo de la entrada, blasfemó sobre el mal estado de la carretera de montaña, sobre todo en los días de lluvia. En su empeño por criticar cualquier cosa relacionada con la conducción ajena, tardó en fijarse en el mono de Gabriele y en sus manos manchadas de pintura.

—¿Y esto?

—¡Me he puesto a pintar, tía! Me han entrado ganas y como llovía...

La Sole vio a su sobrina por primera vez con brillo en los ojos desde que Greta había fallecido. Cuando se apaga uno de los faros de tu vida, debes aprovechar cualquier llama que alumbre ese camino que ha quedado oscuro.

—¿Quieres un café? El que he hecho estará frío, pero hago más enseguida.

—No te preocupes. Un poco de agua y ya está. Me voy enseguida porque Ada me espera. ¡Y Candela! Que al fin ha aparecido, el alma en pena. ¡No parece la misma, pobre! Se ha quedado hecha una sardinilla. ¿Vas a bajar a comer? Así te ve, a ver si se anima un poco. No imaginaba que esto de Rubén la afectara tanto. El amor tiene estos reveses inesperados. Mira que la niña estaba segura, y ¡zas! Ahora es como un cervatillo que se ha quedado huérfano. En fin, bueno... ¿Y el cuadro?

La Sole no paraba de hablar. De camino a recoger los quesos de la Francisca, había recibido una llamada de Marcelo, el asistente de doña Lola, y, nada más colgar, se había ido directamente a contárselo a su sobrina. Estaba nerviosa, necesitaba sentarse para soltar la noticia. Ella era de las que miraban a los ojos cuando debían contar algo importante y por eso aquella mañana esperó a que ella y Gabriele estuvieran tranquilas en la mesa de la cocina.

—Bueno, Gabriele, ha llamado el asistente de doña Lola.

Gabriele abrió los ojos tanto como pudo. Era la noticia que llevaban días esperando. Arqueó las cejas, preguntando sin hablar, sin interrumpir un segundo para que su tía prosiguiera.

—Nos quiere ver este lunes en Madrid. A las cuatro de la tarde. ¡Esto son buenas noticias!

Gabriele bajó los ojos en cuanto oyó la fecha. El lunes era el día de la entrevista de trabajo en Barcelona. No tardó ni medio segundo en decidir. No pensaba perder la oportunidad de conocer a su hermano. Una entrevista, fuera para el trabajo que fuese, no valía lo que ese descubrimiento.

—Luis... —Se echó las manos a la boca al recordar que su amigo estaba de camino para verla.

—¿Qué Luis? ¿Qué pasa con Luis? —preguntó la Sole, extrañada por la reacción de su sobrina—. No recuerdo que el asistente de doña Lola se llamara Luis, pero da igual. ¿No te alegras?

Durante unos segundos, Gabriele se había quedado pensando en cómo decirle a su amigo que volvería sola a Barcelona. Luego su mirada volvió a enfocarse en la dicha, en la nueva reunión con doña Lola y en su tía.

—¡Esto es un notición, tía! —Se levantó de la mesa haciendo aspavientos por lo que significaba todo aquello. La vieja modista había cumplido con su palabra, y tía y sobrina estaban convencidas de que en menos de tres días conocerían al hijo que su madre tuvo que abandonar.

—Mira, he pensado una cosa. Si tenemos que hacer noche en Madrid, nos quedamos. ¿Te parece? Puede que tengáis que hablar de muchas cosas con tu hermano y que la cosa se alargue. Lo comentaré con Ada, y que Carmencita le diga a su hija si quiere echar unas horas en el Pimentón. Hija, esto no me lo esperaba. Así que he pensado que..., bueno..., podemos aprovechar...

Gabriele estaba tan perdida en sus pensamientos, imaginando conocer a su hermano, que no se percató de lo que estaba a punto de decirle su tía. La invadió el miedo de alterar los acontecimientos. ¿Y si aquel encuentro no resultaba tan positivo para ella? ¿Y si al conocer a su hermano todo cambiaba en sus vidas, pero para mal? Oía a su tía de fondo y afirmaba con la cabeza a todo lo que le contaba, pero sin escucharla realmente. Solo cuando oyó la palabra mágica volvió a tierra con los cinco sentidos.

—... para comprarle el anillo a Ada.

La Sole la miró en un batiburrillo emocional de ternura, ilusión contenida y alegría. Ahora era ella la que parecía un cervatillo asustado por el paso que estaba a punto de dar. Gabriele la abrazó sin más. Se sentía feliz por ella y le emocionaba que lo compartiera y que eligieran juntas el anillo de compromiso.

—No sé, hija... Puede que tú tengas mejor gusto que yo. Aunque no lo sé, porque últimamente estás muy descuidada.

—¡Tía! ¡Tíaaa! Le compraremos a Ada el anillo más bonito que haya. Eso te lo puedo asegurar yo.

Gabriele, en un brote de alegría, comenzó a enumerar la lista de joyerías que tenían que visitar. No podían irse de Madrid sin anillo ni sin una respuesta de su hermano para que las acompañara a tirar las cenizas de Greta. Se movía bailando alrededor de la mesa de la cocina, nerviosa. Tenía la cabeza abotargada de tantas emociones.

—¿Y qué le decimos a papá? —Gabriele se volvió a sentar esperando la respuesta de su tía, que era la más cabal en esos casos—. Yo quiero decírselo, tía. No me parece bien que no lo sepa.

—Lo sé, Gabriele, pero sinceramente no creo que sea el momento. Todavía es todo muy reciente, y ¿no te parece que tendríais que hablar primero vosotros?

Gabriele seguía teniendo los impulsos caprichosos de desear hacer las cosas como a ella le convenían sin pensar en el otro, y mucho menos en su padre. Pero recapacitó enseguida y comprendió que no podía hablarle de un hijo perdido de su mujer sin haber acercado posturas antes.

—Sabes que esto le va a doler mucho. Tu padre es un hombre mayor, y no sabemos cómo se lo puede tomar.

—¿Qué quieres decir?

—Pues que la cosa es delicada, Gabriele. Además, no sabemos con qué nos vamos a encontrar. ¡Mejor esperar!

Gabriele sabía que su tía tenía razón, pero en el fondo quería compartir todo aquello con su padre cuanto antes. Atravesar todas las distancias entre ellos y tenerlo de su lado. Un deseo loco de la mente, que no reparaba en el conflicto de intereses que podía provocar en él.

—Bueno, ¿te vienes a comer al Pimentón? Yo me tengo que ir...

Apenas eran las doce y media de la mañana. Gabriele quería quedarse un poco más en la casa para seguir con el cuadro. O quizá solo tumbarse en la cama e imaginar el ansiado encuentro.

—Luego voy, tía. Nos vemos allí. ¿Papá comerá con nosotros?

La Sole balbuceó sin querer asegurar que Félix comería con ellos. No sabía si era prudente que Félix se encontrara con Gabriele en ese estado alterado por la emoción. Conocía a su sobrina y, en un acto de ira irracional, podía soltar lo que habían acordado callar.

—Creo que se quedará con Uriel y Cosme en el santuario. Ya sabes que andan de preparativos para la fiesta de los Calbotes.

—¿Hay tanto que preparar? —En el fondo, aquel comentario de Gabriele estaba salpicado de celos tanto porque su padre pasara tiempo con Uriel como porque Uriel pasara tiempo con su padre.

Gabriele nunca había estado en los Calbotes, pero sabía que era el día preferido de Cosme y de su padre. Al Goloso le gustaban las tradiciones de sus antepasados, los vetones, el pueblo celta, guerrero y ganadero que se había instalado en el sur de Gredos. El Calbote era la fiesta del final del verano, y para el 31 de octubre Cosme siempre reunía a los amigos en el santuario para hacer una gran barbacoa y un asado de castañas y cantar canciones tradicionales. Por la mañana, daban un paseo por la dehesa y sus intrincados caminos repletos de aromas diversos para recoger las castañas. A él le gustaba honrar a los muertos siguiendo la tradición pagana: recordándolos con fiesta y quemando lamentos en las hogueras hechas con troncos y piedras expresamente para ese día.

—Es la noche en que los muertos transmutan a la vibración de los vivos y nos llaman con mensajes importantes. Prepárate, Félix, que Greta seguro que te habla.

—Ya sabes que yo no creo como tú, Cosme... Pero la Sole dice que la fiesta y la gente serán buenas para mí.

Los dos amigos habían aprovechado el parón de la lluvia para inspeccionar el monte. Cosme estrenaba nueva ruta para hacer en los Calbotes y quería asegurarse de que fuera tan especial como el día.

—Todavía no he sido capaz de abrir la carta —le confesó Félix sin dejar de caminar ni mirar al suelo.

Cosme se detuvo para escuchar a su amigo, que le contaba que dormía con la carta debajo de la almohada y luego se la ponía en el bolsillo de la camisa o la chaqueta. No salía a ningún lado sin ella.

—¿Y no tienes miedo de perderla?

Félix balbuceó ante la pregunta inesperada de su amigo y, en un acto reflejo, se dio dos golpecitos a la altura del pecho izquierdo para cerciorarse de que seguía con la carta en su poder.

—Ninguno de tus espíritus sería capaz de arrancármela, amigo.

Félix sonrió al fin. Se atrevió a desafiar a la tristeza con un repunte de humor que su amigo vio como una buena señal. Cosme entendía el recogimiento de Félix, la paulatina necesidad de encorvar el alma y olvidarse del mundo.

—Debes comenzar a encontrar el momento para leerla —le insistía Cosme.

—¿Y si me sorprende con algo que no sé? No me esperaba la carta que le escribió a Gabriele.

Cosme se dio cuenta de que, más allá de la resistencia de abrir el último perfume de su mujer, Félix tenía miedo. Lo tranquilizó, aunque intuía, por el plan trazado que creía que Greta tenía, que aquella carta podía contener cualquier sorpresa.

—¿Comemos en el Pimentón? —preguntó Cosme, desviando los miedos.

—¿Y si seguimos en tu casa planeando la fiesta? Manuela me prometió unas buenas migas.

Félix volvió a sonreír y Cosme supo que la mejor opción era quedarse en casa y evitar a Gabriele.

Después de que la Sole se fuera, Gabriele se había quedado pensativa, concentrada de nuevo en observar las huellas que Félix había dejado en el salón. Tomó el libro que su padre había dejado abierto con sumo cuidado para no perder la página: *Caravaggio: una vida sagrada y profana*. Volvió a sonreír, recordando la pasión de su padre por ese pintor del siglo XVII que revolucionó la pintura.

El móvil le había vibrado varias veces, pero lo había desatendido. Subió corriendo al desván y tomó la carta que su madre le había dejado. Se sentó para leerla de nuevo. A sus pies, *Greco* y también *Menina*. Leyó despacio, como había hecho durante alguna noche de insomnio. La voz de Greta apareció otra vez. Primero lejana, y luego, en la imaginación de Gabriele, leyendo la carta.

En cada una de las confesiones de su madre, le venían decenas de preguntas. Sostuvo entre sus dedos aquella carta, intentando compartir con Greta la noticia de que en tres días conocería al hijo que tuvo que abandonar. «Si me lo hubieras dicho antes, mamá, puede que ahora estuvieras a punto de conocerlo como yo», le dijo. Gabriele seguía martirizándose. Pensaba que si su madre se lo hubiera contado estando viva todo habría sido diferente.

Cerró los ojos y se dejó llevar. Haberse quedado huérfana de madre la había colocado en una posición mucho más vulnerable, pero al mismo tiempo más firme. Sin ser todavía consciente de ello, Gabriele se estaba encargando de alinear a la familia. De recoger las piezas después de la caída que supone una muerte. De juntar. De resolver. De cuidar. Todos tomamos responsabilidades de nuestros muertos, y Gabriele lo estaba haciendo tal como lo había hecho la Sole al morir su madre.

Félix era más reacio a compartir lo que sucedía en su interior. Solo lograba desahogarse con Cosme y con su hermana. Él, al igual que Gabriele, digería la muerte de Greta con la tensa sensación de hacerla presente, acompañándolos en el duelo, como ellos debían hacer con ella.

—¿Cómo vas? —Cosme aprovechó las confesiones de

Félix en el camino para seguir preguntándole—. ¿Le has dedicado algún rezo a su alma?

Félix había ojeado alguna noche *El libro tibetano de los muertos*, que su mujer tenía siempre en su mesilla de noche. Greta había subrayado aquella guía para acompañar las almas, pero eso a Félix le servía de poco, porque todo le parecía muy alejado de él y sus creencias.

—Yo lo hago a mi manera, Cosme. Ya sabes que para eso están su maestro y su amiga Amparo. Incluso tú puedes hacerlo. Pero yo no, y Gabriele creo que tampoco.

Habían llegado a casa de Cosme con los zapatos húmedos y las trencas mojadas porque la lluvia retornaba tímida, pero dispuesta a quedarse todo el día.

—¡Llegáis calados! —protestó Manuela al verlos llegar—. Cosme, ya te dije que no salierais al campo.

Manuela no estaba enfadada, sino preocupada. No quería que la imprudencia le costara un constipado a ninguno de los dos. Se arrimaron a la chimenea para romper la humedad de la lluvia y ofrecer calor a sus cuerpos.

—Ha llamado la Sole a casa —dijo Manuela mientras colgaba los abrigos empapados—. Como nunca respondes al móvil, me ha dicho que la llames.

Cosme sonrió y recordó que se acercaba el gran día de su amiga. Estaba algo nervioso con la propuesta de matrimonio de la Sole a Ada y algo preocupado por cómo Félix pudiera encajar la decisión de su hermana. Félix y la Sole siempre habían evitado hablar de ello. Ni siquiera con Cosme, Félix se había referido ninguna vez a Ada como la pareja de su hermana.

—¿Cómo está la Sole? —le preguntó Cosme a Félix, frotándose las manos en el fuego.

—Está bien. Muy cariñosa y pendiente de Gabriele, y echándome una mano con el plan. Le pedí ayuda para acercarme a Gabriele. Y estoy siguiendo todos sus consejos como un buen alumno.

Se echaron a reír porque sabían cómo se ponía la Sole de imperativa cuando era la jefa del regimiento. Nada se le escapaba y todo debía hacerse como ella ordenaba. Cosme imitó sus gestos y muecas mientras Félix reía por la imitación.

—Cosme, me voy a por Cloe —dijo Manuela mientras se ponía la gabardina y el sombrero para la lluvia—. Uriel ha llamado diciendo que le han aparecido goteras en una cuadra y que se queda en el santuario para arreglarlo... Tenéis el queso de la Francisca y Ada para que lo probéis, y unos pimientos que he hecho esta mañana.

Cosme besó a Manuela y la miró con amor hasta que cerró la puerta de la casa. Era feliz y se le llenaba el pecho cada vez que sonreía por ello. Félix observó la escena con la triste nostalgia de la ausencia de Greta, y para retener la lágrima indiscreta se volvió a concentrar en el fuego.

—No sé cómo voy a seguir sin ella, Cosme. —Lo soltó tras unos segundos de escuchar el crepitar de las llamas quemando la encina.

No había respuesta madura para dar a una ausencia tan reciente. Ni siquiera el tiempo era un buen consuelo. La huella que cada persona deja en la piel del otro es insustituible. El consuelo pasa por asumir la pérdida y caminar, aunque lo hagas como si cargaras con varios sacos de piedras.

—Lo harás —le contestó Cosme poniendo la mano sobre su hombro mientras contemplaba también el fuego—. Aprenderás de nuevo a andar, a mirar el mundo sin ella. Y te aseguro que lo lograrás, aunque no sepas cuándo. Los tiempos los pone cada ausencia.

Cosme no quería que Félix se metiera en la espiral de

la tristeza, aunque el día de lluvia favoreciera la introspección y el llanto. El teléfono fijo interrumpió certeramente la conversación.

—Es Gabriele. Quiere hablar contigo. —Cosme le pasó el teléfono a Félix y se dirigió a la chimenea para darle intimidad.

—¿Luis? Sí, sí, tu amigo. ¿No será mejor que cenes tú con él?

Gabriele estaba convocando a su padre para cenar en el Pimentón con su amigo Luis, la Sole y Ada. Hablando con su tía le habían entrado ganas de organizar una cena de familia. Para recibir a su amigo todos juntos. Luis era perfecto para amenizar fiestas y desviar la atención de lo doloroso. Lo hacía a diario con su vida y con su propio drama familiar. Había aprendido a sobrevivir al rechazo de su padre gracias al sentido del humor.

—¿Tu tía está de acuerdo? —Félix se vio en la encerrona de no poder decir que no a aquella invitación de su hija.

—La tía dice que te dejes de pajarillos en la cabeza y que esta noche cenamos todos juntos.

Cuando Félix estaba a punto de colgar, oyó el hilo de voz de su hija:

—Papá...

Él respondió con la misma timidez, acercando más su oreja al auricular para no perderse nada:

—¿Sí?

—Te he dejado un regalo en el dormitorio. Espero que te guste, no está terminado, pero quería que lo vieras. ¿Nos vemos sobre las nueve?

—Claro, hija, allí estaré.

A Félix se le quedó el teléfono pegado a la oreja del mismo modo que se le había quedado a Gabriele cuando recibió su llamada al ingresar Greta en urgencias. En los dos, observados a vista de pájaro, existía una similitud familiar que poco a poco se desvelaba. A medida que se acercaban, comenzaban a salir gestos que, aunque siempre habían estado ahí, no eran reconocidos ni por el uno ni por el otro, pero sí por los demás. Las personas que nos rodean son como pájaros que nos sobrevuelan, porque pueden ver mucho más que uno mismo. Cosme era uno de los pájaros de Félix y desde la chimenea, con media sonrisa grabada, había oteado la conversación telefónica entre hija y padre y había entendido que el plan de la Sole estaba funcionando a la perfección.

—Gabriele quiere que cene con ella, la Sole y Ada en el Pimentón. Esta noche llega un amigo suyo de Barcelona para pasar unos días en el pueblo.

Félix bajó la cabeza y se frotó las manos sobre el fuego antes de continuar.

—También me ha dicho que me ha dejado un regalo en el dormitorio.

Se había quitado las gafas y se las limpiaba con el jersey. Aunque intentó esconder la fragilidad y simular indiferencia, aquel detalle inesperado de su hija le había provocado un temblor en las piernas que le obligó a sentarse en el sofá. Frente al fuego, con Cosme examinándole cada gesto, se encogió de hombros y trató de recuperar la respiración.

—Amigo —Cosme se decidió a darle verbo a lo sucedido—, parece que después de la tormenta comienzan a brotar las hojas... ¡Ocasión perfecta para tomarnos un buen vino! Además, este queso lo merece. ¡Qué maravilla han hecho estas dos mujeres! —dijo refiriéndose a los quesos de la Francisca y Ada para la próxima feria—. A mí me da que este año..., ¡se llevan el primer premio! —añadió, metiéndose otro trozo en la boca.

Félix permanecía con el pensamiento embarrado, mirando disperso el fuego y experimentando la maravillosa sensación, por primera vez después de morir Greta, de desear volver a casa. Con el humor desplegado gracias al regalo de Gabriele, Cosme abría la botella de vino pensando que era el momento perfecto para abrir otra cosa: una puerta firmemente cerrada.

—Por cierto, Félix. —Carraspeó para encontrar el mejor modo de introducir el tema—. Hay algo que quizá deberíamos hablar, y no creas que me siento muy cómodo, porque ya sabes lo diferentes que somos en algunas cosas tú y yo... Tú tan tradicional y yo..., bueno, ya me conoces.

Cosme se acercó con dos copas de vino y el plato de queso. Se sentó al lado de su amigo, divagando en círculos perfectos sin llegar a la cuestión deseada.

—¿Qué ocurre, Cosme? —le preguntó finalmente Félix.

Directo y seco. Así le hablaba Félix a Cosme cuando sabía que necesitaba ordenar su discurso. Cosme suspiró y bajó la cabeza, intentando encontrar la inspiración para almidonar el campo espinoso, pero a la verdad siempre se le termina por borrar el maquillaje. Había decidido tomar la iniciativa él y revelarle las intenciones de la Sole para evitar que Félix reaccionara delante de su hermana como no debía. Suspiró dos veces más, como para darse impulso, y, mirando al cielo en una rápida plegaria, lo soltó, sintiendo que se le tensaban todos los músculos de la cara.

—Pues que la Sole se nos casa.

El silencio formó una capa espesa entre ellos. A Félix se le empañaron las gafas de la espiración nasal, más parecida a la de un toro que a la de un humano. Se frotó la barba, asegurándose de que su mandíbula seguía sana después de haber aplastado bruscamente unas muelas con las otras. La frase de Cosme se le repetía como si estuviera dentro de un tambor. «Pues que la Sole se nos casa.» En su incapacidad para encontrar algo que decir, notó cómo la vista se le nublaba y se esforzó, abriendo y cerrando los ojos, en enfocar de nuevo. Durante todos aquellos años, había logrado escabullirse de la realidad, o por lo menos así lo había creído. Hay quien se afana en pensar que aquello de lo que no se habla no existe, y construye a su alrededor fantasmas que terminan esfumándose de sus vidas. Le había ocurrido con el abandono de Greta y también con la relación de la Sole y Ada. La vida de su hermana con la cocinera era algo sabido por él, pero nadie excepto Greta y ahora Cosme se habían atrevido a decírselo directamente.

Greta lo hizo un par de veces y siempre obtuvo la misma respuesta: «Como viva mi hermana es su problema. Y debería seguir siendo el suyo y no el de todos». Greta y Cosme habían hablado alguna vez de la tosquedad de Félix respecto del amor entre dos hombres o dos mujeres. En el rechazo brusco a no querer ni siquiera comprenderlo. «Greta, no sé qué te ha dado por hablar sobre mi hermana. No creo que yo tenga que comentar nada sobre su vida. Y mucho menos aprobarla.»

Félix se volvió a sentar en el sofá. De nuevo pasaban frente a él escenas que había vivido con su mujer. La última era de hacía unos meses y había terminado como todas las veces que Félix no deseaba hablar de algo: con él huyendo. Greta y él estaban comiendo en la cocina. Los dos solos, como de costumbre, y a la misma hora de siempre, las dos y media. Cuando te haces mayor, la rutina se convierte en una compañera fiel y, al contrario que en la juventud, abandonarla supone como mínimo un gruñido al humor.

—No entiendo tu terquedad con este tema —insistió Greta—. Lo que digo es que deberías ser un poco más considerado con Ada, sabiendo quién es para tu hermana.

—Greta, por favor. Soy educado. ¿Qué más quieres?

Estaban tomando un guiso de garbanzos con acelgas. Era martes. Félix lo supo porque los martes tocaba potaje, como los jueves tocaba arroz y los viernes huevos fritos con patatas. Aquel día, Greta se había pasado toda la mañana hablando de Sole, mientras estaban en el huerto. Y, ya en la comida, a Félix se le terminó la paciencia.

—Si me estás pidiendo que lo acepte, sabes que no lo voy a hacer. ¡Así que vamos a dejar el tema!

—¡Eres un egoísta!

Félix se levantó de inmediato de la mesa y sin replicar se marchó al salón. Pocas veces Greta le había hablado así. Se vio injustamente tratado por su mujer y, antes de escupir espinas del pasado, prefirió marcharse. Su mujer le podía decir de todo menos egoísta. Había comprendido que su mujer lo abandonara por otro y luego volviera, así que no era egoísta. Tampoco lo era por no entender a su hija ni favorecer su forma loca de vivir. Y mucho menos por no poder asumir el amor homosexual.

—¡Por algo no lo aceptan en la Iglesia! —dijo desde el salón.

—¿En la Iglesia? Por Dios santo, Félix... ¿Cómo puedes decir eso y quedarte así? A veces no te reconozco. Eres un hombre culto. ¿Qué más da el sexo de quien se ama?

—No tiene nada que ver con la cultura, Greta, sino con las creencias de cada uno.

—¿Y esas creencias a quién pertenecen? ¿Al niño que dice todo lo que dice su madre o al hombre que ya eres?

—Si le hubiera hecho caso a mi madre, sabes muy bien lo que habría ocurrido entre nosotros.

Félix se tocaba la barba recordando aquella escena del pasado. Greta y él estuvieron un par de días sin apenas hablarse. Fue de las pocas discusiones que tuvieron en toda su vida, y, si algo le dolía, era haberse enfadado con ella. Se arrepentía de haberle contestado de aquel modo, pero cuando apuñalan a la memoria en las emociones, nadie puede saber qué espada va a usar para defenderse.

—¿No vas a decir nada? —preguntó Cosme, que llevaba un buen rato observando a Félix y esperando su reacción tras su «Pues que la Sole se nos casa».

—No soy un egoísta.

Félix despertó de Greta y volvió al presente. Sentía ardor en la boca del estómago. Un fuego recién avivado que no le permitía procesar nada con coherencia. Su cabeza seguía confusa por la necesidad de expresar su propio rechazo o desacuerdo.

—Mira, Félix, tu hermana me ha pedido su ayuda y creo que debía decírtelo para prevenirte y que no montes un escándalo o pongas delante de ella la misma cara de pasmarote que tienes ahora. Y todos, ¡todos!, vamos a mostrar felicidad, porque la Sole se lo merece.

Félix se levantó con el impulso del desacuerdo. Su rostro estaba enrojecido y de su boca salieron murmuraciones incomprensibles. No deseaba seguir con esa conversación, y mucho menos estaba preparado para asumir que la relación de su hermana con una mujer se iba a hacer pública.

—La modernidad me parece en algunos casos una obscenidad, y sabes bien que estos temas no los apruebo. Mi hermana es libre de hacer lo que quiera, pero que no cuente con mi ayuda ni aprobación. Ya tiene la tuya y la de otros.

Cosme también se levantó del sofá al ver que Félix ya se estaba poniendo el abrigo para marcharse y dar por zanjada la conversación.

—¿Qué estás haciendo? ¿No estarás pensando en irte? Vamos, Félix. ¡Es tu hermana! ¿No tiene derecho a ser feliz?

—La felicidad no tiene nada que ver con aquello que no debe ser público.

—¿Me estás diciendo que los homosexuales tendrían que encerrarse todos en sus casas? ¡No puedo creer lo que estás diciendo! ¿De qué época vienes? El arte está lleno de homosexuales, los animales mantienen relaciones con otros animales de su mismo sexo... ¿Puedes pararte un segundo a pensar en lo absurdo que estás siendo?

Félix se puso la boina, cogió el paraguas y, sin mirar un segundo a su amigo, abrió la puerta y salió dando un portazo. Aquel era un tema que siempre se le había resistido. Estaba bloqueado, en conflicto por primera vez con él mismo. Por Greta, por Gabriele y también por su hermana. Le costaba aceptar ver a dos hombres o dos mujeres besándose. Sabía que eso hería a su hermana, la segunda mujer que más había querido, pero no podía aceptar su modo de vida.

Arrancó el coche mirando cómo Cosme alzaba los brazos bajo la lluvia para evitar que se fuera. Encendió los focos para deslumbrarlo y echó marcha atrás para maniobrar salpicando a Cosme con el barro.

Metido en aquel mismo coche pero cinco horas más tarde, Félix intentaba ir al pueblo en medio de una tormenta que apenas le dejaba ver el camino. La noche había llegado con la fuerza lluviosa del otoño. Félix se acercaba al cristal del coche todo lo que podía para tratar de llegar sano y salvo al Pimentón. En poco tiempo había perdido algo de vista, pero pensaba que aquellos reparos por ir a un médico ocultaban lo que por su edad se temía: cataratas en el ojo derecho. No solía conducir de noche, y lo hacía guiñando el ojo defectuoso para enfocar la visión. Félix salió a pesar de la lluvia, rompiendo su regla de oro porque no quería llegar tarde a la invitación de su hija a cenar. Aunque conservaba la amargura de la mala conversación que había tenido con Cosme, toda su atención se había concentrado en el regalo inesperado de su hija.

Había entrado en casa con el humor torcido, sin acordarse del regalo. Sacó a pasear a *Greco*, que estaba como el día, desbocado y testarudo. Se preparó un poco de caldo de pollo de un tetrabrik que encontró en una esquina de la despensa. Pensó en Greta y en que no tenía fuerzas para hacer aquello que llevaba haciendo ella más de cuarenta años: llenar la despensa de conservas, legumbres, quesos y embutidos que colgaban para secar. Aunque la casa todavía almacenaba vida, le resultaba imposible profanar aquel lugar. Había perdido el apetito, se alimentaba por necesidad. Greta solía pasarse horas en la cocina preparando conservas, compota o algún pastel. Félix era el catador oficial y le encantaba pasearse siempre por la cocina para ver qué degustación le caía. Adoraba las tardes de lluvia en las que su mujer aprovechaba para guisar o experimentar con algún postre nuevo. La mezcla de aromas y el calor que desprendía la casa formaban parte solo de su recuerdo, ahora que sentía la tristeza de un mísero caldo de pollo al fuego.

Con sumo cuidado de no suplantar la identidad de su mujer, se lo sirvió en su taza preferida y huyó de la cocina, que permanecía sin aromas. Se sentó en el viejo orejero con el tazón entre las manos y la vista puesta en las cenizas de su mujer. Se tomó el caldo despacio, a sorbos. Solo alumbrado por la luz de una pequeña lámpara que solían encender cuando veían la televisión. Cuando terminó, apoyó sus brazos en el sillón, cerró los ojos y trató nuevamente de comunicarse con Greta. Seguía agitado por la noticia que le había dado Cosme sobre su hermana y respiraba con ruido y sin paciencia. A pesar de sentirse ridículo por tratar de contactar con una muerta, le pudo la necesidad de hablar con Greta. Se encontraba perdido y contrariado por lo ocurrido. Incluso estaba enfadado con su hermana por decidir aquello sin respetar el luto y declarar un festejo semanas después de la muerte de Greta. Cerró con fuerza los ojos y apretó el ceño por el conflicto entre sus pensamientos y su corazón.

Antes de que volviera a meterse en el círculo de la desaprobación, el recuerdo de su hija fumigó el resto de los pensamientos que acudían como meteoritos a su cabeza. «Te he dejado un regalo en el dormitorio.» Evocó la voz de Gabriele al teléfono. Abrió los ojos de inmediato y salió entre palpitaciones hacia su habitación en compañía de *Greco*, que fue quien, con sus patas, terminó por abrir la puerta. Al encender la luz, lo descubrió. Todavía era un esbozo, pero lo reconoció al instante. Una réplica del cuadro favorito de la abuela Martina. El paisaje de Candeleda que Martina comparaba con la esencia de los Gallego Bermejo. Las vistas de la vera y al final, triunfante, el símbolo de aquellas tierras y también de su familia, el Almanzor. Gabriele se había molestado en bajar uno de los caballetes del desván para dejar el lienzo con la pintura todavía fresca en la habitación de su padre. Félix se sentó al borde de la cama para observar los mensajes que el cuadro traía consigo. Se dio varias palmadas en el pecho izquierdo para notar que la carta de su mujer seguía con él, pero también imaginando que Greta estaba a su lado contemplando la pintura.

—Es bonito, ¿verdad? —Lo dijo en voz alta, dejando su mano apoyada en la cama, con la leve sensación de que Greta se la acariciaba.

Pensó en que su mujer tenía razón cuando le decía que el tiempo de las cosas no está comprometido con nuestros deseos, sino con el peso de la gravedad de la vida. Gabriele había vuelto a coger los pinceles en el momento de su verdad, más allá de sus deseos o de la voluntad ajena. Y el primer lienzo era un regalo para Félix. Tener el cuadro de Martina, pero pintado por su hija, era el mejor regalo que había recibido en mucho tiempo. Mientras lo contemplaba experimentó, por primera vez en esos días, la extraña mezcla de la tristeza con la felicidad. El amor curativo en ese gesto de su hija, en el recuerdo de tantas tardes hablando con Greta del talento desaprovechado de Gabriele... Se quitó de nuevo las gafas, adelantándose al llanto que desde la muerte de Greta le obligaba a limpiarse por lo menos diez veces al día los cristales. Cerró los ojos y se dejó llevar, imaginando las caricias de Greta, la emoción de su esposa y la amplia risa de Gabriele al verlos felices. Para aminorar el dolor, construimos puentes ficticios sobre la realidad que son difíciles de sostener. Félix estaba solo, feliz y triste, llorando en una compañía imaginaria. Si compartiéramos nuestra intimidad, puede que la locura no fuera prisionera de nuestros miedos, sino más libre de acompañarnos en la necesaria evasión.

Estuvo un tiempo disfrutando del cuadro, pensando en su mujer y también en su madre. «La niña tiene talento», decía la abuela Martina con seria emoción cuando la veía llenar decenas de hojas. «¿Cuándo va a dejar de pintar alas compulsivamente?» Gabriele estuvo un tiempo solo pintando alas de todo tipo. Todas las que veía o imaginaba. De mariposas, de moscas, de avión, de ángeles... Nadie supo nunca la razón de esa obsesión, menos Greta, que obtuvo la respuesta en una tarde de charla con su hija: «Puede que ya no quiera unas alas». Félix tenía una teoría bien distinta a la de su mujer, pero nunca la compartió.

Un pequeño desnivel en el camino, la poca visión por la lluvia y sus ojos viejos le devolvieron a la Tierra, alejándole de los pensamientos. Las luces del coche apenas alumbraban un metro más allá. Félix, para distraer al miedo, comenzó a canturrear. Quedaba menos de un kilómetro para llegar al pueblo.

—Papá no contesta al teléfono —le dijo Gabriele a su tía—. ¿No se habrá atrevido a coger el coche con esta tormenta?

—Tranquila, que no le va a pasar nada. ¡Deja de pensar y disfruta de tu amigo!

Gabriele se había escapado un momento a la cocina para hablar con la Sole. La mesa ya estaba puesta y el único que faltaba por llegar era Félix. Candela había dispuesto la mesa grande para ellos. El bar, con la tormenta de la tarde, se había quedado medio vacío. Las luces temblaron, amenazando con un nuevo apagón.

—No..., si ahora solo nos falta que nos quedemos a oscuras —protestó Candela mientras arreglaba la mesa principal.

—¿Cómo está la niña? —preguntó Gabriele—. Parece alicaída y ha perdido el humor.

—Mal. No la veo bien. Está con la mirada hundida y ¡muda! Apenas le sacas dos palabras seguidas.

Ada seguía entre los fogones. Pero, de perfil, se veía que se había maquillado. Tras el delantal, estaba vestida para la cena, con pantalones de pinzas y un jersey blanco de cuello vuelto.

—Se ha puesto guapa —le susurró Gabriele a la Sole, provocando de inmediato un salto de rubor en su tía—. Huele todo muy rico, Ada, y Luis ha traído dos botellas de buen vino que nos vamos a terminar esta noche de tormenta. ¿Qué te parece?

—Pues que no pare de llover, que así nosotros juntos... —Ada sonrió tímidamente a la Sole, buscando esa complicidad cruzada que apenas duró un instante.

—Gabriele, ¿puedes rescatar a tu amigo de Candela? —le soltó divertida la Sole—. No creo que sea una buena compañía ahora mismo. Todo lo que sale de su boca es amargura.

Félix y la Sole tenían actitudes de mellizos, como la maestría para desviar conversaciones o cortar escenas incómodas. Gabriele cedió en el abandono, divertida al ver el rubor de su tía.

—¿Sabías que nunca ha salido de España? —le dijo Luis a Gabriele, refiriéndose a Candela, con cara de sorpresa.

—Bueno, no todo el mundo es como tú, que tienes una pluma en cada país.

Luis y Gabriele se rieron al tiempo. Utilizaban la metáfora de la pluma para referirse a los amantes. Candela se metió en la barra resoplando por lo bajo para atender a dos clientes remojados y recién llegados.

—Me alegro de verte, Luis. ¡No esperaba que vinieras a verme! ¿Te he dado las gracias?

Gabriele chocó la copa de cerveza con la de su amigo. Estaba feliz, aunque sentía la tristeza tras los ojos. En tiempos de duelo, permitirse momentos alegres puede llegar a doler incluso más que el llanto.

—He venido a ver cómo estabas. Llevo unos días preocupado. Te siento distante...

—Hoy he vuelto a pintar, ¿sabes?

Gabriele no quería hablar de la muerte de su madre, del dolor de la ausencia, de todo lo removida que tenía su propia tierra.

Apenas hacía veinte minutos que Luis había llegado al pueblo. Había alquilado un coche en la estación de Atocha y había tardado solo dos horas y media. La lluvia le había agarrado también a él. No le gustaba conducir. No le gustaba viajar en coche. Prefería el avión, el tren o el chófer. Le gustaba ser moderno pero antiguo al mismo tiempo. Desconcertar, al fin y al cabo. Ser incatalogable. Tenía pocos amigos, o quizá solo uno: Gabriele. Su única amiga real, con quien podía comportarse libremente, sin que fuera juzgada su frivolidad o rechazada su hiriente coraza de cínica verborrea.

Acarició el pelo de su amiga en silencio. Luis la conocía y, cuando juntaba los labios y los apretaba con fuerza, sabía que estaba a punto de soltar lo que llevaba un tiempo rumiando.

—No voy a ir a Barcelona, Luis. No puedo hacer la entrevista. No puedo trabajar ahora mismo. Y no pienses que soy una irresponsable y que estoy huyendo otra vez. Creo que ahora más que nunca estoy siendo responsable y haciendo lo que de verdad siento. Necesito estar aquí y resolverlo todo. Hablar con mi padre, conocer a mi hermano y esparcir las cenizas de mi madre. Tienes todo el derecho a enfadarte conmigo porque sé lo que te ha costado conseguir la entrevista. Sé que es un buen trabajo, pero no soy la persona adecuada. No lo soy. Y no puedo hacerlo. Además, el mismo lunes tengo una cita en Madrid con doña Lola y quizá también mi hermanastro y... no me lo quiero perder.

De nuevo el silencio. Gabriele puso los ojos en el suelo, incapaz de mirarle. Para ella, Luis era de las personas más importantes de su vida, y sabía lo rencoroso que podía llegar a ser.

—Si quieres yo te puedo llevar el lunes a Madrid. Tengo un par de visitas programadas con unos artistas que quiero conocer.

—Pero ¿no te ibas a Barcelona? —dijo levantando los ojos.

—La ventaja de haber visto a alguien follando es que adquieres la capacidad de leerle la mente en la distancia. —Gabriele volvió a reírse con Luis—. Ya les he dicho que no vas a hacer la entrevista de trabajo. Sabía que no vendrías a Barcelona y por eso he venido yo a verte. Pero no quería ponértelo fácil. Quería que sintieras un poco de culpa y algo de responsabilidad...

Gabriele se abrazó a Luis con fuerza mientras le daba las gracias por estar ahí. Por comprenderla más allá de él. Luis era bueno organizando la vida de los demás y se había entregado para encarrilar a Gabriele.

—Querida..., yo no tengo la oportunidad de resolver nada con el cabrón de mi padre, pero tú sí. Así que haz el favor de aprovechar el tiempo y solucionar el puto puzle familiar que tienes. Barcelona y yo te estaremos esperando.

Gabriele no paraba reír. Otro instante de felicidad triste, que no de triste felicidad. Se sintió comprendida y apoyada por Luis, y dibujó una amplia sonrisa.

Después de dos fuertes parpadeos de luz, el Pimentón se quedó a oscuras con un grito aspirado de los presentes.

—¡No me fastidies que nos quedamos sin luz! —Candela protestó en alto—. ¿Voy sacando las velas, Sole? —dijo mientras veía aparecer a la Sole en la penumbra para buscarlas a tientas en uno de los cajones de la barra.

—¡Enfoca, Candela! ¡Enfoca, que no veo nada! —le gritó la Sole para que siguiera alumbrándola con la linterna de su móvil. Había enfocado al suelo inconscientemente al oír sonar el teléfono. Pensó que era Rubén.

»¿Quieres enfocar? —volvió a soltar, medio molesta.

—¿No vamos a coger el teléfono?

—¿No crees que estamos haciendo algo más importante? ¡Anda, enfoca!

Cuando al fin dieron con las velas y comenzaron a repartirlas por el bar, respondieron al teléfono, que no había parado de sonar.

—¡Sole! Es para ti —gritó Candela, con la decepción de no haber encontrado al otro lado de la línea a su exnovio.

—¿Quién es? —preguntó todavía con la mueca de indiferencia ante el desaire de Candela.

»Hola. Sí, sí, soy yo... ¿Cómo? ¿Cuándo? ¿Está bien? —El tono alto y de preocupación de la Sole mandando callar al personal le provocó a Gabriele un golpe en el estómago—. ¿Lo están trasladando a Talavera? Sí, sí, ahora mismo vamos. Gracias por avisar.

La Sole se quedó unos segundos en blanco con el teléfono apoyado en el hombro. En la penumbra del bar nadie respiró, esperando a saber qué había ocurrido.

—Tu padre acaba de tener un accidente de coche y lo están trasladando al hospital ahora mismo.

Gabriele se levantó de inmediato y emitió un grito espontáneo que ahogó tapándose la boca con las manos.

—Será mejor que nos vayamos cuanto antes. Yo os llevo —dijo Luis.

En la precipitación del momento, Gabriele, la Sole y Ada subieron al coche de Luis sin hablar entre ellas, pero formando una cadena de manos apretadas que se ofrecían la fuerza necesaria para esos instantes. Había llamado un vecino del pueblo, que había encontrado el coche contra un árbol con Félix inconsciente dentro. Llamó enseguida a una ambulancia, que tardó pocos minutos en llegar. Félix seguía inconsciente. Había recibido un fuerte golpe en la cabeza.

—Tía, dime que papá no se va a morir también. ¡Necesito que me lo digas!

Apenas tres semanas antes, Gabriele le había hecho la misma petición en su coche, pero en referencia a su madre. Sintió que la vida les estaba gastando una broma pesada con aquel nuevo giro inesperado que presagiaba una desgracia.

—¡Dímelo, tía! ¡Necesito que me lo digas!

—Cariño, tu padre es fuerte. Y saldrá de esta. ¡Te lo aseguro!

Una nueva mentira, porque todo era posible. La Sole miró a Ada y se apoyó en su hombro. Ella también quería que alguien le dijera que Félix no se iba a morir.

9

Aprender a esperar. Una asignatura que ni Gabriele ni la Sole habían asimilado, a juzgar por cómo pasaron la noche en el Hospital General de Talavera tras enterarse del accidente de coche de Félix. Llegaron al poco de su ingreso, con un pronóstico reservado y un goteo mínimo de información. Presentaba un traumatismo leve en la cabeza, había llegado en estado de inconsciencia y los médicos eran reticentes a dar noticias precipitadas o imprecisas.

—¿Es grave? —La Sole no dejaba de buscar respuestas. Cada vez que un médico salía de la sala de operaciones, preguntaba—; ¿Cuánto tiempo calculan para que pueda recuperar la consciencia? ¿Cuándo podremos saber si el cerebro ha resultado dañado?

—No es el momento de perder los nervios, Sole, debemos tener paciencia. Pronto sabremos algo. Intenta estar más tranquila.

Ada, con cariño y mucho tacto, le hizo ver que atosigar no servía de nada y que la solución pasaba por practicar la espera.

Gabriele se pasó las horas junto a Luis, agarrada a su brazo, imaginándose lo peor y viniéndose abajo una y otra vez. Se sentía culpable por todo. Por no haber sido capaz de entender más a su padre, por haber hablado tan poco con él, incluso por haber organizado la cena aquella noche. De no haber insistido, su padre no hubiera salido de casa de noche y con la tormenta.

—Si le ocurre algo no me lo voy a perdonar —le dijo a Luis—. ¿Qué está pasando con mi vida? ¡No voy a poder soportar otra muerte! Me siento mal por haber deseado que muriera mi padre en vez de mi madre, y ahora...

La desesperación provoca una metralla de incoherencias que recorren la mente de cualquiera y viajan a lo más profundo de los infiernos. Intentar tener pensamientos positivos cuando el miedo aprieta y te pone en lo peor, es intentar agarrarse a la flor que nace en las rocas. Luis optó por el silencio y la caricia, el mejor consuelo cuando todo puede pasar y la desgracia sobrevuela el ambiente. Tanto tiempo en la sala de espera de urgencias de un hospital había hecho que a él se le activaran sus propios infiernos, su mayor terror: levantarse un día con la noticia de que su padre había sufrido un infarto o incluso de que había muerto. Los hospitales revuelven. Mientras acariciaba a Gabriele, que trataba de descansar sobre su pecho, Luis imaginó la tragedia. Se vio vacío, cayendo a la nada llamada desconsuelo. Habían pasado más de quince años desde la última vez que vio a su padre. Procuraba enfocar, pero el recuerdo que tenía de él era difuso y le impedía ponerle la cara acertada. Dudaba de si todavía se afeitaba todas las mañanas o se habría dejado la barba, de si su pelo seguiría teñido o canoso. Estaba seguro de que habría cambiado de gafas. Solía hacerlo cada poco por coquetería, no por necesidad. Luis trató de reconstruir la imagen de su padre, rescatando recuerdos y recogiendo incertidumbres, respirando una extraña sensación de nostalgia, de tiempo perdido, de la absurdidad de las vidas malgastadas.

Observando el tránsito silencioso de los sanitarios, la

entrada y salida de rostros neutros que llamaban de forma intermitente a quienes, como ellos, esperaban saber, Luis imaginó cómo sería su vida si él no fuera un desahuciado emocional más. Se fijó en los mimos que Ada le daba a Sole, en la ternura de la piel con piel, de la cura silenciosa de las caricias. Aquella escena devolvió los pensamientos de Luis a la Tierra, dibujando en su rostro una divertida y pícara mueca.

—Parece que tu tía se nos ha liberado y se está viniendo arriba —le susurró a Gabriele, que, sin moverse del pecho de su amigo, abrió los ojos buscando a la Sole. La vio como ella misma, vencida por el temor de otra muerte, consolada por las caricias de Ada, que la miraba con una devoción envidiable. También sonrió con la escena.

—¿Quieres callarte? Déjalas. A ver si te van a oír —le respondió a Luis con una palmada en la pierna para que las dejara en la intimidad del consuelo y no estropeara el momento de la pareja con una de sus frivolidades.

Gabriele aprovechó para observar al resto de las personas que, como ellos, sacudidas por algún accidente, enfermedad o susto, esperaban respuestas. Se fijó en una niña de unos siete años que dormía con placidez con la cabeza sobre las rodillas del que parecía su padre y que, por su aspecto, podía llevar días durmiendo poco. Una mujer de mejillas rollizas, ojos redondos y boca carnosa mascaba frenéticamente un chicle sin despegar la mirada de la pantalla del móvil. Sola, sin aparente prisa por saber. Otro hombre, despeinado y sin afeitar, dormía recostado en una esquina con la boca abierta, agarrándose el brazo vendado. Los que eran llamados atravesaban con precipitación las puertas para salir al cabo de un rato acompañados, o solos de nuevo y con semblante de preocupación.

Luis había sacado a Gabriele de su aturdimiento con el

comentario socarrón sobre su tía y Ada. Incapaz de volver a cerrar los ojos, se incorporó para que los pensamientos negativos no la invadieran.

—¿En qué piensas? —le preguntó algo sorprendida al descubrir a Luis con el semblante serio.

—En mi padre.

Gabriele sabía que no era un tema fácil para Luis. Llevaba aquella ausencia clavada como una gruesa espina que cada cierto tiempo le sangraba.

—Ni siquiera sé si sigue vivo o si está muerto, ¿sabes? —Gabriele le acarició, comprendiendo que el accidente de Félix le había activado sus propios miedos a Luis—. Supongo que alguien me avisaría... Al menos para recibir la legítima. —Sonrió a Gabriele.

En el sufrimiento, Luis seguía agarrándose a la acidez, al cinismo que maquilla el dolor. Pero los ojos brillantes y la mirada velada lo delataban.

—¿Te gustaría hablar con él o verle algún día? —le preguntó Gabriele.

Luis se secó con arrebato la única lágrima que afloró. Volvió la cabeza para respirar profundo y mantener el resto de las lágrimas dentro. Hacía mucho que se había prometido no derramar ni una más por su padre, la persona que más había querido y que más daño le había hecho. Pero hay promesas difíciles de cumplir, y ni los años de terapia ni el olvido lo habían logrado. Algunas noches, ya en la cama, se despertaba llorando por él, deseando llamarle, que lo abrazara sin más. Pero cuando amanecía sentía que el rencor le protegía de cualquier impulso que propiciara un acercamiento.

—¿Te gustaría hablar con él? —volvió a preguntarle Gabriele.

—Hace un par de años me llamó.

Gabriele se sorprendió por aquella confesión. Luis jamás le había contado nada parecido. En realidad, pocas veces había respondido a cualquier pregunta relacionada con su padre, y mucho menos de aquel modo: sincero y con cierta calma introspectiva.

—Lo hizo durante seis meses. Veinticinco semanas, para ser exactos. Cada semana la misma llamada. Los miércoles a las cinco de la tarde. ¡Siempre tan estructurado, incluso para llamarme! —Luis lo relataba con la mirada fija en un punto de fuga llamado recuerdo—. Supuse que se lo habría dicho a su secretaria para que se lo anotara en la agenda. Lo que no sé es cómo lo debió de apuntar Margarita. ¿Llamar a Luis? ¿Llamar al malnacido de su hijo? Cuando reparé en que siempre me llamaba el mismo día y a la misma hora, me despejé la agenda para encontrarme a solas con la llamada de mi padre. Todos los miércoles a las cinco de la tarde. Construí un ritual alrededor de la llamada. Cuando faltaban unos minutos para la hora, dejaba el móvil a la vista para ver con claridad cómo se iluminaba la pantalla, dejando que parpadeara el nombre de «Papá». Mientras sonaba la melodía, yo no despegaba los ojos del móvil. Solo miraba y esperaba a que parara de sonar. Al principio tuve la esperanza de que mi padre terminaría por dejarme algún mensaje y me saltaría el buzón de voz. Pero no fue así. Nunca fue así. Después de las llamadas solo había silencio. Nada más. Así ocurrió de diciembre a mayo. Después de un 23 de mayo, nunca más llamó.

Escuchando a su amigo, Gabriele comprendió la tortura que Luis se había infligido al no responder a ninguna de las llamadas de su padre. Corroboró que nadie sobrevive a las ausencias que se quedan grabadas en nuestra piel y pasan a formar parte de nuestro perfume. Mientras le acariciaba el brazo a Luis, comprobó cómo se había deshecho por unos segundos su capa de protección. La sobredosis de acidez que hábilmente sacaba para que pareciera que nada le importaba. Solo ella, y puede que un par de amantes, sabían lo que había más allá de su piel de lobo. Los amantes habían desaparecido y ella había estado demasiado ausente, centrada en líos amorosos o problemas de adulta que no quiere crecer, como para atender a la insoportable soledad de Luis. Un grito mudo, pero con una onda expansiva profunda.

—¿Por qué no respondiste nunca? —le preguntó, deseosa de comprenderlo.

A veces no tenemos una explicación clara para nuestras reacciones. No sabemos con exactitud por qué nos comportamos de un modo u otro. Luis quiso castigar a su padre. De una forma incomprensible para la mayoría, cada miércoles, al no cogerle el teléfono, disfrutaba imaginando su sufrimiento; también necesitó semana a semana, con la insistencia de las llamadas, saber que su padre deseaba hablar con él. Puede simplemente que no respondiera porque no encontró fuerzas para enfrentarse a una nueva conversación. Podía haber muchas razones, pero ninguna le era válida a Luis para perdonarse el no haber sido capaz de cogerle una sola vez el teléfono.

—Temí volver atrás y no ser capaz de levantarme.

Hay heridas que no se curan nunca. Permanecen toda la vida abiertas en nuestro interior, aunque logremos vivir con ellas, anestesiar el dolor y seguir adelante. Luis no pudo responder a su padre por miedo a lo que se iba a encontrar. No quería despertar la fragilidad que lo había llevado hasta casi desaparecer. Metido en sus recuerdos, le contó a Gabriele que se arrepentía de no haberlo hecho. El rencor niega cualquier posibilidad de acercamiento.

Luis se llamaba como su padre, y como hijo único estaba destinado a sucederlo en todo. A ser abogado como él, llevar el bufete familiar y darle la descendencia para seguir con la tradición de hacer otro Luis y continuar la saga familiar.

—Pero el hijo salió... ¡maricón y artista! Para don Luis fue demasiado y por eso prefirió matarlo. Cargarse a su hijo. Como si nunca hubiera existido.

Las muertes de los vivos pueden llegar a ser una condena que arrastramos para siempre. Luis la llevaba tatuada en sus pupilas, tan distintas y reconocibles como las de los gatos lastimados. Si alguien trataba de llegar a su interior, Luis lo atacaba con zarpazos verbales hasta apartarlo de su vida.

Gabriele le acariciaba la mano con cariño, pero Luis no soportó ser objeto de compasión y se levantó con la excusa del adicto.

—Necesito salir a fumar.

Con el cigarrillo ya en la boca, abandonó la sala de espera de urgencias. En la puerta automática del hospital se cruzó con Cosme y Uriel. Se habían enterado del accidente de Félix un par de horas más tarde de que ocurriera y salieron de inmediato hacia Talavera.

—¿Cómo está? —le preguntó Cosme a la Sole, resoplando de preocupación. Todavía tenía fresca la discusión que había tenido con Félix aquella tarde. Cuando la desgracia merodea, todos nos dejamos llevar por nuestra cadena de pensamientos, como si hubiéramos tenido el poder de cambiar los acontecimientos.

—Inconsciente. Parece que se ha dado un fuerte golpe en la cabeza. No sabemos nada más. Le están haciendo pruebas, pero hasta que no despierte no quieren decirnos nada.

Cosme se sentó a su lado en silencio. Uriel saludó a Ada y a la Sole con un beso y un abrazo. Gabriele se acercó a ellos y agradeció la visita, desconcertada por la reacción de su cuerpo agotado al saludo de Uriel. La piel del cuello se le erizó al contacto del beso. Dos besos cortos, uno en cada mejilla. Suficientes para poner todo su vello en guardia en un cosquilleo de placer certero que Gabriele encajó como un producto de su estado de vulnerabilidad.

—¿Cómo estás?

Uriel se sentó junto a Gabriele, que había regresado a la silla por el golpe de flojera. Un leve mareo: volvía a presentir un amago de desvanecimiento, lo mismo que le ocurrió en el funeral de su madre. Volvían las palpitaciones, la flojera en las articulaciones, el sudor frío y el pulso bajo.

—¿Te encuentras bien? ¿Quieres un poco de agua? —le preguntó Uriel.

Fue directo al surtidor y sacó un vaso de agua para acercárselo a Gabriele, que había empalidecido. Sentía un agotamiento que le imposibilitaba mover un solo dedo, mucho menos hablar.

—¿Gabriele? ¿Estás bien?

Lo máximo que llegaba a hacer era mover los ojos de un lado a otro cuando su tía le hablaba, intentando que reaccionara. La vista comenzó a nublársele.

—Uriel, por favor, ¿puedes ir a buscar a un médico? Creo que Gabriele está a punto de desmayarse.

Gabriele sentía su respiración muy fuerte, en primer plano, y apenas oía lo que el resto le decía. Todo se había ralentizado. Vio aparecer a Luis corriendo como a cámara lenta hacia ella, como si fuera la escena central de una película. Luego todo se fundió a negro.

Se despertó en una camilla, dentro de un box. Las cortinas estaban echadas y le habían puesto una vía. Los párpados le pesaban tanto que le resultaba complicado enfocar. Movía la boca, revolviendo saliva y sintiendo la pastosidad de haber tomado algún tipo de calmante. Buscó a alguien a su alrededor, pero estaba sola. Sentía el cuerpo plomizo, era incapaz de moverse. Permaneció en ese estado de semiconsciencia hasta que la cortina del box se abrió y apareció Luis, que nada más percatarse de que se había despertado salió a avisar a los médicos.

—¿Estás bien? ¿Cómo te encuentras? Vuelvo en un segundo.

Antes de que Gabriele pudiera emitir un sonido, Luis ya había desaparecido. Al poco entró con una doctora que la saludó con voz fuerte y comenzó a tomarle la tensión y a auscultarla.

—¿Qué tal estamos? Mejor, por lo que veo...

Gabriele optó por mover la mano derecha extendida a un lado y al otro para indicar que seguía regular.

—Bueno, tranquila. Está todo bajo control —dijo la doctora—. Ya me han dicho que llevas una racha de mucho estrés emocional. Ha sido solo eso. Has tenido un cuadro intenso de ansiedad que ha provocado el desmayo y una bajada brusca de tensión. Te hemos colocado un calmante intravenoso. Puede que por eso te cueste enfocar la vista o incluso hablar con claridad. No te preocupes. En un par de horas estarás bien. Ahora es importante que te hidrates y estés tranquila, ¿vale? En un rato vuelvo a verte. Te dejo en buenas manos.

La médica se fue convencida de que había acertado en el guiño. Había tomado a Luis por la pareja de Gabriele. Los dos sonrieron. Gabriele por dentro, Luis por fuera. Estaban acostumbrados a que pensaran que eran pareja.

—¿Mi padre? —preguntó Gabriele con la voz débil.

—Tu padre se ha despertado. —Gabriele sintió que una burbuja de alivio explotaba en su interior—. Lo han subido a planta y parece que todo son buenas noticias. Está bien, aunque todavía hay que ser prudentes. Faltan unas pruebas que quieren hacerle.

Al oír a Luis, dejó caer todo el peso del cuerpo y cerró los ojos aliviada. Necesitaba descansar. Dormir un poco para recuperar fuerzas y subir a ver a su padre. Luis se quedó con ella, cogiéndole la mano, sentado frente a las cortinas que los separaban de otros enfermos, de pasos de extraños que llegaban o se marchaban. Luis cogió su móvil y en la frágil intimidad de aquel lugar buscó el contacto de su padre en WhatsApp. En toda la noche no se lo había quitado de la cabeza. Comenzó a escribirle: «Hola, papá. Soy Luis. Necesitaría...». Borró de inmediato: «Necesito...». Volvió a corregir: «Necesitamos vernos». Mantuvo unos segundos los ojos en el mensaje, con el dedo activo, dispuesto a enviarlo. Pero la cabeza volvió a vencer al impulso. Aquel mensaje se quedó en un intento más. Antes de cerrar el teléfono, le escribió a la Sole avisándola de que su sobrina había despertado y descansaba tranquila. Eran las tres y media de la madrugada. Todos necesitaban cerrar los ojos y poner sus contadores a cero, aunque solo fuera por unas horas.

—Félix, Gabriele está bien —le dijo la Sole a su hermano—. Estate tranquilo y ahora descansa. Yo me voy a quedar esta noche contigo. Ada, Cosme y Uriel se van a ir.

Félix llevaba la mascarilla con el oxígeno puesto y apenas abría los ojos, pero permanecía consciente, afirmando con la cabeza y hablando con los ojos. Una vez más, la muerte le había pasado por delante sin detenerse en él. Ojalá hubiera ocurrido lo mismo con Greta, pensó.

—Amigo, menudo susto nos has dado a todos, pero tú y yo tenemos todavía mucha cuerda.

Cosme respiraba con cierta dificultad por los nervios contenidos, pero disimulaba. Félix le apretó la mano con toda la fuerza que conservaba. Suficiente para que entendiera que le estaba pidiendo perdón. Ni siquiera recordaba cómo había chocado contra el árbol. Un segundo, un instante en el que la vida pende de ese hilo llamado destino. Una rueda pinchó y, al intentar frenar, el coche se le fue. Nada más. Perdió el conocimiento y se sumió en un sueño gustoso donde todo volvía a ser como deseaba. Con Greta a su lado, sonriéndole. En el intento de rescatar esa nebulosa placentera, cerró los ojos. Poco le importaba ingresar en el mundo de los muertos. Solo deseaba volver a encontrarse con su mujer para abrazarla de nuevo.

—Se ha quedado tranquilo con Gabriele —dijo Cosme, soltándole la mano—. Ahora nos toca descansar un poco a todos.

Cosme, Uriel y Ada se despidieron de la Sole. Ada lo hizo la última para besarla en su despedida. «Te quiero», le susurró con un nuevo beso. De nuevo la muerte merodeando, provocando el efecto de redoble de tambores sobre la vida.

—Procura descansar tú también. Llevas acumulando estrés todos estos días y nos queda mucho por vivir juntas.

Una nueva sucesión de besos cortos y caricias frente a Félix, que había despertado y observaba en silencio la escena. Cerró los ojos, por vergüenza y para evitar ser descubierto. Pensó de nuevo en Greta y, casi sin darse cuenta, estaba junto a ella. Como su hermana, no perdió el tiempo. La besó con toda la intensidad que pudo en su imaginación.

Todo había dejado de importar. La realidad se había camuflado con el sueño.

—¿Quieres que me quede? —le preguntó Ada—. En este sofá cabemos las dos.

—No, Ada, vete a casa y descansa. Te llamo mañana en cuanto Félix despierte.

Volvió a besarla, acariciándole el pelo. Por un instante estuvo tentada en ese preciso momento de pedirle que se casara con ella, pero se mordió la lengua y, para evitar caer en la tentación, la besó de nuevo.

Ada, Uriel y Cosme salieron del hospital sin hablarse. Aliviados, se metieron en el coche. Condujo Uriel. Ada y Cosme cerraron los ojos y se quedaron dormidos al rato. La noche terminaba tranquila, con la carretera vacía. El suelo seguía mojado, pero había dejado de llover. La tormenta había pasado. Uriel se quedó al volante, solo con sus pensamientos. Uno le mantenía en alerta: Gabriele. Algo se le había modificado con ella, algo que le había despertado lo que hacía años creía dormido. Desde la muerte de su mujer, no había vuelto a sentir la aorta palpitando al estar cerca de una mujer. No hasta aquella noche, cuando vio a Gabriele en el hospital y la besó en las mejillas. Unos besos inocentes, una aproximación cordial que atravesó su interior. Quiso quitarle importancia a aquella reacción física: los hospitales remueven las emociones, destruyen las pantallas de protección que construimos para sobrevivir al asfalto de la vida. Uriel lo quiso creer así, aunque su cuerpo supiera que aquella exaltación nada tenía que ver con pisar un hospital, sino con que cuando la muerte merodea, despierta a los vivos. Lo quieran o no.

A la mañana siguiente, la vuelta a casa de los rezagados también fue silenciosa, pero emocionante. Todos los que estaban en el coche tenían la misma sensación de victoria, aunque no hablaron de ello. Luis conducía. Apenas había dormido por la imagen de su padre filtrándose en sueños, despertándole a pesadillas. De madrugada, con la incertidumbre de si estaba vivo o no, surfeó en la red hasta comprobar que seguía en el mundo. Encontró una noticia de hacía apenas una semana en la que el gran don Luis aparecía en una cena de colegas de profesión. Junto a la noticia, una fotografía que Luis aumentó y observó decenas de veces para no perderse detalle. Su padre sonreía ampliamente mientras levantaba una copa de vino. Seguía vistiendo, como recordaba, impecable, de traje oscuro y camisa blanca. Se había dejado una barba corta, pero al fin había abandonado el tinte y se había dejado crecer las canas. En aquel box de urgencias, con Gabriele descansando plácidamente, Luis se durmió con el deseo de ser abrazado. Volvió a revisar el wasap de su padre. Vacío. Sin historia entre ellos.

Cuando habían dejado de verse, Luis era un joven sometido a la fuerte personalidad castradora de don Luis. Sin madre desde que era pequeño, había pasado su infancia en internados, subordinado al desprecio de sus compañeros por gozar de una sensibilidad alejada de la ambición de los negocios y cercana al arte. Luis decidió distanciarse de la tirantez tiránica de su padre, que, al verle distinto a él, no supo tratarlo. Con veinticinco años abandonó la casa familiar de Barcelona y se prometió superar a su padre en fortuna. Con cuarenta y dos lo había logrado, pero seguía sintiéndose vulnerable cuando viajaba a aquel rincón triste de su memoria. Aquella madrugada estuvo a punto de atravesar la frontera del silencio y escribirle, pero el sueño lo atrapó y la terquedad se lo impidió. Era igual de orgulloso que su padre, igual de áspero con las reconciliaciones.

—Tú y yo somos hermanos. ¿Lo sabes? No habrá nada ni nadie que nos separe.

Gabriele se lo había dicho a Luis la primera vez que lo vio llorar por la fractura incurable del abandono. Se la había reabierto un ligue sin importancia, pero que lo dejó una semana a pan, agua y mucho llanto. Luis era un ser complejo, atormentado por haber nacido con el peso de la muerte de su madre y por haber crecido con el desprecio de su padre.

—Alguna vez he pensado que lo que me pasa es que en el fondo estoy enamorado de mi padre y por eso siempre me enamoro de cabrones. Psicológicamente hablando, claro.

La Sole también había dormido poco, despertándose a cada pequeño movimiento que hacía Félix. Los dos hermanos, sin saberlo, habían hecho lo mismo el uno con el otro. Cuando Félix se despertaba, buscaba con la mirada a su hermana en la penumbra, durmiendo en el sofá y cubierta con una delgada sábana. Encogida de lado, con la misma postura que cuando era pequeña. Se quedaba dormido contemplándola, comprobando que era la viva imagen de su madre. Cuanto mayor se hacía, más se aproximaban sus rasgos físicos a los de Martina. Sonreía con los ojos al confirmar que ni siquiera la Sole podía huir de los vestigios de la familia.

Desde el coche, Félix contempló el paisaje de pasto y ganado de la gran planicie. Iba detrás con Gabriele, a la que había mirado poco después de fundirse en un largo abrazo al reencontrarse en el hospital.

—¡Menudo susto nos has dado! —le había dicho Gabriele.

—¿Tú estás bien? ¿Te has mirado los desmayos?

—Yo estoy bien. Todo bien, no te preocupes. Es el agotamiento. El corazón lo tengo perfecto..., ¿y tú?

—Yo como un roble. Nada de que preocuparse, salvo que me tengo que operar de cataratas.

Sin darse cuenta y movidos por las circunstancias, Gabriele y Félix habían mantenido su primera conversación sin que el rencor rajara el ambiente. Mirándose a los ojos, emocionados y cogiéndose las manos. Duró unos minutos, pero fue suficiente para un principio. La primera en soltarse fue Gabriele, en una briza de incomodidad cuando Félix le dio las gracias por el cuadro.

—¿Te gusta? —Se tocó el pelo nerviosa—. No está terminado.

—A tu madre le habría encantado.

—Pero es para ti, no para mamá —le dijo bajando la vista.

Gabriele no pudo evitar corregir a su padre y, sin dureza, aclararle que lo estaba pintando para él. Puede que hubiera dejado de pintar también por él. Fue un pensamiento que se había presentado fugaz en alguna ocasión, pero que había dejado marchar. Las fijaciones de nuestra mente en la adolescencia crean unos tentáculos difíciles de descifrar. Todos necesitamos un anclaje de amor para ver que importamos.

Por el retrovisor, Luis observaba a Gabriele, a su hermana, que pronto conocería a su verdadero hermano. La posibilidad de perderla le tensaba los dedos al volante y hacía que un calor interno se le activara automáticamente. Toda la vida luchando por demostrarse a sí mismo que era un ganador, y a la mínima bajaba a los infiernos por ser incapaz a mantener a la gente a su lado por mucho tiempo. Gabriele había sido la única que había aguantado junto a él y, desde que murió Greta, temía perderla. Por eso había viajado hasta Candeleda para verla, para proteger lo más valioso que tenía. Por eso había decidido estar cerca de ella. Acompañarla y a la vez asegurarse de que las cosas andaban bien. Ella era su arraigo con todo aquello que hace que la vida merezca la pena. Se lo había verbalizado poco, aunque se lo había demostrado abriéndole las puertas de su casa cada vez que huía de sus novios. Pero en aquel coche, con la vulnerabilidad en la primera capa de la epidermis, se dio cuenta de que necesitaba decirle todo aquello que su padre nunca le había dicho a él: que la quería, que la necesitaba y que la añoraba.

Gabriele, que se entretenía contemplando el paisaje, sorprendió a Luis mirándola. Le guiñó un ojo, pícara y feliz por tener a su amigo cerca. Sentía calma, un brote de felicidad por primera vez en aquellos días. Regresaban al pueblo victoriosos por haberle ganado en aquella ocasión la batalla a la muerte. Se volvió para mirar a su padre que, como ella, andaba perdido en la acuarela en vivo. Observó su mano recostada en el asiento y vio que todavía no se había quitado la alianza. Félix, por el reflejo de la ventana, se dio cuenta de que Gabriele lo miraba, pero permitió aquella invasión de intimidad simulando no haberla descubierto.

Gabriele cerró los ojos y activó su olfato para abrirse a sus recuerdos de infancia, el nexo de felicidad entre ella y su padre que comenzaba a desear que volviera. Le llegaron unas notas de romero, ámbar y roble. Sonrió al recordar la botella verde con tapón negro de Paco Rabanne que alguna vez había cogido a escondidas de la estantería del baño para rociarse con ella antes de ir al colegio. El mismo aroma de cuando se abrazaba a su cuello para jugar o sentirse segura. El mismo perfume que respiraba metida en el coche junto a él.

—Hoy es Calbotes —dijo Félix interrumpiendo el silencio del coche—. El sol nos acompaña. Habrá que ir al santuario a comer.

—¿No crees que deberías descansar? —preguntó la Sole sin despegar la vista de la carretera, sorprendida por la energía de su hermano.

Cosme y el Pimentón hacían grande cada año la fiesta de los Calbotes, y medio pueblo se reunía en el santuario de caballos para comer, beber y asar castañas y chorizos. Ada, junto a la Francisca, Manuela, Carmencita, Uriel, Cosme e incluso Cloe, se pasaba días organizándolo todo. Para Cloe y Cosme era uno de sus días preferidos, mucho más que la Navidad, porque no estaban tristes y podían hablar de su secreto, de su capacidad de comunicarse con los muertos. En Candeleda, Calbotes no era una fiesta de melancolía, sino de alegría.

—Cuando cae la noche y las hogueras están encendidas, las almas que salen de paseo se acercan al fuego para calentarse —repetía siempre Cosme—. Almas benditas que en el crepitar de las llamas nos envían mensajes. Pero no a todos: solo los que abren su corazón logran oírlas.

Era la noche que Cloe podía comunicarse con su madre, o por lo menos no disimular que de vez en cuando hablaba con ella. Su abuelo y ella sabían que todos de un modo u otro lo hacían con sus muertos, aunque no se atrevieran a compartirlo.

—¿Tú crees que Félix podrá hablar con su mujer? —le preguntó Cloe a Cosme por la mañana.

Cosme deseaba que así fuera, pero lo más importante era que la muerte había decidido dejar a Félix un tiempo más en aquel mundo. El misterio de la existencia, de no saber hasta cuándo disfrutaremos de tener a los que queremos a nuestro lado, nuevamente se abría ante Cosme.

—Si no me ha matado el coche, no creo que lo haga una buena fiesta —dijo Félix sonriendo—, además quiero ver a Cosme, porque ayer tuve unas malas palabras con él...

La Sole se sorprendió por el apunte de Félix y de verle con luces de alegría. De no haber estado en ese coche con más gente, habría sido para Sole el momento propicio para contarle su plan de pedida y pedirle que fuera el padrino de bodas.

—¿Tú crees que si le pido que sea el padrino de bodas accederá? —le había preguntado la Sole a Cosme.

Para ella era importante que su hermano accediera a serlo y aceptara al fin su vida. No había podido hacer lo mismo con su madre, y creía que se lo debía a ella y a Félix por tantos años de distancia entre ellos.

—¿Qué son los Calbotes? —preguntó Luis, interrumpiendo los pensamientos de la Sole—. Aunque si hay comida y bebida me parece una buena opción, porque desde ayer por la tarde esta familia me tiene a pan y agua.

Todos sonrieron ante el comentario desengrasante. Félix no había tenido tiempo de observar al amigo de su hija. Luis era un nombre que Greta mencionaba a menudo después de hablar con Gabriele, pero hasta ese momento Félix no le había puesto cara. Elegante, de finos modales para expresarse y moverse. Algo femenino en los gestos, para el gusto de Félix. Poco rudo. En exceso delicado, pero ingenioso y educado.

—Lo vas a pasar bien, Luis —respondió la Sole—. Aunque yo que tú me cambiaría de ropa. En el campo la elegancia la llevamos por dentro.

Nuevamente todos sonrieron con el comentario de la Sole, que parecía haberle leído la mente a su hermano. Llegaron a Candeleda antes del toque de campanas de las doce del mediodía. Ada ya estaba en el santuario con los demás, ultimando los detalles para la tarde y noche de celebraciones.

—¿Os recojo a las dos para ir juntos? —le preguntó la Sole a su hermano mientras bajaba del coche de Luis.

—No te preocupes, tía —respondió Gabriele—. Iremos por nuestra cuenta y te aseguro que papá no conducirá.

Luis los dejó en casa, con los ladridos escandalosos del negro tizón, que se subía con las patas delanteras a la puerta y daba saltos de alegría desbordada al ver llegar a Félix y a Gabriele.

—¿Sabes llegar al hotel? ¿Te acompaño?

—Querida, si no llego por la noche a ese santuario es que estoy ocupado —respondió socarrón, sacando su mejor sonrisa desde la ventanilla—. Nunca sabes dónde vas a recuperar una piececita del corazón.

Gabriele sonrió, como siempre hacía cuando Luis mencionaba la posibilidad de encontrar ligue. Aunque fuera un modo de disimular la tristeza que sentía por su amigo, incapaz de aceptar su melancolía en público.

Al entrar en la casa, Félix y Gabriele sintieron el golpe de la ausencia. Toda la casa continuaba impregnada de

Greta. Su abrigo de lana gris permanecía colgado detrás de la puerta, donde Félix dejó su abrigo y su gorra y Gabriele colgó su anorak acolchado. En esos colgadores de gancho de hierro también seguía intacta la zamarra que Greta solía usar cuando iba al campo a buscar castañas o flores silvestres.

—¿Quieres una infusión? —le preguntó Gabriele a su padre.

Félix se sentó en el sillón orejero, agradeciendo el ofrecimiento de su hija. *Greco* persiguió a Gabriele hasta la cocina mientras *Menina* se quedaba lamiéndole una mano a Félix.

Gabriele volvió con una bandeja, dos tazas y un plato de galletas. Dejó la taza de su padre en la mesilla pequeña que había cerca del sillón. De reojo, Félix vio que era su taza preferida, la que Gabriele había hecho de adolescente. Prefirió no mencionarlo para evitar cortar la emoción. A su lado, tres galletas y una cucharilla. Gabriele dejó su taza al lado y fue a ponerles agua y comida a los perros, que estaban hambrientos. Estaba algo nerviosa por estar a solas con su padre y, de modo inconsciente, tenía la necesidad de moverse de un lado para otro. Subir al desván y comprobar si la ventana estaba cerrada, ir al baño para lavarse las manos y mirarse al espejo, volver a la cocina para asegurarse de que había apagado el fuego..., acciones rutinarias que llenaban el tiempo hasta que se tranquilizara. Félix no se había movido del sillón cuando Gabriele se sentó definitivamente en el otro sillón: el de su padre, que tras la muerte de Greta había quedado relegado a un segundo plano.

Permanecieron en silencio sorbiendo la infusión y comiendo galletas. Gabriele tenía la mirada puesta en la urna de su madre y pensaba que tenía ganas de que llegara el lunes para conocer al fin a su hermano. Félix observó con una disimulada sonrisa el tablero de ajedrez modificado, comprobando que Gabriele había aceptado volver a jugar con él.

—He decidido no aceptar la oferta de trabajo en Barcelona —dijo Gabriele, interrumpiendo sus pensamientos.

Félix siguió acariciando a *Greco*, dejando que la intimidad del momento atravesara el silencio.

—Desde que murió mamá siento que ya nada me sirve. Es como si hubiera dejado de ser yo o lo que recuerdo de mí...

Gabriele se interrumpió a ella misma, sorprendida por estar abriéndose a su padre. Le sudaban las manos. Se le amontonaban los pensamientos, pero fue solo uno el que la sacudió con fuerza hasta soltar en forma de pregunta lo que durante muchos años Gabriele había considerado una certeza.

—Papá, ¿crees que soy una fracasada?

Félix movió su cuerpo para ajustarse de nuevo al orejero, agarrándose con las manos a los reposabrazos en un gesto inconsciente, como si le pidiera ayuda a Greta para llevar la conversación.

—Me refiero a si siempre me has creído incapaz de hacer nada. Porque nunca he tenido una pareja estable ni un trabajo con el que ganarme bien la vida. Y bueno, dejé de pintar y nunca expuse... Y tú siempre me has enseñado el valor de la responsabilidad, de ser capaces de hacernos cargo de nuestra propia vida. —Respiró profundamente y volvió a repetir la pregunta—: Papa, quiero que me respondas con sinceridad: ¿Crees que soy una fracasada?

Félix se había quitado las gafas y las limpiaba con calma, tratando de encontrar la voz cómplice que solía usar con su hija y que había perdido por la falta de uso.

—No sé qué decirte, hija... Ojalá estuviera tu madre...

—Papá, te lo estoy preguntando a ti. —Gabriele le hablaba insegura, sin perder la suavidad en la voz—. Ya sé que tenía el apoyo de mamá, pero el tuyo no lo sé, y estos días me he dado cuenta de que me importa más de lo que creía. Puede que dejara de pintar por eso.

Félix recogió el último comentario de Gabriele con escozor. Él le había enseñado el amor por el arte. Fue el primero en regalarle pinturas y en maravillarse con el talento y la destreza de Gabriele con el color.

—Hija, quiero enseñarte algo —dijo sin pensarlo—. Pero necesito ir a buscarlo un momento. ¿No te importa?

Gabriele se extrañó por la reacción de su padre. No esperaba aquella respuesta, pero decidió aceptar con la cabeza y aguardar. Félix subió al desván y tardó varios minutos en volver. Aquel tiempo a Gabriele se le hizo insoportable. Se le activaron todos los mecanismos de autosabotaje para hacerle sentir que se había equivocado abriéndose de aquel modo con su padre. Poseída por los nervios, llevó las tazas a la cocina, intentando frenar la mente, que la invitaba a dar por terminada la charla sin esperar la respuesta de su padre. No lo hizo porque Félix se había metido en el desván: su guarida, el rincón adonde ella huía siempre.

Permaneció en la cocina, remojándose las manos con agua bien fría, procurando controlar su inseguridad. Las emociones antiguas ligadas al rechazo volvían a removerse. Fue el negro tizón el que la rescató dándole golpes en las piernas hasta que las pisadas de su padre le indicaron que debía regresar al salón. Estaba tensa. Tenía las manos heladas, pero las orejas en llamas. Sacó solo la cabeza de la cocina y vio a su padre sentado de nuevo en el orejero con lo que parecía un gran carpesano sobre las rodillas. Se acercó casi de puntillas y se volvió a sentar en el mismo sitio, colocando, como cuando era pequeña, sus manos encima de las rodillas juntas.

—Cuando eras pequeña, durante un tiempo bastante largo, te dio por pintar solo alas. Alas de todo tipo, incluso inventadas. ¿Te acuerdas?

Gabriele afirmó con la cabeza y los ojos abiertos en redondo, sobrepasada por aquel recuerdo.

—Al principio, tu madre se preocupó un poco por tu obsesión con las alas. Pero yo te observaba y te escuchaba cuando me hablabas de ellas. ¿Sabes por qué dibujabas tantas?

—No. —Gabriele respondió en corto, agarrándose las manos, con los hombros hacia delante y el pecho hundido.

—Porque querías pintar las tuyas. Me dijiste que sabías que tenías unas, pero que no las podías ver. Y solo si lograbas pintarlas, me decías siempre, se harían visibles. Igual que las de las mariposas, los aviones, las gaviotas o los murciélagos.

Mientras relataba aquello, que Gabriele había olvidado por completo, Félix abrió el carpesano. Gabriele se sorprendió al ver cómo su padre se había encargado de guardar toda la colección de alas que ella había pintado de pequeña.

—Al principio, ni tu madre ni yo entendimos nada. Luego lo consideramos una cosa de niños. —Gabriele y Félix iban fijando la mirada en los diferentes dibujos. Había decenas, llenos de colores y formas distintas, pero todos eran alas—. Tu capacidad para soñar era tan alta que siempre pensé que era porque seguías creyendo en tus alas invisibles. Estas alas son mis preferidas. —Le mostró a su hija uno de los dibujos—. Un plumaje indio con un espectacular difuminado en degradado de colores intensos...

Gabriele tomó el dibujo. En aquella memoria rescatada del olvido fue revisando todas aquellas alas, mezcladas con algún paisaje, bodegón o retrato familiar. Al final, su padre le dio el último dibujo: un paisaje parecido al del cuadro de la abuela Martina, muy similar al esbozo que ella le había regalado días antes.

—Este fue el último cuadro que pintaste de niña. Tenías once años. Fue pocas semanas después de que tu madre volviera a casa.

Félix se calló sorprendido por la emoción. El negro tizón le pedía caricias con la pata en la rodilla. Gabriele le imploraba en silencio que no dejara de hablar, mientras le cogía la mano y se la apretaba con fuerza.

—Desde la muerte de tu madre, he estado recorriendo una y otra vez nuestra vida juntos. Siempre me encallo en esos meses y ahora me vienen a la cabeza y me atormentan. ¿Y sabes por qué? Porque como me recordabas a ella acabé apartándome de ti.

Félix bajó la mirada, avergonzado por haberla abandonado, aunque fuera sin ser consciente de ello.

—Eras lo que más me recordaba a ella y me dolía demasiado pasar tiempo contigo. Así que yo también te dejé sola. Esos meses te quedaste sin madre y también sin padre. Y no me lo he perdonado nunca. Puede que así fuera como te perdí.

Gabriele tenía toda la atención puesta en aquellas palabras de su padre del todo inesperadas para ella. El beso con aquella mujer fue solo un detonante, pero en realidad Gabriele había estado enfadada porque sentía que su padre no la quería ni a ella ni a su madre. Sin saberlo vivió una cadena de abandonos: el de su madre a su padre y el de su padre a ella. Su madre volvió, pero su padre fue incapaz de volver.

—Le he dado muchas vueltas a todo y el otro día, con el cuadro que me dejaste en la habitación, me di cuenta de que debía contártelo.

Félix acariciaba la mano de su hija. Su mano temblaba tanto como su barbilla. Haber estado él también a las puertas de la muerte le había provocado una inusual necesidad de sincerarse y abrazarse a lo importante.

—Aquellos meses, hija, perdiste también tus alas. Se te cayeron o dejaste de creer en ellas.

Félix volvió a mirar a su hija. Gabriele había quedado enmudecida por aquella revelación.

—Abandonaste la necesidad de pintar y creaste la necesidad de triunfar. —Félix seguía contemplando el dibujo del Almanzor que había pintado Gabriele de pequeña. El último que pintó—. No hay ningún fracaso en ti, hija, aunque yo no lo haya entendido hasta ahora. Solo una búsqueda desesperada para encontrar de nuevo tus alas.

Gabriele no supo reaccionar a aquella revelación. Solo se sentía agradecida, aunque incapaz de decir nada más. Se había quedado absorta ante la vulnerabilidad de su padre, tan distinta de la rudeza que siempre lo acompañaba, en las palabras y en el rictus. Se puso por primera vez en la piel de su padre, en el dolor que sintió cuando su madre lo abandonó. No quiso ahondar más en aquella herida. Tampoco se veía capaz de seguir conversando.

Gabriele abrazó a su padre y le besó las mejillas. Su cabeza no paraba de repetir «gracias, papá», pero fue incapaz de verbalizarlo. Subió al desván. Necesitaba soledad, intimidad para cerrar el corazón, que se había quedado en carne viva. Félix se tomó unos minutos para recuperarse antes de prepararse para los Calbotes. Él mismo se había sorprendido de lo ocurrido. No sabía qué le pasaría a partir de ahora a su hija, pero había decidido abrirse, hablar y dejar de enterrar las cosas.

—¡NC4!

Antes de prepararse para la fiesta, Félix dio con el movimiento perfecto. Movió su alfil negro a la casilla C4 del tablero. Había que mover pieza. La partida seguía en marcha, igual que la vida. Aunque no tuviera las mejores piezas, seguiría apostando por recuperar a su hija.

La noche de los Calbotes fue para Gabriele tan especial como para todos. Félix y ella llegaron sobre las seis de la tarde magullados internamente los dos. Externamente, solo Félix, con un vendaje en la cabeza por los puntos que le haría el protagonista en atenciones aquella noche. Las hogueras estaban en marcha y los chorizos, asados. El rastro invisible que dejaba el buen olor a comida recorría el camino que llegaba al santuario, iluminado por el fuego de las decenas de hogueras. Los coches de los invitados estaban aparcados en un pequeño descampado a trescientos metros de la entrada. Gabriele comprobó que Luis ya había llegado al ver aparcado el BMW gris perla que había alquilado. Miró su móvil, extrañada de no haber recibido ningún mensaje de su amigo. Luis había preferido llegar solo y explorar el lugar como una pantera a la caza. Le gustaban los pueblos, de allí había sacado sus mejores amantes. No podía evitar ponerse en modo caza, aunque hacía poco que se había prometido abandonarla. Cada vez lo hacía sentir más vacío y menos entretenido.

Gabriele había dejado a su padre atrás, saludando a muchos candeledanos que celebraban que su accidente hubiera quedado en un susto. Se cruzó con Cloe, que le enseñó emocionada los detalles decorativos de la fiesta. Las luces abrazadas a los árboles, concienzudamente colocadas para que parecieran luciérnagas.

—¿No habías estado nunca en Calbotes? Es mi día favorito porque ni los muertos ni los vivos lloran, sino que se sonríen.

—¿Esto también lo pintas en tu diario de dibujos? —le preguntó sonriente mientras Cloe sacaba de su zamarra el cuaderno. Le enseñó tres dibujos de la mañana con Manuela, Ada y Carmencita preparando la comida.

—Este año he aprendido a hacer los pimientos como se hacen aquí. Me ha enseñado Ada. ¿A ti te gusta cocinar?

Gabriele negaba con la cabeza mientras se comía una brocheta de pimientos asados y seguía atenta a los dibujos de Cloe. Luego saludó con la mirada a Uriel, que andaba en otra hoguera riéndose con algunos vecinos y Alicia, su pretendienta y profesora de Cloe, que también había sido invitada a la fiesta. No fueron más que unos segundos, pero volvió a sentir la piel erizada y la alegría extraña de no desear que la noche terminara.

—Pasado mañana la Sole y yo vamos a pasar dos días a Madrid. —Gabriele compartió en aquel preciso momento la idea loca que le pasaba por la cabeza—. El lunes tenemos cosas que hacer, pero... ¿y si convencemos a tu padre para que vengas con nosotras y nos vamos al Museo del Prado?

A Cloe se le iluminaron los ojos. Cualquier cosa relacionada con la pintura le apetecía, y aquel plan reunía sus dos actividades favoritas: saltarse clases y ver pinturas.

—¿Y si se lo decimos a mi abuelo? Seguro que él nos ayuda a convencerle. Mi padre nunca me deja faltar al colegio.

Aunque a Gabriele la opción de que las acompañara Cosme y no Uriel no le hacía tanta gracia, se dejó llevar por la mano de Cloe, que la dirigía precipitadamente hacia la hoguera de Cosme, donde también se encontraban Luis y Manuela.

—¡Al fin llegó! —Luis aplaudió a Gabriele—. Creía que me había equivocado de fiesta.

La besó como a una dama antigua, sonriendo por el número que estaba montando. Gabriele le devolvió la sonrisa con complicidad. Conocía muy bien las extravagancias de su amigo delante de los desconocidos.

—Veo que ya conoces a... los amigos de mi padre.

—Sí, y debo decirte que, de gustarme las mujeres, ¡me habría enamorado de esta!

Luis señaló a Manuela, que levantó el vaso de vino halagada y divertida por la cara de circunstancias de Cosme, que no pudo resistirse a intervenir.

—¿No es un poco mayor para ti?

—Nunca me han importado ni la edad ni el tamaño.

Gabriele fue la primera en reírse, al principio por incomodidad y luego con holgura, al ver que Cosme soltaba una fuerte carcajada.

—A los de este pueblo cada día nos importa todo menos y, para serte sincero, agradezco que te gusten los hombres y no las mujeres.

Lo dijo guiñándole un ojo a Manuela y cogiéndola del brazo para dejar clara su complicidad.

—Voy a saludar a tu padre —le susurró a Gabriele al oído— y... ¡a salvarlo de la multitud! No se nos vaya a morir de asfixia ahora.

Cosme estaba feliz de que aquella noche las cosas hubieran salido mejor de lo esperado. Los corrillos seguían moviéndose, bailando como el fuego, de una hoguera a otra. Conversando con unos y con otros. Sacando los chorizos y los pimientos. Cloe, Alicia y Manuela, acompañadas de otros vecinos, fueron a la casa a buscar las decenas de bandejas de carne y panceta para seguir asando la cena. Uriel aprovechó el movimiento de gente para acercarse a Gabriele por la espalda. Ella no le olió. No se percató de su presencia. Todavía no había quedado recogido en su memoria el perfume de madera y tierra mojada de Uriel.

—¿Cómo te encuentras? Tienes buena cara.

—Debe de ser el fuego, que a todos nos pone guapos —respondió Luis adelantándose a Gabriele, acertando en leer la timidez de cuando la mecha está a punto de prenderse.

—Me encuentro ya bien, gracias. Fue solo un leve desmayo... Demasiadas cosas.

Si Gabriele se tocaba el pelo, era la señal infalible de que comenzaba la fase de tonteo. Luis sonrió al comprobar que su amiga, fuera como fuese, estaba volviendo a la vida. Aunque por la pinta del elegido, según la primera inspección de Luis a Uriel, no fuera a ser nada más que un idilio de barbacoa de pueblo sin derecho a cama. Aquel pensamiento en crudo se lo guardó en un par de tragos de cerveza.

—¿Alguien quiere un poco de vino? —dijo interrumpiendo las miradas de la pareja—. A mí se me ha terminado la cerveza y la noche se empieza a poner roja.

Gabriele y Uriel se quedaron solos. Luis se fue convencido de que aquella pareja tenía el carbón contado. Conocía los gustos de Gabriele, y Uriel no era artista ni poeta. Aunque, por experiencia, sabía que al pueblo no hay que subestimarlo nunca.

—Me alegro de que estés recuperada y de lo de tu padre. —Uriel se atrevió a romper el silencio.

Gabriele comenzó reírse por la situación y porque la volvió a asaltar el recuerdo de cuando eran jóvenes. Fue precisamente en una fiesta parecida, de hogueras y carne asada, cuando ella le había pedido el beso que él no le dio. Uriel la miraba sin entender de qué se reía, pidiendo saber en silencio y con los ojos de desconcierto qué le hacía tanta gracia.

—No me río de ti, sino de una tontería. —Gabriele se lo pensó antes de seguir, pero decidió compartirlo para superar la vergüenza—. ¿Tú no te acuerdas de mí, de cuando éramos jóvenes?

Uriel se frotó la barbilla y abrió mucho los ojos, desconcertado por el comentario. No se esperaba aquel acertijo, y mucho menos que tuviera que ver con buscar en su memoria, algo para lo que no gozaba de especial aptitud.

—¿De ti? ¿Cuándo? —preguntó intentando ganar tiempo—. ¿Habíamos coincidido?

—Fue solo un verano. Bueno, en realidad apenas tres noches con la gente del pueblo... —Gabriele comenzó a arrepentirse de contarlo—. Es una tontería. ¡Déjalo!

—No, no, por favor, sigue... —Uriel insistió, intrigado e interesado.

—En realidad es normal que no te acuerdes. Yo ni te había reconocido cuando te vi. Han pasado más de veinte años y hemos cambiado, ¡claro! —dijo Gabriele con cierto rubor y tocándose todo el tiempo el pelo.

Luis miraba la escena desde la barra acompañado de Candela, que lo había reconocido y se había acercado a saludarle.

—¡Brindemos por esta noche de los muertos! —dijo Candela para ahuyentar a sus demonios.

—Brindemos entonces por todos mis ex también.

Gabriele buscó a Luis en la lejanía y lo vio divertido con Candela. Supo que no iba a salvarla y tuvo que seguir con Uriel y la historia que había comenzado a contar.

—Bueno..., pues tú y yo coincidimos en una fiesta, y yo tendría unos catorce años y tú ya estabas en la universidad... Y bueno, bebí un poco de más, me abalancé sobre ti para darte un beso... y te apartaste.

Gabriele y Uriel rieron a la vez, con vergüenza e incredulidad por lo que estaban compartiendo. Antes de que Uriel procediera a disculparse, Gabriele se le adelantó:

—Pero fuiste muy educado y nada brusco al decírmelo, ¿eh? No te preocupes... Fue una tontería, pero... bueno... A nadie le gusta que le rechacen...

Uriel solo sonreía, incapaz de encontrar las palabras para salvar aquella situación que ni siquiera recordaba. Su vida había cambiado por completo cinco años atrás, y del joven que fue quedaba bien poco, ni siquiera los recuerdos.

—¿Y luego no nos volvimos a ver? —preguntó intrigado.

—No. —Gabriele rio con timidez, mientras veía con alivio cómo llegaban Candela y Luis con las bebidas.

—¿Nos hemos perdido algo? —apuntó Luis al ver la cara de circunstancia de los dos—. ¡Candela y yo estamos brindando por nuestros muertos!

A veces Luis se sobrepasaba y terminaba metiendo la pata. Aquella noche no fue una excepción, aunque se dio cuenta nada más pronunciar la frase. A Gabriele le cambió la cara de inmediato y el resto no supo más que silenciarse. Antes de que pudiera pedir disculpas, Gabriele abandonó el corrillo con una tímida bajada de mirada y una caricia en el hombro de Luis. No le culpaba, ni siquiera le había molestado el comentario, pero no había podido evitar recordar a su muerta, su madre.

Paseó un rato a solas, zigzagueando y evitando a todo el mundo, hasta que se sentó en un pequeño banco improvisado de dos piedras. Miró al cielo. Estaba despejado y lleno de estrellas. No hacía ni un ápice de viento. El frío era seco. Se imaginó a su madre compartiendo castañas, hablando de corrillo en corrillo como una más. Pensó en todas aquellas cosas que ya no podría compartir con ella y sintió de nuevo la punzada irracional que la muerte les da a los vivos. Ya nada era lo mismo. Las celebraciones siempre llevarían el tinte de la melancolía por los ausentes. Intentó concentrarse en la teoría de Cloe de que en aquella noche de muertos las almas salen a pasear y comparten con los vivos el fuego. Un buen refugio para encerrar la tristeza por quienes ya no volverán: pensar que continúan aquí, aunque se hayan vuelto invisibles.

Desde la lejanía observó el corrillo de Uriel, con Luis y Candela. Se había unido Alicia; por cómo miraba a Uriel, Gabriele sintió que no era una vecina del pueblo cualquiera. Se fijó unos segundos en ella. Una mujer delicada, de piel suave y larga cabellera castaña. Refinada en sus movimientos. Recatada incluso. Todo lo contrario a ella. Fue aquella mujer la que le hizo abandonar el mundo de los muertos y volver con los vivos. Para seguir bebiendo, para seguir viviendo.

10

La Sole y Gabriele llevaban más de diez minutos solas en el gran salón, esperando a doña Lola. En silencio, entreteniéndose en repasar cada detalle de la estancia. Desde la última y única vez que habían estado allí, nada había cambiado. Solamente el sillón de doña Lola, que en esa ocasión permanecía vacío, con la confianza de que llegara pronto la anciana. Incluso los radiadores encendidos desprendían el mismo aroma a lirios, a azucenas y a jazmín. El fuego ardía con fuerza, cosa que la Sole y Gabriele agradecieron. Habían llegado empapadas de la calle, pero extrañamente puntuales para un día de lluvia en Madrid.

Había conducido Gabriele parte del viaje. Fue en una gasolinera en la que pararon para repostar donde la Sole, en un acto de rebelión, le lanzó las llaves de la ranchera.

—¡Conduce tú! A ver si te distraes un poco, porque los nervios te hacen llevar al demonio. ¡Estás insoportable!

Se lo dijo con una sonrisa, pero deseando que su sobrina dejara de quejarse y se concentrara en la carretera. Desde que habían salido de Candeleda, Gabriele no había hecho más que protestar. Primero porque Luis, incumpliendo su promesa, había decidido no madrugar y no iba a ir a Madrid hasta el mediodía.

—Estará cansado. Además, yo lo prefiero así, ya sabes que a mí no me gusta que me lleven... —lo había defendido la Sole.

Y luego Gabriele había seguido protestando por cualquier mosca que le sobrevolaba el cerebro. Todo le valía para sacar los nervios de encontrarse al fin con su hermano. Con la llegada de Luis, el accidente de su padre y la fiesta de los Calbotes apenas había tenido tiempo para pensar en ello. Para prepararse el encuentro. Cómo le hablaría, por dónde comenzaría el discurso, qué sentiría, si se parecería a ella o a su madre y cómo lo haría para convencerle de que fuera al pueblo a despedirse de Greta lanzando sus cenizas sobre el cielo del Almanzor. La Sole acertó al poner a Gabriele al volante porque de inmediato dejó de hablar para concentrarse en las líneas de la carretera.

—¿Quieres que ponga algo de música? —le preguntó.

Gabriele negó con la cabeza, sin apartar sus pensamientos de su nuevo familiar. No se lo esperaba, pero sentía una emoción desconocida. A veces los dramas abiertos nos despiertan alegrías insospechadas. Gabriele estaba excitada por el encuentro. Una mezcla de miedo, reparo, pudor y necesidad por saber. En su imaginario de niña, alguna vez había querido tener un hermano con el que jugar y, aunque de mayor incluso había llegado a olvidarse de la familia, aquel día, sentada en la ranchera de su tía, se le despertó la ilusión por crear vínculos familiares, incluso con alguien a quien todavía no conocía y de quien no sabía cuál iba a ser su reacción.

—Vas muy guapa.

Fue el modo de la Sole de sacarle a Gabriele una sonrisa. Ella miró a su tía, que sonreía con los ojos detrás de sus gafas verdes. De toda la ropa de la maleta roja de lona, Gabriele había elegido la mejor para presentarse ante su nuevo hermano. Deseaba dar una estupenda impresión, y sabía que la primera entraba por la vista. Su tía se había percatado del detalle, que demostraba cuánto significaba aquella reunión para su sobrina. Solo esperaba que saliera todo bien.

—¿Te gusta? Primero pensé en ponerme vaqueros, pero me pareció que este vestido era bonito. Le gustaba mucho a mamá.

La Sole la miró complacida, observando su rostro con una fina capa de maquillaje y polvos, además de rímel para subir la mirada. Había renunciado a su coleta despeinada para plancharse el pelo y dejar ver su media melena.

—Parece que vayas a ligar, con lo guapa que te has puesto —bromeó la Sole.

Se había molestado en disimular las ojeras. Era un buen síntoma de que estaba cada día un poco más entre los vivos y menos en la ausencia. Gabriele era una mujer que había heredado el magnetismo de su madre, pero la dejadez estética de su padre. Félix y ella eran rebeldes en eso: no les gustaba perder demasiado tiempo para arreglarse. Él tenía un armario de prendas similares, con tonos de grises y marrones. La practicidad de Gabriele pasaba más por no pensar cómo combinar las prendas, y sus *looks* eran tan dispares que costaba encontrar la armonía en lo que llevaba. De joven había confundido la modernidad con las malas combinaciones y, aunque su tía se lo había insinuado alguna vez, Gabriele era reacia a asumir su falta de gusto y que el menos suele ganar sobre el más.

—Estás muy guapa, y más cuando le dedicas un poco de tiempo.

—¡Tú en cambio estás muy rara! —Arrugó un poco el rostro—. Pero muy elegante, tía.

La Sole también había evitado los vaqueros y se había arreglado como cuando su madre la obligaba a acudir los domingos a misa. Desempolvó del armario un traje chaqueta marrón que pensó que le agradaría a doña Lola y le ablandaría el humor. No deseaba volver a caer en los rayos X de aquella anciana de voz grave y mirada furibunda.

—Bueno…, elegante para los mayores como doña Lola.

Las dos sonrieron sin necesidad de decir más al respecto. Se conocían lo suficiente como para saber que la Sole no volvería a ponerse ese traje bajo ninguna otra circunstancia. Le iba algo estrecho, y haber sustituido las deportivas por zapatos le incomodaba el andar.

—¿Y ahora cómo vas a poder vivir sin estos maravillosos zapatos?

Gabriele no pudo evitar reír al observar cómo le habían quedado los zapatos a su tía por la lluvia. Teñidos por el agua y con las suelas llenas de barro. Las dos se habían quedado como dos pollos remojados y con el frío en el cuerpo que trataban de sacarse con la infusión que les había servido Marcelo.

—¿Por qué tarda tanto? Me va a dar algo —dijo Gabriele, desviando la mirada a la puerta corredera por la que había salido Marcelo—. Tengo los nervios expandidos por todo el cuerpo.

A Gabriele le temblaba hasta el habla, pero no sabía si era por la excitación del momento o por el frío que había calado sus huesos. La Sole, impaciente por aquella espera que comenzaba a considerar descortés, tocó la campanilla ante el asombro de Gabriele.

—Ahora vamos a saber por qué tarda tanto la señora Lola.

Las grandes puertas correderas se abrieron al instante. Marcelo entró como si llevara silenciadores en los zapatos impecablemente lustrosos. Seguía igual de sigiloso, aunque más elegante si cabía. Se había puesto guantes blancos en las manos y llevaba el pelo más corto y engominado.

—¿Necesitan algo? —preguntó con un tono cortés, pero sin disimular la expresión de pensar una cosa muy distinta a lo que decía.

—Saber si vamos a tener que esperar media hora más para que la señora nos reciba.

La Sole sonrió con la misma mirada de insolencia que el asistente. Hablando de un modo y pensando de forma bien dispar. Los dos estaban incómodos. Marcelo ganaba a cualquiera en elegancia, pero parecía no gustarle ser cortés con nadie que no fuera doña Lola. A la Sole le irritaba tener un intermediario para quejarse por la excesiva espera.

—La señora se disculpa por el retraso. Suele ser puntual y me pide si desean otra infusión o té. La cocinera ha preparado un delicioso pastel de arándanos que estaría encantada de que probaran.

—Dile a doña Lola que no se preocupe —respondió Gabriele, adelantándose a su tía—. Y por supuesto que aceptamos encantadas un pedacito de pastel. Yo voy a querer otro té verde, ¿y tú, tía? ¿Otra infusión?

La Sole solo afirmó con la cabeza mientras se tragaba sus palabras y miraba al asistente de doña Lola, que abandonaba el salón con distraída complacencia.

—Se la tienes jurada a este, y no tiene la culpa de nada. ¡Cálmate, tía! —Se lo decía mientras se calentaba las manos en la chimenea. De la tensión, no había podido evitar ponerse de pie en cuanto se cerraron las puertas.

—No me cae bien porque dice una cosa y piensa otra. ¡Le gustaría mandarnos al carajo!

—¡No me extraña! —le contestó Gabriele a su tía, algo

contrariada—. Por el tono en el que te diriges a él, yo haría lo mismo.

La Sole decidió dejar a un lado todo aquello y respirar. Si en algo llevaba razón su sobrina era en que no debían ponerse más nerviosas de lo que ya estaban. Así que cambió de tema.

—Por la tarde nos vamos de compras... —dijo señalando con una sonrisa pícara su dedo anular para hacer referencia al anillo de compromiso para Ada. Ella también había aprovechado la marcha de Marcelo para levantarse y acercar sus pies mojados al fuego.

Gabriele aplaudió, feliz por su tía y el paso que deseaba dar. La consideraba una valiente. Ella siempre había salido huyendo cuando olía a compromiso o alguien le decía «te amo». Esa era la frontera entre lo aceptable y la activación del método escapista.

—Por cierto, tu amigo Luis es un encanto, aunque tiene mirada triste y boca afilada. Le vendría bien quedarse unos días en el pueblo. Llegó muy tenso y ayer ya sonreía con un poco de dulzura.

—Luis puede llegar a ser el peor veneno, pero es adorable.

La Sole y él se habían pasado la noche de Calbotes hablando y compartiendo vino, lo que hizo que con el paso de las horas se terminaran confesando. Luis le contó que su padre lo había repudiado por ser homosexual y la Sole le respondió que ella se había repudiado a sí misma, pero que en unos días le iba a poner solución.

—Le voy a pedir a Ada que se case conmigo, y espero que acepte, porque me va la vida en ello.

Luis se puso la mano en la boca para retener un grito

mientras la Sole, con la sonrisa suelta y los ojos chisposos, le pedía silencio. «¡Chis! Ni se te ocurra decir nada.» Nadie del pueblo, excepto Cosme y Gabriele, lo sabía, y no quería levantar la liebre.

—¿Crees que se lo van a tomar a mal? —preguntó Luis por no callar—. Después de tantos años la gente se lo debe de imaginar..., no es tonta.

—Algunos seguro que sí, incluso decidirán no ir a mi boda, pero no me importa. Ya no. No se puede querer todo, ¿sabes?

Luis y la Sole eran parecidos y aquella noche lo descubrieron. Los dos tenían la lengua afilada y habían vivido el rechazo en casa.

—¿Sabes que anoche en el hospital casi le escribí un mensaje a mi padre?

Ahora era la Sole la que se ponía la mano en la boca y Luis le pedía que no dijera nada: «Ni se te ocurra contarle nada de esto a Gabriele». No se lo había contado a Gabriele y tampoco estaba seguro de querer compartirlo.

—¿Y por qué no le escribes ahora? —le preguntó la Sole, dejándose llevar por el impulso.

—¿Ahora? —contestó Luis sorprendido—. Estás loca...

—Y algo bebida —confirmó la Sole—. Pero algún día tendrás que hacerlo.

La Sole estuvo un buen rato dándole argumentos a Luis para que desbloqueara la situación. Con su complicidad y el vino, Luis cogió el teléfono y comenzó a escribir a su padre: «Hola, papá, llevo un tiempo acordándome de ti. Me encantaría verte y charlar. Luis». Un mensaje templado, sin demasiada emoción, pero que a la Sole le gustó.

—No lo borres —le dijo con el vaso de vino en alto—. Ojalá yo pudiera mandarle uno a mi madre. Nunca me atreví a hablar con ella y ahora ya no es posible.

—No me va a responder —repuso Luis, dudando de si enviarlo o no—. Y si aceptara verme, creo que saldría mal. Hace demasiado tiempo.

Hubo un silencio. La Sole seguía con el vaso en alto y Luis con el móvil. No dejaron de mirarse un segundo hasta que Luis decidió hacer lo impensable: enviar el mensaje a su padre. No pasaron ni dos segundos y ya estaba arrepintiéndose.

—No tendría que haberte hecho caso.

—¡Escúchame! —Antes de que Luis borrara el mensaje quiso prevenirlo—. Nunca es demasiado tiempo para nada. Voy a cumplir cincuenta y seis años y por primera vez voy a pedirle a la mujer que quiero que se case conmigo. Delante de todos y en un pueblo. ¿Qué crees que va a pasar? Pues te lo voy a decir yo: que me voy a quedar como nunca. ¿Y sabes por qué? Porque me importa todo un bledo. Y a ti debería importarte lo mismo. Te acabo de conocer, pero pareces muy majo, y nadie tendría que hacerte un feo, mucho menos tu padre. Así que... por supuesto que te va a responder. Y si no lo hace, aprovechando que me caso, ¡te adopto!

Luis y la Sole brindaron sin poder evitar reír por la última que acababa de soltar la Sole y por la noche de complicidad que llevaban.

Distinta actitud tuvieron Uriel y Gabriele, que también compartieron fuego y vino, aunque con la timidez de acompañante.

—¿Te acuerdas mucho de ella? —le preguntó Gabriele, refiriéndose a su mujer.

—Sí, pero ya he dejado de sentirme mal.

—¿Mal?

—Sí, por estar yo vivo y ella no. Me pasé varios meses furioso por ello y preguntándome por qué se había ido María y yo no. Su muerte me hizo ver que me había alejado de ella, de Cloe y de la vida. Que solo me preocupaba por ganar más dinero y hacer más grande mi empresa. Apenas las disfruté. Me pasaba el tiempo viajando y, cuando estaba en casa, casi no hablaba. Siempre ocupado. ¿Alguna vez te has parado a pensar en el tiempo que te queda por compartir con las personas que quieres? Supongo que ahora, con lo de tu madre, todo ha cambiado.

Gabriele observaba a Uriel. Vestido con botas de montaña, jersey de cuello vuelto y una chaqueta de plumón azul marino. Su mirada se tornaba más triste a medida que avanzaba la conversación. Nadie puede imaginar el dolor de perder a una pareja si no lo ha vivido, lo mismo que la pérdida de una madre... Gabriele sintió alivio al verse comprendida. La reconfortaba saber que su desconcierto vital formaba parte del duelo, del proceso de aceptar la muesca que dejan las ausencias.

—¿Y por eso decidiste volver al pueblo?

—Al principio lo hice por Cloe y por mi padre. Ellos siempre se han adorado. Luego me di cuenta de que lo había hecho también por mí. Lo único que deseaba era estar con mi hija. Mis prioridades cambiaron de un día para otro. Me quedé completamente vacío.

En cuanto Uriel pronunció la palabra «deseaba», a Gabriele se le volvió a erizar la piel. No pudo más que beber para disimular su rubor y la extraña sensación de placer físico al estar junto a él.

—Cloe me ha dicho que quieres enseñarle el Museo del Prado el martes.

—¿Ya te lo ha dicho? —respondió con el vaso casi todavía en los labios—. ¡Qué rápida es!

—Y más si tiene que ver con pintura y con perder clases de colegio ...

Uriel no confirmó la asistencia de su hija y Gabriele no

insistió ni quiso meterse. Prefirió hablar de aquella noche mágica e intentar dejar a sus muertos tranquilos. Aquella conversación la había removido y deseaba cambiar de tema, charlar de frivolidades, pero Uriel preguntó por los dos.

—¿Tú te has casado alguna vez?

—¿Casado? No, no... Yo... Bueno, yo y el amor no nos hemos llevado demasiado bien.

Ada y Manuela interrumpieron a la pareja con una bandeja de postres que el Goloso había hecho expresamente para aquella noche. Cosme y Félix llegaron rezagados para juntarse en ese fuego y brindar una vez más por la vida. Félix se acercó a su hija con los ojos vidriosos. No pudo decirle nada, pero por dentro estaba feliz de tenerla allí. Lo mismo pensó Gabriele, y del mismo modo silenció el pensamiento.

—En Calbotes me lo pasé muy bien, tía. —Recordó la noche mientras entraba en calor de espaldas a la chimenea—. Y vi a papá algo feliz, a pesar de todo. ¿No te lo pareció?

—Sí, estuvimos todos un poco felices. Ya dicen que esa noche las almas de nuestros difuntos nos acompañan...

Antes de que pudiera terminar la frase, la gran puerta corredera se abrió. Con un impecable traje negro y un bastón con cabeza de pato de plata, doña Lola apareció con semblante serio, acompañada de Marcelo, que la llevaba del otro brazo.

—Siento el retraso, pero en la vejez el tiempo va más despacio.

Doña Lola se sentó en el sillón, el mismo de la primera vez, junto al fuego. Apoyó el bastón mientras Marcelo le cubría las piernas con una manta de lana gruesa. Una sirvienta entró con una bandeja de plata que llevaba el pastel de arándanos, una taza y una tetera con hierbaluisa para doña Lola. Todos los movimientos eran precisos, medidos, una coreografía alrededor de la anciana, que no dejaba de observar con porte juicioso cualquier leve movimiento de sus invitadas.

—Está bien así. Agradecería que nos dejarais solas y no nos molestara nadie salvo que yo lo pida.

Doña Lola tomó la taza de la infusión con las manos para comprobar si la temperatura era adecuada para bebérsela o si debía esperar. Inmediatamente después de dejar la taza, llamó con la campanilla. Las puertas se abrieron en apenas un solo toque.

—Por favor, Marcelo, necesito que me traigas el álbum. Lo he olvidado sobre mi escritorio.

El asistente volvió a cerrar las puertas sin pronunciar palabra, pero complacido por el encargo. Gabriele y la Sole cruzaron una mirada en silencio.

—¿Te importaría servir unos trocitos de pastel de arándanos? —dijo dirigiéndose a Gabriele—. Mi temblor de manos no me deja hacerlo como se debe...

Gabriele se levantó y en silencio sirvió una porción de pastel a cada una. La Sole estaba inapetente, demasiado nerviosa como para llevarse nada a la boca, pero por la mirada implorante de su sobrina hizo lo propio y se comió un trozo de pastel sin rechistar.

—¿Y bien? —dijo todavía con la boca llena, mientras doña Lola abría los ojos con esmero por detrás de sus gafas—. Su asistente nos citó hoy aquí. Supongo que no será para tomar pastel de arándanos, ¡que por cierto está muy rico! Dígaselo a su cocinera...

Doña Lola dejó el plato en la mesilla y cogió bruscamente su bastón. Dio tres golpes secos, retirándole la mirada. Las puertas correderas se abrieron de nuevo, Marcelo entró cargado de unos gruesos álbumes que dejó encima de una gran mesa redonda de cristal que había tras los sillones. Doña Lola, no sin esfuerzo y con un temblor de brazos, logró levantarse con la sola ayuda del bastón.

—¿Me acompañáis, por favor? —dijo doña Lola sin dirigirles ni una leve ojeada.

Marcelo corrió con sigilo a tomar el brazo de la anciana, que aquella mañana parecía más cansada que en la primera visita. Sus movimientos eran lentos y pesados. Arrastraba un poco los pies y su respiración era ruidosa y profunda. Gabriele y la Sole se levantaron y esperaron a que doña Lola se sentara primero a la mesa.

Después de varios resoplidos y de indicarle con la mano a Marcelo que podía retirarse, las contempló largamente.

—Hacía años que no sacaba estos álbumes. Cuando una se hace vieja se olvida del pasado. Solo existe el día que vives. Nada más importa. ¿No es gracioso que lo aprendamos a las puertas de la muerte?

Gabriele y la Sole observaban expectantes a la anciana, que apoyaba las manos sobre los lomos de los álbumes.

—Hoy he roto la regla, y por ti —dijo mirando fijamente a Gabriele— he decidido volver a abrirlos. Como bien sabes, dejé de hablar con tu madre y después de lo que vivió no creo que volviera a coser, ni siquiera a soñar con patronar. Y me da que ignoras el talento que tenía, pero a las mujeres con talento se les pedían demasiados sacrificios...

La anciana abrió con las manos temblorosas uno de los álbumes. Estaba lleno de fotografías en blanco y negro. Todas ellas acompañadas de dibujos con diseños de faldas, de vestidos, de blusas... La Sole y Gabriele contemplaban con la boca abierta todo aquel mundo expuesto frente a ellas.

—Tu madre no quiso conservar nada, pero yo lo guardé todo. El primer día que entró por el taller, tu madre llevaba la timidez impresa en el rostro y una mirada ávida de aprender. A mí se me acababa de casar mi costurera y, como era época de bautizos y bodas, había muchos encargos urgentes. Acepté a Greta, con la promesa de, además de pagarle, enseñarle. Muy pronto me di cuenta del talento de tu madre y de que sus diseños hacían que mi taller ganara clientas.

Doña Lola seguía señalando fotografías que mostraban a una joven Greta cosiendo y patronando diseños.

—El taller creció en los doce años que Greta estuvo conmigo. Contraté hasta cuatro costureras. Greta dejó de coser para pasar solo a diseñar y atender a las clientas. Comenzó a creer que podía aspirar a más, se dejó embaucar y lo perdió todo.

Doña Lola se quitó las gafas y se limpió los ojos, que todavía no habían soltado ni una lágrima. Sus ojos grises se extraviaron en el recuerdo, en la tristeza no digerida de haber perdido a Greta. Extendió las manos, arrastrando el resto de los álbumes para que Gabriele y la Sole pudieran seguir fisgando en ellos. Gabriele se fijó en que su madre lucía un rostro resplandeciente, una mirada llena de brillo, como nunca se la había visto. Lo mismo le ocurrió a la Sole. Vio a una Greta desprovista del peso de la melancolía que la acompañó el resto de su vida.

—Yo también perdí. A ella, y no solo su talento, sino también su cariño.

Doña Lola mostró su lado más vulnerable. Confesó que, por orgullo, respetó la petición de Greta de no volver a hablar con ella. De borrar todo lo vivido.

—Yo sabía que estaba cometiendo el mayor error de su vida. No se puede huir de lo que se ha hecho, y mucho menos del propio talento. Pero lo peor es que decidí respetarla y no ir a buscarla para convencerla de que había otra salida, de que no tenía por qué renunciar a su carrera. Tenía las puertas de mi taller abiertas. Para mí era la hija que nunca pude tener...

Gabriele apartó la vista de los álbumes y descubrió a doña Lola secándose las lágrimas con un pañuelo de tela que se había sacado de la manga del vestido.

—Tu madre fue una mujer muy especial, pero que no supo perdonarse por haber traicionado a tu padre y también a mí.

—¿A usted? —preguntó Gabriele.

Doña Lola miró con ternura a Gabriele, que parecía desconcertarse con cualquier cosa que tuviera que ver con su madre. Greta jamás volvió a hablar de su sueño de ser diseñadora, y mucho menos de doña Lola y su taller y de cómo había logrado que tuviera encargos con meses de espera gracias a ella. Félix jamás referenció el talento de Greta, ni siquiera cuando ella le tejía una chaqueta de lana y se la regalaba por Navidad. No lo mencionaba en público porque sabía el dolor que le causaba a Greta. En algunas conversaciones de alcoba trató de que volviera a coser, arrepentido por haberla obligado a perder el contacto con la vieja sastra, pero Greta siempre respondía del mismo modo: «Félix, de eso ya me olvidé. Tan solo fue una tontería de juventud, nada más».

—Semanas antes de andar con Julio —prosiguió la narración doña Lola—, le ofrecí asociarse conmigo en el taller. Ella se sintió halagada, pero tu madre aspiraba a mucho más y creía que Julio se lo podía dar: viajar a París, Milán, Londres..., estar en los desfiles de los mejores diseñadores del mundo. A los pájaros en la cabeza hay que darles perdigón porque siempre llevan consigo desgracias. Las promesas de Julio la alejaron de mí. Yo sabía que tu madre se estaba perdiendo, que había algo entre ellos más allá del trabajo. Pero Greta no escuchó mis advertencias, y lo peor de todo es que se llevó a mis clientas al taller de Julio pensando que eran solo suyas. Pensando que así Julio creería más en su talento...

La Sole escuchaba sin despegar la mirada de todas aquellas fotografías y dibujos. Estaba maravillada con los diseños de Greta al descubrir la mujer que fue y el modo en que se había apagado. Mientras seguía pasando las páginas de los álbumes, recordaba las palabras de su hermano pidiéndole que no tratara a Greta con dureza. Que la aceptara como él había hecho: «Suficiente ha sufrido ella como para que los demás se lo recordemos». La compasión no era la mejor virtud de la Sole. No supo compadecerse de Greta en aquellos días, ni quiso hacerlo. Como muchos, se creyó poseedora de la vara del juicio y, más allá de las palabras reconciliadoras de su hermano, ella ya la había sentenciado. Solo viendo aquellas fotografías y descubriendo en el rostro de Greta y la historia de doña Lola de todo aquello que había perdido, se dio cuenta del sufrimiento por el que había pasado.

Doña Lola volvió a dar varios golpes con el bastón, acariciando la cabeza de pato plateada. El asistente abrió de nuevo las puertas correderas para atender a la llamada de la anciana.

—Marcelo, el fuego. Se está apagando.

Gabriele y la Sole cerraron cada una el álbum que tenían entre las manos para proteger la intimidad de Greta. Aunque la Sole estaba siempre en guardia con el asistente de doña Lola, Gabriele tampoco quiso que viera las fotografías.

—Si quieres te los puedes quedar —dijo doña Lola con la mirada puesta en los álbumes—. Puede que dártelos algún día fuera la razón por la que decidí guardarlos todo este tiempo.

—¿No los quiere usted? —preguntó Gabriele.

—No. Como te dije, hace tiempo que dejé el pasado atrás. No tengo tiempo que perder rebuscando entre los recuerdos. A mi edad, el día que lo haces, la muerte está llamándote.

Marcelo volvió a cogerla del brazo, mientras doña Lola se apoyaba con esfuerzo también en el bastón y caminaba hasta el sillón de nuevo. Con delicadeza, el asistente le cubrió las piernas con la manta de lana gruesa y le acercó la tetera.

—No deseo más hierbaluisa, gracias.

—¿Está bien? No debería esforzarse demasiado esta mañana. El médico le recomendó reposo, lo sabe bien.

Marcelo, a pesar de la mirada incisiva de la Sole, le recordó a doña Lola que no estaba en condiciones para alargar la visita mucho tiempo más.

—Los médicos se empeñan en alargarme la vida, Marcelo, y hace ya mucho que vivo en tiempo de descuento. ¡Déjanos a solas!

El asistente salió sin mirarlas, abandonando en silencio la sala. La Sole consultó la hora. Habían pasado casi dos horas desde que llegaron a la casa y, por el momento, no se había presentado la visita prometida. Gabriele, sentada de nuevo con las piernas cruzadas frente a la chimenea, movía compulsivamente los pies. La Sole supo que estaba igual de desconcertada que ella. Habían acudido a aquella casa de nuevo para conocer al hijo que Greta se vio forzada a dar en adopción. La Sole comenzó a malpensar de Marcelo. «Esta gente es capaz de inventarse cualquier cosa con tal de complacer los deseos de su señora», pensó, sintiéndose por unos minutos completamente segura de haber sido estafada por el asistente.

Ni Gabriele ni la Sole se dieron cuenta de que llevaban

unos minutos en silencio, siendo observadas por doña Lola, que por vieja y astuta sabía leer las mentes.

—No ha querido venir —soltó como un cañonazo. Fuerte y sin previo aviso—. A última hora ha llamado y ha dicho que no. Siento no poder ofreceros más.

Gabriele sintió un escozor súbito en la garganta, como si se hubiera tragado una guindilla o arenilla en un golpe de aire brusco. Carraspeó para librarse de esa sensación y recuperar el habla.

—¿Por qué no ha querido? —preguntó la Sole, adelantándose a su sobrina.

—Porque le he contado a qué se debía la visita. He preferido decírselo yo a que lo oyera de dos extrañas, como sois vosotras para él.

La Sole se levantó con los ojos inyectados en sangre. No podía esperar menos de aquella mujer con el mal carácter ajado en el rostro. Las cosas debían hacerse siempre a su manera y eso había espantado a la visita.

—¿Por qué no ha esperado a que estuviera Gabriele? —Lo dijo a medio grito, sin poder contenerse—. ¿No cree que una hermana tiene más derecho que usted a contar lo que ha pasado?

Doña Lola golpeó una sola vez el bastón contra el suelo al tiempo que clavaba su mirada sobre la Sole.

—¡Cómo te atreves a decirme en mi propia casa cómo debo hacer las cosas! Yo me he encargado de esa criatura durante casi treinta años. Te aseguro que tengo mucho más derecho que ella, que se enteró de su existencia hace solo unos días.

Antes de que la Sole pudiera replicar, doña Lola abrió su huesuda mano para detenerla. Gabriele no podía dejar de mirar al suelo. Estaba completamente abatida por la inesperada noticia. No era capaz de digerir que no iba a producirse el ansiado encuentro con su hermano. Mientras, doña Lola seguía aleccionando a la Sole, que estaba a un paso de vomitar todos los sapos que había ido reteniendo.

—Si alguien debía hablar y no lo hizo, ¡fue una muerta! —dijo doña Lola, alzando también la voz—. Y, con sinceridad, no creo que todo esto lo estéis haciendo para que descanse en paz, sino para molestar a los vivos que nada tienen que ver con esta historia.

—No pretendía ofenderla, doña Lola. —La Sole intentó suavizar el tono para que la visita no terminara en aquel preciso momento y tratar de obtener algo de información.

—Lo has hecho y ya somos mayores para saber las consecuencias que tiene una falta de respeto como la tuya. ¡Yo no tenía por qué ayudaros!

—Usted sabía que si se lo confesaba todo, lo más probable es que no quisiera acudir a la cita.

—¡No te permito que insinúes que soy una boicoteadora! ¡No te lo permito! ¿Me has oído?

Doña Lola trataba inútilmente, en un estado alterado, de levantarse por ella misma apoyándose en el bastón. Después de varios intentos, cogió la campanilla con tanta furia que, tras algunos campanazos, se tambaleó, despertando a Gabriele de su estado.

Marcelo entró como un rayo y, antes de que doña Lola se precipitara al suelo, logró salvarla.

—Ruego que abandonéis esta casa. Aquí solo recibimos a gente respetuosa.

—Está usted exagerando. No he dicho nada para que me trate de maleducada. ¿Puede dejar un momento de dar el espectáculo? —La Sole había decidido dejar el encorsetamiento del decoro y ser ella misma.

—Le ruego que no siga en ese tono... —Marcelo sujetaba a doña Lola, que seguía tronando por debajo de la nariz de forma ininteligible.

—Doña Lola, por favor, no se vaya. Necesito poder hablar con usted...

Gabriele intentó detener aquella situación, pero le fue imposible porque la anciana había decidido dar por terminada la visita.

—Señorita, no tengo nada que deciros ni a ti ni a tu maleducada tía. Ruego que no volváis a llamar nunca más a esta casa porque ya no sois bien recibidas. ¡Marcelo, por favor, acompáñalas a la puerta y asegúrate de que salen!

El asistente dejó de nuevo a doña Lola recostada en su sillón, alterada por la incómoda situación.

—No hace falta que nadie nos acompañe a la puerta. Las mujeres de pueblo como yo no necesitamos que nos echen de ningún lugar. —La Sole no estaba por la labor de ponerle las cosas fáciles al ser servicial que desde el primer momento la había mirado con aires de superioridad—. ¡Vámonos, Gabriele! Una de las cosas buenas que hizo tu madre fue apartarse de esta urraca insensible.

—¡Cómo te atreves! ¡Fuera de mi casa! ¡Fuera! Marcelo! —Doña Lola intentó inútilmente levantarse—. ¡Fuera de esta casa! —Lo decía a gritos mientras alzaba el bastón en señal de protesta y autoridad.

Mientras Marcelo se llevaba a la Sole, «¡Suélteme! ¡Suélteme!», y ella trataba de librarse de él, Gabriele aprovechó para acercarse a la anciana una última vez.

—Lo siento. Siento muchísimo lo ocurrido. Créame, por favor. —Gabriele intentó salvar con disculpas la situación con doña Lola—. Todo esto se me escapa. No piense que no le agradezco el esfuerzo que ha hecho. También mi tía. Pero llevábamos días con la esperanza y la necesidad de este encuentro. Ahora no sé cómo voy a encontrarlo. Creo que a mi madre le habría gustado que le conociera. ¿Por qué si no me lo dejó escrito en una carta? ¿Acaso no habría podido quedárselo para ella?

—Señorita, por favor, le ruego que me acompañe. —Marcelo había vuelto al salón, con el rostro compungido después de lograr echar a la Sole de la casa—. Su tía la está esperando fuera.

Doña Lola volvió a abrir la palma de su huesuda mano para detener a Marcelo y dejar que Gabriele terminara de hablar. No la miró a los ojos una sola vez, pero deseaba escucharla.

—No quiero, por favor, que nos vea como unas maleducadas. No ha sido la intención de mi tía ni la mía.

El asistente volvió a cerrar las puertas correderas para ofrecer de nuevo intimidad. Con tantos años al lado de doña Lola tenía el don de casi poder leer su mente con un solo gesto.

—Todo esto es muy inesperado y muy doloroso. Estoy segura de que para usted también. Le voy a ser sincera. Podría darme por vencida y tirar la toalla después de que mi hermano haya rechazado verme. Lo podría hacer, pero no creo que sea lo mejor. ¿Sabe por qué? Porque estoy convencida de que todo lo sucedido es por una razón, y no voy a parar hasta lograr que me escuche. Puede que luego no quiera saber nada más de mí, pero deberíamos vernos, aunque solo sea una vez.

Doña Lola fue aflojando la tensión de sus músculos al escuchar a Gabriele. La anciana también se sentía decepcionada por no haber logrado propiciar el encuentro, pero enfrentarse a la verdad lleva su tiempo, para algunos toda una vida.

—Entiendo tu pesar. Creía que sería capaz de convencerle.

Gabriele se colocó en la chimenea para contemplar el rostro de doña Lola. Serio, severo, pero con una ternura porosa que la emocionó.

—¿Cómo se llama? —le preguntó Gabriele con suavidad.

—Gerardo —contestó sin dudar, como si esa hubiera sido la pregunta que esperaba.

—¿Tiene alguna fotografía de él?

A Gabriele le salió sin pensarlo, movida por las ganas de saciar el deseo de conocer a su hermano, aunque solo fuera por fotografía. Doña Lola negó con la cabeza, sin mirar, ocultando la mentira. Gabriele se dio por aludida y decidió despedirse y agradecer el gesto. Sabía que la anciana conservaba fotos de su hermano, pero también había aprendido que con presión e insistencia no lograría nada con ella.

—Le agradezco que nos haya recibido y al menos poder irme sabiendo cómo se llama. Gerardo es un bonito nombre.

Doña Lola ladeó de nuevo la cabeza, inquieta. No sabía si dejarla marchar o ayudarla. La tomó del brazo antes de que se alejara y lo presionó con la fuerza que le quedaba para retenerla.

—No te prometo nada, pero volveré a insistir. Marcelo os llamará. De haber una próxima vez, te ruego una sola cosa: no vengas con tu tía.

A Gabriele le escoció la exclusión de la Sole, pero se mordió la lengua y prefirió otorgar con el silencio mientras doña Lola activaba la señal para la despedida. Al primer toque de campanilla, apareció Marcelo, entregado espía de lo que ocurría en aquel lugar. Se despidieron sin palabras. La puerta se cerró con suavidad, de forma bien distinta a como lo había hecho en la salida de la Sole.

Gabriele se la encontró en el vestíbulo de sofás de cuero antiguos, espejos y un portero que no dejaba de mirarla con recelo. No quisieron hablar hasta perderse un buen rato por las calles de Madrid. La Sole, unos metros más adelantada, trataba de olvidar lo que para ella había sido una humillación. Gabriele, perdida en el deseo de querer dibujar el rostro de su desconocido hermano, volvía a construir la posibilidad del ansiado encuentro. Madrid estaba ruidosa, llena de coches, cláxones y transeúntes con la prisa a cuestas. Había dejado de llover, pero el cielo gris centelleante indicaba pronta tormenta.

—¿No crees que deberíamos ir al hotel y descansar un poco? Tenemos una tarde ajetreada.

Gabriele lo preguntó mientras terminaba la carrera que había hecho para alcanzar a su tía, alejada unos metros de ella. La Sole no perdió tiempo en mirarla ni en reaccionar a su petición. Seguía furiosa con ella y con el mundo por todo lo ocurrido en casa de doña Lola. Se sentía mal por haberle estropeado a su sobrina cualquier opción de seguir con los planes, pero era demasiado orgullosa para pedir perdón o siquiera reconocer el error. Con ese batiburrillo de emociones, sus pies andaban como el viento, alados, y tras ella, Gabriele asfixiada.

—¿Podemos parar un momento? —le dijo, cogiéndola por el brazo para detener la marcha.

La vergüenza rehúye miradas, lo mismo que la rabia contenida o la humillación recibida. La Sole no era capaz de levantar la vista del suelo y dejar que sus pensamientos gobernaran la acción.

—Tía, tengo algo importante que decirte, pero no puedo hasta que no se te pase el enfado. Y créeme, llevo veinte minutos asfixiándome por la carrera por estas calles, esperando que desaceleres y me mires.

340

La Sole resoplaba, movía el pie derecho y miraba al suelo. Gabriele no le había soltado el brazo y, con la sutilidad de una caricia tierna y suave, intentaba que saliera del círculo en el que se había metido. Estaban detenidas en una acera estrecha, impidiendo el paso a los transeúntes que las bordeaban, algunos de malas formas, otros con la curiosidad de los extraños.

—Hasta que no me mires, no pienso soltarte. ¡Así que tú misma! Podemos estar así todo el día.

Parecía que las tornas se hubieran invertido y ahora el consuelo se lo diera Gabriele a su tía: la que siempre le había dado los consejos y la había protegido ante sus padres. La miraba sorprendida. No solía ver la fragilidad de quien era su referente de empuje y tesón.

Resoplar, mirar el suelo y mover el pie derecho. Lo hizo varias veces más hasta que en una inspiración alzó la vista, un breve acto de concesión a las peticiones de su sobrina. Gabriele esperó un par de segundos mientras contemplaba cómo su tía seguía en la lucha interna. Se vio reflejada y sonrió levemente. En la cabezonería, en la necesidad de persistir para no perderse al no encontrar por sí sola la salida. Pocas veces tomamos la mano de quien nos ofrece ayuda, pocas veces nos apoyamos en extraños o conocidos sin sentir el vértigo de la fragilidad.

—Se llama Gerardo.

La Sole dejó de respirar y de mover el pie en el momento en que Gabriele pronunció ese nombre. Sus ojos volvieron a la vida poco a poco, hasta mostrar abiertamente su sorpresa. Su rictus abandonó la tensión y dibujó una sonrisa que la llevó a un abrazo gigante. Igual que a su sobrina, la había embargado la emoción.

—¡Gerardo!

Lo dijo con alegría mientras seguía abrazada a su sobrina. La besó y la volvió a abrazar mientras los transeúntes se quejaban por la obstrucción al paso.

—Lo siento mucho, Gabriele. No debería haberme puesto así.

—No te preocupes, tía. Lo importante es que doña Lola va a intentar convencerle de nuevo.

La Sole comenzó a andar mucho más agitada que antes, acelerando el paso hasta conseguir detener un taxi.

—Al hotel Vinci Centrum, por favor.

Se metieron en el taxi aliviadas por haber logrado una pista más sobre el hijo de Greta y estar acercándose a su objetivo: que accediera a ir al Almanzor con ellos a lanzar las cenizas de Greta. Las dos se dedicaron, como tantos viajeros, a observar las calles de la ciudad, su ritmo, su pausa acelerada, las caras de la gente, la publicidad colgada en los edificios, las obras, los pocos árboles y el gris de asfalto y de paredes.

—¿Gerardo? No sé si me gusta el nombre...

Gabriele solo sonrió y siguió perdida en el paisaje urbano. Pensó en su madre. Imaginó su sonrisa, sus ojos achinándose hasta esconder las pupilas. Con el pelo recogido y su cuello de cisne para protegerse siempre la garganta del frío. «¡Lo voy a conseguir, mamá! ¡Lo voy a hacer por ti!», pensó. Conversó con ella en su pensamiento e imaginó en el sordo silencio que le respondía con un destello de felicidad. Parecía que algo, después de la tragedia de su muerte, volvía brotar, por pequeño y frágil que fuera.

—¿Y sabes a qué se dedica? Debe de tener...

—Veintinueve años... No sé nada más de él. Su nombre y su edad.

La Sole se había olvidado ya del roce con doña Lola. A pesar de los años, no siempre lograba controlar su carácter, pero jugaba a su favor su desmemoria alejada del rencor.

Gabriele se acordó de la condición que le había impuesto doña Lola: que su tía no estuviera presente en el próximo encuentro, si lo había. Decidió que no era el momento de decírselo. Siguió con la imagen de su madre, casi traslúcida en el cristal de la ventana del taxi. Pensó también en su padre, en la conversación que hacía unos días había mantenido con él. En su fragilidad. En los malentendidos y en que había estado toda una vida culpándole de sus fracasos. Gabriele se volvió a emocionar. El mundo pasaba por sus personas importantes: su amigo Luis, su padre y su tía, a la que había decidido ayudar en el que podía ser el paso más importante para ella: pedirle matrimonio a Ada. Los pensamientos pasaban a la misma velocidad a la que cruzaban edificios.

—¿Estás preparada para dar con el anillo más bonito del mundo?

La Sole la miró, dejando de atender con dificultad a sus reflexiones. Tardó unos segundos en enfocar la mirada y escuchar a Gabriele. Su rostro se iluminó como el de una chiquilla embargada por la ilusión, el miedo, la timidez y el apuro.

—Estoy muy nerviosa con todo esto, Gabriele.

—¿Nerviosa quiere decir feliz?

Gabriele le tomó la mano y se la apretó con fuerza. Ella también sentía algo parecido a lo que recordaba que era la felicidad. En el océano de la ausencia, descubrir nenúfares hace que vuelvas a creer en la vida. El teléfono de Gabriele comenzó a sonar. Era un número desconocido, pero no se lo pensó dos veces para contestar.

—¿Sí? ¡Ah, hola! Sí, sí que puedo. Estamos en el taxi camino del hotel.

La Sole miró a su sobrina, poniendo atención en la conversación para tratar de adivinar quién era su interlocutor, pero por la timidez en el timbre de su voz debía de ser alguien inesperado.

—¿Mañana? No, no tenemos hora de irnos... ¿Al Prado? ¡Claro! A ella le encantará.

Al ver que Gabriele hacía planes con el interlocutor desconocido, la Sole, desatada por la curiosidad, comenzó a lanzar muecas, interrogándola. Gabriele intentaba concentrarse y apartaba la mirada para evitar a su tía. Al colgar, no tuvo tiempo para digerir la conversación ni para preparar un discurso evasivo.

—Era Uriel. Que mañana por la mañana temprano bajarán con la niña para ir al Prado. Papá ha llamado al museo para que nos dejen entrar a todos...

Lo dijo de corrillo, repitiendo exactamente lo mismo que le había contado Uriel por teléfono, reproduciendo la información pero no el tono, ni tampoco su voz trastabillante por la timidez. La Sole se quedó reflexiva, procesando aquello, que iba más allá de las palabras. Le sobrevivieron pensamientos traviesos sobre la atracción que pudiera sentir su sobrina por el hijo de Cosme. Los dejó pasar todos y observó divertida cómo Gabriele la miraba esperando algún comentario.

—¿También viene Cosme? —preguntó la Sole por desviar la atención.

Gabriele sonrió dejando pasar que, como en otras ocasiones, había descubierto a su tía. No quiso saber lo que pensaba porque ella tampoco quería saber lo que sentía. La llamada le había sorprendido y también le había gustado. Estaba complacida de que Uriel se hubiera acordado de la invitación. Le agradó sentir otro nenúfar en el océano, aunque fuera pequeño y asustara mucho más que el resto. Aquel cosquilleo en las tripas la volvía a dejar desconcertada: Uriel no se parecía nada a aquel joven de veinte años que le rechazó el primer beso. No tenía mayor ambición que vivir con su familia, cuidar de los caballos y dejar que la vida marcara los ritmos. Había abandonado la codicia de comerse el mundo, de ganar más dinero e incluso de poseer en todos los sentidos. Él también había tenido que cruzar el océano de las ausencias y había dejado allí todo aquello que le pesaba demasiado para poder cruzarlo. Lo mismo le estaba ocurriendo a Gabriele: estaba dejando atrás su costumbre de verse como una víctima, como una mujer incapaz de enfrentarse a su propio talento o a la posibilidad de enamorarse y fracasar en el amor. Sin darse cuenta, y con el paso de los días, Gabriele estaba rompiendo la primera capa que la mantenía enjaulada y alejada del mundo. La muerte de su madre la había hecho navegar por el silencio de la desesperación. La carta, la relación con su padre, el pueblo, su tía... Contó con dificultad los días que habían pasado. Veintiocho días y le parecía toda una vida. Como si el tiempo se hubiera detenido y para el resto corriera más deprisa.

—No, pero seguro que Luis se apunta —le respondió a su tía—, y... ya vi lo bien que te llevabas con él en Calbotes.

Miró la hora: casi las tres de la tarde y sin noticias de Luis. Le extrañó. Deseaba contarle lo ocurrido, decirle que su hermano ya tenía nombre, Gerardo, y que no estaba todo perdido. Sintió de nuevo un nudo en el estómago al imaginar cómo Luis recibiría la noticia.

El taxi se detuvo. Gabriele y la Sole salieron, cada una metida en sus reflexiones. Acordaron comer algo en el mismo hotel y descansar un poco antes de comenzar con la procesión de joyerías del barrio de Salamanca. La Sole no pronunció nada al respecto durante la comida. Con el paso que estaba a punto de dar, le temblaba incluso el pensamiento. Ella no hubiera imaginado jamás que se atrevería a darlo, y mucho menos lo sospecharía Ada. Por ese mismo

345

motivo, comenzó a plantearse aquella misma tarde la posibilidad de que Ada le dijera que no. Era una respuesta improbable después de tantos años juntas, pero el miedo aparece en los ríos de fragilidad dispuesto a quedarse con nuestros mejores sueños.

En la habitación del hotel, sobre la cama, comenzó a imaginar la escena de la pedida, sintiendo cómo su boca se espesaba, el pulso se le aceleraba y la temperatura corporal subía.

—¿Y cómo piensas decírselo?

Se acordó de la pregunta que su sobrina le había hecho durante la comida y que la Sole no había sabido responder, porque no se decidía. Ada era una mujer discreta, como ella, aunque su temperamento fuera fuerte y abierto. Cerró los ojos e intentó respirar y concentrarse solo en eso. A Ada le funcionaba, pero a ella le provocaba que los latidos adquirieran la fuerza de tambores resonando sobre todo su pecho. Se puso la mano sobre él para tratar de calmarse. Estaba nerviosa, excitada, vulnerable, pero al mismo tiempo feliz de atreverse.

—Siento no haberte escuchado. Fui una idiota por no haber querido hablar aquella noche en el bar.

A la Sole también se le aparecía Greta, con la mirada tierna y algo desdibujada. Desde el pensamiento, habló con ella; lo mismo que habían hecho Gabriele y Félix.

—Las cosas se están recolocando y sé que es gracias a ti.

Los muertos viven dentro de nosotros, y forma parte del misterio de la vida y solo la muerte sabe si esas son conversaciones imaginarias... o reales.

11

—¿A qué esperas?

Gabriele y la Sole llevaban varios minutos mirando fijamente la pantalla del móvil de Luis, que estaba sobre la cama de su habitación en el Vinci. Luis las había convocado media hora atrás para contarles que su padre le había escrito el día anterior y que él todavía no había contestado. La Sole estaba medio atolondrada porque había encontrado el anillo perfecto para Ada y, sin pensárselo, lo había comprado bajo la presión de su sobrina. Tras la gesta, se había tomado un par de vinos con Gabriele para celebrarlo y hablar de lo que quedaba por hacer.

—¿No piensas responder? —le dijo Gabriele ante la mirada de la Sole—. Te acaba de decir que quiere verte y que está en Madrid. ¡Blanco y en botella! Esto huele a aproximación y a voluntad de reconciliación.

—Déjate de ponerle título a una película que todavía no existe.

Luis caminaba en círculos entre el baño y la cama, sin saber cómo reaccionar al mensaje de su padre, tan rápido e inesperado. Le escribió durante la fiesta de Calbotes con la complicidad de la Sole y tuvo su primera respuesta a las tres y treinta y cuatro minutos de esa misma madrugada: «Hola Luis..., después de meses intentando ponerme en contacto contigo creí que habías cambiado de teléfono y veo que no...». A pesar de haber pasado tantos años, Luis comprobó que su padre seguía con sus alteraciones de sueño. Diez minutos más tarde, y seguramente tras haber releído aquel primer mensaje con tufo recriminatorio —eso tampoco había cambiado con el paso del tiempo—, le mandó un breve «¿Cómo estás?».

Luis se pasó los días siguientes balanceándose en la duda de si responder o seguir con su vida sin enfrentarse a un posible encuentro. Intentando saber qué decirle a un padre ausente que, como el mal profesor, te hace la temida pregunta abierta: «¿Cómo estás?». Como si fuera tan fácil resumir dos décadas de ausencia, de reproches enquistados, de rechazo por haber elegido su propia vida.

—Pero ¿por qué no me lo contaste ayer en el pueblo? —le recriminó Gabriele.

—Porque ni siquiera te había contado que le había escrito la noche de Calbotes y porque no tenía claro si quería seguir con esto.

—¿Y si empezamos por saber lo que tienes claro en este momento? —interrumpió la Sole—. Para eso estamos metidos en esta habitación los tres. Para que decidas a ver qué haces.

La Sole evitó que Gabriele y Luis se enzarzaran en una discusión sin sentido producto de los nervios del momento.

—¿«Bien. De camino a Madrid»? —Gabriele repitió el mensaje en voz alta—. ¿Cómo se te ocurrió semejante mensaje si no querías quedar con él?

—¡Porque no imaginaba que mi padre fuera a estar en Madrid!

Antes de meterse en el coche, Luis le había escrito ese mensaje a su padre. Una respuesta breve, seca y carente de sentido a su «¿Cómo estás?» entre la amplitud de posibilidades que ofrecen más de veinte años de ausencia. Él no estaba hecho para dejarse llevar con facilidad por «las emociones blandas», que era como se refería al amor, la ternura y la compasión. Más bien reaccionaba con «las emociones fuertes», como la rabia, el descaro o la indiferencia. Optó por la última, la indiferencia, con su «Bien. De camino a Madrid». Lo que no esperaba era que aquella información revelada le llevara a un camino sin salida.

«Yo también estoy en Madrid toda la semana —le respondió su padre de inmediato—. Me gustaría verte. ¿Puedes cenar un día de estos?»

—No estoy preparado para un encuentro. No sabría qué decirle y puede que se lo echara todo en cara.

La Sole contemplaba a Luis, que se enfrentaba a sus miedos. Comprendía el infierno de dudas por el que andaba metido y, en cierto modo, se sentía responsable de ello. Había sido ella quien le había animado a escribir durante la noche de Calbotes y lo menos que podía hacer era sacarle del bloqueo y conseguir que respondiera a su padre.

—Creo que debes cenar con él. Las oportunidades no hay que dejarlas escapar.

—¿Llamas «oportunidad» a su invitación? —replicó Luis—. No estoy tan seguro de que me vaya a resolver la vida...

—Pero sí puede que te la modifique —remató Gabriele, apoyando a su tía.

Luis suspiró como un toro bravo sin más objetivo que revolcarse. Se movía en un mar de dudas, porque tenía miedo, pero no deseaba volver a dejar pasar la oportunidad de encontrarse con su padre.

—Esta noche quiero cenar con vosotras —dijo mirando a Gabriele—. Si te parece bien en unos días volveré a Candeleda. Me apetece estar un poco más contigo.

Luis se sentía a gusto en aquel lugar, y tampoco tenía demasiadas ganas de enfrentarse a la soledad de estar sin amante y solo en su casa en Barcelona, que se le había hecho demasiado grande. Llevaba un tiempo cansado de ir a la caza en cuartos oscuros y de mendigar una noche de compañía a un precio demasiado caro, más que el dinero.

—Bueno, pues entonces te quedan solo dos noches. ¿Qué tal si le escribes eso?

Luis se acercó a la mesa y sin coger el móvil desbloqueó la pantalla, abrió el WhatsApp, buscó a su padre y se paralizó al descubrir que estaba en línea. Los tres se quedaron hipnotizados mirando la pantalla. Al cabo de unos segundos, Luis volvió a cerrar el chat.

—No tengo por qué responderle ahora mismo. Apenas ha pasado hora y media desde que me ha escrito. No quiero parecer el hijo pródigo desesperado.

Gabriele sabía que Luis era capaz de no responder y de dejar pasar de nuevo los años. Lo mismo habría hecho ella con su padre si no se hubiera muerto su madre, pero precisamente porque estaba descubriendo lo importante que era enfrentarse a los asuntos de familia, supo que debía evitar que su amigo cometiera ese error. Decidió dejarlo respirar por el momento.

—¿Nos vamos a cenar, entonces? —soltó Gabriele—. Seguro que has elegido un pedazo de restaurante para la celebración.

—¿Celebración? —dijo Luis, algo descolocado.

—¡Ya tenemos anillo! —Gabriele abrazó a la Sole—. Ahora solo nos queda la pedida.

La Sole volvió a sonreír traslúcida de emoción, al tiempo que recordaba que no había llamado a Ada en todo el día ni respondido a las llamadas de Cosme ni de Félix.

—¿Se lo puedes contar tú mientras yo hago una llamada antes de que la boda termine en divorcio?

—¡Así me gusta! Que también tengamos en cuenta que hay finales que saben a mierda.

Gabriele le dio un golpe en el trasero a Luis por aquella salida, mientras la Sole le sonreía sin tan siquiera haber atendido a lo que acababa de soltar.

—¿Tu tía siempre se mete en el baño para hablar con su novia?

Gabriele no pudo evitar reírse con Luis por aquella observación. Ni ella se había percatado de eso. Lo cierto era que la Sole seguía sintiendo cierto pudor a mostrar en público su cariño por Ada, su entonación amorosa o las palabras propias de amantes cómplices.

—Mañana vamos a ir al Museo del Prado. ¿Te apuntas o tienes clientes?

Lo malo de intentar disimular con amigos que te leen la mente es que suele producir el efecto contrario. Descubren que hay un tesoro escondido detrás de las palabras y, sin pensarlo, van a por él.

—¿Qué se te ha perdido en el Prado? —le preguntó Luis con la sonrisa torcida—. ¿También estamos de reconciliaciones con los museos?

Gabriele sonrió con la barbilla baja, como solía hacerlo cuando la vergüenza asomaba.

—Nunca he estado mal con este museo, aunque fuera el de mi padre —le respondió sin apenas mirarle—. Le prometí a Cloe, la hija de Uriel, que se lo enseñaría. ¿Te vienes o no?

Luis terminó aceptando la invitación en una secuencia de estira y afloja con Gabriele para sonsacarle lo que estaba pasando con Uriel. No lo consiguió, pero lo seguiría intentando en el museo. Hacía por lo menos diez años que no iba al Prado y le apetecía volver a ponerse frente a *El jardín de las delicias*, uno de sus cuadros preferidos.

—Y si ya tenemos anillo, ¿cómo se lo vamos a pedir? —preguntó Luis durante la cena, comenzando un brindis al mismo tiempo—. Por tu tía, que, aunque tú no lo sepas, ha prometido adoptarme...

Los tres brindaron en una mesa redonda del restaurante Sacha de Madrid. A Luis le encantaba su dueño, un hombre singular de camisetas con mensaje y actitud de rockero-poeta, más que de propietario de restaurante. No era el lujo que esperaba la Sole para los precios de la carta, pero tras mucho tiempo en el pueblo se pierde perspectiva de lo que vale la vida en la ciudad, y más con los sitios que están de moda.

—Creo que se lo voy a pedir en privado. Las dos solas. Ella y yo, en el mismo lugar que nos dimos el primer beso. Dentro del coche.

—¿De la ranchera? —preguntó sorprendida Gabriele.

—Sí. Bueno, no es el mismo coche, pero sí. Además, a mí me da seguridad. Y... ¡por si las moscas!

—¿Qué moscas? —preguntó de nuevo, divertida, con la copa todavía en la mano.

—Pues porque si me dijera que no, al menos estaría yo sola. ¿O es que no os habéis planteado que pueda decirme que no?

—La cosa se pone interesante. —Luis volvió a beber, divertido por aquel miedo de la Sole.

Atreverse a dar pasos, a confesarle a alguien que quieres pasar el resto de tu vida con él o con ella, no es algo sencillo, ni siquiera para quien tiene la certeza de que la otra persona la seguiría al fin del mundo. La Sole lo expresó con la boca suelta que da una cena llena de brindis.

—Tía, Ada se va a derretir en cuanto se lo pidas... Pero dentro del coche tengo que decirte que no me parece bien. Tienes que hacerlo un poco más bonito, ¿no?

—¿Más bonito? ¿Qué quieres decir?

—Pues no sé, ahora no se me ocurre nada...

—Lo de la ranchera me parece de poco presupuesto —dijo Luis, que obtuvo una respuesta rápida de la Sole.

—El dinero se lo llevó todo el anillo —le contestó, sosteniendo su copa.

—¡Venga! Un poco de romanticismo, ¿no? —les soltó Luis con tono socarrón.

—Una cena en casa. ¡Eso es! Yo me quedaré con Luis, Candela y Carmencita en el Pimentón. Y tú le preparas una cena romántica. ¿Qué te parece?

Luis se ofreció a organizar el menú y llevarlo todo preparado para que Ada no sospechara nada.

—Está bien, pero no lo va a saber nadie más que vosotros. ¿Entendido? —accedió vencida la Sole.

—¿Y Cosme? —preguntó Gabriele.

—Ni Cosme. —La Sole los miró muy seria en su advertencia de que nadie más podía saberlo—. Todavía no se lo he dicho a tu padre, y seguro que Cosme, con la emoción, va y se lo suelta...

Gabriele vio la preocupación en su tía. No era para menos, porque su padre era muy intolerante. Respecto a la homosexualidad siempre había opinado lo mismo: fuera de la familia podía aceptarla, dentro era una desgracia. Lo mismo que decía su madre, la abuela Martina. A veces, sin saberlo, nos hacemos portadores de lastres que no nos pertenecen y pueden acompañarnos toda la vida.

—Ya sabes que yo te ayudo con papá.

La Sole afirmó solo con la cabeza, recordando que hacía unos días había sido su hermano quien le había pedido ayuda a ella.

—¿Cómo vas con él? —aprovechó para preguntarle.

—Mejor, aunque tenemos demasiados silencios porque no sabemos cómo tratarnos.

—Gabriele, recuerda solo una cosa: hay preguntas que puede que no tengan respuesta, y mucho menos la esperada.

Mientras tía y sobrina se sinceraban, Luis se ausentó y abrió de nuevo el WhatsApp para consultar la conversación con su padre. No estaba en línea. Volvió a cerrarlo y dejó correr un poco más de aire. Seguía sin atreverse a responder, bien para negar la aproximación que él mismo había iniciado en Calbotes, bien para concretar más el encuentro.

—Propongo otro brindis —dijo al regresar, dejando el móvil encima de la mesa—. Por la mujer más maravillosa de mi vida. Por mi hermana. Lo siento, pero me niego a brindar por tu recién descubierto hermano, prefiero brindar por el ser que es capaz de hacerme abandonar el trabajo e irme a un pueblo de montaña... Por ti, Gabriele.

Brindaron de nuevo en una noche conciliadora y de esperanza. Los tres habían iniciado nuevos caminos, giros en sus vidas, aunque Luis fuera muy por detrás de ellas en terminar de dar el paso. Los tiempos son muchas veces inciertos y hay que dejar que maduren en nuestro interior con la menor prisa y la mayor comprensión.

—Por ti también, querido amigo. Por estar aquí, en mi vida. Por acompañarme en este momento, como en tantos otros... Te quiero.

Las noches son las guardianas de nuestras emociones

más profundas, las que solo en algunas ocasiones se dejan ver, saliendo al exterior en forma de tímida confesión. La cena estuvo llena de esa ternura que da la desnudez, que ofrece la confianza de sentirse arropado, de saberse protegido por una red invisible. Los tres tenían aquella noche motivos de celebración, aunque no estuvieran preparados del todo para asumir los riesgos de cada paso que daban. Sonreían. Sus rostros estaban iluminados por una nueva ilusión, distinta para cada uno, pero germinada. El pequeño brote era suficiente para llenar la cena de brindis y risas cómplices.

Después de una buena velada, la soledad de la habitación es menos pesada. Gabriele se acostó con la sonrisa impresa, lo mismo que su tía, que terminó el día contándole a Ada las aventuras de una del pueblo en Madrid.

—Me alegro de que estés más cerca de tu sobrina y de que la estés ayudando en todo esto.

Ada sabía lo importante que era la familia para la Sole. No había sido fácil para ninguna de las dos vivir a espaldas de la familia. Para Ada porque la tenía lejos, y para la Sole porque, en su caso, la lejanía emocional había sido mucho más grande que la distancia física.

—Félix y Cosme han venido esta noche. Han cenado y...

—¿Y...?

La Sole se estresaba cuando su hermano estaba cerca de Ada y ella lejos. Temía que pudiera decirle cualquier cosa inapropiada, y mucho más en aquellos momentos, cuando estaba a punto de dar el paso.

—Nada. Han estado muy simpáticos los dos. Yo ya sabes que estoy en la cocina todo el rato, pero han pasado a saludarme y hemos charlado un poco antes de que se fueran.

El tono de Ada era tranquilo y parecía no ocultar nada, pero a la Sole siempre le quedaba la duda, porque, por no preocuparla, Ada a veces prefería ahorrarse compartir los malos ratos, y más si eran con alguien cercano a ella.

—¿Mi hermano también ha estado simpático?

—Sí, bueno, lo he visto cariñoso conmigo y me he sentido muy cómoda... En fin, ¿cómo habéis pasado la tarde en Madrid? ¿Qué habéis hecho?

A la Sole la pilló al traspié el cambio de tema de Ada y comenzó a balbucear hasta salirse más mal que bien con un escueto «pues caminar y charlar, Ada. A la niña le encanta caminar e ir de tiendas», aunque cuanto más contaba, más confuso parecía todo. Incluso su estado de ánimo se iba alterando, como si le hubiera molestado la pregunta de Ada.

—Bueno, solo era por compartir. No nos separamos mucho y... te extraño un poco...

La Sole se derretía cuando Ada se abría y le confesaba que ella era lo más importante en su vida. Aunque ella, como su hermano, no era demasiado expresiva, sus silencios hablaban por sí solos después de tantos años de convivencia.

—Buenas noches, cariño. Descansa y pásatelo muy bien en el museo mañana. ¡Qué pena no poder estar ahí contigo!

—Buenas noches, Ada. Te quiero mucho.

La Sole colgó sin esperar respuesta, sorprendida por lo que acababa de soltar, porque no era dada a decirle «te quiero» a Ada, a pesar de sentir que le explotaba el corazón cuando se alejaba de ella. Colgó porque si no, se hubiera terminado declarando por teléfono y confesándole que se había pasado la tarde buscando el anillo para pedirle que se casara con ella.

Sacó del bolso la cajita que contenía el anillo. Se lo puso y estuvo un buen rato contemplándolo con una sonrisa. Era una sortija de oro y platino con pequeños diamantes, estilo años treinta. Al final habían elegido una de las joyas románticas de Bárcenas.

—Yo creo que es el anillo más bonito que he visto en mi vida.

Gabriele la convenció para que se lo llevara y no dudara de que a Ada le encantaría. La Sole no quería una alianza al uso, sino algo especial. Siempre había soñado con una sortija como las de las películas, y aquel anillo lo parecía. Después de tantos años llevando el bar y una vida austera, la Sole podía permitirse gastarse un buen dinero en un anillo, y así lo hizo. Mientras pagaba, su sobrina la observaba con una sonrisa nerviosa.

—¡Menuda joya, tía! ¡Hasta yo me casaría contigo!

La dependienta de la joyería, aunque discreta, sonrió por lo bajo mientras escuchaba a Gabriele hablarle animosamente de los planes de pedida a una Sole que se moría de vergüenza por comentarlo tan alto y en público. Que una mujer comprara una sortija solo podía deberse a que quisiera pedirle matrimonio a otra mujer, y por eso la Sole no había podido evitar estar con el rojo puesto en el rostro por el pudor.

Mientras observaba el anillo sobre la cama, la Sole blasfemaba recordando el mal rato que le había hecho pasar Gabriele en la joyería, aun a sabiendas de que ella no era de mostrar las emociones, y mucho menos de revelar su vida íntima.

—¿No podrías haber esperado a que saliéramos para decirme cómo debería declararme a Ada? La dependienta y toda la joyería estaban pendientes de lo que decías. ¡Menudo escándalo has montado!

Gabriele no paraba de reír mientras la Sole sacaba todo el mal rato que había pasado pensando que todos las estaban escuchando.

—¡Tía, por favor! A la gente le da igual, y si estaban escuchando seguro que estaban felices por ti... Además, creo que tienes que empezar a acostumbrarte a dejar de esconderte.

—No creo que tenga que cambiar mi manera de ser, Gabriele... Yo soy discreta y me gusta la discreción.

—Sí, tía, pero pronto vas a ser una mujer casada a ojos de todo el pueblo. ¡Dime cómo vas a llevar entonces esa discreción que tú quieres!

La Sole seguía recordando la conversación con su sobrina. Sujetando y contemplando la sortija, le entró el miedo. Quizá se había precipitado. Quizá la locura se había apoderado de ella con la muerte repentina de Greta y, por sus ganas de vivir intensamente, iba a generar más problemas que otra cosa. Le costó dormir, se pasó la noche revolviéndose entre las sábanas. Moviendo el cuerpo de un lado a otro de la cama, inquieta por las pesadillas.

Pared con pared, en la habitación contigua Gabriele estaba algo nerviosa por la visita con Uriel y su hija al Museo del Prado. Le gustaba la sensación de sentirse viva en medio de aquellos días grises, pero no deseaba ningún lío, ni ligue ni nada que aumentara su confusión. A pesar de todo lo que podía programar, cuando se cruzaba con Uriel todo cambiaba. Su cuerpo cogía el timón y vibraba como una apisonadora, dejando completamente inactiva a su voluntad. De ahí el nervio, de ahí la dificultad por encontrar el sueño aquella noche.

A pocos metros de ella, Luis también se debatía: entre

el sueño y la incapacidad de contestar a su padre. Con el móvil en las manos, hizo decenas de intentos de respuesta frustrados a la invitación de su padre. No era capaz de entregarse a un encuentro tan cercano, no podía afrontar verle y escuchar de nuevo un comentario contra él, de rechazo a su vida, o siquiera un mínimo reproche.

Dejó el móvil encima de la mesita de noche, vencido por la incapacidad de responder. Se mantuvo un buen rato con la mirada en el techo, enganchado a pensamientos que lo llamaban «incapaz» y «cobarde». Había comenzado el proceso de automachaque tan característico en él y tan difícil de detener. La maquinaria se había activado y la reconocía a la perfección, como si volviera a ser el niño de dieciséis años a quien su padre le recordaba continuamente lo mal que hacía las cosas.

Volvió a coger el móvil y abrió la aplicación para ligar. Así concentraría su pensamiento en el radar de posibles ligues a menos de quinientos metros. Con la llegada de la tecnología, tener un rato de sexo puede ser tan sencillo como tomarse un café en una cafetería de un barrio desconocido y no volver jamás. Luis lo sabía porque llevaba tiempo haciéndolo. Se entretuvo un poco, pero extrañamente terminó por apagar el móvil y aceptar su insomnio. La presencia de su padre le había perforado mucho más de lo que creía.

«Mañana mismo me voy a Candeleda, un pueblo de Ávila. Se ha muerto la madre de una amiga y voy a pasar unos días con ella para acompañarla. Siento que no haya tiempo para vernos.»

Al final encontró el mensaje perfecto para evitar el encuentro sin rechazarlo por completo. Se lo envió y apagó el móvil para intentar dormir unas horas. Su padre y el insomnio eran pareja. Era capaz de contestar otra vez a las tres de la madrugada. Luis prefirió soñar con posibles respuestas y quedarse con la que más le reconfortara para esa noche. Era una práctica recurrente en él: elegir los mejores finales, al menos para la noche. El refugio perfecto. Autoengañarse o autoconvencerse.

Los tres hicieron lo mismo. De otro modo, ni Luis ni la Sole ni Gabriele hubieran conciliado el sueño.

Era su primera vez frente a un cuadro tan grande. Desde la distancia permitida para observarlo, Cloe llevaba por lo menos un minuto sin pestañear, en silencio, sin atender al resto. Uriel y Gabriele se habían sentado en el banco para descansar un rato y dejar a Cloe con su descubrimiento.

—Pero entonces ¿el que pinta en el cuadro es el mismo pintor?

—Sí —le respondió Gabriele desde la distancia—. ¿Y a quién está pintando? A ver si lo adivinas.

Gabriele jugaba con Cloe, como lo había hecho su padre cuando ella vio por primera vez el cuadro y se había quedado igual de extasiada. *Las meninas* de Velázquez es una escena dentro de una escena, una de las obras de arte en las que te puedes perder por la amplia historia que representa. Mientras observaba cómo el cuerpo de Cloe se balanceaba mirando la pintura, Gabriele se veía a ella misma años atrás de la mano de su padre, recorriendo los largos pasillos del museo, soñando con aquello que en esos días deseaba ser: artista.

—Un día tendré un cuadro aquí colgado.

Recordó con pudor la frase que durante algún tiempo le decía a su padre cada vez que visitaban un museo. Gabriele bajó la cabeza al acordarse, delatando con una media sonrisa su viaje a una infancia que llevaba días golpeando su memoria.

—¿Algo que desees compartir? —le preguntó divertido Uriel.

—No, nada... Recordaba algunas cosas que viví aquí con mi padre.

—¿Fue donde decidiste que querías pintar?

Gabriele se lo quedó mirando, sin saber demasiado qué decir. Los años y las excusas le habían bloqueado la fluidez para autoafirmarse como pintora.

—Bueno, no sé bien cuándo lo decidí y tampoco cuándo lo olvidé.

Uriel la comprendía mucho más de lo que ella imaginaba porque había recorrido un viaje a la inversa. Primero se convirtió en un hombre de negocios para demostrarle al mundo su valía, y cuando perdió lo que más le importaba, su mujer, retornó a su esencia, a lo que realmente deseaba: estar en el pueblo, en la naturaleza, con su padre y su hija.

—¿Y qué quieres ser de mayor? —le preguntó con una mirada cómplice.

—¿Feliz? No sé... Desde que murió mi madre, donde creía que estaba la derecha puede ser que esté la izquierda.

Suspendida en el difícil equilibrio de la aceptación del momento, Gabriele se dejó llevar por el deseo de ser Cloe, cautivada y exclusivamente pendiente del cuadro. Había llegado al museo provista del kit de la perfecta *urban sketcher*. En su bolsa de tela llevaba el diario de dibujos, sus pinceles y sus acuarelas listos para pintar un cuadro, aunque al ver tantos no había hecho ni el amago de sacar los pinceles. No sería fácil escoger la pintura que inmortalizara su primera visita al Museo del Prado, pero estaba excitada con la aventura.

Uriel no dejaba de bostezar desde que habían llegado.

Tenía la mirada cansada. Para poder bajar a Madrid, había tenido que madrugar y dejar listo el santuario para que a los caballos no les faltara atención cuando se quedaran a cargo de su ayudante.

—Entonces ¿no sales nunca de Candeleda?

—Cuando lo necesito tengo a Tomás, que me ayuda con las cuadras y sabe de caballos tanto o más que yo. Aunque no me hace mucha falta salir del pueblo. Estoy a gusto allí y Cloe también.

Gabriele sintió de nuevo la piel del cuello erizada y el cosquilleo en la parte baja del vientre. Le sorprendía la tranquilidad que transmitía Uriel, la seguridad y el placer de hacer lo que deseaba y llevar la vida que quería. Antes de que el rubor en las mejillas la delatara, se levantó y fue hasta Cloe, que acababa de encontrar la pista de lo que pintaba Velázquez en el cuadro.

—Los reyes.

Cloe alzó la barbilla, dio media vuelta celebrando la conclusión del acertijo y con ganas de seguir explorando el museo.

—¿No estás cansada o saturada de tanto cuadro? —le preguntó Uriel.

—Papá, pero si apenas llevamos una hora...

Cloe no había heredado de su padre la sensibilidad por la pintura. Uriel siempre había sentido pasión por los números y apenas había pisado museos. Por eso y por las escasas horas de sueño, ya andaba con el cansancio de quien poco ve en el arte. Gabriele le miraba divertida al intuir que Uriel estaba haciendo un esfuerzo por su hija.

—¿Luis y la Sole seguirán con El Bosco? —le preguntó algo desganado.

—Supongo que sí. Conociendo a Luis, le estará contando la historia del universo Bosco.

Cloe tiró del brazo de Uriel para lograr levantarlo del banco y proseguir con la visita a otras salas.

—¿Sabes que este museo tiene más de cuarenta mil metros cuadrados?

—Y al paso de mi padre... necesitaría una vida para recorrerlo.

Uriel se levantó por la insistencia de las dos, que tiraron de él cada una de un brazo. Se dejó vencer y siguió el paseo con una sonrisa, pero arrastrando los pies. Cloe iba dos metros por delante de ellos, dejándoles sin pretenderlo la intimidad perfecta para que sus pieles siguieran despertando ante el otro.

—¿Y cuánto hacía que no lo visitabas?

—Pues creo que la última vez lo hice con veintisiete años. Fue con un novio, Oleg. ¡Otro artista! —Sonrió arrugando la nariz—. Era holandés. Vinimos a pasar el fin de año y de paso a ver a mis padres. Quiso visitar el museo, y a mí siempre me ha fascinado.

—¿Y este de quién es? —preguntó Cloe desde la distancia.

—Otro de Velázquez. Fue el pintor de la corte de Felipe IV. Pero eso ya lo has estudiado seguro en la escuela, ¿no? Este es uno de mis favoritos: *Las hilanderas*. Es costumbrista, pero para mí encierra mucho misterio.

Uriel escuchaba con fascinación cómo Gabriele le daba explicaciones a Cloe sobre cada cuadro, con la facilidad de quien parece haberlos estudiado minuciosamente. Cuanta más información daba Gabriele, más se le iluminaban los ojos. Estaba despertando aquello que había tenido dormido durante años: su pasión, su admiración por las grandes obras. Durante un tiempo ese había sido su *hobby*. Luis y ella solían pasar tardes enteras en grandes museos, recorriendo las salas con la mirada puesta sobre los lienzos que habían sido creados hacía siglos y se abrían ante ellos como ventanas infinitas al pasado.

—Y como marchante de arte te ganas muy bien la vida, según me ha dicho Gabriele.

Luis y la Sole llevaban diez minutos frente a *El jardín de las delicias*, intercambiando impresiones y confesiones.

—¿Cuál de las tres tablas del tríptico te seduce más: el paraíso, la lujuria o el infierno?

—A mí el paraíso me deja un poco indiferente —le respondió la Sole, haciéndose la sofisticada ante Luis—. Yo diría que hay más historia en el central.

—Lo mismo que en la vida... Mejor perderse en la lujuria que en el puto infierno. ¿No te parece?

La Sole sonrió afirmando, cómplice y divertida. Luis le parecía entrañable en todos los sentidos. Un niño grande de una inteligencia superlativa y una tosca sensibilidad. Un arrogante adinerado que lleva colgado un cartel gigante que emite destellos intermitentes con la frase «¡Dame un abrazo!». Se veía reflejada en él. Menos el dinero, lo tenía todo: era arrogante, malhumorada e igual de dura de coraza.

—Al final respondí a mi padre —le confesó Luis.

Lo soltó sin mirarla, mientras se acercaba un poco más al tríptico para observar las criaturas de la lujuria, que le divertían sobremanera por la infinidad de detalles imperceptibles a primera vista.

—¡Qué cabeza loca debía de tener este tío para pintar todo esto en el siglo XVI! Yo creo que se tomó hongos o algo parecido.

—¿Y cuándo cenáis? —le preguntó la Sole mientras ella también se acercaba al cuadro para fijarse en lo que

Luis le señalaba con el dedo—. No sé si se tomó nada, pero un poco pervertido era... ¡Eso seguro!

—No cenamos —respondió Luis—. Le dije que me iba al pueblo a pasar unos días. Lo he anulado todo y hoy mismo me vuelvo con vosotros a Candeleda.

La Sole dejó de atender al cuadro y lo miró algo preocupada por que hubiera dejado pasar la oportunidad. Estuvo a un viento de regañarlo, pero la detuvo la fragilidad que vio en su rostro, aunque tratara de disimularla con la mirada perdida en El Bosco.

—¿Y qué te ha respondido? —le preguntó con suavidad, apenas a unos centímetros de él.

—Nada. No ha respondido. Muy típico de él cuando se le niegan sus deseos. Olvidarte, pasar de ti.

Luis no pestañeó. La cercanía con su padre había sido un espejismo al deseo de toda una vida jamás conseguido: ser aceptado por él, reconocido, abrazado.

—Necesito una cerveza, ya tengo suficiente de cuadros. ¿Y tú?

A la Sole le pareció la mejor opción porque, a pesar de las deportivas, comenzaba a tener los pies hinchados como dos balones. Con la edad las piernas se le cargaban con facilidad y la circulación andaba bajo mínimos.

Luis escribió un mensaje a Gabriele: «Tu tía y yo nos vamos a emborrachar. ¿Por dónde andáis?».

Gabriele llevaba el móvil sin sonido ni vibración y estaba demasiado a gusto con el paseo por la pinacoteca con Uriel como para darse cuenta de que Luis le había enviado un wasap. El tiempo transcurría distinto para cada uno de ellos por el peso de sus propias circunstancias. Para Cloe avanzaba demasiado deprisa, mientras que para Luis el segundero parecía haberse estropeado. Gabriele y Uriel comenzaban a olvidarse del marcador de la vida, sintiendo la nebulosa del deseo creciendo entre ellos. Cloe se dio cuenta y se le congelaron los pensamientos. Fue a llamar a su padre para que se acercara a contemplar un cuadro y comprobó que ni siquiera se había dado la vuelta para atenderla. Con el cuerpo tenso, observó a pocos metros de distancia cómo su padre miraba Gabriele. No era la primera vez en esos años que le veía mirar con deseo a una mujer, y siempre que ocurría brotaba el mismo sentimiento en ella: rabia. Eso mismo fue lo que le hizo cerrar los puños con fuerza y silbar con violencia para romper el hechizo de la pareja.

—Siento que traiciona a mamá y sé que no está bien sentir eso, pero no puedo evitarlo.

Lo había hablado en una ocasión con su abuelo Cosme porque sabía que él jamás la juzgaría. Ya tenía la edad suficiente para entender que su padre debía rehacer su vida, divertirse y salir con otras mujeres, pero en las dos ocasiones que había ocurrido no lo había soportado y se había dedicado a boicotear la relación. Aunque con Gabriele andaba algo confundida.

—¿Quieres que vaya? ¿Has visto algún cuadro?

Fue Gabriele la que se percató de que Cloe los observaba, lo que la hizo sentirse como Velázquez en *Las meninas*. Por la cara de disimulo que intentó poner Cloe, Gabriele supo que había percibido más de lo que ella en ese momento era capaz de pensar. Se sentía a gusto con Uriel. Eran muy distintos. Él era el primero de todos los hombres que le habían gustado que no tenía la cabeza puesta en el arte, sino que, bien al contrario, le resultaba bastante indiferente.

—Este es de Goya y es uno de mis favoritos. *Perro semihundido*. Me da cierta angustia siempre que lo observo porque nunca alcanzo a saber qué es lo que le está pasando realmente al perro.

Cloe se quedó mirando el cuadro, al que no le había hecho ni caso antes. Le costó concentrarse en él. Seguía con los puños cerrados y con ganas de gritarle a Gabriele: «¡Ni se te ocurra acercarte a mi padre!». Pero aquella extraña pintura terminó por atraparla.

—¡Es este! Lo he encontrado —soltó con cierta excitación. Era el cuadro que dibujaría en su cuaderno. Lo había escogido de entre todos.

—¿Este? —dijo Uriel acercándose, extrañado por la elección de su hija—. De todos los que has visto..., ¿te quedas con este? ¿Por qué, si se puede saber?

—Porque es más sencillo que el resto y yo no soy pintora, papá..., soy *urban sketcher*. No hago cuadros...

Ya que Cloe había elegido el cuadro para retratar la jornada en el Museo del Prado en su diario de dibujo, la convencieron para dar por concluida la visita a cambio de acudir a la tienda del museo con la promesa de adquirir un póster y un imán del cuadro.

—¿Y para qué quieres también el imán si ya tendrás el póster?

—Porque sé que al abuelo también le gustará, para que se lo ponga en la nevera. ¿Acaso me vas a negar que le lleve un regalo al abuelo?

Cloe dejó sin respuesta a Uriel. Era espontánea y auténtica, sin procesados ni filtros. Muy lejos de ellos, que apenas se atrevían a dar un paso más allá de esa cordialidad que ya comenzaba a resultar incómoda. El simple roce accidentado de sus manos en la cola para pagar desató balbuceos adolescentes. Fue buscando una excusa para disimular el rubor cuando Gabriele cogió el móvil y leyó el mensaje que Luis le había mandado hacía casi cuarenta minutos.

—¿Sabes qué hora es? —Miró sorprendida a Uriel—. Son casi las dos de la tarde. Llevamos cuatro horas aquí, y Cloe... ¡hubiera seguido! —Se lo dijo mientras llamaba a Luis.

—¡Ya era hora! Pensaba que te había secuestrado el buen padre y su prometedora hija artista... —Luis miró a la Sole con segundas, haciéndola cómplice de las insinuaciones que le lanzaba a Gabriele—. ¿En la tienda? ¡Daos prisa! Tenemos mesa en media hora en el Arzabal, al lado del Reina Sofía. Pero prohibido pisar otro museo. Se acabó la cultura. ¡Ahora toca beber un poco! Y en el juego de las sillas, tú y tu tía a mi lado.

Gabriele sabía que Luis necesitaba que le hicieran algo de caso y le dieran un poco de cariño. Se ponía celoso siempre que le ofrecía atención a otros y poca a él. Además, quería pasar tiempo con él antes de volver al pueblo. Lo que Gabriele desconocía era que Luis había decidido adelantar la vuelta y regresar con ellos a Candeleda. Lo ignoraban todos menos la Sole, que le había convencido para que se quedara hasta que subieran al Almanzor a esparcir las cenizas de Greta.

—Yo creo que no se va a poder acceder por la nieve, pero ya conoces a Gabriele. Quiere hacerlo y llegar a donde sea posible.

—¿Y si evitamos accidentes? Porque yo no os veo a ninguno con pinta de montañeros... Y yo mucho menos.

—Bueno, pues a ver si le haces cambiar de opinión.

De nuevo una mesa llena de buena comida y conversaciones cruzadas que hacían sentir a los desconocidos como si fueran de la familia. Esa de la que no había gozado Luis, de la que había huido Gabriele y que la Sole ansiaba.

—Pero ¿por qué le has dicho eso a tu padre? ¿No quieres verle? —Gabriele no pudo evitar echarle la bronca a Luis.

—La verdad es que puedo esperar un poco más —respondió, simulando indiferencia.

La Sole y Uriel mantenían una conversación corriente para dejar que los dos amigos hablaran de sus cosas sin sentirse escuchados. A pesar de la amistad que tenía con Cosme, la Sole había compartido poco con Uriel, siempre escondido en el santuario con los caballos. Pero últimamente su mirada había recuperado brillo y desde hacía un tiempo acudía algunas noches con su padre al Pimentón para tomarse un vino y charlar de cualquier cosa. Cloe, en la sobremesa, se había puesto con los pinceles, dejando a los adultos con sus aburridas conversaciones sobre la vida.

—¡Qué bien que hayas decidido venir! Así sales un poco del pueblo.

—¡Vamos, Sole! Pero si a ti te gusta tan poco como a mí bajar a Madrid.

—Bueno..., es verdad, pero yo no tengo ni tu edad ni tu situación. Hay que... —Antes de terminar la frase decidió silenciarla. No tenía confianza suficiente con Uriel y no deseaba que el vino la traicionara haciéndole hablar de lo que no debía. Sabía por Cosme lo mal que lo había pasado con la muerte de su mujer, lo encerrado que había estado y, ahora que parecía que iba a salir, no quería herirle.

—¿Que qué? —le preguntó Uriel.

—Que divertirse un poco, ¿no crees?

La Sole salió de aquel lío como pudo, intentando no ir más allá, por Cosme y por Gabriele, que la miraba de reojo tratando con esfuerzo de estar en dos conversaciones a la vez.

—¿Estás aquí o estás en la otra conversación? —A Luis no se le escapaba una.

—No, perdona, estoy aquí. Es que mi tía a veces es

como tú: que no sabe medir... y me da apuro por él. Lo ha pasado muy mal, ¿sabes? Perdió a su mujer hace cinco años, y bueno...

Luis la miró con una mueca de no creerse el discurso de buena samaritana de Gabriele. No le hizo falta pronunciar una palabra para que ella se diera cuenta de que la había cazado.

—¡Para! No es lo que tú te crees... Me cae bien, nada más. ¡Deja de hacer el idiota, que nos van a ver!

Comenzaron a reírse como dos adolescentes. Siempre les ocurría cuando hablaban de posibles nuevas conquistas. Se divertían, se burlaban de ellos mismos con la complicidad de haber convivido en esa clase de intimidad que te lo permite casi todo.

—Me alegro de que decidas quedarte conmigo. Te necesito más que nunca. Siento que la tierra se me está moviendo...

—Bueno, eso es algo a lo que estás acostumbrada, querida.

—Pero esta vez lo que cambia es que me gusta que se mueva y, aunque siento vértigo, creo que voy por primera vez en la dirección correcta.

Gabriele estaba feliz de tener a Luis allí. Hacía mucho tiempo que no se veían con la tranquilidad de no tener que despedirse, viajar o atender a un amante que les bloqueara la convivencia. Luis también estaba cambiado. Desde que Gabriele se había mudado a su casa por última vez, apenas habían tenido tiempo para charlar.

—¿Tú crees que una muerta puede transformar la vida de la gente?

—¿Por qué lo dices? —Luis miró a Gabriele sin saber qué responder a esa pregunta.

—No sé... Llevo unos días dándole vueltas. Me da la

impresión de que mi madre sabía que todo esto podría pasar. El acercamiento con mi padre, la posibilidad de conocer a mi hermano, lo removida que estoy yo misma... ¿Y si los muertos movieran los hilos invisibles de la vida para hacernos ver lo que importa de verdad? A Uriel también le ocurrió... Desde que murió su mujer decidió cambiar completamente de vida y hacer lo que en realidad deseaba hacer: estar en el pueblo, montar un santuario...

Luis escuchaba a Gabriele y trataba de entenderla. No quería herirla con un comentario frívolo. Sabía reconocer cuándo su amiga necesitaba profundidad y, aunque no era demasiado bueno en ello, potenciaba la escucha y acortaba sus comentarios.

—¿Qué te estás planteando tú? —le preguntó Luis.

—Bueno, no sé. Que quizá sea el momento de crecer y dedicarme a algo, ¿no crees?

—¿Volver a pintar?

—¿Sabes que le estoy pintando un cuadro a mi padre? Es curioso que mi vocación haya vuelto de este modo. Pero sé que no puedo vivir de ella y que necesito buscar algo, ¿entiendes? Algo que me haga sentir que no he perdido la vida huyendo. Y no me hables del *coworking* de tus amigos...

Luis observó a Gabriele y la sintió por primera vez deseando enfrentarse a la vida adulta, tomar responsabilidades, hacerse cargo de ella misma. Gabriele era una de las personas con más talento que había conocido Luis, pero jamás se había dado el valor que se merecía.

—Esta mañana en el museo me he dado cuenta de todos los conocimientos que poseo, de lo que me gusta el arte, de lo que disfruto con él. No solo como artista, sino también contemplándolo y apreciando detalles ocultos en cada obra. Puede que estudie unas oposiciones o... no sé.

—Podrías trabajar para mí. Viajo demasiado y el trabajo se me acumula.

Gabriele miró fijamente a Luis para asegurarse de que aquella oferta iba en serio. En todos aquellos años Luis jamás le había ofrecido algo parecido. Había contado con varios ayudantes, pero su excesivo perfeccionismo y su poca paciencia le quitaron las ganas de contratar a cualquiera. Decidió trabajar en solitario porque no creía que nadie pudiera cumplir sus expectativas. Gabriele se había quedado muda, sin saber qué responder al ofrecimiento.

—No tendrías por qué vivir en Barcelona. Eso sí, en las ferias hay que viajar y aguantar los egos de los artistas, aunque tú tienes sobrada experiencia en eso.

Gabriele le tiró una miga de pan para responder al comentario, referido a la lista de amantes y novios artistas que acumulaba Gabriele. Lo cierto era que si para algo le había servido su fracasada trayectoria amorosa era para volverse una experta en diseccionar los comportamientos, necesidades y caprichos de todo artista. Con solo olerlos podía saber lo que les ocurría, cuáles eran sus miedos y desde qué inseguridades hablaban.

—¿Por qué no me lo has ofrecido en todo este tiempo?

—No sé..., quizá por miedo a que pueda afectar a nuestra amistad.

—¿Y ahora?

—Porque sé que lo necesitas, sé que eres buena y yo tengo que bajar un poco el ritmo si no quiero morir a los cincuenta.

La Sole interrumpió la conversación con la brusquedad de haber recibido una noticia que la había dejado helada.

—Tenemos que volver al pueblo cuanto antes. Me acaba de llamar Ada. Han ingresado a Candela. De poco se nos muere la chica. La han encontrado medio desvanecida en su habitación, que apestaba a marihuana. Pero ¿a quién se le ocurre? Ya te dije que no la veía bien...

—Pero si últimamente parecía más animada...

—No ha vuelto a ser la misma desde lo de Rubén. Apenas hablaba, y estaba todo el día con la queja y alicaída. Ni siquiera el Pimentón le levantaba el ánimo.

Luis pagó la cuenta y Uriel le agradeció el gesto mientras Cloe recogía con cierta desgana las pinturas y su diario de dibujos.

—En el coche podrás seguir, pero tenemos que irnos.

—¿Tú vas bien? ¿Puedes conducir? —le preguntó Gabriele a Luis.

—Yo me quedaré unas horas más. Puede que vea a un cliente. Me tomaré un café con él.

—¿Seguro?

—Vete tranquila. Nos vemos por la noche. Te llamo.

Luis deseaba quedarse un tiempo más, indeciso por si debía volver a escribir a su padre para intentar verle. No había respondido a su mensaje y le reconcomía haber perdido por orgullo otra oportunidad de encontrarse.

Nada más irse, le escribió un breve mensaje: «Estaré libre tres o cuatro horas por Madrid antes de marcharme a Candeleda. Avísame si tienes un hueco». Lo envió después de leerlo más de diez veces y vencer la indecisión de la mente. Se quedó en el restaurante, charlando con clientes y contestando a correos electrónicos. Esperando que su padre respondiera en aquella ocasión. A pesar de que llevaban años sin verse, los dos se parecían tanto que sabían leer las intenciones que escondían cada una de sus palabras. Luis acertaba al pensar que su padre había captado el encriptado del mensaje anterior: «No quiero verte. Me piro». Y por ello no había habido respuesta. También sabía que en el último su padre también habría captado el mensaje: «Me he arrepentido. ¿Todavía quieres verme?».

Uriel se despidió de Gabriele y la Sole con algo de torpe rubor, y Cloe, un poco molesta, decidió de forma inconsciente sabotear la escena.

—¿Podemos irnos ya? Tanta prisa para que recogiera y ahora...

La Sole, la otra observadora, se dio cuenta del delicado juego de atracciones y desafectos. Lo ocurrido con Candela no era una buena noticia para ninguno, pero menos para la Sole, que se sentía algo culpable. Ella quería mucho a Candela y, desde el descubrimiento del hermano secreto de su sobrina y su intención de pedirle matrimonio a Ada, no le había prestado demasiada atención a la joven herida de amor.

Gabriele condujo a la vuelta porque la Sole, con las dos copas de vino de la comida, prefirió que su sobrina llevara la ranchera.

—Hay que ser insensata para fumar marihuana y beber para olvidar —dijo la Sole, todavía sorprendida por lo que había hecho Candela—. Estos días no ganamos para sustos. Solo nos faltaban Candela y sus locuras...

—El primer desamor es el más difícil de encajar.

—En Calbotes la vi muy rara. A ver si lo supera ya y tira para adelante.

—¿Qué quieres decir?

—Pues que no se pueden hacer tonterías, y menos por un chico que ya le ha dicho que no la quiere.

Mientras seguían dilucidando los dolores del amor, el teléfono de la Sole sonó por los altavoces del coche. Al leer «Doña Lola» en la pantalla del salpicadero, esperaron un par de tonos antes de atenderlo.

—Responde tú —dijo la Sole con precipitación—. Prefiero no estropear lo que tenga que decirte.

El tono de la Sole seguía siendo despectivo. Todavía sentía resquemor por el trato recibido en aquella casa. Gabriele, nerviosa y sin prestar atención a su tía, apretó el botón de respuesta en el mismo volante.

—¿Sí?

—Hola. ¿Puedo hablar con Gabriele, por favor? —preguntó una voz de hombre.

—Sí, soy yo... Soy Gabriele —respondió intrigada.

—¿Hola? ¿Hola? No se oye demasiado bien —dijo la voz de forma algo entrecortada.

—Es que estoy conduciendo... Yo te oigo bien... —Gabriele mintió esperando que la cobertura mejorara.

Gabriele y la Sole no eran capaces de reconocer la voz masculina que les hablaba. No se correspondía con la del asistente de doña Lola, Marcelo, y durante unos segundos anduvieron desconcertadas hasta que finalmente la voz decidió presentarse.

—Soy Gerardo. Gerardo Doriga.

12

Una gasolinera perdida en la carretera. El destino quiso que fuera la misma desde la que hacía veinticinco días Gabriele había recibido la noticia de la muerte de su madre. La escena era tan parecida que en ese momento cualquiera podría pensar que coexistían diferentes líneas de tiempo en un mismo espacio. Gabriele y la Sole, apoyadas en la ranchera después de conocer la noticia de la muerte de Greta. También Gabriele y la Sole esa tarde, en posición similar, esperando la nueva llamada de Gerardo Doriga, el hermano de Gabriele.

—¿Por qué tarda tanto en llamar? —soltó impaciente Gabriele—. ¿Has revisado si tu móvil tiene cobertura?

—Sí, no paro de mirarlo y todo está bien. Tranquila. Ha dicho que iba a llamar en veinte minutos y todavía no han pasado.

—¿Cuánto tiempo ha pasado? —le preguntó Gabriele con las manos prietas, frotándoselas la una contra la otra en un circuito infinito que intentaba calmar sus nervios.

—Quince minutos... Dieciséis, para ser exactos.

El teléfono sonó y las dos se abalanzaron sobre el capó del coche, donde la Sole había dejado el móvil, para ver en la pantalla quién llamaba. Parpadeaba el nombre de Ada. Gabriele dio un paso para atrás, resoplando decepcionada, mientras la Sole atendía la llamada.

—Ada, ahora no puedo hablar. ¿Ha ocurrido algo? ¿Candela? Me alegro de que la muchacha ya esté mejor... ¿Nosotras? Muy bien... No, en una gasolinera... Ya te lo explicaré. Todo bien, tranquila.

No tardó ni veinte segundos en colgar. Consultó la hora de nuevo: habían pasado diecisiete minutos.

—¿Y si llamamos nosotras? —preguntó la Sole, queriendo terminar con aquella espera que le desajustaba la tensión, los nervios y la sordera. En ocasiones, cuando no tenía el control de la situación, percibía que se le activaban los acúfenos, distorsionándole el mundo sonoro.

—No, tía. Es mejor esperar —dijo Gabriele mirándola sin creer siquiera lo que ella misma estaba diciendo—. No quiero interrumpir ni estropear nada.

—¿Interrumpir? —repuso la Sole, extrañada.

—Bueno, no sé. Esperemos y ya está. No viene de...

—Cuatro minutos —la cortó la Sole para volver al contador.

Estaba obsesionada con llevar la cuenta. Le distraía la impaciencia. Parecía que por dentro recitara los segundos, igual que con las tablas de multiplicar. A cada minuto transcurrido, comunicaba la cuenta atrás.

—Tres minutos —dijo.

Gabriele seguía mascando su propia saliva y sintiendo la mandíbula cada vez más tensa. No quería interrumpir a su tía con la cuenta atrás, pero a ella le resultaba más angustiante que sedante. Sus manos continuaban frotándose como si se le hubiera despertado de repente un trastorno compulsivo.

—Dos minutos.

Ninguna de las dos lograba encontrar algún chiste o comentario fuera de lugar que ayudara a descongestionar los nervios.

—Tiene una voz bonita —soltó la Sole sin dejar de mirar el móvil.

Gabriele no respondió. No quería hablar sobre él antes de estar segura de la totalidad de las intenciones de Gerardo. Repasó mentalmente la breve conversación que habían tenido en el coche antes de que la mala cobertura hubiera pospuesto la llamada. «Si no te importa, me detengo en la gasolinera más cercana y hablamos mejor. ¿Te parece?» Gerardo tardó un segundo en responder: «Claro. ¿Te va bien que te llame en veinte minutos?». Gabriele se despidió con un breve «perfecto» y la llamada terminó. No tenía la menor idea de por qué la llamaba, pero para ella era positivo que hubiera dado señales.

—Un minuto —indicó la Sole, acercándose de nuevo al capó de la ranchera. Gabriele se acercó también. Andaba en círculos. Las piernas se le habían quedado entumecidas. Uno de sus gemelos se le había endurecido por la tensión y cojeaba al caminar.

—¿Estás bien? —le preguntó la Sole.

—Sí, solo se me ha quedado agarrotado el gemelo.

El tiempo volvió a demostrar aquella tarde que corría a distintas velocidades según para quién lo esperara. La Sole y Gabriele estuvieron en esa gasolinera de carretera más de una hora aguardando una llamada que no llegó en el tiempo prometido. Los minutos se estiraron hasta convertirse en eternos e insoportables. La Sole siguió contando los minutos de descuento hasta que se desesperó en la inutilidad de la pasiva espera.

—Yo creo que deberíamos llamar. ¡Ha pasado más de una hora! Puede que se le haya olvidado o...

—¿En serio, tía? ¿Olvidado? ¿Tú crees? ¿De verdad?

Los nervios provocan discusiones. Con tal de sacar a flote la tensión, se agarran a cualquier pretexto. El comentario de la Sole sirvió para que Gabriele comenzara a gritar sin importarle la gente que había allí.

—¿Me estás diciendo que llevamos más de una hora perdiendo el tiempo porque a este tal Gerardo que se supone que es mi hermano le importa una mierda saber que tiene una madre biológica que se acaba de morir?

La Sole, al contrario que Gabriele, seguía apoyada en la ranchera, y lo único que hizo al ver la reacción en escala y volumen de su sobrina fue cruzarse de brazos y aguantar los truenos. Sabía, porque lo había experimentado en sus propias carnes, que en situaciones absurdas de descompresión de tensión como esa, cualquier cosa que se dijera avivaría el incendio en vez de apagarlo. Así que se dedicó a escuchar el monólogo inflamado de Gabriele con la barbilla gacha, el cuello encogido y la boca prieta. No hubo forma de detener la lluvia de palabras malsonantes de su sobrina, que maldecía la cobertura y las inadecuadas circunstancias en las que se encontraban cuando se produjo la llamada.

—¿Cuántas veces se va la cobertura en este viaje? ¿Cuántas? Seguro que solo en ese tramo, justo cuando nos ha llamado. ¡Justo!

La Sole aguantaba el envite sin responder nada. Solo una cosa pudo terminar de cuajo la ira de Gabriele: una melodía indescriptible pero tan común como reconocible. Centenares de móviles llevaban ese tono para las llamadas. La Sole rebuscó nerviosa en el bolsillo de su abrigo, comprobando por cómo vibraba que era su teléfono el que sonaba. En la pantalla parpadeaba al fin el nombre de doña Lola. Se miraron antes de que Gabriele cogiera el móvil y se dispusiera a responder.

—¿Hola? No... no... No se preocupe, hemos aprovechado para hacer un alto en el camino y tomar algo. Pero ¿ha pasado algo? ¿Algo que le haya molestado?

Ahora era la Sole la que andaba en círculos, persiguiendo las pisadas de Gabriele para no perderse una palabra de lo que decía. Por la expresión de su sobrina, nada de lo que estaba ocurriendo era lo esperado. Sabía que no hablaba con Gerardo, y por la tercera persona que empleaba al referirse a su interlocutor, dedujo que su sobrina estaba hablando directamente con doña Lola.

—¿Y cuándo voy a poder hablar con él? ¿Mañana? ¿A mediodía? Pero ¿va a ser una hora más tarde y volverá a pasar como hoy? No, no se moleste, pero comprenda que para mí es muy importante y estoy algo nerviosa... Sí, sí, la entiendo, y le agradezco el esfuerzo y la ayuda... Perdóneme, no he querido parecer desagradecida. Lo siento de veras...

La mirada de Gabriele a su tía era la de querer estrangular a alguien después de haber estado esperando más de una hora una llamada frustrada, pero simulando la compostura. La Sole admiró el temple de su sobrina porque de haber sido ella quien respondiera, se las hubiera tenido con la anciana, que se le atragantaba cada día un poco más.

—A la vieja le ha dado la vida todo esto y nos marea como le da la gana... —le susurró cómplice Gabriele en voz baja a su tía, tapándose el auricular para que doña Lola no la pudiera oír.

»Le agradezco de verdad todo lo que está haciendo por mí, doña Lola.

Gabriele seguía hablando con ella, varios metros alejada y ya sin el interés de su tía, que, tras haber descubierto que Gerardo no era el protagonista, prefirió dejar a su sobrina a solas con doña Lola.

Unos minutos más tarde Gabriele se acercó al coche con cara seria. Se sentía frustrada y avergonzada por la actitud que había tenido con su tía antes de la llamada de doña

Lola. La enajenación verbal por la que algunas veces nos dejamos llevar no nos exime de lo dicho, pero sí amortigua un poco la reprimenda posterior.

Se metieron en la ranchera sin hablar. La Sole, todavía un poco molesta con su sobrina, arrancó el vehículo y decidió proseguir el viaje sin hablar. Apenas a doscientos metros de la gasolinera, Gabriele le contó la conversación con doña Lola.

—Se ha tenido que ir y no ha podido llamarnos. A doña Lola se le ha olvidado darnos el recado.

—Esa vieja se acuerda de lo que le da la gana. ¿No tiene un asistente para que no haya descuidos?

—Marcelo se lo ha recordado, pero media hora más tarde.

La Sole se aferró al volante haciendo un esfuerzo para retener sus pensamientos malintencionados contra la anciana y Marcelo, ya que comenzaba a sospechar que aquel descuido podía tener más intención que inocencia.

—Me ha dicho que mañana a mediodía llamará de nuevo desde su teléfono. Prefiere hacerlo así por el momento. Se ve que está algo desconcertado y no sabe muy bien qué hacer.

—¿Qué hacer? ¿En qué sentido?

—Si aceptar verme o dejar pasar la vida...

—¿Dejar pasar la vida? ¿Quién deja pasar la vida? La vida te arrasa, no la puedes dejar pasar. Como si tuviéramos nosotros el control...

El teléfono de la Sole volvió a sonar y apareció en la pantalla del móvil el nombre de Félix. Ella misma respondió, observando el gesto del índice sobre la boca que hizo Gabriele para advertirle de que no se le ocurriera contarle nada a su padre.

—¿Os ha pasado algo? ¿Cómo vais? —Félix sonaba preocupado—. Hace una hora que han llegado todos, incluso el amigo de Gabriele.

—¡Hola! Sí, sí..., es que nos hemos retrasado porque...

Gabriele miró a su tía y por la tartamudez repentina intuyó que necesitaba ser rescatada. Parecía incapaz de buscar una excusa.

—Aproveché para tomar un café con la china, papá..., mi compañera de Massana que trabaja en el Prado. Sabes quién es, ¿no?

Tras un silencio, Félix respondió:

—Ah, sí, creo que sí, pero podríais haber avisado, porque Uriel y tu amigo creían que habíais salido al mismo tiempo que ellos.

—Ya, es que me llamó justamente cuando salíamos y bueno..., le pregunté a la tía si podíamos parar porque me apetecía verla...

Los silencios y las dudas respiradas entre palabras para terminar las frases delatan medias verdades o mentiras. Félix sabía que su hija y su hermana le estaban ocultando algo, pero prefirió no insistir. De todos modos, era él quien se había negado a hablar con Gabriele cuando ella se lo había pedido.

—¿Y cuánto os queda? Dice Ada de cenar todos juntos en el Pimentón.

—¡Qué bien! En menos de una hora habremos llegado —dijo la Sole con animosidad impostada—. ¿Y Candela?

—La muchacha ya está en casa. Solo ha sido un susto. Sus padres se alarmaron más de lo debido. A ver si esta chica decide centrarse y estudiar como debe.

A la Sole le escoció el último comentario de su hermano. Ella sabía de los deseos de Candela de quedarse en el pueblo y de la insistencia de todos en que debía estudiar una carrera.

—Si todos los del pueblo nos vamos a estudiar, ¿quién se quedará?

Félix no respondió, prefirió despedirse y no entrar en terrenos donde sabía que su hermana y él discrepaban.

—No corras mucho, Sole. Ve con calma, que no hay prisa.

Colgaron y la Sole se quedó pensando en la conversación. Le había gustado que Félix, aunque carraspeando, propusiera un plan de Ada. No solía hacerlo, y mucho menos pronunciar su nombre. Se resistía a esa cercanía por su intransigencia con la relación sentimental entre la Sole y Ada. Alguna vez había sentido su rechazo en alguna mirada furtiva que enseguida y por respeto había cambiado al ser descubierto.

Mientras la Sole se perdía en sus pensamientos, planteándose cómo provocar una conversación con su hermano, Gabriele aprovechó para enviarle un mensaje a Luis y prevenirle por décima vez para que no le contara nada a su padre de la visita a casa de doña Lola ni de la existencia de un hermano. Aunque sabía que por el momento era un secreto, cuando Luis bebía tenía la virtud de compartir lo que no debía.

«Pero ¿has conseguido hablar con él? —le preguntó Luis por WhatsApp—. Tu padre me fríe a preguntas y yo casi meto la pata porque no sabía por qué tardabais tanto.»

«Dos minutos. Se fue la cobertura y luego esperamos en una gasolinera a que volviera a llamar, pero no lo ha hecho. ¡Estoy de los nervios! Después te cuento, pero a mi padre nada de nada. Necesito pensar con calma cómo decirle y si decirle. Ya sabes que no me ha vuelto a preguntar sobre la carta de mi madre.»

Gabriele y la Sole aterrizaron en el Pimentón con el aplauso del grupo al verlas llegar. Fueron recibidas como dos hijas pródigas que regresan al pueblo después de meses de ausencia. Luis, apoyado en la barandilla de fuera y con la diversión dibujada en el rostro, era el que más aplaudía. Cosme se acercó a Gabriele para preguntarle si todo andaba bien. Uriel la saludó desde lejos y Félix fue directo a la Sole para saber a qué se debía tanto misterio. Estaba claro que no había querido insistir al teléfono, teniendo a Gabriele también a la escucha. Las respuestas ambiguas de Luis y Ada, lejos de apaciguar sus sospechas, le habían dejado todavía más con la mosca tras la oreja.

—Nada, cosas de mujeres, solo es eso. Nada de lo que tengas que preocuparte.

La Sole le dio unas cuantas evasivas y lo dejó con la palabra en la boca y la puerta en los morros. Entró en la cocina a saludar a Ada, que, más que sulfurada por el calor de los fogones, lo estaba por haber aguantado a Félix, que no había dejado de preguntar sobre cualquier cosa, incluso sobre ellas.

—¿Sobre nosotras? ¿Mi hermano? —le preguntó sorprendida la Sole mientras se servía una copa de vino—. Lo habrás entendido mal. Félix nunca ha mencionado lo nuestro ni creo que lo haga jamás...

—Sole, llevo tres horas aguantándole —dijo Ada, dejando los pucheros y secándose el sudor—. Tengo los nervios algo salidos, así que mejor no me contradigas. Si te digo que tu hermano ha preguntado sobre nosotras es porque tu hermano ha preguntado sobre nosotras.

La Sole miró cómo Ada salía a la sala con una bandeja de un guiso de carne, pimientos y cebolla. Le dio un sorbo al vino y pensó que era mejor abandonar la testarudez en aquel día revuelto en el que las cosas no sucedían como se esperaba.

—¿Y qué te ha preguntado? —le dijo la Sole a Ada nada más verla entrar de nuevo en la cocina.

—Esta noche te lo cuento. Ahora permíteme que, ya que has llegado dos horas tarde, me haga cargo del bar y de los invitados a cenar. ¿Me ayudas?

La Sole, sin protestar, cogió una olla que contenía un guiso de patatas que olía como para levantar a los muertos. Mientras volcaban el guiso, la Sole, cogiendo a Ada de improviso, le soltó un beso fugaz y una amplia sonrisa.

—Te he echado de menos.

Repitió la escena varias veces más, hasta lograr que Ada sonriera y le devolviera el beso.

—¡Quítate, que puede entrar alguien! Solo faltaba que nos pillara tu hermano... Anda, sal y lleva las patatas con pulpo a la mesa.

La Sole le hizo caso y volvió a la sala con una sonrisa en la mirada que fue captada de inmediato por Cosme, que llevaba dos días impaciente por saber qué había ocurrido en Madrid.

—No sé si te he agradecido lo bien que te has portado con mi hija siempre —le comentó Félix a Luis en un aparte.

—Ella es como de mi familia... —Luis no quería hablar más de la cuenta para no soltar nada que no debía.

Félix le dio dos palmadas en la espalda a Luis y le sirvió una copa de vino para brindar.

—Por la familia, entonces. —Brindaron cómplices, sin necesidad de demostrarse nada. A Luis, Félix le parecía entrañable, aunque Gabriele tenía razón: no era un maestro de la conversación.

»¿Te vas a quedar unos días más? —le preguntó Félix.

—Sí, he decidido tomarme unas pequeñas vacaciones. Este pueblo me está gustando.

La Sole se acercó a los dos, sosteniendo una mirada cómplice con Luis, compañero de confidencias.

—Uy, la Sole llega con ganas de brindis. ¿Por qué brindamos esta vez? —le soltó Luis, cazando sus pensamientos de boda al vuelo.

La Sole quiso fulminar con la mirada a Luis, pero ante la presencia de su hermano disimuló, inventándose cualquier brindis. «Por la familia.» Luis y Félix sonrieron sin que la Sole supiera la razón, pero se les unió. Contempló a su hermano. Deseaba llegar a él, traspasar el límite que durante años habían bautizado como «respeto» pero que tenía más que ver con la censura. Con los temas prohibidos, como el abandono de Greta y la relación de Sole y Ada.

—¿Estás bien? —le preguntó Félix cazando su mirada, que se le había congelado sobre él—. ¿Ha ocurrido algo?

Félix aprovechó para hacer un aparte con la Sole e insistirle por el viaje a Madrid y cómo habían ido las cosas por la ciudad. Gabriele contemplaba a su tía de reojo mientras Luis se le acercaba con ganas de sonsacarle cosas sobre Uriel.

—¿Estás nerviosa? —le dijo, guiñándole un ojo—. Te tiembla la mano...

—No empieces. Sabes muy bien que no pienso contarte nada porque no pasa nada.

A veces la nada es el principio de todo, y mucho más si nos empeñamos en negar las reacciones del cuerpo, que siempre va por delante del amor, como las normas sociales van por delante de las leyes. Luis había visto cómo se miraban Gabriele y Uriel, y el movimiento invisible circular de la seducción que solo los maestros como él reconocían en un solo suspiro.

—Si te gustara me alegraría. Me parece lo mejor en lo que te has fijado en años, aunque tienes una rival —dijo Luis y ambos observaron a Alicia.

Gabriele frunció el ceño sonriendo al tiempo que se ponía la copa en la boca para evitar decir nada que luego su amigo pudiera utilizar en su contra. No había más que confusión en esos días, y tampoco esperaba ver claridad en lo que le despertaba Uriel. ¿Deseo? ¿Amor? ¿Necesidad de ser abrazada? ¿Compañía para su tristeza?

—A él le gustas —insistía Luis para intentar arrancarle alguna confidencia a Gabriele—. Te lo digo por si pudiera interesarte la información.

—¿Acaso eres experto en la llama del amor?

—No, querida, pero sí sé ver el deseo en la mirada de quien sea.

Gabriele se volvió instintivamente hacia Uriel con la coquetería en el rostro para mirarle de nuevo. Estaba hablando con unos vecinos del pueblo, con una mano en el bolsillo y la otra apoyada en la barra del bar. Con una media sonrisa y el pelo algo desordenado por habérselo tocado para pensar, reír o perder el tiempo, como solía hacer sin reparar en cómo de revuelto le quedaba después. Gabriele sonrió sin disimulo. Uriel se giró como por un impulso y cruzaron miradas. Gabriele volvió a Luis con un hormigueo recorriendo sus vísceras.

—Por las burbujas de la vida, amiga. —Luis había seguido a la perfección la escena—. Es a lo único a lo que hay que serle fiel.

Gabriele brindó, pero sin compartir con palabras lo que su cuerpo decía. No solo por la boca suelta de Luis, sino también porque ella se resistía a hacer caso al lenguaje del deseo. Aunque para cambiar de opinión a veces solo se necesita que entre en acción un tercer elemento.

A Alicia, la profesora de Cloe, la había invitado Cosme tras preguntárselo a Ada al darse cuenta de que Uriel volvía a alejarse de una posible candidata a recuperar el amor.

Gabriele trató de disimular la ráfaga de celos al verla acercarse a besar a Uriel. La cogió desprevenida su presencia y evitó sentarse cerca de ellos a la mesa grande. Se situó al lado de Cosme, y durante la cena habló con él, con Félix y con Luis. Al otro lado de la mesa estaban Alicia y Uriel. Los separaban Manuela, Cloe, Sole, Ada y Carmencita, que fue la última en sentarse a la mesa, tras colocar las últimas bandejas de comida.

—¡Por las cenas improvisadas del Pimentón!

Cosme abrió el primer brindis. Desbordaba felicidad, convencido como estaba de que el cielo estaba recolocándose para todos ellos. La Sole buscó en su bolsillo derecho hasta tocar el anillo. Respiró tranquila mientras lo acariciaba con los dedos. Había decidido tenerlo siempre encima por si se armaba de valor en cualquier momento.

—Pero ¿dentro de la ranchera? ¿No es poco romántico? —No había podido evitar contarle el plan a Cosme antes de sentarse a la mesa.

—Cosme..., Ada y yo llevamos muchos años, no somos dos jovenzuelas y me parece que no debo hacer demasiado ruido. ¿Lo sabe alguien más? —le había preguntado a Cosme antes de sentarse a la mesa. Estaba convencida de que antes de que cantara el gallo lo podría saber medio pueblo si no insistía en mantenerlo en secreto—. No quiero que esto se convierta en un corrillo. Además, tengo que hablar con Félix...

—Solo los tres: Gabriele, Luis y yo. —Cosme mintió. Él mismo se lo había dicho a Félix, convencido de que preparar el terreno evitaría avalanchas—. ¿Todavía quieres que Félix sea el padrino?

La Sole captó la mirada pesarosa de Cosme. Sabía que a

él le habría gustado serlo, pero que jamás se lo confesaría. Siempre con una sonrisa, acopiando a los suyos con abrazos de oso.

—Quiero proponer un brindis. —Luis tomó el relevo de Cosme—. ¡Por el padre de mi amiga, al que prácticamente acabo de conocer y me parece mucho más padre que el mío!

Luis dejó en silencio a la mesa durante un segundo. Félix lo miró estupefacto, tanto o más que Gabriele, que sabía que Luis iría traspasando más y más la línea de la corrección, en proporción a las copas de vino de más que llevara. Su deslenguada acidez y el arrepentimiento por no haberse encontrado con su padre formaban un cóctel tan explosivo como los barbitúricos y el alcohol. Gabriele y Félix fueron los primeros en levantarse de la mesa para brindar y disimular el poso que habían dejado las palabras de Luis. Félix miró a su hija con una tímida sonrisa que Gabriele le devolvió con un amago de complicidad que solo duró unos segundos. Se acordó de Gerardo y bajó de inmediato la vista. Sabía que si Gerardo accedía a que se conocieran tendría que hablar con su padre y contarle la verdad. Temía su reacción, pero no estaba dispuesta a renunciar a que su madre fuera despedida por sus dos hijos. Le seguía escociendo que su padre no le preguntara por los viajes a Madrid ni por la carta de su madre. No sabía que Félix procuraba recabar información a través de la Sole y Cosme.

—Entonces tu padre es un buen hombre —le susurró Félix en un intento de retomar alguna conversación con Luis, que le transmitía cierta amargura.

—¡Mi padre es un grandísimo hijo de puta que no quiso saber nada de mí en cuanto supo que era maricón! —soltó a voz en grito, dejando de nuevo a toda la mesa en silencio—. Y por eso llevamos tantos años sin vernos.

A la Sole casi se le escapó la risa. Gabriele tuvo que beber agua para evitar atragantarse al oír el comentario de Luis. Félix desconocía la orientación sexual de Luis y, en un esfuerzo para no parecer descortés, intentó seguir con la conversación como pudo.

—No debe de ser fácil para un padre...

Pero su comentario fue peor que el silencio. Incendió, si cabía, un poco más los ánimos de Luis, que terminó tirando la copa accidentalmente al levantarse para salir a fumar.

—No hay nada de difícil en aceptar que me acuesto con hombres. Lo jodido es aceptar que no te quieren por ello. Siento haber tirado la copa.

Gabriele salió detrás de Luis, no sin antes clavarle una intensa mirada de desaprobación a su padre.

—¡Por las cocineras, Ada y Carmencita! —Cosme rompió la tensión con otro brindis bajo la atenta mirada de Manuela, que sabía de sus intenciones.

Las tensiones se cabalgan con frivolidades y Cosme era un especialista en hacerlo, pero aquel comentario de Luis había abierto una herida en público entre la Sole y Félix.

—No creo que haya dicho nada descortés para que reaccione de este modo —dijo Félix, defendiendo su comentario—. Hay que saber comportarse, y si no... ¡dejar la bebida!

Entre las conversaciones cruzadas estaban Alicia y Uriel, que no se veían desde hacía semanas. Ada, mientras conversaba con Alicia y Uriel, tenía el ojo puesto en la Sole, que, a juzgar por la mirada de decepción que le había lanzado a su hermano, sabía que no podría evitar responderle.

—Para entender su sufrimiento hay que ponerse en la piel de quien es rechazado por amar a alguien de su mismo sexo.

Cosme y Manuela se miraron. Ada juntó las manos y respiró, sufriendo. Félix paró de masticar y dejó los cubiertos en la mesa con desdén ruidoso.

—La luna nueva no trae buenas bendiciones, pero es solo algo puntual. —Cosme salió con eso para cortar la conversación—. En unos días, las tensiones se disiparán.

—Pues mejor será no hacerle caso a la luna —soltó Félix, retomando la cena y sin mirar a nadie.

Uriel parecía algo ausente. Poco hablador y demasiado reflexivo. Se dedicaba a comer y a ser medio cortés con Alicia.

—¿Te encuentras bien? —le preguntó ella—. Te veo algo distante esta noche.

Alicia no comprendía por qué Uriel había estado tan callado en las últimas semanas. Solía ocurrir que desaparecía unos días, pero nunca sus ausencias habían durado tanto. Llevaba demasiado tiempo poniendo excusas para quedar. Alicia estaba enamorada de Uriel, pero estaba convencida de que, como la buena cocina, solo lograría ablandarlo a fuego lento y con paciencia. Esa convicción no la inmunizaba de los miedos que siempre aparecían cuando Uriel comenzaba a tejer distancias. Por la necesidad de acortar el enfriamiento había aceptado la invitación a la cena, aunque se sentía algo fuera de lugar.

—No, solo un poco cansado por el viaje y la visita al museo. —Uriel disimuló su frialdad. Se sentía culpable por desatender también en la cena a Alicia—. ¿Sabes? Recorrerlo con una adolescente entregada que no ve las horas del reloj puede llegar a ser agotador, te lo aseguro.

Uriel hacía esfuerzos por estar presente, pero le perforaba el enfado con su padre por haber invitado a Alicia. No le gustaba el empeño de juntarlo como fuese con ella sin tener en cuenta su propia voluntad. Los duelos tienen sus tiempos, y él todavía no sabía cómo dibujar una nueva pareja sin sentir dolor por olvidar lo vivido con su mujer. Cosme era consciente de que su hijo había cambiado mucho, pero creía que su sufrimiento había sido excesivo. Durante mucho tiempo, se había dedicado a contabilizar las horas que había dejado de pasar con su mujer y su hija por trabajo, reuniones prescindibles o comidas aburridas cuya rentabilidad era solo económica. La tristeza había construido en él una barrera invisible que pocos lograban rasgar.

Pero en el descontrol de vivir, en el fluir de la existencia, se sucede la vida que no esperas. La llegada de Gabriele había modificado progresivamente su estado y, aunque no había dado ningún paso para hacerlo visible, sus sentimientos le empezaban a incomodar. La presencia aquella noche de Alicia le molestaba, y esa era la verdadera razón por la que estaba callado, tratando de lidiar con una molestia que iba más allá de su padre y que tenía más que ver con no gozar de plena libertad para hablar con Gabriele. Uriel se dio cuenta de que había perdido el control de la situación, porque el deseo comenzaba a ganarle la batalla. Gabriele era una mujer poco predecible, con una vida alejada del pueblo, con el duelo de haber perdido a su madre, con la necesidad de sentirse abrazada. Desde su paseo por el Museo del Prado, no había dejado de pensar en ella.

—¿Estás bien, papá? Estás muy callado.

—Solo estoy cansado, hija. El museo me ha dejado agotado.

Cloe había notado el cambio de actitud de su padre. Fue la primera en darse cuenta. La intuición es como un pájaro carpintero que trabaja para perforar las creencias de la mente y, cuando lo consigue, la bombilla se ilumina y aparecen las certezas.

—Bueno, ¿y cómo ha ido la visita al museo? ¿Todo estaba en orden? —preguntó Alicia para dar pie a una conversación.

—Genial, pero papá se ha aburrido rápido de los cuadros —confesó Cloe.

Ni siquiera Félix, que escuchar hablar del Prado siempre le activaba, se metió en la conversación. Seguía cenando en silencio, esperando la llegada de su hija para dar por terminada la cena. Desde el comentario de su hermana, se sentía incómodo y con ganas de irse a casa.

—A mí me parece que no te ha sentado bien no quedar con tu padre —dijo Gabriele mientras le daba una calada al cigarro de Luis—. Me digas lo que me digas, creo que tendrías que haberlo visto.

—Puede que tengas razón y que ahora haya sido yo el cobarde, pero no estoy preparado para un nuevo rechazo.

Luis se había arrepentido de su último mensaje, pero no había marcha atrás. Los años habían construido una gruesa capa que disimulaba su dolor, pero su grieta era su padre. Solo él lograba sacar a relucir la vulnerabilidad que habitaba en Luis, la travesía de su ausencia sobre la que había construido una personalidad hermética y demasiado sarcástica para la mayoría.

—¿Y si le escribes de nuevo? —le sugirió Gabriele—. ¿No dices que se quedaba toda la semana en Madrid?

Gabriele sabía lo importante que era aquello para Luis. Las oportunidades deben aprovecharse, a veces son trenes que pasan una sola vez en la vida, y hay que soportar la legión de miedos que aparecen en cada una de las estaciones. Dejarse vencer por ellos es esposarse al arrepentimiento estéril. Gabriele estaba convencida de que Luis debía verse con su padre. Había llegado la hora. Pero también sabía que no sería fácil lograrlo. Las excusas del miedo son las más sofisticadas y poderosas.

—No, si no me responde al último mensaje es que tiene pocos deseos de ver a su hijo después de casi una vida.

Luis apuró el cigarrillo sintiendo el frío de la noche sobre las manos y el rostro. El orgullo es mala medicina para la soledad emocional, pero son muchos, como Luis, los que deciden tomar de ese jarabe para soportar el frío interno. Gabriele solo pensaba en el tiempo que ya no podría compartir con su madre, incluso en la necesidad de acercarse a su padre, aunque solo fuese por revertir el frío en calor. Ahora que se había quedado medio huérfana, podía acercarse a comprender el dolor de Luis, la soledad por la que había pasado y el rencor sobre el que había construido su mordiente carácter. Luis entró en el bar, dejando a Gabriele con la palabra en la boca. Lo hacía siempre que le dolía una conversación y no quería mostrarse. Por ese motivo, Gabriele supo que debía actuar por Luis y como fuera lograr hablar con su padre.

—Siento mi comportamiento. No quería ofender a nadie —dijo Luis sentándose de nuevo a la mesa y solo mirando a la Sole.

—No, perdóname a mí. No creo que ningún padre deba rechazar a su hijo por... —y antes de lanzar el final de la frase, Félix miró a su hermana tímidamente, de reojo— ese motivo. Ojalá pueda darse cuenta algún día. Eres un buen chico, ¿sabes?

Luis se dejó dar un par de palmadas en la espalda por Félix. No se sentía aliviado, pero aceptó las disculpas en silencio, removido por los remordimientos de no atreverse a ver a su padre.

—Ahora soy yo la que quiero hacer un brindis.

Fue lo primero que oyó Gabriele al entrar en el Pimentón. Su tía estaba de pie con la copa levantada y un tic en la pierna que delataba que estaba a punto de lanzar un atrevimiento.

—Yo me levanto contigo.

Cosme se puso en pie ante la mirada atónita de Manuela, a la que le dedicó un guiño de ojo para que también se levantara.

—Si mi Cosme se levanta, yo también —dijo divertida Manuela, invitando al resto.

Todos hicieron lo propio. La última en unirse fue Gabriele. Al volver a su sitio, Luis le sirvió vino. Ella le dio un beso a su amigo y levantaron a la vez sus copas, expectantes.

—Quiero brindar por una mujer que ha hecho que hoy estemos aquí. —Mientras hablaba, la Sole repasaba con la mirada a todos los presentes, uno por uno—. Por una mujer que me hubiera gustado conocer mejor, pero mi orgullo idiota me lo impidió. Esta noche, con el permiso de mi hermano, brindo por mi cuñada... ¡Por Greta! Porque estoy segura de que, esté donde esté, estará sonriendo. Y quiero brindar por algo que ella supo ver y valorar: brindo por el amor.

Los comensales abandonaron las tensiones y se iluminaron con media sonrisa, pero solo Cosme percibió que los hilos rojos se habían puesto en marcha. Todos en aquella mesa estaban conectados por hilos rojos que se anudaban en sus dedos meñiques. Como en una ensoñación, Cosme vio el baile y el brillo de todos ellos. Los hilos mágicos nos conectan con aquellos con los que debemos encontrarnos en la vida por muchas vueltas que dé el destino, pero solo se mueven por grandes causas. Cosme sabía que Greta debía de estar moviendo esos hilos desde el más allá. Aquel brindis abría el camino a las palabras y a las bendiciones. Era una declaración abierta a enterrar los silencios.

—Te quiero, Félix. Siempre te he querido, aunque tantas veces no haya estado a la altura. —La Sole ahora solo contemplaba a Félix como si no hubiera nadie más en la sala. Luego fue a por el resto—. Quiero a mi sobrina. Gabriele, sabes que siempre me tendrás a tu lado. Y a ti, grandullón loco, mi querido Cosme, que me has dado tanto... Os quiero a todos los de esta mesa...

La Sole interrumpió bruscamente el discurso deteniéndose en Ada y dejando al resto en vilo. Como una bella melodía que alguien deja de tocar sin previo aviso, como la sonrisa de un niño que alguien silencia, como un amanecer que se apaga. La Sole se quedó callada mirando a Ada.

—Pero sobre todo te quiero a ti, Ada, por estar a mi lado y por comprender que nada es tan fácil como creíamos.

Félix se encontró con la mirada insinuante de Cosme y Gabriele, que aprovechó el inesperado momento para coger a su padre del brazo y darle un beso en la mejilla. Félix retuvo tembloroso su copa, sintiendo la incomodidad en su piel, consintiendo por primera vez en que su hermana expresara en público sus sentimientos hacia Ada. De soslayo observó la reacción de las dos: la intensidad de sus ojos, la emoción de sus rostros. Estuvo tentado a bajar la copa, pero por su hija y por el resto decidió seguir con el brindis, aunque deseando que terminara cuanto antes.

—¡Por Greta y por el amor! —concluyó la Sole su brindis.

Todos brindaron y dedicaron esos segundos a buscarse con los ojos. Cada uno detrás del mensaje que deseaba y arriesgándose a no encontrarlo, como fue el caso de Alicia con Uriel y también de Uriel con Gabriele, que andaba demasiado emocionada con su tía, su padre y la decisión que había tomado por Luis. Ada, sofocada, se metió de inmediato en la cocina a por los postres, algo avergonzada por el atrevimiento de la Sole, pero con la sonrisa en la mirada por sentirse protagonista. Era una mujer que había necesitado poco, bien al contrario que la Sole, pero aquel gesto la había dejado emocionada y descolocada.

—Creo que se lo voy a pedir esta noche. No aguanto más.

La Sole se lo susurró a Luis, que se había levantado para correr a abrazarla. Aquella mujer de carácter tan arisco como él había logrado cambiarle el humor con aquel brindis.

—Empiezo a envidiarte, ¿sabes?

—Bueno, querido, te llevo unos años..., alguna ventaja he de tener, ¿no?

Luis trató de convencerla para que esperara a la noche siguiente, tiempo suficiente para preparar algo bonito y romántico. Los dos salieron a fumar fuera, buscando privacidad y algo de sosiego.

—Échame el humo. Si hoy no vuelvo a fumar, lo tengo superado.

Cosme también salió a abrazar a la Sole, emocionado por el brindis que acababa de escuchar.

—Estoy orgulloso de ti. ¿Has visto la cara que se le ha quedado a Ada? Se ha ido directa a la cocina, muerta de vergüenza.

A la Sole le seguía preocupando la reacción de su hermano. Había visto que había brindado, pero también el temblor de su copa y su mirada esquiva. A Félix se le encendían las mejillas cuando estaba incómodo con alguna situación. Le ocurría desde pequeño y siempre le había hecho muy transparente.

—Yo me ocupo de Félix. Tú preocúpate de organizar la pedida. ¿Para cuándo? —dijo Cosme

—Mañana por la noche —respondió Luis.

Luis se adelantó a la Sole, implorándole con la mirada

que le dejara colaborar en aquello. Habían hablado mucho en esos días. La Sole comenzaba a estar superada por la situación y, aunque no dejaba de tocar el anillo de compromiso que llevaba en el bolsillo, le entraban los miedos y al mismo tiempo las prisas por soltarlo lo antes posible.

—¿Y qué le decimos a Ada para que no vaya a trabajar al Pimentón? —preguntó la Sole, medio convenciéndose otra vez de aplazarlo para el día siguiente.

—Pues que te has puesto enferma y que vaya para casa. Gabriele y yo seremos mesoneros por una noche. ¡Puede ser divertido!

—¿Qué hacéis ahí fuera? ¡Vamos, que ya están los postres! Sole, entra, que vas a coger frío. Y ni se te ocurra fumar...

Ada había salido en busca de la Sole. Deseaba robarle un beso como los que se solían dar en la cocina o donde nadie las veía. Todavía seguía con el rubor del brindis, pero necesitaba abrazarla y decirle que también la quería y que estaba orgullosa de ella.

Gabriele no había intercambiado apenas palabras con Uriel. Por la mirada de Alicia, se había dado cuenta de que aquella chica estaba por la labor de luchar por Uriel y ella no sabía qué juego comenzaba a activarse entre ellos. Alicia la miró como se contempla a una amenaza. Gabriele bajó la cabeza pensando que no hubiera estado en aquella cena si no tuvieran algo. Era cierto que seguía sintiendo la piel erizada cerca de Uriel, pero tomó la decisión de alejarse de él. Poner distancia. Abandonar sus sentimientos para dejarlos morir justo cuando estaban naciendo. No quería más sacudidas emocionales. Todavía no había aprendido que hay ríos tan poderosos que nunca se quedan sin agua, aunque deje de llover. Luis había detectado eso en Gabriele, pero desde que había visto a Alicia quería proteger a su amiga y no deseaba que llegara el gran desestabilizador llamado amor. Por eso, más que contribuir al calor, metía hielo entre ellos. Fue encantador con Alicia toda la noche, potenciando el espejismo de lo que no era para ser: la relación entre Alicia y Uriel.

Los hilos rojos invisibles de los presentes habían comenzado a vibrar y moverse, caprichosos e ingobernables. Lo que nadie sabía era que ninguna voluntad, por más férrea que fuera, lograría apagarlos hasta que encontraran el destino que los había hecho vibrar de nuevo. Cosme seguía contemplándolos en sus nuevos movimientos, e incluso le pareció que aquella noche alguien más estaba con ellos. A Gabriele también le llegó esa sensación, pero en forma de aroma conocido: a margaritas, lilas, vainilla y pachulí. El perfume de su madre le hizo sentir un escalofrío y vibrar por dentro. Cuando la muerte nos roba a un ser querido, la fe en el otro mundo emerge en nosotros.

—¿Cuándo deciden los muertos dejar de estar a nuestro lado? —Gabriele se lo había preguntado a Cosme desde que había sentido por primera vez la presencia de Greta en el desván, mientras pintaba—. ¿Cuándo terminan los cuarenta y nueve días?

—No soy budista, pero creo que dejan de dar señales cuando se pueden ir en paz —le respondió Cosme.

Gabriele no quiso preguntarle cuándo creía que eso ocurriría con su madre, pero sintió que tenía que ver con su nuevo hermano y con lo que en aquella familia se estaba moviendo. No todo estaba en armonía, ni todavía veían el cielo abierto.

13

Sentada en el borde la cama, Gabriele contemplaba, sintiendo un extraño vacío, el lienzo terminado. La réplica del cuadro de su abuela Martina la había acompañado durante varias mañanas, sujetándola para no caer, manteniéndola en ese estado semialterado de conciencia que no permitía que las emociones perforaran su interior. Aquella noche se había despertado con la pesadilla de que su padre fallecía. Antes de que se le derrumbara la vida, se le diluyeran las creencias y aprendiera qué es una ausencia, jamás había pensado en ello. Ni una sola noche se había levantado con el pulso tan alterado y el pánico tan agarrado a las vísceras como desde que murió su madre. La asaltaban pesadillas y necesitaba salir de la cama de un salto y encender todas las luces. Todo había cambiado, aunque Gabriele seguía agarrándose a la quimera de desear que todo volviera a ser como antes. La muerte de alguien convierte el suelo que pisas en gaseosa y cada paso parece llevarte a un acantilado. No había un solo segundo que no pensara en su madre, que no la sintiera presente, que no le recriminara que la hubiera dejado sin despedirse. Intentaba comprenderla, pero cuando lo lograba, como el efecto de la gaseosa que pisaba, duraba también poco.

Con la vista puesta en el cuadro, analizó cada pincelada hasta examinar con lupa el resuelto Almanzor capitaneando la escena y sufrió un nuevo colapso. Un bloqueo producido por sacudidas de pánico que la dejaban en un estado casi vegetativo. Por unos minutos era incapaz de pensar y de sentir. Luego se despertaba con el cuerpo entumecido y los pies y las manos fríos. Desvió la mirada para comprobar que solo quedaban unas horas para que llamara Gerardo. A mediodía. Volvió a pensar en su padre. El duelo le había hundido la mirada y, aunque se acicalaba a diario para disimular el peso de la ausencia, la holgura en la ropa señalaba que los muertos se llevan mucho más que los veintiún gramos de su alma.

Pensar en Félix le había recordado que durante la cena, aprovechando un despiste, le había cogido a Luis el teléfono para anotar el número de su padre. El plan era propiciar un encuentro entre padre e hijo. Faltaban cinco minutos para las siete de la mañana. Cogió el móvil y buscó el teléfono que había apuntado la noche anterior en sus notas. Abrió los contactos y lo añadió con el nombre de «Luis Padre». Sin pensárselo demasiado, abrió el WhatsApp y buscó el nuevo contacto para iniciar una conversación.

«Hola, me llamo Gabriele, soy amiga de su hijo Luis. Perdone el atrevimiento, pero me gustaría hablar con usted. Por favor, le agradecería que me llamara o me dijera cuándo puedo llamarle. Muchas gracias.»

Lo escribió de corrido, como si lo hubiera tenido retenido en la mente durante la noche. Con esa, eran ya dos las llamadas que esperaba aquel día que comenzaba a amanecer. Todavía con el pijama y al borde de la cama, miró sus manos manchadas de pintura. Necesitaba hacerlo, como cuando era pequeña. Continuaba buscando en el lienzo algún detalle para seguir un poco más con el cuadro. Buscaba inconscientemente rellenar la huella que dejan los muertos en nosotros y nos cambia para siempre. Se sentía frágil, con las agujas de su brújula dando vueltas sin encontrar el norte.

Los ladridos de *Greco* la sacaron de sus pensamientos, aunque hasta el perro parecía haber modificado sus gruñidos. Menos fuertes..., como si supiera que a la tristeza no se la acalla con ruido, sino con un manto de comprensión llamado tiempo.

Consultó de nuevo la hora y comprobó también la ausencia de mensajes en la pantalla de su móvil. Se puso una sudadera sobre el pijama y las deportivas, decidida a prepararle el desayuno a su padre del mismo modo que hacía su madre. Como había tratado de hacer él el día después de la muerte de Greta.

Bajó la escalera a tientas, aunque *Greco*, de nuevo con sus gruñidos, fue el encargado de anunciar su presencia. Al recorrer el salón comprobó que la chimenea ya estaba encendida. Buscó con la mirada la urna de su madre y le mandó un beso invisible y un «buenos días, mamá», como hacía todas las mañanas. Por el marco de la puerta de la cocina sacó la cabeza su padre, con el pelo revuelto y sus grandes gafas de pasta, que disimulaban una mala noche. Le sonrió con timidez y Gabriele pensó, por las horas y el peso del silencio, que quizá su padre deseara la misma intimidad de la mañana que había tenido ella en el desván.

—Buenos días. Veo que no he sido la única en despertarme al alba. ¿Llevas mucho levantado?

—Un par de horas. Estoy preparando unos huevos revueltos. ¿Te apetecen? Hay pan recién tostado y el café estará en nada. También hay madalenas que trajo tu tía, y queso.

Félix se lo decía sin despegar los ojos de la sartén, intentando disimular las huellas de una noche difícil. No sabía compartirlo con su hija, apenas lo había logrado con Greta. Expresar los sentimientos era como escalar una enorme pared blanca. No encontraba palabras que pudieran definir cómo se sentía. Gabriele seguía apoyada en el marco de la puerta, con *Greco* sentado a su lado, observando la escena y con el rabo golpeando el suelo como un diapasón de sentimientos. El aroma a café recién hecho complació por unos instantes los sentidos de Gabriele.

—¡Qué rico, papá! Me apetece este desayuno.

Decidió mentirle. Decidió mentirse para animarle y animarse en un esfuerzo de retomar la cotidianeidad sin Greta. Estar en esa cocina, estar en esa casa sin ella. Gabriele percibía que la casa también se le echaba encima a su padre. En la entrada todavía colgaban los abrigos de su madre, y hasta sus zapatillas de casa permanecían en el mismo lugar, esperándola en la esquina superior del lado izquierdo de la cama. Menos su madre, todo seguía exactamente igual. Cuando aquellos días Gabriele se había quedado sola en la casa, aprovechaba para pasearse por todos los rincones. Ella y Félix hacían lo mismo. Los dos en soledad buscaban a Greta. Deseaban encontrarse con una huella de ella y llenarse de recuerdos.

—¿Quieres que desayunemos en la mesa del salón, con la chimenea?

Félix la volvió a mirar con las gafas a medio resbalar de la nariz. Seguía sintiendo incomodidad al estar a solas con su hija, una intimidad todavía frágil que dificultaba la comunicación. Padre e hija permanecieron en silencio mientras terminaban de preparar el desayuno. Colocaron el mantel blanco de puntillas preferido de Greta, las tazas que Gabriele había hecho de adolescente, los platos de la vajilla de invitados..., lo dispusieron todo como si se tratara de una celebración y no de un desayuno más. A pesar de lo insólito, ninguno rompió el silencio. Preferían seguir imbuidos de la rutina de colocar, servir y disponer una buena mesa.

Fue Gabriele quien se adelantó y ocupó el sillón de Greta, después de echar a *Menina*, que yacía dormida sin perder la costumbre de no inmutarse por nada ni nadie.

—¡Esta perra con los años se vuelve más autista!

Félix se sentó en su sillón, frente a la chimenea, junto al de Greta, donde ahora estaba su hija.

La mesa baja de ruedas contenía el festín que ninguno de los dos tenía estómago para tomar, pero el disimulo y el intento de seguir con la vida los había colocado delante. Gabriele respiró hondo y lo sirvió: primero el café y luego en cada plato los huevos revueltos y un par de tiras de beicon recién hecho.

—¡Menudo *brunch* nos vamos a pegar! —dijo Gabriele.

—¿*Brunch*?

—Es el desayuno de los americanos, papá. ¿De verdad que no sabes qué es un *brunch*?

—Sí que lo sé, pero no se lo toman a las siete y media de la mañana, sino a las doce, y sustituye la comida. Además, faltan las tradicionales alubias y las salchichas...

Gabriele miró a su padre de reojo y tuvo por un breve instante la sensación de que nada había ocurrido. Que en un segundo su madre aparecería para poner calma entre los dos porque siempre terminaban a la bronca, midiendo su intelecto y poniéndose a prueba. En aquella ocasión, Gabriele, lejos de entrar al trapo, se calló y se concentró en la partida abierta de ajedrez que seguía en la mesilla, a un metro de ellos. Su padre se dio cuenta y se calló sin pretenderlo para disfrutar observándola. Al saberse cazada por su padre, a Gabriele le entró la risa.

—¡Voy a ganarte! —le soltó, dejando al descubierto la partida fantasma.

—Estás a cinco jugadas de perder la partida.

Félix lo dijo con un tono de complicidad reconocida por Gabriele en una leve mueca. Cuando solían jugar, siendo ella una niña, él siempre le avisaba de cuántos movimientos le quedaban para perder al rey. Solía acertar siempre, y por eso Gabriele volvió a reírse mientras sujetaba una tostada en la boca y se levantaba para acercarse al tablero y estudiar mejor su siguiente movimiento. Estuvo unos minutos analizando las piezas, examinando mentalmente cada una de las posibles jugadas y teniendo muy presente ese cinco amenazante de su padre.

—¿Te apetece terminar la partida? —le dijo mirándole divertida.

Félix abandonó también el desayuno para hambrientos y con la taza de café se acercó a la mesa del ajedrez. Se sentó frente a Gabriele, que seguía sin mover pieza. Sin darse cuenta habían encontrado el mejor modo de comunicarse sin riesgo de herirse, intentando olvidar por un momento a Greta. Los dos cabezotas al fin habían decidido darse una oportunidad, retomar lo suyo tras el malentendido. Tras entender cada uno por su lado que ninguno había abandonado al otro. Esa decisión de volverse a acercar la tomaron desde el inconsciente y a través de un símbolo solo suyo: el ajedrez. Greta no participaba en ese juego. Era solo de Félix y Gabriele y, desde aquella mañana, volvía a serlo, quizá el principio para llegar a lo que deseaban: ser cómplices de nuevo.

En menos de media hora y con cinco jugadas exactas para no perder la costumbre, Félix sentenció la partida a su favor.

—¡Jaque mate!

Gabriele, con las manos en la cabeza y con el impulso de la impotencia, casi se cayó de la silla. A pesar de los años, su padre seguía siendo el maestro y no había quien le ganara. Aunque le hubiera prometido a Cloe que la ayudaría, sabía que era difícil lograrlo si no conseguía que Félix aflojara.

—Cloe me ha pedido ayuda para ganarte.

—¿A ti? —Sonrió mientras volvían a colocar las piezas para el comienzo de partida.

—Bueno, alguna vez logré ganarte, así que no te confíes demasiado...

Sonrieron viajando al pasado, rescatando los sentimientos felices de aquella época.

—¿Me vas a ayudar y te vas a dejar ganar? ¡Es solo una cría!

A Félix no le gustaba dar partidas con el fin de animar al otro. Era demasiado estricto y jamás lo había hecho con su hija, por mucho que Greta se lo sugiriera.

—Félix, es solo una niña. ¡Y quiere ganar a su padre! ¿Por qué no te dejas ganar por una vez?

—Porque no es el mejor modo de que Gabriele aprenda, Greta. Tiene que saber que detrás de cada victoria hay mucho esfuerzo.

—¿Y no crees que ya lo sabe?

Félix jamás dejó ganar a su hija, pero comprobó, con el tiempo, que más que coraje le había infundido impotencia.

—A veces te olvidas de que es una niña, lo mismo que hizo tu madre contigo.

En más de una ocasión, y sin compartirlo con Greta, había pensado que la incapacidad de su hija por terminar nada de lo que empezaba tenía que ver con él y el ajedrez. Por una cuestión de probabilidades y esfuerzo, Gabriele asumió que en cualquier cosa tenía más las de perder que las de ganar, y por eso se retiraba. Poniendo cualquier excusa, evitando así sentir la misma frustración que sentía cuando su padre la fulminaba en menos de diez minutos. Freud a esto lo llamaba «las fijaciones de la adolescencia», que marcan nuestra vida y acciones sin que seamos conscientes.

—¡Está bien! Me dejaré ganar, pero solo con dos condiciones.

—¿Cuáles?

—Que piense que es por tu ayuda y no solo por ella.

A Gabriele le había cambiado la cara. Mordiéndose el labio inferior como cuando era pequeña y estaba nerviosa, escuchaba a su padre con atención.

—Y la segunda: tendrás que ganarme con el mate de la coz.

Gabriele se volvió a poner las manos a la cabeza y resopló. Conocía muy bien esa manera de matar al rey arrinconándolo con uno de los caballos, pero no era sencillo, y sí uno de los mates preferidos de su padre. Lo recordaba porque siempre le explicaba la belleza y singularidad del caballo dentro del ajedrez y lo comparaba con ella y su forma distinta de pintar.

—Acepto el reto, pero con una condición.

Ahora era Félix el que acercó su cuerpo hacia Gabriele para atender mejor a su demanda. Se colocó las gafas, como si así lograra afilar mejor su desgastado oído.

—No vale sabotearme el jaque de la coz. Si logro hacer correctamente las jugadas, te dejas ganar. ¿Entendido?

Gabriele extendió la mano para que su padre se la estrechara y sellaran divertidos el pacto. Así lo hizo Félix, experimentando por primera vez en mucho tiempo la agradable sensación de compartir complicidad con su hija.

Una melodía estridente para Félix y reconocida para Gabriele rompió el embrujo e hizo que ella se precipitara escalera arriba. Cher estaba sonando e indicaba que alguien la llamaba. Subió los escalones de par en par, y tras tropezar con el último se lanzó sobre la cama y, extendiendo la mano para coger el móvil, consiguió descolgar antes del último tono.

—¿Sí? —Su capacidad pulmonar no le daba para hablar más y disimular la carrera.

—¿Hola? ¿Puedo hablar con Gabriele? Soy Luis Solá, el padre de Luis.

Gabriele se incorporó de inmediato y se sentó en la cama en apenas un movimiento. Había olvidado por completo el mensaje que le había enviado al padre de Luis esa misma mañana. No esperaba una respuesta tan pronto. Ni siquiera le había dado tiempo de pensar en cómo encarar la conversación.

—Hola. Encantada de saludarlo. No esperaba que me contestara tan rápido.

—Bueno, salgo de un desayuno de trabajo... ¿Te va bien hablar ahora o prefieres otro momento?

Su voz era firme y profunda. No había un tono de dulzura. Era todo metal, frío y seco. También era áspera.

—No, no, no... Estoy bien, quiero decir que puedo hablar...

Gabriele intentaba acelerar su cabeza para ordenar las ideas y encontrar el modo de mantener una conversación con un fantasma del que había oído hablar durante años.

—Tiene una voz bonita. Bueno, es que llevo tanto tiempo oyendo hablar de usted...

Los silencios al teléfono pueden convertirse en un cuchillo afilado apuntando a la garganta. Nada colaborativos, solo contribuyen a aumentar las pulsaciones y la tensión por encontrar con la mayor brevedad el modo de transmitir el mensaje.

—¿Luis está bien?

—¿Cómo? —Gabriele se apresuró a tranquilizarlo—. Sí, sí. Está bien, no es nada... Bueno, verá, es que él no sabe que le he llamado...

Gabriele esperó unos segundos para ver si don Luis reaccionaba de algún modo, pero solo encontró la huella de los silencios encadenados.

—Verá...

—Puedes tutearme, por favor.

—Sí, perdón... Verás, hace apenas un mes que perdí a mi madre. Murió repentinamente y no me pude despedir de ella.

—Lo siento mucho. —Don Luis seguía conciso en sus respuestas. Rasgado, duro.

—Gracias. —Gabriele se detuvo un momento para contener la emoción que le había sobrevenido hasta la garganta—. Nada de lo que pensaba ni creía vale ahora, porque todo ha dado la vuelta y..., bien, mi relación con mi padre nunca ha sido buena. Todo lo contrario, era nefasta, pero ahora...

Gabriele sintió que su discurso se estaba perdiendo al intentar endulzar el mensaje que quería transmitirle a don Luis.

—Perdóneme. —No había forma de que le saliera el tú para dirigirse al padre de Luis. Carraspeó y decidió tomar la directa—. No estoy en un momento de gran habilidad para ser considerada ni para discursos coherentes. Le explico todo esto porque sé que usted y su hijo no se ven ni se hablan desde hace mucho tiempo, demasiado, y que su hijo necesita verle, pero es incapaz de decírselo. No sabe cómo romper todo este silencio que hay entre ustedes, pero le aseguro que si no hace algo para cambiar esto, se va a arrepentir. Los dos se van a arrepentir. Y sé que ha intentado quedar estos días en Madrid con él, pero Luis no ha sido capaz, y yo sé que necesita verle, romper la distancia. Así que...

Gabriele se frotaba el pelo, arremolinándoselo, intentando llenarse de valor para soltar la bomba y esperar la respuesta. Nunca había hecho de alcahueta, y mucho menos de solucionadora de conflictos familiares, pero por los motivos que fueran se había puesto en ese papel ella misma, y no era momento para echarse atrás.

—Así que le invito a que se venga a Candeleda para ver a su hijo. Está a menos de dos horas de Madrid. Puede venir en coche o yo misma le voy a buscar... Sé que usted es un hombre muy ocupado y, por lo que me ha contado Luis, muy importante, pero creo que debería poner otra vez en su vida como prioridad a su hijo. A su único hijo. ¿No le parece? —Gabriele se calló y esperó su respuesta unos segundos—. ¿Oiga? ¿Hola? ¿Sigue ahí?

—Sí, estoy aquí.

Gabriele podía sentir por el timbre de voz que a don Luis no se le había movido ni un pelo del flequillo al escucharla. Pero por dentro se le había quebrado algo que le impedía hablar con la misma seguridad y tosquedad que al principio.

—Verás... ¿Gabriele te llamabas?

—Sí, sí.

—Agradezco tu gesto, pero las cosas no son tan sencillas. Luis y yo somos muy... Bueno, ha pasado mucho tiempo y nuestra relación se ha enfriado... No creo que sea lo mejor para los dos que yo me presente por sorpresa. Aunque lleve años sin verle, conozco a mi hijo...

Gabriele escuchaba atentamente sin parar de gesticular con la cara y mover la cabeza de un lado a otro en desacuerdo con la retahíla de excusas de don Luis. Cuando la muerte se ha cruzado en tu camino, arrancándote lo que más quieres, te convierte durante un tiempo en un excelente detector de pretextos vitales.

—Esta semana le propuse ir a cenar, pero no ha querido. Entiendo y agradezco el gesto, pero creo que debo respetar la decisión de mi hijo.

—Escúcheme bien, señor...

—Solá.

—Señor Solá. Yo también entiendo todo lo que me dice, pero no puedo estar más en desacuerdo, así que voy a permitirme el atrevimiento de dejarle un poco más de tiempo para que lo decida. Reservaré a su nombre una habitación en el hotel La Casa de los Cerezos para esta noche, y también una mesa para que usted y su hijo puedan cenar. Puede decidir no acudir.

—Gabriele...

—No me diga que no todavía. Al menos dese un tiempo para pensárselo bien. Yo me encargo de todo. Le rogaría que me avisara antes de las cinco de la tarde para anular reserva y cena. Sé que es usted un hombre muy ocupado, pero... ¡Créame! No hay nada más importante que la oportunidad de cenar con su hijo. Yo me encargaré de que él acuda.

Gabriele daba vueltas por la habitación, contemplando el cuadro, el paisaje a través de la ventana, mientras seguía adelante con la conversación y luego un par de segundos sin respuesta. Se contuvo antes de preguntar de nuevo si don Luis continuaba en línea. Solamente esperó. Tensa, medio arrepentida, pero deseando que, por lo menos, accediera a pensárselo.

—De acuerdo. Antes de las cinco tendrás noticias mías.

Un placer haber hablado contigo, Gabriele. Tú también tienes una voz bonita. Buenos días.

Sin que Gabriele pudiera despedirse, don Luis colgó, como solía hacer con las conversaciones de trabajo. No dar derecho a réplica. Dejar al otro con la palabra en la boca, con el aliento cortado, para mostrar que él seguía teniendo el control. Gabriele se subió de un salto a la cama y dio varios brincos para sacudirse la tensión que la osadía le había dejado en el cuerpo. Sin pensárselo, llamó al hotel La Casa de los Cerezos y reservó una habitación para esa noche.

—Soy Gabriele, la sobrina de la Sole. ¿Te importa hacerme la reserva y a las cinco te confirmo? ¿Podría ser? Muchas gracias. Y sobre esa hora, ¿te puedo confirmar si cenarán dos personas allí? Gracias, muchas gracias.

Nunca se había hospedado en aquel hotel, solo había estado en una ocasión tomándose un café con su tía, y lo recordaba como un pedazo de la Toscana en medio de Gredos. Un lugar perdido para que cada huésped labrara la historia que había detrás de ese jardín medio de piedra medio de verde, de esos salones señoriales con chimeneas de mármol y muebles como poco de principios del siglo xx.

La puerta del desván se abrió a la fuerza tras varios intentos de *Greco*, que entró huracanado y de un salto se subió a la cama para llenar a Gabriele de lametazos. El negro tizón no la dejaba un segundo y, cuando estaba en la casa, le requería atención, caricias y juegos. Después de varios brincos acompañados de ruidosos ladridos, Gabriele salió de la cama y volvió al salón, donde seguía su padre. Tenía a *Menina* en la falda y leía un libro con el desayuno todavía intacto en la mesa.

—Me da a mí que se nos ha enfriado todo. ¿Quieres

otro café? Siento haberme ido así, pero era una llamada urgente.

Félix la miró disimulando la intriga por saber con quién había hablado a aquellas horas, pero no quiso preguntar, como solía hacer cuando prefería la nada a encontrarse con sorpresas desalentadoras. Desde que Gabriele había abierto la caja de truenos enterrada con la carta que le había dejado Greta, había optado por permanecer en la intranquilidad de lo desconocido. No quería saber nada que su mujer no se hubiera atrevido a contarle en el pasado. Seguía empeñado en dejar las cosas sujetas, en no mover los muebles, no fueran a moverse los recuerdos de toda una vida. Mientras la cafetera estaba de nuevo cargada en el fuego, Gabriele corrió al desván y bajó con el cuadro todavía mojado, para enseñárselo terminado a su padre. Se puso delante de la chimenea, frente a él, y esperó en silencio a que Félix levantara la vista de su libro.

—¿Qué opinas? ¿Te gusta? Me ha quedado bastante parecido al de la abuela.

Félix se levantó con la calma del desarme. Se acercó hasta estar a escasos centímetros del lienzo. Se quitó las gafas y, dejando desnuda su mirada, observó emocionado cómo su hija había logrado captar la esencia del cuadro que había acompañado su infancia y parte de su vida.

—Pues este es el lugar, papá. ¡Aquí!

Félix levantó las cejas sin entender lo que su hija quería decirle. Gabriele le contemplaba de arriba abajo, sacando la cabeza por encima del cuadro. Tenía los nervios alborotados después de haber hablado con el padre de Luis, y además deseaba que pasaran las horas para recibir la llamada de su hermano. Por eso le soltó a Félix, sin pensar demasiado, sin ningún tipo de almidón ni preparación, el lugar que había elegido para esparcir las cenizas de Greta.

—El Almanzor, papá, allí es adonde iremos para esparcir las cenizas de mamá.

Félix se colocó las gafas y bajó de inmediato la vista, encogiéndose sobre sí mismo y volviendo al sofá en silencio. Miró de reojo la urna de Greta y fue como si por un tiempo hubiera abandonado el lugar. El comentario de su hija le había pillado desprevenido. No creía estar preparado para desprenderse de Greta. No llevaba la cuenta de los días, cosa que Gabriele sí hacía: treinta y seis días desde que se enteró en una gasolinera de que su madre había muerto.

—En invierno no se sube allí —respondió brevemente Félix.

Gabriele dejó al instante de sostener el cuadro. Observó a su padre, sin dar crédito a su respuesta ni a su incapacidad de mirarla mientras rechazaba el lugar que ella había escogido, el último lugar donde fueron una familia.

—¿Eso es lo único que tienes que decir?

Se acercó a él con tono y actitud suplicantes. Ladeó la cabeza intentando batallar contra ello, sin querer aceptar que pocas cosas habían cambiado entre ellos y que su complicidad no había sido más que un espejismo. Los deseos frustrados frente a la realidad. De nuevo la pared, la tosquedad de su padre, convertido en roca, incapaz de decir nada más. Esa era la realidad para Gabriele, pero era muy distinta de la de su padre, que ella no podía percibir. Félix estaba triste, abatido, recogido en su frustración por su incapacidad de explicarle que ningún lugar sería bueno para él, que el rechazo no era a ella, sino a la situación, a la pérdida, a tener que desprenderse de las cenizas del amor de su vida. Se palpó el corazón, y no porque le doliera, sino para asegurarse de que la carta de su mujer seguía bien resguardada y todavía sin abrir.

—¿Me has oído?

Félix no había atendido a su hija, no había escuchado su reclamo por sentirse una vez más rechazada por él. Y aunque no la estuviera rechazando, el dolor imprevisto no le dejó explicarse mientras escuchaba aturdido los improperios que Gabriele soltaba sin un ápice de cariño. Félix se hundió un poco más en el sillón y decidió callar. Dejar que su hija los soltara y, como había hecho tantas veces, diera un portazo y desapareciera. Sucedió tal como imaginó. Después de la descarga, Gabriele, seguida de *Greco*, subió ruidosamente al desván y se encerró allí. Después de llorar con la almohada unos minutos, se vistió y se dispuso a ir a ver a su tía.

—Mamá me encargó que escogiera yo el lugar para esparcir sus cenizas y, te guste o no, será el Almanzor. Voy a hablarlo con la tía, ya que contigo es imposible.

Gabriele seguía maldiciendo a su padre con la mente. Se montó en el coche y salió a toda prisa en dirección al Pimentón para buscar consuelo.

—¿Estás en el bar?

—Acabo de llegar. ¿Ocurre algo?

—Papá y yo hemos discutido.

La Sole temía que la frágil buena relación que parecía germinar entre ambos se truncara por cualquier rencilla. Había demasiada madeja, reproches invisibles acumulados durante años y mucho desconocimiento de cómo mirarse, tratarse, calmarse, mimarse. La torpeza emocional había sido la causante de tantos malentendidos en su familia que sabía reconocer cuándo uno nuevo amenazaba con deteriorar el cielo centelleante.

—¿Y bien?

Cosme había llegado hacía diez minutos al Pimentón. Tempranero, excitado por tantos frentes para explorar y reclamando atención de la Sole. En los últimos días se había sentido dejado de lado y eso era algo que su vigorosa personalidad llevaba mal. Además, no estaba dispuesto a que su amiga se echara atrás con la pedida que había planeado para esa misma noche.

—La niña viene para acá. Se las han tenido esta mañana Félix y ella.

Cosme y la Sole sabían que la relación entre Félix y Gabriele se estaba reajustando, y que para ello debían rememorar las clásicas rencillas del pasado. Cosme no le quiso dar más importancia ni tampoco desviar la conversación.

—¿Y bien? —repitió—. ¿Ha llegado el momento? Ni se te ocurra echarte atrás, porque ayer Gabriele, Luis y yo lo dejamos todo medio organizado.

La Sole había dormido a ratos, poco y mal. Sentía palpitaciones en el pecho y nervios en el estómago. Su cabeza estaba llena de pensamientos que resumían el pánico que sentía por dar el paso. Por eso, al ver la llamada de Cosme por la mañana y después encontrárselo apoyado delante de la puerta del Pimentón al llegar, supo que no tenía escapatoria.

—No me calientes de buena mañana, que no he pasado una buena noche con los nervios.

—Mira, Sole, en la vida no hay que ponerse más palos en las ruedas de los que nos tocan. Esto es algo bonito y no voy a dejar que tú misma te lo estropees.

La Sole no dejaba de limpiar con una bayeta la barra,

como si llevara semanas sucia. Colocaba las tazas una y otra vez. Primero les sacaba lustre y luego las metía en fila en la estantería, y al poco volvía a empezar, como si el orden dispuesto no la convenciera. El primer café le salió inusualmente aguado por no haber esperado a que la cafetera terminara de calentarse. Se había vestido con una combinación cuatricolor de colores y tejidos, algo que hacía cuando el estrés mental la cegaba. Un cliente nervioso golpeó la puerta cerrada del bar, donde todavía, a pesar de la hora que era, reposaba el cartel de «CERRADO». La Sole alzó la mirada, dejó en seco de pasar la bayeta y pegó su cara en el cristal de la puerta.

—¡Mariano! ¿Es que no ves el cartel de «cerrado»? ¡Estamos cerrados todavía!

—¿Y cuándo piensas abrir? —le respondió.

—Cuando esté todo listo. Hoy estoy de limpieza general. ¿Es que no me ves? Ve a tomarte el café a lo de Julia...

Cosme siguió la escena en silencio, moviendo la cabeza. No estaba dispuesto a ceder ante la retahíla de justificaciones que esperaba que la Sole soltara para anular el plan de pedida de la noche. Por eso, cuando se apoyó en la barra frente a él y abrió la boca, Cosme se adelantó.

—Como canceles la pedida de esta noche, hasta aquí nuestra amistad.

La Sole retiró todo su cuerpo hacia atrás al oír la inesperada amenaza de su amigo. No era propio de él, y mucho menos la poca comprensión ante su estado. Se quedó unos segundos mirándole, intentando frenar inútilmente sus demonios.

—¡Parece que os casáis todos menos yo! Estoy un poco en contra de que mi pedida se haya convertido en un problema de Estado, ¿sabes? ¿Qué pasa si al final decido no hacerlo? ¿Qué pasa? ¿De verdad vas a dejar de hablarme? ¿Y mi sobrina qué me dirá? ¿Que no volverá al pueblo?

La Sole volvió a la compulsiva limpieza, frotando con más fuerza la barra mientras le seguía hablando a Cosme sin tan siquiera mirarle. Cada vez más alto, en la misma proporción de la intensidad de la limpieza.

—¿Y si no puedo hacerlo? ¿Y si me muero de miedo? ¿Y si entro en pánico? ¿Qué, todo esto no importa?

Cosme intuía el estado confuso de la Sole y por eso sonrió por lo bajo al comprobar que estaba en lo cierto. Eran muchos años de amistad y centenares de momentos vividos como para saber cómo podía sentirse las horas previas a dar el paso más importante de su vida. Por eso él estaba allí, y por eso no estaba dispuesto a dejar que lo echara a perder.

—Sole, hoy es el día. Llevas más tiempo de lo que crees esperando a que llegue. Y nos tienes apoyándote. No te vengas abajo. Ada te quiere y tú la quieres a ella. ¿No te parece lo más importante? Deja que sea algo bonito para el recuerdo.

La Sole cayó derrumbada sobre la nevera de las bebidas mientras escuchaba a su amigo, porque sabía que Cosme tenía razón y que ella solo hablaba desde el pánico. No quería echarse atrás, pero necesitaba un empujón. Un saco de ánimo para terminar de romper todos los prejuicios que desde la infancia la habían perseguido y pedirle a Ada que se casara con ella. Se quedó un tiempo con la mirada sin foco, metida para dentro, volviendo en sí al escuchar de nuevo el ruido de alguien llamando a la puerta. Deslizó su mirada ingrata hacia allí, pero la transformó de inmediato al descubrir que era Gabriele, abrigada con un anorak de plumas negro y con el rostro compungido. Nada más abrir se dieron un abrazo. La Sole sabía que en unas horas su sobrina debía recibir la llamada de su hermano.

—¿Qué ha pasado?

—Que no le gusta el Almanzor como lugar para esparcir las cenizas de mamá y dice que ahora no se puede subir.

La Sole sabía que su hermano tenía razón. Subir al Almanzor en esa época no era una práctica para aficionados, y mucho menos para ellos. Cosme se lo había avanzado porque se lo había dicho Pascal, el guía, amigo de Uriel.

—Tu padre no lo dice porque sí. No podremos subir al Almanzor. Al menos los mayores. Tú, si quieres, sube con Luis y Uriel, si os acompaña... Pero dependerá del tiempo y de lo que diga el guía.

Gabriele deseaba subir a la cima, pero lo que hacía era reproducir la excursión que ellos hicieron cuando era pequeña y su padre al parecer había olvidado: llegar a la Laguna Grande y contemplar la montaña desde allí. Y a ser posible, hacer noche en el refugio de piedra.

—¡El Eola! —soltó Cosme, apurando el café—. Puedo hablar con Esteban, el guarda. Debemos poner fecha. ¡Yo me apunto! Y tranquila, que me encargo de tu padre. Los García Bermejo me están dando mucho trabajo últimamente.

Gabriele sonrió por el ánimo de Cosme y su disposición a colaborar, una actitud bien distinta a la que había tenido su padre.

—He llamado al padre de Luis para que venga al pueblo a ver a su hijo.

—¿Cómo?

La Sole no se esperaba aquella hazaña de su sobrina, pero la recibió con una amplia sonrisa mientras preparaba los cafés y seguía avisando a los clientes de que aquella mañana el Pimentón permanecería cerrado.

—¿Es que nadie le hace caso al cartel de «cerrado»? Parece que en el pueblo no hay otro bar...

—Cuando se entere Ada de que no has abierto... —repuso Cosme, saboreando al fin su primer café.

—Peor será cuando se entere de que esta noche le pido matrimonio.

Los tres rieron como niños, aunque sabían que Ada poco diría en aquellos días extraños en los que el duelo recorría de forma ascendente y descendente el ánimo de todos.

—He decidido que el Pimentón hoy no se abre hasta la tarde. Ada se ha ido con la cabrera. Tiene trabajo con los quesos... ¡Y esta noche hay pedida!

Mientras lo decía con decisión y ante la celebración de Gabriele y Cosme, la Sole escribía en la pizarra «CERRADO HASTA LAS 18 H. DISCULPEN LAS MOLESTIAS», convencida cada vez más de que la vida brilla cuando te saltas lo establecido e improvisas sin filtro.

—Termínate el café, que tenemos que ir a donde Manuela a recoger la verdura.

A Gabriele le gustaba ver a su tía feliz, decidiendo e improvisando como pocas veces lo había hecho. Llamó a Luis, uno de los cómplices, pero se lo encontró sin ánimo, sin ganas de hablar y dispuesto a pasar parte del día en el Vetones. Ese lugar gozaba de unas vistas privilegiadas, era un mirador de la falda de Gredos. Un balneario para el alma, para los ojos de quien viaja en la vida siempre con Ferrari, como Luis, y ha decidido bajarse por unos días. Todos estamos presos del río de emociones que corren dentro de nosotros, que gobiernan nuestros días, que nos modifican y nos confunden. Comprendió y respetó a su amigo, aunque la recorrió un latigazo de angustia al recordar la propuesta inconclusa que le había hecho a su padre a sus espaldas.

—Pero esta noche nos vemos sí o sí. Cenamos en Los Cerezos, he reservado.

A pesar de la inseguridad y la todavía falta de confirmación de don Luis, Gabriele decidió seguir con el plan y pensó que, a malas, si el padre no acudía, sería ella quien cenaría con su amigo. La Sole aprovechó también para llamar a Ada. Tartamudeó durante toda la mañana, nerviosa, inquieta, sabiendo que en unas horas pensaba dar el paso.

—¿Pasaremos por el santuario? —dijo Cosme—. Necesito darle unas cajas a Uriel.

Gabriele sintió un atisbo de resistencia y vértigo al oír el nombre de Uriel, pero decidió callarse y dejar que la vida siguiera su curso. La presencia de Alicia la noche anterior la había dejado confusa, decidida a alejar lo que su cuerpo llevaba unos días sintiendo por él. No necesitaba que su montaña rusa emocional tomara más velocidad de la que llevaba. No deseaba volver a encontrarse con un rechazo, y menos con el mismo hombre veinticinco años después. Pero también sabía que, de seguir acercándose a él, no podría evitar en algún momento tropezarse de nuevo con el deseo de besarlo. Estaba vulnerable, frágil y con la guardia más baja que nunca.

—Tú eres como yo y cuando lo sientes te lanzas.

Luis no se había equivocado cada vez que se lo había dicho y, en esta ocasión, aunque no lo había hablado abiertamente con él, sabía que le diría lo mismo. Lo comprobó nada más llegar al santuario y contemplar a Uriel a lo lejos, con su plumas verde, sus tejanos y sus botas de montar. Sintió el remolino del deseo recorriendo en espiral su cuerpo sin que se hubiera producido un roce de pieles. Al bajarse de la ranchera las piernas le flojearon e incluso la sonrisa le tembló en los labios. Uriel se acercó a caballo, despeinado y sin afeitar. Salvaje. Como en una mala película del Oeste, de las preferidas de la abuela Martina. Sin dejar de mirarla se bajó del caballo y los saludó con la felicidad dibujada en el rostro. A Gabriele se le perdieron los sentidos, solo concentrados en la vista, bajo el poder hipnótico del deseo. Fueron pocos minutos: el tiempo que se tarda en descargar unas cajas y que padre e hijo hablaran sobre algo pendiente. La Sole ni siquiera había bajado del coche. Cada uno, como suele ocurrir, llevaba su vida por dentro.

—Uriel, tienes que hablar con tu amigo Pascal. En unos días Gabriele quiere salir para el Almanzor. Consúltale, ¿quieres?

—Pero ¿querrás hacer cima?

Uriel le repitió varias veces la pregunta sin lograr sacar a Gabriele de la estupefacción o la tontería extrasensorial por la que estaba pasando. Al fin, tras un par de chasquidos de Cosme, despertó del sueño.

—¿Querrás subir al Almanzor? Hay pendiente y necesitaremos crampones...

—Me gustaría intentarlo —respondió al fin—, hacerlo por mi madre, pero no sé si me atreveré. ¿Tú vendrás?

Uriel dijo de inmediato que sí, incluso sin tiempo para saber si podría organizarse con el santuario. Su padre recibió con sorpresa el fogonazo de la chispa encendida. Cosme se frotó el dedo meñique, como solía hacer cuando sentía los hilos rojos invisibles brillando y reconectándose. Buscó con la mirada a la Sole, pero esta estaba demasiado metida en lo suyo.

—Bueno, nos vamos con la Manuela, que la Sole tiene que recoger las verduras.

—Puedes decirle a Alicia que venga también.

Gabriele se lo soltó sin pensar. Ya desde el coche, en un esfuerzo por mostrar indiferencia, por construir una ridícula barrera protectora entre ambos. Por sentirse fuerte frente a la debilidad que notaba en su cuerpo.

—Se lo diré, aunque tal vez tenga colegio y no pueda. Gracias.

Uriel respondió serio, desconcertado por aquella invitación a Alicia y frunciendo el ceño. Cogió las bridas del caballo y se alejó con una sonrisa más corta que la de bienvenida. La Sole no esperó a que Cosme se subiera en su coche para emprender la marcha. Dio tal arranque que las ruedas escupieron barro para salir derrapando.

—¡Vámonos, que hay mucho que hacer y no quiero que te pille otra vez la llamada en el coche!

No fue en la carretera, sino de nuevo en el Pimentón, descargando las verduras de Manuela. Tía y sobrina habían cumplido con los encargos de Ada a toda prisa para llegar al Pimentón y esperar la llamada de Gerardo con calma. Las doce menos cuarto del mediodía. De nuevo con un café, el teléfono sobre la barra y las dos aguardando a que sonara.

—Si esta vez no llama a la hora, esperamos cinco minutos y llamas tú a doña Lola. Aquí no se espera más.

Gabriele estaba de acuerdo con su tía. No quería repetir la agonía. Sentía las palpitaciones en el dedo gordo de la mano y en el temblor del labio superior. A las doce menos tres minutos llegó la llamada.

—Hola.

—Hola. ¿Eres Gabriele? Soy Gerardo.

—Sí, sí, soy yo... ¿Qué tal?

A Gabriele las pulsaciones en la garganta casi le impedían hablar. Cogió el móvil con las dos manos y empezó a dar vueltas sin sentido hasta sentarse a una de las mesas. Gerardo tenía una voz dulce, sosegada, pero no la gastaba con exceso de palabras. Era escueto y preguntaba de forma directa.

—Me insistió doña Lola en que hablara contigo, pero..., verás..., no quiero seguir con esto, quiero seguir con mi vida como antes. Confío en que no te lo tomes a mal, pero no quiero conocerte.

Esa claridad nada enjabonada fue como un puñal afilado que se le clavó en el pecho a Gabriele. No esperaba que fuera tan directo, que no pidiera explicación alguna, que no tuviera la necesidad de hablar sobre... su madre.

—Te entiendo, y aunque me duela debo respetarte —le respondió, todavía con la respiración entrecortada por la desilusión—, pero te pido que al menos me des unos minutos por teléfono. Que me dejes contarte.

—No creo que haga falta. Lo he hablado con mis abuelos. Ellos me criaron. Y no entiendo por qué tengo que escuchar nada sobre una madre que me abandonó...

—¿Abandonó? —Gabriele se puso en pie por la impotencia del momento—. ¿Eso es lo que te han dicho? Puede que no sea del todo cierto...

—Mira, esta llamada no tendría ni que haberla hecho. Me aconsejaron que lo dejara estar, pero doña Lola me convenció y... creo que está siendo un error.

—¡Por favor! No me cuelgues, ¡por favor!

Gabriele se calló para ver si había logrado retener a Gerardo. Al oír silencio, se detuvo a respirar y prosiguió a la desesperada.

—No me conoces de nada, pero te puedo asegurar que entiendo las ganas que tienes de olvidarte de todo. Yo hace menos de un mes que sé de tu existencia, justo unos días después de la muerte de mi madre, de la tuya, de la que no me pude ni despedir.

La Sole miraba a su sobrina desde la barra, escuchando cómo se sinceraba con esfuerzo con la única intención de que su hermano la atendiera esos minutos.

—Tú ni siquiera podrás conocerla, pero te puedo asegurar que fue una mujer maravillosa que no te abandonó. Doña Lola puede contarte todo lo que sabe, y creo que deberías pedírselo. Si yo te lo cuento, solo lograría que me colgaras el teléfono, y no tengo más que esta oportunidad para pedirte que me ayudes.

—¿Que te ayude yo? No sé en qué podría ayudarte...

Gabriele tragó saliva. Sabía que había llegado el momento de soltar su deseo y arriesgarse al rechazo. No estaba preparada para ninguna de las dos cosas: ni para el sí ni para el no. Cualquier respuesta la llevaría a un abismo desconocido.

—Necesito que me ayudes a despedirme de ella... de nuestra madre. —Le había costado verbalizarlo de aquel modo—. Y que me acompañes a esparcir sus cenizas en el Almanzor, la montaña de Candeleda, el pueblo donde vivía con mi padre. Sé que lo que te estoy pidiendo es una locura, pero ella te dio la vida. Quizá fue lo mejor que hizo. Solo te pido que me acompañes para que descanse en paz. Para ella sé que será importante... Y luego podrás seguir con tu vida. Te prometo que nunca más te voy a llamar ni a molestar... Por favor, piénsatelo al menos unos días. Deja que doña Lola te cuente la historia y luego decide.

Gabriele se calló, sintiendo que no había más que decir. El mensaje estaba lanzado. Lo había logrado. Llegar a él. Al hijo que su madre tuvo que abandonar. Ella ya había cumplido con lo que creía, y el resto debía dejárselo al destino. Oyó varias respiraciones antes de que Gerardo volviera a hablar. Educado. Suave pero escueto.

—¿Cuándo será esto?

—Justo en una semana. Saldremos temprano por la mañana.

—Lo pensaré, pero no te prometo nada. Yo ya tengo una familia y esto no me atañe.

—Te atañe más de lo que piensas... ¿Hola?

Lo que temía había sucedido: Gerardo había colgado el teléfono. Gabriele comprendió que lo hiciera. Seguramente ella habría hecho lo mismo de estar en su lugar. Se abrazó a su tía y se quedó pegada a ella un buen rato, recuperándose de la conversación y de la impotencia por no haber llegado a más. De la incapacidad de resolverlo como a ella le hubiera gustado. De devolverle a su madre, aunque tarde, el hijo al que tuvo que renunciar.

—No creo que acepte. Yo no lo haría. Lo mejor es olvidar... —dijo la Sole.

—¿Tú crees que una herida abierta es fácil de cerrar? —le preguntó Gabriele.

Gabriele no quiso anclarse en la pequeña esperanza de recibir una nueva llamada de Gerardo. Se había quedado tranquila pudiendo hablar con él.

—Tiene una voz bonita. Me hubiera gustado saber qué cara tiene, ¿sabes? Por si nos parecemos... ¡Una chorrada, ya lo sé!

La Sole volvió a abrazar a su sobrina, orgullosa por la valentía que había demostrado habiendo llegado hasta allí, aunque con ese final agridulce. Ella también había dejado de creer en los imposibles, y por la antipatía que sentía por doña Lola, creía que en nada ayudaría a convencer a Gerardo de que acudiera a la cita.

—Greta va a tener la mejor despedida. Vamos a ir todos, haga el tiempo que haga. Eso te lo aseguro.

El teléfono de Gabriele volvió a sonar y las dos se miraron sintiendo el golpe de la emoción: quizá Gerardo se lo había pensado. Al mirar la pantalla, Gabriele negó la opción con el rostro a su tía, mientras respondía nerviosa.

—¡Hola, me alegro de que me haya llamado! —La Sole miraba sin acertar a saber con quién hablaba—. Sí, sí, la reserva está hecha... Sí, sí, también para la cena... Sí, sí, yo me encargo de Luis... Muchas gracias. De verdad que no sabe cuánto se lo agradezco. No se va a arrepentir. Muchas gracias. A las nueve es la cena, sí. Gracias.

Al colgar dejó el teléfono apoyado sobre su pecho mientras digería lo ocurrido. Don Luis había aceptado la propuesta de Gabriele y acudiría a la cita esa noche. Llegaría sobre las ocho al pueblo y las nueve esperaría a su hijo en el restaurante de Los Cerezos. Cuando todo parecía encarrilarse, quedaba lo más difícil, que era convencer a su amigo de que aquella locura que acababa de hacer era lo mejor que le podía pasar en la vida.

—Tía, necesito que me acompañes a hablar con él. A mí Luis me va a morder por haberme puesto en contacto con su padre..., pero necesito convencerle de que vaya a la cena.

—¿Y si no le dices nada? ¿No has quedado con él para cenar en Los Cerezos a las nueve?

—¿Qué quieres decir? ¿Que no se lo diga?

Por tercera vez aquella mañana, la Sole y Gabriele cerraban el Pimentón. Gabriele decidió quedarse en el pueblo y caminar por el casco antiguo, perderse por las calles estrechas y los portalones de madera. Pasar por delante de la Casa de las Flores y contemplar el Museo del Juguete. Estuvo tentada de llamar a su padre, arrepentida por su huida. No podía evitar sus ataques de ira ni la impaciencia al sentirlo ausente, como tantas veces lo había visto. Se sentó en un banco perdido con vistas al Almanzor y sacó del bolso un pequeño cuaderno y un lápiz de carboncillo. Como le había ocurrido con las alas cuando era pequeña, ahora solo deseaba pintar aquella montaña. Dibujarla desde todos los prismas que pudiera. La calmaba y la conectaba con su madre. La ayudaba a sentirla más cerca, como si en aquel preciso instante se hubiera instalado a su lado, en ese mismo banco, para contemplar juntas el paisaje que tanto le gustaba.

La Sole, antes de arrancar la ranchera para hacer los últimos recados de la mañana, sintió un impulso y decidió seguirlo.

> Ada, necesito cenar contigo a solas. He hablado con Candela y se encarga ella del bar. Me lo debe después de las últimas faltas. Quiero hablar contigo, es importante. Te espero en casa a las 19.30. No me preguntes, por favor. Ven a casa.

Al enviar el mensaje se dio cuenta una vez más de que cualquier plan se deshace con la superposición de los acontecimientos de la vida. No tenía pensado escribirle aquel mensaje a Ada. No sabía cómo ejecutar nada, solo que había llegado la hora y que nada le iba a impedir que aquella noche le pidiera matrimonio.

«Gabriele, he decidido que no necesito ayuda. —La Sole le envió de seguido otro mensaje a su sobrina. Había decidido que lo haría todo a su manera y sin ningún cómplice—. Llama a Cosme. Esta noche se lo pido a Ada en casa, pero sola y a mi modo. Ocúpate de Luis, él te necesitará más que yo.»

Dos cenas. Dos encuentros. Dos sorpresas inesperadas. La vida había comenzado a tomar la velocidad que precipitaba los acontecimientos, que giraba destinos, incluso para Gabriele.

«¿Te apetece cenar esta noche conmigo? —Otro mensaje llegó casi al mismo tiempo que el de su tía, pero esta vez era de Uriel—. Te espero en Chilla a las 21.30. No me dejes cenar solo.»

Después de leer más de veinte veces el mensaje, Gabriele se atrevió a sonreír y a abandonarse al desconcierto. Aceptó la invitación de Uriel para cenar.

Tres cenas. Tres encuentros. Tres sorpresas inesperadas.

14

Ni Luis ni la Sole ni Gabriele iban demasiado convencidos aquella noche a sus respectivos encuentros. El único que no sabía qué se iba a encontrar era Luis, que a última hora intentó cancelarlo con quien creía que era su cita, con Gabriele.

Cariño, me ha entrado el día gusano,
mejor dejamos la cena para mañana.
Me quedo en el hotel con la única compañía de
una botella de whisky.

Gabriele detuvo el coche nada más ver la pantalla parpadeante, con una cadena de mensajes de Luis como una metralleta en acción. Iba ya camino de su cena con Uriel, pero tuvo la certeza de que algo no iba bien.

—¡Serás cabrón! ¿Y ahora cómo te saco de ahí? Pedazo de...

Gabriele blasfemaba mientras llamaba a Luis para obligarlo a que cambiara de opinión y dejara para otro día su noche de encierro, soledad y alcohol.

—¡Vamos, contesta! ¡Vamos, Luis! No puedes hacerme esto ahora... ¡Haz el favor!

Todos decidimos a veces echar el cerrojo a nuestra intimidad y desaparecer por unas horas, días o semanas. Gabriele sabía reconocer los días en los que su amigo se transformaba en oruga y se escondía en su larva rumiando sobre su pasado no resuelto, que erosionaba con acidez su presente. Lo hacía varias veces al año, y sin apenas más señal que dejar de contestar al móvil durante un tiempo.

—¿De verdad has elegido este momento para meterte en tu agujero negro?

En el primer descampado que encontró para detener el coche, con las luces de posición y la radio encendida, miraba el reloj repetidamente mientras llamaba por undécima vez a Luis, que seguía sin responder. Gabriele llegaba diez minutos tarde a su cita con Uriel y debía darse prisa para gestionar aquel embrollo si no quería terminar cenando con el padre de Luis. Conocía a su amigo y, de no producirse un milagro, sabía que nada iba a devolverle a la vida hasta como mínimo la mañana siguiente.

—¿Uriel? ¡Hola! Necesito tu ayuda. ¿Estás ya en el restaurante? ¿Si te pido que cambiemos de lugar te parecería muy mal?

Uriel salió de Chilla excusándose por la estampida y dispuesto a dirigirse al nuevo destino de su cita: el hotel La Casa de los Cerezos.

—¿A quién tengo que entretener? Luis Solá, ajá... ¿El padre de Luis? Él no lo sabe. ¿Y Luis dónde está? Ajá... ¿Y cómo sabré quién es?

—Sé que todo esto es muy raro, pero ¿puedes hacerme este favor? —le rogó Gabriele con la voz más dulce que supo poner al teléfono.

—No te preocupes. Voy para allá.

Uriel se metió en el coche con cierto desconsuelo por si aquella cita pasaba a convertirse en una cena de a cuatro con un padre y un hijo que hacía años que no se veían. No le había resultado fácil invitar a cenar a Gabriele. Ya no era joven y tirarse al vacío le costaba más. Aunque llevaba un tiempo retirado del mundo de las citas, seguía gustándole lo clásico y jamás había vivido un primer encuentro como ese, que se prometía accidentado. Leer a las mujeres nunca había sido lo suyo, y mucho menos a Gabriele, con quien ni siquiera se había dado la oportunidad de mirarse a los ojos. Uriel conocía muy bien el estado de fragilidad tras la pérdida de un ser querido y por eso durante todo ese tiempo había intentado evitar cualquier tentativa con Gabriele. Pero las raíces de la atracción ya se habían fijado.

—Hijo, ¿te puedo hacer una pregunta? —Le vino a la cabeza la pregunta que su padre le había hecho en el santuario aquella misma mañana—. ¿A Gabriele le has echado el ojo o el corazón?

—Papá, no empieces con tus interrogatorios. No es un buen momento, hoy tengo mucho trabajo. ¿Hablamos más tarde?

Aquella fue una mala respuesta, porque Cosme había entendido lo mismo que Cloe. Que su hijo al fin había roto el cascarón, aunque Cosme no sabía adivinar si lo había hecho con la mujer adecuada. Le gustaba Gabriele, pero hasta para el amor las circunstancias cuentan mucho más de lo que pensamos.

Antes de ponerse en marcha hacia Los Cerezos, Uriel cogió el móvil para escribirle y retirarse a tiempo. Para adelantarse a la temida frase de «me caes muy bien, pero...». No hubo tiempo. El teléfono comenzó a sonar y vibrar en la palma de su mano. En la pantalla parpadeaba el nombre de Alicia. Con suave indiferencia, lo dejó sonar hasta que cesó. Unos segundos más tarde, sonó la campanilla que le indicaba que le había dejado un mensaje en el buzón de voz. Decidió escucharlo.

«Hola, Uriel... Acabo de salir del gimnasio y me preguntaba si te apetece que nos tomemos algo en lo de la Sole o si quieres venirte a casa un rato...»

Alicia también había captado las señales invisibles y le reclamaba atención. Uriel se sentía mal por Alicia. Notaba que ella deseaba dar un paso más, pero al llegar Gabriele había perdido el poco interés que ya tenía en ella. Se había dejado llevar para evitar la soledad y no oír a su padre con la misma canción de la soledad inmerecida. Con Alicia llevaba tiempo estancado, pero hasta ese momento a ella le había parecido bien. Sabía que ella quería ir en serio, correr de la mano, y él poco tenía que ver con eso. Era un llanero solitario entregado a sus caballos. Miró el móvil y arrancó el coche con destino a Los Cerezos para entretener al padre del amigo de Gabriele.

Gabriele subió la cuesta no apta para los que sufren vértigo para llegar al hotel Vetones. Cuando un novio la dejó tirada una noche y tuvo que subir sola de madrugada por aquella carretera de tierra desprovista de quitamiedos, se prometió no volver a pasar nunca por allí. Aquella noche no conducía con varias copas de más ni lloraba con la mirada borrosa, pero el resto del camino también estuvo lleno de súplicas para llegar al hotel. Con las largas puestas y a diez por hora, comenzó a rezar un padrenuestro, como cuando en la escuela las monjas la castigaban a escribirlo en la pizarra veinte veces por haberse portado mal. De nuevo comprobó la de veces que se puede recitar el padrenuestro en un kilómetro a diez por hora y con el miedo en el cuerpo. Con las uñas clavadas en el volante y las piernas a un paso de sufrir una rampa por la tensión acumulada, llegó a las puertas del hotel. Puso los cuatro nueves que recordaba como clave para entrar y, para su sorpresa, la puerta corredera metálica se activó. En unos minutos había aparcado el coche y esperaba en recepción a que Luis respondiera a la llamada a su habitación. No había tiempo que perder. No quería que su amigo se perdiera la cena con su padre ni tampoco entorpecer su cita con Uriel. Le había costado demasiado decidirse, vestirse, salir de su casa y combatir las ganas de estar a solas con el deseo activado como para que todo quedara en nada. Solo por ese motivo pretendía sacar a Luis de su ostracismo alcohólico voluntario cuanto antes.

—No responde. Puede que esté durmiendo. ¿Quieres probarlo tú directamente? Está en la suite tres.

La recepcionista no había terminado la frase y Gabriele ya había salido disparada en dirección a la suite dispuesta a despertar a Luis, al que intuía que encontraría en un estado poco adecuado para tener una cena de reconciliación.

—¿No te he dicho que hoy tengo compañía y no eres tú?

—Luis, ábreme, que no estoy para ninguno de tus juegos.

Gabriele no se había equivocado. Su amigo había elegido la peor noche para bañarse en alcohol. Al abrir la puerta, se encontró a un Luis tambaleante, desnudo salvo la toalla que le rodeaba la cintura, una copa de whisky en una mano y un cigarro en la otra.

—¡Tachán! No está nada mal para un cuarentón... —dijo mientras soltaba la toalla y se quedaba en cueros frente a Gabriele.

Gabriele cerró la puerta de golpe para evitar que la recepcionista fisgoneara más de la cuenta. Luis reía a carcajada limpia al reconocer en su amiga la cara de mojigata compungida que ponía siempre que lo veía desnudo.

—¡Vamos, Gabriele! No puedo entender que todavía te cortes...

A Gabriele le había subido el rubor, era cierto, pero no

por ver a Luis desnudo, sino porque no sabía cómo salir del aprieto de tener al padre de su amigo a menos de cinco kilómetros esperándolo para cenar y a Luis en aquel lamentable estado. Sentada en el borde la cama, inmune a los aspavientos de su amigo desnudo, con música saliendo del baño de la suite, trataba de concentrarse para dar con una solución lo antes posible.

—¡Oye! ¡Vamos! Venga, no te enfades... ¡Vamos a brindar! —Luis se había puesto el albornoz de cortesía, pero seguía dispuesto a seguir con el plan de acabar inconsciente aquella noche—. ¿Qué ocurre? ¿Ahora te vas a enfadar? Llevo casi una semana solo pendiente de ti y de tooodo lo que le sucede a tu familia... Creo que me puedo permitir una noche conmigo mismo y que no pase nadaaa...

—¡Estás borracho! Todo lo que diga te va a sentar mal. Prefiero callar... —Gabriele tenía la mirada perdida e intentaba no caer en ninguna provocación de Luis. Lo único que necesitaba era un buen motivo para meterlo en la ducha bajo el agua fría y llevárselo a la cena.

El móvil, que estaba en el bolsillo trasero de su pantalón, no dejaba de sonar de forma intermitente. «Mensajes de Uriel», pensó, sin intención de comprobarlo. Se tocaba el pelo en un ejercicio de contención para no confesarle la verdad a Luis y desenredar el lío de forma desagradable.

—Estás muy seria. ¿Qué te pasa? Oye, va, no te enfades...

Luis se sentó al lado de Gabriele, resoplando al sentir la soledad del borracho cuando todos lo ignoran por borracho. Esa era una de las razones por las que evitaba compartir esas noches etílicas. Le resultaba terriblemente complicado sostener el juicio que hacía de sí mismo al observar a los que quería viéndole en aquel estado lamentable. Era como confirmar lo poco que servía el triunfo profesional para aliviar el dolor del alma. El éxito que tantos envidiaban le resultaba cada día más complicado de llevar, porque la máscara del triunfador se le resbalaba, mostrando la amargura que, como la mala hierba, había crecido debajo. En aquel silencio, sin poder evitarlo, rompió a llorar. Gabriele tardó unos segundos en percatarse. Nadie escapa de las heridas mal cosidas. Cogió la cabeza de Luis y la recostó en su hombro para evitar cortar aquel desahogo de intimidad. A veces solo se necesita llorar en compañía, pero sin más ruido que los propios gemidos de la frustración que llevamos dentro.

—Tranquilo, Luis, cariño... Lo siento, de verdad.

El tiempo había dejado de importar, incluso las esperas y las citas. Gabriele acarició la pierna de Luis hasta que se fue calmando. Cuando casi lo había dado todo por perdido, Luis habló y volvió la esperanza.

—Me arrepiento de no haber cenado con mi padre. A veces odio el odio que siento y que me impide ser otra cosa que un puto orgulloso.

Luis se había dejado vencer por el remolino de emociones que sentía desde que se había negado a encontrarse con su padre. Había decidido al fin mostrarse ante Gabriele.

—Me cagué de miedo porque no sabía lo que me iba a encontrar. Ha pasado mucho tiempo y durante estos años lo he bajado del pedestal. Ahora puede que solo tenga rencor para él... Pero a pesar de todo sigo sin poder evitar que me duela su ausencia.

Gabriele se levantó de la cama con suavidad, dejando a Luis con la mirada hundida en la moqueta de la habitación. Había decidido que Luis se encontraría esa noche con su padre y no había tiempo que perder.

—Tu padre te está esperando en La Casa de los Cerezos. Él era el que iba a cenar contigo esta noche. —Casi sin respirar, Gabriele siguió soltándoselo todo a la carrerilla—. Lo he llamado yo esta mañana, y el teléfono lo conseguí anoche de tu móvil en un despiste tuyo. Ahora ya lo sabes todo. Bueno, casi. Uriel está con él, ganando tiempo, porque habíamos quedado para cenar, pero como te ha dado por encerrarte esta noche... he tenido que venir a rescatarte y a pedirte, a riesgo de perder nuestra amistad, que por favor no dejes pasar esta oportunidad.

Luis se quedó unos segundos en estado de *shock*. Boca semiabierta, barbilla levantada y mirada fija en Gabriele. Sufría un pequeño ataque de pánico que le paralizaba cualquier pensamiento, incluso las ganas repentinas de inventarse cualquier excusa para evitar lo que ya era inevitable: encontrarse con su padre.

—Necesito que te pongas debajo de la ducha con agua fría. —Gabriele aprovechó la no reacción de Luis—. Yo mientras voy a por un café. Y que no entres en pánico. Ha llegado la hora, y de arrepentirnos ya tendremos tiempo.

No dejó espacio para la réplica porque antes de terminar la frase ya había cerrado la puerta de la habitación, dejando a Luis solo para que reaccionara. Apenas unos segundos más tarde de oír cómo la puerta se cerraba, arrastrando los pies y tambaleándose, Luis pudo llegar a la ducha. Abrió el grifo y se metió para que el agua corriera sobre su cuerpo. Necesitaba que se le pasara la borrachera para poder pensar con claridad.

A Uriel no le había costado reconocer al padre de Luis. Un caballero de traje oscuro y corbata, de pelo blanco y barba gris, sentado en una esquina del restaurante de Los Cerezos. Estaba hablando por teléfono mientras movía en círculos un vaso con whisky. No estaba acostumbrado a esperar ni a que nadie llegara a sus citas más tarde de los quince minutos reglamentarios. Uriel llevaba cinco más de retraso, y lo peor era que intuía que tendría que evitar la fuga de un padre soberbio y enojado. Sabía reconocer perfectamente ese perfil de prepotente que por desgracia había tenido que tratar con asiduidad cuando ejercía de alto ejecutivo de su propia empresa. Mientras desde la lejanía aguardaba a que terminara la conversación telefónica, aprovechó para volver a escribir a Gabriele.

> ¡Hola! ¿Cómo van las cosas por ahí?
> Objetivo localizado y a punto
> de entablar conversación.
> ¿Cuánto calculas que vais a tardar?

Gabriele revisó los mensajes mientras esperaba el café solo doble que acababa de pedir en la cafetería del hotel. Se alegró de que Uriel se hubiera tomado con humor aquella situación. Su último mensaje se lo había dejado bien claro.

> Cuando termine la aventura, ya
> saldaremos cuentas usted y yo.

El mensaje iba acompañado por un emoticono de una amplia sonrisa que había terminado por ruborizarla en aquella cafetería desierta. Antes de que pudiera volver a la habitación de Luis con el café, recibió un mensaje de la Sole. En una milésima de pensamiento, Gabriele cayó en la cuenta de que la Sole esa noche se le declaraba a Ada.

> ¡Estoy de los nervios! ¿Te puedes creer que
> me acaba de pedir media hora más? Yo creo
> que lo mejor es que vaya al Pimentón a
> ayudarlas. Me siento tonta aquí en casa,
> mordiéndome las uñas para matar el tiempo.

Ada había escrito por la tarde a la Sole para retrasar su cita a las nueve y media porque a última hora había entrado una reserva de quince para cenar en el Pimentón y no quería dejar solas a Candela y a Carmencita.

Es demasiado trabajo para ellas y sabes bien que
Carmencita no se aclara con los pedidos.

Gabriele no podía ocuparse de aquel fuego en ese instante y creyó que había llegado el momento de que su tía tomara la iniciativa y decidiera qué hacer con su incendio. La llamó.

—¿Pues por qué no vuelves a tu plan original de pedida?

—¿Qué quieres decir? —le preguntó la Sole.

—Te vas a ayudarlas al Pimentón y al terminar se lo pides en la ranchera, como la primera vez que os disteis un beso.

La Sole ya había cerrado la puerta de casa. Estaba como loca por detener sus pensamientos y ver a Ada. Tanta espera le subía la tensión y le provocaba ocurrencias absurdas sobre una posible negativa a su propuesta.

—¿Y tú cómo vas?

—Yo tratando de que a Luis se le pase la borrachera y recuperarle a él y a mi cita.

—¿Tu cita? —Esa pregunta hizo que la Sole frenara en seco el encendido del coche.

—Bueno, no es exactamente una cita. —Gabriele se había dado cuenta de que la precipitación le había jugado una mala pasada—. He quedado con Uriel para cenar y ahora él está haciéndole compañía al padre de Luis mientras nosotros llegamos.

Sin casi respirar y en un intento de desviar la conversación, Gabriele volvió al tema de su tía.

—¿Llevas el anillo? No se te vaya a olvidar ahora... ¿Ya tienes pensado qué le vas a decir dentro de la ranchera?

—Llevo tantas horas encerrada en casa pensando cómo decírselo que creo que al final se lo voy a decir de la peor manera. Ya sabes que no me gustan demasiado las cosas preparadas... Bueno, te tengo que dejar. Vete contándome, por favor.

La Sole fue la primera en colgar. Estaba demasiado nerviosa como para seguir indagando sobre la recién descubierta cita de su sobrina. Arrancó la ranchera y trató de tomarse el resto de la noche hasta el cierre del Pimentón como si nada fuera a ocurrir después. Lo cierto era que aunque hubiera querido no habría tenido tiempo para pensar, porque parecía que a todo el pueblo le había dado aquella noche por tener citas, encuentros o celebraciones. El Pimentón estaba tan a reventar que cuando Candela vio llegar a la Sole su primera reacción fue abrazarla de puro alivio. Ada le había pedido a la hija de Carmencita que acudiera como refuerzo, pero ni con esas remontaban la noche, que en menos de una hora se había convertido en la mejor noche del mes.

—Lo siento, pero no he podido dejar el bar. ¡Mira cómo está! ¿Pasa algo? —le preguntó Ada mientras iba a la cocina.

—Nada que no pueda esperar.

En Los Cerezos los astros se habían alineado para ofrecer la intimidad necesaria para el encuentro entre padre e hijo. Solo había dos mesas más con lo que parecían dos parejas extranjeras... y don Luis y Uriel. Nadie más. Un piano pausado y nada molesto. Luces tenues y velas por todos los rincones.

—¿De qué conoce a mi hijo?

Uriel supo reconocer la doble intención en aquella pregunta. Los abogados solían dominar a la perfección las conversaciones escondidas y Uriel también estaba entrenado para ello.

—Solo hace una semana que le conozco, pero he de reconocer que se le coge cariño rápido.

Irritar a su contrario era una de las especialidades de Uriel y, aunque había hecho el esfuerzo de mantener la cordialidad, la prepotencia de don Luis y aquel avasallamiento juicioso sobre la intimidad sexual de su hijo, pero sin atreverse a desvelarlo con claridad, le había llevado a jugar a matar.

—Le agradezco que lleve media hora haciéndome compañía, pero creo que ha llegado el momento de retirarme. No soy hombre de esperar a nadie, ni siquiera a mi hijo.

Uriel no había sabido contenerse y estaba a punto de dar al traste con el encargo de Gabriele. Don Luis no había resultado ser una compañía agradable.

—Creo que debería sentarse. Le recomiendo que antes de que venga su hijo cambie de actitud. No pretendo entrometerme, pero...

—Lo acaba de hacer —dijo cortante y con voz grave don Luis—. Pero siga, dígame todo lo que tenga que decirme.

Don Luis, al igual que Uriel, sabía reconocer a los lobos con piel de cordero y, aunque le había costado, al fin había logrado que aquel joven con pinta de leñador de provincias enseñara los colmillos de depredador.

—Baje la guardia, esto no es un encuentro de trabajo, sino una cena con su hijo, a quien tengo entendido que no ve desde hace muchos años. Quizá no se acuerde de cómo ser padre, pero se sufre mucho por perder a alguien. Se lo digo por experiencia... ¿Por qué no se relaja y me permite que le invite a otro whisky? Yo también estoy esperando a mi cita, que está de camino con su hijo.

—¿Gabriele? —dijo certeramente don Luis mientras reclamaba la atención de uno de los camareros.

Fue de ese modo como los contadores de Uriel y don Luis se pusieron de nuevo a cero. Habían demostrado suficiente arrojo como para decirse las verdades a riesgo de ser abofeteados verbalmente por el otro. Sucedió lo contrario. Brindaron y se sinceraron como a veces ocurre con los desconocidos. Uriel le contó la muerte de su mujer, su bajada a los infiernos, la venta de su empresa y la vuelta al pueblo. Don Luis, a su vez, le contó cómo la tristeza y el arrepentimiento pueden consumirte cuando te encuentras con la muerte de frente.

—Hace dos años me diagnosticaron cáncer de pulmón. Me extirparon una parte y creí que se me terminaba la vida. Me puse en contacto con mi hijo, pero nada. Lo llamé cada miércoles a la misma hora durante meses. Nunca respondió. Y lo peor de todo es que nunca fui capaz de dejarle un mensaje. Después de tantos años, ¿lo llamaba porque creía que me quedaba poco tiempo? ¿Eso era lo que iba a pensar él? Creo que el orgullo de lo que pudiera pensar ante el moribundo de su padre me impedía dejar un mensaje.

Don Luis seguía con las revisiones semestrales, pero había respondido favorablemente al tratamiento, aunque con una enfermedad así la incertidumbre te acompaña demasiadas noches.

—¿Qué ha ocurrido? ¿A qué se debe tanto retraso?

Don Luis se lo preguntó a Uriel con la suavidad del miedo al rechazo. Con la premura del deseo del encuentro, de una mirada, de un perdón bien hallado. Uriel no conocía los detalles y tampoco quería aumentar el sufrimiento de aquel hombre, que en menos de una hora había mutado de un agresivo hombre de negocios de mirada y voz impenetrable a la fragilidad que da la tristeza del alma.

Luis llegó con el mismo miedo a Los Cerezos. Gabriele tuvo que ayudarle a dar el último paso.

—Si crees que no estás preparado, nos vamos ahora mismo. Pero tengo que decirte que esto que está a punto de suceder llevas años queriéndolo.

—¿Y qué crees que va a suceder? —inquirió Luis, encogido sobre sí mismo con medio cuerpo todavía dentro del coche.

—Que vas a obtener respuestas a las preguntas que te han martirizado.

Gabriele sentía que debía seguir animando a Luis a que se encontrara con su padre, a que cruzara esa puerta y dinamitara los fantasmas que llevaban demasiados años acompañándolo.

—Te puedo asegurar que pase lo que pase te vas a sentir mejor.

—¿Cómo lo sabes?

—Porque no eres el mismo, Luis. No eres el chaval que se fue de su casa rechazado por su padre. Te has hecho a ti mismo y por eso eres más fuerte de lo que crees. Tienes que hacerlo por ti, pero solo te pido una cosa.

Luis la miró con ojos cristalinos, con los brazos recogidos sobre el cuerpo y las piernas juntas.

—Quiero que vayas como estás ahora. Así. No quiero al Luis del trabajo, al Luis de postureo... Quiero a este Luis que está para comérselo con patatas.

Antes de salir del coche se abrazaron. Luis decidió confiar en Gabriele y aceptó enfrentarse al encuentro y hacerlo desde el corazón. No sabía si podría mantener la actitud toda la noche, ni si saldría corriendo o acabaría gritando a su padre. Estaba aterrado. Se sentía igual que cuando se fue de casa con veinte años, una maleta y todo el rencor en las vísceras.

—Creo que es mejor que entres solo.

—¿Y tú? ¿Uriel?

—Luego os busco, ¿no te parece? —Se lo dijo mirándole a los ojos y apretándole las dos manos con fuerza.

Gabriele vio cómo su amigo cruzaba la puerta de entrada al restaurante. Sintió el cosquilleo de la emoción brotando sobre su epidermis. Ella tampoco era la misma. Solo deseaba que le fuera bien a Luis, que padre e hijo pudieran hablar y se dieran la oportunidad de retomarse a pesar de los errores y el dolor.

Don Luis apoyó el vaso de whisky sobre la mesa y dejó a medio terminar una frase al ver aparecer a su hijo. Se le paró el tiempo, se olvidó de Uriel, se le aceleró el corazón y sintió un leve temblor en los labios. Padre e hijo no despegaron su mirada un solo segundo desde que la cruzaron. Uriel decidió hacer lo propio: desaparecer de escena y dejarlos solos sin necesidad de despedidas. Su trabajo había terminado, y reconocía que le había dejado con las emociones a flor de piel.

—Hola, papá...

No había terminado la frase y don Luis, quebrantando el recuerdo de padre frío, se le echó encima para abrazarlo. Luis tardó en reaccionar. Sintió su cuerpo tenso ante aquel arranque de emotiva gestualidad de su padre, ese gesto de cariño tan deseado cuando era niño. No era capaz de sentir nada ni de moverse mientras su padre seguía pegado a él en un abrazo. Notaba una presión en los ojos y un revoltillo de emociones contrariadas que le cerraban el esófago. Tras unos segundos eternos, don Luis se separó de su hijo sin atreverse a mirarle. Se sentaron, retraídos y centrados en lo que cada uno había sentido, en todo lo que necesitaban soltar y no sabían por dónde comenzar a hacerlo. Deshacer la madeja de tantos años sin verse no era fácil para ninguno de los dos.

—¿Te apetece que pida una buena botella de vino? —preguntó don Luis.

Luis todavía andaba con los efectos del whisky, pero prefirió no negarse al ver la cara de felicidad incontenida de su padre. No recordaba haberle visto así nunca. Mirada despejada, ojos brillantes, sonrisa amplia. Ni siquiera por Navidad, los pocos años que le llevó a ver la cabalgata. Los pocos momentos que compartieron como padre e hijo. La mirada de Luis sobre su padre hacía el mismo efecto que un imán sobre el metal. Era incapaz de dejar de contemplarle, incluso de pestañear. Estaba mucho más delgado, mucho más pequeño que como lo recordaba: grande, fuerte... ¿poderoso? Los años habían reducido la impresión de superhombre que solía causarle cuando era niño. Aunque internamente estuviera viajando a su niñez, los dos ya eran adultos que se miraban a los ojos intentando reconocerse, con pudor y un enorme agujero de espacio y tiempo.

—Qué bien te veo... —soltó don Luis para romper el silencio o iniciar la conversación—. Los años te han sentado bien.

—No puedo decirte lo mismo... —Luis se dio cuenta de que estaba acelerándose hacia el rencor y trató de dar marcha atrás—. Tú estás igual, aunque algo más delgado...

Don Luis seguía con las manos entrecruzadas, procurando controlar el temblor de sus labios. Los años y la enfermedad le habían dejado una incontinencia emocional. Luis se percató de ese temblor, de la sacudida de emoción en su padre, que evitaba levantar la cabeza con la esperanza de lograr detener las lágrimas. Él, muy al contrario de lo que veía en la reacción de su padre, sentía mucho frío, tanto que casi notaba como cuchillos afilados la punta de los dedos de pies y manos. Su padre no era el hombre que recordaba y Luis estaba tímidamente desconcertado.

—¿Estás bien? —preguntó Luis al ver cómo las lágrimas brotaban de los ojos de su padre, que continuaba con la cabeza gacha.

Don Luis retuvo cualquier gesto de su hijo, rogándole unos segundos para encontrar el modo de arrancar a hablar. Había pasado mucho tiempo, una vida de arrepentimiento y de excesivo orgullo, y necesitaba ser el primero en soltarlo.

—Hijo, quiero pedirte perdón por todo el daño que te he causado. Soy consciente de que puede que no lo obtenga... He dejado perder demasiados años y eso es algo de lo que me voy a arrepentir siempre. Cuando tu madre falleció, yo me quedé hundido y no estaba preparado para ser padre. Quiero decir que no podía darte el cariño y la comprensión que tu madre te hubiera dado. Tuve un padre autoritario e intenté hacer lo que creía que era lo mejor. Y luego no supe cómo enfrentarme a tu... sexualidad. A mí me educaron de otro modo, ¿sabes? Ahora ya no es como antes, los tiempos han cambiado, pero en esos momentos yo no lo entendía y no quería que sufrieras...

—Me abandonaste como a un perro, papá. —Luis irrumpió como un titán sin dejar acabar a su padre—. Me dejaste porque te importó mucho más la opinión de tu círculo de personas ridículas que yo. Abandonaste a tu único hijo porque para ti siempre fui después de tu trabajo, tu éxito y tu corte de pelotudos.

Luis también comenzó a soltar lágrimas que por el dolor que sentía dentro parecían de sangre. Las palabras que decía le parecían piedras tan pesadas que le costaba incluso pronunciarlas. Don Luis decidió dar un paso atrás y escucharle, observar el producto de su egoísmo irresponsable.

447

—Siempre te he echado de menos. Siempre, desde que era niño, lo único que quería era tu atención. Desde que mamá murió nunca estuviste, y yo me dejaba la piel por arañar unos minutos de tu preciado tiempo. Me convertí en el modelo de hijo que creía que me iba a acercar a ti, pero me equivoqué porque el problema no era yo, sino tu incapacidad para amar a nadie que no fueras tú mismo. Te doy las gracias, papá, porque he heredado eso mismo de ti. Me quiero o me daño lo suficiente como para espantarlos a todos.

Secándose las lágrimas y sin dejar de mirarle con una rabia que necesitaba extirpar, Luis siguió lanzándole todo tipo de reproches a su padre. Comprensibles después de tanta ausencia. Sentía una revolución emocional que recorría su columna vertebral de abajo arriba. Era pura emoción, incapaz de reflexionar sobre lo que significaba tener al fin a su padre frente a él y verle tan receptivo, tan sensible que parecía inverosímil.

—Y lo siento, pero no ha cambiado nada: sigo siendo maricón, el más maricón de la zona, si cabe.

Lo dijo con fuerza, ímpetu, dolor, rabia, rencor y orgullo al mismo tiempo. Su padre no cambió el rictus de la cara. Llevaba años preparando el encuentro y se había imaginado peores escenarios que ese. Luis escupió todo lo acumulado, y don Luis sabía que estaría así toda la cena. Poco tenía que decir él, más que escucharle y, aunque fuera en la furia, disfrutar de él. Su hijo era la única persona, aparte de su mujer, a la que había querido con locura, pero nunca había sido capaz ni de demostrárselo ni de confesárselo. Desde la enfermedad, se le habían terminado las prisas, ahora gozaba de todo el tiempo que le quedara para escucharle, siempre y cuando Luis quisiera. Ahí estaba su temor, que su hijo no quisiera ni tuviera tiempo para él. Por ese motivo, decidió esa noche permanecer en segundo plano y cederle el papel protagonista. Hacerle sentir que llevaba el timón, que tenía el poder. Darle aquello que nos permite sentirnos seguros incluso navegando sobre nuestros miedos.

Uriel, en un arrojo de emociones desbordadas, fue a besar a Gabriele directo a los labios. Se encontró una mano que cariñosamente lo apartó, detrás estaba la cara de Gabriele, descompuesta y cortada por lo que acababa de hacer como un impulso. Durante unos segundos, los dos fueron incapaces de rasgar el silencio por la incomodidad de la escena.

—Supongo que ya estamos en paz...

Gabriele sonrió con timidez, tratando de balbucear alguna excusa coherente por ese repentino rechazo del beso cuando su cuerpo transpiraba feromonas. Había actuado por impulso y por nervios. Por atolondramiento. Le había negado un beso en los labios a Uriel sin saber muy bien por qué. Si hubiera sido más valiente se habría abalanzado sobre él y le habría besado ella, pero prefirió dejar pasar un poco de tiempo y no actuar por las burbujas de la emoción del encuentro de su amigo con su padre, de la adrenalina de la noche y de ver lo atractivo que estaba Uriel.

—Si quieres podemos cenar aquí —le dijo Gabriele con una caída de ojos al comenzar una seducción imposible de detener—. Nos han preparado una mesa en el salón de la chimenea para nosotros dos solos. ¿Te apetece?

Uriel asintió solo con la mirada, pasando sinuosamente su brazo sobre la cintura de Gabriele, que volvió a sentir la piel erizada con el contacto. Había actuado por impulso al ir a besarla en los labios. Se había quedado algo cortado, pero se lo tomó como un pequeño accidente en una noche revuelta. Gabriele le miró despacio, o esa sensación le dio a él.

A cámara lenta, dibujando en su rostro una sonrisa que ni él mismo sabía por qué aparecía. Se sentaron a la mesa en silencio. Cada uno decidiendo por separado que iba a dejarse llevar. No lo hicieron desde la consciencia, pero los sutiles gestos hablaban por ellos. Nada más instalarse en aquel lugar de cuadros antiguos, alfombras estampadas, paredes de piedra y un fuego presidencial, el móvil de Gabriele comenzó a sonar.

—Es mi tía, lo siento pero debo atenderlo.

Uriel la miró sin tiempo a reaccionar mientras la camarera descorchaba la botella de vino y le servía una copa. La noche se resistía a ofrecer un encuentro calmado. Mientras cataba el vino en soledad esperaba que de aquella llamada no surgiera un nuevo imprevisto.

—¿Cómo ha ido? ¿Qué ha pasado? —La Sole hablaba atropellada, alejándose del ruido de tener el bar como si se tratara de un concierto—. Tengo el bar a reventar, pero me muero de ganas por saber...

—Están cenando, no sé nada más. De momento, ni Luis se ha marchado ni he oído gritos desde aquí. Creo que la cosa va bien... ¿Y papá? ¿Sabes algo de él?

En un inconsciente pensamiento asociativo, hablando de Luis y su padre, Gabriele pensó en el enfado de aquella mañana, en la tontería de dejarse llevar por el enojo caprichoso, por la necesidad que tenía de ser complacida en todo momento por su padre. No le había escrito ni llamado. Ella tampoco había recibido noticias suyas. Los dos sabían medir bien los tiempos y eran de atosigar poco cuando los truenos anunciaban tormenta.

—Está aquí cenando con Cosme, que al verme en el Pimentón ha decidido no soltarme hasta que le pida matrimonio a Ada. Bueno, Gabriele, te tengo que dejar. ¿Sigues con Uriel?

—Sí, sí..., al final nos hemos quedado en un salón de Los Cerezos a cenar. El pobre, qué paciencia tiene.

Hubo un silencio entre sobrina y tía, una décima de segundo para respirar y decírselo todo sin hablarlo.

—Echo de menos a mamá.

La tristeza no había desaparecido y, en esos momentos de tregua donde bocanadas de felicidad se colaban por las grietas del duelo, emergía la melancolía, el recuerdo, la verdad sobre la vida a medida que iba avanzando, deslizándose como un iceberg en el océano de las ausencias. Sobrina y tía respiraron la añoranza de los muertos, de la que nunca terminas de curarte, ni siquiera cuando aprendes a bailarle a la vida de otro modo, siempre distinto, porque cada muerto deja el peso de los recuerdos, de lo aprendido, de lo vivido.

—¿Te gusta Uriel? —le preguntó la Sole.

—Me hace vibrar en este tiempo de tinieblas...

—Pues déjate ir. Cosme dice que esta noche algo pasa en el cielo. Ya sabes... ¡Sus chifladuras!

Gabriele terminó por reír. La Sole siempre lograba hacerla reír para superar los momentos de incómoda fragilidad en los que no sabes dónde agarrarte para no desmoronarte. Ella siempre conseguía sacar la chispa, la luz para volver.

—Tía, no pienso dormirme hasta que me mandes un wasap diciéndome que me voy de boda.

Tía y sobrina colgaron con una sonrisa y se fueron. La Sole para volver a la carga en el Pimentón y Gabriele para retomar las excusas necesarias por haber abandonado de nuevo a su cita.

—¿Seguimos de cena o hay cambio de planes? Lo digo porque ya la he pedido. Nos cerraban la cocina...

Uriel lo dijo con la sonrisa en el rostro y con el miedo dentro de dejar pasar la oportunidad de compartir tiempo a solas con Gabriele. Aunque su mente intentó abandonar cualquier expectativa que tuviera sobre el encuentro, en su sinrazón había florecido el instinto animal llamado deseo.

—No, no..., nos quedamos —dijo Gabriele, quedándose congelada, como si el tiempo se hubiera detenido, para hacerles caso a los instintos y volver a ser la adolescente que se moría por besar a Uriel. Le sudaron las manos, la recorrió un remolino de gusto, de emoción, de locura insegura. Sonrió por dentro, vibró de deseo y se dispuso a convertir ese beso al fin en algo real.

—No sé si lo que he pedido te apetec...

Antes de que Uriel pudiera terminar la frase, Gabriele se abalanzó sobre él para besarle. Fue una cadena de besos, un diálogo de deseos, de bailes impulsivos, de labios nerviosos, jugosos, que se perseguían sin fin. Gabriele acabó abrazando a Uriel, sosteniendo la electricidad que había doblegado su cuerpo y la había obligado a sentarse sobre sus rodillas. En una chispa de lucidez e intento por respirar, con la cara iluminada, Gabriele decidió pisar el acelerador llamado pasión.

—Creo que me apetece cenar en una habitación. ¿Crees que será posible?

Uriel no dejó que terminara de hablar ni que se arrepintiera. Salió directo a la recepción. Con el pelo revuelto y los labios hinchados de besos, pidió una habitación. La única que quedaba libre era la suite presidencial, provista de un salón con chimenea, un dormitorio contiguo y jardín privado. Firmó con el deseo caliente entre las piernas. Con el pudor de sentir la guasa en los ojos de la recepcionista, evitando cruzar miradas de complicidad.

—¿Podrán llevarnos la cena a la habitación, por favor?

Sin esperar a que la recepcionista contestara, agarró la gran llave de la suite y fue a por Gabriele. Siguieron las indicaciones de la recepcionista hasta dar con la habitación. Antes de cerrar la puerta, un último beso que acabó ruborizando a quien había seguido la escena de los amantes con la mirada. Cerraron la puerta con el peso de sus cuerpos.

Dejaron en blanco las mentes y se entregaron al deseo de dos siluetas calientes, imantados por la necesidad de fusionarse, de temblar, de jugar a la caza del placer. De camino a la cama se quitaron la ropa: camisas, jerséis, camiseta, sujetador... sin dejar de besarse ni de tropezar con cualquier objeto desconocido que obstaculizaba el camino. Un ritmo frenético, acompasado por jadeos exagerados para extraños, excitantes para ellos. Se quitaron los pantalones y la ropa interior casi a mordiscos. La torpeza del primer encuentro, que siempre recuerda a la primera vez, pero con la experiencia de saber dónde encontrar el camino en el laberinto del sexo compartido.

Cuando comenzaban a ascender a la imparable cima del clímax, la puerta de la habitación sonó con fuerza. Primero una vez, luego un par de veces con insistencia.

—¡La cena!

Uriel saltó de la cama desnudo y sintiendo la erección incontrolable, en busca de un albornoz que pudiera camuflar su estado para responder a la llamada impertinente. Gabriele se refugiaba debajo de las sábanas en un ataque de risa muda, de esas que se sienten porque se te expande el rostro hasta el infinito de puro placer y felicidad confitada.

La misma recepcionista, que se había ofrecido voluntaria, les llevó el carrito con la cena.

—¿Necesitan algo más? —le preguntó, cómplice y complaciente.

—No, muchas gracias.

Uriel no pudo evitar contagiarse de la sonrisa pícara de la recepcionista y darle las gracias antes de cerrar la puerta

453

con suavidad. Gabriele, cubierta casi completamente, le miraba desde debajo las sábanas. Uriel tomó dos copas, las llenó de vino y se acercó de nuevo a la cama con el albornoz semiabierto.

—Yo creo que ya va siendo hora de que brindemos, ¿no te parece?

Gabriele, sacando solo las partes de su cuerpo imprescindibles para brindar y beber, tomó la copa sin pronunciar palabra ni dejar de mirarle con el mismo deseo que la había llevado a abalanzarse sobre él minutos antes. Después, con la prisa de dos adolescentes, se buscaron con besos precipitados hasta sentir el volcán interior a punto de erupción. Sacudidas, gemidos, arañazos, incluso manotazos de un deseo que eclipsaba cualquier corrección, dejando fluir la parte más animal de cada uno hasta perder la razón.

Se tomaron la cena fría con la satisfacción de quien ha sabido abandonarse al placer y desea alargar su efecto más allá de la realidad. Comieron con el ansia del frenesí, que como un colibrí seguía haciendo vibrar sus cuerpos.

—Creo que es la mejor primera cena que he tenido en mucho tiempo.

Lo dijo Gabriele, con el rostro todavía enrojecido, el pelo enredado y el maquillaje medio corrido. Lo dijo en un hilo de voz tan suave como vaporoso, el mismo estado en el que se encontraba. Uriel la miraba con la complicidad del sexo compartido.

La noche había terminado mejor para unos que para otros. Luis no había dejado de hablar durante toda la cena, de vomitar todos los desplantes que recordaba de su padre. Le fue imposible encontrar la calma hasta pasadas un par de horas de incontinencia verbal. Don Luis sufrió los tiros a pelo, sin coraza. Sintiendo cada una de las balas de su hijo, las mismas que él mismo le había lanzado en el pasado, cuando Luis era solo un niño. Le hubiera gustado volver atrás para vivir con la experiencia del error sobre su cabeza, para cambiar lo ocurrido. Atravesar el desierto del arrepentimiento como lo estaba haciendo don Luis no era de necios, sino de quienes sienten que la conciencia al fin ha llamado a su puerta, aunque quizá demasiado tarde.

Cuando Luis decidió respirar después de haber soltado todos los reproches, se habían quedado solos en el restaurante. La camarera que les había servido se había metido en la cocina para preservar la intimidad de los últimos comensales. Por unos instantes, solo se oía el ruido de los cubiertos rebañando el postre. Un *coulant* de chocolate con una bola de vainilla y virutas de menta. La cabeza de Luis tardó unos minutos en desacelerar y volver, cucharada a cucharada, a tener una chispa de serenidad.

—Lo siento. Siento si te ha hecho daño todo lo que te he dicho, pero necesitaba hacerlo.

Cucharada a cucharada, sin prisa, siguieron apurando el dulce, que parecía que había aplacado por un tiempo la sensación de amargura que los invadía.

—Siento también no haber respondido a ninguna de tus llamadas, pero... ¿puedes entender que no supiera cómo reaccionar? Había pasado mucho tiempo y no tenía claro si quería hablar contigo ni por qué me estabas llamando después de tantos años.

Don Luis miró a su hijo, que le pedía una explicación por las insistentes llamadas durante meses. No quiso contarle lo de su enfermedad. No quiso y no lo hizo.

—Deseaba verte y pedirte perdón por todo. Al no responderme supuse que no querías saber nada de mí.

Luis examinó con minuciosidad el rostro de su padre,

buscando un resquicio de duda en sus palabras, que no terminaron de convencerle. Los años podían haber suavizado al chacal, pero no podían haberlo exterminado. Luis sabía que había un motivo más en aquella insistente cadena de llamadas que llegaron tan abruptamente como se esfumaron. Apuró el vino que quedaba en su copa intentando descubrir cómo seguir con aquel encuentro que no estaba del todo seguro de si le había reconfortado o alterado. Había imaginado cientos de veces una conversación con su padre, pero no cómo salir de ella.

—Te veo cansado. ¿Te marchas mañana? —le preguntó.

—No, había pensado quedarme un día más... ¿Te gustaría?

Luis procuraba contenerse porque se moría por seguir junto a su padre, por desdoblarse y convertirse en el niño que hubiera dado su vida por un abrazo del gigante, pero al mismo tiempo tenía un saco sin fondo de reproches. Estaba demasiado confundido y excesivamente borracho para reflexionar con claridad. Mucho más para saber qué estaba sintiendo al encontrarse con el que había sido su mayor fantasma durante tanto tiempo.

—No hace falta que me contestes ahora. Será mejor reposarlo todo. ¿Te hospedas tú también aquí? Es un lugar magnífico, tu amiga tiene muy buen gusto.

Mientras Luis ladeaba la cabeza intentando responder a cualquiera de las cosas que le decía su padre, se acordó de Gabriele y de cómo había llegado hasta el hotel. Sacó el móvil y le envió un wasap para saber qué había sido de ella. Era la una menos cuarto de la madrugada. El primer encuentro con su padre había durado tres horas y para él apenas habían sido unos minutos. Le miró por primera vez con la verdad desnuda. Con nostalgia. Se permitió soltar por un momento el rencor y dejarse llevar por el amor que le profesaba a pesar del dolor. Lo hizo sin que su padre se percatara, mientras sacaba la Visa y pagaba la cuenta a la camarera, que, complacida por la generosa propina, sugirió una invitación de la casa, rechazada por don Luis pero aceptada por su hijo.

—Un Macallan solo, por favor, y con mucho hielo. El plan perfecto para terminar la noche. ¿No te unes, papá?

Lo dijo con la complicidad del recuerdo de tantas noches viéndole servirse su copa del mejor escocés del mercado. Sus noches de whisky y soledad eran en el fondo un homenaje al recuerdo del gigante en la butaca de casa, frente a la biblioteca, cubierto de papeles sobre la manta de cuadros verdes y rojos que le había regalado su madre en sus últimas Navidades. Una imagen que se le quedaría grabada para siempre en la consentida memoria y que tantas noches le había arrebatado el sueño.

Don Luis miró a la camarera y le indicó con los dedos que serían dos. A él también se le hacía extraño estar frente a su hijo, que había perdido la fragilidad de la juventud para convertirse en un hombre fuerte y atlético. Lo observó con admiración y desde la lejanía del lugar que había ocupado. La evolución de la especie sin duda había cumplido a la perfección. Eso pensó mientras contemplaba a su hijo y comprobaba que tenía un potencial mayor que el suyo a su misma edad.

—No me responde —soltó Luis.

—¿Quién?

—Gabriele. Fue ella quien me acercó hasta aquí...

—Puedo avisar al chófer para que te lleve a donde sea.

Luis estuvo a punto de rechazar el ofrecimiento de su padre, pero en lugar de eso alargó su brazo con el whisky para brindar por primera y última vez aquella noche. Don Luis recostó suavemente el vaso contra el de su hijo y esperó sus palabras.

—Por mí. Por haber sobrevivido a tu ausencia. Por el orgullo de defender quien soy y lo que soy a pesar de tu alargada sombra. —Don Luis no apartó la mirada de su hijo ni tampoco su copa—. Por esta cena, que puede que mañana cuando me levante crea que solo ha sido un sueño.

Bebieron en silencio, Luis hasta apurar la última gota de la copa. Se levantó tambaleante, sin deseos de prolongar la despedida. Evitó fundirse en un nuevo abrazo con su padre. Estaba demasiado bebido para cerrar bien la noche y no quería pasarse de incendiario. La lengua siempre le iba más rápida que la contención.

—Buenas noches..., papá. —Se sonrió al pronunciar la palabra y volvió a incidir en ella—: Papá. Que descanses. No te preocupes. —Don Luis no se levantó—. Seguro que encuentro a tu chófer para que me lleve al hotel.

Don Luis dejó que su hijo se fuera con la dignidad que deseaba o imaginaba. Comprendía aquella despedida, incluso la agradecía. Fría pero tranquila. Sin más cuchillos por clavar. Apuró su copa en la soledad del comedor vacío, de la noche abierta, del silencio espeso después del encuentro tan esperado. Removió recuerdos y rememoró las palabras que su hijo le había lanzado durante la cena. No hay remedio que borre las heridas del corazón que siguen abiertas. Caminó con la copa vacía todavía entre las manos hasta descubrir uno de los salones de gran chimenea del hotel. Se sentó en un sillón de cuero gastado por el tiempo con vistas a unos grandes ventanales que daban al jardín iluminado. Era el mismo salón donde hacía unas horas habían estado Uriel y Gabriele. Se desplomó en la intimidad, emocionado.

Si la noche estaba ya de retirada para la mayoría, para la Sole apenas había terminado la primera fase y comenzaba la más importante. Al fin el Pimentón había vuelto a la calma. Solo los clientes pesados y de confianza apuraban sus copas o pedían la última. Entre ellos Cosme y Félix, que recibían la advertencia de la Sole.

—Julián, el taxista, está de camino para llevaros a cada uno a casa. Los coches duermen en el Pimentón.

—¿No prefieres que nos quedemos hasta el final? —le preguntó Ada a la Sole.

—No, no, deja a la niña que haga el cierre y vaya tomando responsabilidades. Si quiere ser socia, tendrá que ganárselo.

—¿Socia? —Candela levantó las dos cejas y dejó de correr el grifo de cerveza por la impresión de lo que acababa de escuchar. Nunca se le había pasado por la cabeza poder aspirar a ese derecho, pero prefirió dejarse embargar por la emoción que retener a la Sole y a Ada, que al fin salían por la puerta.

—¡Menuda noche de locos! Estaba todo el mundo con una energía..., como si se fuera a acabar el mundo esta noche. ¡Estoy agotada!

La Sole apenas oía lo que Ada le decía porque comenzaba a estar con los nervios exaltados y la cabeza bloqueada. Llevaba medio minuto buscando las llaves de la ranchera en el bolso sin atender a la llamada de atención de Ada, que las sujetaba con el brazo extendido y haciéndolas sonar sin lograr ninguna reacción de la Sole.

—¿Estás bien? Te veo algo dispersa... ¿Todo en orden? ¿Qué es lo que querías contarme?

Un escalofrío recorrió el cuerpo de la Sole, acompañado de una falta repentina de atrevimiento.

—No es nada. Anda, entra en el coche que hace mucho frío... —Lo dijo casi sin voz.

Acarició con las manos el volante sin darse cuenta de

que otra vez sus pensamientos viajaban fuera de allí, dejando a Ada de nuevo sin respuestas. Por suerte fueron solo unos segundos, tiempo para percatarse, reaccionar, poner en marcha la ranchera y hacer una sugerencia.

—¿Te apetece dar una vuelta?

—¿Ahora? —le preguntó Ada, cada vez más sorprendida.

—Sí, ahora. ¿O es que ya no te acuerdas de las vueltas que dábamos antes cuando cerrábamos el bar?

Ada acarició con suavidad la mano derecha de la Sole, que sintió de inmediato con el leve roce la vibración del amor por todo su cuerpo. La miró con timidez, buscando que consintiera en su deseo.

—Vamos a donde quieras... ¡Al fin estamos solas! La casa no se nos va a mover y no nos espera nadie.

La Sole arrancó la ranchera con el esbozo de la primera sonrisa, mientras se agarraba con fuerza al volante y se concentraba para encontrar la frase acertada para pasar definitivamente a la acción. Casi en silencio y sin dejarse la mano llegaron al monasterio de Chilla. Sin dudarlo, entró en el aparcamiento y aparcó sin apagar el motor ni despegar la mirada del muro de piedra del jardín del monasterio que los faros del coche iluminaban. Ada la observaba con tímida curiosidad, decidiendo si volvía a insistir para saber si ocurría algo o esperaba a que la Sole empezara a hablar. Eran demasiados años juntas como para no reconocer que llevaba días intentando decirle algo que por la cara que ponía debía de ser importante.

—¿Se trata de tu hermano? —preguntó al fin Ada, procurando ayudarla a sacar el tema.

—¿Félix? No, no es eso...

La Sole habría mordido el volante si con ello hubiera mitigado los nervios que arañaban sus tripas. Seguía cogida

460

al volante, resistiéndose a lanzarse con la excusa de no encontrar la mejor frase.

—¿Qué ocurre, Sole? Sabes que puedes contármelo todo.

La Sole cerró los ojos. Sabía que no podía dejar pasar más tiempo y aumentar la preocupación de Ada. Nunca había sabido disimular cuando le rondaba algo, y mucho menos en aquel momento.

—Llevo días dándole mil vueltas a cómo decírtelo, a cómo hacerlo de la forma más bonita...

Al fin había arrancado a hablar, aunque todavía no era capaz de mirar a Ada. Seguía con la mirada en el muro, tratando de ordenar el discurso, de filtrar sus emociones, de encontrar el golpe de coraje para dar el paso. Respiró profundamente y le cogió la mano a Ada, que la contemplaba con la ternura de quien, a pesar de no saber lo que va a suceder, acompaña y confía.

—¿Te acuerdas de la primera vez que nos besamos? Fue aquí mismo, dentro de un coche, con timidez y desconocimiento. Pero al mismo tiempo con la certeza de lo que sentíamos la una por la otra, aunque todavía no nos lo habíamos dicho.

La Sole comenzó a emocionarse, a sentir que estaba a punto de cruzar la línea, de dejarse ir. Cuanto más cerca estaba, más sentía que debía hacerlo.

—Ada, yo sé que todos estos años no han sido fáciles. Por mi madre primero, luego por mis temores, el pueblo, la gente... Y tú siempre has estado de mi lado, apoyándome incluso cuando solo veía fantasmas. Pero desde que Greta murió a mí se me removió el alma, ¿sabes? Tengo la necesidad de estar contigo, por dentro y por fuera, como me siento, y por eso, y porque te quiero con toda mi alma...

La Sole ya estaba llorando mientras terminaba la frase y

rebuscaba en el bolsillo del pantalón el anillo. Después de una pequeña lucha, logró sacarlo y mostrárselo a Ada, a quien nada más verlo se le iluminaron los ojos. La miró muda, sin poder creerse lo que intuyó que estaba a punto de suceder.

—... quiero que esto sea el símbolo de todos estos años a mi lado, de todo lo que representas, de cuánto te quiero y te seguiré queriendo.

Ada reía y lloraba al mismo tiempo en una convulsión de felicidad, mientras respondía que sí a la pregunta que todavía no se había producido. La Sole se limpiaba y le limpiaba las lágrimas mientras intentaba que le dejara hacer la pregunta con la que llevaba días viajando.

—Ada, ¿quieres casarte conmig...?

No pudo terminar porque Ada se lanzó a besarla con el saco de emoción que le salía por los ojos. «Sí, sí, sí, sí, sí y mil veces sí.» Le dijo decenas de veces que sí, mientras seguía abrazada a ella, incapaz de despegarse. Aquello la había cogido desprevenida, pero no había un viento de duda en lo que deseaba: seguir al lado de aquella mujer imprevisible, que la hacía reír cada mañana con sus gruñidos, que la cuidaba..., su cómplice, su todo.

Las dos estuvieron un buen rato besándose y acariciándose en la ranchera, incapaces de verbalizar todo lo que significaba aquel paso.

—¿Puedo ponértelo? —le preguntó la Sole.

—¡Claro! Es precioso.

La Sole le colocó el anillo en el anular de la mano derecha. No sabía si ese era el lugar, pero poco le importaba.

—¡Gracias! —exclamó Ada con la emoción floreciendo de nuevo en sus ojos—. Lo has hecho bonito, lo más bonito del mundo.

La Sole sonrió reconfortada, porque sabía que en la intimidad deseada estaba lo bello. En el mismo lugar donde se confesaron amor treinta años más tarde, con más amor si cabía, con la confianza de los años vividos, con la entrega de un compromiso invisible que había perdurado intocable a pesar de las estocadas de la vida.

—¿Nos vamos a casa? —dijo la Sole, retomando la marcha y sin esperar una respuesta concreta.

El camino de vuelta fue como un viaje flotando por el espacio. La ingravidez de ser completamente felices, en un pico de plenitud desbordada. Así se sentían mientras recorrían aquella carretera despoblada bajo una noche cerrada y unas estrellas que brillaban más que la luna. La Sole pensó en su sobrina, en Cosme, en su hermano. Miró de soslayo la mano de Ada con el anillo puesto, fundida con la suya. No podía ser más feliz.

Gabriele, con la mirada perdida en el techo de la habitación y su mano fundida con la de Uriel, que había caído desplomado, se acordó de su tía y, tratando de no despertar a su compañero de lecho, alargó el brazo libre para alcanzar el móvil. Llevaba horas desconectada, y con la excitación de compartir la locura que acababa de vivir se puso a revisar los mensajes.

¿Estás por aquí o te has ido?

No te preocupes, me lleva el chófer de mi
padre. Mañana llámame nada más levantarte.
Y cuando te hayas quedado sola...

Eran mensajes de Luis. Gabriele sonrió al leer la última frase. La conocía tanto que sabía incluso antes que ella cómo iba a terminar la noche. Por un momento pensó en llamarlo, pero decidió dejarlo descansar. No había escrito una palabra del encuentro con su padre. Pensó que no era el momento de darle vueltas a eso. Antes de apagar el móvil, decidió escribir a su padre para evitar que se preocupara y comprobó que tenía otro wasap de un número desconocido. Lo abrió por curiosidad.

> Gabriele, soy Gerardo, perdona por las horas, pero prefiero dejar este tema cerrado cuanto antes. Lo siento, pero no puedo aceptar tu petición. Prefiero, como te dije, dejar las cosas como están. Un saludo.

No eran buenas noticias y así las recibió Gabriele, con el abatimiento de no haber logrado convencerle y haber perdido la oportunidad de conseguir lo que había imaginado: cerrar el círculo y permitir que su madre descansara en paz. Decidió no responder de inmediato. Era muy tarde y no quería resultar impulsiva o poco considerada por una respuesta hecha desde las entrañas. Dejó el móvil, se abrazó a Uriel y buscó el modo de despejar la mente para que le entrara el sueño. La imagen de Greta volvió a aparecer, como todas las noches: con el pelo semirrecogido y una leve sonrisa.

«Buenas noches, mamá.» Fue su último pensamiento consciente.

15

Aquella mañana Cosme había decidido que, a pesar de ser martes, el día sería como un domingo. Levantarse tarde sin despertador, arañar las sábanas. Su cuerpo necesitaba descansar si quería estar preparado para la jornada de ascensión al Almanzor después de la paliza que se había dado el día anterior en casa de Félix. Empaquetar cosas agota, y más aún si lo que guardas perteneció a un ser querido. No fue fácil convencer a su amigo de que había llegado la hora de dar el paso. Cosme conocía los tiempos del duelo y, si decides alargarlos, corres el peligro de caer en el pozo oscuro y sin fondo que devora hasta el tiempo.

Cuando llegó a casa de Félix supo, por su aspecto desaliñado y su pasividad, que estaba a punto de saltar al vacío.

—Félix, ya han pasado más de cuarenta días de la muerte de Greta. El contador sigue en marcha y la vida también. Se acerca la hora de soltar las cenizas, ¿sabes?

Félix ni siquiera le miró, solo acariciaba a *Greco* con los ojos puestos en cualquier lugar que no fuera Cosme.

—¿Te ha pedido mi hermana que vengas? —Se lo preguntó mientras alcanzaba un libro y se sentaba en el orejero, ausente ante los reclamos de Cosme, que comenzaba a impacientarse al ver el estado de la casa. Ni Gabriele ni él se habían ocupado de nada durante aquellos días. Todas las ventanas estaban cerradas menos la pequeña de la cocina, que servía como ventilador para los cigarrillos de Félix. Cosme cogió el bebedero de los perros y lo llenó de agua fresca.

—Esto no puede seguir así. ¡La casa parece un mausoleo! —gritó mientras acariciaba al negro tizón, que le pedía a dos patas su comida.

Félix todavía no se había vestido. La mesa del desayuno seguía tal y como la habían dejado Gabriele y él. Con el fregadero lleno de platos sucios y la nevera vacía. La poca comida que había estaba mal envuelta o descuidada. Lo único que parecía funcionar correctamente en aquella casa era la chimenea.

—Ni se te ocurra descolgar ese abrigo de ahí —le advirtió Félix a Cosme al verlo de reojo acercarse al perchero de la puerta.

Por el tono de voz, Cosme adivinó que su amigo estaba en uno de aquellos días negros —así los llamaba él— en los que solo existe un sofá y la negatividad en todas sus formas invadiendo el resto de tu vida. Tras la muerte de su mujer, Cosme había vivido muchos días negros. Nadie era capaz de levantarlo y parecía que la vida se le había escurrido por el colador llamado dolor. Dejó con suavidad el abrigo de lana gris de Greta que colgaba todavía detrás de la puerta de la entrada. Sabía que no iba a ceder ante su amigo y que aquel gesto de volver a dejar el abrigo era solo un pequeño receso. Había llegado la hora de convencer a Félix para pasar a la nueva fase: el desalojo de las cosas de Greta.

—¿Has comido algo? —le preguntó mientras paseaba por el salón como un detective en busca de pruebas.

—Desayuné... tarde.

Las mentiras piadosas las usamos para evitar conflictos con aquellos a los que queremos. Félix sabía por la actitud de Cosme y su visita que había llegado para sacarlo de donde él no deseaba salir. Lo sabía y por eso se encontraba en un estado de alerta.

Cosme se sentó junto a él. En el otro sillón, el menos codiciado aquellos días. Acarició la piel curtida y movió los pies buscando el calor y el arrojo para hablar con su amigo. Sabía que no sería una conversación fácil.

—Félix, sabes muy bien que, si hay alguien que te entiende, ese soy yo... Perder a Asun fue uno de los momentos más dolorosos de mi vida y creí que nunca terminaría mi tormento. Pero si algo comprendí de aquello es que no puedes quedarte quieto en el tormento, tienes que caminarlo. Sé que hoy no es un día fácil para ti, y créeme, reconozco esa resistencia. Pero he venido a ayudarte, porque ha llegado la hora de echar a andar.

Félix lo escuchaba con los brazos cruzados, bien prietos al cuerpo hundido en el sofá, que reflejaban su intención de no mover un músculo de allí. No quería, no podía, no sabía cómo hacerlo, y por ello su mente le había aprisionado en el deseo de permanecer a solas con su dolor sin ser molestado, a solas con el recuerdo de Greta. Que Gabriele le dijera el lugar donde iban a esparcir las cenizas de Greta había provocado que Félix diera un paso atrás. Ahora sentía la necesidad de quedarse quieto, de alargar los días, de seguir en ese caos, en ese limbo donde el paso de los días ha dejado de importar y el único foco está en el dolor. Todo lo demás es expulsado de inmediato. Lo mismo que había hecho con Gabriele y su propuesta, Félix lo iba a hacer con Cosme.

—Te lo agradezco, pero quiero que te vayas. Necesito estar solo.

—No me voy a ir te pongas como te pongas. De aquí nos vamos a ir los dos juntos, pero antes tenemos que comenzar a caminar. ¡Se ha terminado el tiempo!

—Aquí no decides tú, Cosme. Te pido por favor que me dejes solo.

Cosme se levantó en un acto de contención para no responder con excesiva brusquedad a su amigo. Caminó por el salón de nuevo. Necesitaba que Félix reaccionara. Cuando la botella está agitada por dentro, no hay modo de sacar el tapón sin provocar una erupción. Cosme volvió a la puerta de entrada y, sin dudarlo, descolgó de nuevo el abrigo de lana gris de Greta. Félix se puso de pie de inmediato y corrió a evitar que aquella prenda se alejara de su lugar.

—¡Deja eso ahí! —Cosme había sido más rápido que su amigo. Impidió que Félix alcanzara el abrigo. A medio metro de distancia le volvía a pedir que le dejara solo.

—¡Devuélvemelo y vete! ¡Vamos!

Cosme no respondió y siguió avanzando en dirección al dormitorio de Félix. Había llegado la hora de vaciar los armarios de Greta. De meter en cajas su ropa, sus cosas, todo aquello que estaba reteniendo a Félix y llevándolo al pozo negro.

—Espero que no te atrevas a tocar nada de ahí dentro. ¡Cierra la maldita puerta y vete!

Félix estaba furioso.

—¿Es que no me has oído? ¿Por qué estás haciendo esto? ¡Devuélveme el abrigo y márchate!

Cosme se quedó unos segundos congelado con el armario de Greta abierto. Luego se sentó en la cama para respirar. Reconocía el momento por el que pasaba Félix y aunque le doliera no podía ceder.

—Félix, Greta se ha ido y no va a volver...

Estaba convencido de que su amigo sabía que comenzar a vaciar la casa de ella era lo correcto, pero todavía libraba su propia batalla interior.

—En una semana nos vamos al Almanzor y tú te vendrás con nosotros.

—Cosme... ¿Por qué me estás haciendo esto? ¿Por qué, si tanto me comprendes, no me dejas tranquilo? ¿Por qué atosigarme así? No soy un niño.

—Pues lo parece, por cómo te comportas. ¿Tengo que recordarte que tu hija necesita tu apoyo en esto?

Cosme no se había movido de la cama ni Félix de la puerta. Pasaron unos momentos en silencio, comprendiendo al otro. Sintiendo la resistencia a despedirse. Félix, vencido, se sentó junto a Cosme con el cuerpo encogido y acarició con suavidad el abrigo de lana gris. Se lo llevó a la cara para olerlo y sentirse más cerca de Greta. Decenas de imágenes de Greta y él le volvieron a pasar por la mente a toda velocidad, sintiendo de nuevo la vida que se había evaporado de la materia para pasar a residir en la dimensión de lo intangible. Los recuerdos, las energías, las almas...

—Todavía no me ha hablado —dijo con el abrigo acariciando su rostro—. Te hice caso y desde que se fue no he dejado de hablar con ella..., pero no me responde.

Cosme, conservando la mirada en la ropa colgada de Greta, sentía cada una de las palabras de Félix. Entendía a la perfección su desolación y la necesidad de buscarla en todos los rincones de la casa.

—¿La has perdonado? —le preguntó al sentir el leve balanceo hacia atrás y hacia delante de Félix.

Nadie hasta ahora, ni siquiera él, se había permitido hablar de ello. Del perdón. De la necesidad de perdonar para dejar ir. De la necesidad de aceptar que aquella a quien más quieres se ha ido cuando todavía tenías tanto que darle, que ofrecerle, que vivir a su lado. Félix comprendía la pregunta de Cosme.

—Me cuesta... Quiero hacerlo, pero sigo enfadado con ella.

Cosme comprendía como nadie la lucha de los vivos cuando aquellos a quienes aman se van sin despedirse.

—Sigo sin entender por qué no me lo dijo, por qué no contó conmigo para decirme que estaba enferma. Podríamos haber hecho tantas cosas...

—¿Intentar salvarla? —replicó Cosme.

—¿No te parece que habría vivido más si no se hubiera rendido? ¿No te parece que después de toda una vida juntos podríamos haberlo decidido los dos?

Cosme sabía que a Félix le atormentaban esas cuestiones que se quedarían sin respuesta. No era fácil asumir la decisión de Greta. Seguramente ella tampoco había tenido tiempo de arrepentirse.

—El médico te dijo que fue todo muy rápido. Ni siquiera ellos pensaban que moriría tan pronto. Puede que necesitara su tiempo para ella y para disfrutaros sin la tristeza de la enfermedad revoloteando.

—Solo pienso en el tiempo que nos han robado.

Nada más pronunciar aquello se dio cuenta de su torpeza ante Cosme. Para él y para su familia, la muerte había sido mucho más ladrona.

—Lo siento.

—No te preocupes, yo sentí lo mismo cuando murió Asun. El amor puede llegar a ser eterno, pero nosotros no. Nosotros nos vamos lo queramos o no.

—Recoger sus cosas es hacer más visible que ya no está. —Félix seguía abrazado al abrigo de Greta, oliendo su perfume, sintiéndola en aquella lana amorosa que tantas veces había tenido entre sus brazos—. Y se me cae la vida, Cosme.

Volvió el silencio, los dos inmóviles en la cama, frente al vestidor de Greta, observando cada uno de los vestidos que colgaban, reviviendo días, palabras, comidas, besos, miradas, caricias..., comprobando en una vaporosa nube de recuerdos la levedad de la existencia.

Bajo la mirada compasiva de Cosme, Félix se levantó con el cuerpo pesado y comenzó a descolgar un vestido de flores. Acarició primero la percha, deslizó con sus dedos los tirantes del vestido y lo dobló con la delicadeza de una despedida necesaria. Cosme se levantó y salió del dormitorio para llevar las cajas que había cargado en el coche. Tardó algo más de lo necesario, ofreciéndole intimidad a su amigo. Se detuvo en el rellano de la puerta del dormitorio para observarle con orgullo y un golpe de tristeza al mismo tiempo. Fueron varios minutos hasta que Félix se percató de nuevo de su presencia. Tenía el rostro relajado, la mirada confusa pero presente, aunque todavía hundida por la pérdida.

—Mételo en las cajas. Voy a donarlo a la iglesia para que se haga buen uso de la ropa de Greta —dijo Félix al fin.

Compartieron varias horas de recogida, de embalaje y de recuerdos tatuados en cada prenda descolgada. Vaciaron el armario de Greta, conversando con ella en silencio, integrando despacio aquel adiós observado sin perder detalle por *Menina* y *Greco*. Cajas llenas de Greta, de aquella vida que se había desvanecido a pesar de la resistencia de los vivos.

Con el día echado, el sol cayendo y el fuego de nuevo acertadamente vivo, Félix y Cosme reposaban de la gesta cada uno en un sillón, contemplando juntos la urna blanca de Greta. Se había iniciado el tramo final de su despedida.

—¿Quién organiza la salida al Almanzor? ¿Uriel? —preguntó Félix.

—Pascal, su amigo el guía. Lo tiene todo controlado. Yo he hablado con los del refugio. Por el tiempo, el frío y nuestras capacidades, Gabriele ha accedido a que el lugar para esparcir las cenizas sea el gran lago, frente al Almanzor.

Félix carraspeó al escuchar las explicaciones de Cosme, sin despegar la mirada de la urna. Sintiendo de nuevo la tensión en el cuerpo, la rigidez en sus manos.

—¿Has leído la carta? —le preguntó con intención de remover aún más la necesaria labor de despedida.

—No, todavía no. —No dijo nada más. Cosme tampoco insistió. Félix sabía que debía hacerlo. Cada día que pasaba sentía la contradicción: necesitar leerla, pero también resguardarla intacta para que no se llevara las últimas palabras de Greta.

—Creo que nos merecemos una cerveza bien fría. ¡A esta invito yo! ¡Salgamos a dar un paseo!

El viento soplaba golpeando el marco de la antigua ventana de la casa. *Greco* y *Menina* se quedaron en la casa, cerca de la chimenea, que con el protector de cristal mostraba más viva si cabía la llama. Félix se detuvo al coger su abrigo y comprobar que el de lana gris de Greta había desaparecido. Bajó la cabeza y se puso el gorro para protegerse del frío. Cosme le dio dos palmadas en la espalda, en silencio pero con la mirada también puesta en el colgador ya vacío.

Los golpes insistentes a la puerta sacaron bruscamente a Cosme de sus pensamientos en aquella mañana holgazana. Era la Sole, que con el mismo impulso con el que había salido precipitada de la ranchera por el viento, aporreaba la puerta.

—¿Se puede saber a qué viene este acoso matutino? —fue lo primero que dijo Cosme al ver por la mirilla que quien llamaba era la Sole con cara de impaciencia—. ¿No deberías estar celebrando tu compromiso? —le soltó al abrir con el pijama todavía puesto y una taza de café en la mano.

—Si hubieras encendido el teléfono me habría ahorrado venir hasta aquí para interrumpir tu café. —La Sole lo miró de arriba abajo, extrañada por su aspecto a esas horas de la mañana—. ¿Te encuentras bien? ¿Sabes qué hora es? —Cosme tenía por costumbre levantarse apenas unos minutos después del alba.

—Las diez y dos minutos —respondió Cosme, acertando a leer la hora en el reloj de cuerda de la pared del salón—. ¿Ahora te dedicas a controlar los ritmos de la gente? ¿Es que un viejo no puede ni permitirse dormir hasta que le plazca? ¿A qué viene este humor de perros? No creo que tenga nada que ver con mi decisión de descansar hasta tarde...

Cosme sorbía el café mientras le preparaba otro a la Sole, aunque con la duda de si era conveniente ofrecerle más cafeína a quien había llegado con los nervios alterados.

—¿Y Manuela? —preguntó la Sole mientras se quitaba el abrigo y hacía una resuelta inspección ocular del lugar, escrupulosamente ordenado. El orden era otra de las manías o excentricidades de su amigo. Todo colocado con minuciosidad donde debía. Ni un trozo de papel salía más de la cuenta. Lo mismo que él, que incluso recién levantado parecía que llevara el pijama sin apenas una arruga, como recién salido del vapor de la plancha.

—Se fue temprano al campo. Hoy es día de reparto y cobro y ya sabes que quiere estar siempre. ¡No vaya a ser que perdamos un euro!

Cosme se giró para ofrecerle el café y, de paso, ir al grano.

—¿Se puede saber a qué se deben tu visita y tu mal humor?

—Gerardo escribió a Gabriele para decirle que no quiere conocerla.

La Sole se quedó con la taza entre las manos y el pensamiento perdido, esperando la reacción de Cosme.

—¿Y qué estás pensando? Sabíamos que el chaval podía decir que no... Sole, ha pasado mucho tiempo, Greta está muerta y...

—¿Ahora soy yo la que te tengo que convencer de los imposibles?

Cosme se la quedó observando, esperando cruzar una mirada con ella para adivinar las intenciones reales de aquella visita.

—Descafeinado —le dijo, enfocándose en la taza—. Te lo he hecho descafeinado. No creo que más nervios nos ayuden a encontrar una solución.

La Sole sonrió por el humor de Cosme. No esperaba que fuera a reaccionar de otro modo que no fuera entendiendo que tenían que activar el protocolo de los imposibles.

—No podemos darnos por vencidos, Cosme. Hay que hacer algo, pero no sé qué.

—Hay que volver a Madrid —soltó Cosme, sorprendiendo a la Sole, pero completamente convencido. El rostro se le había iluminado del mismo modo que cuando tenía una ocurrencia que nadie era capaz de quitarle de la cabeza—. Dame quince minutos. Me ducho y salimos para allá. A las once y diez sale el autobús para Madrid —le dijo mientras dejaba el café en la repisa.

—Pero ¿qué vamos a hacer ahí? —preguntó la Sole con la necesidad de saber qué plan se le había ocurrido a Cosme.

—Volver a hablar con doña Lola. Ella puede convencerle, pero...

—Pero ¿qué? —dijo la Sole con desdén al pensar que volvía a estar en manos de aquella anciana malhumorada.

—Hay que incluirla. Para ella Greta fue igual de importante y también necesita despedirse.

—Está bien —la Sole no estaba demasiado convencida con el plan, pero sabiendo que no tenía otra alternativa accedió con condiciones—, pero vamos en mi ranchera.

—De eso ni hablar. —Cosme no soportaba cómo conducía la Sole—. Esta vez lo haremos a mi manera y como dos personas mayores. En autobús a la ciudad y no se hable más.

Aunque intentó convencerle de camino a la estación, conocía la terquedad de Cosme y comprendió que o viajaban como él deseaba o perderían la única oportunidad de hablar con doña Lola para que los ayudara a persuadir a Gerardo definitivamente. La Sole sabía que si algo tenía Cosme era poder de convicción y mucha mano izquierda cuando lo deseaba. Siempre había sido un seductor, mucho más que ella. Y por eso accedió a viajar a Madrid en autobús.

—Estos asientos son más incómodos de lo que recordaba.

—Si te vas a quejar todo el camino, me bajo antes de que se ponga en marcha este trasto.

La Sole entendió la amenaza, cerró la boca e intentó relajarse contemplando el paisaje. No sabía si aquello era una locura más, pero creer en los imposibles te lleva a hacer cosas incluso cuando sabes que están condenadas al fracaso. A aventurarte a pesar de las condiciones adversas, a arriesgarte a pesar del mundo. Cosme y la Sole eran la pareja perfecta para ello. En todos aquellos años no habían dejado de practicar esa sana locura de creer más allá de lo que la razón y el análisis les decía.

—¿Crees que va a funcionar? —le preguntó la Sole con la mirada puesta en la carretera.

—Solo lo sabremos si lo intentamos.

Cosme pronunció la frase que menos le gustaba a la Sole para aquellas situaciones porque albergaba pocas esperanzas.

—Más te vale que resulte, porque ya no sé cómo justificar tantas faltas en el Pimentón.

—Ni aunque dejaras de ir un año entero cubrirías los días que has trabajado de más. ¿Acaso ahora tienes que rendirle cuentas a alguien? Para algo eres la jefa... Por cierto, ¿no vas a contarme cómo fue? ¿Te ha dicho que sí?

A la Sole le cambió la cara por completo. Recordar la pedida a Ada le dibujaba un sonrisa imborrable que contagiaba a cualquiera. Cosme estaba feliz por ella, por haberse atrevido y por lograr avanzar según su corazón.

—El día que nos enteremos de que quien gobierna es el corazón... No sabes lo feliz que soy en estos momentos. Candeleda tiene mucha suerte de teneros y... ¡De que vuestro amor llene nuestras barrigas!

La Sole volvió a sonreír, intentando acomodarse en esos asientos de autobús duros y poco acogedores. Cosme, al contrario, ya respiraba con el silbido clásico de quien está a punto de abandonar la consciencia.

—¿Te vas a dormir? —preguntó, sin dar crédito.

—¿Algún plan mejor para las próximas dos horas y media?

La Sole no lograba relajarse compartiendo trayecto con tanta gente. El autobús iba lleno de personas y de ruido. Miró a Cosme y, como si él se hubiera dado cuenta, le habló con los ojos ya cerrados.

—Tranquila, todo saldrá bien. Doña Lola tiene la piel dura como la de un cocodrilo, pero cederá y convencerá a Gerardo.

Cosme soltó la frase segundos antes del primer ronquido. La Sole se había quedado con la duda de si lo había hecho para apaciguarla o porque había tenido una iluminación antes de caer inconsciente sobre ella y el asiento. Le retiró despacio la cabeza, que reposaba pesada sobre su hombro, al mismo tiempo que decidía apagar el móvil y no avisar a doña Lola de la visita. Mejor la sorpresa que la negativa antes de tiempo, pensó.

Gabriele, desde el Pimentón, llevaba varios intentos de llamada al teléfono de su tía.

—No responde. ¿Me puedes decir adónde ha ido?

Se lo preguntó de forma insistente a Candela, que le había prometido a la Sole no decir nada y estaba dispuesta a aguantar el mal humor de Gabriele.

—Me ha dicho que no se lo diga a nadie y nadie también eres tú. —Candela vio la poca gracia que le había hecho su comentario a Gabriele—. ¿Un café? Por la cara que tienes, parece que esta noche hayas empalmado...

Tampoco parecía haberlo arreglado con el segundo intento, pero Gabriele reaccionó positivamente mientras volvía a llamar a su tía.

—¿Y cuál es el motivo por el que no quiere que nadie sepa dónde está?

A Candela no le apetecía pasarse la mañana con los interrogatorios y súplicas de Gabriele. Le importaban pocos los motivos. Tenía mucho trabajo en el Pimentón y deseaba cortar cuanto antes la conversación.

—La boda, sorpresas para la boda... ¿Contenta? —mintió, para lograr que Gabriele detuviera sus preguntas.

—¿Sorpresas? —Miró a Candela, intentando descubrir si se había inventado una excusa para que la dejara en paz. Desistió al poco. Al despertarse escuchó el mensaje de voz de su tía, que le contaba emocionada el sí de Ada, la pedida dentro de la ranchera y cómo lucía de bonito el anillo en la mano de su prometida. No mencionó ningún plan ni sorpresa con la boda. Observó de nuevo a Candela con la intención de seguir con el interrogatorio, pero desistió. No tenía la cabeza para acertijos. Era cierto que había dormido poco y que necesitaba más de un café para agilizar su mente.

—¿Y si la mejor camarera de Candeleda me prepara otro café cargado?

Luis irrumpió con las gafas de sol todavía puestas, señal de que llevaba una buena resaca encima. Abrazó a Gabriele y la miró con la sonrisa cómplice de haber descubierto con solo contemplarla que esa noche había compartido cama.

—Veo que tú también has dormido poco... —Luis saludaba a Candela, que, a diferencia de Gabriele, lo recibía con entusiasmo—. Cuéntame antes de que llegue el gran don Luis.

Gabriele sabía reconocer por el tono de voz de su amigo que el encuentro con su padre por lo menos no había terminado en tragedia.

—Parece que me ha pasado un tren por encima —dijo mientras se sentaba junto a Gabriele con el americano en la mano—. ¿Me pones una tostada con lo que sea para absorber el alcohol que todavía le queda a mi cuerpo y otro café, por favor?

—¿Te lo sirvo en una bañera? —replicó Candela con la sonrisa y la sorna en la boca.

Luis estaba de buen humor. Gabriele lo supo porque respondió a Candela con una sonrisa. Lo cierto era que desde que se había levantado había evitado pensar en la cena con su padre, pero se sentía extrañamente distinto, más ligero.

—¿Y bien? —preguntó Gabriele—. ¿Qué tal fue? ¿Aguantaste toda la cena?

Luis se quitó las gafas para desvelar su estado real de vulnerabilidad. Se había pasado la noche a duermevela atravesando diferentes estados: rabia, nostalgia, tristeza, alegría..., todas esas emociones le habían formado un enorme nudo en el estómago.

—¿Vomitaste? —le preguntó Gabriele sorprendida.

—Me he pasado toda la noche en el baño. Algo me debió de sentar mal en la cena...

Gabriele y Luis sabían que el corte de digestión poco tenía que ver con los alimentos ingeridos y mucho con el impacto emocional del encuentro. Había sido de tal magnitud que, lejos de poder expulsarlo con palabras, el cuerpo se había decidido a hacerlo por sí mismo.

—¿Y cómo te encuentras ahora?

—Con ganas de desaparecer.

Luis volvió a ponerse las gafas en un intento de recomponerse y sacar de nuevo el humor. Cuando la vida nos abre puertas que llevaban tiempo cerradas, no volvemos a ser los mismos. Gabriele lo sabía y Luis también, pero eso no significaba que estuvieran preparados para compartirlo aquella mañana. Las verdades no suelen ir al ritmo de los pensamientos, sino de lo que cueste digerirlas.

—¿Quieres darle una oportunidad?

Gabriele se lo preguntó sin intención de remover más las tripas de su amigo, pero con el deseo de saber si había sido un principio para la reconciliación.

—No sé qué pasará ni si mi rencor lo va a poder soportar, pero no puedo echarlo de mi vida. Yo soy parte de él, y él de mí..., aunque se nos haya echado la vida encima.

Luis no sabía que su padre estaba enfermo, pero a veces las cicatrices que deja un cáncer se leen incluso sin necesidad de ser compartidas.

—¿Vamos a dejar de hablar de mí? —dijo Luis, cambiando de tono—. ¿Qué tal tu noche de sexo y rock and roll?

Gabriele se mostró algo tímida. Seguía con el aroma del encuentro piel con piel con Uriel. A diferencia de Luis, no ocultaba sus ojeras tras unas gafas oscuras ni se había pasado la noche en el baño, sino en la cama, en los brazos de un extraño conocido que la había sacudido como pocos.

—Buen sexo.

—¿En serio? —contestó Luis con mirada lasciva. Le empezó a pedir todos los detalles posibles.

Gabriele intentó cortarse, pero le fue imposible ante la insistencia y la complicidad de quien ha escuchado en más de una ocasión el gozo desde el otro lado de la pared.

—No hemos parado en toda la noche. Cuando creía que se había quedado dormido volvía al ataque, y así hasta las seis de la mañana... ¡Como dos veinteañeros!

Lo contaba sonriendo y con las manos en movimiento para realzar la sorpresa, la locura y la satisfacción de una noche de pasión sin frenos. A Gabriele le gustó dejarse llevar. No se arrepentía, porque no se había sentido tan deseada en mucho tiempo. También se había sentido cuidada y satisfecha como si no hubiera sido la primera vez.

—O sea, que besa bien... —Luis seguía insistiendo, divertido, para provocar el rubor en Gabriele y que se viera obligada a tener que contarle detalles con medio bar pendiente de ellos para provocar que las noticias corrieran a la velocidad de la luz.

—No me hagas hablar más. Sí, ha sido espectacular, pero...

—Pero ¿qué? ¿Acaso hay dudas?

—Pero que no hay nada más que eso. Se ha ido esta mañana temprano porque tenía que llevar a su hija al colegio.

Gabriele recordó que había quedado con Cloe esa misma tarde para enseñarle a vencer a Félix al ajedrez. Le había dado instrucciones para que practicara con Cosme todos los días, pero necesitaba comprobar que había memorizado el jaque de la coz. Ese era el único modo de ganarle la partida a su padre.

—He decidido que acompañaré a mi padre a Madrid. Así charlamos un poco más y aprovecho para retomar un par visitas a dos galerías que insisten con nuevos artistas.

—¿Te vuelves a Barcelona?

—No, si tú no quieres. En unos días es la excursión, ¿no?

Gabriele abrazó a Luis y le dio las gracias. La emoción a flor de piel no la había abandonado y se enternecía con cualquier cosa.

—Gerardo no va a venir. Me escribió anoche.

Gabriele había encajado la negativa de su hermano, pero seguía algo afectada por la imposibilidad de devolverle a su madre, aunque fuera en el día de su despedida, a su hijo.

—Por un momento pensé que lograría convencerle, pero no ha sido así.

Gabriele había pensado que la emoción superaría a la razón, había creído, como Cosme y la Sole, en los imposibles. Lo que ignoraba era que su tía y Cosme no habían abandonado la esperanza y habían activado la «operación imposibles». El autobús había llegado puntual a Madrid y les quedaban pocos metros para estar en la casa de doña Lola.

—Quiero que me dejes hablar a mí. —Cosme le daba las últimas instrucciones a la Sole—. Que te mantengas callada a mi lado y, a poder ser, con cara de arrepentimiento.

—¿Arrepentimiento? Desde luego que no lo siento.

—No quiero que lo sientas, solo que pongas cara de arrepentimiento y no te la quites en toda la tarde. Lo mismo que el silencio. A veces las personas necesitamos ser engañadas para recapacitar.

—¿Y cómo sabes que doña Lola puede hacerle cambiar de opinión?

—No lo sé, pero intuyo que sabe qué debe ocurrir, igual que nosotros.

Cosme entró en el edificio sin detenerse a dar explicaciones al portero, a quien la Sole saludó con la sonrisa de seguridad de cita concertada. Fue tan convincente que detuvo al portero de dar cualquier aviso a la casa, metiéndose de nuevo en su caseta para seguir viendo las noticias. Convencer a Marcelo requirió más que una sonrisa y un saludo. La Sole, haciendo caso a Cosme, se mantuvo en silencio y puso cara de arrepentimiento. Para ello se quitó las gafas. Ver con dificultad le permitiría estar más fuera que dentro de cualquier conversación molesta que pudiera producirse.

—¿Cómo ha dicho que se llama? —preguntó el asistente con cierta suspicacia.

—Cosme, era amigo de Greta. Bueno, de la familia. Verá, le agradecería que pudiera informar a la señora de mi visita. Siento haber venido sin avisar, pero debo verla con urgencia.

—¿Me puede decir a qué se debe? —insistió.

La Sole y Cosme seguían en el rellano de la puerta ante el fiel escudero de doña Lola, que los miraba atónito por la nueva e inesperada visita.

—Verá, es algo que quiero hablar con doña Lola. No es algo personal contra usted, pero, bueno, es sobre Greta. Creo que debe saberlo.

La Sole no pudo evitar abrir los ojos en demasía ante las explicaciones de Cosme. Recordó lo que siempre decía sobre las mentiras piadosas y, con una sonrisa baja y un leve movimiento de pies, confió en el poder de Cosme para volver a tener un encuentro con doña Lola. Después de unos segundos de tensa espera, la voz lejana de doña Lola fracturó el violento silencio.

—Ruego esperen unos minutos, por favor. —Lo dijo con ligereza y cerrando de inmediato la puerta en las narices de la Sole y Cosme.

—¿Vas a poder aguantar callada? —La Sole afirmó con la cabeza, practicando el silencio en ese mismo momento. Estaba dispuesta a aguantar, a pasar a segundo plano y a confiar en Cosme. No creía en el poder de convicción de doña Lola sobre Gerardo, pero era una posibilidad que sabía que debían quemar.

—Doña Lola quiere verle, pero con la condición de que ella espere fuera.

—¿En la calle? —contestó la Sole de seguido y en alto, y Cosme la fusiló con la mirada por no haber podido contenerse ni al primer comentario desagradable.

—No sería tan descortés —respondió Marcelo—. Puede quedarse en un salón aparte, si le parece bien.

La Sole afirmó solo con la cabeza, recuperando el rostro de arrepentimiento que había abandonado. Cosme y ella entraron y se separaron sin mirarse. Las grandes puertas correderas blancas del salón se abrieron ante Cosme. Desde la entrada se olía la madera que quemaba en la chimenea y el perfume recién rociado de doña Lola. Se la encontró en su sillón, con la manta de cuadros colocada sobre las rodillas y la mano derecha alzada esperando a ser besada por la visita. Sus ojos escondidos tras las enormes gafas recorrieron con descaro y distancia al desconocido invitado, mientras Marcelo le indicaba a Cosme dónde sentarse.

—Le agradezco la generosidad por haber accedido a verme. No suelo presentarme en casa ajena sin avisar.

—¿Cuál es el motivo de su visita?

Cosme adivinó que no gozaba del tiempo necesario para descubrir el mejor modo de convencer a doña Lola; tampoco de los argumentos precisos, y por eso eligió la carretera recta.

—Gerardo, el hijo de Greta.

—¡Dejen en paz al chico! Creo que ya les ha dicho que no quiere saber nada, solo quiere seguir con su vida. ¿No son capaces de respetar eso?

Cosme se rascó la cabeza. Sabía que no habría demasiadas posibilidades de éxito, pero algo irracional en él le hacía creer que aquella mujer tenía el poder de convencerle.

—Sé que usted puede hacerle cambiar de opinión.

Doña Lola miró a Cosme de arriba abajo, desafiante, extrañada por su seguridad, tratando de leer si ocultaba alguna clase de información.

—Está usted equivocado.

—Le rogaría, doña Lola, que no me mintiera. Yo también soy viejo y creo que podemos hablarnos con franqueza. Si usted no lo desea, entiendo que pueda tener sus motivos, proteger a Gerardo de...

—Ella eligió. ¿No cree que debemos dejarlo ahí? A Gerardo ya le ha cambiado la vida saber de su existencia, pero, créame, le puede cambiar todavía más.

Doña Lola se recolocó con turbación la manta mientras terminaba de hablar. Cosme, con su voz dulce y su mirada limpia, había provocado que a doña Lola se le activaran los remordimientos. Era cierto que a la primera duda de Gerardo ella le había convencido de que la mejor opción era dejar el pasado enterrado. Puede que por el propio remordimiento de no haberse atrevido nunca ella a contarle la historia de Greta.

—No es bueno echar la vista atrás, hijo. Lo mejor es siempre mirar hacia delante —le había dicho a Gerardo, sabiendo que le invitaba a que no accediera a conocer a Gabriele.

El joven sopesó las palabras de la anciana y se dio por convencido, aunque con la mirada triste. Después de la conversación con doña Lola, Gerardo escribió a Gabriele el wasap para declinar definitivamente la invitación. Cosme se dio cuenta del atisbo de arrepentimiento en la anciana y se alegró de haber seguido su instinto. Supo en aquel preciso instante que no todo estaba perdido. Intuyó que doña Lola guardaba motivos escondidos para evitar que Gerardo viajara a Candeleda.

—No puedo convencerla. —Y ahí fue cuando tiró a matar—. Mirándola a los ojos intuyo el amor que le tiene al chico y que no sería capaz de recomendarle algo que lo pudiera perjudicar.

Cosme la contemplaba de reojo mientras seguía elaborando un discurso construido con la única intención de ablandar a doña Lola. Fomentando el chantaje para que ella misma se convenciera de que había cometido un error.

—Tiene que haber sido muy difícil y doloroso para usted. Greta la quería mucho y sufrió su ausencia. —Cosme vio que aquel comentario había emocionado a la anciana y siguió hilando un discurso más propio de la leyenda que de la realidad—. Si hay algo de lo que me arrepiento es de un consejo que justo yo le di hace unos años respecto a usted, y por eso también he querido venir a verla, porque me pesa la conciencia.

—¿A qué se refiere? —preguntó la anciana, totalmente entregada a la conversación.

—Quiero pedirle perdón. —Cosme se dio cuenta de que doña Lola ladeaba la cabeza con atención—. Deseo que me perdone por haberle aconsejado a Greta que dejara el pasado enterrado. Verá, Greta hace unos años me confesó que necesitaba verla, pero tenía miedo de que usted no quisiera y de que su marido, Félix, al que había prometido dejar el pasado en el olvido, se enterara. Ella no había dejado de pensar en usted en todo aquel tiempo de silencio. Se arrepentía.

Cosme hizo una pausa expresa para ver cómo seguía con el discurso inventado al mismo tiempo que esperaba que se produjera alguna reacción en la anciana. Doña Lola miró el fuego, tratando de esconder un repentino temblor en su barbilla.

—No entiendo por qué no me llamó —dijo al fin, sin despegar los ojos de las llamas—. Todos cometemos errores, pero los peores se guardan en silencio.

Cosme supo que había logrado parte de su objetivo: ablandarla. Aquella mujer curtida de piel y de vida era difícil de convencer. Estaba marcada por el dolor, como cualquiera que decide pisar la vida con pie firme, y no de puntillas.

—Sufrió mucho por ello y quizá por eso le sugerí que no lo hiciera.

—Hizo bien —carraspeó doña Lola, intentando salir de los recuerdos—. No estoy segura de que hubiera accedido a verla. Volver al sufrimiento pasado nos enferma, y yo debo cuidar mi salud. ¿Algo más que desee contarme?

Cosme bajó la vista viendo su esperanza consumida por el aplastante corte de conversación de doña Lola. Debía dar la visita por concluida, pero no sin antes lanzar un último ruego.

—Greta se fue demasiado pronto, puede que sin lograr reparar la mayor falta de su vida: conocer a su hijo. Los que comenzamos a mirar a la muerte de cara sabemos lo importante que es marcharnos con los deberes hechos.

—No insista. Una ya es vieja para reconocer la insensatez de la insistencia. Por el bien de mi propia muerte, le puedo prometer solo una cosa: volveré a hablar con el chico. ¡Una vez y no más! Todavía debo pensar lo que le diré.

Cosme se levantó y la contempló por última vez, suplicante y agradecido. Había logrado sembrar la semilla de la duda donde deseaba, y no quería que una palabra de más lo estropeara todo. Sin dar tiempo a que llegara Marcelo, fue él mismo quien abrió las puertas correderas. La moneda volvía estar de nuevo en el aire y confiaba que saliera la cara deseada.

La Sole no perdió el simulado rostro de arrepentimiento hasta salir por la puerta de la finca, pero caminaba agitada por saber si Cosme había ejecutado la misión con éxito.

—¿Va a convencerle? —preguntó mientras esperaban el ascensor.

—Lo hará, aunque no me lo haya dicho.

—¿Y cómo estás tan seguro, si no te lo ha dicho ella?

—Porque todos deseamos morir tranquilos y hay algo en su resistencia que la inquieta mucho más allá de lo previsto.

—¿A qué te refieres? —preguntó la Sole intrigada.

—Puede que si tenemos suerte lo descubramos pronto.

La Sole y Cosme dieron un paseo por el Madrid de los Austrias, el lugar preferido de Cosme, aunque en la ciudad pocos sitios le parecía que tuvieran encanto. Aprovecharon para estirar las piernas, comerse un bocadillo de calamares y una cerveza fresca antes de dirigirse a la estación de autobuses de Chamartín para tomar el autobús de vuelta al pueblo.

—Mejor no decirle nada a Gabriele, no vaya a ser que todo quede en nada.

Cosme se volvió a recolocar en el asiento. Observó desde la ventanilla las calles de la ciudad. No recordaba el tiempo que llevaba sin pisar Madrid. Con solo unas horas había tenido suficiente y se despedía de ella sin un ápice de añoranza. La paz la sentía en el campo, en las montañas y el olor a tierra, y no en el polvo del asfalto.

Cosme y la Sole se alejaban de la ciudad, y Luis y su padre llegaban. Durante el viaje hablaron de banalidades. Ninguno quiso o se atrevió a cruzar otra vez la línea de fuego. En la despedida, fue don Luis quien dio el paso.

—No sé ni qué decir. Me voy feliz de este encuentro, hijo. Solo espero que sea un comienzo.

—Necesito digerirlo todo. Ha pasado mucho tiempo y...

—¿Te importa que vuelva a llamarte?

Luis sonrió ante la insistencia vulnerable de su padre. Había dejado de ser fuerte para ser frágil. Los años rompen el mito y nos muestran la cruda realidad de lo que somos y lo que fuimos. Luis no pudo negarse a la propuesta. En silencio y con ternura, Luis puso su bufanda alrededor del cuello de su padre, que lucía desnudo al frío invierno de Madrid.

—Cuídate mucho, papá. ¿Me la devolverás la próxima vez?

Un nuevo abrazo. Don Luis otra vez dejándose llevar por la emoción. Fueron solo unos segundos antes de recuperar la compostura y meterse en el coche. Ni una palabra más, ni una mirada. Los principios se reconocen porque te modifican por dentro igual que los finales, aunque el peso de las emociones sea más liviano. Luis caminó sin rumbo hasta que logró centrar su cabeza. El orden de las prioridades se había modificado, al fin deshojaba la margarita sin miedo. Sentía su cuerpo relajado y su paso firme, con una seguridad desconocida. Aunque se resistiera todavía a aceptarlo, aquel encuentro con su padre había comenzado a tejer una red sobre el agujero de ausencia que le permitiría establecer una paz distinta con el mundo y con él mismo.

Mi padre ya se fue. No te lo he dicho todavía, pero lo que has hecho por mí es de las cosas más bonitas que me han ocurrido. Gracias, Gabriele, aunque el viaje de poco me va a servir. No atiendo en ninguna de las reuniones. La gente me habla y no soy capaz de prestar

atención como merecen. Estoy colapsado. Pero
hay una parte dentro de mí que sonríe y que
hacía mucho que no sonreía. ¿Tú todo bien?
Mañana estoy de vuelta. Te quiero, amiga.

Gabriele no pudo evitar sonreír y emocionarse al leer el mensaje de Luis. Necesitaba recibir un «gracias» de su amigo para alejar la inquietud que seguía sintiendo por haber rebasado la línea de la intromisión de la intimidad más profunda. Con aquel mensaje sabía que el cascarón de Luis se había agrietado y que por ahí comenzaría a destilar la amargura que durante tantos años había consumido sus días.

—¿Y ahora qué? ¿Muevo el alfil o la torre? —le preguntó Cloe, impaciente por aprender cada uno de los movimientos que le estaba enseñando Gabriele.

Las dos, sentadas frente al tablero de ajedrez, estudiaban el mejor modo de ganarle a Félix. Gabriele dirigía paso a paso, jugada a jugada, según el acuerdo al que había llegado con su padre. Cloe estaba concentrada, aunque algo distante con ella. Desde la visita al Prado se comportaba a la defensiva. Era mucho más arisca, más seca, y a Gabriele no le había pasado por alto.

—¿Tienes ganas de la gran partida?

Cloe levantó la vista del tablero y se incorporó para mirarla.

—¿Y qué hago con los peones que quedan abandonados? —Cloe seguía concentrada en los movimientos.

—Los peones, como el resto de las piezas del ajedrez, son como una lección para la vida. Por muy humildes que parezcan, nunca hay que despreciar su poder, ¿entiendes? Son igual de valiosos o más que el resto de las piezas. Pueden darle la vuelta a la partida.

Siguieron estudiando al milímetro la estrategia para ganarle a Félix mientras intentaban obviar que los silencios entre ellas guardaban mucho más que concentración. A Gabriele le revoloteaba la duda de si Cloe, como otros niños, tenía el poder de radiografiar las emociones de los adultos. Intuía que algo había de eso en su cambio de actitud. Fue recibir un mensaje de Uriel y la precipitada reacción de Gabriele de dar la vuelta al móvil lo que hizo que Cloe decidiera hablar de sus silencios.

—Es un mensaje de mi padre. Puedes responderle si quieres. A mí no me importa.

La indiferencia de Cloe era poco creíble, dado el tono de sus palabras. Por dentro estaba furiosa por haber cazado a Gabriele escondiendo un mensaje de su padre. Miraba el tablero, intentando controlar su rabia. Gabriele decidió mover el alfil negro sin atender a la batería de mensajes que, por el sonido continuo de vibración, sabía que serían de Uriel. Cloe insistió.

—¿No piensas leerlos? Puede que esté preguntando por mí.

—Quería mover pieza primero. ¡No te despistes de la partida! —Gabriele disimuló la vergüenza que sentía.

Mientras revisaba los mensajes de Uriel, que poco tenían que ver con su hija y mucho con el encuentro de amantes de la noche anterior, le cambió la cara.

—¿Te gusta? —le preguntó Cloe cruzándose de brazos y abandonando la partida—. ¿Te gusta mi padre?

Gabriele se quedó desconcertada y algo bloqueada. No le gustaba mentir, y mucho menos a una niña que la miraba fijamente aguardando una respuesta.

—No sé si debo contestarte a esta pregunta. ¿A ti te gusta alguien?

Cloe no esperaba aquel comentario, y aunque le había

gustado algún chico del colegio, todavía no se había besado con ninguno. El amor no era una prioridad en su vida. Creía que cambiaba a las personas para mal. Su amiga Bea dejó de ser divertida desde que se enamoró de Marcos, y su amigo Teo sufrió el mismo síndrome al besar a Laura y comenzar a salir con ella.

—No, no quiero volverme estúpida —respondió, moviendo al fin un peón.

—¿Estúpida? —preguntó Gabriele.

—Sí. ¡Como tú o mi padre! Todos ponéis la misma cara cuando os gusta alguien. Y desaparecéis del mundo. Como si ya nada os importara. ¡El amor hace tonta a la gente!

Gabriele no estaba acostumbrada a hablar con niños y mucho menos con la hija del hombre con el que se había acostado. Pasarse de sincera podía empeorar las cosas, pero no responder podía aumentar el malestar de Cloe.

—Cuando te pase cambiarás de opinión. Aunque llevas razón en que el amor nos hace un poco tontos a todos...

—No me gusta que te guste mi padre. —Cloe había resuelto sincerarse con Gabriele. Estaban las dos solas y decidió descargarse—. No me caes mal, pero sé que te vas a ir...

Cloe no habló desde la rabia. No podía hacerlo porque tenía sentimientos encontrados hacia Gabriele desde el día que la conoció. Gabriele cogió el rey blanco para captar toda la atención de Cloe.

—Cloe, no sabes cuánto entiendo cómo te sientes. A tu edad viví una de las experiencias más dolorosas de mi vida con mi padre y una mujer que no era mi madre. Bueno, durante toda mi vida pensé que esto había sido así, y no supe la verdad hasta hace muy poco.

Gabriele miró a los ojos a Cloe, que la escuchaba

492

con los brazos cruzados y mascando chicle compulsivamente.

—No se puede controlar quién te gusta. Y no quiero mentirte, tu padre me parece un hombre muy atractivo.

Cloe arrastró la silla con los pies, deseando que aquella conversación que ella misma había iniciado terminara cuanto antes. Nunca había hablado de ese modo con ninguna mujer con la que su padre había estado.

—No me apetece seguir hablando de esto. ¿Me das el rey?

—Lo entiendo, pero solo quiero que sepas una última cosa. Ni soy tu enemiga ni pretendo ocupar el lugar de nadie. Lo comprendes, ¿verdad?

Cloe no respondió y robó el rey blanco aprovechando el despiste de Gabriele. Había decidido terminar con la charla y también con la partida. En un movimiento estudiado del caballo, tras el enroque con la torre, logró su objetivo.

—¡Jaque mate!

Gabriele, que había estado ausente de la partida desde el primer mensaje que le había enviado Uriel, se sorprendió por la buena jugada. En el ajedrez, como en la vida, no hay que perder de vista en ningún momento el escenario ni menospreciar al contrario.

—¡Felicidades! ¡Acabas de ganarme! ¡Estás preparada para la gran partida!

Cloe sonrió satisfecha por la victoria, pero insegura de lograr la misma jugada con Félix.

—Has aprovechado bien la falta de concentración del contrario para mover las piezas según lo estudiado. ¡Buena táctica! Con mi padre haremos lo mismo. Yo me encargaré de mantenerlo algo distraído. Tú ocúpate del tablero.

Las distracciones de la vida, las preocupaciones de la mente que nos hacen perder en tantas ocasiones el foco de lo importante. Gabriele recordó las lecciones de vida que su padre le había dado sobre el tablero y que tan pronto se alejó de él había decidido olvidar por completo. La más importante de todas era que no había que dar nunca una partida por perdida.

Al volver a casa, descubrió la decena de cajas que ocupaban parte del salón. Sintió las piernas temblorosas y una flojera repentina. Sobre el cartón, escritas en rotulador rojo, las palabras «ropa», «zapatos» y «abrigos» daban cuenta de una mudanza directa a la eternidad. Un adiós más a su madre que recibió, por inesperado, de no demasiado buen grado.

Salió de la casa para comprobar si el coche de su padre estaba aparcado fuera. Recorrió el jardín hasta encontrarlo en el invernadero, al final de huerto, recogiendo las últimas fresas, la fruta preferida de su madre. Se acercó despacio, digiriendo a toda velocidad las emociones que le habían brotado al descubrir el empaquetado, a su entender precipitado, de las cosas de su madre. Se sentó en una banqueta de madera frente al invernadero. Siguió contemplando a su padre unos minutos antes de que él se percatara de que no estaba solo.

—¿Quieres una? Han salido riquísimas. ¡Tu madre estaría orgullosa!

Gabriele no pudo evitar probar una fresa y sentir en la simbiosis de dulce y ácido de su sabor la intensidad de la huella permanente de su madre en todo. Félix recogió unas cuantas más y se sentó al lado de su hija. Respiraba con dificultad por el frío y el esfuerzo. Se había pasado la mañana recolocando las cajas, cuidando el huerto y hablando con Greta.

—Siento haberme puesto como me puse con la salida al Almanzor. Decirle adiós, desprenderme de sus cenizas, me parte en dos, ¿sabes?

Gabriele se recostó en el hombro de su padre mientras le robaba otra fresa, embriagada por la añoranza de aquella escena sin ella.

—Yo siento haberme ido corriendo y con gritos. ¡A veces me comporto como una niña caprichosa y egoísta!

Félix acarició la cara de su hija de forma delicada, tímida. Intentando dibujar las caricias que tantas veces le había hecho a Gabriele cuando era pequeña.

—Para tu madre y para mí nunca dejarás de ser nuestra niña.

Gabriele sintió la emoción dentro de ella. «Deberías tratarlo con un poco más de cariño. Tu padre tiene un corazón blando, aunque aparente ser una roca.» Le vinieron a la mente esas palabras que con la voz a medio tono le decía siempre su madre. Con la misma delicadeza que las caricias de su padre, Gabriele le buscó la otra mano y se la oprimió con fuerza.

—Seguro que tu madre ahora mismo está sonriendo.

Gabriele rompió a reír. Su padre se le había adelantado en el comentario. Comprobó una vez más que su madre quizá tenía razón y no eran tan distintos como creía. Félix le habló de las cajas, de lo doloroso que había sido meter las cosas de Greta en ellas. De la resistencia a que cambiara todo, de no querer asumir el vacío que la muerte de Greta había dejado en su vida. Le hablaba despacio, como si cada palabra la hubiera cocinado antes. A Gabriele se le pasó el enojo de descubrir la mudanza hecha, verificando una vez más que detrás de la rabia está la tristeza.

—Solo queda una semana —dijo Gabriele.

Ninguno de los dos había imaginado que pudieran aguantar juntos cuarenta y dos días, ni tampoco podrían haber predicho cuánto habría cambiado todo. Quedaban tan solo siete días para cumplir con lo que les había pedido Greta. Estar juntos mientras duraba lo que los budistas creían que era el camino hasta la reencarnación. Siguieron contemplando el huerto y comiendo fresas, juntos, cogidos de la mano y robándose los pensamientos sobre Greta. Félix sabía que había llegado la hora de leer la carta. Su carta. La palpó como hacía todos los días para cerciorarse de que seguía con él. Gabriele se preguntaba cómo iba a proseguir con su vida después de terminar ese duelo. Cerró los ojos y se recostó un poco más sobre el hombro de su padre. Respirando aquel aire puro y queriendo sentir la presencia invisible de su madre en aquella calma extraña. Félix siguió acariciándola y sintiendo la presión de la mano de su hija sobre la suya. También cerró los ojos y pensó en Greta. Si es cierto que los muertos revolotean con las alas recuperadas alrededor de sus vivos, en la ráfaga de viento arremolinada que envolvió a Félix y a Gabriele, Greta se hizo una vez más presente desde el más allá.

16

Gabriele se había despertado temprano, incapaz de conciliar el sueño lo mismo que de moverse de la cama. Se había acostumbrado a los despertares de cuerpo pesado y a un escozor permanente en los ojos. Antes de levantarse, tomaba temperatura de su estado emocional. Durante aquellas semanas se había movido en una montaña rusa de huidas y retornos a la tristeza, a la realidad de la vida después de una pérdida. Tumbada en la cama, recorría una y otra vez la grieta del techo. Transformada en su cómplice y su mejor almidón para desactivar los fantasmas que acechaban su mente.

—Hoy hace cuarenta y ocho días que te fuiste, mamá —le dijo recorriendo la fisura, perfecto símil inconsciente del camino que ella misma había recorrido en aquellos días de duelo.

Faltaba solo un día para cumplir los plazos que había marcado su madre. Tan solo veinticuatro horas para desprenderse de la urna blanca que Gabriele cada mañana se había acostumbrado a saludar cuando bajaba al salón. Se frotó la cara, intentando aliviar la incómoda sensación de sentirse al filo de un acantilado justo antes de saltar al otro lado desconocido, después de haber cumplido con la promesa de mantenerse junto a su padre cuarenta y nueve días.

El duelo había pasado demasiado deprisa para Gabriele. Cuando el dolor aprieta, la razón desea huir para dar paso a la enajenación. Gabriele y Félix lo habían comprobado en la intimidad de los surcos que provoca el centelleo de recuerdos de Greta. Gabriele necesitaba más tiempo para levantarse. Más tiempo para despedirse. Más tiempo metida en el bardo, junto a su padre y su madre: ese lugar entre la vida y la muerte. Abría y cerraba los ojos tan secos de lagrimal que le dolían hacia dentro.

Félix también estaba despierto y en su cama. Contemplaba la carta que su mujer le había dejado escrita y que todavía estaba por abrir. Cerraba los ojos y hacía con los recuerdos lo mismo que Gabriele con la grieta del techo. Los coleccionaba cada mañana, engrosando en la fragilidad de la memoria, las fotografías de toda una vida con Greta. Un chispazo y fundido a negro. Él también había hecho las cuentas: últimas veinticuatro horas para seguir con el plan: la excursión al Almanzor.

¡Hola! ¿Qué tal estás? No sé nada de ti.
Recuerda que mañana a las 11.30
hemos quedado todos con Pascal
para preparar la excursión.

Tan solo eran las siete de la mañana. Gabriele había cogido el móvil para entretener los pensamientos pesados que la sacudían al despertar. Uriel le había dejado ese mensaje por la noche. Desde que se dejaron llevar por la pasión en Los Cerezos, había evitado verle o habían evitado verse. Gabriele no sabía cómo afrontar lo sucedido. Había disfrutado, sentido, gozado con Uriel en la cama, pero su mente era incapaz de dibujar mayor deseo que el improvisado. Se tapó con el edredón la cabeza, aguantando la respiración, otro modo de hacer diluir su imposibilidad para enfrentarse a Uriel después de haber cruzado la línea del deseo. Con la cabeza todavía metida dentro del edredón, activó la pantalla del móvil dispuesta a responderlo. La disuadió un mensaje de Luis.

Cariño, ¿por dónde andas? ¿Estás bien?
Recuerda que a las diez en tu casa.

—¡Luis! —Se hundió todavía más en la cama, incluso los más íntimos te pesan en ciertos momentos. Se percató de que, a modo de alud, amenazaba un ejército de pensamientos dispuestos a acompañarla a los infiernos si no salía de inmediato de la cama.

Félix se había levantado también para abrir las contraventanas y dejar que, poco a poco, la luz del día fuera entrando. El cielo amanecía de un color plomizo, cubierto de nubes crecidas de agua y desafiantes de tormenta. Se volvió a meter en la cama, con los calcetines de lana que Greta le dejaba siempre en el cajón de la mesita de noche para evitar que pasara frío. Se abrazó a la almohada de su mujer y cerró los ojos un par de minutos para imaginar una vez más el estrujón que se daban por la mañana. La intimidad se había vuelto cruel y difícil de sostener.

Se puso las gruesas gafas negras, se atusó el pelo revuelto, se sentó en la cama con las dos almohadas en vertical, convertidas en un perfecto respaldo, y volvió a mirar el sobre. Recorrió con los dedos la única palabra escrita: «Félix», en tinta azul y subrayada. Se había decidido al fin a abrir la carta, pero la vida, lo queramos o no, pasa casi siempre por encima de nuestra voluntad. Los ladridos de *Greco* le ofrecieron el tiempo suficiente para esconder el sobre bajo las sábanas, antes de que Gabriele abriera la puerta del dormitorio y sacara la cabeza.

—¿Tú también estás despierto?

Félix le devolvió la mueca de ternura, invitándola a pasar con unos leves golpecitos de su mano sobre el edredón. Igual que cuando era pequeña, Gabriele entró con timidez, se recostó sobre la cama y se dejó abrazar por su padre. Félix lo ejecutó con cierta tensión que al poco logró vencer y relajar los brazos, acariciando el pelo de su hija como tantas veces le había visto hacer a Greta. Unos minutos en silencio, con los ojos cerrados los dos. Reproduciendo otra escena de complicidad entre padre e hija.

—Me he acostado con Uriel.

Gabriele no fue consciente de su confesión hasta después de haberla soltado. Cerró los ojos con más fuerza y sintió cómo una espiral de vergüenza recorría su cuerpo, desprendiendo un inesperado calor. Félix frenó en un leve impulso las caricias, retomándolas apenas un segundo más tarde, mientras intentaba encontrar la mejor respuesta a lo que acababa de escuchar. Nunca hasta ese momento su hija había compartido confidencias de ese tipo con él. Aquel lugar lo ocupaba Greta, y Félix no esperaba sucederla en esa clase de intimidad y, mucho menos, tan rápido. Pero Gabriele había necesitado dar el paso, compartir de forma abrupta con su padre un suceso no resuelto en su cabeza. Dejar la adulta y volverse niña por un breve espacio de tiempo. Sobre aquella cama y en brazos de su padre.

—Es un buen chico. Y ha tenido mala suerte en el amor, como tú.

El comentario inesperado de su padre hizo reaccionar a Gabriele, que se incorporó en la cama con media sonrisa, el pelo revuelto y el rubor en las mejillas.

—¿Como yo? ¿Qué quieres decir?

—Bueno, era lo que siempre me decía tu madre. Que no tenías demasiada suerte con los hombres...

—¿Mamá te dijo eso?

Félix afirmó con la cabeza y se quedó pensativo mientras Gabriele intentaba meterse debajo de las sábanas, no sin esfuerzo por apartar a *Greco*, que se había subido a la cama al mismo tiempo que ella.

—Tenía razón. Con el único hombre del que he estado enamorada de verdad, la jodí. Y, bueno, se casó y también le jodí la boda...

—Fede.

Gabriele enmudeció al escuchar el nombre de Fede en boca de su padre. A pesar de los años de nula comunicación entre ambos, Félix no había perdido detalle de la vida de su hija. Gabriele se sintió reconfortada, importante para su padre y sonrió. Lo mismo hizo Félix, sonreír mientras volvía a acariciarle el pelo.

—¿Tú lo tuviste siempre claro con mamá? —le preguntó Gabriele, aprovechando esa ventana de intimidad entre ellos.

Félix volvió a tomar el tren de alta velocidad de los recuerdos hasta dar con la sacudida del corazón a galope, desbocado, de las primeras veces que había estado cerca de Greta. La mujer de gran belleza y un arrojo desafiante para la época, de sonrisa amplia y arrogante que le sedujo desde el primer momento.

—Tu madre ha sido mi único amor.

Aquella frase le hizo detenerse en seco. Félix pensó en si para Greta también había sido así. La sombra del recuerdo enterrado apareció, apagando su mirada. Gabriele se dio cuenta, pero, en lugar de consolar a su padre antes de tiempo, prefirió esperar. Necesitaba seguir escuchando.

—Yo no fui el único amor de tu madre, eso ya lo sabes... —Lo dijo con voz serena, con el aplomo del perdón y el tiempo—. Pero eso no me ha impedido ser el hombre más feliz a su lado.

Gabriele le cogió suavemente la mano a su padre. La sintió fría y la acarició con delicadeza para terminar sujetándosela con fuerza. Los ojos de Félix, tras los cristales de las gafas, aguantaron el envite.

—Papá...

A Gabriele también le había cambiado el rostro. Se había vuelto serio por la necesidad de compartir con su padre aquello que no hizo su madre: confesarle que había tenido un hijo. Tragó saliva. Estaba indecisa. Dudaba de si debía romper el pacto de silencio entre sus padres para revelarle a Félix la existencia de un hijo abandonado: el hermano de Gabriele, que había decidido rechazar su invitación y no saber nada de su madre biológica. Imaginó cómo la magia de aquel instante entre ellos se rompía con la confesión. Cuando estaba a punto de soltarlo, la vida volvió a arrollarla con la voluntad. Félix rompió sin saberlo, igual que unos minutos atrás con la entrada de Gabriele en la habitación, el momento de confidencias.

—Creo que esta mañana nos merecemos un desayuno rey, ¿no te parece?

—¿Chocolate caliente? —Gabriele volvió a sonreír—. ¿Hay cruasanes?

—Tu madre siempre tenía en el congelador por si te presentabas por sorpresa.

Félix y Gabriele saltaron de la cama. Nuevamente un desayuno de fiesta. Los desayunos de Greta los ayudaban a sobrellevar el nuevo día. Cuando era pequeña, la mañana de reyes era la preferida de Gabriele por el chocolate caliente, los churros y la bollería suculenta. Ya de adulta, aquellos desayunos se trasladaron a cada visita de Gabriele a sus padres. Con el tiempo se fueron espaciando, igual que las visitas, el chocolate y los churros.

—¡Qué gran idea, papá! Yo me encargo del chocolate y de soltar a *Greco* y a *Menina* en el jardín.

Félix y Gabriele habían huido una vez más de conversaciones difíciles, con la salvedad de que en aquella ocasión lo aceptaron sin resistencia. Gabriele comenzaba a asumir que su padre viviría mejor sin saber. Gerardo, al haber rechazado la propuesta, quizá ya no importaba, pensó, lo mismo que carecía ya de importancia el dolor que sintió su madre por haber tenido que renunciar a un hijo.

—¿Llamo a Luis y lo invito a desayunar? Habíamos quedado a las diez.

Félix se metió en la habitación de nuevo para rescatar el sobre que había dejado abandonado bajo la almohada. No había llegado todavía la hora de abrirlo. Lo besó, como había hecho decenas de veces, y se metió en el baño con él. Por la ventana del baño comprobó que el día seguía con la luz blanquecina propia de la melancolía. Abrió el grifo de la ducha y dejó correr el agua. Mientras esperaba a que se calentara, cayó en la cuenta de que ya no colgaba el albornoz de Greta, ni a través del reflejo del espejo se veían sus cremas o el perfume con el que cada mañana se rociaba. Solo un cepillo de dientes.

Gabriele salió al jardín con los perros para llamar a Luis, que descolgó el teléfono con la toalla sobre la cintura, sentado en un sillón de la suite, con el café en la mano y contemplando las vistas del nuevo día a través del gran ventanal de su habitación.

—Querida, un chocolate en honor a tu madre no me lo perdería por nada del mundo. Dame veinte minutos.

¿Quieres que baje al pueblo a por churros? ¡Por ti lo que haga falta!

Gabriele no supo negarse a la oferta de Luis. Así tendría algo más de tiempo para ducharse y desperezarse. Nada más colgar, Luis llamó a la Sole. Aunque Gabriele no había pensado en ella, él sabía que aquel desayuno debía convertirse en otro encuentro con la familia.

—¿Churros con chocolate? —De paso, le encargó a la Sole llevar los churros calientes a casa de los Gómez Bermejo. La Sole apenas acababa de salir de casa para abrir el Pimentón—. No creo que mi sobrina se aclare con el chocolate. ¡Dile que me encargo yo de todo! ¡Voy para allá! Y tú no tardes, que el chocolate no vale nada si se enfría.

Al colgar, la Sole llamó a Candela y le indicó que abriera ella el Pimentón con Carmencita. En menos de tres horas irían al encuentro de Pascal y el resto de la expedición.

—¿No crees que deberías ir tú sola? —le preguntó Ada.

—Ni hablar. A partir de ahora vamos a ir siempre las dos. Además, ¡ya sabes que yo no tengo ni idea de hacer buen chocolate! Y el de mi cuñada solo lo superas tú...

No hubo discusión, sino complicidad. Ada le acarició la mano a la Sole, que contempló orgullosa el anillo de compromiso que lucía. Aunque todavía no había fecha para la boda, sentía que había ganado seguridad y alegría con la pedida. Ada tenía esa misma extraña sensación y poco a poco iba perdiendo el pudor por las miradas de los vecinos o la felicitación de los clientes. La Sole llevaba algo peor los comentarios inesperados de gente que apenas había intercambiado con ella cuatro palabras en la cola de la charcutería y se atrevía entonces a validar o no su compromiso con Ada. Nunca le había gustado que nadie se metiera en su vida y desde que corrió la voz del compromiso, ella y Ada se habían convertido en la noticia de todos los corrillos.

—El otro día me llamó la cabrera para felicitarme. ¡A mí! ¿Se lo contaste tú? —le preguntó a Ada sorprendida.

—No hizo falta. Se había enterado por otros y me preguntó si podía llamarte para felicitarte. ¡Fue todo un detalle! Sé cómo son los de la montaña con estos temas, pero te tiene mucho aprecio. —Lo dijo con complicidad al descubrir algo de celos en la relación de Ada con la cabrera.

—¡No sé si se alegra tanto de que me vaya a casar contigo!

—No seas mala..., sabes que se alegra.

Sus vidas también habían cambiado y necesitaban poco a poco ir ajustando todo aquello con paciencia, a la espera de recuperar la dosis de intimidad precisa para dejar de ser de todos y volver a ellas, tal y como siempre habían sido.

—Por cierto, mis hermanos van a venir para la boda. Están felices de que por fin nos hayamos decidido a dar el paso.

—Todavía no le he pedido a Félix que sea el padrino... —A la Sole le temblaba el pulso cuando oía la palabra «boda».

Ada volvió a apretar con fuerza su mano. Sabía lo que significaba aquello y deseaba que la Sole estuviera lo suficientemente fuerte para enfrentarse a una posible negativa de Félix.

—Encontrarás el momento para decírselo.

Ada y la Sole llegaron a la casa recordando la última vez que habían estado allí juntas. Una comida familiar que Greta había organizado hacía unos meses. Logró convencer a

Ada para que asistiera, aunque terminaron discutiendo y llegaron sin hablarse a la casa. La comida duró apenas tres horas, con muchos silencios y alguna tensión resuelta por el empeño de Greta en reunir a la familia.

Caminaron por el jardín comprendiendo las intenciones de Greta de aquel día. La mirada de ella al pie de la puerta de la casa. Su abrazo y su necesidad de celebrar la vida cuando todos ignoraban que la suya estaba a punto de apagarse. Todo había cambiado desde entonces. De forma delicada, sutil, pero suficiente para sentir la diferencia.

Ada y la Sole entraron sin prisa, observando de lejos el antiguo sequero sobre un día blanquecino que reflejaba todavía más la ausencia. Vieron el coche de Luis aparcado junto al de Greta y el de Félix.

—Este muchacho se está ganando el cielo con Gabriele —dijo la Sole.

—Le has cogido mucho cariño al chico.

La Sole no contestó. No fue necesario verbalizar que Luis le había robado el corazón desde el primer momento. Aquellos días estaban siendo para todos como un extraño paréntesis en sus vidas, un periodo para reflexionar y volver a tomar aire, distinto a como habían sido las cosas hasta entonces. Luis era ya parte de esa familia. El gran apoyo que le había dado a Gabriele durante su exilio voluntario de la familia. Lo mismo que Cosme significaba para Félix.

—¿Tú crees que con los muertos nos comunicamos mentalmente? —le había preguntado la Sole una noche.

—Yo creo que hay muchas más formas de comunicarnos de las que la mente es capaz de entender.

—No me había pasado desde que mamá murió...

La Sole también hablaba con Greta, aunque, lo mismo

que con su madre, no lograba mantener una conversación larga. Su cabeza detenía cualquier posibilidad de que aquello no fuera producto de su imaginación, pero no podía evitar oír en su interior palabras sueltas con el color de voz de su madre o de Greta.

—¿Te ha dicho algo ahora? —le preguntó Ada.

—No, esta mañana nada. Pero anoche antes de dormir volvió a lo mismo: «Cuida de Félix». Siempre es lo mismo.

Ada llamó a la puerta de la casa con la sonrisa impregnada por la intuición de que aquel golpe de la vida estaba siendo una buena sacudida para todos. Alzó la vista al cielo y volvió a sonreír pensando en Greta, teniéndola presente, como el resto, con la ya familiar sensación de entablar una conversación muda con ella. Pensamiento con pensamiento. De los vivos a los muertos o de los muertos a los vivos. Solo los que han perdido a alguien saben que la locura se torna cuerda en el vacío de la ausencia.

Félix abrió la puerta con una amplia sonrisa. Abrazó de forma instintiva a Ada y luego a su hermana con mayor ternura. Extrañamente, había agradecido que su hija los invitara a Luis y a ellas. Llevaba unos días a disgusto con la soledad y le apetecía la compañía de los más cercanos. Olía a chocolate, a calor, a risas y a emociones vivas. La Sole se dio cuenta de que la casa estaba distinta.

En la cocina, Luis y Gabriele, divertidos, removían el chocolate. Ada comprobó con gusto que la espesura era la correcta y que el color delataba la mezcla perfecta entre agua y chocolate.

—¡Vaya! ¡A ver si vais a quitarle el puesto de maestra chocolatera a Ada! —dijo la Sole soltando la bolsa de churros.

—Los manuales de YouTube tienen la culpa —afirmó

Gabriele, feliz por verlas—. ¡Este chocolate va a estar exquisito!

La Sole ayudó a su hermano a terminar de poner la mesa para el desayuno. En el ritual de disponer tazas y cubiertos para todos, se dio cuenta de que llevaban semanas organizando más cenas y comidas que en muchos años. Percibió que desde la muerte de Greta todos se habían agarrado a cualquier pretexto para reunirse y celebrar la vida. Colocaron la mesa bajo la biblioteca, bajo la urna blanca de Greta. Instintivamente, la mirada de Félix iba para allá cada vez que dejaba un plato sobre la mesa, con la complicidad de la Sole, que contemplaba la escena en silencio. En una venida, Félix suspiró y se detuvo a mirar la urna más de la cuenta.

—¿Estás preparado? —le preguntó la Sole en la intimidad.

—Hoy iba a abrir su carta, pero me ha interrumpido Gabriele.

Félix no respondió a la pregunta de su hermana. No podía, porque todavía estaba cruzando el océano de ausencia que le había dejado Greta. Sus pensamientos solo podían avanzar a corto plazo. Al día siguiente como mucho, a lo que quería para su hija. Pero era incapaz de contemplar el discurrir de la vida sin Greta.

—¿Qué tal estás con Gabriele?

—Me gusta tenerla cerca..., pero sé que también ella tendrá que irse.

Félix se fue a la cocina, cortando la conversación. Cuando el dolor te perfora, aprendes a contener la tristeza. Aunque el tiempo de cada uno se había ralentizado desde la partida de Greta, en el exterior los días habían transcurrido a la misma velocidad de siempre. Cuarenta y ocho días desde su muerte. La Sole sabía que también Gabriele debía encauzar su vida, retomar o reiniciar sus deseos, sus sueños, aunque no supiera cuáles fueran, enfrentarse a su propio vacío. Igual que Félix, igual que ella.

—¿Piensas quedarte ahí o vas a probar el mejor chocolate del mundo?

Luis interrumpió los pensamientos de la Sole llevándole en una cuchara el chocolate caliente.

—Si te crees que voy a opinar lo mismo vas listo... El mejor, para mí, ya sabes quién lo hace.

Luis sonrió siguiéndola con la mirada, imitando su andar exageradamente empoderado hasta meterse en la cocina. No podía explicar lo que sentía por ella, pero era lo más parecido al recuerdo emocional de su madre.

La mesa estaba lista y el chocolate al punto y caliente. Habían dispuesto una taza y un plato para Greta. Gabriele también le sirvió chocolate y un par de churros en el plato. A nadie le extrañó la escena. Puede que todos entendieran que hija y padre habían preparado, al igual que la última cena, el último desayuno juntos. El preferido de Greta. El de Reyes y festivos.

Tampoco ninguno reparó en si tras el desayuno la taza seguía intacta o alguien la había removido. La realidad importa poco cuando invocamos a nuestros muertos. Desayunaron con el plato, la taza y una silla vacía que en el imaginario de todos ocupaba Greta, justo debajo de la biblioteca, donde seguía colocada la urna blanca con sus cenizas.

Ninguno había reparado en el tiempo. Ninguno excepto Pascal, que llegaba al Pimentón con noticias poco alentadoras para la excursión del día siguiente. Se avecinaba tormenta. Estaban todos reunidos menos Cosme y

Félix, que se habían quedado en la casa, terminando de ordenar las cajas con las cosas de Greta para dejarlo todo listo y limpio para la última despedida. Una excusa del Goloso. Necesitaba algo de intimidad con su amigo para empujarle a abrir la carta antes de la excursión.

—Hay que olvidarse siquiera de intentar subir. ¡Con este mal tiempo y tu inexperiencia, imposible!

—¿Podemos decidirlo mañana o hay que decidirlo ya?

En el Pimentón, Uriel y Gabriele llevaban varios minutos de cierta tensión. Para el resto, la tensión se debía a las noticias de temporal que les hacían replantearse la excursión al Almanzor. Para ellos tenía más que ver con haber traspasado la línea de la intimidad. Gabriele estaba molesta y le hablaba de forma algo cortante a Uriel, que solo intentaba que entrara en razón ante las advertencias de Pascal, que recomendaba salir otro día. El pronóstico del tiempo anunciaba empeoramiento en los próximos siete días y Gabriele ni podía esperar ni podía no cumplir la promesa que le había hecho a Greta.

—¡Mañana salimos! No se hable más. Y según nos diga Pascal sobre el terreno, decidiré si quiero subir o no.

Uriel miró a su amigo Pascal. Los dos entendieron que no había otro modo de avanzar que simular que Gabriele tendría la posibilidad de subir al pico del Almanzor si así lo deseaba. Los dos sabían que sería irrealizable, pero prefirieron eludir los detalles y proseguir con la organización de la excursión. El tiempo no les había facilitado las cosas y, si se cumplían las previsiones, en pleno camino de ida, podrían encontrarse con una tormenta de agua nieve que complicaría el retorno. Luis se mantuvo callado toda la reunión, lo mismo que la Sole, que prefirió dejar hablar a los expertos y hacer una lista detallada del avituallamiento para llenar las mochilas de todos. A pesar de la insistencia de Ada, la Sole le pidió que se quedara en el pueblo, junto a Candela. Simuló estar preocupada por la joven para convencerla de que abandonara la idea de acompañarla a la montaña. Hacía cuatro años le habían operado de los dos meniscos y sabía que no tenía la forma física para aguantar.

—¿Y Cosme? —preguntó Ada, en un intento desesperado por acompañarlos.

—Cosme es un superviviente, Ada. Él, si no llega, se quedará a medio camino para esperarnos. Y cuidará de Félix.

—¿Y a ti quién te cuidará? —le preguntó Ada.

—Pues Luis —respondió sin dudarlo—. Seguro que no me deja ni un minuto.

Gabriele no había quedado demasiado convencida con las explicaciones de Pascal y Uriel, pero le habían prometido llevar las cuerdas y el material técnico necesario para poder ascender al pico. No sabía por qué, pero estaba naciendo en ella la necesidad de poner cierto riesgo en todo aquello. Como si necesitara sentir la adrenalina del miedo para sobrellevar la despedida de su madre. El último adiós físico.

Luis salió a fumar, aburrido con los detalles técnicos de la excursión. Al contrario que Gabriele, no deseaba ver peligrar ni su vida ni su cuerpo y, si la cosa se complicaba, se plantearía en cualquier momento abandonar la gesta. Sus pulmones desgastados por los cigarrillos se lo agradecerían, y también su espíritu poco o nada aventurero. A pesar de todas sus reservas para madrugar y convertirse en montañero por un día, no podía venirse abajo por Gabriele. Le había prometido acompañarla hasta el final, y sabía que ese tránsito terminaba con el ritual de las cenizas.

Mientras apuraba el cigarrillo, contemplaba el movimiento del pueblo, el rumor cálido de sus calles, que nada tenía que ver con el bullicio de la gran ciudad, con el anonimato de la urbe. Justo cuando aspiraba la última calada, vio cómo un Lexus negro con los cristales traseros tintados se detenía frente a él. Le llamó la atención y esperó a ver quién descendía del coche. Un hombre de mediana edad salió por la puerta del conductor y, antes de cerrarla, se detuvo a mirarlo con cierta complicidad, elegancia y reconocida contención. Sin reparar en la reacción de Luis, abrió una de las puertas traseras del coche. De allí, Luis vio salir a una anciana ataviada con un abrigo de pieles y un bastón para sostener su equilibrio. Ella también le clavó la vista: desafiante, altiva y fría. Por la otra puerta trasera del vehículo, salió un joven vestido con un traje gris. Luis supo reconocer por el buen corte, por el lustre de los zapatos y por sus miradas que eran recién llegados a Candeleda. El joven tomó del brazo a la anciana mientras el conductor de mirada fina se acercaba hasta Luis y, sin casi detenerse, abría la puerta del Pimentón para comprobar si era el sitio que buscaban.

La Sole fue la primera en ver a los recién llegados. Su cuerpo y su respiración se bloquearon unos segundos. Ver aparecer a Marcelo por el Pimentón tuvo el mismo impacto para ella que si hubiera visto a un fantasma. No solo por la fobia que le había generado el asistente de doña Lola, sino también por el inesperado e improbable encuentro que podía llevar su presencia en Candeleda. Gabriele tardó unos segundos en percatarse de la visita, pero de inmediato se acercó al recién llegado sin intención de procesar lo que súbitamente se le había colocado en el bajo vientre.

—¿Te acuerdas de Marcelo, Gabriele? —dijo la Sole con la voz cortada, disimulando ante el resto.

—Sí, claro, usted es el asistente de doña Lola. ¿Cómo está? ¿Qué le trae por aquí?

No hubo tiempo a que Marcelo respondiera. El motivo de la visita entró por la puerta del Pimentón, acompañado de doña Lola y de Luis, que llevaba la sospecha en los ojos. A la Sole, nada más divisar al joven de elegante traje gris, se le cayó el vaso que llevaba en la mano. Dentro de ella un grito aspirado recorrió como un ascensor su cuerpo. Gabriele apenas reparó en el pequeño accidente. Estaba también sobrecogida, pero con la cabeza en modo activo como el centrifugado de la lavadora. Uriel, Pascal y el resto de los integrantes de la expedición dejaron de hablar para contemplar a los recién llegados. Una secuencia que solo doña Lola y la Sole entendían al completo, y así se lo comunicaron mutuamente con miradas cómplices nada más verse. Candela fue la única del bar que no tuvo reparos en seguir funcionando y, ante el hieratismo de todos, se encargó de recoger con agilidad los cristales rotos, barriendo el suelo de la escena, tan congelada como la de un crimen al descubierto.

—Hola, soy Gerardo. Tú debes de ser Gabriele...

Gabriele se saltó el saludo de mano y se abalanzó para abrazarlo. No pudo reprimir la emoción al verle frente a ella, con los ojos tiernos de quien no sabe cómo comportarse ante una extraña tan familiar. Gerardo, de estatura y complexión media, de piel cetrina, sin arrugas, barba fresca y pelo ondulado medio revuelto, se dejó abrazar, colapsado por el paso que acababa de dar a petición de doña Lola. Luis no dejaba de ladear la mirada hacia Marcelo, que también contemplaba con cierta emoción el encuentro entre Gabriele y Gerardo.

—No te fíes de esas lágrimas, todo es postizo en él.

La Sole, habiéndose percatado del reciente interés de Luis por Marcelo, no pudo evitar sacar las uñas y arañar, incluso en un momento de concordia como ese.

—Candela, dile a Antonio que dejen las cartas y despejen la mesa para los recién llegados.

Uriel, al darse cuenta de quiénes eran, llamó a su padre, que andaba con el vino y la nostalgia en casa de Félix. No hubo respuesta. El móvil de Cosme vibró varias veces en el bolsillo interior de su abrigo. Tan desconectado como estaba de la tecnología, ni por asomo lo escuchó. Cosme pocas veces atendía al móvil. Por unos segundos, Uriel estuvo tentado de llamar a Félix, pero una luz de pensamiento le llegó antes de proceder a lo que hubiera sido un desmedido adelanto de los acontecimientos.

La Sole, en cuanto tuvo a los recién llegados instalados en la mesa, entró precipitada en la cocina con la cara tan descompuesta como si hubiera visto a un fantasma. Buscó la botella de vino, un gran reserva para resucitar a los muertos que tenía escondido entre las cazuelas, tomó dos copas y, bajo la atenta mirada de Ada, las llenó de nuevo y le ofreció una antes de arrancar a hablar. Ada fruncía el ceño, intuyendo que se avecinaba uno de aquellos momentos de golpe emocional que siempre recuerdas.

—¿Qué ocurre? —preguntó Ada—. ¿No estás contenta porque el hijo de Greta haya aparecido?

La Sole miraba a Ada con el impacto de la certeza inesperada. Asimilando que no había un ápice de duda, sino una enorme convicción. Su cabeza era incapaz de encontrar las palabras que parecían esconderse ante la revelación que estaba a punto de hacerle a Ada.

—¿Estás llorando, Sole? ¿Qué ocurre? Ni se te ocurra irte sin decirme qué ocurre...

La Sole estaba metida de lleno en un colapso de emoción desbordante por el giro tan precipitado e inesperado de los acontecimientos. Sentía que todo encajaba. En su cabeza tenía todo el sentido, pero seguía incapaz de colocarlo en el orden preciso para que la magia que ella veía en todo no se accidentara. Se bebió la copa de un solo trago y sin respirar soltó la bomba.

—Gerardo es mi sobrino.

—Bueno, ¡ya lo sabías! —Ada se creyó aliviada por un segundo. Solo por un segundo, hasta que ella logró también conectar con lo que le estaba tratando de decir Sole—. ¿Qué tiene eso de especi...?

Ada no pudo terminar la frase.

—¿Quieres decir que Gerardo es...? —Ada no podía despegar la mirada de la Sole para no perder la afirmada certeza que veía en su rostro desencajado. Después de un par de segundos, fue ella quien verbalizó la certeza en forma de pregunta—. ¿Crees que Gerardo también es hijo de Félix?

La Sole movió la cabeza afirmativamente y comenzó a aplaudir y a dar pequeños saltos para soltar la emoción que brotaba en su interior y que era incapaz de verbalizar. Para ella, aunque en una madeja de pensamientos, todo había cobrado sentido.

—Pero ¿cómo estás tan segura? ¡Sole, haz el favor de parar y contarme! —Ada necesitaba, al contrario de la Sole, una explicación a la seguridad de la Sole, que le cogió las dos manos y la miró emocionada porque no era ella, sino la biología, quien sacaba de dudas incluso al más escéptico.

—Es igual que Félix —dijo al fin con el mismo ímpetu que un viento huracanado—. ¡Son dos gotas de agua! Podría dudar de quién es la madre, pero te aseguro que mi hermano es el padre biológico de ese chaval.

Mientras Ada todavía estaba reaccionando a la noticia, Gabriele entró en la cocina con el pulso tembloroso y la mirada aturdida.

—¿Tú también lo has pensado? Dime que tú también estás pensando lo mismo que yo...

—Cariño, si su padre no es tu padre..., te puedo asegurar que entonces tú tampoco eres su hija. ¡Es igual que tu padre! ¡Igual! ¡Son como gemelos!

Gabriele no era capaz de asimilar con tanta celeridad aquel cambio de algoritmo en la ecuación. En menos de media hora había pasado de pensar que no iba a conocer jamás a su hermano y que su madre no tendría una despedida completa... a descubrir que aquella despedida era una bienvenida: un encuentro entre dos hermanos y un padre. Gabriele pasó del júbilo al pánico al darse cuenta de que su padre no tenía la menor idea de lo que estaba a punto de suceder.

—¿Y cómo lo vamos a hacer? ¿Se lo decimos nosotras? ¡Es que son iguales!

Ada decidió salir para encargarse de los invitados y los clientes. Aquello era demasiado grande y delicado para intervenir. Prefirió atender a los recién llegados y dejar que la Sole y Gabriele debatieran los pasos a seguir. Tenían unas horas, hasta la mañana siguiente, para recabar toda la información antes de soltarles la liebre a Félix y a Gerardo.

—¿Cómo sabes que no lo sabe? —le preguntó la Sole a Gabriele.

—Porque me hubiera abrazado de otro modo si supiera que somos hermanos... ¡completos! ¿Sabes? De padre y madre.

—Hay que hablar con la vieja. ¡Estoy segura de que lo sabe todo!

Gabriele estuvo de acuerdo con su tía. Necesitaban saber si todas las reticencias de doña Lola para ayudarlas venían dadas para proteger a Gerardo y evitar que se descubriera el pastel. Que el padre de aquel niño no era Julio, sino Félix.

—¿Dónde se hospedan?

—Estoy segura de que se quedarán en Los Cerezos, pero lo sabremos ahora. Hay que hablar con doña Lola.

Doña Lola permanecía sentada y en silencio, observando la escena. Le temblaban las manos, y no solo por la edad, sino también por las circunstancias. Marcelo le ofreció un vaso de agua, cosa que la anciana agradeció porque tenía la garganta seca. No pensaba abandonar el pueblo sin Gerardo, al que consideraba su nieto adoptivo, aunque nunca se lo había dicho.

—¿Estás bien?

Uriel intuyó por la mirada estresada de Gabriele que algo estaba ocurriendo. Gabriele respondió con evasivas. No quiso compartirlo con Uriel. Seguía algo distante con él, por la incomodidad de cuando dos personas se acuestan y fingen que no ha pasado nada. Gabriele había salido de la cocina tan sobrepasada que era incapaz de procesar nada y necesitaba encontrar un ambiente emocionalmente estable para prepararse para todo lo que estaba a punto de suceder.

—He llamado a mi padre, pero, como siempre, no contesta. Pensaba llamar a Félix, pero luego se me ha ocurrido que podía ser un gran error.

Gabriele ni siquiera era capaz de enfocar su mirada en Uriel. Tampoco prestó la suficiente atención para alterarse porque Uriel hubiera estado a punto de revelárselo todo a Félix. Lejos de eso, respondió como una autómata, sin emoción y dulcemente extraña.

—Sí, por favor, Uriel. Si te llama tu padre, no le digas nada de Gerardo. Necesito algo de tiempo.

La Sole no despegaba la mirada de doña Lola. Recorría su rostro severo sintiendo una noria de emociones extremas que pasaban del agradecimiento al odio por haber ocultado durante tanto tiempo la verdad.

—¿Podemos seguir entonces con los preparativos para la excursión de mañana? —Pascal volvió al tema que le ocupaba. Le habían convencido para que accediese a mantener el día de la excursión a pesar del tiempo. Aceptó, pero cada minuto que pasaba sentía el arrepentimiento por la falta de humor y empatía de aquella familia. Deseaba terminar cuanto antes todo aquello, que le daba mal augurio.

—Sí, por favor, sigue, Pascal —se precipitó Uriel a decir para que su amigo continuara con las explicaciones.

La Sole hizo un ejercicio de contención con doña Lola, que observaba cómo Gerardo aterrizaba con timidez en aquel ambiente, con aquellos extraños que, sin que lo supiera todavía, eran su familia. Siempre lo habían sido. Apenas habló en toda la mañana. Solo escuchaba y contemplaba de reojo a Gabriele, que no dejó de intentar ser cómplice con medias sonrisas y atenciones, pero sin atosigarlo demasiado. En su mirada, Gabriele supo ver resquicios de duda por haber acudido. Lo que ignoraba era que Gerardo sabía desde hacía años que su madre lo había abandonado, pero nada más. Aunque se había criado con sus abuelos, creyendo tener un padre emocionalmente inmaduro que pocas veces ejerció como tal, el rencor por haber sido abandonado por su madre lo había llevado a no querer jamás buscar ni conocer a Greta. Gerardo lo supo con veinte años y, aunque doña Lola había intentado que cambiara de opinión, decidió olvidarse de su madre biológica, como él creía que había hecho ella con él. Doña Lola no rompió el silencio, no le contó la historia completa por terror a perderlo. Si Gerardo buscaba a Greta sabría que Félix era su padre biológico y culparía a doña Lola de habérselo ocultado.

—Gracias por estar aquí. No te lo voy a dejar de agradecer nunca.

Gabriele al fin se acercó a Gerardo. Después de un tiempo merodeando alrededor de él se sentó a su lado con la voz temblorosa y la postura de una colegiala que no sabe cómo comportarse. Gabriele le sonrió con ternura mientras sostenía entre sus manos la taza fría de café. Sus dedos tamborileaban sobre la taza al compás de su pie derecho. Gerardo, de modales refinados, disimulaba mejor los nervios que Gabriele, pero tampoco sabía cómo comportarse con ella ni con ninguno de los presentes.

—Seguro que te ha costado mucho decidirte. No ha tenido que ser nada fácil.

La sonrisa tímida de Gerardo se apagó de inmediato. Hacía tan solo dos días que se había enterado de lo que pensaba que era la historia completa. Que su madre fue obligada a elegir presionada por sus abuelos por el buen nombre de la familia. Dos días que doña Lola, decidida a no irse del mundo sin limpiar su conciencia, había desempolvado la verdad. Aunque había obviado detalles importantes, como los caprichos de la biología y su incuestionable parecido físico con Félix.

—No lo he sabido hasta hace dos días. Yo pensaba que mi madre me había abandonado, no que la habían forzado a hacerlo. No sé por qué he venido. Todo esto es una pesadilla para mí. No me hablo con mis abuelos. He discutido con ellos. No puedo comprender cómo hicieron aquello, cómo me negaron a mi madre...

Uriel y Pascal se habían retirado de la mesa en silencio. No había más que hablar sobre la salida al Almanzor. Gerardo tenía reflejado en los ojos el mismo océano que Gabriele. Los dos se habían quedado huérfanos, con la salvedad de que ella había disfrutado a su madre y Gerardo no. A él le arrancaron esa posibilidad nada más nacer.

—No sé qué decirte... Yo me enteré de tu existencia hace tan solo unas semanas, por la carta que me dejó mi madre. —Hizo una pausa incómoda, sin saber si cambiar el pronombre para incluirle a él, pero decidió darle más tiempo para procesarlo todo—. No me pude despedir ni tampoco pedirle explicaciones.

Ahora era Gerardo quien tamborileaba en la taza con sus dedos, escuchando sin mirarla.

—Ahora mismo odio a todo el mundo. ¡Estoy furioso! —Lo soltó en un hilo de voz.

—Yo me he pasado más de veinte años odiando a mi padre porque creí que era él el que había faltado a mi madre. Y fue ella...

Gabriele, con la confianza que dan las confesiones, le puso la mano en la rodilla derecha para que su pie cesara unos segundos con la danza. Se miraron en silencio, con la extraña complicidad de sentirse comprendidos. Gabriele sabía que no tenía consuelo para Gerardo, como nadie lo había tenido para ella. Por eso no lo trató con compasión ni pena, pero sí con la alegría contenida de tenerlo allí, junto a ella.

—Me alegro mucho de que estés aquí. Por ella. Y por... por mí. Siempre pedí un hermano, ¿sabes? Y nunca me lo dieron.

Gabriele se volvió a abalanzar sobre Gerardo. Necesitaba abrazarlo aunque el cuerpo de él siguiera tenso, confuso, esquivo de cariño, pero tan necesitado como lo había estado ella.

Luis, que había despertado a lo que estaba ocurriendo gracias a la Sole, acompañó con esta a doña Lola y a su asistente a Los Cerezos. La anciana no solo necesitaba descansar, sino también hablar con la Sole sobre lo sucedido. Sabía que le debía una explicación y una disculpa, aunque de poco servía cuando el rodillo de la vida ya les había pasado por encima a todos.

La anciana agradeció con pocas palabras la cariñosa bienvenida y le pidió a Marcelo que la dejara reposar hasta la noche. Habían reservado la suite presidencial de Los Cerezos, la misma que habían utilizado Uriel y Gabriele. Un perfecto apartamento inglés con salón con chimenea y jardín privado para recibir invitados que, como cualquier habitación de hotel, acumulaba con el paso de los días historias en sus paredes.

—He pedido comida. ¿Te apetece comer conmigo? A las que somos viejas la soledad nos espanta... —le dijo doña Lola a la Sole.

Luis y Marcelo se retiraron con miradas encendidas. Deseos despiertos que solo unos pocos reconocen. Las dejaron sentadas frente a la chimenea del salón de la suite, que, siguiendo las estrictas indicaciones que Marcelo había dado al hacer la reserva, estaba encendida con la llama alta y fuerte, como le gustaba a doña Lola. Sobre la mesa, un mantel blanco de lino, la botella de Valbuena 5.º recién abierta y dos copas. La Sole sirvió el vino ante la atenta mirada de doña Lola, que refugiaba sus rodillas bajo la manta de cuadros, que Marcelo había llevado de la casa. Lo mismo que su almohada, el jabón de lavanda de la Provenza francesa y la manta eléctrica para calentar la cama. Pocas cosas para una anciana de casi noventa años que hacía más de cinco que no se movía de su casa.

—¡Por la familia!

La Sole no esperaba un brindis tan temprano y contundente. Pocas palabras y excesivo contenido en hechos y deseos.

—Hoy me siento enfurecida por mi vejez. Ojalá tuviera unas piernas que me permitieran despedirme de Greta como desearía. Fue como una hija para mí.

Doña Lola repitió lo mismo que en las ocasiones anteriores. Su sentimiento por Greta, su dolor por la pérdida, su abandono, su rechazo... Todo le habría parecido de lo más aburrido a la Sole si no hubiera tenido el discurso de doña Lola la salvedad de, al fin, incluirse en la historia.

—No me perdono haberle quitado la oportunidad de conocer a su hijo. Es un peso que me llevaré a la tumba. Pero sinceramente no creí que fuera a morir tan joven.

Doña Lola hablaba con el dolor digerido y la frialdad de quien no goza de demasiado tiempo para el arrepentimiento. Seca, autoritaria, tan estricta que no se permitió soltar ni una lágrima.

—Lamentarse por los errores que cometemos es llamar a la muerte pronto. ¡Greta nunca lo superó!

Dos asistentas del hotel llegaron con bandejas de plata e interrumpieron la conversación disponiendo la comida en la mesa con sigilo y silencio. La Sole aflojó los nervios. Comprendió que de poco le servía a una anciana atormentada el reproche. Doña Lola, aunque fuera incapaz de confesarlo, se había castigado todos aquellos años por no haber sido capaz de contactar con Greta.

—Se lo conté a sus abuelos cuando me di cuenta de que su hijo Julio no podía ser el padre, pero me pidieron que me mantuviera al margen. Yo adoro al chico y me convencieron de que era lo mejor para él. Que le íbamos a romper la vida y que seguramente no nos lo perdonaría nunca. Yo solo soy una vieja, y, aunque la gente lo diga, por vieja no se te ablanda el corazón. El mío siempre ha sido una roca.

Consomé, *carpaccio* de ternera con parmesano y unos muslos de pollo de corral al horno con patatas y orejones. Doña Lola contemplaba la mesa inapetente mientras hilvanaba su discurso. Quiso ofrecerle una buena comida a su invitada, aunque no se equivocó al pensar que ninguna de las dos la probaría. La Sole no había abierto la boca. Escuchaba atenta, ávida por comprender toda la historia y el sufrimiento del rostro de aquella mujer, que desde el primer día le había parecido inquietante.

—Hubiera dado mi vida por la suya. A mí hace tiempo que la muerte me ha regalado días. Pero Greta se merecía otra cosa.

No suele haber más consuelo para el remordimiento que el perdón de nuestros propios errores. La Sole lo sabía como cualquiera que hubiera necesitado perdonarse para seguir adelante. Doña Lola huyó de la compasión ajena. Mientras hablaba se mantuvo rígida, inclemente. Solo reconfortada con su bastón, que acariciaba suavemente buscando consuelo velado.

—Debería comer algo, está todo delicioso. —Fue la primera frase que la Sole pronunció después de escuchar a la anciana.

—Agradezco tu amabilidad —respondió doña Lola, mostrando que la edad todavía no le había arrancado la lucidez mental—. Sé que por dentro te llevan los demonios. Haber ocultado que tu hermano es el padre del muchacho es imperdonable, lo sé. Pero espero que jamás la vida te ponga en una tesitura igual.

La Sole agradeció la sinceridad de doña Lola. Lejos de sentir rabia, le había brotado compasión hacia la anciana. Sufría por ella y su tormento, que trataba de disimular con frialdad. Aunque Greta no hubiera llegado a conocer a su hijo, doña Lola había hecho esfuerzos para intentar reparar lo que el destino se encargó de tejer. La Sole pensó que doña Lola y ella no habían tenido un buen comienzo, pero aquella visita se había convertido en un buen remiendo.

—Habrá oído hablar de la leyenda sobre el hilo rojo.

Doña Lola la miró extrañada. No esperaba que la Sole le respondiera con una leyenda que seguramente llevaría consigo una moraleja lacrimógena. No soportaba los cuentos que terminan felices y comiendo perdices. No deseaba escucharla, pero se había prometido tener una tarde conciliadora.

—He tenido que enhebrar muchos hilos rojos en mi vida —dijo, guardándose para sí misma lo de ser felices y comer perdices.

La Sole sonrió por la metáfora que sin saberlo acababa de hacer doña Lola. Siguiendo la historia de los hilos rojos invisibles atados en los dedos meñiques y conectados a otros, la anciana terminaba de activar unos cuantos, incluso el de ella misma, pero sobre todo el de Félix con Gerardo.

—Mi hermano no sabe nada. Ni siquiera que Greta tuvo un hijo. Nunca quiso saberlo. Tampoco le pregunté jamás si tuvo sospechas. Cuando Gabriele leyó la carta que le había dejado su madre, Félix no quiso saber lo que le contaba. Gabriele no ha sido capaz de decirle que su madre tuvo un hijo al que renunció por miedo a perderlo a él.

Mientras la Sole le contaba a doña Lola la historia de las malas decisiones de la familia Gómez Bermejo, se percataba de que estaba aterrorizada por cómo Félix iba a reaccionar cuando se enterara. No estaba segura de cómo debían proceder. Su hermano era igual de duro por fuera que doña Lola, pero vulnerable por dentro. Todos lo sabían y aquel giro del destino les había descubierto una carta en la baraja que siempre había estado allí pero que ninguno, ni siquiera Greta, había visto.

—Ojalá me hubiera dejado una carta a mí —le dijo Gerardo a Gabriele en medio del bullicio del Pimentón—. Así podría saber si realmente me echó de menos y se arrepintió de haberme dejado. No dejo de pensar en por qué no fue a por mí... No puedo entender, por mucho que me lo haya explicado doña Lola, que no decidiera luchar después.

No había consuelo para el resentimiento de una ausencia que solo con los años lograría colocar en un lugar donde no le doliera. Gabriele se había quedado muda, comprendiendo que la vida de Gerardo se había agrietado como los espejos falsos en los que durante tantos años nos sentimos reflejados para no encontrarnos con nuestros propios fantasmas.

—¿Te importaría acompañarme al hotel? Necesito descansar un poco. Me siento aturdido.

Gabriele no fue capaz de confesarle que no lo había perdido todo, como él creía. Que estaba a punto de descubrir que había ganado una familia que deseaba abrazarlo. No quiso arriesgarse a que no acudiera a esparcir las cenizas. Fue egoísta y prefirió medir sus palabras, al menos por el momento. Ada se despidió de Gerardo con un beso en la mejilla, un abrazo corto y mucha ternura en la mirada.

—Nos vemos mañana. El Pimentón se encargará de que no os falte de nada para el camino.

El trayecto hacia Los Cerezos fue silencioso, reflexivo. La llanura del prado, las grandes casas señoriales, escondidas, perdidas en el vergel lejano, y los caminos de tierra.

Vidas desconocidas, puede que con secretos por descubrir o que jamás serán desenterrados. Una carretera recta, sin curvas. Con la línea intermitente pintada en el asfalto y unos carteles fugaces anunciando alguna casa rural perdida como únicas señales. Gerardo contempló el paisaje sin ánimo de hablar más. Llevaba entre las manos el móvil, que no dejaba de centellear y vibrar, aunque no reparaba en él. Seguía abducido por el *shock*, debatiéndose entre huir y seguir adelante con aquello. No había dejado de hacerlo desde que se había encontrado cara a cara con Gabriele. Despedirse de una madre que lo había abandonado, que ni siquiera lo había tenido en brazos un solo segundo. Gabriele vio la duda en su mirada antes de despedirse, pero no fue capaz de quitarle la posibilidad de huida de la cabeza. Ella no sabía cómo habría reaccionado. Puede que ni siquiera se hubiera presentado, y por eso no insistió.

—Si quieres hablar o ir a cenar esta noche, llámame. Sé que no está siendo nada fácil para ti, y no sabes cuánto lo siento.

Bajó del coche para despedirse y estuvo tentada a abrazarlo de nuevo, pero Gerardo reaccionó con la cabeza gacha. Había recibido demasiado consuelo de una hermana desconocida a la que rechazaba al tiempo que le gustaba su presencia.

—¡Gabriele! —Gerardo gritó su nombre mientras ella maniobraba el coche con la ventanilla bajada para salir de la zona de aparcamiento. Gerardo se apoyó sobre el cristal y, sin apenas mirarla, soltó un deseo inesperado.

»¿Podrás traer fotos de ella? Me gustaría que me siguieras contando...

Volvieron a mirarse, reconociendo aquel lazo invisible de amor irracional e incondicional que había brotado en ellos, aunque todavía no fueran conscientes. Se sonrieron y volvieron a despedirse, un poco más próximos. Gabriele se alejó con la esperanza recuperada. No todo estaba perdido. Volvía a creer en Gerardo, en aquella carretera recta que miraba ahora al Almanzor, a la cara sur de la sierra de Gredos, que protegía aquella tierra de las inclemencias severas, de los golpes irreparables. Mientras retomaba el camino de subida, curvas, rocas y vegetación salvaje, sintió el desbordamiento de emoción en sus ojos, que rebosaban lágrimas sin cesar. Volvía la tristeza, mezclada con la impotencia de no haber llegado a tiempo para cerrar el círculo inconcluso de su madre. A ella también le costaba comprender por qué no había podido ser de otra manera, por qué su madre se había quedado sin conocer la verdad. Gabriele no obtendría respuesta, como así había sido en otras ocasiones de su vida y así seguiría siendo. No somos dueños de nuestro destino. Solo tomamos decisiones, caminos nuevos en un laberinto tan infinito como nuestras dudas al respecto del sentido de la vida. La vida arrolla, lo queramos o no, más allá de nuestras voluntades. Solo el amor es capaz de traspasar la propia vida. Gabriele volvió a llorar por la muerte de su madre, por su ausencia, por continuar sintiendo la incredulidad de no volver a verla. La muerte estúpida te arranca lo que más quieres sin pedirte permiso. Sintió ganas de llegar a casa y abrazar a su padre. Él todavía era real y con claridad deseaba exprimirlo a besos, a conversaciones, a abrazos, a desayunos, a silencios, a discusiones, a risas y a llantos.

17

Querido mío:

Llevo decenas de cartas escritas, pero todas terminan en la papelera. Ninguna me sirve para ti, ninguna es suficiente para despedirme. Hasta hace poco jamás pensé en la muerte, y las pocas veces que hablamos de ella tú siempre concluías la conversación con la certeza de que el primero que dejaría este mundo serías tú. Lo queramos o no, Félix, la vida siempre acaba por coger el timón. Sé que, cuando te decidas a leer esta carta, todavía estarás discutiendo con la muerte, con mi muerte. Eres fuerte y siempre has creído que podías con todo, incluso decidir quién moriría primero de los dos. Te imagino leyendo agotado, todavía luchando para aceptar que yo me fui antes. Y solo de imaginarte se me parte el alma y me entran unas ganas terribles de salir de la habitación donde estoy escribiendo y correr a abrazarte allí donde estés.

La decisión de escribir estas cartas ha sido muy difícil. He dejado la tuya para el final. Por muchos motivos, pero el más importante era decidir si me mantenía en silencio o te lo contaba todo. Puede que no te haya gustado que lo haga por escrito y que sea algo que todavía estés recriminándome. Quiero que sepas que lo entiendo, pero cuando sabes que tienes la muerte cerca ves con claridad qué es lo mejor para ti y para los que quieres. Yo he decidido callar, escribir y así alargar nuestros días felices sin ver la sombra de la muerte cada vez que me mires. Además, me he imaginado miles de veces la conversación a tres: tú, Gabriele y yo, confesándonos al fin, soñando con cómo la vida nos podría haber ofrecido una tercera oportunidad. La segunda ya me la diste con tu perdón. Pero si me dieras una tercera sabiendo que me estoy muriendo, la pena lo empañaría todo. Y sabes que nunca he soportado la compasión de nadie. Todos estos años he sido incapaz de borrar de tu mirada la duda de si te he querido como tú a mí, y puedo asegurarte que así lo he hecho.

Tu perdón cuando volví a casa fue un nuevo comienzo, pero el precio fue demasiado alto, al menos para mí. Nunca te hablé de ello porque me parecía egoísta después de todo lo que había ocurrido. Al principio creí que tener tu perdón sería suficiente, pero me equivoqué. La necesidad desesperada de no perderte me convenció de que por seguir contigo sería capaz de borrar todo lo anterior. Con los años me di cuenta de que no podemos huir de nuestro pasado. Te prometí que jamás miraría atrás, una promesa que incumplí conmigo misma.

Enterramos el pasado, como me pediste, pero en mi interior brotó una tristeza tan fuerte que erosionó algo de mí. Una melancolía infinita que poco a poco destronaría la alegría de teneros a Gabriele y a ti junto a mí. Y tú, mi amor, no te sientas mal ni triste por ello, porque lo intentaste con todas tus fuerzas. Te desviviste por devolverme la mirada que perdí y nunca más recuperé. Recuerdo todo tu afán por hacerme sonreír y tus silencios preocupados por mis abstracciones cada vez más frecuentes. «¿Dónde estás? ¿Te ocurre algo?», me preguntabas. Millones de veces pensé en contártelo, pero no fui capaz, y con el tiempo veía más injustos mis deseos de que conocieras la historia completa. «¿A qué se debe esa cara triste?» Solo tú sabías que, desde que volví a casa, no fui la misma, aunque lo disfracé, lo disfrazamos, por todo el amor que siento por ti y por Gabriele. Mi amor por ti fue lo primordial, a pesar de la necesidad de contarte quién era yo realmente, el monstruo en el que me había convertido. Mi amor por ti consistió en respetarte y no contarte lo que ocurrió durante aquellos meses de ausencia. Puede que ese haya sido mi castigo por abandonaros, porque mi ambición hubiera pesado más que el temor a la pérdida...

Ahora que el tiempo se me ofrece de descuento, llevo semanas preguntándome si debo contártelo o morir con ello. He escrito listas infinitas para saber qué podía ser mejor para ti y para Gabriele. Con nuestra hija no dudé. En su carta le conté lo que ocurrió, incluso lo que no sabes. En aquel momento, cuando escribí la carta de Gabriele, creí que lo mejor sería que tú te quedaras con la versión que acordamos los dos, pero, Félix, no puedo morirme sin por lo menos escribirlo, decírtelo en esta carta, ya que en persona, a pesar de que lo he intentado, me ha resultado imposible. ¿Por qué?, te preguntarás. ¿Por qué no en persona? ¿Por qué no en una de nuestras conversaciones de chimenea y libros? Por egoísmo, nuevamente, y por pena. Me muero de pena con solo imaginarme un segundo, un minuto con una mala palabra tuya, una mirada de desprecio... No la habría olvidado, mi memoria se la habría grabado a fuego, y a las puertas de una muerte incierta no deseo que nada horrible martillee mi mente. La culpa y el miedo nos convierten en seres marchitos, y yo no puedo imaginarme mis últimos suspiros sin ver lo que hemos sido el uno para el otro. Sin lo que has sido tú para mí: el amor de mi vida.

Félix interrumpió sus pensamientos. Abruptamente su cabeza dejó de repasar la carta de Greta que no había dejado de leer durante la noche y se la había aprendido de memoria. Él y Gabriele habían llegado al punto de encuentro para comenzar la subida al Lago Grande. Fueron los primeros, veinte minutos antes de la hora prevista. No le importó esperar en el coche junto a Gabriele. En silencio. Estaba agotado y conmovido por la carta de Greta. Otra noche en blanco, esta última del todo justificada por lo que su mujer había decidido revelarle por escrito. Había necesitado releerla hasta el agotamiento. Gabriele miró a su padre y decidió callar. En la mente de Félix había vuelto a activarse palabra por palabra aquella carta mientras, refugiado del frío con un abrigo de plumas, un gorro de lana, botas de montaña y sus palos de *trekking*, se mantenía en aislado, a medida que el resto del grupo iba llegando.

3 de marzo de 1990. Imposible borrarlo. No recuerdo la hora, pero sé que era temprano, de madrugada, cuando abandoné al hijo que acababa de dar a luz.

No dejaban de atormentarle aquellas palabras con las que Greta le había confesado que se quedó embarazada y que tuvo que dar en adopción al bebé. ¿Cómo era posible que hubiera estado tan ciego? Félix andaba metido en un huracán de emociones, todavía incapaz de verbalizarlas. Lleno de palabras, pero mudo. Callado con el empeño de encontrar un sentido más allá de todo; tratando de reordenar su cabeza bajo la atenta mirada de su hija.

Previamente, durante el desayuno precipitado, Gabriele había respetado el retraimiento de su padre mientras tomaban café antes de abandonar la casa. Tuvo el presentimiento de que algo había ocurrido, pero lo dejó pasar. Había llegado el último día y su mente andaba persiguiendo miedos, todos relacionados con el encuentro de Gerardo con su padre. Le observó con respeto y lo trató con el mayor mimo que supo. Los dos tomando su café en las tazas que Gabriele había hecho de niña. Él en la suya y Gabriele en la de su madre. Un último homenaje en el único objeto que había quedado de Greta en la casa. Antes de partir Gabriele le eligió la bufanda a su padre y se la colocó, igual que hacía su madre, alrededor del cuello y con el nudo central protegiéndole la garganta. Luego acarició a *Greco* y *Menina* sintiendo que no los pudieran acompañar.

—¿Te importa conducir tú? Todavía está oscuro.

—Claro, papá. Además, te veo cansado..., ¿todo bien?

Nada estaba bien en el interior de Félix, y mucho menos después de la carta de Greta. Gabriele no dejaba de morderse el labio y bajaba la cabeza, indecisa por si debía hablarle de Gerardo antes de llegar o dejar que todo sucediese. Ella, igual que su padre, tampoco había podido dormir.

—Mira, Gabriele, a mí todo esto me tiene superada.

—Gabriele recordó las palabras de su tía mientras seguía intentando decidir si se lo confesaba todo a su padre en el coche—. Me he pasado la noche dándole vueltas y sin apenas dormir.

—¿Y qué crees que es mejor, tía?

A las cinco de la mañana, la Sole y Gabriele mantuvieron una conversación telefónica a escondidas de Félix. Y por si fuera poco, sin que su padre lo hubiera visto, Gabriele había vaciado un par de álbumes con fotografías de su madre, tal y como le había pedido Gerardo.

—¡Esto es una locura! —le confesó a la Sole—. ¿Cómo crees que va a reaccionar mi padre cuando se entere de que tiene otro hijo? ¿No crees que es mejor que se lo cuente antes de que se encuentre cara a cara con él?

La Sole no se atrevió a decidir por ella. A Gabriele tampoco la habían ayudado demasiado los wasaps que se había mandado con Luis.

«No sé, estoy cagada. ¿Y si todo sale mal?», escribió Gabriele.

«Tantéale en el coche..., pero ni se te ocurra soltárselo a bocajarro.»

El volante estaba helado por la noche fría y todavía oscura. Gabriele encendió el motor y las luces. *Greco* y *Menina* se resguardaron del viento en la casa, apenas sacaron el hocico para despedirlos. Félix y Gabriele seguían dentro del coche con los abrigos puestos, la calefacción del auto tardó unos minutos a calentar el ambiente. Los dos temblaban, no solo por el frío. Félix miró a Gabriele y, como primera muestra de complicidad del día, lo hizo mientras se desanudaba la bufanda.

—No te preocupes, que a la llegada te la vuelvo a poner —le dijo Gabriele, devolviéndole el gesto de complicidad.

Sonrieron con tristeza. Solo cuando pierdes a una de las patas de tu vida practicas esa sonrisa apagada a la que, como a las bombillas, bruscamente se le ha fundido la alegría. Metido en el coche y con el martilleo de la carta de Greta resonando en su interior, Félix cayó en la cuenta de que apenas había atendido a su hija aquella mañana. La veía frágil, con el foco en la carretera vacía de coches a esas horas. Después de cuarenta y nueve días había llegado el día de despedir definitivamente a Greta. De, según sus propios deseos, desearle una buena próxima vida. No había sido fácil llegar hasta allí, ni para Gabriele ni para Félix. Ni entendían el budismo, ni los días de duelo los habían convencido sobre la existencia real de otras vidas. Habían perdido a Greta, a la esposa, a la madre, a la amante, a la confidente…, y descubierto, cada uno en su carta y en distintos tiempos, la existencia de alguien más.

A Félix le costaba dejar a un lado la carta y preguntar cualquier vaguedad para atender a su hija. La volvió a mirar de reojo; Gabriele había hecho lo mismo segundos antes. Durante el viaje se fueron mirando a ráfagas con ternura, repitiendo el mismo comentario recíprocamente y de forma aleatoria. «¿Estás bien? ¿Estás preparada?» Los dos se mintieron también recíprocamente, aunque sin disimulo. Félix y Gabriele se encontraban de nuevo en la incómoda incertidumbre de no saber cómo comunicarse con la profundidad con la que deseaban hacerlo sin herirse, contando el uno con el otro para llenar los silencios y el interrogante que había dejado su madre con aquellas cartas que habían revuelto hasta el cielo.

—Las estrellas también duermen esta noche —dijo Gabriele, contemplando en la carretera el cielo cubierto todavía oscuro—. Ellas tampoco quieren despedir a mamá.

El cielo estaba turbio y se resistía a amanecer. Gabriele,

aunque llevaba días deseando que aquella excursión llegara, se había levantado arrepentida de ese deseo por la rapidez con que habían pasado esos días.

—Yo tampoco quiero hacerlo. —Fue la primera vez aquella mañana que Félix dijo más de una palabra seguida—. Pero mamá sí, y en mi familia ya sabes que se respeta más la voluntad de los muertos que la de los vivos.

Gabriele volvió a sonreír con tristeza al escuchar a su padre pronunciar una de las frases de la abuela Martina: «Se debe respetar más a los muertos que a los vivos». Pensó en ella y se acordó de lo que le había dicho su tía: que los muertos llaman a los otros muertos de la familia y que, de un modo u otro, en las despedidas todos se hacen presentes.

—¿Estás bien? —volvió a preguntarle Gabriele a su padre.

Félix estuvo tentado de contarle el contenido de su carta. Durante la noche, leyendo la carta de Greta comprendió la necesidad de Gabriele de hablar con él y el enfado de su hija ante su resistencia de aquellos días a conversar. Aquella mañana se preguntaba cómo se lo habría tomado Gabriele, qué habría sentido al descubrir no solo el engaño, sino también el abandono y la existencia de otro ser. Se sentía mal por haberse negado a comunicarse con su hija. Se sentía confuso y mal por todo lo que Greta le había contado en la carta. Ahora deseaba hablar con Gabriele, pero con calma, y no creyó que metidos en el coche pudieran charlar sin interrupciones. No había tiempo, pensó Félix. Apenas faltaban unos minutos de carretera para reunirse con el grupo.

—Me gustaría que durante la excursión pudiéramos estar un tiempo solos, los dos y con mamá.

Gabriele afirmó en mudo, con la mirada fija en la carretera, con las manos en el volante. Las palabras de su padre habían allanado la montaña de dudas que ocupaban su mente. Agradeció la oferta porque sin saberlo, pensó Gabriele, su padre había elegido por ella el momento de que al fin ella se lo confesara todo. Con la vista pegada al alumbrado de los focos del coche, se mintió a ella misma para tranquilizar la angustia que le producía pensar en el encuentro entre Gerardo y su padre. Ingenuamente Gabriele imaginó que, a pesar del extraordinario parecido físico entre ellos, Félix no repararía en ello. Se lo repitió varias veces, agarrando el volante con fuerza. Lo peor de aquella excusa fue que dejó que los hechos se produjeran sin previo aviso.

El destino tenía todas las cartas echadas, como Cosme sabía que ocurría en los grandes acontecimientos.

Gerardo fue el segundo en llegar al punto de encuentro con Luis. Casi al mismo tiempo que Cosme y la Sole. Al bajar del coche, Félix fue el primero al que vio de todos, y por una cortesía extraña él y Gerardo se saludaron fugazmente. Suficiente para sembrar las primeras semillas.

—Hola, soy Gerardo.

Félix sintió de inmediato su corazón alborotado con la zozobra de ver a aquel joven. Con solo mirarle, le sobrevino la verdad desmaquillada. Notó un fuerte mareo repentino, una señal de que su mundo se había puesto del revés con un solo vistazo.

«Hola, soy Gerardo.»

A Félix le resonó varias veces la voz del joven presentándose. Le bastó solo eso para sospechar que había mucho más en aquellos ojos. Enseguida sintió el puñal en el corazón al ver su propio reflejo en Gerardo. ¿Era posible lo que imaginaba su mente? Estaba perdiendo el equilibrio al mismo tiempo que era incapaz de sostener cuánto se parecía aquel chico a sí mismo cuando era joven, y lo que aquello podía significar.

—¿Se encuentra bien?

Gerardo sostuvo a Félix al ver que por unos segundos parecía que iba a desvanecerse. En un instante, Félix viajó al pasado y se vio de joven, con la misma edad que Gerardo. La vista se le nubló, el mundo daba vueltas a su alrededor.

—Sí, gracias. —Félix buscó con la vista a Gabriele, que se había quedado congelada en el coche, con la puerta abierta y con cara de sobresalto. Félix sintió que lo que había cruzado su mente no solo podía ser producto de su imaginación. Aceptó la mano de Gerardo para que le ayudara a sobreponerse mientras le volvía a mirar para cerciorarse de que lo que estaba pensando podía ser mucho más que un pálpito.

—Muchas gracias. Solo me ha fallado el pie izquierdo. Todavía debo de estar dormido.

Gabriele siguió congelada unos segundos. Se percató de que su padre había cerrado, él mismo, el círculo. No solo había conocido a Gerardo, sino que además había reconocido quién era.

—Mi padre ya lo sabe —le confesó a Luis, que se había acercado al coche para ayudarla a cargar la mochila—. ¿Cómo es posible que lo supiera y no me lo hubiera dicho?

A Gabriele no le cabía en la cabeza que su padre hubiera caído en que Gerardo era su hijo solo por el parecido físico.

—Hay mucha gente que puede parecerse a ti —le dijo a Luis—. Seguro que mi padre ya sabía lo del bebé. Estoy convencida. No entiendo por qué no lo ha querido hablar conmigo en todos estos días si yo ya lo sabía.

A Gabriele la cabeza le daba demasiadas vueltas. En el fondo estaba aterrorizada por cómo se lo había tomado su padre. Sintió la turbación de la confusión cuando el miedo acecha. Un brote de rabia le subió la temperatura hasta hacerle sentir fuego en el cuerpo. Ella se había mantenido en silencio todas aquellas semanas. Evitando contarle que tenía un hermano. Gabriele no sabía que su madre le había dejado una carta a Félix ni que él la había leído la noche anterior. Pero estaba segura de que su padre conocía lo del bebé dado en adopción. ¿Se lo habría contado su tía a espaldas de ella o Cosme? El sorprendente parecido físico había hecho el resto.

—Que no te lleven los demonios por el lugar equivocado —le dijo Luis, leyendo el enfado prematuro de Gabriele y tratando de tranquilizarla en aquel día tan importante que estaba por amanecer—. ¿Acaso sabes leer los cuerpos desde la distancia? Recuerda para qué estamos aquí.

—Luis, por su cara sé reconocer que lo ha pillado. ¿Cómo puede ser? Mi tía me dijo que no sabía nada del embarazo de mi madre.

La Sole se acercó a Cosme, que, por el propio peso de la certeza, era incapaz de dar un solo paso sin perder de vista a Gerardo. Se había apoyado en el coche por la impresión de ver el encuentro entre él y Félix. Él tampoco había tenido un ápice de duda en cerrar el círculo al ver al chico. Desde la distancia había reconocido a Félix de joven en Gerardo y había sentido las sincronías del destino.

—Por Dios bendito. ¿Podía ser de otro modo, Sole?

Cosme supo que lo inesperado se acababa de cruzar en las vidas de todos como una estrella fugaz.

—¿Ahora vas a creer más en las cosas que te cuento del cielo? —le susurró emocionado, mirando los despuntes de las primeras luces—. Anoche iba a leer la carta. Me lo prometió... y, por lo que veo, así lo hizo.

—Ni siquiera Greta lo sabía. En realidad, ninguno de nosotros... hasta ayer. Fue verle y quedarnos Gabriele y yo sin aire. ¡Son tan iguales!

—¿Vas a creer ahora en el más allá? —insistió Cosme, iluminando su rostro con una pequeña linterna.

La Sole lo miró con dificultad. No estaba para bromas, porque le preocupaba demasiado cómo terminaría aquella excursión. No debía de ser fácil para Félix asumir que tenía otro hijo, y tampoco lo sería para el joven Gerardo, que había acudido a despedir a una madre que creía que lo había abandonado para encontrarse con un padre biológico desconocido.

—Cosme, si Gerardo y Félix reaccionan bien ante todo esto comenzaré a creer. Antes no —dijo, apartando la linterna de su vista.

Los dos miraron otra vez al cielo, hacia la borrasca incipiente que había anunciado Pascal.

—Y si nos cae antes un rayo, será porque hemos tentado demasiado al destino.

Todos habían amanecido de noche para llegar puntuales, a las siete de la mañana, a la cita con Pascal, que, desde que había llegado con Uriel al aparcamiento en la plataforma de Gredos, sentía cierto desconcierto. Lo primero que hizo fue pasar revista: en total siete, con él ocho. Aunque les había prevenido de que debían mantenerse juntos en todo momento, parecía que había una resistencia a hacer un solo grupo para comenzar a andar.

—¿Eres consciente de que tu padre y Félix quizá no

lleguen? Habrá que dividirse —le dijo a Uriel mientras se acercaban a los demás.

—Pascal, son montañeros los dos. Aunque les fallen las fuerzas, ¡llegarán!

Uriel trataba de calmar a Pascal, que arrastraba un mal pálpito. Era algo supersticioso, y llevar las cenizas de una muerta no le parecía un buen presagio. Por mucho que le hubieran convencido de lo contrario, su cabeza se perdía en los malos presentimientos.

—¡Chicos! ¿Podéis acercaros y hacer grupo? Es hora de partir.

Un reducido espacio abierto de asfalto entre las montañas nevadas, apenas siete coches más los suyos. Pero solo ellos en la explanada: ocho personas ataviadas con abrigo y mochilas llenas, listas para ofrecerle a Greta al fin su último adiós. Félix había pedido cargar él solo con sus cenizas. Nadie se lo había discutido. La urna, agua y nada más. Uriel llevaría el resto de avituallamiento y enseres de Félix.

Era miércoles y los habituales montañeros que en temporada invernal solían visitar la zona, lo hacían por lo general los fines de semana. Estaban prácticamente solos. El silencio es más profundo en la montaña, y con la noche cerrándose, los ecos del nuevo día resuenan con más fuerza. Gabriele, la Sole, Cosme, Félix, Luis, Uriel, Pascal y el recién llegado Gerardo se acercaron sin apenas intercambiar palabra. Gerardo miró con sigilo a Félix. Se había quedado extrañado por su reacción nada más saludarse. Algo brusca, dejándolo con la palabra en la boca y dándole la espalda para cerrar la conversación. Pensó que quizá le incomodaba su presencia en un acto tan íntimo como esparcir las cenizas de su esposa. Félix sintió la mirada de Gerardo sobre él y decidió ignorarla. Lo que no sabía Gerardo era que la reacción de Félix al encontrarse respondía a otra cosa que todavía él estaba por descubrir.

—Por favor, que nadie se despiste, debemos ir siempre caminando en grupo —decía Pascal cada diez metros.

—Creo que no es necesario repetirlo cada poco —le susurró Uriel cómplice—. Todo va a ir bien.

Félix necesitaba tiempo, necesitaba andar un trecho en soledad para recolocar todo aquello. ¿Era posible que fuera cierto lo que no dejaba de martillearle? ¿Era real? ¿Su hijo? ¿Un hijo que la vida le había robado todos aquellos años? Félix intentaba convencerse de que aquello no era más que un mal sueño tras leer la carta de Greta y saber que había abandonado a un hijo. No podía creer que el destino le tuviera todo eso preparado. ¿Y Gabriele? Félix la buscó de nuevo con la vista. Sabía que ella era la responsable de que Gerardo estuviera aquella mañana allí. En pocos minutos logró hacer una composición de las tres cartas que había dejado Greta y lo que cada uno había descubierto con ellas. Volvió a mirar a Gabriele.

Cargados con las mochilas, los palos y los crampones, el grupo se perdía por el sendero entre piedras, nieve y el silencio de una naturaleza abrupta que señalaba el camino.

—Tu padre y yo hicimos este trayecto por primera vez cuando apenas teníamos veinte años.

Cosme caminaba junto a Gabriele, que, con el desconcierto que reflejaba su rostro, pedía a gritos mimos y la compañía que le dio de inmediato el Goloso.

—Subimos de un solo trecho al Almanzor. ¡Lo hicimos solos! A lo loco, como antes se hacían las cosas. ¿Y sabes por qué? Fue una prueba de valentía.

—¿De valentía?

—Sí, bueno. Yo, por presumir ante mi Asun, me hice el

valiente y le juré delante de sus amigas que el Almanzor me lo subía con los ojos cerrados.

Gabriele fue recuperando el humor con las aventuras que Cosme le contó sobre su padre y él de jóvenes. Se podía imaginar a la perfección a Cosme metiéndose en aquellos líos de faldas y retos de montaña, algo muy común en los pueblos. Pero no alcanzaba a ver a su padre siendo tan valeroso.

—¿Tu padre? Tu padre es el hombre más leal que yo he conocido jamás, y por un amigo es capaz de superarse a sí mismo y sus miedos. Y casi nos matamos, ¿sabes? Un resbalón en el último tramo, a pocos metros de la cima. Me enganché mal y Félix me cogió y me sostuvo con la fuerza de Goliat... Pero ¿sabes lo que más agradecí?

Gabriele comenzaba a sentir el aliento gélido de la montaña y el frío golpeando su cara con deseos de agrietarle la piel.

—¿Qué? —le preguntó, deteniéndose para tomarse un respiro.

—Que le contara a mi Asun la gesta, pero al revés. Yo siempre he sido un poco fanfarrón, y mucho más cuando era joven. Tu padre sabía que requería de un empujoncito de heroicidad para llevarme a mi Asun conmigo.

Cosme al fin había hecho reír a Gabriele. Le había costado unos minutos, pero su capacidad fabuladora resultaba siempre muy efectiva. Mientras lo hacía, no le había quitado ojo a Félix, que caminaba solo delante de la Sole y Luis, que le seguían los pasos. Uriel se había encargado de cobijar al nuevo, a Gerardo, que, como Félix, era una fábrica de pensamientos contradictorios.

—¡Respira, chaval! Aprovecha para respirar este aire y limpiar tus pulmones de la ciudad.

Los ocho, encabezados por Pascal y con Gerardo y

Uriel a la cola, se mantuvieron en ese orden un buen rato. Concentrados, siguiendo la senda, que permanecía tan helada que permitía el buen agarre de los crampones. Un primer tramo serpenteado de hielo y piedra que caminaron de uno en uno o de dos en dos, todo perfectamente delimitado y señalizado. Pascal comenzó a respirar con alivio al ver el buen comportamiento del grupo y comprobar que los vientos fuertes descendían con la ascensión, aunque las nubes negras e inciertas señalaran la tormenta próxima. Félix seguía solo, contraído, sin despegar su pensamiento de la carta de Greta. La volvía a repasar, intentando comprender todo el sufrimiento por el que había pasado su mujer. Intentando comprender por qué la vida los había puesto en aquella tesitura. Ella muerta y él sin fuerzas para aceptar lo que el destino le había mostrado en ese breve encuentro con Gerardo.

Mi amor, debo hablarte del día más doloroso de mi vida y solo espero que puedas perdonarme con el tiempo. Ahora, sabiendo que me muero, todo se vuelve confuso. 3 de marzo de 1990. Imposible borrarlo. No recuerdo la hora, pero sé que era temprano, de madrugada, cuando abandoné al hijo que acababa de dar a luz. Se lo llevó la matrona, que me miró con ojos compasivos cuando aparté la mirada de él tras el sufrimiento del parto prematuro. No quise verlo. Había decidido parir y abandonarlo. Lo hice por miedo, por cobardía, por ignorancia, incluso por egoísmo, por no arriesgarme a perderte para siempre. Nunca me lo he perdonado. No he podido, pero con el tiempo he dejado de llamarme «monstruo». Tampoco he sido capaz de abandonar la idea de que un día, armándome de valor, te contaría la historia de este error que, de no ser por ti y tu amor, me hubiera llevado a la tumba mucho antes.

Tú me pediste que enterrara lo que ocurrió durante aquellos meses negros y yo acepté tu condición y firmé sin saberlo una tortura perenne. No ha habido un solo día que no me haya acordado de aquella madrugada en la fría habitación de una casa desconocida. No hubo hospitales. Doña Gregoria, la madre de Julio, lo preparó todo para que la adopción se hiciera en la más estricta intimidad. Ellos tenían dinero y mucha influencia. Yo, demasiado arrepentimiento y miedo de perderte. No quiero ahondar en exceso en detalles que ahora solo te provocarían un dolor innecesario. Sé que supiste de mi aventura con Julio. Sé también que doña Lola me protegió durante un tiempo, y por eso también tu inquina con ella. No te culpo. Seguramente, yo no habría podido perdonarte. Tu insistencia, mi culpa y tu mirada inquisidora me pidieron severamente que abandonara aquel pasado. Y así lo hice, incluyendo a doña Lola. Pero sé que tu imaginación jamás llegó a imaginar lo que viví: me quedé embarazada y por arriesgarme a perderlo todo, a ti y a Gabriele, cedí a las presiones de los padres de Julio: darles a la criatura en adopción y olvidarme para siempre de él.

Algunos días te miraba e imaginaba cómo reaccionarías si supieras la verdad: que había pagado un precio muy alto para no perderte. Doña Gregoria, la madre de Julio, me amenazó con contarlo para que, si tú me perdonabas, el escándalo nos terminara separando. Todavía hoy sigo pensando que el miedo nos acerca a las personas equivocadas. Siempre he sabido que eres un hombre de tradiciones, mucho más conservador que yo, y que ves con desconfianza las libertades que hemos ido alcanzando con el paso de los años. Puede que, de haber tenido tus mismas convicciones, no me hubiera ocurrido todo esto. Dejarme llevar por una pasión confusa... Pero me equivoqué y lo pagué con el alto precio de saber que tengo un hijo al que nunca conoceré. Doña Lola intentó ahorrarme sufrimiento. Me dijo: «Hazte a la idea de que el bebé nació muerto. Como tantos otros. Así que haz tu duelo y pasa página». Lo intenté. Te puedo asegurar que me engañaba todos los días, justificando el abandono. Durante mucho tiempo pensé en llamar a Julio y pedirle conocer a mi hijo, pero por respeto a ti, por amor a ti y a Gabriele, por miedo a perder mi vida y a ver el rechazo también en el hijo al que había abandonado, lo descartaba siempre que me asaltaban los deseos.

Lo siento, amor mío, si al final te he provocado mayor sufrimiento. Pero no me puedo ir de este mundo sin que sepas de lo que fui capaz de hacer por no perderte. Puede que ahora sepas cuánto te he querido y, al mismo tiempo, seas incapaz de perdonarme. Puede que pienses que a pesar de todo debería habértelo contado. Pero ¿sabes a qué me arriesgaba? ¡A todo! ¡A perderos! Sé que ahora te escocerá todo lo que te diga, pero necesito que sepas que haber pasado estos años a tu lado me ha hecho la mujer más feliz de este mundo. Nunca expresé con tanta claridad como tú que siempre has sido el amor de mi vida. No lo hice por vergüenza de lo que hice y lo difícil que hubiera sido para ti creerlo después de mi abandono y de tu perdón. Ahora, pasado el tiempo y con la muerte acechándome, agradezco que Julio no quisiera saber nada de mí, incluso estando embarazada. Sé que te costará creerlo, pero he tenido mucho tiempo para pensarlo, y te aseguro que fue una suerte en la desgracia, porque mi inconsciencia me hubiera llevado a seguir ese camino hasta hacer imposible el retroceso. La cobardía de Julio me salvó, y eso me ha consolado en los días grises de tristeza y melancolía, que han sido muchos. Después me salvaste tú. Pasé años martirizándome y pensando por qué había cometido semejante error..., pero luego llegó la calma, la aceptación de la pena, que desde entonces ha habitado en mí.

Siento todo el dolor que te causé, los rumores que tuviste que aguantar y lo duro que fue saber que había sido capaz de abandonarte. No puedo evitar decirte, con el corazón en la mano, que lo habría hecho, pero hubiera sido el error más grande de mi vida. Habría sido mi perdición. A veces los amores se hacen más grandes con el dolor.

Quiero que te cuides mucho, mi amor. Que no seas duro con Gabriele. Escúchala, aunque no vea la vida como tú. Ya sabes que en algunas cosas se parece a mí. Le cuesta mirar el lado crudo de la vida y prefiere vivir con esa ingenuidad que yo misma tenía. Solo espero que no pague un precio tan alto como yo. Ella te quiere mucho, aunque no sepa expresarlo. En eso es igual de tosca y tozuda que tú. Ojalá mi ausencia os acerque. Siempre he pensado que esos meses oscuros rompieron nuestra armonía, porque aunque volviéramos a estar juntos los tres nada fue lo mismo. Nada será lo mismo, mi amor. Lo sé. Ojalá lo que te cuento te sirva para comprender tanta ausencia en mí, y no para alejarme de ti. Siempre permaneceré cerca de vosotros. Atenta a que no os alejéis el uno del otro. Sois muy cabezotas y os necesitáis mucho más de lo que creéis...

Gerardo no dejaba de observar a Félix desde la lejanía. Ignoraba que Félix estaba más pendiente de repasar en su mente la carta de Greta que de las piedras en el camino. El grupo se detuvo en una explanada con grandes piedras para desayunar. La Sole y Luis repartieron los termos de café mientras el resto abría los bocadillos que Ada y Candela habían preparado la noche anterior.

—Te has convertido en mi mejor ayudante, ¿lo sabías? —le decía la Sole a Luis—. ¿No quieres un cambio de vida? ¿Dejar a tus artistas y venirte al Pimentón?

—No me tientes, Sole, que comienzo a no saber cuál es mi vida... Este pueblo y su aire me han cambiado.

—¡El aire! ¡Ya! ¡Será mejor que no me quites mérito si no quieres que deje de quererte!

Luis abrazó a la Sole y casi tiró los termos de café. Su cariño había crecido con la convivencia de esos días. Les ponía tristes saber que con esa excursión la despedida se aproximaba.

—Te voy a echar de menos —le soltó Luis con la voz encogida. La Sole se desprendió del largo abrazo con suavidad, alejándose para evitar que la vieran con la lágrima suelta. A ella también le habían cambiado la vida aquellos días de vino y lágrimas. De comidas familiares, de duelo y encuentros inesperados.

—¿No quieres más café? —le preguntó acercándose a Gerardo, que estaba solo, sentado en una piedra comiéndose el bocadillo y contemplando el paisaje.

—Sí, por favor. Está todo muy rico.

—Hijo, tengo la suerte de vivir con la mejor cocinera del mundo. ¿Te importa que me tome contigo el café?

Gerardo le hizo un sitio en la gran piedra, mientras la Sole dejaba recostada la mochila y los dos termos sobre la base. Luis se alejó con prudencia tras una mirada amenazadora de la Sole, que pedía intimidad con el joven. Respiró el aire e, instintivamente, apoyó la mano sobre la rodilla de Gerardo. La acarició primero y luego la apretó con fuerza, buscando el coraje para hablarle.

—Estoy muy feliz de que hayas venido. Aunque la mayoría nos hemos enterado de tu existencia tras la muerte de Greta, puedo decirte que ya te queremos. En este pueblo somos así. Vivir protegidos por las montañas nos libra de las grandes tormentas, de los temporales extremos, y eso hace que queramos rápido y acojamos con ganas. Sé que no está siendo fácil para ti, pero la vida, hijo, no es fácil para nadie. Eso ya lo comprobarás con los años y, como todos, dejarás de creer arrogantemente que los errores no los paga con creces quien los comete... Tu madre se equivocó y lo sufrió de la peor forma: en silencio. Ni siquiera su marido, mi hermano, lo supo.

—¿No sabía nada? —preguntó Gerardo extrañado mientras volvía a localizar con la mirada a Félix.

—No. Se ha enterado hace unas horas de que su mujer se quedó embarazada y por eso estuvo unos meses fuera. Greta le dejó una carta al morir y Félix no tuvo fuerzas para abrirla hasta anoche.

—Pero Gabriele... Gabriele fue contigo a ver a doña Lola.

—Gabriele leyó su carta nada más morir Greta. En ella le revelaba que había sido madre y había dado en adopción a un hijo.

La Sole seguía con su mano en la rodilla de Gerardo. Acariciándola y apretándola. Tomando el coraje necesario para seguir con aquella conversación sin revelarle el motivo del temblor en su voz: que había ganado un sobrino. A la vida era mejor no atosigarla, no precipitar los acontecimientos. La Sole sabía que Gerardo se enteraría en breve de que Félix era su padre biológico; pero no debía ser ella quien se lo dijera, solo quien le preparara algo más el terreno, intentando que se le ablandara el corazón antes de recibir la noticia.

—¿Cómo te sientes con todo esto? —le preguntó, mirándole a los ojos.

—Muy extraño. A veces me arrepiento de estar aquí y me entran ganas de irme. Pero luego siento que es donde tengo que estar. Es como si os conociera desde hace tiempo. Y me gustan estas montañas..., me gusta lo que veo. Todos sois muy amables conmigo, pero tengo miedo.

—¿Miedo?

—Sí. Miedo a abrirme a vosotros y alejarme de mis abuelos. De que mi vida haya sido un engaño. Ellos me lo dieron todo y, aunque obraron mal, hicieron lo que creían que era mejor para mí. Pero estoy muy confundido. Doña Lola me ha ayudado a digerir todo esto, pero sé que todavía me oculta cosas porque me lo dice su mirada. Y me da miedo descubrir qué más hay. A mi madre no la conocí y estoy aquí enterrándola, y mi padre nunca se hizo cargo de mí... Apenas tengo relación con él. Mis abuelos han sido mi familia.

La Sole desvió la mirada en el mismo momento en que Gabriele se acercaba, aprovechando la parada y el encuentro con su tía y su hermano. No podía evitar querer formar parte de aquella conversación en medio de la montaña. Y había llegado en el momento oportuno, cuando la Sole podía decir más de lo que debía.

—¿Puedo? Es que me apetece más café.

Sonrió en seco, sabiendo que acababa de mentir. En el trayecto había vaciado su taza de café para encontrar la excusa perfecta para acercarse a ellos. Gerardo la observó con media sonrisa y la Sole le hizo un hueco en la piedra para que se uniera a ellos. Le cogió también la rodilla con su otra mano, mirando al cielo y respirando de nuevo.

—Te he traído las fotos que me pediste. Mi padre no lo sabe. He vaciado algunos álbumes.

—Muchas gracias. Aunque no quiero que tu padre se ponga mal si se entera. Hoy debe de ser un día muy duro para él...

Los tres lo buscaron con la vista. Félix estaba sentado en otra piedra, a unos cincuenta metros. Solo. Encogido por la marcha y el frío del viento, que seguía soplando con fuerza. Había sacado la carta de Greta que, incapaz de romper el hábito, había llevado consigo en el bolsillo interior del plumas. Necesitaba estar pegado a ese último aliento que todavía no sabía si lo había dejado más triste. No era por sus palabras, ni siquiera por haber descubierto la posibilidad de tener un hijo que ni la misma Greta creyó que pudiera ser suyo. No dejaba de pensar en cómo habría reaccionado Greta de enterarse... Los meses antes de que Greta se fuera no habían sido fáciles para ellos como pareja. No gozaron de muchas complicidades matrimoniales, de contactos sexuales, y en ese viaje al pasado Félix comprendió que Greta hubiera descartado la opción de que aquel bebé pudiera ser su hijo. No estaba molesto con ella, sino profundamente afligido por imaginar lo que ella había sufrido. Ser el padre biológico de Gerardo era solo una posibilidad a confirmar, pero la ausencia de Greta era una realidad. Félix estaba colapsado. Se echó a llorar de la impotencia de no poder compartirlo con Greta, de no poder cambiar nada. Refugiado tras sus gafas de sol, se lamentaba por esos silencios indigestos que habían acompañado sus vidas. No podía evitar sentirse culpable por haberle pedido que enterrara el pasado, pues de no haber sido así, podría haber buscado al hijo que abandonó. Los celos y el rencor lo poseyeron durante mucho tiempo y, aunque la perdonó, inconscientemente la castigó a no poder compartir con él qué había ocurrido. Una condena invisible que cumplen muchas personas para pagar sus faltas. El resultado de ello era verse solo, casi treinta años más tarde, con las cenizas de Greta y la certeza de que aquel era el mayor error que había cometido. No podía dejar de atormentarse mientras sostenía sobre sus pies la mochila con la urna dentro.

—¿Se puede?

Cosme, que no le había quitado ojo, decidió acercarse a Félix al intuir desde la lejanía el lamentable estado de su amigo. Félix se secó las lágrimas con premura mientras guardaba otra vez la carta en el bolsillo interior del plumas. Los dos eran demasiado viejos y demasiado amigos como para necesitar darse excusas baratas.

—Estoy hundido en la pena, Cosme. Greta se fue con la tristeza de no haber podido compartir por mi culpa lo más duro que le ocurrió en la vida y, sinceramente, no sé cómo voy a perdonarme esto. Ella no se lo merecía, no se merecía morir así.

Nadie, ni siquiera él, podía consolarlo. Félix tenía razón, pensó Cosme. Greta no merecía morir sin haber tenido la oportunidad de saber de su hijo, sin haberlo podido abrazar.

—La justicia es un invento del hombre, no de la vida. Esta solo transcurre, y el resto debemos aceptarla como viene. Sin excusas. Con el valor para agarrarnos a ella, incluso con el dolor de las pérdidas que acumulamos.

Greta había perdido a su hijo. Félix perdió a su hija. Años de ausencia. Todos perdieron de un modo u otro y no era fácil levantar la vista y seguir caminando.

—Ella creyendo que yo había sido el bueno por perdonarla cuando en el fondo fui un miserable y un cobarde. Poseído por los celos, evité que me hablara de su historia con... Julio.

—Félix, el tiempo nos da sabiduría y reposo a todos. No puedes pensar en el pasado con el conocimiento de ahora. Si hubieras sabido entonces que había vivido una historia con otro hombre y se había quedado embarazada, ¿habrías seguido a su lado?

Cosme lanzó la pregunta acertada para devolverlo a la realidad. Muchas veces parece que colocarnos como víctimas apacigüe el dolor, pero en realidad solo lo maquilla. Cosme sabía que Félix no hubiera podido superar la vuelta a casa de Greta embarazada. Greta tampoco y, en el fondo, el amor buscó la manera de sobrevivir, aunque un camino de sufrimiento fuera necesario para mantenerlos juntos en esa vida. Lanzando piedras sobre el pequeño barranco que había ante ellos, Cosme sabía que era demasiado pronto para que Félix llegara a esa conclusión, pero el tiempo le devolvería la calma, el reposo y la capacidad de reflexión para colocar las cosas en su sitio.

—¿Te has dado cuenta de todas las cosas bonitas que nos está dando Greta? —le dijo Cosme.

Félix miró a su amigo mientras seguía recomponiéndose de la confusión emocional que sentía. Cosme no podía dejar de hablarle de Gerardo. Estaba seguro de que él había llegado a la misma conclusión que todos.

—¡Mira a tu alrededor, Félix! Tu hija, tu hermana y... Gerardo.

Félix apartó la mirada con brusquedad en cuanto escuchó el nombre del joven. Le había cambiado la cara por completo. Se sentía desconcertado, avergonzado, inquieto y lleno de culpa por no haber podido cambiar los acontecimientos.

—Si pudiera echar atrás, Cosme... Si pudiera..., sacrificaría lo que fuera.

—Félix, yo sé que no tienes mi fe, pero puedo asegurarte que no siempre en vida podemos resolver las cosas, y si somos afortunados las resolvemos con nuestra propia muerte.

—¿Quién lo ha traído? —preguntó Félix, apurando el café y fijando su atención en las piedras que seguía lanzando Cosme al acantilado.

—¡Greta! Lo ha traído Greta. ¿Es que todavía no te has dado cuenta? Todo esto está sucediendo para cumplir el mayor de los deseos de Greta: unir a la familia.

Félix se levantó con los puños cerrados y la mandíbula tensa. Era demasiado pedirle que asumiera con tal celeridad que la vida le había dado un hijo con el fallecimiento de su mujer.

—El chaval no sabe nada. Solo ha venido a despedir a la que fue su madre biológica.

Cosme le agarró del brazo para decirle que Gerardo ignoraba parte de la verdad. Félix no se detuvo. Echó a andar sin esperar ni desear que nadie le acompañara. Necesitaba encontrar el modo de encajarlo todo sin provocar más sufrimiento, sobre todo a su hija, que intuía que lo sabía todo y había sido la responsable de llevar a Gerardo allí. La cabeza de Félix comenzó a funcionar hasta lograr unir los extraños viajes de Gabriele y la Sole a Madrid con la presencia de Gerardo. No necesitó la confirmación de Cosme para saber que había sido su hija, ayudada por su hermana, quien le había localizado. No sabía cómo reaccionar a aquella certeza, ni tampoco a la de descubrir un hijo, ni a la de tener que despedir de ese modo a Greta.

Unas gotas gruesas de agua comenzaron a caer sobre el grupo anunciando la tormenta.

—La lluvia nos ha alcanzado —soltó quejoso Pascal, mirando al cielo—. Nos hemos retrasado con un descanso demasiado prolongado. —Se lo decía a Uriel, que afirmaba con los ojos—. Ahora tendremos que caminar corriendo un gran riesgo hasta el refugio. Nos quedan tres horas bajo el agua y sobre el hielo resbaladizo.

Uriel sabía que su amigo tenía razón, pero no había tiempo para lamentarse. El grupo debía seguir en ruta bajo la lluvia. Miró a Gabriele, que ayudaba a la Sole a guardar los termos en la mochila. Atisbó a su padre, que iba en busca de Félix después de que este hubiera echado a andar en solitario.

—¿Y ahora qué? —le preguntó Luis a Uriel mirando al cielo y mojándose toda la cara con la lluvia. Comenzaba a apretar—. ¿Algún sitio para refugiarse? —Luis se había aliado con Pascal y comenzaba a ver que aquella salida podía terminar en tragedia.

—No, que yo sepa. Solo nos queda seguir andando y no protestar demasiado.

Luis y Uriel no se rendían demasiada pleitesía, y mucho menos en la montaña. En el fondo, la distancia que Gabriele había puesto con Uriel había tranquilizado a Luis, que ya tenía suficiente con aceptar a Gerardo como competencia por la estima de Gabriele. Uriel sentía la mirada poco amigable de Luis, pero intentaba no caer en ninguna provocación.

—A mí me parece que deberíamos escuchar un poco más a tu amigo el guía. Tú si quieres saca pecho. Yo no tengo ningunas ganas de mojarme ni de caerme y romperme cuatro costillas.

Pascal al fin había encontrado a un cómplice en Luis,

que no soportaba el frío. Tampoco le apetecía aguantar a Uriel desplegando el plumaje de hombre de las montañas.

—Yo soy de ciudad y no me importa decir que no me gusta el senderismo.

Uriel decidió alejarse de Luis y aceleró la marcha. No tenía claro lo que quería con Gabriele, ni era momento para ponerse a investigar. Durante el duelo, él lo sabía por experiencia, andamos necesitados de calor. Sentía algo especial por Gabriele, pero hacía tiempo que había dejado a un lado la ansiedad emocional. Perder a su mujer le enseñó a vivir sin expectativas y a agradecer los regalos, como la noche en Los Cerezos con Gabriele, que le recordaban que su corazón era capaz de volver a sentir. Uriel aceleró el paso para dar con Gabriele.

—¿Quieres mi chubasquero? Llevo uno ligero en la mochila —le ofreció Uriel a Gabriele con premura para evitar que se mojara de más.

—Muchas gracias. Creo que si no me lo pongo voy a terminar empapada.

Gabriele se acercó a Uriel con suavidad. Si bien era cierto que sentía escalofríos cada vez que cruzaban la mirada, estaba centrada en otras cosas. Además, no deseaba actuar, como siempre había hecho con el deseo: quemarlo rápido para luego salir huyendo. Miró a Luis, que estaba a un paso de alcanzarlos con ganas de provocar, y con complicidad le pidió en silencio un tiempo a solas con Uriel.

—¡¿Puedo refugiarme en tu paraguas?! —le preguntó Luis con ironía y a gritos a la Sole, que iba unos pasos atrás—. Aquí los tortolitos serían capaces de dejar que me ahogara...

La Sole fue a su amparo, pero recibiéndolo con una mirada de desaprobación y sin reírle las gracias. Luis traspasaba los límites cuando se sentía herido.

—No seas injusto con Gabriele. Sabes que no está siendo un día fácil para ella.

Caminaron en silencio bajo la lluvia, cada uno intentando distanciarse de sus propios demonios, pero sin lograrlo. A veces el cielo es fiel reflejo de lo que llevamos dentro. Cosme se acercó a la Sole y a Luis con paso presuroso, observando cómo Félix y Gerardo caminaban cercanos, pisándose la sombra.

—Cosme, ten paso firme, no vayas a caerte. ¡Ponte la capucha sobre el gorro! No quiero que te resfríes.

—El agua, Sole. El agua que lo purifica todo. Hay que limpiar para que todo salga y nada quede estancado. ¡No podría estar saliendo mejor!

Luis miraba a Cosme, con el éxtasis en el rostro, sin poder creerse su optimismo desbordante ante la lluvia que caía sobre ellos. Algunos truenos rompían el silencio de la montaña, del paisaje que se cubría de un velo sucio que enturbiaba su majestuosidad. Los ocho valientes seguían ascendiendo, caminando rumbo al refugio, al descanso de un viaje que cualquiera hubiera pospuesto para otro día.

—A mi madre le encantaba la lluvia —compartió Gabriele con Uriel—. Se sentaba frente a la ventana del porche y contemplaba la tormenta.

Uriel y Gabriele sin saberlo se habían envuelto en la burbuja que nos aísla del mundo cuando el deseo aparece. Ninguno de los dos apreciaba que la tormenta comenzaba a atizar con fuerza, más de lo esperado.

—Esto..., respecto a lo del otro día...

Al escuchar a Uriel, Gabriele sintió cómo el calor apretaba por dentro de su cuerpo. No sabía qué iba a decirle él ni tampoco ella se había detenido a pensar sobre ellos.

Los dos se pararon en medio de la tormenta, sin reparar en el grupo ni en la que estaba cayendo. Se miraron tímidos. Gabriele esperando a que Uriel hablara y él buscando las palabras adecuadas para ello.

—Verás, Gabriele, sé que hoy no es el día, pero tampoco sé si te vas a ir mañana mismo y sin despedirte. Y no estaría molesto, pero yo sí que quiero decirte que lo del otro día...

Gabriele le observaba sin apenas poder abrir los ojos de la lluvia que caía, pero sin la posibilidad de moverse hasta que no terminara de hablar.

—Pues que me gustaría repetirlo. No tiene por qué ser la semana que viene... Sé que tienes que arreglar tu vida y comprendo muy bien, créeme, lo que es perder a alguien... Pero también sé que hacía mucho tiempo que no me sentía así con una mujer... Bueno, no te estoy pidiendo para salir, pero sí que pudiéramos seguir viéndonos... Eres preciosa..., quiero decir, me pareces preciosa y...

Gabriele no dejó que concluyera la frase y se lanzó a besarlo. Otra vez el cuerpo antes que la mente. Se dejó llevar sin pensar, sintiendo la irresistible tentación de besarlo varias veces, bajo la lluvia, sobre aquellas montañas. En aquel día...

Pascal y Luis, en un giro para controlar al grupo, descubrieron la escena y no evitaron seguirla de lejos.

—A mí también me gustó mucho lo del otro día, pero, Uriel, no sé ni cómo estoy... No sé nada ahora mismo de lo que será mi vida...

Uriel la besó sin dejarla terminar. No deseaba presionarla, solo continuar en contacto y dejar que la vida fluyera como el agua, sin construir entre ellos una presa para evitar lo que había sido inevitable. El amor es rebelde, ingobernable y mucho más fuerte que la voluntad.

—¿Habéis acabado con vuestra escenita romántica o esperáis que llegue un rayo y os separe para siempre?

Luis había echado a correr rompiendo a la pareja de su burbuja y devolviéndolos a la realidad: una fuerte tormenta azotándolos lejos todavía de su destino. Quedaban unos seis kilómetros para llegar al refugio de la Laguna Grande, a casi dos mil metros de altitud, y el hielo comenzaba a estar peligrosamente resbaladizo.

—¡Pisad con firmeza! ¡No quiero despistes que luego nos salgan caros! ¡Prestad atención! —gritaba Pascal. Gabriele y Uriel sonrieron pasando por alto la brusquedad de Pascal, que había perdido el poco humor con el que había emprendido la excursión.

—¿Siempre es así? —le preguntó Gabriele—. ¡Parece militar y no guía!

—No, lo que pasa es que a veces se nubla igual que el tiempo.

—¿No habéis oído al guía? Un poco más rápido. Os lo agradecería mi persona y mi seguro de vida —dijo Luis, apoyando a Pascal en las directrices.

—¿Siempre es así? —Ahora fue Uriel quien le preguntó a Gabriele.

—No, lo que pasa es que a veces se... ¡Papá!

No dio apenas tiempo a que Gabriele lanzara un grito al ver la caída de su padre, que dio con la punta de una piedra invisible. Gerardo fue el primero en asistirlo.

—¿Se encuentra bien?

Luis retrocedió para recoger los dos palos que Félix había soltado en la caída para desocupar sus manos y evitar una tragedia mayor. Entre los dos lo levantaron con cuidado, mientras el resto se acercaba.

—¿Puedes moverlo? —preguntó Pascal con el rostro descompuesto y temiéndose lo peor al ver el dolor en el rostro de Félix y el pie derecho sin apenas tocar el suelo. La lluvia caía con más fuerza sobre ellos y se había vuelto a despertar un viento que hacía que el frío les atravesara la ropa hasta helarles la piel.

—Me duele, pero creo que no hay nada roto.

Luis miró a Pascal y se dio cuenta de que aquel accidente confirmaba las sospechas y el mal presagio del guía. Todavía era pronto para bramar al cielo, pero la cabeza de Pascal ya había comenzado a blasfemar.

—¿Puedes andar? —le preguntó Cosme, abriéndose paso entre la Sole y Luis.

Félix afirmó con la cabeza mientras señalaba su mochila. A él, más que su pie, solo le preocupaba que la urna de Greta siguiera intacta. El sufrimiento de su rostro se evaporó al comprobar Gabriele que todo seguía en su sitio. El resto del grupo suspiró aliviado, menos Luis y Pascal, que seguían temiéndose lo peor.

—¡Gabriele, metedla en la mochila de nuevo, por favor! —gritó Luis contagiado por el espíritu agorero de Pascal—. ¡No vaya a resbalarse y romperse!

Ninguno dijo nada hasta confirmar que Félix se atrevía a mover el pie y a apoyarlo levemente en el suelo. Empezó a andar primero, apoyando el peso del cuerpo sobre Uriel, que le animaba a seguir sin miedo. Al principio lo hizo con cierta cojera, pero al cabo de un buen trecho recuperó su pisada. Todo había quedado en un susto y un disgusto para Pascal, que seguía pensando que aquella excursión traería alguna desgracia consigo.

—¿Sabes que los malos pensamientos pesan más que las verdades?

Cosme se dirigió a Pascal con la intención de detener los miedos desaforados del guía, que comenzaban a contagiar al resto del grupo.

—¿No te ha dicho nadie que las cenizas siempre van tras el fuego y nunca antes? Me parece que, como líder del grupo, deberías insuflarnos más confianza. Esta no es una excusión cualquiera. Lo sabes, ¿verdad?

Pascal reconoció que se había dejado llevar por el mal augurio de transportar las cenizas de una muerta. Le confesó a Cosme que desde pequeño le asustaban los cementerios y que era la primera vez que alguien le pedía una excusión de ese tipo.

—Hijo mío, los muertos pertenecen más a esta tierra que los vivos, aunque no lo veamos es así. ¡Será mejor que pierdas ese miedo!

Como si de un milagro se tratara, la tormenta comenzó a aflojar, ofreciendo a Pascal la prueba de buen augurio.

Gabriele caminaba al lado de su padre, en silencio, fijándose en sus pisadas, que habían recuperado la firmeza. Se había asustado al ver la caída y alegrado al comprobar que todo había quedado en nada. Sonrió mientras cubría con sus pies las huellas que él dejaba. Antes de que su madre falleciera, incluso la inestabilidad de su propia vida parecía fija, firme. Cuarenta y nueve días después todo se reducía a una delgada línea llamada ahora. No importaba nada más que lo que ocurría en el instante, porque todo podía cambiar en cualquier momento. Al aceptar esa fragilidad, Gabriele se había quitado la mochila de la queja y la tensión del rostro, y mostraba un gesto mucho más amable hacia ella misma, hacia su padre y hacia el mundo.

—¿Vas bien, hija? Cuidado con este tramo, que el hielo está muy mojado.

—Sí, papá, no te preocupes, que yo sigo tus mismas pisadas. ¿Y tú? ¿Estás cansado?

Félix y Gabriele caminaban en perfecta sincronía. Observándose, protegiéndose el uno al otro. Los dos hacían presente a Greta con su pensamiento, hablando con ella en silencio, a cada paso, a cada respiración. La lluvia había sido generosa y les estaba dando un respiro, dejando solo un leve rocío que mojaba las caras de los excursionistas a cada golpe de viento. Las montañas se habían abierto ante ellos, despejando el sendero. Cada vez estaban más cerca del refugio. Gabriele y Félix seguían compartiendo trecho, ahora acompasados en la misma fila, con el baile del movimiento de los palos y las pisadas. Respirando en una concordancia perfecta, promovida por la escucha del uno sobre el otro.

—Hija... —dijo mientras hacía un receso para descansar unos segundos—. Llevo toda la mañana dándole vueltas a cómo le gustaría a tu madre que esparciéramos sus cenizas.

Gabriele clavó los palos sobre el hielo y simplemente siguió escuchando, sin desear intervenir por el momento. Félix aprovechó para limpiarse las gafas llenas de lluvia, mientras buscaba el modo de conversar con su hija sin apenas saber qué deseaba contarle.

—No soy demasiado bueno expresándome, ya lo sabes, pero creo que deberíamos decir algo. Se me ha ocurrido que podríamos escribirle conjuntamente una carta nosotros a ella... ¿Qué te parece? Ella se molestó en hacerlo y lo mejor sería contestarle. He pensado que podemos...

A Félix comenzó a temblarle la voz y se quedó en silencio. Gabriele le tomó la mano y la apretó con fuerza, pero esperó a que terminara de hablar.

—He pensado que podemos preguntarle a Gerardo si quiere escribirle algo también. Se lo proponemos. Y si no quiere lo hacemos tú y yo...

Gabriele se emocionó al escuchar aquello de su padre. Comprendió la bondad de la que hablaba siempre su madre, el corazón tan puro que tenía y que ella había dejado de ver durante tantos años. No lo podía haber hecho mejor.

Incluir al hijo que acababa de descubrir del modo menos invasivo para él. La vida te enseña que todo tiene sus tiempos, incluso compartir las verdades.

—No quiero que el chaval se sienta solo. ¡Ha sido muy valiente y generoso de venir aquí! Tu madre estará muy feliz.

Gabriele soltó los palos para abrazarlo. La sutilidad de sus gestos había convertido su interior en una fuente desbordada de emociones. Con los ojos cerrados y llenos de lágrimas, le besó del mismo modo que cuando era una niña. Besos cortos, tiernos y sordos en su mejilla.

—Te quiero, papá. —Un susurro tímido al oído recorrió como un bello colibrí abriendo sus pequeñas alas el interior de Félix para sanar heridas que todavía permanecían abiertas—. Te quiero mucho, papá, y lo siento mucho.

A modo de mensaje desde el cielo, un descomunal arcoíris se abrió entre las montañas. Félix y Gabriele sonrieron y pensaron en Greta. Podía ser que al fin estuviera emitiéndoles señales desde el más allá. Cogidos de la mano reemprendieron la marcha. Se habían quedado los últimos, aunque severamente vigilados por Pascal, que, si bien había enterrado el pesimismo, no podía evitar sufrir antes de tiempo.

El grupo llegó al refugio con ganas de tomar algo caliente y cambiarse la ropa que llevaban empapada por la lluvia. Una bella casona de piedra en medio de la montaña blanca manchada por las piedras que sobresalían de la nieve. Habían llegado al corazón del circo de Gredos después de varias horas de camino. Los ocho se detuvieron para contemplar la belleza que desprendía el lugar, con el sol apareciendo por primera vez después de la tormenta, iluminando la llegada a aquel remanso de paz en medio de la nada.

Cosme saludó a lo lejos a Antonio, uno de los guardas del refugio, que llevaba una hora esperándolos. Había abierto para ellos la gran casona, pues en temporada baja solo abría los fines de semana. La ocasión lo merecía, y Antonio, un experto montañero retirado, no dudó en colaborar en la despedida de Greta.

—Bienvenidos al refugio de la Laguna Grande. ¡Estáis en vuestra casa!

Antonio abrazó a Félix y le dio el pésame. También a Gabriele, que seguía junto a su padre. El resto recogió la manta y la almohada que les pertenecía para esa noche y siguieron a Pascal hasta la habitación colectiva llena de literas.

—Esto es como cuando éramos pequeños y nos llevaban al campamento —soltó Luis mientras elegía litera—. ¿Ahora también lo hacéis?

Gerardo contestó con un breve «¡Claro!» mientras se afanaba en escoger la litera alta que había justo al lado de la de Luis. La habitación estaba algo fría, pero después de la tormenta cualquier espacio resguardado era un palacio. Luis se desnudó sin pedir permiso ni mostrar vergüenza.

—¡Tengo hasta los calzoncillos calados!

Gerardo continuó sonriendo e hizo lo propio. Se quitó la ropa mojada y la colgó en las cuerdas tensadas de una pared a una columna en la misma habitación. Imitaba a Luis, se sentía cómodo con él y, a su modo, protegido entre tanto desconocido familiar. Cosme, Félix y Uriel entraron al poco para proceder al mismo protocolo de llegada: cambiarse y elegir litera. La Sole y Gabriele se habían cambiado en los baños y se habían quedado con Antonio para ir organizando la comida.

—¿Ha llegado el manjar para la última comida? —le dijo la Sole a Antonio, frotándose las manos para entrar en calor. Esa comida no iba a ser la típica del refugio, sino la elegida para la despedida de Greta. Ada lo había organizado con Antonio y se había encargado de guardar en sus mochilas el resto del avituallamiento para la celebración.

—Papá me ha dicho que quiere que escribamos Gerardo, él y yo una carta de despedida para mamá.

La Sole dejó de inmediato las latas y fiambreras para reponerse de lo que acababa de oír. Por la cara de su sobrina, comprobó que Félix había reconocido a Gerardo, y no solo eso, sino que además deseaba incluirlo como parte de la familia. Sonrió a Gabriele, abrazando las latas sobre su pecho.

—¿Puedo ayudar? —preguntó Gerardo, sacando la cabeza por la puerta del pequeño comedor del refugio. Los tres comenzaron a organizar la mesa grande. Desde la cocina llegaba un olor a comida casera que despertaba las tripas de todos, hambrientos tras la excursión.

—¿Cuándo iremos a la Laguna? —le preguntó Gerardo a Cosme, que también había llegado para colaborar.

—Descansaremos unas horas y, con el cielo despejado, procederemos a la salida. El momento del día preferido de Greta era el ocaso. La caída del sol sobre las montañas. Esa es la hora que Félix y Gabriele han elegido para esparcir las cenizas sobre la Laguna Grande.

—¿Y Félix? —preguntó Gerardo al no verle aparecer.

—Se habrá quedado en la habitación —le dijo Cosme, con un encargo de brujo—. ¿Te importa ir a buscarlo? Pronto comeremos.

Gerardo dudó unos segundos, pero aceptó de buen grado porque tampoco había nada más que hacer que esperar a que la comida estuviera lista y descansar antes de la nueva salida. Entró sigiloso en la habitación y se detuvo al contemplar la escena: Félix estaba sentado en una de las literas bajas, abrazando la urna blanca, acariciándola y susurrándole cosas que Gerardo intuyó de una intimidad suficiente como para no molestarlo. Al iniciar la retirada, un leve ruido en sus pisadas lo delató.

—¡Hola! Me ha dicho Cosme que te avise de que vamos a comer.

Sin moverse, y al verse descubierto, Gerardo transmitió el mensaje. Félix lo contempló con los ojos enrojecidos, sobreponiéndose a una nueva ola de emoción.

—Estaba hablándole —dijo mirando de soslayo de nuevo a la urna—. Desde que murió no puedo evitar hacerlo, supongo que con la esperanza de ver si me contesta, pero de momento no ha habido suerte.

—Siento haber interrumpido —repuso Gerardo apoyándose en una de las literas y evitando acercarse.

—No te preocupes. —Félix seguía acariciando la urna. Sosteniéndola entre sus brazos con delicadeza—. Quiero darte las gracias por haber venido a despedirte de ella. No ha tenido que ser fácil para ti. Pero para ella, para nosotros, es muy importante que estés aquí. ¿Sabes? Era una mujer maravillosa que...

Félix rompió a llorar. Estar frente a Gerardo lo había superado. Estaba embargado por la emoción y, al mismo tiempo, no sabía cómo gestionar aquel encuentro sin que le causara más sufrimiento. Gerardo se había quedado inmóvil, sin saber tampoco cómo proceder.

—¿Quieres estar a solas?

Félix levantó la palma de la mano para evitar que se

fuera, mientras intentaba detener el llanto que le impedía hablar. Le hizo una señal para que se acercara, señal que Gerardo recogió con desconcierto y timidez.

—Siéntate aquí conmigo. ¿Te importa? Quiero enseñarte algo.

Gerardo se colocó con el cuerpo encogido en una punta de la litera, recostado sobre los hierros de la estructura, sin poder hablar. Esperó atento a que Félix volviera a guardar la urna con sumo cuidado dentro de la mochila. Fueron unos segundos eternos y al mismo tiempo pareció que la vida entera pasara sobre ellos. Félix sacó la carta de Greta del interior de su chaqueta, que colgaba en el otro extremo de la litera, y volvió a sentarse junto a Gerardo. Acarició el sobre arrugado, con la mirada sobre él, sintiendo en cada pliegue el paso de aquellos días. El camino recorrido desde que Greta falleció.

—Esta carta me la dejó Greta, y desde que murió ha viajado siempre conmigo. Quería encontrar el momento perfecto para abrirla y leerla. Pensaba que recibiría algún tipo de señal que me indicaría cuándo debía abrirla, pero la señal nunca llegó, los días fueron pasando y yo cada vez me veía más incapaz de enfrentarme a sus últimas palabras. Tu...

Félix dudó por un instante, pero decidió hablar tal y como le dictaba el corazón. Sin pensar en cómo Gerardo recibiría todo aquello. Recogió el coraje necesario para seguir.

—Verás, tu... madre... —Un golpe suave en el estómago de Gerardo. Nada más—. Tu madre estaba muy enferma y decidió vivir hasta el último momento sin contarle a nadie su enfermedad. Ni siquiera a mí, porque quiso exprimir la vida sin lamentos, ¿sabes? Y aunque a mí me ha costado entenderlo, al final no queda otra que respetar a los muertos.

Félix seguía acariciando la carta sin despegar sus ojos de ella. Repasaba con los dedos, como tantas otras veces había hecho, su propio nombre escrito en tinta negra.

—Dejó tres cartas. Una con sus últimas voluntades, otra para Gabriele y esta para mí. Y nada más. O eso había pensado yo hasta que leí mi carta y me di cuenta de que había dejado mucho más sin saberlo.

Caminar en la soledad de la montaña despeja la mente y adviene la lucidez. Las manos de Félix comenzaron a temblar, igual que su barbilla. Un par de lágrimas cayeron encima del sobre. Gerardo se agarraba a los barrotes de la litera, contemplando a Félix en silencio, sintiendo seca y sellada su boca.

—Anoche me atreví a leerla y desde entonces no he podido dejar de hacerlo como si quisiera beberme una y otra vez el último suspiro de Greta. Como si de algún modo buscara el agujero para encontrar la manera de responderle, de hablar con ella, aunque fuera por última vez.

Félix sacó la carta del sobre. Eran dos hojas repletas de palabras azules de una letra alargada y ligeramente torcida a la derecha. La contempló unos segundos, moviendo sus pupilas de un lado a otro, repasándola de nuevo, antes de alargar el brazo para entregársela a Gerardo.

—Creo que debes leerla. En el fondo esta carta también te pertenece. Puede que descubras un poco más la historia de tu madre y encuentres el modo de perdonarla.

—No sé si quiero leerla.

Félix levantó la vista por primera vez. Todavía sostenía la carta con el brazo extendido. Miró a Gerardo y descubrió el miedo en su rostro. Le sonrió con toda la ternura que supo y con la emoción que todavía cubría su rostro.

—Yo creo que sí que quieres.

Colocó la carta sobre la cama y se levantó para dejar a Gerardo a solas. Salió sin dudas, tranquilo y sin esperar respuesta de Gerardo, que se había quedado con el cuerpo contraído contemplando fijamente la carta.

Gerardo aguardó a que Félix abandonara la habitación para soltar la respiración contenida. Agarró la manta buscando el coraje para coger la carta y atreverse a leer. Era lo más próximo que estaría de su madre. Lo sabía, pero lo inesperado del suceso lo había dejado turbado. Se le acumularon los pensamientos. Podía ser que al fin obtuviera las respuestas que buscaba desde hacía tiempo. Respiró un par de veces y cogió la carta. Comenzó a leer con apuro, pero al poco la devoró con el ansia de encontrar el consuelo que necesitaba para calmar su enojo. Aunque Gerardo había tenido una infancia feliz, conocer la historia de su madre le había dejado descolocado y necesitaba recolocar las piezas de su vida. Leyó abducido como jamás había estado, recorriendo cada huella de Greta en aquel texto, sintiendo que sus tripas se contraían a cada afirmación, con cada surco del dolor que ella sintió al abandonarle. Algo se estaba moviendo en su interior. Una tristeza enquistada empezó a brotar en sus ojos. Gerardo despejó las dudas de si su madre lo había querido y, aunque le resultaba difícil de digerir todo aquello, sintió una extraña calma. Con aquella carta confirmó que debía estar allí, perdido en aquella montaña, para despedirse de ella. La leyó varias veces. Nadie fue a buscarlo. Todos respetaron ese tiempo. Después dobló con cuidado las hojas y las volvió a meter en el sobre, que dejó sobre la almohada de la cama de Félix. Se quedó un rato a solas, con el pensamiento confuso. Sin poder procesar lo que había sentido, porque solo el tiempo es sabio en colocar las profundidades del alma.

El grupo, entretenido en contemplar las vistas del paisaje, esperaba en reposo a Gerardo para comenzar a comer. La Sole aprovechó para aproximarse a Félix y saber cómo estaba. No había encontrado un momento tranquilo para hacerlo.

—Parece un buen chico —le dijo Félix mientras se servía una copa de vino—. Supongo que tú debiste de ser la primera que se dio cuenta.

Félix la miró emocionado, pero con una calma que sorprendió a la Sole. Conocía a su hermano y sabía que había mucho más que perdón en aquellos ojos.

—¿No te parece el regalo más bonito que te ha podido hacer Greta? Entregarte una parte de ella que desconocías... Y... —la Sole no pudo evitar soltárselo— y también de ti.

Félix solo la miraba y callaba. Seguía demasiado emocionado con todo y no podía digerir aquello en cuestión de horas.

—Él todavía no sabe que puedo ser su padre. Y creo que hoy será mejor dejarlo así. No sé cómo le va a afectar al chaval y quiero para Greta la mejor de las despedidas. Cuando todo esto termine... Ya veré cómo decírselo.

Ahora era la Sole la que estaba emocionada al escuchar a Félix. No esperaba que su hermano estuviera dispuesto a luchar por Gerardo o a desearlo en su vida.

—Además te vas a casar pronto y... el chaval debería estar invitado a la boda, ¿no crees?

Félix fue la única vez que miró al suelo. Lo necesitó para proseguir con aquello que le quería decir a su hermana. Lo había meditado también aquella noche y no deseaba dejarlo pasar un día más.

—Hermana, yo te quiero y sabes lo que a mí me cuestan estas cosas, pero... si es tu deseo yo seré tu padrino de bodas, me lo dijo Cosme, ya sé que no debía, no te enfades con él, sabes cómo es y que no es capaz de guardar secretos, pero si tengo que esperar a que me lo pidas... ¡Puede que ya te hayas casado!

Félix recibió un fuerte abrazo de la Sole, que se sentía flotar en aquel preciso momento. De la fuerza del ímpetu por poco le tira al suelo, bajo la mirada atenta del resto, que sonreía sin entender lo que ocurría entre ellos dos.

—Gracias, hermano... No sabes lo feliz que me haces en estos momentos.

—¡Anda, Sole! Vamos a la mesa, que hoy llevo un día que no dejo de llorar...

La mesa lucía alegre en medio de la melancolía. Presidía una gran olla llena de potaje de inverno con carillas. Ensalada de tomate, pimientos y caballa. Patatas revolconas. Pan de hogaza con los mejores quesos de la zona. Comida de montañeros en la que no podía faltar el tasajo acompañado de vino de pitarra.

—¡Chaval, si llegas a tardar más nos encuentras muertos de hambre!

Cosme le recibió con un abrazo, con el cariño de quien sabe lo que ha ocurrido. Félix y Gerardo cruzaron una mirada de complicidad al sentarse a la mesa con Gabriele y la Sole, que contemplaban la escena felices. Algo había cambiado en ellos. Lo sabían por su modo de saludarse, como si compartieran un secreto. La Sole acarició la pierna de su sobrina, que se había sentado junto a Uriel, dejando a Luis al lado de su tía. No hubo bendiciones de mesa, sino manos deseosas de dar el primer bocado. Todos estaban nerviosos antes de despedirse de Greta. Por el cristal de las ventanas, el sol seguía, generoso, ofreciendo regalos para aquel día que se había anunciado lluvioso desde el amanecer.

Gabriele fue la única que se tomó su tiempo para comer. Necesitó contemplar la escena con atención, concentrada para que su memoria retuviera cuanto pudiera de aquel momento. Toda la gente importante de su vida alrededor de una mesa, en medio de la nada, con un único cometido: darle el último adiós a su madre. Se dejó invadir por la belleza de aquel instante, se sintió agradecida, emocionada por cada gesto, palabra, caricia o beso de aquellos días de terrible desconsuelo y desconcierto. Gozó, como había aprendido en los momentos de tristeza, de aquellos instantes de profundo sosiego. Y fue así como advirtió el detalle: una silla vacía, con su plato y sus cubiertos, presidía la mesa. ¿Cómo se le había pasado por alto tamaño detalle? Sonrió tímidamente, bajando la barbilla y reconociendo la obra de su tía y de Cosme. Volvió a mirar la silla vacía. Pensó en su madre. Se la imaginó presidiendo la mesa con el pelo bien recogido y una amplia sonrisa. Buscó instintivamente a su padre y lo descubrió mirándola con los cubiertos en la mano y guardando silencio en medio del bullicio.

Gabriele y Félix, en sorda quietud y silencio, compartiendo otro momento en el que la vida parece que se detiene. En el que te sales del cuadro en movimiento para respirar todo lo que sucede en él. Así lo hicieron Gabriele y Félix, y también Gerardo, que con timidez se había quedado observando la escena de complicidad entre padre e hija. Félix lo buscó de forma instintiva con la mirada y Gabriele imitó a su padre, comprendiendo sin razonar. Para su sorpresa, los tres quedaron sostenidos en el bardo durante unos segundos, conectando con lo invisible que activa los resonadores del alma. Un principio para un final. Una silla más y otra vacía. Un rayo de luz alumbrando el centro de la mesa. La magia de la vida los atravesó sin pedir permiso, hablándoles en un lenguaje que solo conocen los que se han atrevido a traspasar los límites de la razón. Un instante, solo se precisó de eso. Luego volvieron el ruido y las risas..., la vida.

AGRADECIMIENTOS

—

A Natalia y a Asun por abrirme
el corazón de Candeleda.